오만과 편견

오만과 편견

제인 오스틴 | 휴 톰슨 그림 | 박용수 옮김

문예출판사

Pride and Prejudice

Jane Austen

차례

1부

1

상당한 재산을 가진 미혼의 남자가 아내를 바란다는 것은 누구나 아는 사실이다.

만약 그러한 남자가 근처로 새로이 이사를 온다면 그 남자가 어떤 사고방식을 가졌는지 모르더라도, 이 사실이 마을 사람들의 마음속에 깊이 박혀 있어서 자기네 딸들 가운데 하나가 그 남자와 결혼했으면 하는 생각을 당연하게 한다.

"당신, 네더필드 파크로 누가 이사 온다는 얘기 들어봤어요?"

베넷 부인이 남편에게 물었다.

남편인 베넷은 그런 얘기를 들어보지 못했다고 대답했다.

"이사 오기로 했대요. 롱 부인이 우리 집에 놀러왔는데, 모두 얘기해주더라고요."

남편은 대꾸하지 않았다.

"대체 누가 이사 오는지 알고 싶지 않아요?"

부인은 안달이 나서 큰 소리로 말했다.

"당신이 말하고 싶다면 못 들어줄 것도 없지 뭐."

말을 해도 좋다는 표시로 보였다.

"당신, 이거 알아둬야 돼요. 롱 부인이 그러는데, 네더필드에 들어오기로 한 사람은 북부에서 온 갑부래요. 월요일에 마차를 타고 와서 둘러봤는데, 대번에 맘에 들어가지고 집주인하고 즉시 계약했대요. 요번 성 미카엘 축일 전에 이사 오기로 했는데, 하인들은 다음 주말까지는 와서 준비를 하기로 했다나 봐요."

"그 사람 이름이 뭐라고 그랬소?"

"빙리래요."

"결혼은 했소, 안 했소?"

"미혼이래요! 정말요! 갑부 총각이래요. 1년 수입이 4, 5천 파운드는 된대요. 우리 딸들한테 경사지 뭐예요."

"경사라니? 걔들하고 무슨 상관이 있어서?"

"이 양반 말하는 것 좀 봐. 그 청년하고 우리 딸 중 하나가 결혼해야 될 거 아녜요."

"그 사람이 이리 오는 속셈이 우리 딸 중 하나랑 결혼하기 위해서라는 거요?"

"속셈이라니! 이 양반이, 무슨 말을 그렇게 해요? 우리 딸이랑 사귈 수도 있잖아요. 그러니까 당신은 그 사람이 오는 대로 그 집에 가봐요."

"내가 왜 그래야 하는 거요? 당신하고 애들이나 함께 가든지, 아니면 애들끼리만 보내든지. 애들끼리만 보내는 게 낫겠소. 당신이 애들 못지않게 아름다워서 그 남자가 당신을 좋아해버릴 수도 있잖겠소?"

"날 그렇게 치켜세워줄 필욘 없어요. 나도 옛적엔 한인물 했지만 이젠 내 미모도 한물갔죠. 다 큰 딸이 다섯이나 되는데 내 미모를 생각할 겨를이 있겠어요?"

"하긴 딸들이 다 컸으니 이미 한물갔다고 봐야겠지."

"어쨌든 당신은 빙리라는 사람이 이사 오면 꼭 찾아가봐야 해요."

"난 그런 일은 할 수 없을 거 같소. 정말이오."

"우리 딸들을 생각해야죠. 만약에 한 애가 그 사람이랑 결혼이라도 한다면 얼마나 좋을지 생각해보라고요. 윌리엄 경하고 루카스 부인도 그 일로 거기 가기로 했대요. 그 사람들이 새로 이사 오는 사람들 찾아가는 성격 아닌 거 알잖아요? 당신, 진짜로 가봐야 돼요.

당신이 먼저 가봐야 우리도 갈 수 있죠."

"당신, 너무 소심하군. 여하튼 빙리라는 사람은 당신이 가도 아주 반가워할 거요. 내가 편지를 써줄 테니 가져가면 될 거요. 그 사람이 우리 딸 중에 맘에 드는 애를 고르면 그게 누구든 내가 결혼을 승낙하겠다고 쓰겠소. 난 리지를 선택하면 좋겠다는 말을 넣을지도 모르지만."

"그러지 말아요. 리지가 다른 애들보다 나은 데가 어디 있어요? 제인 반만큼도 안 예쁘고 리디아 반만큼도 재밌는 구석이라곤 없어요. 하여간 당신은 언제나 리지 편이죠."

"딴 애들은 내세울 게 별로 없잖소. 하나같이 어리석고 무식해. 리지만큼은 다른 애들보다 영리한 데가 있지."

"당신, 어떻게 우리 자식들한테 그런 말을 할 수 있어요? 나를 화나게 하는 게 재밌나 보군요. 내 신경 좀 건드리지 말아요."

"내가 무슨 신경을 건드렸다고 그러는 거요? 내가 얼마나 당신 마음을 헤아려주는데. 20여 년 동안 당신을 얼마나 위했는지 모르는 거요?"

"어이구! 당신은 내가 얼마나 괴로워하는지도 몰라요."

"그치만 전부 극복할 거요. 그리고 오래오래 살면서 1년에 4천 파운드 버는 젊은이들이 이 근처로 이사 오는 걸 봐야지."

"설사 스무 명이 이사 온들 당신이 그들을 만나보지도 않을 텐데 무슨 소용 있어요?"

베넷은 영리하기도 하고 빈정대기도 잘하고 과묵하기도 하고 변덕스럽기도 하는 등 복잡한 성격의 사람이라서, 23년을 같이 살아왔지만 아내조차 그를 잘 이해할 수가 없었다. 하지만 베넷 부인의 성품은 짐작하기가 어렵지 않았다. 머리도 좋지 않고 아는 것도 별로 없으며 성질도 변덕스러웠다. 기분이 좋지 않을 때는 마구 신경질을 부렸다. 그녀의 인생 목표는 딸들을 좋은 데로 시집보내는 거였고, 그래서 유일한 낙이 여기저기 이웃집을 다니면서 지내는 거였다.

2

베넷은 빙리를 가장 먼저 방문한 사람 중 하나였다. 사실은 방문하기를 고대하고 있었지만 아내에게만은 끝까지 가지 않겠다고 말하곤 했다. 그래서 아내는 그가 다녀온 저녁때까지도 방문 사실을 모르고 있었다. 그 사실은 다음과 같은 경위로 알려졌다. 둘째 딸인 엘리자베스가 모자를 손질하고 있는 것을 보고는, "빙리가 그 모자를 마음에 들어 하면 좋겠구나"라고 불쑥 말했다.

"우리가 그 사람을 만나지도 않을 텐데 그가 뭘 좋아하는지 어떻게 알겠어요?"

엘리자베스의 어머니가 신경질적으로 대꾸했다.

"어머니, 잊어버리셨어요? 무도회에서 그 사람을 만날 거잖아요. 롱 아주머니가 소개해주기로 약속했잖아요?"

엘리자베스가 말했다.

"롱 부인은 그런 일 해줄 사람이 아냐. 자기 조카가 둘이나 딸려

있다고. 이기적이고 위선적인 여자라서 믿을 수가 없어."

"나도 그 여자는 안 믿소. 당신이 그렇게 말하니 내가 좀 안심이 되는군."

베넷이 말했다.

베넷 부인은 거기에 대해 아무 응수를 하지 않으려고 했지만, 자기 성질을 죽이지 못하고 딸들 중 하나에게 야단을 치기 시작했다.

"키티, 제발 기침 좀 그만하라니까! 내 신경 좀 건드리지 마. 속이 갈기갈기 찢어진다고."

"키티가 조심성 없게 기침하는 때가 많긴 하지."

아버지가 말했다.

"내가 뭐 좋아서 기침하는 줄 알아요?"

키티가 신경질적으로 대꾸했다.

"리지, 무도회가 언제니?"

"15일 후요."

"그렇군. 롱 부인이 그 전날까지는 돌아오지 않을 테고. 그러니 빙리를 소개시켜줄 수도 없겠지. 자기도 빙리를 모를 테니까."

"그럼 당신이 먼저 그 여자한테 빙리를 소개시켜주면 되겠군."

"말도 안 되는 소리! 내가 그 사람을 모르는데 어떻게요? 왜 자꾸 사람을 놀려요?"

"당신이 주도면밀하다는 건 인정해야겠군. 근데 한 2주일 정도 알고 지내는 건 대수로운 게 아니지. 2주 동안에 사람을 제대로 파악할 순 없거든. 하지만 우리가 안 해도 다른 사람들이 그렇게 해버릴걸. 결국에는 롱 부인하고 그 조카들이 기회를 가져갈 테고. 그래서 하는 말인데, 당신이 안 하겠다면 내가 직접 맡아서 해야겠소."

딸들이 눈을 치켜뜨고서 아버지를 바라봤다. 베넷 부인은 "말도 안 돼요!"라고 소리쳤다.

"왜 그렇게 소리 지르는 거요? 사람을 소개시켜주는 게 말이 안 된다는 거요? 난 당신하고 생각이 달라요. 메리, 넌 어떻게 생각하니? 넌 사려 깊은 애고 좋은 책도 많이 읽었으니 딴 사람하곤 다를 거야."

메리는 무언가 말을 하고는 싶었지만 어떻게 표현해야 할지를 몰랐다.

"메리가 무슨 말을 할지 생각하는 동안 빙리라는 사람 얘기로 돌아가보자고."

베넷이 말했다.

"이제 빙리 얘기는 하기도 싫어요!"

아내가 소리 질렀다.

"거참 성질하곤. 왜 진작 그렇게 말하지 않았소? 오늘 아침에라도 알았더라면 내가 거기 가지도 않는 건데. 정말 난감하군. 그치만 이미 엎질러진 물이니 서로 모른 척 지낼 수도 없고."

베넷이 기대한 대로 아내와 딸들은 놀라워했다. 그중에서도 베넷 부인의 놀라움이 가장 대단했다. 그렇지만 한바탕 기쁨의 소용돌이가 지나간 후에, 베넷 부인은 그런 일이 벌어질 줄 이미 생각하고 있었다고 말했다.

"당신, 정말 좋은 사람이라니까요. 나도 결국 당신을 설득할 자신은 있었다고요. 당신이 우리 딸들을 너무 사랑하니까 이런 기회를 놓치지 않을 줄 알았어요. 지금 기분이 너무 좋아요. 오늘 오전에 그 집에 다녀오고서는 그렇게 시치미를 뚝 떼다니, 정말 당신 장난은 알아줘야 한다니까요."

"자, 키티, 이제 기침 마음대로 해도 되겠구나."

베넷은 이렇게 말하고서는 좋아서 어쩔 줄 몰라하는 아내에게 지친 듯 방을 나갔다.

"너흰 정말 훌륭한 아버지를 뒀구나. 그런 아버지한테 너희가 어떻게 보답할 수 있을지 모르겠다. 나한테도 말이다. 사실 우리 나이가 되면 이 사람 저 사람 새로 알고 지내는 게 그리 즐거운 일은 아냐. 하지만 너희를 위해서라면 우린 무슨 일이든지 할 거란다. 그리고 리디아, 넌 막내지만 무도회에서 빙리와 춤출 기회도 생길 거야."

"아, 걱정 마세요. 난 하나도 두렵지 않아요. 내가 막내긴 해도 키는 제일 크잖아요."

그날 저녁 엄마와 딸들은 빙리가 베넷의 방문에 얼마나 빨리 답방을 할 수 있을지 추측해보고 빙리를 어느 때 저녁 식사에 초대할지를 결정하는 데 시간을 보냈다.

3

베넷 부인은 다섯 딸의 도움을 받아 빙리라는 사람에 대해 자세히 알아보려고 했지만 남편에게서 만족할 만한 답변을 얻을 수가 없었다. 엄마와 딸들은 여러 가지 방법으로 베넷을 공략했다. 노골적인 질문을 하기도 하고 재치 있는 추측을 하기도 하고 얼토당토않은 가정을 하기도 했지만, 베넷은 부인과 딸들의 질문을 요리조리 피했다. 결국 그들은 근처 마을에 사는 루카스 부인의 간접적인 도움에 의지해야 했다. 그녀가 전해주는 소식은 만족할 만했는데, 그녀의 남편 윌리엄 경이 빙리에게 호감을 갖게 됐다는 것이다. 빙리는 아주 젊고 잘생긴 데다 꽤 상냥하고, 더구나 다음 무도회에 많은 사람을 대동해 참석할 예정이라고 했다. 그보다 더 좋은 일은 있을 수 없었다. 그가 또한 춤을 좋아한다는 사실은 여자와 사귈 가능성이 많다는 점을 의미하기 때문이다. 사람들은 빙리의 마음을 사로잡으려고 들떠 있었다.

"우리 딸 중에서 하나가 네더필드에서 행복한 삶을 꾸리고 나머지 아이들도 시집만 잘 가게 되면 난 더 바랄 게 없어요."

베넷 부인이 남편에게 말했다.

며칠이 지난 후 빙리가 베넷을 답방했으며 서재에 앉아서 대략 10분 동안 얘기했다. 빙리는 아름다움으로 소문이 자자한 그 집의 딸들을 봤으면 하고 바랐지만 아버지만 볼 수 있었을 뿐이다. 딸들이 빙리보다는 운이 더 좋았다. 위층의 창문으로 푸른색 코트 차림에 검은 말을 타고 온 빙리를 내려다볼 수 있었기 때문이다.

그 뒤로 곧장 저녁 식사 초대장이 날아갔다. 베넷 부인은 자기 집의 음식을 자랑할 기회로 여기고 들떠 있었지만 모든 걸 연기해야 했다. 빙리가 다음 날에 런던으로 가야 해서 그 초대를 받아들일 수 없다는 전갈이 왔고, 베넷 부인은 실망하지 않을 수 없었다. 그가 하트퍼드셔에 온 지 얼마 되지 않았는데 어느새 런던에 무슨 볼일이 있을까 하고 의심스러웠다. 그리고 그가 이리저리 떠돌아다니는 방랑벽이 있는 사람이라면 네더필드 저택에 과연 정착할 수 있을지 의아스러웠다. 그런데 루카스 부인이 그녀를 조금 안심시켜주었다. 그 사람이 런던에 가는 이유는 단지 무도회에 참석할 사람을 데려오기 위해서라고 말해주었다. 그리고 얼마 뒤에 빙리가 열두 명의 숙녀와 일곱 명의 신사를 데리고 올 거라는 얘기가 돌았다. 베넷의 딸들은 그처럼 숙녀들이 많이 온다는 말에 어리둥절해졌지만 무도회 전날 실은 열두 명이 아니고 여섯 명만 런던에서 데리고 왔다는 얘기에 안심했다. 그녀들 중 다섯 명은 빙리의 누이들이고 한 사람은 사촌이었다. 그리고 실제로 무도회장에 들어선 사람은 빙리와 두 누이, 큰 누이의 남편 그리고 다른 젊은이 한 사람이었다.

빙리는 얼굴도 미남이고 행동도 신사다웠다. 상냥한 생김새에 편안하고 가식이라곤 없었다. 그의 누이들은 선량해 보였으며 품행이 단정했다. 빙리의 매부인 허스트라는 사람은 평범한 신사였다. 그런데 빙리의 친구인 다아시라는 사람은 큰 키에 멋지고 잘생긴 데다 고상한 기품을 품겨 사람들의 시선을 사로잡았다. 그리고 그의 연간 수입이 만 파운드나 된다는 말이 금방 무도회장에 퍼졌다. 남자들은 그가 좋은 풍채를 지녔다고 수군거렸으며, 여자들은 빙리보다도 잘생겼다고 속삭였다. 그날 밤의 무도회가 절반쯤 진행될 때까지 다아시는 흠모의 대상이었다. 그런데 그 후로는 그의 태도가 사람들에게 혐오감을 주었고, 그래서 그의 인기는 시들해졌다. 그가 거만하고 사람들을 무시하며 상대하기가 까다롭다는 사실이 드러났기 때문이다. 그래서 더비셔에 있다는 그의 영지도 그가 교만하고 까다로운 사람이라는 점을 덮어줄 수가 없었다. 그는 빙리와는 비교할 가치도 없는 사람으로 전락해버렸다.

빙리는 홀에 있는 모두와 인사를 나눴다. 그는 쾌활하고 사교적이었으며 한 번도 빼지 않고 춤을 추었다. 또한 무도회가 너무 일찍 끝났다고 불평했으며, 다음에는 자기 저택인 네더필드에서 무도회를 열겠다고 사람들에게 말했다. 그런 상냥한 태도 때문에 그는 자기 친구 다아시와 확연히 비교되었다. 다아시는 루이사와 한 번, 그리고 빙리의 또 다른 누이와 한 번 춤을 추었을 뿐 다른 여성을 소개받는 것을 거절했으며 나머지 시간은 홀에서 이리저리 왔다 갔다 하면서 단지 자기 일행하고만 얘기를 나누었다. 이제 그의 성격을 사람들이 모두 알게 되었다. 그는 세상에서 가장 거만하고 가장 호감을 주지 않는 사람이었으며, 모든 사람들은 그가 다시는 그 고장

에 나타나지 않았으면 하고 바라게 되었다. 그에게 가장 혐오감을 품은 사람 중의 하나가 베넷 부인이었는데, 그의 태도가 마음에 들지 않았을 뿐만 아니라 자기 딸들을 무시하는 모습을 보고 더욱 싫어졌다.

엘리자베스 베넷은 남자들의 수가 적어서 두 번의 춤곡 동안 춤에서 빠져 의자에 앉아 있어야 했는데, 그때 다아시가 가까이 있어서 그가 빙리와 하는 얘기를 엿들을 수 있었다. 빙리는 다아시에게 함께 춤을 추자고 권하고 있었다.

"이봐 다아시, 춤 안 추고 뭘 하고 있어. 꿔다 놓은 보릿자루처럼 있지 말고 추자고. 춤추면 기분이 더 좋아질 거야."

"난 안 출 거야. 내가 춤을 별로 좋아하지 않는다는 걸 알잖아. 난 잘 아는 여자가 아니면 안 춰. 여기선 춤출 기분이 나지 않아. 자네 누이들은 다른 사람들하고 추고 있고, 다른 여자들하고 춤추는 건 나한테 벌이나 다름없어."

"자네 참 까다로운 사람이군. 난 오늘처럼 재밌는 여자들을 많이 만난 적이 없어. 아주 아름다운 여자도 몇 명 있다고."

빙리가 응수했다.

"자네가 함께 춤춘 여자 하나만 이 홀에서 미인이지."

다아시가 베넷의 맏딸을 응시하면서 말했다.

"그래, 내가 지금까지 본 아가씨들 중에서 가장 미인이야. 근데 자네 뒤편에 저 여자 동생 하나가 있는데, 아주 아름답고 성격도 좋아 보이는군. 내가 내 파트너한테 저 여자를 자네한테 소개시켜달라고 하지."

"어떤 여자 말이지?"

다아시가 이렇게 말하면서 뒤를 돌아봤고 엘리자베스와 눈이 마주치자 곧 시선을 돌려버렸다.

"괜찮긴 하군. 그치만 내가 반할 정도는 안 돼. 그리고 다른 남자들이 무시해버리는 여자하고 지금 춤출 기분이 아냐. 자넨 계속 춤추고 나한테 시간 낭비하지 말라고."

빙리는 그가 말하는 대로 다시 춤추기 위해 가버렸다. 엘리자베스는 다아시에 대해 별로 좋지 않은 감정을 갖게 되었다. 그렇지만 자기 친구들하고 그 사건에 대해 큰 소리로 이야기했다. 그녀는 성격이 활달하고 장난기가 많으며 어떤 우스운 사건을 갖고 얘기하기를 좋아했다.

그날 저녁은 베넷 부인의 가족 모두에게 즐거운 시간이었다. 베넷 부인은 맏딸인 제인을 네더필드 사람들이 아주 좋아한다는 사실을 알게 되었다. 빙리가 그녀와 두 번 춤을 추었으며 그의 누이들도 제인을 좋게 보았다. 제인은 어머니만큼 겉으로 표현하지는 않았지만 속으로 즐거워하고 있었다. 엘리자베스는 제인이 즐거워한다는 점을 느낄 수 있었다. 메리는 그 근처에서는 자신이 가장 교양을 갖춘 사람이라고 누군가 캐럴라인에게 얘기하는 소리를 들었다. 캐서린과 리디아는 파트너가 없어서 심심한 적이 없을 정도로 운이 좋았고, 그래서 기분이 들떠 있었다. 이렇게 모두 기분이 좋은 상태에서 자기들이 터줏대감처럼 살고 있는 롱본으로 돌아갔다. 그런데 베넷은 아직 잠을 자지 않고 있었다. 그는 책만 있으면 시간 가는 줄을 몰랐다. 그리고 오늘같이 특별한 날에는 잔뜩 호기심에 차 있었다. 그는 새로 이사 온 사람들에게 아내가 실망해버렸으면 하고 한편으로 바라고 있었지만 아내에게 전혀 다른 이야기를 들어야 했다.

"오! 당신 모르죠? 정말 즐거운 시간이었어요. 아주 멋진 무도회였다고요. 당신도 거기 가야 했어요. 모두가 제인을 아름답다고 칭찬하는 거예요. 빙리도 제인이 아주 아름답다고 하면서 두 번이나 춤췄어요. 얼마나 좋은 일이에요? 두 번이나 둘이서 췄는데 그 사람이 두 번 춘 여자는 제인뿐이었다고요. 맨 처음에는 샬럿하고 추더라고요. 그래서 속으로 약이 올라 있었는데, 빙리가 샬럿은 별로 생각하는 거 같더라고요. 사실 그게 당연하지만요. 그러더니 다음에 제인한테 반해가지고 사람들한테 제인에 대해 물어보더군요. 그래서 제인을 소개받고는 춤을 신청했어요. 그다음에는 킹 양하고 췄고 다음에는 마리아 양하고 췄고, 그다음에 또다시 제인하고 췄어요. 다음에는 리지하고 췄고 블랑제 춤곡은……."

"그 사람이 나를 불쌍히 여겼더라면 그처럼 열나게 추지 않았을 거요. 당신, 제발 그 사람 파트너에 대해 더 얘기하지 말아요. 처음에 춤출 때 발이라도 삐어버렸어야 하는 건데."

남편이 신경질적으로 말했다.

"세상에, 말하는 것하곤. 그는 아주 괜찮은 사람이에요. 아주 미남이더라고요. 누이들도 다 괜찮은 여자들이고요. 그렇게 아름다운 드레스를 입고 있는 여자는 본 적이 없어요. 루이사의 드레스에 레이스가 달려 있는데……."

이때 베넷 부인은 다시 제지를 당했다. 베넷이 멋진 옷 같은 것에 대해서는 말을 하지 말라고 했기 때문이다. 그래서 다른 얘깃거리를 찾을 수밖에 없었고, 다아시의 아주 좋지 않은 행동에 대해 주절댔다.

"그치만 다아시가 리지를 마음에 들지 않는다고 해서 나쁠 건 하나도 없어요. 정말 기분 나쁘고 고약한 그런 사람의 기분을 맞춰줄 필요는 없죠. 거만하고 잘난 체만 하는 그런 사람을 좋게 봐줄 사람은 없어요. 누가 같이 춤출 만큼 잘생긴 구석도 없어요. 당신이 거기 있었더라면 욕을 한마디 해줬을 거예요. 정말 기분 나쁘더라고요."

4

제인과 엘리자베스가 단둘이 있게 되었을 때, 지금까지 빙리를 칭찬하는 데 주저하던 제인은 이제 자기가 그를 아주 좋은 사람으로 생각하고 있다고 실토했다.

"그 사람은 신사 중에 신사야. 교양 있고 재미도 있고 활달하더라. 지금까지 그런 사람은 만나본 적이 없어. 까다로운 구석도 없고 정말 두루두루 교양을 갖춘 사람이야."

"거기다 미남이기도 하지. 남자라면 그 정도는 돼야 하지만. 아주 완벽한 사람이라고 볼 수 있지."

엘리자베스가 응수했다.

"그 사람이 두 번째로 춤을 청했을 때는 아주 기분이 좋더라. 그런 과분한 처사는 바라지도 않았는데."

"그건 당연한 거지. 언니는 누가 잘해주면 깜짝 놀라는데 난 그렇지 않아. 그 사람이 언니하고 두 번 춤춘 건 너무나 자연스러운 일이야. 언니가 거기 있던 어떤 여자보다도 다섯 배는 예쁘다는 걸 그 사람이 알아차리지 못하면 바보지. 그 사람이 언니한테 관심을 보였다고 감사해할 건 없어. 하여튼 아주 괜찮은 사람이야. 언니가 그 사람을 좋아해도 될 거 같아. 전에는 별 볼일 없는 남자들만 언니가 좋아했지만 이번에는 제대로 된 사람이 걸린 거 같아."

"너, 약 올리지 마!"

"언니는 아무 사람이나 좋아하는 경향이 있어. 남들의 결점을 보지 못하는 거 같아. 언니 눈에는 세상 사람들이 다 좋아 보일 거야. 난 여태껏 언니가 누구에 대해 나쁘게 얘기하는 소리를 들어본 적이 없어."

"난 함부로 누구를 나쁘게 보고 싶지가 않아. 난 내가 생각하는 그대로 항상 얘기한다고."

"나도 그건 알아. 그치만 그게 좋은 것만은 아냐. 언니처럼 교양을 갖춘 사람이 남의 결점을 무조건 감싸주는 건 이해할 수 없어. 언니처럼 솔직한 사람은 많아. 그렇지만 사람들의 좋은 점만 보고 나쁜 점은 눈감아버리는 건 오직 언니에게만 있는 성격이야. 언니는 그 사람 누이들도 좋아하지? 내가 보기에 그 누이들은 그 사람만큼 좋은 사람 같지 않던데."

"언뜻 보면 그럴 수 있지. 그치만 얘기해보니까 아주 좋은 사람들이더라고. 캐럴라인은 자기 오빠하고 같이 살면서 집안일을 챙길 모양이더라고. 내 생각에는 앞으로 우리하고 사이 좋게 지낼 수 있을 거야."

엘리자베스는 말없이 듣고 있었지만 확신은 하지 못했다. 무도회에서 빙리의 누이들이 보인 행동은 고상하다고 할 수 없었다. 언니보다 관찰력이 예리하고 언니와 달리 단도직입적인 성격이며 남들이 자기를 치켜세워주는 것에 쉽게 말려드는 일도 없는 엘리자베스는 빙리의 누이들을 좋게만 보지는 않았다. 사실 빙리의 누이들은 훌륭한 숙녀들이었다. 그런데 기분이 좋을 때는 유머 감각이 넘쳐흘렀지만 기분이 좋지 않으면 무뚝뚝해졌다. 그리고 자만심이 강했다. 용모는 아름다운 편이었고 런던의 일류학교를 다녔으며 2만 파운드의 재산을 갖고 있었다. 과분하게 사치하는 경향이 있었고 상류층 사람들하고만 어울리려고 했다. 특권 의식을 갖고 있었고 남을 얕보는 경향이 있었다. 그녀들은 북부의 귀족 계급 출신이었다. 그래서 자신들과 오빠 빙리의 부가 사업으로 얻은 거라는 사실보다는 자기들이 귀족층이라는 사실이 뇌리에 깊이 박혀 있었다.

빙리는 부친에게 거의 10만 파운드에 달하는 재산을 물려받았다. 부친은 시골에 토지를 구입하려고 마음먹었지만 미처 그러지 못하고 사망했다. 빙리 역시 시골에 토지를 구입하려 했고 이리저리 알아보러 다니기도 했다. 이제 좋은 집을 얻고 토지도 마음대로 쓸 수 있게 되었으니, 그의 까다롭지 않은 성격을 아는 사람들은 그가 이제 평생 네더필드 저택에서 살 것이고 실제로 토지를 구입하는 일은 다음 세대로 넘겨버리지 않을까 하고 생각했다.

빙리의 누이들은 빙리가 자기 소유의 토지와 저택을 가졌으면 하고 바랐다. 그렇지만 이제 비록 세를 든 저택이기는 해도 캐럴라인은 자기가 그 저택의 실제 주인인 듯 행동했으며 루이사 역시 자기 집으로 간주하고 있었다. 빙리는 열아홉 살 때 맨 처음 우연히 네더필드 저택을 소개받았는데, 이번에 그 저택을 한번 보고는 안으로 들어가서 대략 30분간 관찰해보고 그 집의 위치와 내부가 마음에 들어서 주인하고 즉시 계약을 했다.

빙리와 다아시는 성격이 아주 달랐지만 지속적인 우정을 유지하고 있었다. 빙리의 편안함, 개방성, 유연성은 다아시의 성격과 아주 대조적이었지만 다아시는 빙리가 싫지 않았다. 그리고 다아시는 자신의 성격에 만족했다. 빙리는 다아시의 인간성을 굳게 믿었고 다아시의 판단력을 좋게 평가했다. 영리함 면에서는 다아시가 한 수 위였다. 빙리도 나무랄 데 없었지만 다아시에게는 미치지 못했다. 다만 다아시는 거만하고 내성적이었으며 까다로웠다. 교양은 있었지만 사람들에게 호감을 주는 성격이 아니었다. 성격적으로는 빙리가 한결 나았다. 빙리는 어디를 가든지 항상 사람들이 좋아하는 타입이었고 반면에 다아시는 사람들이 싫어하는 유형이었다.

메리톤의 무도회를 놓고서 촌평하는 데서도 두 사람의 성격이 충분히 드러났다. 빙리는 자기 생전에 그처럼 재미있는 사람들이나 아름다운 여자들을 만난 적이 없다고 했다. 모든 사람이 자기에게 잘해주었고 까다롭게 격식을 차릴 일도 없었으며 사람들과 금방 친해질 수 있었다고 했다. 그리고 제인으로 말하자면 어떤 천사도 그녀의 아름다움을 표현할 수 없다고 칭찬했다. 반면에 다아시는 아름다운 여자라고는 없는 그저 한 무리의 사람들을 봤을 뿐이고 그런 사람들에게는 아무런 흥미나 관심이나 즐거움을 느낄 수 없었다고 말했다. 제인에 대해서는 얼굴은 아름답지만 너무 헤프게 웃는다고 논평했다.

루이사와 그녀의 동생인 캐럴라인은 다아시의 말도 일리가 있기는 하지만, 제인은 친근감을 주는 여자이고 앞으로 더 사귀어볼 가치가 있다며 자기들은 좋은 인상을 받았다고 말했다. 그래서 제인은 가치 있는 여자로 인정받게 되었으며 빙리는 자기가 제인을 좋아해도 된다는 느낌을 받았다.

5

롱본에서 얼마 떨어지지 않은 곳에 한 집안이 살았는데, 베넷 가족은 그 식구들과 절친하게 지내고 있었다. 윌리엄 루카스 경은 예전에 장사를 했는데, 상당한 재산을 모았을 뿐 아니라 읍장으로 있을 때 추천을 받아 국왕에게 기사 작위를 받는 영예도 안았다. 그 일로 자신을 다르게 생각하게 되었다. 장사하는 게 싫어졌고 시장통 같은 작은 마을에서 거주하는 것도 싫었다. 장사를 접어버리고 롱본에서 1마일 정도 떨어진 곳으로 가족을 데리고 옮겨갔으며, 거기서 자기 자신의 새로운 지위를 느긋하게 즐기면서 장사에서 해방되어 고고한 사람으로 행세하고 있었다. 신분이 격상되기는 했지만 거만하게 굴지는 않았고 오히려 사람들에게 친근하게 굴었다. 본래 악의가 없는 사람이기 때문에 국왕을 알현한 뒤로는 더욱더 남들에게 선량하게 대했다.

부인인 루카스 부인도 선량한 사람이었는데 영리하지는 못했고 베넷 부인과 가깝게 지냈다. 루카스 부부는 자식을 몇 두고 있었는데, 그중에서 가장 나이 많은 샬럿은 교양 있고 영리한 스물일곱의 처녀로 엘리자베스와 가까운 사이였다.

루카스 집안의 딸들과 베넷 집안의 딸들이 무도회에 대해 얘기하는 것은 당연했다. 무도회가 열린 다음 날 아침에 루카스 집안의 딸들이 롱본으로 와서 이런저런 이야기를 했다.

베넷 부인이 샬럿에게 말했다.

"샬럿, 너 엊저녁에 시작이 좋았었지? 빙리가 널 첫 번째 춤 상대로 찍었잖아?"

"그랬었죠. 그치만 그 사람은 두 번째 찍은 사람을 좋아하는 거 같았어요."

"아, 제인 말이구나. 빙리가 제인하고 두 번이나 춤을 추긴 했지. 그 사람이 제인을 좋아하는 거 같기는 했어. 내 생각은 그래. 그 사람이 로빈슨하고 얘기하는 걸 보면……."

"제가 로빈슨하고 그 사람이 얘기하는 걸 들었어요. 로빈슨이, 무도회가 어떻냐, 여기 아주 아름다운 여자들이 많지 않냐, 누가 과연 제일 아름답냐 하고 물으니깐 빙리라는 사람이 즉시 대답하기를, 말할 것도 없이 제인이 가장 아름답다, 그 점에는 이견이 있을 수 없다고 하더라고요."

"그렇게 말하긴 했어. 그치만 그게 결국은 아무런 의미도 없는 말이 될지도 모르지."

"리지, 난 확실히 들었어. 근데 다아시는 빙리만큼 관심을 가질 가치도 없는 사람이야. 겨우 참을 수 있는 정도랄까?"

샬럿이 말했다.

"다아시가 리지한테 한 짓을 들먹이지 말았으면 좋겠구나. 그런 사람이 리지를 좋아한다면 아주 재수 없을 거야. 롱 부인이 나한테 엊저녁에 그러던데, 자기가 다아시라는 사람 옆에 반 시간은 앉아 있었는데 입도 뻥끗하지 않았다는구나."

"엄마, 그게 정말이에요? 뭘 잘못 아신 거 아니에요? 난 다아시가 그 아주머니하고 얘기하는 걸 봤는데."

제인이 말했다.

"롱 부인이 그 사람한테 네더필드가 어떻냐고 물어보니까 어쩔 수 없이 한마디 했다더라. 근데 자기한테 말을 붙인 걸 아주 싫어하는 기색이었다고 그러더라고."

"그 사람은 자기하고 친근한 사람들이 아니면 말을 많이 하지 않는다고 캐럴라인이 그랬어요. 친근한 사람들하고 있을 때면 아주 붙임성 좋다던데요?"

제인이 말했다.

"제인, 난 그런 말은 믿지 않는다고. 그렇게 붙임성 있는 사람이라면 롱 부인한테 먼저 말을 붙였을 거야. 근데 왜 그 사람이 무뚝뚝한지 짐작은 할 수 있지. 모두 그 사람이 거만하다고 그러더라고. 롱 부인이 자기 마차가 없어가지고 남의 걸 빌려서 타고 왔다는 얘기를 들어서 그렇게 말도 붙이지 않은 거라고."

"난 그 사람이 롱 아주머니하고 말을 했든 안 했든 그건 중요한 게 아니라고 봐요. 근데 엘리자베스하고 춤췄으면 좋았을 텐데……."

샬럿이 말했다.

"리지, 나라면 그런 사람하고는 이다음에라도 절대 추지 않을 거야."

엘리자베스의 어머니가 말했다.

"그 사람하고 안 출 테니까 걱정 마세요, 엄마."

"난 그 사람이 거만한 게 그렇게 역겹진 않더라고. 그럴 만한 이유가 있거든. 가문도 좋고 재산도 많은 젊은 사람이 자기 자신을 고고하게 평가한다고 해서 이상한 건 아니야. 즉 그런 사람은 거만할 자격이 있는 거지."

샬럿이 말했다.

"그건 맞는 말이야. 나도 만약에 그 사람이 날 화나게 하지만 않았다면 그의 거만함을 쉽게 용서할 수 있었을 거야."

엘리자베스가 말했다.

이번에는 메리가 자기 학식을 드러냈다.

"거만함은 모든 사람이 갖고 있는 성질이야. 누구한테나 있는 거고 인간이라면 누구라도 그쪽으로 기울게 돼 있어. 자신의 능력에 실질적으로건 상상으로건 일종의 자기만족이 없는 사람은 없어. 그리고 허영심하고 오만함은 다른 거야. 우리가 혼동해서 쓰고 있는 거지. 우린 허영심 없이도 오만해질 수 있어. 오만은 우리가 자기 자신을 어떻게 생각하는지와 관련 있고, 허영심은 다른 사람이 자신을 어떻게 봐줬으면 하는지와 관련 있지."

"만약에 다아시만큼 부자라면 난 거만 따위 신경 안 쓸 거야. 사냥개도 여러 마리 갖다 키우고 매일 술독에 빠져 살 거야."

누나들과 함께 온 루카스 집안의 사내아이가 소리 질렀다.

"그렇게 마셔대면 금방 죽어. 내 앞에서 술만 마셨다 봐라, 가만 안 놔둘 테니."

베넷 부인이 말했다.

소년은 그러지 말라고 항변했고 베넷 부인은 자기 주장을 굽히지 않았으며 술에 대한 논쟁으로 그 장면은 끝이 났다.

6

얼마 후에 롱본의 숙녀들은 네더필드의 숙녀들을 방문했다. 그리고 네더필드의 숙녀들도 답방을 했다. 루이사와 캐럴라인은 친근한 성격의 제인이 마음에 들었다. 베넷 부인은 호감 가지 않았고 밑의 동생들도 말 붙일 가치가 없다고 생각했지만, 제인과 엘리자베스에게는 호감을 느꼈다. 제인은 자기가 호감을 얻은 것에 대해 즐거워하는 듯했다. 그렇지만 엘리자베스는 네더필드의 여자들이 사람들을 거만하게 대하고 제인에게도 예외가 아닌 것을 알고는 그녀들을 좋게 생각할 수가 없었 다. 두 자매가 제인에게 잘 대해주는 것은 빙리가 제인을 좋게 봤기 때문이다. 두 사람이 만날 때마다 빙리가 제인에게 호감을 갖고 있는 건 분명해 보였다. 그리고 제인도 빙리가 보이는 호감을 속으로 좋아하고 있었고, 어떤 면에서는 두 사람이 사랑에 빠져 있다는 점을 엘리자베스는 알 수 있었다. 그렇지만 제인은 성격이 강인하고 침착하며 항상 명랑한 태도를 보이기 때문에 다른 사람들이 그런 점을 눈치챌 수 없다는 사실을 엘리자베스는 알고 있었다. 엘리자베스는 자기 생각을 샬럿에게 언급했다.

그랬더니 샬럿이 이렇게 말했다.

"사람들을 그렇게 만드는 건 재밌을지도 몰라. 그치만 너무 그렇게 자기방어를 해버려도 안 좋아. 여자가 속으로 좋아하면서도 감정을 숨겨버리면 남자가 자기를 좋아하게 만들 기회를 놓칠 수도 있어. 그러면 세상 사람들도 자기가 남자를 좋아했다는 사실을 모르니까 된 거 아니냐고 생각하겠지만, 그게 위안이 될 수는 없어. 애정에는 애정 자체만 있는 게 아니라 고마움이나 허영심 같은 게 끼어들어서 혼동스럽게 만들어. 그래서 애정이 제멋대로 가게 놔두면 안 되는 거야. 우린 모두가 자연스럽게 사랑을 시작할 수 있어. 약간의 호감만으로도 충분히 사랑을 싹틔울 수는 있지. 그치만 애정이 더 커지도록 하지 않고 내버려뒀는데 상대방이 애정을 적극적으로 표현해오기를 바랄 수는 없어. 여자는 자기가 느끼는 것 이상으로 애정을 상대방에게 보이는 게 좋아. 빙리라는 사람이 네 언니를 좋아하는 건 확실해. 그치만 네 언니 쪽에서 적극적으로 나오지 않으면 그냥 좋아하는 것 이상은 되지 않을 거야."

"근데 우리 언니도 자기가 할 수 있는 한 적극성을 보이는 것 같아. 난 언니가 할 만큼 하고 있다고 생각하는데 그 사람이 그걸 알아채지 못한다면 바보인 거지."

"엘리자베스, 그 사람은 너만큼 네 언니 성격을 모른다고."

"그치만 여자가 남자한테 애정을 갖고 있고 그런 마음을 애써서 감추려고 하지 않는다면, 남자 쪽에서 좀 더 알아내야 하는 거 아냐?"

"남자가 네 언니랑 자주 만난다면 당연히 그렇게 해야겠지. 그치만 두 사람이 꽤 자주 만나기는 해도 여러 시간 동안 단둘이 있지는 않아. 그리고 여러 사람들과 같이 있을 때가 많기 때문에 두 사람이 단둘이 대화하는 시간을 갖는 게 어려워. 그러니 네 언니는 반시간 동안이라도 둘이 대화하는 기회를 얻어서 그 사람 관심을 사로잡아야 하는 거야. 일단 관심을 갖게 만들어놓으면 그제야 그 사람과 얼마든지 사랑에 빠질 수 있는 기회가 생길 거야."

"오직 결혼이 관심거리라면 그렇게 하는 게 좋겠지. 부자 남편을 만나고 싶다면 당연히 그렇게 해야 할 거야. 그치만 우리 언니 속셈은 그게 아닌 거 같아. 어떤 계획에 따라서 움직이는 게 아냐. 아직까지는 그 남자에 대한 자신의 애정이 얼마나 깊은지도 잘 모르는 거 같고, 그 사람을 좋아하는 게 바람직한지도 확신하지 못하는 거 같아. 그 사람을 안 지는 2주밖에 안 됐어. 메리튼에서 그 사람하고 네 번 춤을 췄을 뿐이고, 그 사람 집에서 아침에 한 번 봤을 뿐이고, 다른 사람들이 함께 있는 데서 그 사람하고 네 번 식사를 했을 뿐이야. 그거 가지고는 그 사람을 완전히 알 수 없는 거지."

"그렇다고 볼 수도 있겠지. 단순히 식사만 같이했다면 그 사람이 식욕이 좋은지 나쁜지 그것 말고 뭘 알 수 있겠어? 그렇지만 네 번의 저녁 시간을 가졌다는 점을 알아야 돼. 네 번이면 과히 적지 않은 거야."

"그래, 네 번의 저녁 시간을 같이 보내면서 두 사람이 어떤 카드 게임을 좋아하는지 알게 됐어. 그치만 그 사람의 다른 성격은 잘 알아볼 수 없었을 거야."

"난 네 언니가 잘됐으면 하고 항상 마음속으로 바라고 있어. 그리고 네 언니가 내일 결혼을 하든 열두 달 동안 그 남자에 대해 연구한 다음에 결혼을 하든 행복의 정도에는 차이가 없을 거라고 생각해. 결혼을 통해 행복해지는 건 완전히 운에 달려 있어. 상대방의 성격을 서로가 잘 알든, 두 사람의 성격이 서로 비슷하든 간에 그게 결혼의 행복을 좌우하지는 않아. 행복은 나중에 어떻게 변할지 알 수 없어. 그리고 평생을 같이 지낼 사람의 결점은 되도록 적게 알수록 좋지."

"우습네. 근데 그건 바람직하지 않아. 샬럿 너도 알고 있을 거야. 그리고 너도 그런 식으로 행동하진 않을 거고."

엘리자베스는 자기 언니에 대한 빙리의 관심을 관찰하느라 정신이 팔려 있어서 자신이 빙리의 친구에게 관심의 대상이 되어 있음을 알아차릴 수가 없었다. 다아시는 처음에 엘리자베스가 아름답다고 거의 생각하지 않았다. 무도회에서 춤을 출 때도 별로 관심을 두지 않고 바라봤다. 그리고 다음에 다시 만났을 때는 단지 그녀가 어떤 여자인지를 논평하기 위한 목적으로 바라봤다. 그렇지만 그는 자신과 친구 빙리가 엘리자베스의 얼굴에 별로 아름다운 구석이 없다고 확신한 순간, 검은 눈동자로 아름다운 표정을 짓는 그녀가 아주 지적으로 보인다는 점을 발견했다. 그런 발견에 이어서 다른 한 가지 사실도 인정하게 되었다. 그녀의 몸매에서 결함을 여러 가지 찾아내었음에도 그녀의 몸매가 사실은 날렵하고 우아하다는 점을 인정하지 않을 수 없었다. 그리고 행동이 상류층 세계에 안 어울려 보이기는 했지만 동시에 재미있어 보인다는 점이 마음을 끌었다. 이런 사실을 그녀는 전혀 모르고 있었다. 그녀는 단지 그 남자가 누구하고나 어울리지 못하고 자신을 춤 상대로 여기지 않는다고 간주할 뿐이었다.

하지만 다아시는 엘리자베스에 대해 더 많이 알기를 바랐고, 그녀와 대화를 나눠보려는 마음에서 그녀가 다른 사람들과 주고받는 말에 관심을 기울이고 있었다. 그가 그렇게 행동하는 것이 그녀의 눈에 띄었다. 윌리엄 루카스의 집에서 사람들이 모여 있을 때였다.

"내가 포스터 대령하고 말하는 걸 다아시가 엿듣고 있었는데 그게 무슨 의미일까?"

엘리자베스가 샬럿에게 물었다.

"그건 다아시만이 알 수 있는 질문이지."

"그치만 계속 그런 식으로 나오면 내가 먼저 쏴붙일 거야. 다아시는 남을 헐뜯는 사람이라서 도도하게 나가지 않으면 난 그 사람 밥이 되고 말걸."

그 말을 하고 나서 곧바로 다아시가 그녀들에게로 다가왔는데, 사실 그는 엘리자베스에게 말을 걸어볼 의도는 별로 없었다. 그런데 샬럿이 엘리자베스에게 말을 자제하라고 했고 엘리자베스는 거기에 오히려 반감이 차올라서 다아시를 돌아보고는 말했다.

"다아시 선생님, 제가 메리튼에서 무도회를 열어달라고 포스터 대령한테 요청했는데, 제가 잘한 거 아닌가요?"

"여자들은 항상 그런 데 관심이 많지 않나요?"

"항상 그런 식으로 말씀하시는군요."

"다음엔 엘리자베스가 당할 차례군요, 다아시 선생님. 그리고……이제 내가 피아노 뚜껑을 열 테니 넌 뭘 해야 하는지 알고 있겠지, 엘리자베스?"

샬럿이 말했다.

"샬럿 너는 항상 이상하게 구는구나. 언제나 내가 사람들 앞에서 악기를 연주하며 노래 부르게 하니 말야. 내가 음악에 소질이 뛰어나다면 연주하는 걸 고맙게 받아들이겠지만, 최고 음악가들의 연주만 들어왔을 텐데 이 사람 앞에서 재주 부리기 싫어."

그런데 샬럿이 계속 고집하자 엘리자베스는 이렇게 답변했다.

"그럼 한번 해볼게."

그러고 나서 다아시를 고약한 눈빛으로 한번 보고서는 말했다.

"여기 있는 사람들 모두 알겠지만 이런 속담이 있죠. '죽을 식히려면 숨을 죽여라.' 저도 목청을 가다듬기 위해 숨을 죽이고 있어야겠어요."

엘리자베스의 연주와 노래는 훌륭하다고 볼 수는 없었지만 들어줄 만했다. 한두 곡을 부르고 나서 사람들의 앵콜 요청에 응하기도 전에 동생 메리가 가로챘다. 메리는 가족들 중에서 가장 볼품없는 용모였기 때문에 보상 심리로 공부를 많이 했고 항상 자기를 과시하고 싶어 했다.

메리는 음악에 크게 재능은 없었다. 허영심이 몸에 배어 있어서 잘난 체만 했고 자기가 실제로 아는 것보다 더 아는 척했다. 엘리자베스는 메리에 비해 절반도 소질이 없었지만 꾸밈없는 성격 때문에 사람들이 더 호감을 갖고 음악을 들어주었다. 메리는 길게 콘체르토를 연주한 뒤에 스코틀랜드와 아일랜드 음악을 연주하여 기분 좋은 칭찬을 들었는데, 그동안 여동생들은 루카스 집안의 여자들과 함께 장교 두세 명과 한쪽에서 춤을 추고 있었다.

다아시는 자신만 대화 없이 그처럼 재미없게 저녁 시간을 보내자 속으로 조용히 분개하면서 그녀들 옆에 서 있었는데, 자기 생각에 너무 몰두한 나머지 윌리엄 루카스 경이 옆에 다가온 줄도 모르고 있었다. 그러다 루카스가 이런 말을 할 때야 알아챘다.

"다아시 선생님, 춤이란 정말 좋은 오락이지요? 결국 춤만 한 건 없다고 봐야죠. 사교계에서 춤이 없다면 얼마나 재미없겠어요?"

"물론이죠, 선생님. 그리고 야만적인 사회에서도 춤은 유행하죠. 야만인들도 춤은 출 줄 아니까요."

이 말에 윌리엄 루카스 경은 미소만 짓고 있었다. 그러고는 빙리가 다른 사람들과 어울려 춤을 추는 광경을 보고는 말을 이었다.

"친구분이 춤을 기분 좋게 추는군요. 다아시 선생님도 춤을 잘 출 것 같은데요."

"제가 전에 추는 걸 보셨을 텐데요, 선생님."

"그랬죠. 아주 재밌게 추시더군요. 런던에서도 자주 추시나요?"

"거기선 안 춰요."

"춤을 춰줘야 그곳을 빛내주는 거 아닌가요?"

"저는 피할 수만 있다면 안 추거든요."

"런던에도 집이 있으시지요?"

이 말에 다아시는 고개를 숙였다.

"나도 런던에 정착하는 걸 생각해봤어요. 내가 상류 사회 사람들과 어울리는 걸 좋아하니까요. 근데 런던의 공기가 집사람한테 맞지 않을까 봐 가지 못했어요."

윌리엄 루카스 경이 답변을 기다렸지만 다아시는 아무 말도 하지 않았다. 그때 엘리자베스가 다가오자 그는 뭔가 좋은 일을 해야겠다는 생각에서 그녀를 불렀다.

"엘리자베스, 같이 춤 좀 추지. 다아시 선생님, 엘리자베스 양을 내가 아주 좋은 파트너로 소개해주고 싶군요. 이런 미인이 앞에 있는데 춤추는 걸 거절하진 않겠죠?"

그러고는 엘리자베스의 손을 잡고서 그 손을 다아시에게 건네려고 했다. 다아시는 깜짝 놀랐지만 거절할 생각은 없었는데, 엘리자베스가 바로 몸을 뒤로 빼고서는 윌리엄 루카스 경에게 퉁명스럽게 말했다.

"전 출 생각이 없어요. 제가 춤출 상대를 찾으러 왔다고 생각하진 마세요."

다아시가 정중하게 춤출 영광을 달라고 요청했다. 그렇지만 소용없었다. 엘리자베스의 고집을 꺾을 수 없었다. 윌리엄 경도 설득해보려고 했지만 소용없었다.

"엘리자베스, 춤을 그렇게 잘 추면서 구경도 한번 못하게 하는 건 너무 잔인하구나. 그리고 이 신사 분이 춤을 별로 좋아하진 않지만 반시간 정도는 사람들을 즐겁게 해줄 수 있을 거야."

"다아시 선생님은 아주 예의 바른 분이니까요."

엘리자베스가 미소 지으면서 말했다.

"그렇긴 해. 그치만 엘리자베스, 예절을 안 갖출 수도 없는 노릇이지. 이런 분을 누가 거절할 수 있겠어?"

엘리자베스는 짓궂은 표정으로 윌리엄 경을 바라보고는 돌아서 버렸다. 하지만 엘리자베스의 그러한 반박이 다아시에게는 상처가 되지 않았고 오히려 그녀가 더 마음에 들었다. 그런데 이때 캐럴라인이 다가와서는 "지금 무슨 생각을 하는지 알 수가 없네"라고 말을 걸었다.

"신경 쓸 필요 없어."

"이런 사람들과 어울려서 수많은 저녁을 보내야 하니 피곤하다고 생각할 테지? 나도 오빠처럼 생각한다고. 이렇게 신경질 난 적이 없어. 따분하고 시끄럽기만 하고. 별 볼일 없는 사람들이 잘난 체만 하고 있고. 다아시 오빠가 싫어하는 것도 당연하지."

"오해했군. 사실은 즐거운 생각을 하고 있었어. 아름다운 여성의 눈을 보며 아주 즐거운 기쁨을 느끼고 있었거든."

캐럴라인은 그 말에 그의 얼굴을 바라보면서, 그처럼 즐거운 생각을 갖게 한 여자가 누구냐며 말해달라고 했다. 다아시는 "엘리자베스 베넷"이라고 주저없이 대답했다.

"엘리자베스 베넷이라고?"

캐럴라인이 소리 질렀다.

"정말 놀라운데. 언제부터 좋아하게 됐어? 식은 언제 올릴 거야?"

"여자들은 항시 그런 생각만 한다니까. 여자들은 상상력이 너무 빨라. 누가 어떤 여자를 좋아한다고 하면 그게 사랑으로 이어지고 다음엔 결혼으로 이어지고. 너도 그런 식으로 생각할 줄 짐작했어."

"그렇게 진지하게 말하는 걸 보니까 이미 맘속으로 정했네. 이제 매력 있는 장모님도 생길 테고, 그런 장모님하고 평생 살겠지?"

캐럴라인이 하는 이런 농담을 다아시는 무관심하게 듣고 있었고 캐럴라인은 자기의 추측이 맞다고 여기고 계속해서 농담을 해댔다.

7

베넷의 재산은 연간 수입이 2천 파운드 정도 되는 토지가 전부였는데, 아들 없이 딸들만 있었기 때문에 먼 친척 앞으로 상속이 정해져 있었다. 그리고 베넷 부인의 재산은 여자로서는 많은 편이었지만 남편이 가진 재산의 부족분을 채워주기에는 모자랐다. 베넷 부인의 아버지는 메리튼에서 변호사였는데 그녀에게 4천 파운드의 재산을 물려주었다.

베넷 부인에게는 여동생이 한 명 있었는데, 아버지 밑에서 서기로 근무하던 필립스라는 사람과 결혼해서 그 일을 계속하고 있었다. 또 남동생도 하나 있었는데, 런던에서 괜찮은 사업을 하고 있었다.

롱본은 메리튼에서 1마일밖에 떨어져 있지 않아서 베넷의 딸들은 1주일에 서너 번씩 거기 사는 이모 집에 놀러 가거나 모자 가게에 들르곤 했다. 가장 어린 딸인 캐서린과 리디아가 메리튼에 가장

자주 놀러 다녔다. 언니들보다 아직 철이 없어서 별로 할 일이 없을 때는 메리튼에 들러서 몇 시간씩 놀다가 돌아와 저녁 시간에 화젯거리를 제공해주는 것이 낙이었다. 시골 소식이라 그다지 특별히 관심을 둘 만한 것은 없었지만 이모 집에 놀러 가서 무언가 얘깃거리를 가져왔다. 그런데 최근에는 군부대가 겨우내 메리튼에 머물면서 군 본부가 차려졌고 좋은 얘깃거리가 되었다.

이제 이모인 필립스 부인의 집을 방문하는 게 가장 흥미로운 일과였다. 장교들의 이름이나 그들의 일과에 대해 많은 것을 알게 되었다. 거처도 알게 되었고, 직접 만날 수도 있었다. 그리고 이모부인 필립스가 장교들을 방문해서 장교들 정보를 가져왔다. 그래서 캐서린과 리디아는 이제 장교들에 대해서만 얘기했다. 어머니가 관심을 보이는 빙리의 막대한 재산 같은 것은 장교들의 군복에 비하면 아무 가치도 없어 보였다.

어느 날 아침에 두 사람이 그런 주제로 신나게 떠들고 있을 때 아버지 베넷이 퉁명스럽게 말했다.

"너희 말을 듣자니 이 나라에서 가장 어리석은 여자애들로 보이는구나. 너희가 그렇게까지 어리석은 줄 몰랐는데 이젠 확신할 수 있겠다."

캐서린은 기가 죽어서 아무 대답도 하지 않았지만, 리디아는 전혀 아랑곳하지 않고 카터 대위가 다음 날 런던으로 가기 때문에 오늘 중으로 만나봐야겠다고 하면서 그 군인을 칭찬해댔다.

"당신, 어쩌면 자식들한테 어리석다는 그런 말을 할 수 있어요? 어리석은 건 우리 애들이 아니라 다른 집 애들이라고요."

베넷 부인이 응수했다.

"우리 애들이 어리석다는 점을 알고는 있어야지."

"우리 애들은 아주 똑똑하다고요."

"우리 의견이 일치하지 않는 게 이것밖에 없어 다행이군. 우리가 모든 면에서 일치하기를 바라지만, 내가 우리 애들을 아주 어리석다고 생각하는 점만은 당신하고 차이가 있군."

"애들이 우리 어른들만큼 성숙한 생각을 할 거라고 기대하세요? 쟤들이 크면 우리처럼 군복 입은 사람들은 쳐다도 보지 않을 거예요. 나도 옛날엔 붉은 옷을 멋지게 입은 군인들이 좋아 보인 시절이 있었고 지금도 가슴 한구석엔 그런 마음이 있어요. 그리고 1년에 수입이 한 5, 6천 파운드 정도 되는 어떤 멋지고 젊은 장교가 우리 애들 중에서 하나를 마음에 들어 한다면 난 반대하지 않을 거예요. 저번에 윌리엄 경 집에서 보니 포스터 대령도 아주 멋지더라고요."

"엄마, 이모가 그러는데, 포스터 대령하고 카터 대위가 예전만큼 왓슨 양 집에 자주 가지 않는대요. 지금은 이동 도서관 앞에 자주 서 있다고 그래요."

리디아가 나섰다.

베넷 부인이 무슨 말을 하려는데 하인 하나가 들어와서 제인에게 서신을 전해주었다. 네더필드에서 온 편지였고, 그 하인은 답장을 받아 가려고 기다리고 있었다. 베넷 부인은 좋은 소식을 기대하면서 반색을 했고 제인에게 빨리 읽어보라고 닦달했다.

"제인, 어디서 온 거니? 무슨 내용이야? 뭐라고 썼어? 빨리, 빨리 얘기해봐."

"캐럴라인한테서 온 거예요."

제인이 대답하고서는 큰 소리로 읽어주었다.

나의 친구에게

오늘 여기 와서 우리와 함께 시간을 보내지 않는다면 우리 집이 조용하지 않을 거예요. 우리 두 여자는 항상 말다툼만 하고 지내거든요. 이 서신을 받는 대로 즉시 와주세요. 우리 오빠하고 남자들은 장교들하고 외식하러 나갈 거예요.

캐럴라인 빙리

"장교들하고! 근데 왜 이모가 그 말을 안 했을까?"

리디아가 소리 질렀다.

"남자들은 다 나가버린다고? 정말 운이 없구나."

베넷 부인이 말했다.

"마차 타고 가게 해주실 거죠?"

제인이 물었다.

"안 돼. 말을 타고 가는 게 낫겠다. 아무래도 비가 올 것 같구나. 그러면 그 집에 저녁 내내 머물러야 할 테니까."

"좋은 생각이네요. 그 사람들이 마차로 제인을 여기까지 데려다주진 않을 거고요."

엘리자베스가 말했다.

"맞아. 그런데 남자들은 빙리 마차를 타고 메리튼까지 갈 테고, 허스트 부부한테는 마차가 없을 테니까."

"난 마차로 가고 싶다고요."

"그치만 아버지가 말을 여러 마리 내주실 수 없을 거야. 농장 일을 할 수 없으니까. 여보, 그렇지 않아요?"

"농장에선 지금 말이 부족하지."

"오늘 노는 말이 여러 마리 없다면 어머니 목적이 달성되겠지."

엘리자베스가 말했다.

결국 제인은 농장에 남아도는 말이 없다는 사실을 인정할 수밖에 없었고, 그래서 말 등에 앉아서 가야 했다. 어머니는 날씨가 나쁠 징조가 보여서 속으로 즐거워하면서 딸을 배웅했다. 베넷 부인의 소원이 이루어지게 되었다. 제인이 떠난 지 얼마 되지 않아서 비가 세차게 내리기 시작했다. 동생들은 언니 걱정이 태산 같았지만 베넷

부인은 즐거워했다. 비는 저녁 내내 끊임없이 내렸고 제인은 이제 돌아오는 게 불가능해 보였다.

"내가 정말 생각 잘했군!"

베넷 부인은 소리치면서 기뻐했다. 마치 자기가 비를 내리게 만든 것처럼 생각했다. 그렇지만 다음 날 아침이 되기 전까지 베넷 부인은 얼마나 좋은 일이 닥쳤는지 알지 못했다. 아침 식사가 끝나기도 전에 네더필드에서 온 하인 하나가 엘리자베스에게 다음과 같은 내용의 쪽지를 전달했다.

리지

어제 비를 흠뻑 맞았더니 오늘 아침에 몸이 아주 말을 안 듣는구나. 여기 있는 사람들은 내 몸이 좋아지기 전까지는 집에 못 돌아가게 하는구나. 존스 씨도 봐야 한다는 거야. 그러니 그 사람이 여기 왔다는 소식을 듣더라도 놀라지 마. 목이 아프고 머리가 좀 아픈 것 외에는 괜찮으니 너무 걱정하지 말고.

엘리자베스가 편지 읽기를 마치자 베넷이 말했다.

"당신, 딸이 만약 병에 걸려서 죽기라도 한다면 그건 모두 당신 책임이오. 당신이 하라는 대로 빙리를 쫓아다니다가 그렇게 되는 거니까."

"죽긴 누가 죽는다고 그래요? 감기 때문에 죽는 사람 봤어요? 거기 사람들이 잘 보살펴줄 테고, 제인이 거기 있는 동안 좋은 일이 생길 거예요. 마차로 갈 수만 있다면 내가 가서 어떻게 됐는지 보겠는데……."

그런데 엘리자베스는 진심으로 걱정이 되어서, 마차를 타고 갈 수 없더라도 언니한테 가겠다고 작정했다. 그리고 말을 탈 줄도 몰랐기 때문에 걸어서 가는 것이 유일한 방법이었다. 엘리자베스가 자신의 그런 생각을 말해주었다.

"그런 말도 되지 않는 소리를 하다니! 진흙탕 속을 걸어갔다가는 그 집에 발도 들여놓지 못할 거야."

어머니가 소리 질렀다.

"그건 아무 문제도 안 될 거예요."

"마차를 내달라는 소리니?"

아버지가 물었다.

"아니에요. 걸어가도 상관없어요. 거리가 좀 멀다고 그만둘 수 없잖아요? 3마일만 걸으면 되는데. 저녁 식사 시간 전에는 돌아올 거예요."

"언니 생각이 좋기는 하지만, 모든 건 머리로 해결해야 해. 어떤 행동을 하려면 그에 합당한 요구 조건이 있어야 하는 거지."

메리가 말했다.

"우리가 메리튼까지 동행해줄게."

캐서린과 리디아가 말했다. 엘리자베스는 그 제안을 받아들였고 자매들은 함께 출발했다.

"서둘러 간다면 카터 대위가 나가버리기 전에 잠시라도 볼 수 있을 거야."

걸어가는 도중에 리디아가 말했다.

메리튼에서 자매들은 헤어졌다. 가장 나이 어린 두 동생은 한 장교 부인의 숙소가 있는 곳으로 갔다. 엘리자베스는 혼자서 길을 재촉하여 빠른 걸음으로 들길을 걸어갔다. 들길에 쳐놓은 울타리와 흙탕길을 지나치며 결국 그 저택에 보이는 곳에 도착했을 때는 발바닥이 퉁퉁 부었고 양말은 더러워졌으며 얼굴은 화끈거렸다.

엘리자베스는 사람들이 아침을 먹고 있는 곳으로 들어갔는데, 거기에는 제인을 제외한 모든 사람이 모여 있었다. 그녀가 나타나자 모두 놀라워했다. 그처럼 이른 시간에, 그리고 궂은 날씨에 혼자서 3마일을 걸어왔다는 사실이 루이사와 캐럴라인에게는 믿기지 않았다. 엘리자베스는 사람들이 속으로 자기를 경멸하고 있다는 느낌을 받았다. 그렇지만 겉으로는 예바르게 대해주고 있었다. 그중 빙리가 가장 반갑고 친절하게 맞아주었다. 다아시는 거의 말을 하지 않았고 허스트는 전혀 말이 없었다. 다아시는 엘리자베스가 운동을 해서 얼굴이 달아오른 것을 찬양하다가는 혼자서 그렇게 먼 길을 올 이유가 있었는가 하고 반문했다. 허스트는 아침 식사에만 관심이 있었다.

엘리자베스가 언니에 대해 물어봤을 때 반가운 대답은 나오지 않았다. 제인은 잠도 잘 못 잤고 아침에 깨어나서도 열이 아주 높았으며 침실에서 나올 수가 없었다는 것이다. 엘리자베스는 즉시 제인이 있는 곳으로 가봤다. 제인은 가족이 와주면 좋겠다는 생각을 하고 있었지만 걱정을 끼치고 불편을 줄까 봐 서신에 써놓지는 않았는데, 엘리자베스가 와주어서 무척 반가웠다. 그런데 몸이 불편하여 대화는 제대로 할 수 없었고 캐럴라인이 방에서 나갈 때 친절하게 돌봐주어서 고맙다는 인사를 몇 마디 할 뿐이었다. 엘리자베스는 혼자서 언니를 돌봤다.

아침 식사를 마치자 빙리 집안의 자매들이 들어왔다. 엘리자베스는 그녀들이 각별한 애정을 가지고 제인을 돌봐주는 모습에 그녀들이 좋아지기 시작했다. 의사가 와서 환자를 진찰한 후, 감기가 심하게 들었으니 각별히 주의해야 한다면서 침대로 돌아가서 약을 먹으라고 일러주었다. 제인은 열이 심했고 머리가 많이 아팠기 때문에 의사의 말을 기꺼이 따랐다. 엘리자베스는 잠시도 떨어지지 않고 언니를 지켰으며, 그 집안의 자매들도 거의 자리를 비우지 않았다. 남자들이 다 외출했기 때문에 여자들은 사실 다른 할 일도 없었다.

시계가 3시를 치자, 엘리자베스는 이제 돌아가야겠다고 생각했다. 내키지는 않았지만 돌아가야겠다고 하자 캐럴라인이 마차를 내주겠다고 제안했다. 엘리자베스가 그 제안을 받아들이려 하는데 제인이 자기 동생과 헤어지는 것을 아쉬워하자 캐럴라인은 마차를 내주려는 생각을 바꿔 엘리자베스에게 네더필드에 더 머물러달라고 요청했다. 엘리자베스는 그 요청을 즐거운 마음으로 받아들였고, 그래서 하인 한 사람을 롱본으로 보내 그녀가 거기에 더 머물러 있겠다는 소식을 전하고 옷가지를 가져오도록 했다.

8

5시에 빙리 집안의 두 자매는 옷을 갈아입기 위해 제인이 있는 방에서 나갔고 6시 반이 되자 엘리자베스에게 저녁 식사를 하라는 전갈이 왔다. 엘리자베스가 식사하는 곳으로 들어서자 여러 가지 질문이 쏟아졌다. 그중에서도 빙리의 염려하는 질문이 가장 두드러졌는데, 거기에 대해 엘리자베스는 좋은 소식을 전해줄 수가 없었다. 제인은 별로 나아진 기색이 없었기 때문이다. 두 자매는 그 소리를 듣고서는 자기들이 얼마나 애달팠는지, 지독한 감기에 걸리면 얼마나 괴로운지, 자기네들이 만약 감기에 걸리면 얼마나 괴로울지 말했다. 그러고는 그 일에 대해 더는 왈가왈부하지 않았다. 엘리자베스는 제인이 면전에 없을 때 보이는 그녀들의 무관심을 알아차리고는 그녀들을 싫어했던 원래 감정이 다시 되살아났다.

빙리만이 엘리자베스가 유일하게 믿을 수 있는 사람이었다. 그가 제인을 걱정한다는 점은 명백해 보였고, 그 점이 엘리자베스에게는 만족스러웠다. 그래서 그나마 사람들이 자신을 불청객으로 간주할 거라는 생각에서 조금이라도 벗어날 수 있었다. 빙리만이 관심을 갖고 그녀를 상대해주었다. 캐럴라인은 다아시하고만 얘기를 나누었고 루이사도 마찬가지였다. 그리고 엘리자베스 바로 옆에 앉아 있는 허스트는 오직 먹는 것, 마시는 것, 카드놀이에만 관심이 있었고, 엘리자베스가 단순하게 조리한 음식을 좋아한다고 하자 더는 그녀에게 관심을 보이지 않았다.

저녁 식사가 끝나자 엘리자베스는 곧바로 제인에게로 돌아갔고, 캐럴라인은 엘리자베스가 자리를 뜨자마자 그녀를 헐뜯기 시작했다. 매너도 좋지 않고 오만과 뻔뻔함으로 뭉쳐 있으며 말도 잘 못하고 멋도 낼 줄 모르며 얼굴도 아름답지 않다고 했다. 루이사도 그렇게 생각하고 있었는지라 이렇게 응수했다.

"간단히 말해서 걷는 데만 소질이 있지 아무것도 볼 것이 없다고. 오늘 아침에 그 꼴로 나타난 걸 난 잊지 못할 거야. 너무 거친 여자처럼 보이더라고."

"정말이야, 언니. 난 가만히 있느라고 혼났어. 도대체 여길 왜 왔는지 모르겠어. 자기 언니가 감기에 걸렸다고 온 들판을 쏘다녀야겠냐고. 머리는 요란하게 헝클어져선."

"속치마는 또 어떻고. 보니깐 완전히 진흙으로 뒤범벅돼 있더라. 겉치마로 가리려고 했지만 그게 감춰지나."

"누나 표현이 맞을지도 모르겠어. 그치만 내가 보기에 그런 건 아무것도 아냐. 아침에 여기 왔을 땐 아주 멋있게 보이더라고. 난 더러운 속치마 같은 건 눈에 띄지도 않았어."

빙리가 말했다.

"다아시 오빠는 봤지? 오빠 동생이 그런 추태를 부렸다면 가만 안 있었겠지?"

캐럴라인이 말했다.

"물론 난 그런 걸 싫어하지."

"그렇게 발을 빠져가면서 3마일이나 걸어오다니, 말이 되는 거야? 그것도 혼자서 말이지. 도대체 그렇게 해서 뭘 어쩌겠다는 거야? 대단한 독립심을 보여주려는 걸까, 아니면 격식 같은 건 무시하는 여자라는 걸 선전하려는 걸까?"

"언니에 대한 애정이 각별하다는 걸 보여줬으니까 좋은 일이지."

빙리가 말했다.

"다아시 오빠는 그런 모습을 보고 그 여자 눈에서 느꼈던 매력이 달아나버리지 않았는지 모르겠네?"

캐럴라인이 말했다.

"아냐, 전혀 그렇지는 않아. 오히려 운동으로 눈이 더 아름답게 반짝이는 거 같던데."

다아시가 대답했다.

잠시 동안의 적막이 흐른 뒤에 루이사가 말했다.

"난 제인 베넷만은 좋게 보고 있어. 정말 괜찮은 여자야. 좋은 곳으로 시집도 갔으면 하고 바라지만, 아버지도 그렇고 어머니도 그렇고 식구들이 다 천해 보이니 결혼 잘하기는 틀린 거 같아."

"이모부가 메리튼에서 변호사를 한다는 소리를 들었는데……."

"맞아. 그리고 또 한 사람이 더 있는데 런던 후진 곳에서 사나 보더라고."

"정말 굉장한 거 아냐?"라고 말하면서 두 자매는 크게 웃어댔다.

"별 볼일 없는 외삼촌이 깔려 있다고 하더라도 이 자매들하고는 아무 상관이 없어."

빙리가 두 자매를 나무랐다.

"그렇지만 그것 때문에 좋은 남자하고 결혼할 가능성은 상당히 줄어들겠지."

다아시가 말했다.

이 말에 빙리는 아무 말도 하지 않았다. 그렇지만 두 자매는 다아시의 말에 동의하면서, 엘리자베스의 천한 가족이나 친척들을 빈정대는 재미에 한동안 빠져 있었다.

그런데 잠시 후에 가련한 마음이 되살아났는지 그녀들은 식사하는 홀에서 나와 제인이 있는 방으로 갔고, 거기서 차가 준비되었다는 말을 듣고 다시 나갈 때까지 머물러 있었다. 제인의 상태가 여전히 아주 안 좋았으므로 엘리자베스는 언니 곁을 잠시도 떠나려고 하지 않았으며, 저녁 늦게 언니가 잠드는 것을 보고 나서야 아래 층으로 내려갔다. 응접실에서는 카드놀이 중이었고 엘리자베스에게도 함께하자고 했다. 그러나 거액의 돈을 거는 모습을 보고는 언니한테 다시 가봐야 한다는 핑계로 거절했고, 그냥 독서나 하면서 잠깐 시간을 보내겠다고 했다. 허스트가 의아스러운 표정으로 그녀를 바라봤다.

"카드놀이보다 독서를 더 좋아하신다고요? 정말 특이한 분이시군요."

"엘리자베스 양은 카드를 경멸한다고요. 대단한 독서가이신가 봐요. 다른 거는 취미가 없으니."

캐럴라인이 말했다.

“전 그런 칭찬의 말도, 비난의 말도 들을 자격이 없는 사람이에요. 전 대단한 독서가도 아니고 다른 취미도 많은 사람이거든요.”

엘리자베스가 항변했다.

“언니를 간호하는 정성이 대단하시군요. 언니가 빨리 나아서 두 분이 즐거워하는 모습을 보고 싶네요.”

빙리가 말했다.

엘리자베스는 빙리에게 잘 대해주어 감사하다고 말한 다음 몇 권의 책이 놓여 있는 테이블 쪽으로 갔다. 빙리는 서재에 있는 다른 책도 갖다주겠다고 제안했다.

"책이 많다면 엘리자베스 양에게도 좋고 저한테도 좋을 텐데 제가 책 읽는 데는 게으르다 보니 가진 책이 많지 않아요. 그렇긴 해도 제가 읽을 수 있는 것보다는 많이 갖고 있어요."

엘리자베스는 그 방 안에 있는 책만으로도 충분하다고 했다.

"난 아버지가 왜 책을 조금밖에 물려주지 않으셨는지 모르겠어. 다아시 오빠는 펨벌리에 굉장한 서재를 갖고 있어서 좋겠다."

캐럴라인이 말했다.

"그 서재는 몇 세대 동안 이어져 내려왔으니 좋을 수밖에 없지."

다아시가 말했다.

"거기에 다아시 오빠도 많이 보탰잖아. 항상 책을 사 보니까."

"서재를 소홀히 하면 안 되겠지."

"소홀히 하다니? 다아시 오빤 그 서재를 아름답게 할 수 있는 일이라면 물불 안 가릴 거야. 찰스 오빠, 오빠도 집을 사게 되면 다아시 오빠 집 반만이라도 아름답게 꾸미면 좋겠어."

"그렇게 될 수도 있겠지."

"근데 다아시 오빠가 사는 펨벌리 근처에다 집을 사면 좋겠어. 그리고 다아시 오빠 집을 모델로 삼아서 꾸미고. 우리나라에서 더비셔보다 더 나은 곳이 없다고."

"당연하지. 만약에 다아시가 펨벌리 집을 팔면 내가 사버릴 수도 있지."

"좀 가능성이 있는 말을 하라고, 오빠는."

"만약에 펨벌리를 갖고 싶다면 모방하기보단 아예 사버리는 게 더 낫겠지."

엘리자베스는 그들의 말에 너무 정신이 빠져 있어서 책을 제대로 읽을 수 없었다. 그래서 책을 놓아버리고는 카드놀이를 하는 곳으로 가서 빙리와 그의 누나 사이에 자리 잡고 카드놀이를 구경했다.

"다아시 오빠 동생은 올봄보다 키가 더 자랐어? 나만큼 컸을지도 모르겠네?"

캐럴라인이 다아시에게 물었다.

"많이 컸지. 아마 엘리자베스 베넷 양만큼은 클 거야. 아니 더 클지도 모르겠어."

"오랫동안 못 만나서 보고 싶어. 그처럼 좋은 여자는 내가 만나본 적이 없어. 교양도 있고 그 나이에 어쩜 그렇게 골고루 갖출 수가 있는지. 피아노도 정말 잘 치고."

"그 어린 나이에 그만한 교양을 갖춘다는 게 정말 놀랍지. 다른 여자들도 마찬가지긴 하지만."

빙리가 말했다.

"다른 여자들도 다 교양을 갖췄다고? 그게 무슨 말이야, 오빠?"

"그래, 모든 여자가 다 그렇다고. 모두 그림도 그릴 줄 알고 수도 놓을 줄 알고 핸드백도 짤 줄 알아. 그런 걸 못하는 여자는 본 적이 없어. 그리고 아무것도 할 줄 모른다고 사람들한테 조롱받는 여자도 본 적이 없고."

"교양을 갖춘 여자에 대해 자네가 한 말은 일리가 있어. 핸드백도 짜고 수도 놓을 줄 아는 여자가 교양 있는 여자라는 점은 맞아. 근데 난 자네가 모든 여자가 그렇다고 평가하는 것에는 동의하지 않아. 내가 아는 여자 중에 진정으로 교양을 갖춘 여자는 여섯 명도 되지 않는다고."

다아시가 말했다.

"나도 그렇게 생각해, 다아시 오빠."

캐럴라인이 맞장구쳤다.

"그렇담 교양 있는 여자라는 선생님의 관념에는 여러 가지 자질이 포함되는 것 같군요"

엘리자베스가 다아시를 보고 말했다.

"맞아요. 많은 자질이 포함되죠."

"당연하죠. 보통 사람들이 갖춘 것을 훨씬 뛰어넘는 자질을 갖추지 않으면 교양 있는 사람이라 볼 수가 없어요. 여자라면 음악, 노래, 그림, 춤, 외국어 등에 완전한 자질을 갖춰야 한다고요. 그리고 태도에도, 목소리에도, 표현력에도 자질이 있어야 해요. 그렇지 않으면 제대로 된 여자라고 볼 수 없죠."

캐럴라인이 거들어주었다.

"그런 것도 갖추어야 하고, 거기에다 광범위한 독서로 지식을 추가해야 하죠."

다아시가 언급했다.

"전 교양을 갖춘 여자를 여섯 명밖에 모른다는 선생님 말씀이 놀랍네요. 그런 여자를 한 명이라도 볼 수 있을지 의심스럽네요."

"그런 걸 의심하실 정도로 여성들을 가혹하게 평가하시나요?"

"선생님이 말씀하신 그런 능력, 취미, 우아함을 갖춘 여자를 한번도 본 적이 없어요."

루이사와 캐럴라인은 엘리자베스의 말이 틀리다고 항변했으며 자기들은 그런 교양 있는 여자들을 많이 알고 있다고 했다. 허스트는 사람들이 카드놀이에 열중하지 않는다고 신경질을 냈다. 그래서 대화가 중지되었고 엘리자베스는 바로 자리를 떴다.

"엘리자베스 베넷은 다른 여자들을 비난해서 자기를 띄워보려는 여자 같아. 그런 전략이 통할 때도 있겠지. 그치만 아주 비열한 책략이야."

엘리자베스가 나간 후에 캐럴라인이 말했다.

"여자들이 쓰는 술책은 비열한 경우가 많지. 그런 비겁한 행동은 하지 말아야 하는 데 말야."

다아시가 맞장구를 쳤다.

캐럴라인은 다아시의 표현이 전적으로 마음에 드는 건 아니었지만 더는 그것에 관련된 대화는 이어지지 않았다.

엘리자베스는 잠시 후에 다시 응접실로 내려와서는 언니의 병세가 악화되어서 언니 곁을 떠날 수 없다고 했다. 빙리는 의사 존스 씨를 부르자고 했지만, 그의 누이들은 시골 의사가 별로 도움이 안 될 터이니 하인을 런던으로 급히 보내서 저명한 의사를 불러오자고 했다. 엘리자베스는 런던으로 사람을 보내자는 말에는 동의하지 않았지만 빙리의 제안을 거절할 수가 없었다. 그래서 제인의 병세가 호전되지 않는다면 아침 일찍 의사 존스 씨를 부르기로 결정을 봤다. 빙리는 아주 불안해하고 있었다. 그의 누이들도 불안하다고 겉으로는 말했다. 누이들은 저녁 식사가 끝난 후에 노래를 부르면서 조금은 불안한 마음을 떨쳤고 빙리는 하녀에게 제인과 엘리자베스를 잘 보살피라는 말을 하면서 안절부절못했다.

9

엘리자베스는 그날 밤을 언니 방에서 보냈다. 아침이 되자 빙리가 하녀를 보내서 안부를 물어왔고, 그녀들을 돌봐준 하녀들이 물어봤을 때 조금은 나아졌다는 소식을 전할 수 있었다. 그렇지만 약간 차도가 있긴 해도 하인을 롱본으로 보내서 어머니가 제인을 보러 오시기를, 그리고 보고 판단해주면 좋겠다는 말을 했다. 그 전갈은 즉시 롱본으로 전달되었고, 네더필드의 아침 식사가 끝난 직후에 베넷 부인과 가장 어린 두 딸이 그곳에 도착했다.

만약 제인이 급박한 위험에 처해 있었다면 그 어머니는 난리가 났을 것이다. 그렇지만 그렇게 고약한 상태가 아닌 사실을 알고는 제인이 빨리 회복되기를 바라지도 않았다. 병이 나아버리면 네더필드를 떠나야 했기 때문이다. 그래서 베넷 부인은 집으로 데려가달라는 제인의 요구를 거절했다. 그리고 그녀와 거의 같은 시간에 도착한 의사도 그것이 바람직하지 않다고 했다. 제인과 잠시 시간을 보낸 후에 어머니와 세 딸은 캐럴라인의 요청에 따라서 식당으로 내려갔다. 빙리는 제인의 병세를 걱정하는 말을 하면서 베넷 부인을 맞았다.

"실은 내가 생각했던 것보다 더 상태가 안 좋네요. 너무 앓고 있어서 집으로 데려가면 안 되겠어요. 의사 선생님도 데려가면 안 되겠다고 하더군요. 좀 더 신세를 져야 하지 않을까 싶네요."

베넷 부인이 말했다.

"집으로 데려가시다뇨, 그런 말씀 절대 하지 마십쇼. 제 동생도 반대할 겁니다."

빙리가 응수했다.

"저희를 믿으셔도 됩니다. 여기 있는 동안 저희가 최대한 보살펴 드릴게요."

캐럴라인이 냉정하지만 예의 바른 태도로 말했다.

베넷 부인은 진심으로 감사를 표시했다.

"만약 여기 계신 좋은 분들이 없었다면 걔가 어떻게 됐을지 모르겠어요. 상태가 좋지는 않거든요. 많이 참고는 있지만 고생이 심할 거예요. 걔가 성격이 좋아서 그럭저럭 견디고 있는 거예요. 우리집 다른 딸들은 걔한테 비하면 형편없어요. 자갈길이 내다보이는 이 방이 참 아름답군요. 이 근처에서 네더필드만 한 집은 없을 거예요. 잠시 동안만 세를 얻기로 한 걸로 알고 있는데, 금방 떠나실 건 아니겠죠?"

"전 뭐든지 부리나케 해치우거든요. 만약 제가 네더필드를 떠나기로 결심한다면 5분도 되지 않아서 가버릴 겁니다. 그치만 지금은 거의 여기 정착했다고 봐야겠죠."

빙리가 말했다.

"제가 생각한 그대로군요."

엘리자베스가 말했다.

"저를 이제 제대로 보기 시작하시는군요."

빙리가 엘리자베스를 돌아다보며 말했다.

"그래요. 이제 선생님을 잘 이해하기 시작했어요."

"그런 말씀은 좋은 쪽으로 이해하겠습니다. 그런데 자기 성격을 쉽게 간파당하는 건 좋지만은 않은 것 같군요."

"상황에 따라 다르죠. 근데 깊고 복잡한 성격은 선생님 같은 분한테 맞지 않는 것 같군요."

이때 엘리자베스의 어머니가 나섰다.

"리지, 남의 집에 와서 그런 말 하면 못써. 집에서 하는 것처럼 그런 말투를 쓰는 게 아냐."

"사람들의 성격을 연구하는 분인 줄 몰랐군요. 사실 그게 흥미 있는 연구 대상이긴 한데요."

빙리가 말했다.

"맞아요. 사람들의 성격을 연구하는 건 재미있는 일이에요. 연구할 만한 가치가 있죠."

"시골에는 그런 연구 대상이 별로 없죠. 시골에서는 한정된 테두리 안에서만 살게 되니까요."

다아시가 말했다.

"그렇지만 시골 사람들도 끊임없이 변한답니다. 그래서 새로운 사실을 관찰할 기회도 많죠. 시골에서도 런던만큼 복잡한 일이 많이 생긴다고요."

다아시가 시골을 무시하는 투로 말한 점에 대해 베넷 부인이 항의하는 투로 말했다.

모든 사람이 놀란 표정이었고, 다아시는 베넷 부인을 잠시 동안 바라보다가 조용히 고개를 돌렸다. 베넷 부인은 그에게 승리를 거둔 것으로 생각하고는 계속해서 말을 이어나갔다.

"런던이 가게나 공공기관이 많다는 것 빼곤 시골보다 나은 게 뭐가 있는지 모르겠어요. 시골이 훨씬 더 즐거운 곳이에요. 안 그래요, 빙리 선생님?"

"전 시골에 있을 때면 시골을 떠나고 싶지 않고 런던에 있을 때도 런던을 떠나고 싶지 않습니다. 각각 장단점이 있어요. 전 어느 쪽에 있어도 좋더군요."

빙리가 대답했다.

"그건 선생님 성격이 좋아서 그런 거예요. 근데 저분은 시골을 별 볼일 없는 곳이라고 생각하는 것 같군요."

베넷 여사가 다아시를 바라보며 말했다.

"어머니는 다아시 선생님을 잘못 보신 거예요. 저분은 시골에서는 런던만큼 많은 사람을 대할 수가 없다는 의미로 말씀하신 거예요. 그런 건 인정해야 되잖아요."

엘리자베스가 자기 어머니 때문에 얼굴을 붉히며 말했다.

"누가 런던보다 사람들이 많다고 얘기했니? 그런데 많은 사람을 만나는 일에 관한 거라면 여기만큼 나은 곳도 없을 거야. 우리가 식사를 같이할 수 있는 가족들도 스물네 곳은 되잖아?"

엘리자베스에 대한 배려만 아니었다면 빙리는 웃었을 것이다. 빙리의 여동생은 의미 있는 웃음을 지으면서 눈길을 다아시에게 돌렸

다. 엘리자베스는 어머니의 관심을 다른 쪽으로 돌리기 위해 자신이 집을 떠난 후로 샬럿 루카스가 롱본에 방문하지 않았는지를 물어봤다.

“그래, 어제 자기 아버지하고 왔었지. 빙리 선생님, 윌리엄 경은 정말 신사다운 분이죠? 멋도 알고 예절도 바르고 성격도 좋고. 항상 누구하고나 대화할 줄 알고. 그런 사람이 진짜 교양 있는 사람이지. 자기 자신이 세상에서 제일이라고 생각하고 남에게 말도 걸 줄 모르는 사람은 별 볼일 없는 사람이야.”

"샬럿하고 같이 식사했어요?"

"아냐. 집에 가야겠다고 하더구나. 집에서 요리를 해야 할 일이 있나 봐. 빙리 선생님, 우리는 요리하는 사람들은 잘 두고 있어요. 우리 딸들한테는 요리를 시키지 않아요. 그치만 그런 것도 사람들 나름이죠. 루카스 집안 사람들은 다 좋은 사람들이에요. 다만 얼굴이 별로여서 그렇죠. 샬럿이 특별히 못생긴 건 아니지만, 우린 아주 친하게 지내니까요."

"성격이 아주 쾌활한 여자로 보이더군요."

빙리가 말했다.

"그렇죠! 그치만 얼굴은 그럭저럭 생겼다는 걸 인정해야 할 거예요. 걔 어머니도 그건 인정하고, 그래서 얼굴이 아름다운 제인을 부러워하고 있어요. 나도 우리 애들 자랑은 하고 싶지 않지만 사실 제인보다 아름다운 애는 별로 없을 거예요. 사람들이 다 그렇게 말해요. 내가 어머니라고 걔를 잘봐주는 건 아니죠. 걔가 열다섯 살 때 일이에요. 내 남동생 가드너가 런던에 사는데, 그 집에 사는 어떤 젊은이가 제인한테 푹 빠졌답니다. 내 올케는 우리가 거기서 떠나기 전에 그 사람이 청혼을 할 거라고 생각했었죠. 실제로 그런 일은 없었는데 아마 내 딸이 너무 어려서였을 거예요. 근데 그 사람은 아주 아름다운 시를 지어 제인한테 주었답니다."

"근데 그 시와 함께 그 사람의 애정도 식어버렸죠. 그런 방식으로 사랑이 끝나버린 경우가 많아요. 시가 사랑을 몰아내는 데 효과적이라는 사실은 누가 맨 먼저 발견했는지 모르겠어요."

엘리자베스가 한마디 거들었다.

"전 시가 사랑의 밑거름이 된다고 생각하는데요."

다아시가 한마디했다.

"사랑이 튼튼하고 안정돼 있다면 그렇겠죠. 이미 사랑이 굳어져 있다면 한 편의 시로 더욱 다질 수 있겠죠. 그치만 얄팍한 사랑이라면 좋은 시 한 편으로 끝나버릴 가능성이 더 많은 거죠."

다아시는 단지 웃기만 했다. 이어서 침묵이 흐르는 동안에 엘리자베스는 어머니가 다시 아무 말이나 막 해버리지 않을까 하고 조마조마해졌다. 어머니 대신에 자기가 무슨 말을 하려 했지만 특별히 할 말이 생각나지 않았다. 조금 후에 베넷 부인은 제인이 신세를 지고 있고 거기다가 엘리자베스까지 머물게 되어 미안하고 고맙다는 말을 빙리에게 했다. 빙리는 그런 건 아무것도 아니라고 공손하게 말했으며 자기 여동생에게도 그런 식으로 말하라고 했다. 캐럴라인은 별로 달갑지 않은 태도로 그렇게 했지만 베넷 부인은 그런대로 만족해했고 조금 있다가 자기네들 마차를 준비시키라고 했다. 그래서 딸 중 가장 어린 막내가 채비를 했다. 두 딸은 빙리의 집에 온 내내 둘이서 귓속말을 주고받았고, 결국에는 막내가 나서서 빙리가 처음 이곳으로 이사 왔을 때 네더필드에서 무도회를 열겠다고 한 약속을 지키라고 말했다.

리디아는 튼튼하고 잘 자란 열다섯의 처녀였으며 피부도 곱고 활달한 성격이었다. 베넷 부인이 가장 애지중지했고 어머니의 배려로 일찍부터 사람들을 널리 사귀었다. 성격이 활달한 관계로 이모부가 장교들을 불러서 식사를 대접하는 자리를 통해 그들과 사귀게 되면서 남자들에게 점점 더 자신이 생겼다. 그래서 무도회를 열라는 얘기를 스스럼 없이 꺼내 빙리가 자신의 약속을 갑작스럽게 생각해내게 만들었다. 빙리는 약속을 지키지 않으면 자기 인생에서 가장 수치스러운 일이 될 거라고 덧붙여 말했다. 리디아의 요구에 대한 빙리의 대답은 베넷 부인의 마음에도 들었다.

"약속을 꼭 지킬게요. 언니가 회복되면 리디아 양이 좋은 날짜를 지정해주세요. 근데 언니가 아픈 동안에는 무도회를 열면 곤란하겠죠?"

리디아는 흡족했다.

"물론이죠. 언니가 나을 때까진 기다려야죠. 그때쯤이면 카터 대위님도 다시 메리튼으로 올 거예요. 그리고 선생님이 무도회를 연 뒤에는 그분들에게도 무도회를 열라고 요구할 거예요. 꼭 그렇게 하라고 포스터 대령님한테도 얘기할게요."

베넷 부인과 두 딸들은 이윽고 돌아갔고, 엘리자베스는 자기와 자기 가족들에 대해 네더필드 집안의 두 숙녀와 다아시가 험담을 하도록 내버려두고 제인에게로 돌아갔다. 캐럴라인이 엘리자베스가 아름다운 눈을 가졌다는 데 대해 험담을 했지만 거기에 다아시는 끼어들지 않았다.

10

이날은 그 전날과 다름없이 지나갔다. 루이사와 캐럴라인은 오전에 환자와 몇 시간을 함께 보냈다. 환자는 서서히 나아지고 있었다. 저녁때 엘리자베스는 응접실에서 그 집 사람들과 함께 시간을 보냈다. 다아시는 카드놀이 대신 편지를 쓰고 있었으며, 캐럴라인은 다아시 옆에서 지켜보면서 누이에게 이런저런 얘기를 쓰라고 하여 그의 주의를 산만하게 만들고 있었다. 허스트와 빙리는 카드놀이를 했고, 루이사는 그들의 옆에서 구경하고 있었다.

엘리자베스는 뜨개질을 했는데, 다아시와 캐럴라인 사이에 오가는 대화를 주의 깊게 듣고 있었다. 캐럴라인은 다아시에게 글씨를 잘 쓴다느니 문장의 길이가 어떻다느니 하면서 칭찬해주고 있었지만 다아시는 그런 말에 별 관심을 보이지 않았고, 그래서 그들의 대화를 듣고 있는 엘리자베스는 자기가 평소 간주해오던 두 사람의 성격이 이번에도 그대로 드러난다고 생각했다.

"이런 멋진 편지를 받아서 동생이 기뻐하겠네."

다아시는 묵묵부답이었다.

"편지를 아주 빨리 쓰네."

"아냐, 난 비교적 느리게 쓰는 편이야."

"편지 쓸 일이 아주 많겠어. 사무적으로 쓰는 때도 있을 거고. 나라면 편지 쓰기가 아주 싫을 텐데."

"그렇다면 이런 귀찮은 일이 캐럴라인한테가 아니고 나한테 걸려든 게 다행이라고 봐야지?"

"동생한테 내가 보고 싶어 한다고 전해줘."

"이미 앞에서 써놓았다고."

"펜이 잘 나가지 않는 거 같아. 내가 손 좀 봐줄게. 펜 다루는 덴 소질 있거든."

"난 펜을 스스로 고쳐가면서 쓰는 버릇이 있다고."

"글씨가 아주 고르게 써지네."

다아시는 아무 말도 하지 않았다.

"동생이 하프 연주하는 솜씨가 늘었다고 하는데, 내가 그 소식을 듣고 기뻐한다는 말도 해줘. 그리고 저번에 테이블 디자인했던 거 굉장했다고 전해주고. 내가 그랜틀리의 디자인보다 더 낫다고 그러더라는 말을 써주라고."

"그런 얘기는 다음에 쓰면 안 될까? 지금은 그런 말을 쓸 공간이 안 남았거든."

"아! 중요한 거 아니니까 괜찮아. 우리는 1월에 다시 만날 거야. 근데 동생한테 언제나 이렇게 멋있고 길게 편지 쓰는 거야?"

"내가 편지를 길게 쓰기는 해도 멋지게 쓰지는 않지."

"난 긴 편지를 쉽게 쓰는 사람이라면 편지를 못 쓸 수가 없다고 생각해."

"그건 다아시한테는 칭찬하는 말이 아냐. 다아시가 편지를 쉽게 쓰진 않아. 아주 격식 있는 문구를 쓰려고 하지. 그렇지 않아, 다아시?"

그녀의 오빠가 한마디했다.

"내가 쓰는 방식하고 자네가 쓰는 방식은 좀 다르지."

"에이, 오빠는 편지를 아주 제멋대로 쓰잖아? 할 말을 반은 빼버리고 편지지는 잉크 자국으로 얼룩져 있고 그러잖아?"

"난 생각이 너무 빨리 흘러버려서 그걸 다 표현하지 못한다고. 그래서 내 생각을 상대방에게 전혀 전달 못하는 거지."

"그렇게 겸손하시니 비난한 분이 무안해질 수밖에 없겠네요."

엘리자베스가 말했다.

"겸손한 척하는 것보다 더 기만적인 건 없지. 그건 자기의 생각에 대한 부정이거나, 아니면 간접적인 자기자랑이야."

다아시가 말했다.

"그럼 자넨 내가 금방 보인 게 뭐라고 생각하나?"

"간접적인 자기자랑이지. 사실 자넨 그런 편지 쓰기의 결함을 속으론 자랑스러워하고 있거든. 생각은 빠르게 흘러나오는데 실행으로 옮겨지지 않으니까 그런 결함이 나온다고 보고 있지. 그런 걸 자넨 흥미롭다고 생각하는 거야. 어떤 일을 신속하게 할 수 있는 자체는 바람직한 거고, 그걸 제대로 실행하지 않는 결함은 중요하지 않다고 보는 거지. 자넨 오늘 아침에 만약 네더필드를 떠나기로 마음먹었다면 그걸 실행하는 데 5분도 걸리지 않을 거라고 말했는데, 분명 자부심을 갖고 한 말일 거야. 근데 그렇게 하면 필요한 일들을 처리하지 못하게 되고, 그러면 자네나 다른 사람들에게 이익 되는 일이 없을 텐데, 그렇게 하는 게 뭐가 좋겠나?"

"아, 오늘 아침에 내가 저질렀던 어리석은 일을 저녁에 와서까지 얘기하는 건 좀 너무하다 싶군. 그런데 내 명예를 걸고 말하지만, 그때 한 말은 진실이라고 생각하네. 그러니까 내가 조급함을 보인 건 적어도 숙녀들 앞에서 나를 과시하기 위함은 아닌 거지."

"나도 자네가 진실을 말했다고 생각해. 그렇지만 자넨 그처럼 성급하게 떠날 사람이 아냐. 자네 행동은 다른 사람들과 마찬가지로 상황에 따라 달라지게 될 거야. 만약 자네가 말 안장 위에 앉아 있는데 누군가 다음 주까지만 더 있다 가라고 한다면, 아마도 그렇게 할 거야. 자넨 가지 않을 거야. 아니 한 달은 더 머물지 모르지."

"다아시 선생님은 빙리 선생님이 자기 성격대로만 행동하지 않는다는 점을 보여주셨군요. 선생님은 빙리 선생님 자신보다 더 빙리 선생님 성격을 잘 설명해주셨어요."

엘리자베스가 말했다.

"제 친구가 저에 대해 한 말을 칭찬으로 바꾸어서 말해주시니 감사하군요. 그치만 제 친구의 말을 오해하신 거 같군요. 저 친구는 그런 경우에 제가 단호히 거절하고 신속히 떠나버린다면 저를 더 높게 평가할 테니까요."

빙리가 말했다.

"그렇다면 다아시 선생님은 빙리 선생님이 원래 내렸던 성급한 결정을 끝까지 그대로 밀고 나가야만 선생님의 결점이 없어진다고 생각하신다는 건가요?"

"이 문제에 대해서는 제가 정확히 말씀드릴 수가 없군요. 다아시가 말해야 되겠죠."

"자네가 마음대로 내 성격을 규정해놓고 나한테 그걸 인정하라는 건가? 근데 엘리자베스 양의 말씀이 맞는다고 치더라도, 빙리가 안 떠나기를 바라는 그 사람은 단지 그걸 바라기만 했을 뿐이고, 자기 의견이 옳다는 걸 주장하지 않고 그렇게 했다는 점을 알아주셔야 할 거 같군요."

"다른 사람의 설득에 쉽게 넘어가는 사람은 높은 점수를 줄 수 없다 이거군요."

"어떤 확신 없이 무조건 굴복하는 건 좋은 게 아니죠."

"다아시 선생님은 우정이라든가 그런 점은 별로 고려하시지 않는 거 같군요. 어떤 깊은 생각을 하지 않고도, 요청한 사람에 대한 우정만을 생각해서라도 그런 요청에 응해줄 수 있을 거예요. 그건 선생님이 빙리 선생님에 대해 얘기한 경우에만 적용할 수 있는 게 아니라고 봐요. 빙리 선생님이 신중했는지 여부는 실제로 그런 상황이 벌어져봐야 알 수 있을 거예요. 근데 친구와 친구 사이의 일반적인 문제에서, 어떤 한 친구가 다른 친구에게 별로 중대치 않은 사건에 대해 마음을 바꿔먹기를 요청했는데 그 다른 친구가 깊이 생각해보지 않고 들어주었다면, 그 사람이 나쁜 건가요?"

"우리가 여기에 대해 좀 더 들어가기 전에, 그런 문제가 얼마나 중대한지, 그리고 그런 두 사람 사이의 우정이 얼마나 깊은지를 짚고 넘어가는 게 더 바람직하지 않을까요?"

"그렇다면 세부 항목을 조목조목 따져보기로 하죠. 그 두 사람의 키와 몸집도 고려해야 될 거예요. 그런 점들이 엘리자베스 양이 생각하는 것보다 더 중요할 수도 있으니까요. 만약에 다아시의 키가 저렇게 크지 않다면 다아시에 대한 제 존경심은 지금의 반도 되지 않을 거예요. 솔직히 어떤 상황에서는 다아시만큼 경외심을 주는 사람도 없지요. 특히 다아시가 자기 집에서 어느 일요일 저녁에 아무 할 일도 없이 우두커니 서 있을 때 말이에요."

빙리가 큰 소리로 말했다.

다아시는 그냥 웃고만 있을 뿐이었다. 그렇지만 엘리자베스는 다아시의 기분이 상했을 거라고 생각했다. 그래서 웃음이 나왔지만 참고 있었다. 캐럴라인은 오빠가 그런 생각 없는 말을 한 사실이 다아시를 화나게 했을 거라고 오빠를 나무랐다.

"난 자네가 왜 이런 말을 했는지 알고 있지. 자넨 논쟁을 싫어하기 때문이야. 그래서 이 얘기를 끝내려고 하는 거지."

다아시가 말했다.

"그럴지도 모르지. 논쟁은 다툼하고 너무 비슷하거든. 내가 이 방에서 나갈 때까지 자네하고 엘리자베스 양이 논쟁을 미뤄준다면 고맙겠어. 내가 나간 후엔 나에 대해 뭐라 해도 괜찮네."

"그걸 들어드리는 건 전 얼마든지 할 수 있어요. 그리고 다아시 선생님도 편지를 마저 쓰셔야 할 거고요."

엘리자베스가 말했다.

다아시는 그녀의 말에 따라서 편지 쓰기를 마쳤다.

편지를 다 쓴 다아시는 캐럴라인과 엘리자베스에게 음악을 듣고 싶다고 했다. 그 말에 캐럴라인은 신속하게 피아노 쪽으로 움직였다. 그러고는 먼저 엘리자베스에게 권했지만 엘리자베스는 공손하게 사양했고, 그래서 캐럴라인이 피아노 앞에 앉았다.

루이사가 자기 동생과 함께 노래를 불렀다. 그동안에 엘리자베스는 피아노 위에 있는 악보집을 넘겨보고 있었는데, 다아시의 눈이 자기를 계속 주시하고 있음을 느꼈다. 그녀는 자기가 그런 위대한 사람에게 동경의 대상이 될 수 있다고는 생각하지 않았기에 의아할 수밖에 없었다. 또한 그가 그녀를 싫어해서 바라본다면 더욱 이상한 일이었다. 결국 그녀는 그 방 안에 있는 다른 사람들에 비해 자신에게 뭔가 잘못된 점이 있기 때문에 그런 호기심을 끄는 모양이라고 짐작했다. 그렇지만 그런 생각이 대수롭지 않게 여겨졌다. 그를 싫어하기 때문에 그의 호감을 얻을 필요가 없었기 때문이다.

캐럴라인은 이탈리아 곡을 몇 번 연주한 다음에 경쾌한 스코틀랜드 음악으로 바꾸었다. 그러자 다아시가 엘리자베스 옆으로 다가가서 말했다.

"엘리자베스 양, 춤 한번 추실 의향이 없으신가요?"

그녀는 웃기만 하고 아무 대답도 하지 않았다. 다아시는 그녀가 아무 말이 없자 다소 놀라면서 그 말을 다시 반복했다.

"아, 처음 이야기했을 때 들었어요. 그치만 어떻게 대답해야 할지 얼른 생각이 안 나서요. 선생님은 내가 즉시 응해서 날 경멸할 즐거움을 가졌으면 하셨을 거예요. 그치만 난 그런 의도를 꺾어버려서 상대방이 날 경멸할 기회를 갖지 못하게 만드는 취미가 있어요. 그래서 난 지금 춤출 마음이 없다고 결심해버렸으니 날 경멸하든지 말든지 마음대로 하세요."

"아니요, 감히 그러지 않을 겁니다."

엘리자베스는 자기가 다아시에게 모욕감을 주었다고 생각했는데 그가 쾌활하게 나오자 다소 놀랐다. 그런데 사실 그녀의 태도에는 상냥함과 경멸감이 뒤섞여 있어서 상대방을 모욕하는 것으로만 보이지는 않았다. 그리고 다아시는 지금까지의 다른 어떤 여성보다도 그녀에게 매혹되어 있었다. 만약 그녀의 집안 환경이 열악하지만 않다면 지금 자기가 그녀에게 완전히 빠져버리지 않았을까 하고 생각했다.

캐럴라인은 질투를 느낄 만한 낌새가 보이자, 제인이 회복되어서 엘리자베스가 빨리 그 집에서 떠나버렸으면 하고 생각했다.

캐럴라인은 다아시가 엘리자베스와 결혼하면 어떤 상황을 맞게 될까를 언급하여 그가 엘리자베스를 싫어하게 만들려고 시도했다.

"다아시 오빠가 만약에 엘리자베스하고 결혼하게 된다면 오빠 장모님이 그 주절대는 소리를 좀 안 하게 입을 막아두는 게 좋을 거야. 그리고 나이 어린 동생들이 장교들 뒤를 졸졸 따라다니는 짓도 그만하게 만들고. 또 오빠 부인이 될 사람의 건방이나 뻔뻔함도 교정하도록 노력해야 할 거야."

다음 날 두 사람이 숲속을 거닐고 있을 때 캐럴라인이 다아시에게 말했다.

"우리 가정의 행복을 위해 제안할 다른 건 없어?"

"아, 있어. 펨벌리에 있는 저택에서 지낼 때 필립스 이모하고 이모부 초상화를 전시실에 걸어두면 좋겠네. 그건 증조부님 옆에 걸어둬야 될 거야. 같은 직업이잖아? 다만 계통이 다를 뿐이지. 엘리자베스로 말할 것 같으면, 그녀의 초상화는 그릴 생각도 말아야 될걸. 그런 아름다운 눈을 누가 그려낼 수 있겠어?"

"그 표정을 정확히 그려내는 건 불가능하겠지. 그치만 눈동자 색깔, 모양, 속눈썹이야 제대로 그릴 수 있겠지."

이때 두 사람은 다른 쪽에서 다가오던 루이사하고 엘리자베스와 마주쳤다.

"이렇게 산책 나올 줄은 몰랐네."

캐럴라인은 자기들이 한 말을 상대방이 듣지 않았을까 의심하며 말했다.

"우리만 쏙 빼놓고 나가버리다니, 정말 너무했어."

루이사가 말했다.

다음에 루이사는 다아시의 다른 한쪽으로 붙어서 두 여자가 다아시의 팔짱을 끼고 걸어갔고 엘리자베스는 외톨이로 남게 되었다. 다아시는 두 여자가 교양 없이 엘리자베스만 남겨둔 사실을 알고는 얼른 말했다.

"우리가 함께 걷기에 이 길은 너무 좁군. 큰길로 나가자고."

그런데 그네들과 함께 있고 싶지 않던 엘리자베스가 웃어 보이면서 말했다.

"아녜요. 그냥 그대로 걸어가세요. 그렇게 걷는 모습이 아주 보기 좋네요. 내가 끼어들면 그림만 망가지겠어요. 그럼 안녕히 가세요."

그렇게 말하고서 그녀는 이제 하루나 이틀이 지나면 집으로 돌아갈 수 있을 거라는 희망을 품고 혼자서 산책을 즐겼다. 제인은 상당히 회복되어서 그날 저녁에는 두 시간 정도 자기가 있는 방에서 나갈 수도 있었다.

11

저녁 식사를 마친 후에 여자들이 다른 방으로 나갔을 때, 엘리자베스는 제인이 있는 방으로 올라가서 언니가 추위를 타지 않도록 무장시킨 다음에 함께 여자들이 있는 응접실로 갔다. 루이사와 캐럴라인은 제인이 나아져서 기쁘다는 말을 했다. 남자들이 들어오기 전에 여자들만 있는 동안에는 루이사와 캐럴라인이 아주 상냥하게 대해주었다. 루이사와 캐럴라인은 화술이 상당했다. 어떤 연극 같은 것을 정확히 묘사할 줄 알았고, 여러 가지 이야기를 재미있게 할 줄도 알았으며, 자기들이 아는 사람들에 대해 즐겁게 얘기할 줄도 알았다.

그렇지만 남자들이 들어오자 제인은 빙리의 누이들에게 더는 관심거리가 아니었다. 캐럴라인은 다아시에게로 눈길이 쏠려서 그가 들어오자마자 얘기를 걸었다. 다아시는 제인에게 병이 호전되어 기쁘다는 인사를 했고 허스트도 기쁘다는 말을 했는데, 가장 기뻐한

사람은 빙리였다. 빙리는 진심으로 즐거워서 이런 말 저런 말을 늘어놓았다. 그러고는 방이 바뀌어서 제인이 춥지 않을까 염려하여 반시간 동안은 난로의 장작불을 더 활활 타게 만드는 데 보냈다. 또한 제인이 문 쪽에서 장작불 바로 옆으로 이동하도록 했다. 그는 제인의 옆에 앉아서 그녀와 얘기했고 다른 사람들과는 거의 얘기하지 않았다. 다른 쪽에 떨어져서 뜨개질을 하면서 그 모습을 지켜본 엘리자베스는 마음이 흡족해졌다.

차 마시기를 마치자 허스트는 처제에게 카드놀이를 하자고 제안했지만 캐럴라인은 응하지 않았다. 그녀는 다아시가 카드놀이를 하고 싶어 하지 않는다는 걸 알아차렸고, 그래서 허스트의 제안을 거부했다. 캐럴라인은 다른 사람들이 모두 카드놀이를 하고 싶지 않을 거라고 말했고 거기에 사람들이 침묵을 지킴으로써 그 말이 사실이라는 점을 입증해주었다. 그래서 아무 할 일이 없게 된 허스트는 소파에 몸을 걸치고 잠이 드는 수밖에 없었다. 다아시는 책을 들었고 캐럴라인도 책을 집어 들었다. 루이사는 자기가 끼고 있는 팔찌나 반지를 만지작거리다가는 빙리와 제인 사이의 대화에 가끔씩 끼어들었다.

캐럴라인은 자기가 읽는 책뿐만 아니라 다아시가 읽고 있는 책에도 관심을 가졌다. 그가 읽는 책을 들여다보면서 책에 대해 이런저런 질문을 하기도 했다. 그렇지만 다아시는 간단하게 대답만 하고는 책에 집중하고 있어서 다른 대화로 이끌 수가 없었다. 그녀는 다아시가 다음에 읽을 책을 집어 들었지만 그 책에 크게 관심은 없었으므로 하품을 하면서 말했다.

"아, 이런 저녁에 책만 읽으면서 시간을 보내는 게 얼마나 즐거운 일이야. 하긴 책 읽는 것만큼 좋은 일도 없지. 책만큼 지루하지 않은 일과도 없고. 난 앞으로 나만의 집을 갖게 되면 훌륭한 서재를 반드시 갖춰놔야지."

그 말에 대꾸하는 사람은 아무도 없었다. 그래서 그녀는 다시 한 번 하품을 하면서 무슨 재미있는 소일거리가 없을까 하고 방을 이리저리 둘러봤다. 그러다가 그녀의 오빠가 제인에게 무도회에 관해 얘기하자 갑자기 그 두 사람 쪽을 돌아보면서 말했다.

"근데 오빠, 네더필드에서 무도회를 열겠다는 게 사실이야? 무도회 열기 전에 여기 있는 사람들 얘기도 들어봐야지. 우리 가운데 일부는 무도회가 즐거운 게 아니라 고역이라는 점을 알아둬야 한다고."

"만약 다아시가 그렇다면 그냥 잠이나 자면 될 거야. 무도회는 이미 정해져 있어. 니콜스가 음식 준비를 마치는 대로 난 초대장을 돌릴 예정이야."

빙리가 말했다.

"난 무도회를 개선했으면 좋겠어, 오빠. 다른 방식으로 하면 좋겠다 이거지. 보통 무도회가 진행되는 걸 보면 지루하기 짝이 없더라고. 춤 대신에 대화 위주로 하면 더 나을 거라고 생각되는데."

"물론 그렇게 되면 더 이상적이지. 그치만 그건 무도회라고 부를 수 없지."

캐럴라인은 대답을 하지 않고서 잠시 후에 자리에서 일어나 방 주위를 걸어다녔다. 그녀의 자태는 우아했고 걸음걸이도 품위가 있었다. 그렇지만 그런 걸 봐주어야 할 다아시는 책에만 몰두하고 있었다. 캐럴라인은 다아시의 관심을 끌기 위해 다른 한 가지 시도를 해보기로 했다. 그녀는 엘리자베스를 돌아다보며 말했다.

"엘리자베스 양, 나랑 함께 방을 거닐면서 돌아다니지 않을래요? 한자리에만 계속 앉아 있었으니 기분 전환을 해야 할 거예요."

엘리자베스는 다소 놀랐고 즉시 동의해주었다. 캐럴라인은 자기가 실제로 목표로 하는 사람인 다아시가 관심을 갖게 하는 데도 성공했다. 다아시는 엘리자베스만큼 놀랐지만 무의식적으로 책을 덮었다. 그도 함께 방을 걸어보자는 제안을 받았지만, 방 안을 왔다 갔다 하는 동기가 두 가지밖에 없을 거라고 말하면서 그 제안을 거절해버렸다. 다아시는 만약 자기가 끼게 되면 그 두 가지 동기가 좌절될 것으로 보였다.

"도대체 오빠 말은 무슨 의미야? 엘리자베스 양은 오빠가 무슨 말을 하는지 알고 싶어 할 거야."

캐럴라인이 말하면서 엘리자베스에게 다아시의 말을 이해하느냐고 물어봤다.

"난 전혀 모르겠어요. 그치만 틀림없이 우리를 비난하는 의미일 테니 우리가 다아시 선생님을 실망시키는 가장 확실한 방법은 아무것도 물어보지 않는 걸 거예요."

엘리자베스가 말했다.

그렇지만 다아시를 실망시킬 수가 없는 캐럴라인은 다아시가 말하는 두 가지 동기가 무엇인지 말해달라고 요구했다.

"설명하는 건 별로 어렵지 않지. 둘이서 방 안을 거닐면서 시간을 보내기로 한 이유는 둘이서만 따로 할 얘기가 있어서이거나, 아니면 서서 거니는 게 자기 모습을 가장 아름답게 보여줄 수 있어서지. 만약 전자의 경우라면 내가 끼는 게 전적으로 방해가 될 테고, 후자의 경우라면 내가 여기 난로 옆에 앉아 있어야 두 사람을 잘 감상할 수 있을 거야."

설명을 요구받은 다아시가 말해주었다.

"오, 그런 말도 안 되는 소리를 하다니. 그런 망칙한 소린 여태 들어본 적이 없다고. 우리가 저 오빠를 어떻게 혼내주면 좋을까요, 엘리자베스 양?"

"그거야 어려운 일이 아니죠. 사람들을 괴롭히고 벌주는 건 누구나 할 수 있어요. 다아시 선생님에 대해 잘 아시니까 약 올리는 방법도 캐럴라인 양이 더 잘 알고 계실 거예요."

엘리자베스가 대답했다.

"난 잘 몰라요. 내가 다아시 오빠를 잘 알기는 해도 거기까진 모르겠네요. 성격이 조용하고 침착한 사람을 어떻게 약 올릴 수 있겠어요. 그래 봐야 우리만 거꾸로 당할걸요. 우리가 비웃게 되면 우리 입장만 더 난처해질 테고요. 다아시 오빠만 기분이 우쭐해질 거예요."

"다아시 선생님은 비웃을 상대가 아니라고요? 그건 드문 장점일 거예요. 그런 사람이 계속 드물었으면 좋겠네요. 그런 사람을 많이 알수록 나한테 손해니까요. 난 웃음이 많은 사람이거든요."

엘리자베스가 말했다.

"엘리자베스 양은 저를 과대평가하시는 거 같군요. 가장 현명하고 최고인 사람도, 아니 그런 사람들의 가장 현명하고 최고인 행동도 농담을 즐겨하는 사람들에게는 우습게 보일 수가 있어요."

다아시가 말했다.

"물론 그렇게 현명한 사람들이 있을 거예요. 그치만 제가 그런 사람이 아니었으면 좋겠어요. 제가 현명한 사람들이나 선량한 사람들을 비웃는 일이 없었으면 좋겠고요. 어리석음이나 터무니없는 말이나 변덕스러움이나 모순덩어리를 보면 전 비웃게 되죠. 그치만 선생님은 그런 걸 찾아볼 수 없는 분이라고 생각돼요."

엘리자베스가 말했다.

"그런 결점은 누구나 갖고 있을 거예요. 그치만 남에게 비웃음의 대상이 되는 약점을 피하는 게 제가 평소에 해온 노력이라고 봐요."

"허영심이나 오만함 같은 거 말씀이죠?"

"그렇죠. 허영심은 정말 약점이라고 볼 수 있어요. 그치만 오만함은 자기 정신 상태를 제대로 제어함으로써 얼마든지 좋은 쪽으로 유도할 수 있죠."

엘리자베스는 웃는 모습을 감추기 위해 다아시에게서 얼굴을 돌렸다.

"이제 다아시 오빠에 대한 연구가 끝난 걸로 보이네요. 그럼 도출된 결과가 뭔가요?"

캐럴라인이 말했다.

"다아시 선생님은 결점이 없는 분으로 완전히 확신하게 됐어요. 다아시 선생님도 그걸 인정하고 있는 걸로 보이고요."

"아닙니다. 전 그렇게 주장한 적이 없어요. 저도 결점이 많은 사람이에요. 그치만 그게 이해력의 부족은 아니었으면 하고 바라고 있어요. 저는 성질이 좋지가 못해요. 양보심이 없고 타협심이 없어요. 다른 사람들의 잘못 또는 어리석음 등이나 나한테 잘못한 것은 잊어버리지 않아요. 한번 먹은 마음을 쉽게 바꿀 수가 없어요. 화를 잘 내고 한번 남을 나쁘게 보면 영원히 간직하죠."

"그건 정말 결점으로 보이네요. 화를 잘 내는 건 성격적 결함일 거예요. 그치만 선생님은 결점을 잘 고르신 거예요. 전 그런 걸 비웃을 수가 없거든요. 그러니 제가 관련되는 한 안심하셔도 되겠어요."

엘리자베스가 말했다.

"사람마다 최상의 교육으로도 고칠 수 없는 천성적으로 나쁜 기질이 있죠."

"그래서 선생님의 결점은 사람들을 미워하는 거라고 볼 수 있겠네요."

"그럼 엘리자베스 양의 결점은 고의적으로 사람을 오해하는 걸로 보이는군요."

다아시가 미소 지으며 응수했다.

"이제 음악이나 좀 듣죠. 루이사 언니, 형부 깨워도 되겠어?"

두 사람만의 대화에 자기가 끼지 못해서 다소 신경질이 난 캐럴라인이 말했다.

루이사는 전혀 반대하지 않았고, 그래서 피아노가 열렸다. 다아시는 조금 생각해보니 음악을 듣는 것도 나쁘지가 않았다. 자기가 엘리자베스에게 너무 관심을 많이 가지는 게 아닌가 하는 생각이 들었다.

12

다음 날 아침 엘리자베스와 제인은 둘이서 의논하여 그날 안으로 마차를 보내달라고 어머니에게 서신을 썼다. 그렇지만 베넷 부인은 제인이 거기에 간 지 정확히 1주일이 되는 다음 주 화요일까지는 딸들이 네더필드에 머물 거라고 계산하고 있었기 때문에 즐거운 마음으로 그 요청을 받아들일 수 없었다. 어머니의 대답은 한시바삐 집으로 가고 싶어 하는 엘리자베스의 입장에서는 반갑지 않았다. 화요일 전에는 마차를 보낼 수 없다는 답변이었고 만약에 빙리나 그 자매들이 더 머물기를 원한다면 흔쾌히 승낙하겠다는 추신까지 덧붙어 있었다. 엘리자베스는 더 머물지 않겠다는 확고한 결심이 서 있었고, 더 머물라는 요청도 기대하지 않았다. 그리고 둘이서 남의 집에 너무 오래 신세지고 있는 것도 불안했다. 그래서 제인을 설득하여 원래 자기네들이 떠나기로 했던 계획을 집주인에게 알리고 마차를 빌리기로 작정했다.

그런 계획을 알리자 사람들이 걱정을 했다. 다음 날까지는 네더필드에 있어야 한다는 사람들의 말 때문에 제인도 마음이 돌아섰다. 그래서 두 사람이 집으로 돌아가는 시기가 다음 날로 늦춰졌다. 그런데 캐럴라인은 더 오래 머물라고 말한 사실을 후회하게 되었다. 제인에 대한 애정보다도 엘리자베스에 대한 질투심이 커졌기 때문이다.

집주인인 빙리는 두 사람이 그렇게 빨리 떠난다는 사실을 아쉬워하면서, 그렇게 하면 몸에 좋지 않으며 아직 충분히 회복되지 않았다고 제인을 설득하려 했다. 하지만 제인은 떠나기로 한 마음을 바꾸지 않았다.

다아시에게는 자매가 떠나는 게 반가운 뉴스였다. 엘리자베스가 이미 네더필드에 충분히 오래 머물렀다고 생각했기 때문이다. 그녀는 다아시의 생각 이상으로 그의 마음을 사로잡아버렸다. 그리고 캐럴라인은 엘리자베스에게 함부로 대했고, 다아시에게도 놀리는 투로 대하는 경우가 많았다. 자기가 엘리자베스를 흠모하고 있는 표시가 보일까 봐 조심했고, 장래에 자신의 행복을 그녀가 주물럭거릴 수 있을 거라는 생각을 하지 않으려고 마음먹었다. 마지막 날의 행동이 그녀에게 지금 마음먹은 자신의 속마음을 확신시켜줄 거라고 기대했고, 그러한 목적을 달성하기 위해 토요일 하루 종일 엘리자베스에게 단 열 마디도 건네지 않았다. 그들 둘만 있는 시간이 반 시간 정도 있었지만 책에만 몰두한 채 그녀는 쳐다보지도 않았다.

일요일 아침에 식사가 끝난 뒤에 기분 좋은 작별이 이루어졌다. 캐럴라인은 제인에게 애정을 갖고 있었을 뿐만 아니라 엘리자베스에게 가졌던 좋지 않은 마음도 눈 녹듯이 사라졌다. 헤어질 때 제인에게는 롱본이든 네더필드든 다시 즐거운 마음으로 만나자고 하면서 다정하게 포옹했고 엘리자베스와도 악수를 하면서 헤어졌다. 엘리자베스도 즐거운 마음으로 모두에게 작별 인사를 했다.

집에 갔지만 어머니가 두 사람을 반기지 않았다. 베넷 부인은 깜짝 놀랐고 제인이 다시 감기에 걸릴 거라고 했다. 아버지는 기쁨을 드러내놓고 표시하지는 않았지만 두 사람을 보자 반가웠다. 두 사람의 중요성을 실감하고 있었기 때문이다. 제인과 엘리자베스가 없을 때는 저녁에 식구들이 모여도 활기가 없고 무의미했다.

메리는 평소처럼 음악과 인간 본성에 대해 연구했고 남을 칭찬하는 말이나 남의 도덕성을 표현하는 말도 연구하고 있었다. 캐서린과 리디아는 새로운 소식을 전해주었다. 지난 며칠 동안에 부대에서 일어난 많은 일을 말해주었다. 몇몇 장교가 이모네 집에서 식사를 하고 졸병 한 사람이 매질을 당했으며 포스터 대령은 결혼하게 되었다는 소식을 전했다.

13

"당신, 오늘 저녁은 잘 준비해야겠소. 손님이 오기로 했거든."

다음 날 아침 식사 도중에 베넷이 부인에게 말했다.

"그게 무슨 말이에요? 아무도 올 사람이 없잖아요. 샬럿이 만약에 온다면야 우리 집 평소 식사면 충분할뿐더러 자기 집보다 우리 집에서 더 나은 식사를 하게 될 텐데요, 뭘."

"내가 말하는 사람은 남자고 낯선 사람이오."

베넷 부인의 눈이 반짝였다.

"남자고 낯선 사람이라고요? 그럼 빙리겠군요. 얘, 제인, 왜 그런 말을 한마디도 하지 않았니? 그러면 못써! 빙리가 오면 정말 반갑지. 근데 이걸 어쩌지? 오늘은 생선이 한 마리도 없는데. 얘, 리디아, 벨을 울려봐. 내가 힐에게 지금 당장 얘기해야겠다."

"빙리가 아니오. 내가 전에 한 번도 만난 적이 없는 사람이오."

베넷 부인의 남편이 말했다.

식구들은 깜짝 놀랐다. 그래서 베넷은 아내와 다섯 딸들이 한꺼번에 질문해오는 즐거움을 누리게 되었다.

가족들의 애를 잠시 태운 후에 베넷이 이렇게 말했다.

"한 달쯤 전에 내가 이 편지를 받았고 2주쯤 전에 답장을 해주었지. 좀 묘한 상황이고 빨리 처리를 해야 됐어. 우리 사촌인 콜린스라는 사람한테 온 편진데, 그는 내가 죽게 되면 언제든지 우리 식구들을 이 집에서 쫓아낼 수 있는 사람이지."

베넷의 부인이 소리를 질렀다.

"오, 난 그런 소리 듣는 게 끔찍해요. 그런 사람 얘기는 하지도 말아요. 당신 애들이 아닌 다른 사람이 우리 재산을 상속받는다는 게 말이나 되는 소리예요? 내가 당신이라면 오래전에 무슨 조치를 해놨을 거예요."

제인과 엘리자베스는 아들이 없어서 재산이 다른 사람에게 상속되는 제도에 대해 설명해주려고 했다. 전에도 설명을 해주려고 했지만 베넷 부인에게는 귀에 닿지 않는 사안이었다. 아무도 모르는 한 남자에게 딸이 다섯이나 되는 집안에서 재산을 모두 넘겨주어야 하는 잔인한 제도에 대해 불평을 늘어놓기만 했다.

"그게 온당치 않은 제도이긴 하지. 그치만 콜린스가 우리 집을 물려받는 걸 막을 수가 없소. 근데 이 편지를 읽어보면 콜린스라는 사람에 대한 감정이 좀 누그러들 거요."

"아니, 그럴 일 없을 거예요. 그 사람이 당신한테 편지를 쓰는 자체가 뻔뻔스럽고 위선적인 거예요. 난 그런 사람 진짜 싫어요. 왜 자기 아버지가 전에 그랬던 것처럼 당신하고 계속 다투지 않는 거예요?"

"그 사람도 실은 거기에 대해 좀 양심의 가책을 느끼는 거 같소. 편지를 보면 알 거요."

켄트주 웨스터햄 근교의 헌스포드

10월 15일

존경하는 어르신께

어르신과 저의 돌아가신 선친 사이의 불화 때문에 항상 저는 불안한 마음을 갖고 있습니다. 그리고 선친을 잃은 후로 저는 그러한 불화를 치유하기를 늘 바라왔습니다. 하지만 어떤 의구심이 들어 망설였습니다. 선친께서 불협화음을 냈던 분과 제가 좋게 지내면 어떤 의미에서 선친을 배신하는 일이 아닐까 하는 생각에서였습니다. — 부인, 이제 이 부분을 주의 깊게 들어요 — 이제 저는 결심을 했습니다. 제가 부활절에 루이스 드 버그 경의 미망인이신 캐서린 드 버그 여사님께 성직 임수를 받게 되었습니다. 그분의 은총을 받아서 교구의 목사 직을 임명받았으니 그 은혜에 보답하기 위해라도 제 소임을 다하고 우리나라의 교회에서 규정하는 직책을 성실히 수행하고자 합니다. 그리고 이제 목사로서 저는 저와 관련된 모든 가족과 친척에게 축복을 심어주고 있습니다. 저는 제 시도가 바람직한 일이라고 보고 있으며, 제가 롱본 마을 재산의 상속자라는 사실을 이해해주시고 제 제안을 거절하지 말아주십시오. 제가 어르신의 사랑스러운 따님들께 누를 끼치게 되는 점을 사과드리지 않을 수가 없으며 그런 관계로 제가 할 수 있는 범위에서 보상을 해드리려고 마음먹고 있습니다. 제가 어르신 댁을 방문하는 것을 거절하지 않으신다면 11월 18일 월요일 4시까지 방문해서 그다음 주 토요일까지 폐를 끼치게 될 것 같습니다. 다른 목사가 저 대신 제가 없는 동안에 일을 봐줄 수 있는 한 캐서린 드 버그 여사님도 제가 자리를 비우는 것에 반대하시지는 않을 겁니다. 아주머님과 따님들께도 제 마음을 잘 전해주십시오.

윌리엄 콜린스 드림

"그러니 이 평화의 사도가 4시에 온단 말이지. 내가 생각하기로는 가장 양심적이고 예바른 사람일 거 같아. 캐서린 드 버그 여사가 방문을 허락해서 우리와 가깝게 지내게 된다면 그럴 만한 가치가 있는 사람이라고 보이는군."

베넷이 말했다.

"우리 딸들에게 한 소리는 나쁜 소리가 아닌 거 같네요. 우리 애들한테 어떤 식으로든 보상을 할 계획이라면 말릴 생각은 없어요."

"그 사람이 생각하는 보상이 어떤 건지는 알 수 없지만 그런 마음을 갖고 있다면 괜찮은 사람 같아요."

제인이 말했다.

엘리자베스 입장에서 관심이 가는 부분은 그가 캐서린 드 버그 여사에게 존경심을 표하고 있는 점, 그리고 자기 임무를 성실히 수행할 계획을 갖고 있는 점이었다.

"그는 이상한 사람일 거예요. 난 그런 사람을 이해할 수 없어요. 오만해 보이는 말투라고요. 그리고 우리 집안의 상속자가 된 데 대해 사과한다는 건 무슨 의미예요? 상속을 포기할 건 아니잖아요. 그런 사람이 온당한 사람이라고 볼 수 있을까요?"

엘리자베스가 말했다.

"아냐, 난 괜찮은 사람 같아. 네 생각하고는 반대일 거 같아. 편지를 보면 공손한 부분도 있고 자기를 치켜세우는 부분도 있는데 전반적으로는 좋은 거 같아. 속히 만나보고 싶군."

"문장력으로 본다면 그 사람 편지에는 결점이 없어요. 내가 볼 때 잘 쓴 편지예요."

메리가 말했다.

캐서린과 리디아에게 그 편지나 편지를 쓴 사람은 전혀 관심의 대상이 아니었다. 그 사촌이 군인들이 입는 주홍색 외투를 입고서 올 것도 아니고, 두 사람은 군인들이 아닌 사람들하고 있으면 즐거움을 느낄 수가 없었기 때문이다. 어머니 베넷 부인도 그 사촌에 대한 처음의 나쁜 생각이 상당히 해소되어서 이제 침착하게 그를 맞을 준비를 할 수 있게 되었고, 그래서 그런 점이 그녀의 남편이나 딸들을 상당히 놀라게 만들었다.

콜린스는 제때 시간을 맞추어 도착했고 온 식구들의 환영을 받았다. 베넷은 말을 별로 하지 않았지만 여자들은 얼마든지 대화를 나눌 용의가 있었고, 콜린스도 침묵을 지킬 의향이 없을뿐더러 다른 사람들이 부추겨야만 말을 하는 사람도 아니었다. 콜린스는 스물다섯의 나이에 키가 크고 몸집도 있어 보이는 사람이었다. 표정이 엄숙하고 당당해 보였으며 격식을 갖추고 있었다. 그는 베넷 부인에게 좋은 따님들을 두었고 그녀들의 미모에 대해 많이 들었지만 직접 보니 소문보다 더 아름답다고 치하해주었다. 그리고 딸들이 제때에 결혼을 잘할 것을 의심치 않는다고 말해주었다. 이 말이 일부 사람들에게는 달갑게 들리지 않았지만, 누가 칭찬을 해주면 무조건 좋아하는 베넷 부인은 기분이 우쭐해져서 이렇게 말했다.

"그렇게 말해주시니 고맙군요. 나도 내 딸들이 결혼을 잘하기를 고대하고 있어요. 결혼을 잘 못하면 곤란해질 테니까요. 일이 이상하게 꼬여 있잖아요?"

"재산을 다른 사람이 상속받는 데 대해 얘기하시는 거군요?"

"아, 그래요. 그건 우리 딸들한테 너무 심한 제도예요. 물론 선생님 잘못이 아니라는 걸 알아요. 세상이 그렇게 돌아가니까요. 우리 가족이 아닌 다른 사람에게로 재산이 돌아가면 그게 결국 어디로 가게 될지 아무도 모르는 거 아니에요?"

"저도 이처럼 아름다운 따님들한테 닥칠 어려움에 대해 잘 알고는 있습니다. 그래서 이 문제에 대해 많은 얘기를 하려고 하지만 지금 당장은 제가 너무 나서지 않는 게 좋지 않을까 생각하고 있습니다. 그치만 제가 따님들에게 경의를 표할 준비가 돼 있다는 점을 알아주시면 좋겠습니다. 현재로서는 그 이상의 말씀을 드릴 수가 없군요. 그치만 우리가 좀 더 가까워지면……."

식사를 하러 오라는 소리에 그의 말이 중단되었다. 딸들은 콜린스의 말을 듣고서 미소를 짓고 있었다. 콜린스가 칭찬을 한 것은 딸들의 미모만이 아니었다. 응접실, 식당, 가구 등을 관찰하고는 경탄했다. 만약 그가 그런 물건들이 미래에 자기의 소유물이 된다는 생각으로 그런 말을 했을 거라고 베넷 부인이 생각하지만 않았다면 그녀는 기분이 좋았을 것이다. 콜린스는 저녁 식사에 대해서도 칭찬을 아끼지 않았다. 그 훌륭한 식사를 아름다운 사촌들 중에서 누가 준비했는지 물어봤다. 그렇지만 베넷 부인은 자기네가 요리사를 고용할 만한 여유가 있고 딸들은 부엌일을 하지 않는다고 말하여 콜린스가 잘못 생각하는 점을 지적해주었다. 그래서 콜린스는 자기가 잘못 말했다며 사과했다. 그러자 베넷 부인은 자기가 기분이 상한 건 전혀 아니라고 말해주었다. 그런데도 콜린스는 한 15분 동안 계속 그 일에 대해 사과하는 말을 해댔다.

14

저녁 식사 도중에 베넷은 거의 말을 하지 않았다. 그렇지만 식사가 끝나고 하인들이 물러가자 콜린스에게 후원자를 잘 만난 것 같다면서 대화를 시작했다. 콜린스에 대한 캐서린 드 버그 여사의 배려나 콜린스가 잘되기를 바라는 그녀의 후원은 좋은 화젯거리가 되었다.

콜린스는 캐서린 여사를 치하하는 데 열을 올렸다. 캐서린 여사만큼 친근함과 겸허함을 갖춘 사람을 자기 일생에서 만난 적이 없다고 하면서 그녀를 칭찬했다. 자신의 설교가 훌륭했다고 그녀가 자기를 칭찬하더라는 말도 했다. 그녀의 저택에 이미 두 번이나 초대받아 식사를 함께했고 지난번 토요일 저녁에는 카드놀이를 할 사람이 부족하자 자신을 부르러 사람을 보냈다고 했다. 사람들은 그녀가 거만하다고 말을 하지만 자기는 이 세상에서 그녀만큼 상냥한 사람을 본 적이 없다고 했다. 다른 신사들을 대할 때와 마찬가지로 자기에게도 다정하게 대해준다고 했다. 또한 자기가 어떤 모임에 나가는 것을 반대하는 일이 없고, 자기가 친척들을 방문하기 위해 한두 주일 동안 교구 목사의 자리를 비우는 것도 반대하지 않았다고 했다. 자신이 신중히 여자를 선택하기만 한다면 될 수 있는 한 빨리 결혼하도록 마음을 써주겠다는 말을 했다고도 전해주었다. 그리고 한번은 자신의 보잘것없는 목사관을 방문하여 자신이 진행하고 있는 목사관 개조에 대해 기꺼이 호응해주었고, 위층 벽장의 선반을 어떻게 만들면 좋겠다는 등의 제안을 해주기도 했다는 것이다.

"참으로 점잖은 분이시군요. 아주 상냥한 분 같아요. 근데 지체 높은 귀부인들이 그분 같지 않은 게 문제죠. 그분은 선생님 집 옆에 사시나요?"

베넷 부인이 말했다.

"그분이 사시는 로싱스 파크하고 제가 사는 곳하고는 조그만 길 하나만이 가로막고 있죠."

"그분이 미망인이라고 하셨나요? 가족은 있나요?"

"따님만 한 분 있으시죠. 로싱스 저택을 상속받을 분이죠. 그리고 다른 상속받을 재산도 많아요."

"아, 그렇군요. 대단한 분이네요. 그 여자 분은 어떤 분인가요? 미인인가요?"

"정말 매력적인 분이죠. 진정한 미에 관해 얘기한다면, 캐서린 여사님은 자기 따님만 한 미인은 세상에 없다고 말씀하신답니다. 그 분의 생김새에는 특별한 가문에서만 볼 수 있는 특징이 있으니까요. 허약한 체질을 타고나지만 않았다면 여러 방면에서 두각을 나타냈을 겁니다. 그분의 교육을 맡고 지금도 같이 거주하고 있는 분의 말에 따르면 그렇다는 겁니다. 그리고 조그만 마차를 타고서는 제가 있는 누추한 곳에 들르기도 하는 등 아주 상냥한 분이죠."

"국왕을 배알하셨나요? 궁정을 드나드는 귀부인 중에서 그분 이름을 들어본 적은 없군요."

"건강이 좋지 않으셔서 불행히도 런던에는 갈 수가 없답니다. 캐서린 여사님께도 말씀드렸습니다만, 영국 궁정에서는 가장 훌륭한 인재를 하나 잃어버렸다고 생각한답니다. 그런 말씀을 드리면 캐서린 여사님이 좋아하십니다. 저는 그런 치하의 말을 늘어놓아 귀부인들을 즐겁게 해주기도 하죠. 저는 캐서린 여사님께, 그분의 따님은 공작 부인으로 어울리며 그 따님에게 어떤 지위를 부여한다고 해도 그 지위 때문에 따님이 빛나는 게 아니라 따님 때문에 그 지위가 빛날 거라고 말씀드리죠. 이런 말로 여사님을 기쁘게 해드리는 게 제가 할 수 있는 최소한의 임무라고 생각하고 있고 제가 하지 않으면 안 될 일이라고 간주하고 있죠."

"아주 적절한 행동이군. 그처럼 남의 기분을 맞춰주는 능력은 아무나 갖는 게 아니지. 근데 기분을 맞춰주는 게 순간적으로 나오는 건가, 아니면 미리 연구해서 나오는 건가?"

베넷이 말했다.

"보통은 그 자리에서 떠오르는 대로 얘기하는데, 그런 우아한 말을 미리 준비하는 경우도 많지만 실제로 얘기할 때는 미리 준비한 게 아닌 것처럼 하지요."

콜린스는 베넷이 기대한 대로의 사람이었다. 그가 바라던 대로 엉터리 같은 사람이었지만 그래도 그런 낌새를 눈치챈 감을 주지 않고 심각한 표정으로 콜린스의 말을 들어주었으며, 다른 사람은

제쳐놓고 단지 엘리자베스와 의미 있는 눈길을 주고받았다.

차 마시는 시간이 되어서 베넷은 손님을 응접실로 안내했고, 차 마시는 시간이 끝나자 콜린스에게 숙녀들을 위해 책을 한 권 읽어 달라고 부탁했다. 콜린스는 그 제안에 선선히 응했고, 책이 한 권 그에게 주어졌다. 그런데 그는 그 책이 순회 도서관에서 빌려왔다는 사실에 깜짝 놀랐고 자기는 소설책 같은 것은 읽지 않는다고 말했다. 키티는 그를 빤히 바라봤고 리디아는 소리를 질렀다. 다른 책을 주었지만 콜린스는 좀 생각을 한 다음에 설교집을 집어들었다. 리디아는 그가 책을 펼쳐 들자 하품을 했고 그가 엄숙한 목소리로 세 페이지도 읽기 전에 이런 말을 하면서 중단시켜버렸다.

"어머니, 필립스 이모부가 리처드를 해고할 예정이고 만약에 그렇게 되면 포스터 대령이 그 사람을 고용할 거라는 소식을 알고 계세요? 이모가 토요일 날 그 말을 했어요. 내일은 메리튼에 가서 그 소식을 들어보고 데니가 언제 런던에서 오는지도 알아봐야겠어요."

리디아의 두 언니는 리디아에게 조용히 하라고 했지만 이미 기분이 상한 콜린스는 책을 옆에 내려놓고 말했다.

"젊은 여자들이 교양을 갖추도록 써놓은 책을 얼마나 무시하는지를 잘 알아. 어떤 땐 놀랄 정도지. 그런 책보다 더 도움 되는 게 어디 있겠어? 그치만 이제 더는 나이 어린 사촌들을 귀찮게 하지 않을 생각이야."

그리고 그는 베넷을 바라보면서 주사위놀이를 하자고 했다. 베넷은 그 제안을 받아들이면서, 젊은 여자들이 그들만의 오락을 즐기도록 배려한 건 잘한 일이라고 콜린스에게 말해주었다. 베넷 부인과 딸들은 리디아의 행동을 사과하면서 앞으로는 그런 일이 없도록 하겠으며 그가 다시 책을 읽어주면 좋겠다고 말했다. 그렇지만 콜린스는 사촌의 행동 때문에 기분이 상한 게 아니며 리디아의 행동을 모욕적으로 받아들이지 않을 거라고 말하면서, 다른 한쪽 테이블에서 베넷과 함께 주사위놀이를 할 준비를 했다.

15

콜린스는 양식을 갖춘 사람이 아니었으며 교육이나 다른 사람들과의 교제를 통해서 그러한 결함을 보충하지도 않았다. 오랫동안 무식하고 욕심만 많은 아버지 밑에서 자란 탓이기도 했다. 그리고 대학에 다니기는 했지만 자기에게 필요한 과목만 이수했으며 자기에게 도움이 되는 사람들과 사귀지도 못했다. 그의 아버지는 아들에게 오직 복종만 가르쳤기 때문에 그는 주로 겸손한 예절만 배웠는데, 이제 예상치 않게 일찍 성공하면서 그런 사람만이 갖는 자부심으로 복종심이 상당히 누그러져 있었다. 헌스포드의 목사 자리가 비었을 때 그는 운 좋게도 캐서린 드 버그 여사의 추천을 받았다. 그래서 여사의 높은 지위와 여사에 대한 존경심 등에 자기 자신에 대한 긍지, 목사로서의 지위, 성직자로서의 권리 등이 섞여서 자만과 비굴함과 자부심과 겸손함이 고루 혼합된 인간이 되어 있었다.

이제 그는 좋은 집과 상당한 수입을 가졌고 결혼을 해야겠다는 생각도 들었다. 그래서 롱본 집안의 딸들이 소문대로 미인이고 상냥하다면 그 딸들 중에서 하나를 골라 결혼하는 것이 그 집안과 화해하는 좋은 방법이라고 생각했다. 그것이 그녀들의 아버지 재산을 자기가 상속받는 데 대한 보상이라고 생각했다. 그리고 그렇게 하는 것이 아주 바람직하고 적절한 일이며 자기 입장에서는 아주 관대하고 공평무사한 행위라고 봤다.

그녀들을 봤을 때 그의 계획에는 변함이 없었다. 제인의 아름다운 얼굴을 보고서 그는 자기 생각을 확신했고, 그래서 그는 서열을 충실히 따르기로 작정했다. 그런데 다음 날 아침에 계획이 바뀌었다. 아침을 먹기 전에 베넷 부인과 한 15분 동안 대화하는 도중에 목사관에 대한 얘기부터 시작해 자연히 결혼 계획 얘기가 나오게 되었는데, 그가 결혼 상대를 롱본에서 찾아야겠다는 말을 하자 베넷 부인은 아주 상냥하게 미소 지으면서 그가 점찍은 제인에 대해 이렇게 주의를 환기시켜주었다.

"내가 다른 딸들은 임자가 있다고 말할 수 없지만, 제인만은 곧 결혼할 사람이 나타날 거 같아요."

콜린스에게는 제인에서 엘리자베스로 바꾸기만 하면 되는 일이었다. 그리고 베넷 부인이 불을 지피고 있는 동안에 그러한 결심이 즉시 이루어졌다. 엘리자베스는 제인 다음으로 태어났을 뿐만 아니고 아름다움에도 언니 다음이었다.

베넷 부인은 그러한 사실을 마음속에 간직하고서는 이제 곧 두 딸을 시집보낼 수 있을 거라고 믿게 되었다. 그래서 전날까지는 이름만 들어도 참을 수 없던 사람이 이제는 마음에 쏙 들었다.

리디아는 메리튼으로 놀러 나가는 일을 잊어버리지 않았고 메리를 제외한 모든 자매가 함께 가기로 동의했다. 거기에 콜린스도 동행했는데, 그가 집에서 나가주어서 서재를 혼자 차지하고 싶었던 베넷의 요구에 따라서 그렇게 되었다. 콜린스가 아침 식사를 끝낸 후에 베넷을 따라 서재로 들어가서는 가장 큰 책을 집어 들고 독서를 하는 척하면서 실제로는 자기 집과 헌스포드에 있는 정원 자랑을 끊임없이 늘어놓아 그를 귀찮게 만들었기 때문이다. 그러한 점이 베넷에게는 극도로 마음에 들지 않았다. 그는 서재에 있는 동안만큼은 아무한테도 방해를 받지 않고 혼자 있고 싶었다. 그래서 다른 방에서는 사람들이 무슨 말을 하든 들어줄 수 있지만 서재에서만은 자기 혼자 지내기를 바랐다. 그리하여 콜린스한테 자기 딸들과 함께 동행하기를 권유했다. 콜린스도 책을 읽는 것보다는 나들이하는 일이 더 좋았기 때문에 즐거운 마음으로 책을 덮고 밖으로 나갔다.

그는 자기자랑을 해댔고 그의 사촌들은 거기에 동의해주면서 메리튼으로 갔다. 그런데 메리튼에 들어서자 가장 어린 두 자매는 더는 콜린스에게 관심을 두지 않았다. 두 자매는 장교들을 찾아서 거리를 돌아다녔고, 아주 아름다운 모자나 진열장 안에 보이는 좋은 옷을 제외하고는 어떤 것도 관심 대상이 아니었다.

그런데 모든 여자의 관심이 길 건너편에서 한 장교와 함께 걷고 있는, 그동안 한 번도 본 적이 없는 잘생긴 사람에게 기울었다. 장교는 리디아가 언제 런던에서 돌아올까 하고 궁금해하던 데니였는데, 그는 여자들과 눈이 마주치자 인사를 했다. 여자들은 처음 보는 사람이 누구일까 궁금해졌고, 키티와 리디아는 그 사람에 대해 알아보려고 건너편 가게에서 물건을 살 게 있다면서 그쪽으로 갔는데 두 남자가 우연히 길을 되돌아와서 마주치게 되었다. 데니가 말을 걸었고, 자신과 그 처음 보는 사람은 어제 런던에서 메리튼으로 왔으며 새로 온 위컴이라는 사람은 메리튼의 부대에서 장교로 임관하게 되었다고 소개했다. 여자들에게는 아주 반가운 일이었다. 그 군복을 입은 새로 온 장교는 매력이 넘쳐흐르는 사람이었다. 그는 완전한 외모를 갖추고 있었다. 얼굴도 잘생겼고 몸매도 잘 빠졌으며 유쾌하게 말할 줄도 아는 사람이었다. 그는 소개를 받자마자 이런 말 저런 말을 했는데, 말하는 것도 공손했고 교양이 넘쳐 보였다. 다른 사람들도 합류하여 아주 재미있게 얘기를 하고 있었는데, 사람들의 관심을 끄는 말발굽 소리가 들려서 보니 다아시와 빙리가 말을 타고 거리를 지나가고 있었다. 두 사람은 숙녀들을 알아보고는 즉시 다가와 인사말을 건넸다. 빙리가 주로 얘기했고 얘기하는 상대는 주로 제인이었다. 그는 제인의 안부를 묻기 위해 롱본으로 가는 중이라고 했다. 다아시는 고개를 끄덕여 빙리의 말이 사실이라는 점을 시인했으며 시선을 엘리자베스와 마주치지 않으려고 고개를 돌렸는데, 그때 그 새로 왔다는 사람을 보게 되었다. 엘리자베스는 두 사람이 서로 눈길이 마주치자 깜짝 놀라는 모습을 봤다. 두 사람 모두 얼굴색이 변했는데, 한 사람은 하얗게 질색했고 다른 사람은 붉게 물들어버렸다. 조금 후에 위컴이 모자에 손을 대어 인사를 했고 다른 쪽은 어거지로 응했다. 그것의 의미는 무엇일까? 엘리자베스는 그 이유를 알 수가 없었다. 다만 궁금해서 견딜 수가 없었다.

잠시 뒤에 빙리는 두 사람 사이에 벌어진 일을 알지 못한 채 여자들과 헤어져서 자기 친구와 함께 떠났다.

데니와 위컴은 여자들과 함께 필립스의 집까지 동행했다. 거기서 리디아가 집 안으로 들어가자고 보챘고, 심지어 필립스 부인도 유리창으로 집 안으로 오라고 소리쳤지만 그들은 그냥 인사만 하고 떠나갔다.

필립스 부인은 항상 조카딸들을 반겼는데, 특히 이번에는 두 조카가 네더필드에 가 있다가 왔기 때문에 더 그러했다. 그렇게 갑자기 돌아와 놀랐다고 하면서, 존스의 가게에서 일하는 소년이 아니었다면 자기는 아무것도 몰랐을 거라고 말했다. 그 소년이 네더필드로 약을 배달해주었는데, 제인이 떠나버렸기 때문에 이제 더는 약을 배달하지 않아도 된다고 말하더라는 거였다. 제인은 필립스 부인에게 콜린스를 소개했고 필립스 부인은 아주 반갑게 맞이했다. 거기에 콜린스도 불청객이 와서 미안하며, 그렇지만 자신이 롱본의 숙녀들과 친척이니 너그럽게 봐달라면서 공손하게 대했다. 필립스 부인은 아주 예의 바른 콜린스의 태도에 놀라기는 했지만 조금 전에 새로 본 사람에 대해 말해달라는 조카들의 성화 때문에 콜린스에게 오래 집중할 수가 없었다. 그런데 그 새로 온 사람은 런던에서 데니가 데려왔고 이번에 중위로 임관하게 되었다는, 숙녀들이 이미 알고 있는 내용 이상의 소식을 전해주지는 못했다. 필립스 부인은 자기가 한 시간 동안이나 거리를 지켜보면서 그 새로 온 사람이 거리를 왔다 갔다 하는 모습을 봤는데, 다시 거리를 거닐게 되면 볼 수 있을 테지만 이제는 볼 수가 없고 거리에는 다만 멍청하고 추하게 생긴 군인들만 왔다 갔다 하고 있다고 말했다. 다음 날에 필립스 부부가 군인들을 초대해 식사를 함께할 예정이었으므로 필립스 부인은 만약에 롱본의 숙녀들도 다음 날 저녁에 올 수 있다면 자기 남편에게 위컴도 초대하라고 하겠다고 말했다. 롱본의 여자들은 거기에 동의했고, 필립스 부인은 복권뽑기놀이를 하자고 했다. 그 놀이가 끝난 다음에는 간단한 저녁 식사를 같이했다. 롱본의 사람들은 다음 날에 즐거운 시간을 보낼 것을 기대하면서 메리튼을 떠났다. 콜린스는 헤어질 때도 자기 같은 불청객이 와서 미안하다고 했고, 거기에 집주인은 그럴 필요가 없다고 말하면서 헤어졌다.

집으로 돌아가는 도중에 엘리자베스는 제인에게 아까 두 남자 사이에 벌어졌던 일을 말해주었다. 제인은 만약 그런 일이 있었다면 두 사람 다 또는 두 사람 중 한 사람에게 어떤 잘못이 있어서 그랬겠지만, 무슨 일인지는 자기도 모르기는 마찬가지라고 말했다.

콜린스는 집에 돌아와 필립스 부인의 매너와 상냥함에 대해 치하하여 베넷 부인의 마음을 흡족하게 해주었다. 그는 캐서린 드 버그 여사와 그 따님을 빼놓고는 그처럼 상냥한 여자를 대한 적이 없다고 말했다. 자기를 아주 반갑게 대해줄 뿐만 아니라 전에 한 번도 본 적이 없는데도 다음 날 저녁에 초대해주었다고 했다. 자기가 베넷 집안의 친척이기 때문에 그랬을 테지만 자기 일생에 그런 대접을 받아본 적이 없다고 말했다.

16

베넷 부부는 집안 사람들이 메리튼으로 가는 것을 반대하지 않았고, 콜린스는 두 사람만 남겨놓고 자기들만 가는 데 사과했지만 베넷 부부가 그건 아무 문제가 되지 않는다고 했다. 이로써 콜린스와 그의 사촌 다섯 명은 다음 날 저녁나절에 마차를 타고 메리튼으로 갔다. 여자들은 응접실로 들어서서는 위컴이 이모부의 초대를 받아 이미 와 있다는 사실을 알고 아주 반가워했다.

그러한 소식이 전해지고 그들이 자리를 잡고 앉았을 때 콜린스는 응접실의 가구와 실내의 크기를 둘러보고는 마치 로싱스 저택의 작은 응접실에 와 있는 느낌이라며 치하의 말을 했다. 주인으로서는 처음에 그 말을 달갑게 받아들일 수가 없었다. 그런데 로싱스 저택의 주인이 어떤 사람이며 거기 응접실의 벽난로를 장식하는 데만 800파운드가 들어갔다는 등의 말을 듣자 그러한 칭찬이 본질적으로 어떠한 것인지를 실감하게 되었으며, 그래서 이제 자기 집의 응접실이 그 저택의 하인 방에 비유되더라도 기분이 상하지 않을 정도가 되어 있었다.

다른 남자들이 합류할 때까지 콜린스는 캐서린 드 버그 여사와 그 저택을 치하하면서, 자신이 단장한 자기 집에 대해서도 자랑을 늘어놓았다. 필립스 부인은 콜린스의 말을 주의 깊게 들어주었는데, 그런 말을 들은 뒤로 콜린스를 더 높게 보면서 그가 한 얘기를 다른 이웃들에게 널리 전해주어야겠다는 생각을 했다. 롱본의 처녀들은 사촌의 얘기를 듣는 것이 따분해서 음악이나 들었으면 하고 바라면서 자기들이 흉내 내 만든 도자기나 바라볼 뿐 다른 사람들이 합류할 때까지 지루한 시간을 보내고 있었다. 이윽고 다른 남자들이 나타났다. 위컴이 응접실로 들어왔을 때 엘리자베스는 그를 처음 보는 것 같고 전에 한 번도 생각해본 적이 없는 듯이 느껴졌으며 그를 흠모하는 마음이 새삼 다시 들었다. 그 부대의 장교들은 일반적으로 평판이 좋았으며 그 집에 모인 장교들은 그중에서도 나은 사람들이었다. 그런데 위컴은 용모나 태도나 걸음걸이 등의 모든 면에서 다른 장교들보다 훨씬 뛰어났으며, 방으로 따라 들어온 얼굴이 넓적하고 뚱뚱하며 술냄새를 풍기는 필립스 이모부보다 더 우월했다.

위컴은 대부분 여자들의 시선을 한 몸에 받는 사람이었는데, 그런 그가 자기 옆에 앉자 엘리자베스는 속으로 기뻐했다. 그가 엘리자베스에게 한 얘기는 지금 비가 내리고 있고 이제 장마가 시작되는 게 아닌가 싶다는 말뿐이었지만, 그의 상냥한 태도 덕분에 아무리 단조롭고 일상적인 말이라도 그 말을 하는 사람에 따라서 재미있는 말이 될 수 있다는 사실을 새삼 확인하게 되었다.

위컴이나 다른 장교들 같은 경쟁자가 나타나자, 이제 콜린스는 여자들이 아무런 관심도 주지 않는 보잘것없는 존재로 추락해버렸다. 여자들에게 그는 무의미한 존재였다. 그렇지만 필립스 부인이 그의 말을 때때로 주의 깊게 들어주고 관심을 쏟았기 때문에 그는 배부르게 식사를 하고 커피도 마실 수 있었다.

카드 테이블을 펼쳤을 때 콜린스도 휘스트라는 카드놀이에 참여했고 필립스 부인에게 감사의 말을 할 기회를 잡았다.

"저는 휘스트를 잘 알지 못합니다. 하지만 배울 의향이 얼마든지 있어요. 저와 같은 처지에 있는 사람으로서는……."

필립스 부인은 콜린스가 카드놀이에 끼어서 반가운 마음이 들었지만 그의 계속 이어지는 말을 들어줄 수는 없었다.

위컴은 카드놀이를 하지 않았고 다른 테이블에서 환영을 받으면서 엘리자베스와 리디아 사이에 자리를 잡았다. 처음에는 리디아가 그와의 대화를 독점하는 듯이 보였다. 리디아는 한번 말을 시작하면 끝을 낼 줄 몰랐기 때문이다. 그렇지만 리디아는 복권뽑기놀이에도 관심이 많았기 때문에 거기에 집중했고 배팅을 하고 소리를 질러대면서 다른 사람에게 특별히 관심을 가질 여력이 없었다. 위컴은 그럭저럭 놀이에 참여하면서 엘리자베스와 얘기를 했고 엘리자베스는 기꺼이 그와 대화를 나누었다. 그가 다아시와 어떻게 아는 사이인지 듣고 싶었지만 들을 수 있으리라고는 기대하지 않았다. 다아시의 이름을 꺼낼 수도 없었다. 그렇지만 뜻밖에도 위컴이 그에 대해 먼저 이야기를 시작하여 엘리자베스가 호기심을 해결할 수 있었다. 그는 네더필드가 메리튼에서 얼마나 떨어져 있는지 물었다. 엘리자베스가 대답해주자 다아시가 네더필드에 머문 지 얼마나 되었느냐고 약간 망설이면서 물어봤다.

"한 달가량 된 것 같아요. 그분은 더비셔에 많은 재산을 소유하고 있다더군요."

엘리자베스가 대답했다.

"예, 대단한 재산을 갖고 있죠. 1년에 최소 만 파운드는 되니까요. 그 점에 대해 저보다 더 자세한 정보를 알고 있는 사람은 없을 거예요. 제가 어릴 적부터 그 사람 가족들과 가깝게 지내왔으니까요."

위컴이 말해주었다.

엘리자베스는 놀라지 않을 수 없었다.

"어제 우리 두 사람이 마주쳤을 때 분위기가 썰렁해서 놀라셨을 거예요. 근데 다아시하고 잘 아시나요?"

"알 만큼은 알죠. 그 사람하고 같은 집에서 나흘을 보낸 일이 있거든요. 아주 기분 나쁜 사람이더군요."

엘리자베스가 말했다.

"그 사람이 기분 나쁜 사람인지 기분 좋은 사람인지 판단할 권리는 제게 없어요. 그럴 자격이 없는 거죠. 공정한 판단을 하기에는 너무 그 사람을 오래 알아왔고 너무 잘 알고 있으니까요. 그러니 현명한 판단을 하기가 불가능하고요. 그치만 엘리자베스 양의 그런 견해는 의외군요. 다른 곳에서는 그렇게 강렬한 표현을 하지 않으실 테죠. 여긴 친한 사람들뿐이니까요."

"네더필드를 제외하고는 어느 곳을 가더라도 그런 말을 할 거예요. 하트포드셔에서는 그를 좋아하는 사람이 없거든요. 그 사람이 오만해서 모두 싫어하더라고요. 좋게 얘기하는 사람이 없다는 걸 결국 알게 되실 거예요."

잠시 후에 위컴이 말했다.

"그 사람이나 다른 사람이 높은 평가를 받든 말든 상관할 일은 아니죠. 그치만 그 사람은 높이 평가받는 때가 많죠. 재산이 많아서 그런지, 아니면 신분이 높아서 그런지, 아니면 그 사람의 고압적인 태도에 눌려서 그런지 사람들은 그를 좋게만 보는 것 같더라고요."

"전 그 사람을 조금밖에 알지 못하지만 성질이 나쁜 사람 같아요."

이 말에 위컴은 고개를 젓기만 했다.

"그 사람이 여기 오래 머물지 알 수가 없군요."

위컴이 말했다.

"저도 알 수가 없어요. 그치만 제가 네더필드에 있을 때 그 사람이 떠난다는 얘긴 못 들었어요. 그 사람이 근처에 있다고 해서 선생님이 여기 머무시는 데 지장이 없었으면 좋겠군요."

"아, 제가 그 사람 때문에 쫓겨 가야 할 일은 없죠. 만약에 그 사람이 날 보기를 꺼려 한다면 그가 떠나야죠. 우린 좋은 사이가 아니고 서로 마주치는 게 달갑지 않지만 그를 피해 다녀야 할 이유는 없어요. 그 사람이 저를 부당하게 취급했고 그렇게 돼서 유감이지만요. 그 사람의 돌아가신 아버지는 이 세상에서 둘도 없이 선량한 분이셨고 저하고 아주 좋게 지내셨죠. 그래서 그분 생각만 하면 지금의 다아시가 저렇게 돌아다니는 게 저로선 안타까울 뿐이랍니다. 저한테 한 행동이 아주 고약했으니까요. 그 사람이 자기 아버지 기대를 저버리지만 않았더라도 저는 어떤 행동이든 눈감아줄 수 있었을 거예요."

엘리자베스는 점점 더 그 화제에 관심이 갔고 그래서 진지하게 듣고 있었다. 그렇지만 그 사안의 미묘함 때문에 더는 물어볼 수가 없었다.

위컴은 메리튼이나 그 주변 사람들이나 모임과 같은 얘기를 했고, 자기가 경험한 모든 게 마음에 들었다고 말했으며, 특히 사람들의 모임에는 아주 좋은 평가를 내렸다.

"제가 여기 온 주요한 이유가 좋은 사람들을 많이 만날 수 있다는 기대 때문이었죠. 여기 있는 부대도 마음에 들었고, 제 친구 데니가 특히 저에게 여러 가지 얘기를 하면서 여기 오면 좋은 사람들을 많이 만날 수 있다고 하더군요. 저한테는 사람들과의 유대가 중요하거든요. 저는 지금까지 사람들한테 실망만 했기 때문에 이제는 외로움을 견딜 수가 없어요. 제겐 직업과 교제할 사람들이 있어야 하죠. 원래 군대 생활을 할 의향은 없었지만 상황이 그렇게 만들어버렸어요. 원래 교회에서 일을 해야 했어요. 그렇게 교육을 받았는데, 아까 말한 그 사람이 방해만 놓지 않았다면 지금쯤 성직자로서 근사한 생활을 하고 있었을 거예요."

"그랬군요!"

"그렇습니다. 다아시의 아버지는 그분의 권리 중에서 가장 소중한 것을 제가 받을 수 있도록 유언을 하셨죠. 그분은 저한테 정말 아버지 같은 존재였고 저를 끔찍이 아껴주셨어요. 그분이 잘해주신 걸 갚을 길이 없어요. 저한테 뭔가 충분히 남겨주시려고 했고 실제로 그렇게 해놓았다고 생각하셨어요. 그치만 그건 다른 사람 차지가 돼버렸지요."

"세상에! 근데 어떻게 그런 일이 일어날 수 있는 거예요? 그분 유언을 어떻게 무시할 수 있죠? 법적으로 해결하지 그랬어요?"

엘리자베스가 말했다.

"정식 유언으로 남기지 않았기 때문에 제가 법적인 조치를 취할 수는 없었어요. 명예를 소중히 하는 사람이라면 그분의 의도를 저버리지 않았겠지만, 다아시는 단지 권고 사항이라고 간주해버리고선 제가 무절제하고 경솔한 행동만 했다면서 저한테 권리가 없다고 주장했죠. 그 자리가 2년 전에 공석이 되었고 저도 그 자리에 앉을 수 있는 나이가 됐는데 다른 사람한테 돌아가버렸어요. 근데 전 그 자리에 못 앉을 아무런 잘못도 저지르지 않았어요. 제가 흥분을 조금 잘해서 그 사람에 대해 마구 말을 한 적은 있을 거예요. 그 외엔 다른 잘못이 없죠. 근데 문제는 그가 저하고 아주 다른 종류의 사람이고 저를 아주 싫어한다는 사실이에요."

"놀랍네요. 그 사람은 공개적으로 망신을 당해야겠어요."

"언젠가는 그렇게 되겠죠. 그치만 제가 그렇게 할 순 없어요. 제가 그의 아버지를 기억하는 한 그 사람을 무시하고 폭로할 순 없어요."

엘리자베스는 위컴이 그런 좋은 마음을 갖고 있는 점을 높이 평가했고, 그런 말을 하는 그가 더 매력적으로 보였다.

"근데 그 사람이 무슨 동기로 그렇게 했을까요? 그런 잔인한 행동을 왜 한 거예요?"

"저를 철저히 싫어했던 거죠. 제가 보기엔 질투심인 거 같아요. 그의 아버지가 저를 덜 위해주셨다면 그렇게까진 하지 않았을 거예요. 그치만 그분이 저를 아껴주셨기 때문에 그 사람이 오래전부터 절 미워한 거 같아요. 저 같은 사람하고 경쟁하는 게 싫었던 거죠."

"다아시가 그처럼 나쁜 사람인 줄은 몰랐네요. 그 사람을 좋게 본 적이 없지만 그렇게까지 보진 않았어요. 그가 다른 사람을 멸시하고 그런다는 건 알았지만 그처럼 악의적으로 복수하고 비인간적인 행동을 하리라곤 생각 못했거든요."

조금 있다가 그녀가 다시 말했다.

"그 사람이 전에 네더필드에서, 자기는 화가 나면 풀어질 수 없고 절대 남을 용서 못하는 성격이라고 자랑한 적이 있어요. 이제 보니 아주 고약한 성질이군요."

"그 점에 대해서는 제 판단을 유보하겠어요. 그 사람에 대해 제가 공정해지기가 힘드니까요."

위컴이 말했다.

엘리자베스는 한번 깊이 생각해본 다음에 말했다.

"자기 아버지가 그토록 소중히 여기던 사람을 그런 식으로 취급하다니!"

그러고 나서 그녀는 "선생님처럼 얼굴만 봐도 좋은 사람이라고 확신할 수 있는 분을 그렇게 대하다니요!"라고 덧붙이고 싶었다. 그렇지만 대신 "어린 시절부터 그토록 가깝게 지내온 사람을 어떻게 그처럼 할 수 있는 거예요?"라고 말해주었다.

"우린 같은 교구에서 태어났고 같은 땅에서 어린 시절부터 함께 자랐어요. 같은 집에서 지냈고 같이 놀았고 둘 다 부모들의 좋은 보살핌 속에서 자랐어요. 제 아버님은 엘리자베스 양의 이모부인 여기 필립스 씨하고 같은 일을 하셨는데, 다아시 아버님을 위해 모든 걸 포기하고 펨벌리 재산을 관리하는 데 일생을 바치셨어요. 그래서 다아시 아버님은 우리 아버님을 굉장히 소중하게 여기셨을 뿐만 아니라 서로 아주 가깝고 신임하는 친구로 지내셨어요. 다아시 아버님은 제 아버님께 많은 신세를 지고 있다고 여기셨고, 그분은 제 아버님이 돌아가시기 직전에 저를 보살펴주겠다고 자진해서 약속하셨어요. 그분이 저를 아끼셨기 때문이기도 하지만 제 아버님에 대한 빚을 갚는다는 뜻에서 그러신 거죠."

엘리자베스가 소리 질렀다.

"정말 이상하군요! 끔찍하고요! 다아시는 자기 자존심 때문에라도 선생님께 그런 부당한 짓을 못할 텐데요. 그토록 자만심이 가득 찬 사람은 자기 자신에게만큼은 정직해야 할 텐데 말이죠."

"그 사람의 모든 행동은 자만심을 바탕으로 할 겁니다. 그 사람은 자만심 하나로 버티는 거죠. 그것 때문에 선한 일도 가끔 할 수 있고요. 하지만 사람이 한결같을 순 없죠. 그 사람이 제게 한 행동에는 자만심 이상의 무엇이 깔려 있는 거 같아요."

"그런 끔찍한 자만심이 그 사람에게 덕이 되어준 적이 있나요?"

"그럼요. 그것 때문에 사람들한테 관대하고 돈도 뿌리고 후하게 대접하기도 하고 소작인들이나 가난한 사람도 도와주죠. 가족에 대한 명예, 조상에 대한 명예 때문에 그렇고 자기 아버지에 대한 명예 때문에도 그렇게 하는 거죠. 자기 가족 얼굴에 먹칠을 하거나 펨벌리 가문의 영향력을 잃고 싶지 않아서 그러는 거예요. 오빠로서의 자부심도 대단해요. 자기 누이동생은 아주 자상하게 돌봐주죠. 동생을 가장 위해주는 오빠라는 소리를 들을 수도 있을 거예요."

"다아시의 여동생은 어떤 사람이에요?"

위컴은 고개를 저었다.

"상냥한 여자라고 할 수는 없겠군요. 다아시 집안 사람을 나쁘게 볼 수밖에 없는 제 심정을 이해해주세요. 그 여자도 다아시와 너무 닮았어요. 아주 거만하죠. 어렸을 적에는 붙임성도 있고 아주 재미있었는데 저를 많이 따르기도 했어요. 저는 몇 시간이든 같이 놀아주곤 했지요. 그치만 이젠 저한테 아무것도 아니에요. 얼굴은 아름답고 나이는 열대여섯 살쯤 됐으며 교양도 갖추긴 했어요. 아버지가 돌아가신 후로 런던에서 어떤 여자하고 같이 살고 있는데, 그 여자가 돌봐주고 교육도 맡아서 하고 있지요."

잠시 얘기가 중단되기도 하고 다른 화젯거리로 돌아가기도 하다가 엘리자베스는 다시 원점으로 돌아와 이런 말을 하지 않을 수 없었다.

"그 사람이 빙리라는 사람하고 가까이 지내는 게 의아스럽군요. 빙리처럼 선량한 사람이 어떻게 그런 사람과 친구가 되는 거예요? 그런 사람들이 어떻게 맞춰서 살까요? 혹시 빙리라는 사람을 아시는지요?"

"전혀 모릅니다."

"그는 온화하고 매력이 넘치는 사람이에요. 그는 다아시가 진정으로 어떤 사람인지를 모르는 거 같군요."

"그럴지도 모르죠. 근데 다아시도 마음만 먹으면 다른 사람에게 잘 보일 수가 있어요. 능력이 없는 사람은 아니니까요. 필요하다고 생각되면 좋은 사람으로 돌아갈 수 있을 거예요. 자기하고 동등한 사람하고 있으면 아랫사람들하고 있을 때와는 달라지는 거죠. 자만심이야 원래 그대로겠지만, 부유한 사람하고 있으면 온건하고 합리적이고 명예를 존중하고 상냥할 수 있죠. 상대방의 재산이나 지위 같은 걸 고려하는 거예요."

휘스트 카드놀이가 끝나자 사람들은 다른 테이블로 모여들었다.

콜린스는 사촌인 엘리자베스와 필립스 부인 사이에 자리를 잡고 앉았다. 필립스 부인은 그에게 돈을 땄는지 물어봤다. 그는 돈을 잃기만 했다고 말해주었다. 거기에 필립스 부인이 걱정하는 말을 하자, 그는 정색을 하고 그깟 돈은 아무것도 아니며 전혀 염두에 두지 않는다고 말했다.

"일단 카드놀이를 하면 돈을 잃을 수도 있다는 생각을 해야지요. 저한테는 5실링 잃은 게 별로 중요하지 않습니다. 저처럼 말하지 않는 사람도 많겠지만, 전 캐서린 드 버그 여사님의 후원 덕분으로 사소한 돈 같은 것에 신경 쓰지 않을 정도는 된답니다."

이때 위컴이 그 말에 주의를 기울였다. 그는 잠시 동안 콜린스를 바라보고는 엘리자베스에게 드 버그 가문과 콜린스가 아주 가까운 사이인지를 물어봤다.

"캐서린 드 버그 여사가 최근에 저 사람한테 생활 터전을 마련해줬대요. 콜린스가 그 사람을 어떻게 알게 됐는진 모르지만 오랫동안 알고 지낸 사이 같진 않아요."

엘리자베스가 대답해주었다.

"캐서린 드 버그 여사하고 앤 다아시 부인이 자매지간이란 건 알고 계시지요? 그러니까 다아시한테 캐서린 드 버그 여사는 이모가 되는 셈이죠."

"그건 몰랐어요. 캐서린 드 버그 여사네 친척에 관해서는 들어본 적이 없어요. 그저께까지는 캐서린이라는 여자의 존재조차 들어본 적이 없거든요."

"그분의 딸은 아주 많은 재산을 상속받을 예정인데, 그녀가 나중에 다아시와 합칠 거라는 말이 있어요."

이 말에 엘리자베스는 캐럴라인 빙리가 가련해져 미소를 지었다. 다아시가 다른 사람과 결혼하기로 예정돼 있다면 그녀가 다아시와 그의 여동생에게 보이는 관심이나 다아시를 칭송해주는 말 등이 모두 무의미해질 테니 말이다.

"콜린스는 캐서린 드 버그 여사나 그 딸에 대해 공경심이 대단한데, 그들하고의 특별한 관계로 미루어보면 그분한테 받은 은혜 때문에 잘못 판단하고 있지나 않은지, 그리고 콜린스를 후원해주기는 해도 거만하고 잘난 체만 하는 사람이 아닌지 모르겠어요."

엘리자베스가 말했다.

"실제로 그런 사람일 겁니다. 제가 그분을 본 지 여러 해가 지나긴 했는데, 한 번도 좋은 사람이라는 인상을 받은 적이 없고 독선적이고 거만한 사람이란 생각만 들었어요. 사람들은 그분이 분별 있고 머리 좋다고 말하는데, 신분이 높고 재산이 많고 독선적이라서 그렇게 생각할 테고, 또 그분을 높여주는 그분의 조카 때문에도 그런 거 같아요."

위컴이 대답해주었다. 엘리자베스는 위컴의 말이 아주 타당하다고 생각했고 두 사람은 저녁 식사를 위해 카드놀이를 끝낼 때까지 관심 있는 대화를 계속했다. 이제 다른 여자들도 위컴에게 관심을 갖게 되었다. 저녁 식사 시간에는 떠들썩한 분위기 때문에 진지한 대화를 나눌 수 없었지만, 그는 모든 사람에게 호감을 주었다. 말도 품위 있게 했고 행동거지도 우아했다.

엘리자베스는 머릿속이 그에 대한 생각으로 꽉 들어찬 채로 집으로 돌아갔다. 집으로 가는 도중에 위컴 말고 다른 생각은 할 수 없었고 그가 자기에게 해준 말만 머리에 떠올랐다. 그렇지만 집으로 돌아가는 길에는 그 사람의 이름을 꺼낼 수조차 없었다. 리디아와 콜린스가 왁자지껄하게 떠들어댔기 때문이다. 리디아는 복권놀이나 카드놀이에서 자기가 딴 돈이나 잃은 돈에 대해 말했고, 콜린스는 필립스 부부의 인정미에 대해 얘기하면서 자기는 카드놀이에서 돈을 잃은 것에 전혀 개의치 않으며 자기 때문에 마차가 비좁지나 않은지 등에 대해 떠들어댔다.

17

다음 날 엘리자베스는 위컴과 나눈 얘기를 제인에게 말해주었다. 제인은 놀라기도 하고 걱정스러운 표정도 지으면서 얘기를 들었다. 제인은 다아시가 빙리와 우정을 나눌 만하지 않다는 생각은 들지 않았다. 그렇지만 위컴 같은 선량한 사람의 말을 의심하는 것도 그녀의 천성이 아니었다. 그녀는 위컴이 그런 부당한 취급을 당했다는 사실 자체만으로도 동정심을 느꼈다. 그래서 두 사람을 다 같이 좋게 생각하면서, 어떤 잘못이 있다면 그건 서로의 오해 때문이라고 간주해버리기로 했다.

"내 생각엔 두 사람이 모두 속고 있는 거야. 그게 뭔지 우린 알 수 없지만. 다른 사람들이 두 사람을 서로 오해하게 만들었을 수도 있지. 우리는 두 사람이 어떻게 소원해졌는지 그 원인이나 상황은 알 수가 없잖아"

제인이 말했다.

"맞아, 언니. 근데 두 사람을 이간질한 사람들은 어떻게 평가해야 하지? 그 사람들은 죄가 없는 걸까, 아니면 그들이 나쁜 사람들일까?"

"네가 좋을 대로 생각해. 그치만 내 말을 듣고 비웃지는 말아줘. 자기 아버지가 그토록 아끼고 생계를 책임져주기로 한 사람을 그처럼 부당하게 취급하면 그 사람 입장이 어떻게 되겠니? 그건 불가능해. 인간이라면, 그리고 자기 인격을 생각하는 사람이라면 그렇게 할 수가 없는 거야."

"내 생각에는 위컴이 모든 얘기를 꾸며냈다기보다 빙리가 속고 있는 거 같아. 만약 그렇지 않다면 다아시는 그걸 증명해야 할 거야. 위컴의 표정에는 진실이 깃들어 있었어."

"너무 어려운 문제야. 골치 아프기도 하고. 어떻게 생각해야 할지 모르겠어."

"미안하지만, 우리가 어떻게 생각해야 하는지 난 알고 있어."

그렇지만 제인은 한 가지 사실만은 확신할 수 있었다. 즉 빙리가 만약 속아온 거라면 그 사실이 밝혀질 경우 그가 많은 고통을 당하게 된다는 점이었다.

두 여자가 숲속에서 그런 대화를 나누고 있을때, 그들의 얘기 대상이던 바로 그 사람들 중 일부가 찾아와서 그녀들을 불러냈다. 네더필드에서 고대하던 무도회가 다음 주 화요일에 열리게 되어 빙리와 그의 누이들이 그녀들을 초대하러 왔다. 빙리의 두 누이는 제인을 보더니 아주 오랜 세월 동안 못 본 것처럼 반가워하면서 헤어진 뒤로 어떻게 지냈는지를 반복해서 물었다. 하지만 다른 사람들에게는 관심을 거의 보이지 않았다. 베넷 부인과는 되도록 접촉을 피하려 했고 엘리자베스에게는 거의 말을 붙이지 않았으며 그 외 다른 사람들하고는 전혀 얘기를 하지 않았다. 그들은 금방 돌아갔다. 빙리는 예의를 차려 다정하게 구는 베넷 부인에게서 벗어나려는 듯 부리나케 자리를 떠버렸다.

네더필드에서 열리는 무도회에 대한 기대감으로 베넷 집안의 모든 여자는 즐거운 시간을 보냈다. 베넷 부인은 그 무도회가 맏딸인 제인을 위해 열리는 거라고 생각했고, 특히 의례적인 초대장만 보내지 않고 빙리가 직접 찾아온 데 크게 고무되어 있었다. 제인은 빙리의 두 누이와 만나고 빙리와 즐겁게 시간을 보낼 수 있게 되어 마음이 설레었다. 엘리자베스는 위컴과 함께 수없이 춤을 추고 다아시의 표정이나 행동을 지켜보면서 사건의 내막을 확인할 수 있는 기회가 오기를 기대했다. 캐서린과 리디아는 어느 특정한 사람에 대한 기대가 없었다. 엘리자베스처럼 위컴과 춤을 추겠지만 두 사람이 기대하는 사람은 위컴 하나만이 아니었다. 메리조차도 그 무도회에 반대하지는 않는다고 말했다.

"오전만 내 시간을 가질 수 있다면 저녁때 그런 모임에 가는 것도 나쁘지는 않을 거야. 사교도 중요하지. 다른 사람들처럼 나도 오락이 우리한테 꼭 필요하다고 생각하거든."

메리가 말했다.

엘리자베스는 무도회로 너무 들떠 있었다. 그래서 지금까지는 쓸데없이 콜린스에게 이런 말 저런 말을 하지 않았지만 그가 빙리 집안의 초대를 받아들일지, 초대를 받아서 가게 된다면 사람들하고 어울려서 춤을 출 의향이 있는지 등을 물어보지 않을 수 없었다. 그런데 그가 거기 가는 것에 전혀 개의치 않으며, 사람들하고 춤을 춘다고 해서 대주교나 캐서린 드 버그 여사에게 책망을 들을 염려도 없다고 하는 말을 듣고는 놀랐다.

"난 훌륭한 지위에 있는 사람이 존경받을 만한 사람들에게 베푸는 이런 종류의 무도회가 절대 나쁘다고 생각하지 않아. 그리고 나도 춤추는 데는 반대하지 않으니까, 그날 밤에 나도 아름다운 사촌들과 한 번씩 추는 영광을 가졌으면 해. 그리고 이 자리에서 말하는데, 첫 번째 두 번의 춤을 나하고 춰달라고 부탁하고 싶어. 제인도 거기에 반대하지 않을 테고 내가 제인을 무시하는 것도 아닐 테니까."

엘리자베스는 완전히 당한 느낌이 들었다. 첫 번째 춤은 위컴과 추려고 마음먹고 있었기 때문이다. 자신이 촐랑대는 바람에 일을 망쳐버린 게다. 그렇지만 어떻게 해볼 도리가 없었다. 위컴과의 행복은 잠시 미뤄두기로 하고 될 수 있는 한 정중하게 콜린스의 요청을 받아들였다. 그런데 그녀는 콜린스가 무언가 다른 생각을 하고 있다는 느낌을 받고는 마음이 편하지 않았다. 자신이 헌스포드 목사 저택의 여주인이 되는 것으로 자매들 중에서 선택되었으며, 로싱스 저택에 손님이 없을 때는 자기가 가서 카드놀이를 해주어야 한다는 생각이 들었다. 콜린스가 점점 더 다정하게 굴고 유머 감각이나 명랑한 기질을 칭찬할수록 그러한 확신은 더 굳어져갔다. 자신의 매력에서 비롯된 그러한 효과에 감사하기보다는 놀라운 마음이 들었는데, 얼마 안 있어 어머니가 콜린스와 결혼하면 좋은 일이라고 넌지시 말했다. 엘리자베스는 그러한 암시를 무시해버리기로 했다. 만약 대응을 하다가는 어떤 심각한 논쟁이 벌어질지도 몰랐다. 콜린스가 그러한 제안을 하지 않을지도 모르고, 따라서 그가 실제로 제안을 하기 전까지는 그것을 놓고 다투는 일은 소용없다고 판단했다.

네더필드의 무도회에 갈 준비를 하고 그것에 대해 얘기하는 일이 없었더라면 베넷 집안의 딸들은 아주 따분한 나날을 보낼 뻔했다. 초대를 받은 날부터 그 무도회 날까지 줄곧 비가 내려서 메리튼에 한 번도 갈 수 없었기 때문이다. 이모나 장교를 만날 수도 없었고 어떤 새로운 소식을 들을 수도 없었다. 무도회에 신고 갈 구두를 장식할 장미 모양의 리본도 하인을 시켜야 했다. 엘리자베스조차도 위컴과 교제하는 일이 날씨로 제지당하자 인내심이 한계에 이르는 것 같았다. 화요일의 무도회가 아니었다면 키티나 리디아가 그 지겨운 금요일, 토요일, 일요일, 월요일을 견뎌내기 힘들 뻔했을 것이다.

18

엘리자베스는 네더필드의 응접실에 들어서서 붉은 옷을 입은 군인들 사이에서 위컴을 찾아보려고 노력했을 때에야 비로소 그가 참석하지 않았다는 사실을 깨달았다. 그와 나눈 대화를 돌이켜볼 때 그런 사태가 발생할 가능성이 충분했지만 그를 만날 수 있을 거라고 확신하고 있었다. 그녀는 다른 때보다 더 아름답게 차려입었고 아직 자기에게 넘어오지 않은 위컴의 마음을 그날 저녁 안으로 완전히 정복해버릴 요량이었다. 그렇지만 빙리가 다아시의 의중을 고려해 일부러 위컴을 초대하지 않았을지 모른다는 불길한 생각이 한순간에 들었다. 그리고 그러한 생각이 정확히 맞지는 않았지만, 리디아가 데니에게 물어본 결과 위컴이 하루 전에 런던으로 가서 아직 돌아오지 않았다는 사실을 알게 되었다. 그러면서 데니는 의미심장한 웃음을 띠고 덧붙였다.

"그가 여기 있는 어떤 신사를 피하고 싶지 않았다면 하필 이때 런던에 갈 필요가 있었을까 싶군요."

리디아는 그 말의 의미를 생각해보지 않았지만 엘리자베스는 예사로 듣지 않았다. 그녀가 처음에 짐작한 이유로 위컴이 불참한 건 아니었지만 다아시에 대한 실망감은 더욱 커져 있었다. 그래서 다아시가 다가와서 공손하게 인사를 했을 때 예의 바르게 상대할 수도 없었다. 다아시에게 관심을 갖거나 그를 이해해주는 건 위컴을 모욕하는 일이었다. 다아시와는 어떤 대화도 하지 않겠다고 작정했고 불쾌한 심정으로 그에게서 돌아섰다. 그런 기분은 빙리와 애기를 나누는 중에도 누그러지지 않았다. 빙리와 다아시 간의 맹목적인 우정을 생각하니 기분이 나빠졌기 때문이다.

그렇지만 엘리자베스는 나쁜 기분을 길게 끌고 가지 않는 성격이었다. 그날 밤에 대한 자신의 기대감이 모두 사라져버리기는 했지만 오랫동안 불유쾌한 상태로 있지는 않았다. 1주일 동안 만나보지 못한 샬럿에게 자신의 속상한 마음을 다 털어놓고 콜린스의 괴짜스러운 면도 얘기했다. 그렇지만 두 번의 춤을 춘 뒤에는 다시 기분이 나빠져버렸다. 두 번의 춤이 고역이었기 때문이다. 콜린스는 근엄한 표정으로 춤도 어색하게 췄고 못 추는 것에 대해 변명만 늘어놓았으며 자기가 무슨 실수를 하고 있는지도 몰랐기 때문에 창피스럽고 처참한 마음만 들었다. 그래서 그와의 춤이 끝난 순간이 황홀의 순간이었다.

엘리자베스는 다음에 한 장교와 춤을 췄는데, 그에게 모든 사람이 위컴을 좋아한다는 말을 듣고는 기분이 조금 좋아졌다. 그 춤이 끝나고 샬럿에게로 돌아가 얘기하고 있는데 갑자기 다아시가 다가와서는 자기와 한번 추자는 제안을 했고, 그녀는 자신이 무슨 행동을 하는지 알 수도 없는 상태에서 엉겁결에 허락하고 말았다. 다아시는 말을 끝내자마자 다른 곳으로 갔고, 그녀는 그 자리에서 자신이 그토록 당황한 사실에 분개했다. 그런데 샬럿이 엘리자베스를 위로해주었다.

"그 사람, 아주 좋은 사람 같아."

"끔찍한 소리 마. 그렇게 되면 정말 재수없을 거야. 미워하기로 마음먹은 사람이 사실은 좋은 사람이라고? 그럴 일이 없었으면 좋겠어."

다시 무도가 시작되고 다아시가 다가오자 샬럿은 엘리자베스에게 멍청하게 굴지 말라면서 위컴에 대한 애정 때문에 그보다 열 배는 더 중요한 다아시에게 불쾌한 모습을 보이지 말라고 충고해주었다. 엘리자베스는 아무 대답을 하지 않고 다아시와 쌍쌍 속에서 마주 섰다. 그녀는 다아시 같은 사람과 춤을 춘다는 사실에 스스로 놀라웠고, 그런 모습을 보고 다른 사람들이 놀라워하는 표정도 읽을 수 있었다. 그들은 아무 얘기도 않고 잠시 동안 서 있었다. 그리고 그녀는 그러한 침묵 상태가 두 번의 춤을 추는 동안 지속될 거라고 생각하면서 자기가 먼저 침묵을 깨지는 않을 거라고 작정했다. 그런데 상대방이 말을 하도록 만드는 것이 더 큰 벌이라는 생각이 들어 춤에 관한 가벼운 얘기를 엘리자베스가 먼저 시작했다. 그가 대답을 했고 그다음에는 다시 침묵이 이어졌다. 몇 분이 지난 후에 다시 그녀가 말을 꺼냈다.

"다아시 선생님, 이제 그쪽에서 말을 붙일 차렌데요. 제가 춤에 대해 말을 해봤으니 이제 선생님은 이 방의 규모라든가 여기 온 사람들의 숫자 등에 대해 어떤 말을 할 차례 같군요."

그는 엘리자베스의 말에 웃으면서, 그녀가 원하는 어떤 말도 할 수 있다고 말했다.

"아주 좋아요. 현재로선 그 대답이면 됐어요. 제가 나중에는 개인이 여는 무도회가 공공장소에서 열리는 무도회보다 재밌다고 말할지 모르겠어요. 그치만 지금은 침묵하는 게 좋겠군요."

"춤을 추는 동안에는 그렇게 규칙에 따라서 말을 하시나요?"

"때에 따라서는요. 말을 조금이라도 하기는 해야 하잖아요? 반시간 동안이나 추면서 아무 말도 하지 않는다면 이상하지 않나요? 그리고 어떤 사람들에게는 되도록 대화를 적게 하는 방향으로 가는 게 좋을 것 같군요."

"지금의 경우는 엘리자베스 양의 기분에 맞춰나가는 것인가요, 아니면 제 기분을 맞춰주는 건가요?"

"둘 다죠. 우리가 성격적으로 아주 유사하다는 점을 느꼈으니까요. 우리 둘 다 사교적이지도 않고 과묵한 편이지요. 그리고 우리가 일단 말을 하면 여기 있는 모두가 놀라고, 후세까지 두고두고 입에 오르내릴 정도가 아니면 아예 시작도 하지 않을 것 같으니까요."

엘리자베스가 말했다.

"엘리자베스 양의 성격에 대한 정확한 묘사 같군요. 내 성격이라면…… 어떻게 말할 수 없네요. 엘리자베스 양은 충실히 지적했다고 생각하시겠지만."

"내가 말한 게 맞다고는 하지 않겠어요."

그는 아무런 대답도 하지 않았고 두 사람은 다시 침묵 속에서 춤을 추었다. 이윽고 다아시가 엘리자베스에게 그녀와 그녀의 자매들이 메리튼에 자주 가느냐고 물어봤다. 그녀는 그렇다고 대답한 다음에 이런 말을 해주었다.

"저번 날에 거기서 선생님하고 만났을 때 우린 새로운 사람을 알게 됐죠."

그 효과는 즉시 나타났는데, 다아시가 경멸스러운 표정을 지었다. 그렇지만 말은 안 했다. 그리고 엘리자베스는 자신감의 부족으로 더는 아무 말도 할 수가 없었다. 결국 다아시가 언짢은 표정으로 말했다.

"위컴이 사람을 쉽게 사귀는 성향이기는 한데 그 사귐을 길게 유지할 능력이 있는지는 의심스럽군요."

"선생님 같은 분과의 우정을 유지 못하는 운 없는 사람이겠죠. 그리고 그것 때문에 평생 고통을 당해야 할 테고요."

엘리자베스가 말해주었다.

다아시는 아무 대답도 하지 않았고 대화의 소재를 바꾸고 싶어 하는 걸로 보였다. 그때 윌리엄 루카스 경이 룸의 반대편으로 가려다가 두 사람에게 가까이 다가왔다. 다아시를 보고 예의 바르게 목례를 하고 나서 다아시의 춤 솜씨와 그의 파트너를 칭찬하는 것이었다.

"정말 훌륭하십니다, 다아시 선생님. 이런 춤은 구경한 적이 별로 없어요. 완전히 수준급이시군요. 근데 아름다운 파트너도 선생님 못지않네요. 다음에도 이런 무도회가 자주 열렸으면 좋겠어요. 특히 엘리자베스 양, 그 일이 잘되었으면 좋겠군요(그는 제인과 빙리를 바라보면서 이런 말을 했다). 그런 일만 제대로 된다면 얼마나 큰 경사겠어요. 다아시 선생님도 힘 좀 써보시지요. 그치만 지금은 선생님을 방해하지 않겠습니다. 젊은 숙녀 분하고 대화하는 걸 제가 훼방

놓기를 바라시지도 않을 테고요. 저 여자 분도 속으로 날 나무라고 있는 거 같으니까요."

다아시는 그 말의 후반부는 거의 듣지 않았다. 그렇지만 자신의 친구에 대해 윌리엄 루카스 경이 언급한 점이 그를 강하게 자극했고, 그는 함께 춤을 추고 있는 빙리와 제인을 심각한 표정으로 바라봤다. 그렇지만 곧바로 시선을 엘리자베스에게로 돌리면서 이런 말을 했다.

"윌리엄 경이 방해하는 통에 우리가 무슨 말을 하고 있었는지 잊어버렸군요."

"아무 말도 하지 않았던 거 같아요. 아마도 우리가 이 응접실 안에서 가장 말이 없는 사람들로 보여 다가오셨나 봐요. 우린 이미 두세 가지 주제에 관해 얘기해보려고 했지만 실패해버렸고, 이젠 무슨 할 말이 남았는지 모르겠어요."

"책에 관해서는 할 말이 없으세요?"

다아시가 미소 지으면서 물어봤다.

"책이라고요? 아니에요. 우리가 같은 책을 읽을 리도 없고, 똑같은 감정으로 책을 읽지도 않을 거 아녜요?"

"그렇게 생각하신다면 유감이군요. 그렇더라면 화젯거리가 떨어지지도 않으면서 우리의 상이한 의견을 서로 비교해볼 수도 있을 텐데요."

"아니에요. 이런 무도회장에서 책 얘기를 할 수는 없어요. 그리고 제 머리는 항상 책 말고 다른 것으로 꽉 차 있으니까요."

"이런 장소에서는 항상 현재 일에만 몰두하신다는 말씀인가요?"

다아시가 의심의 눈초리로 말했다.

"그래요. 항상요."

그녀는 다른 생각에 몰두한 채 무의식적으로 이렇게 대답했다. 그리고 다음에 이런 말을 하여 자기가 다른 생각에 집중하고 있다는 사실을 입증해주었다.

"다아시 선생님은 자신이 용서를 못하는 성격이고 일단 화가 나면 누그러지지 않는 성격이라고 말씀하신 적이 있죠? 그럼 화를 낼 때는 아주 신중하신가요?"

"물론이죠."

그가 단호한 목소리로 대답했다.

"그리고 편견으로 눈이 어두워지지 않도록 하시는 거죠?"

"그러길 바라죠."

"자신의 견해를 전혀 바꾸지 않는 사람들은 맨 처음에 판단을 잘해야 하는 임무가 있죠."

"어떤 의미에서 그런 질문을 하시는지 여쭤봐도 되겠습니까?"

"그냥 선생님 성격을 짚어보려고 하는 거죠. 그걸 알아보고 싶거든요."

그녀는 무거운 표정을 떨어내려고 노력하면서 이렇게 말했다.

"그래서 뭘 알아내셨나요?"

그녀는 고개를 저었다.

"아무것도 없어요. 선생님에 대해 이런저런 얘기를 들어서 아주 혼란스럽네요."

"나에 대해 이런저런 얘기가 있을 거라고 어렵지 않게 짐작할 수 있어요. 그치만 지금 당장은 나에 대한 성격을 그려주지 않았으면 좋겠군요. 그래야만 우리 두 사람 사이에 쓸데없는 오해가 없을 테니까요."

다아시가 정색을 하면서 말했다.

"그렇지만 지금 평가를 하지 않는다면 다음에 영영 기회가 없을지도 모르잖아요."

"그렇다면 엘리자베스 양을 막을 의도는 없습니다."

그가 냉랭하게 말했다. 엘리자베스는 더는 말하지 않았고 두 사람은 말없이 나머지 춤을 추고는 갈라졌다. 두 사람 다 기분은 좋지 않은 상태였는데 그 정도가 같지는 않았다. 다아시의 마음속에는 그녀에 대한 상당한 호감이 있었기 때문에 그녀를 너그럽게 봐줄 수 있었고, 그래서 다른 사람에게 나쁜 감정을 돌려버렸다.

얼마 후에 캐럴라인이 엘리자베스에게 다가와서는 약간 경멸적인 태도로 말했다.

"엘리자베스 양, 조지 위컴하고 잘돼간다면서요? 엘리자베스 양 언니가 그 사람에 대해 말하면서 이것저것 물어보더라고요. 근데 그 사람의 아버지가 다아시 아버지 밑에서 관리인을 했다는 얘기는 못 들었을 테죠? 이건 내가 친구로서 하는 말인데, 그 사람이 하는 얘기를 곧이곧대로 믿어버리면 안 돼요. 다아시가 그 사람에게 잘못을 했다는 말은 사실과 다르니까요. 오히려 아주 잘 대해줬다고요. 조지 위컴이 다아시에게 고약스럽게 한 거예요. 나도 세세한 내용은 몰라요. 그치만 다아시는 비난받을 일은 하지 않았고 조지 위컴이라는 사람 얘기만 들어도 참을 수 없을 거예요. 그리고 우리 오빠는 그 사람을 빼고 다른 장교들만 초대할 수 없었는데 그 사람이 알아서 자리를 피해줘서 다행으로 생각하고 있어요. 그 사람이 이 근처에 나타난다는 자체가 말도 안 되는 거예요. 어떻게 그렇게 뻔뻔할 수 있는지 이해가 안 된다고요. 엘리자베스 양이 좋아하는 사람을 이렇게 평가해서 유감이지만, 그 사람 혈통을 생각해본다면 다른 결론이 나오기는 힘들 거예요."

"캐럴라인 양 말을 듣고 보니 그 사람의 죄하고 그 사람의 혈통이 동일한 거 같군요. 캐럴라인 양 말에 따르면 그 사람이 다아시 가문의 관리인이라는 점 때문에 비난하는 걸로 보이니까요. 근데 그런 일이라면 난 이미 그 사람한테 들어서 알고 있거든요."

엘리자베스가 화난 표정으로 말했다.

"미안하군요. 괜히 간섭을 하다니, 용서해줘요. 난 그냥 선의의 마음에서 얘기했을 뿐이에요."

캐럴라인이 경멸하는 표정으로 고개를 돌리면서 말했다.

'뻔뻔스러운 여자로군! 그런 식으로 공격해서 날 골탕 먹이려 한다면 큰 오산이지. 그런 말 해봤자 너나 다아시가 얼마나 나쁜 사람인지 드러내기만 할 뿐이야.'

엘리자베스는 속으로 중얼거렸다. 그러고 나서 그런 문제를 빙리에게 물어보기로 한 언니를 찾았다. 제인은 아주 행복한 표정을 짓고 있었고 무도회에 아주 만족하고 있는 듯 보였다. 엘리자베스는 즉각적으로 그런 분위기를 느낄 수 있었고, 그래서 그 순간 위컴에 대한 동정심이나 위컴의 적들에 대한 분개심 등의 나쁜 기분이 사라지고 제인의 일이 잘돼가기만을 바라는 마음이 일었다.

"언니가 위컴에 대해 무슨 얘기를 들었는지 알고 싶어. 근데 다른 즐거운 일 때문에 그 사람 일은 잊어버린 거 같아. 그렇더라도 난 괜찮아."

엘리자베스가 언니 못지않은 즐거운 표정으로 말했다.

"아니, 잊어버리지 않았어. 그치만 그 사람에 대해 좋은 얘기는 해줄 수 없어. 빙리는 자세한 내막을 모르고 다아시가 무엇 때문에 화가 났는지도 모르고 있어. 그치만 다아시가 좋은 사람으로 명예를 존중하고 위컴이 다아시한테 나쁘게 행동한 걸로 알고 있더라. 빙리하고 그의 동생이 하는 말을 들어보면 위컴은 절대 믿을 수 없는 사람이라는 거지. 위컴이 아주 안 좋게 행동했고, 그래서 다아시에게 완전히 신임을 잃어버린 거지."

제인이 말했다.

"빙리가 위컴을 직접적으로 아는 건 아니지?"

"아니, 저번에 메리튼에서 만나기 전에는 본 적도 없대."

"그렇다면 빙리가 아는 얘기는 다아시가 해준 말일 거야. 알겠어. 근데 목사 직에 대해서는 뭐라고 했대?"

"다아시한테 몇 번 들은 적은 있지만 그 상황을 정확히 기억할 수는 없는가 보더라고. 위컴이 그 목사 직을 받는 조건이 있었나 보던데."

"빙리를 믿지 못하면 안 되겠지. 그치만 빙리의 말만으로 내 마음이 바뀌지는 않아. 빙리가 자기 친구를 변호하는 건 당연한 일이고…… 그치만 그 사람이 진짜 내막은 잘 모르고 모두 다아시한테 들은 내용일 테니 난 두 사람에 대한 생각을 바꾸지 않을 거야."

엘리자베스가 흥분된 어조로 말했다. 그다음에 그녀는 둘 다 만족스럽고 둘 사이에 의견의 차이가 없어 보이는 주제로 넘어갔다. 제인은 자신에 대한 빙리의 관심에 대해 다소간 희망이 섞인 말을 했고, 엘리자베스는 제인의 기운을 북돋워주는 말을 해주었다. 그리고 빙리가 그들 사이에 끼어들어서 엘리자베스는 샬럿에게 옮겨

갔다. 샬럿이 엘리자베스에게 파트너가 어땠는지 물었는데, 엘리자베스가 대답을 하기도 전에 콜린스가 다가와서는 자기가 아주 중대한 발견을 했다고 흥분에 겨워 말했다.

"내가 방금 아주 우연히 이 무도회에 내 후원자 되는 분의 가까운 친척이 와 있다는 사실을 알게 됐지. 그분이 이 집의 여주인과 함께 그분의 사촌인 드 버그 아가씨와 그 아가씨 어머니인 캐서린 여사님에 대해 언급하는 걸 들었다고. 어떻게 이런 일이 벌어질 수 있는지 모르겠군. 이런 모임에서 캐서린 드 버그 여사님의 조카와 만날 줄 예상이나 했겠냐고. 그분한테 이제 경의를 표할 기회를 갖게 되어 얼마나 다행인 줄 모르겠어. 그분이 내가 좀 더 일찍 그렇게 하지 않은 걸 용서해주시겠지? 내가 완전히 모르고 있었다는 게 변명은 될 테니까."

"다아시 선생님께 직접 가서 인사를 하실 건 아니죠?"

엘리자베스가 물었다.

"아니, 그렇게 해야지. 내가 좀 더 일찍 인사드리지 못한 점에 대해 용서를 구해야겠어. 그분이 캐서린 여사님의 조카가 틀림없어. 캐서린 여사님이 1주일 전까지 건강한 상태로 계셨다는 점을 알려드려야겠다고."

엘리자베스는 그에게 그러지 말라고 설득했다. 다아시는 콜린스가 누구의 소개도 없이 그렇게 하는 걸 자기 이모에 대한 경의의 표시라기보다는 뻔뻔스러운 행동으로 여길 테고, 서로 인사를 나눠야 할 필연적인 이유가 없으며, 만약 인사를 나누더라도 신분이 높은 다아시가 먼저 아는 척하는 게 순서라고 얘기해주었다. 콜린스는 엘리자베스의 의견에 따르지 않기로 작정하면서 그녀의 말을 들었고, 얘기를 끝내자 이렇게 응수해주었다.

"엘리자베스, 난 엘리자베스가 아는 범위의 일에 대해서는 아주 현명한 판단을 내릴 거라고 믿고 있어. 그치만 일반인의 행동방식과 성직자들의 행동방식 사이에는 차이점이 있다는 점을 인정해줬으면 좋겠군. 성직자들의 위엄이란 올바른 행동이 유지되는 한 우리 왕국에서 가장 고상한 거지. 그러니 이번 경우만은 내가 내 양심에 따라서 행동하도록 해줬으면 좋겠군. 다른 문제에선 엘리자베스의 충고가 나한테 좋은 지침이 되겠지만 이번만큼은 그 의견을 따르지 않겠어. 이번 경우는 교육상으로 보나 경험상으로 보나 내가 더 나은 판단을 할 수 있을 거 같거든."

그리고 그는 엘리자베스를 떠나서 다아시 공략에 나섰다. 엘리자베스는 다아시가 콜린스를 어떻게 대하는지를 유심히 관찰했는데, 콜린스가 접근해 다가오자 놀라는 표정이 역력했다. 엘리자베스의 사촌은 먼저 정중하게 인사한 다음에 얘기에 들어갔는데, 그녀에게는 한마디도 들려오지 않았지만 모두 알 것 같았다. 콜린스의 입에서 '사과드립니다', '헌스포드', '캐서린 드 버그 여사님' 같은 말을 읽을 수 있었기 때문이다. 다아시 같은 사람에게 그런 식으로 비굴하게 인사하는 모습이 엘리자베스에게는 역겨워 보였다. 다아시는 놀라운 눈초리로 콜린스를 바라보다가는 그가 자기에게 말할 기회를 주자 냉랭한 태도로 대응해주었다. 그렇지만 콜린스는 거기에 아랑곳하지 않고 다시 말을 하기 시작했으며, 그의 두 번째 얘기가 길어지자 다아시의 경멸감은 더욱 뚜렷해지는 것 같았다. 콜린스가 말을 마치자 다아시는 가벼운 목례를 한 뒤에 다른 곳으로 자리를 옮겼다. 그래서 콜린스는 엘리자베스에게로 돌아왔다.

"아주 만족스러운 만남이 이루어졌군. 다아시 씨가 나를 알게 되어 아주 기뻐하는 걸로 보였어. 저분이 나를 아주 예의 바르게 대해줬고, 자기가 캐서린 여사님의 신중하심을 잘 아는데 그분이 나한테 호의를 베풀어줬다면 내게 그만한 자격이 있기 때문일 거라고 얘기해주는군. 정말 생각이 깊은 사람이야. 내가 만나보기를 아주 잘한 거 같아."

콜린스가 말했다.

엘리자베스는 자기 자신과 관련되는 일이 더 없었기 때문에 이제 주의를 언니와 빙리에게로 돌렸다. 엘리자베스는 두 사람을 바라보며 즐거운 생각을 했고 자신도 제인만큼 행복해지는 기분을 느꼈다. 진정한 애정이 담긴 결혼이 가져오는 모든 행복한 모습을 그려봤다. 그런 상황이 된다면 빙리의 두 누이를 좋아하게 될 것 같았다. 어머니도 그런 비슷한 생각을 하고 있다는 게 느껴졌고, 그래서 어머니의 수다 떠는 행동을 보지 않기 위해 어머니 옆으로 가면 안 되겠다고 생각했다. 그랬기 때문에 자신과 어머니가 오직 한 사람만을 사이에 두고 저녁 식사 자리에 앉게 되자 불행한 생각이 들었다. 어머니가 둘 사이에 앉은 루카스 부인에게 제인이 이제 곧 빙리와 결혼할 거라는 이야기를 거리낌 없이 늘어놓는 광경을 보고는 엘리자베스는 당황스러웠다. 베넷 부인에게는 아주 즐거운 화젯거리였으므로 그러한 결혼에 대해 열을 올려서 얘기했다. 빙리가 대단히 매력적인 남자이고 아주 부자이며 그녀의 집에서 3마일밖에 떨어지지 않은 곳에 살고 있다는 점이 우선 첫 번째로 마음에 드는 요인이었다. 거기다가 빙리의 두 누이가 제인을 진심으로 좋아하고, 그녀들 또한 자기 못지않게 둘의 결혼을 원한다는 것이 분명해 보이니 얼마나 다행스러운 일이냐고 말했다. 그리고 제인이 그런 훌륭한 사람과 결혼하면 나머지 동생들도 돈 많은 남자를 만날 가능성이 커질 터이니 얼마나 좋은 일이냐고도 말했다. 또한 자기 나이에 벌써 나이 어린 딸들을 큰딸에게 맡겨버리고 더는 골치 아프게 파티에 쫓아다니지 않아도 되니 얼마나 다행이냐고도 했다. 사실 베넷 부인은 나이와 상관없이 집에만 머무르는 것을 좋아하는 여자가 아니었다. 그녀는 루카스 부인에게도 그런 행운이 왔으면 좋겠다고 하면서 말을 끝냈는데, 사실은 그럴 가능성이 있다고는 생각하지 않는다는 게 느껴졌다.

엘리자베스는 어머니가 그처럼 황당한 말을 못하게 말리면서 남들이 못 알아듣게 작은 소리로 얘기하게 하려고 애썼지만 소용이 없었다. 맞은편에 앉은 다아시가 어머니가 하는 얘기를 대부분 듣고 있다는 사실을 알 수 있었다. 그렇지만 어머니는 엘리자베스가 말도 되지 않는 소리를 한다며 나무랐다.

"다아시가 누군데 내가 그 사람을 두려워해야 하니? 그 사람이 듣기 싫은 얘기를 하지 말아야 할 정도로 우리가 그 사람한테 죄라도 졌단 말이니?"

"어머니, 제발 좀 작은 소리로 얘기하세요. 다아시 씨 마음을 상하게 해서 어머니한테 좋을 게 뭐 있다고 그러세요? 그러면 저분 친구한테 어머니가 좋게 보일 리 없잖아요."

엘리자베스가 어머니에게 무슨 소리를 해도 소용이 없었다. 어머니는 모든 주위 사람들이 알아들을 수 있는 소리로 떠들어댔다. 엘리자베스는 창피하고 당황스러워 얼굴이 붉어졌다. 그녀는 다아시 쪽으로 자주 눈길을 주지 않을 수 없었는데, 우려가 사실이라는 점이 느껴졌다. 다아시가 어머니를 계속 주시하지는 않았지만 신경을 집중하고 있음을 알 수 있었다. 처음에 그는 분개하고 경멸하는 표정을 짓더니 나중에는 심각한 표정으로 바뀌어갔다.

결국 베넷 부인도 더는 할 말이 없게 되었다. 그리고 자신이 공유할 가능성이 없는 그런 이야기를 반복하는 데 차츰 싫증이 나던 루카스 부인은 이제 식어버린 햄과 닭고기를 좀 먹을 수 있게 되었다. 엘리자베스도 기분이 새로워지기 시작했다. 그렇지만 평온의 시간은 길게 가지 않았다. 저녁 식사가 끝나고 이제 노래 부를 시간이라는 말이 나오자 누구의 요청도 받지 않은 메리가 나서는 바람에 창피해졌기 때문이다. 여러 가지로 의미심장한 눈길을 주면서 메리의 주책을 막아보려고 했지만 소용이 없었다. 메리는 엘리자베스의 눈길을 이해하려고도 하지 않았다. 메리는 자신을 과시할 수 있는 기회가 생겨서 아주 즐거웠고 노래를 부르기 시작했다. 엘리자베스는 고통스러운 표정으로 메리를 바라보며 그녀가 여러 절을 부르는 동안 참지 못하겠다는 시늉을 해봤지만 모든 노고가 물거품으로 돌아가버렸다. 사람들이 칭찬의 말을 좀 해준 뒤로 누군가가 한 번 더 불러주면 좋겠다는 말을 넌지시 던지자마자 30초쯤 지난 후에 다시 노래를 시작했다. 메리의 노래 솜씨는 그런 장소에서 과시할 만한 정도가 못 되었다. 목소리에 힘이 부족하고 노래를 부르는 태도도 좋지 못했다. 엘리자베스는 고통을 느꼈다. 제인은 어떻게 참고 있나 궁금해 그쪽으로 고개를 돌리자 아주 차분하게 빙리와 얘기하는 모습이 보였다. 빙리의 자매들 쪽을 보니 둘이서 서로 경멸의 표정을 짓고 있었고, 다아시는 어떤 알 수 없는 심각한 표정이었다. 엘리자베스는 메리가 저녁내 노래를 부르지 않을까 하는 조바심에서 아버지 쪽을 바라보며 눈길을 주었는데, 아버지는 눈치를 채고 메리가 두 번째 노래를 끝내자마자 큰 소리로 말했다.

"아주 잘했다, 메리. 우리를 너무도 즐겁게 해줬어. 근데 다른 사람들한테도 노래 부를 기회를 줘야지."

메리는 그 소리를 못 들은 척하면서도 다소간 당황스러운 표정을 지었다. 엘리자베스는 메리에게도 좀 미안하고 아버지한테도 좀 죄송스러운 마음이 들면서 자신의 우려가 아무 소용없지 않을까 생각했는데, 이제 다른 사람들이 노래를 부를 기회가 찾아왔다.

콜린스가 사람들에게 이런 말을 했다.

"만약 저한테 노래 솜씨가 있다면 한 곡 뽑아냈을 겁니다. 음악이라는 게 아주 순수한 오락이며 목사의 직위와도 양립될 수 있다고 생각하기 때문이죠. 그렇다고 해서 우리 성직자들이 많은 시간을 음악에 할애해야 한다고 주장하는 건 아니랍니다. 다른 할 일이 너무 많거든요. 교구목사는 일이 많답니다. 우선 자신과 후원자를 위해 십일조를 거둬야 한답니다. 설교문도 작성해야 하고요. 교구를 위해 이런저런 일을 해야 하고 자신의 처소를 돌보는 데도 시간을 할애해야 한답니다. 자기가 사는 곳을 안락하게 만들어야 하는 거죠. 모든 사람한테, 특히 자기를 발탁해준 사람한테 잘해드리는 것도 가볍게 생각할 일은 아니지요. 그런 일을 가볍게 본다면 용서할 수 없는 겁니다. 그리고 성직자의 가족과 관련되는 사람들에게 소홀히 대하는 것도 있을 수 없는 일이지요."

그리고 그는 다아시에게 인사를 하면서 말을 마쳤는데, 그의 목소리가 너무 커서 무도회장 안에 있는 절반의 사람들이 그 소리를 들을 수 있었다. 많은 사람이 그를 바라봤고 많은 사람이 미소를 지어 보였다. 베넷이 가장 흥미롭게 콜린스의 말을 들었고 베넷 부인은 콜린스가 아주 분별력 있게 말을 한다면서 칭찬해주었다. 그러고는 그가 아주 영리하고 훌륭한 사람이라고 루카스 부인에게 반쯤 속삭이는 소리로 말했다.

엘리자베스는 자기 가족들이 그날 저녁에 사람들에게 망신을 당하기로 미리 작정을 하고 왔다 한들 그보다 더 자기들의 역할을 훌륭하게 수행할 수는 없었을 거라고 생각했다. 그리고 빙리가 그런 조롱거리의 일부를 못 보고 지나갔으며, 어쩔 수 없이 보게 된 우스꽝스러운 일도 별로 염두에 두지 않는 성격이란 게 빙리와 제인를 위해 다행이라는 생각이 들었다. 그렇지만 빙리의 두 누이와 다아시가 그런 우스운 일을 보고서 조롱하는 것만으로도 기분 나빴고, 엘리자베스에게는 다아시의 말없는 경멸이나 그 숙녀들의 비웃음 중에서 어느 쪽이 더 참을 수 없는지 분간하기 힘들 정도였다.

그날 저녁의 나머지 시간에도 엘리자베스에게는 좋은 일이 거의 일어나지 않았다. 콜린스가 곁에 붙어 다니면서 끊임없이 귀찮게 했다. 그는 엘리자베스가 자신과 다시 춤추도록 설득할 수 없었지만 다른 사람들하고 춤추는 것도 방해해버렸다. 엘리자베스는 그에게 다른 사람들하고 춤추도록 하거나 무도회장 안의 다른 여자들을 소개시켜주기도 했지만 소용없었다. 콜린스는 춤에는 아무 관심도 없으며 자기의 최대 관심사는 엘리자베스에게 잘 보이는 것이고, 그래서 저녁 시간 내내 곁에 붙어 다니겠노라고 말했다. 그렇게 나오는 데 더는 따질 수가 없었다. 샬럿이 구원이 돼주었는데 그녀가 두 사람 사이로 끼어들어서 콜린스를 상대해주었던 거다.

다아시가 접근하지 않는다는 점에서는 안도할 수 있었다. 그가 가까운 곳에 서 있기는 했지만 말을 할 만큼 가까이 오지는 않았다. 엘리자베스는 자기가 위컴에 대한 말을 해서 그렇게 된 게 아닌가 하고 생각하고는 속으로 고소하다고 여겼다.

롱본의 가족은 그 집에 남아 있는 마지막 사람들이 되었다. 베넷 부인의 술책으로 다른 사람들이 다 떠난 후 15분이나 더 마차를 기다려야 했는데, 그 일 때문에 네더필드의 사람들 몇몇은 그들이 떠나기만을 무척이나 고대했다. 루이사와 캐럴라인은 계속해서 피곤하다고 불평하면서 자기네들끼리만 있고 싶어 하는 생각을 감추지 않았다. 베넷 부인이 몇 번 대화를 하려고 시도했지만 거절당했고 지루함은 이어져갔다. 콜린스는 파티가 아주 우아했고 빙리와 그의 누이들의 손님 접대가 매우 후덕했다는 소리를 하면서 긴 언사를 늘어놓았다. 다아시는 아무 말 하지 않았고 베넷도 별말 없이 그 장면을 지켜봤다. 빙리와 제인은 다른 사람들에게서 조금 떨어져서 둘이서만 얘기를 했고, 엘리자베스는 루이사나 캐럴라인과 마찬가지로 침묵을 지켰다. 리디아조차도 "아휴, 진짜 피곤해"라고 말하면서 하품을 해댔다.

결국 그들이 떠나려고 일어섰을 때, 베넷 부인은 빙리의 가족 모두를 롱본에서 다시 한번 보기를 희망하며 특히 빙리에게는 공식적으로 초대하지 않더라도 아무 때나 와서 저녁 식사를 같이했으면 좋겠다는 말을 해댔다. 빙리는 그 말에 감사를 표하면서, 다음 날에 자기가 잠시 일을 보기 위해 런던에 가는데 다녀오는 즉시 방문하겠노라고 기꺼이 약속했다.

베넷 부인은 아주 만족스러워했다. 그러고는 결혼에 필요한 준비, 즉 마차나 웨딩드레스를 마련하는 데 필요한 시간을 고려해봤을 때 앞으로 서너 달 후면 자신의 딸이 네더필드의 안주인이 돼 있으리라는 희망을 안고서 그곳을 떠났다. 그리고 다른 딸 하나를 콜린스와 결혼시킬 수 있으리라고 확신했다. 제인만은 못하지만 그것도 기쁜 일이었다. 엘리자베스는 베넷 부인이 가장 호감을 갖지 않는 딸이었다. 그래서 콜린스와의 그런 결혼이 좋은 일이기는 하지만 빙리나 네더필드에 비하면 아무것도 아니라고 여겼다.

19

다음 날 롱본에서는 새로운 일이 벌어졌다. 콜린스가 정식으로 청혼 선언을 한 것이다. 토요일에 휴가가 끝나는 점을 고려하여 시간을 낭비하지 않기로 결심했고, 또한 청혼하는 순간까지도 망설일 마음이 전혀 없었기 때문에 그러한 일에 따르는 정상적인 절차대로 일을 진행해나갔다. 아침 식사가 끝난 뒤 거실에 베넷 부인, 엘리자베스 그리고 어린 딸 중의 하나가 있었고 그는 베넷 부인에게 이렇게 말했다.

"오늘 아침에 제가 아리따운 엘리자베스와 함께 사사로운 얘기를 하고 싶은데 허락해주시겠습니까, 아주머님?"

엘리자베스가 깜짝 놀라서 얼굴을 붉히고만 있는데 베넷 부인은 즉시 대답했다.

"아, 그럼요, 물론이죠. 리지도 아주 기뻐할 거예요. 거절을 할 리 있겠어요? 얘, 키티, 넌 위층에 올라가 있으렴."

그러고나서 베넷 부인은 뜨개질하던 것을 챙겨서 서둘러 나가려고 했다. 그러자 엘리자베스가 소리쳤다.

"어머, 어머니, 가지 마세요. 제발 가지 마시라고요. 콜린스 선생님이 나한테 무슨 할 말이 있겠어요? 다른 사람은 모두 빼놓고 나한테만 할 말이 있을 리 없죠. 그럼 나도 나가버릴 거예요."

"아냐, 안 돼, 리지. 넌 여기 그대로 남아 있어."

그런데도 엘리자베스가 정말로 신경질이 나고 당황스러워하는 표정을 보이면서 나가려고 하자 소리쳤다.

"리지, 넌 여기 남아서 콜린스 선생님이 하는 말씀을 들어!"

엘리자베스는 어머니의 그런 말까지 듣고 거역할 수는 없었다. 그리고 조금 고민해본 결과 그런 일은 되도록 신속하고 조용히 끝내버리는 게 낫겠다는 생각이 들어 다시 자리에 앉았고, 비탄과 우스꽝스러움 사이에서 오락가락하는 감정을 삭이려 노력했다. 베넷 부인과 키티가 나가자마자 콜린스는 얘기를 시작했다.

"엘리자베스, 그대의 겸손은 그대를 낮게 보이는 게 아니라 오히려 더 그대를 돋보이게 하는군. 이렇게 겸양을 떨지 않았더라면 내 눈에 덜 매력적으로 보였겠지. 근데 지금부터 내가 하려는 말은 그대의 존경하는 어머님의 허락하에 하는 말이란 점을 알아주었으면 해. 그대 성품이 얼마나 야릇하든 간에 내가 하는 말의 의미를 의심할 수는 없을 거야. 내 의도는 항상 그대가 의심할 수 없을 정도로 명백했으니까. 나는 이 집에 들어서자마자 그대를 내 평생의 동반자로 생각하게 되었어. 그치만 내가 이런 일에 대해 감정을 앞세우기 전에, 결혼을 해야만 하는 나의 입장을 설명하고 하트포드셔로 내가 아내를 구하러 왔다는 점을 설명하는 게 좋겠군."

엘리자베스는 근엄한 자태로 감정에 휩싸인 콜린스를 보자 웃음이 터질 것만 같았다. 그래서 그가 잠시 말을 그쳤을 때도 그의 말을 중단시키려는 어떤 시도를 하지 못했다. 그는 말을 이어갔다.

"우선 내가 결혼하려는 첫 번째 이유는, 나처럼 생활력을 모두 갖춘 성직자들은 교구에서 결혼 생활의 모범을 보이는 것을 임무로 생각하기 때문이지. 두 번째는 결혼을 해야만 행복감이 더 증대되기 때문이야. 세 번째는, 이 점을 맨 먼저 말했어야 하는데, 내가 후견인으로 모시고 있는 여사님께서 나한테 각별하게 충고와 권고를 해주셨기 때문이지. 그분께서 결혼에 관해 두 번이나 말씀을 해주시더군. 내가 아무 언급을 하지 않았는데도 말이지. 내가 헌스포드를 떠나기 전 토요일에 우리가 카드놀이를 하고 있을 때 젠킨슨 부인이 캐서린 드 버그 여사님 따님의 발받침대를 놓아주려고 하는데 이렇게 말씀하시더군. '콜린스, 자넨 결혼을 해야 하네. 자네 같은 성직자는 결혼을 해야만 돼. 적절한 양갓집 규수를 고르게. 자넬 위해서는 활동적이고 능력 있는 여자를 고르고, 너무 귀한 여자는 피하고, 적은 수입으로도 살림을 해나갈 수 있는 여자를 고르는 게 좋을 거야. 이게 내 충고네. 그런 여자를 될 수 있는 한 빨리 구해서 데리고 온다면 내가 만나보겠네.' 근데 나의 아름다운 사촌 엘리자베스, 캐서린 드 버그 여사님의 자상한 마음씨는 우리가 결혼했을 때 누릴 수 있는 여러 가지 복 중에서 하나가 될 거야. 그분의 매너는 정말 내가 어떻게 말로 표현할 수 없을 정도지. 그리고 그분은 그대의 재치나 쾌활함을 받아들여줄 것이고. 그분의 지위 때문에 과묵함이나 경외감이 들더라도 그대의 재치나 명랑함이 대처해준다면 더욱 좋겠지. 이런 점이 내가 결혼을 하고자 하는 이유야. 이제는 왜 내가 사는 가까운 곳에도 좋은 여자들이 많은데 하필 롱본에서 고르려고 하는지 그 이유를 말해야겠군. 존경하는 그대의 아버님께서, 그야 물론 오래 사시겠지만, 그분이 돌아가셨을 때 이 집의 재산을 내가 상속받게 돼 있으니, 이 댁 따님 중에서 내가 아내를 선택해야만 앞으로 그 슬픈 상속 사건이 발생했을 때, 물론 이건 가까운 시일에 일어날 일은 아니지만, 이 댁 따님들에게 닥칠 손실을 가능한 한 줄여주지 않고는 내 마음이 편치 않기 때문이지. 이것이, 나의 아름다운 사촌 엘리자베스, 바로 그대에게 청혼을 하는 이유지. 이런 말을 한다고 해서 그대가 나를 깔아뭉개는 일은 벌어지지 않으리라고 확신해. 이제는 그대에게 가장 감정적인 언어로 그대에 대한 나의 애정을 표현하는 일만 남은 거 같군. 재산이라면 난 아무 관심도 없어. 그 문제에 대해 그대 아버님께 어떤 요구도 하지 않을 거고. 그런 요구를 할 형편도 아니라는 걸 알고 있지. 그대 어머님이 돌아가신 후에 1,000파운드의 재산에서 나오는 연간 40파운드가 그대가 받을 재산의 전부라는 걸 알고 있으니까. 그러니 재산에 관한 건은 내가 앞으로 입 밖에 내지 않을 거야. 그리고 우리가 결혼을 한 뒤라도 내가 재산에 대해 왈가왈부하는 일은 없을 거고."

이제 그의 말을 어떻게든 중단시킬 필요가 있었다.

엘리자베스가 이렇게 소리 질렀다.

"선생님, 너무 서두르시는군요. 전 아직 아무 대답도 하지 않았어요. 더는 시간을 낭비하시지 않도록 말씀드리지요. 저한테 그처럼 찬사를 보내주신 것은 고맙습니다. 선생님의 이런 제안을 받는 게 영광인 줄은 알지만 전 이 제안을 거절할 수밖에 없군요."

콜린스가 손을 내저으면서 말을 이었다.

"여자들은 남자가 처음으로 청혼할 때 속으로 받아들일 마음이 있으면서도 겉으로는 거절할 때가 많다는 점을 난 알고 있지. 때론 두 번이나 세 번까지 거절하는 수도 있고. 그러니 그대가 지금 하는 말에 난 기죽지 않을 테고, 그대를 머지않아 결혼식장으로 데리고 가겠다는 마음은 그대로일 거야."

엘리자베스가 소리 질렀다.

"내가 거절했는데도 그런 희망을 계속 갖는다면 아주 오산이에요. 그런 여자가 있는지 모르지만, 난 두 번째 청혼에 자기 운명을 맡길 정도로 당돌한 여자가 아니랍니다. 난 지금 아주 진지하게 거절하는 겁니다. 당신은 날 행복하게 해줄 수 없을 테고, 나도 절대 당신을 행복하게 해줄 수 없는 여자예요. 캐서린 여사님이 나를 본다면 내가 선생님하고 결혼해서 좋을 여자가 절대 아니란 걸 아실 거예요."

"캐서린 여사님께서 그렇게 생각할 리가 없고, 그분이 그대가 적임자가 아니라고 생각할 이유가 없지. 그분을 다시 뵙게 될 때 그대의 겸손함이라든가 소박함이라든가 다른 여러 가지 좋은 점에 대해 말을 잘해줄 테니 그런 건 염려하지 않아도 된다고."

"선생님, 정말 나에 대해 그처럼 찬양해주는 건 아무 필요 없는 일이에요. 나에 대한 판단은 내가 할 거예요. 내가 하는 말은 전부 다 진실이에요. 난 선생님이 아주 행복하게 부자로 사시기를 바라지만, 그걸 위해 내가 할 일이라곤 청혼을 거절하는 것밖에 없군요. 나한테 청혼하면서 우리 가족한테 미안한 마음이 좀 없어졌을 거예요. 장래에 우리 재산을 가지더라도 미안한 마음을 가질 필요 없어요. 그러니 이제 이 일에 대해 뭐라고 하지 않았으면 좋겠군요."

그렇게 말하고서 일어나 방에서 나가려고 하는데 콜린스가 다시 이렇게 말했다.

"다음에 내가 이 문제를 다시 꺼낼 땐 지금보다 좋은 반응을 보여줬으면 좋겠군. 지금 나한테 잔인하게 대했다고 해서 그대를 비난하는 건 아니야. 청혼을 맨 처음에 받았을 때 여자들은 대개 거절하는 게 관습이라는 점을 알고 있거든. 그리고 지금 그대는 여자다운 섬세함을 유지하면서 나를 격려하는 걸로 보이는군."

"정말, 선생님, 날 당황하게 만드는군요. 지금까지 내가 한 말이 격려로 받아들여졌다면 진짜 내 마음을 보이기 위해 어떻게 해야 하는지 알 수가 없네요."

엘리자베스가 격앙된 어조로 말했다.

"나의 경애하는 사촌, 그대의 거절이 단지 하나의 과정에 불과하며 내가 그 사실에 만족스러워하는 걸 허락해주길 바라오. 내가 그렇게 믿는 이유는, 우선 그대한테 내 청혼이 받아들일 가치가 없다고는 볼 수 없기 때문이지. 다르게 말하면, 내가 얻는 수입이나 지위는 아주 호감가는 게 명백하다는 얘기야. 나의 사회적인 지위라든가 나와 드 버그 여사님 가족과의 밀접한 관계라든가 그대의 가족하고 나의 관계 등이 아주 유리한 조건이라는 말이지. 그리고 그대한테 여러 가지 매력이 많지만 이제 얼마 있으면 다른 사람한테 영영 청혼을 받을 수 없을 거라는 점도 고려해주면 좋겠군. 그대가 받을 수 있는 유산이 너무 적기 때문에 그대의 아름다움이나 다른 자질이 격하될 게 확실해 보이니까. 그러니 나는 그대가 나를 진심으로 거부하는 게 아니라고 생각하고, 다른 여자들이 보통 그러하듯이 나한테 호기심을 더 일으켜 그대에 대한 사랑을 더욱 키우려는 마음 때문에 내 청혼을 거절하는 거라고 단정할 수밖에 없지."

"진심으로 말하는데요, 난 존경할 만한 사람을 괴롭히는 그런 방식의 거절에는 전혀 관심이 없어요. 날 진심으로 믿어주면 좋겠어요. 내가 청혼을 받은 것에는 감사를 드리죠. 하지만 선생님의 청혼을 받아들이는 건 진짜 불가능합니다. 내 감정이 모든 면에서 그걸 허용하지 않으니까요. 더 명백하게 무슨 말씀을 드릴 수 있을까요? 이제 선생님을 괴롭히려는 우아한 여성으로 나를 생각지 마시고, 대신 마음에서 우러나오는 진실을 말하는 이성적인 존재로 알아주셨으면 좋겠네요."

"그대는 무슨 말을 하더라도 항상 매력적인 여자로군. 이제 그대의 훌륭하신 부모님이 요청한다면 내 제안을 허락할 거라고 생각되는군."

그는 신사다운 태도를 보이면서 소리 질렀다.

그런 악의적인 자만심을 가진 사람에게 말해봐야 아무 소용없을 터이고, 그래서 엘리자베스는 가만히 물러나 있는 게 상책이라고 생각했다. 그녀가 계속해서 거절하는 것을 단지 애교 넘치는 가식적인 태도로 받아들인다면 이제는 아버지한테 부탁하는 방법밖에 없다고 생각했다. 아버지가 단호하게 거절한다면 결정적인 판단으로 받아들일 테고, 고상한 여자의 가식적인 거절이 아니었음을 알게 될 거라고 봤기 때문이다.

20

콜린스는 자신의 성공적인 제안에 대해 혼자 조용히 사색할 시간이 그리 길지 않았다. 그 대화의 결과를 기대하면서 식당 입구에서 기다리던 베넷 부인이 엘리자베스가 문을 열고서 빠른 걸음으로 자신의 앞을 지나서 계단 있는 곳으로 가는 걸 보고는, 식당으로 들어가서 콜린스와 그녀가 이제 더 친근한 사이가 될 거라며 치하해주었기 때문이다. 콜린스도 역시 기쁜 마음으로 응대했고 베넷 부인한테 마찬가지로 치하해주었다. 그리고 그 둘 사이에 오간 대화 내용을 말해주었는데, 그의 사촌이 거절한 이유가 단지 그녀의 겸손함이나 섬세한 성격에서 기인했다고 믿기 때문에 대화의 결과에 대해 충분히 만족하고 있다고 말했다.

그렇지만 베넷 부인은 그 말을 듣고서는 깜짝 놀랐다. 딸이 단지 콜린스를 격려하기 위해 그런 말을 했다면 그녀도 기뻤겠지만 그렇게 생각되지는 않았다. 그래서 이렇게 말하는 수밖에 없었다.

"그치만 리지가 곧 제정신으로 돌아설 거예요. 내가 직접 말해줘야겠어요. 걔가 너무 어리석어서 무엇이 자기한테 이익이 되고 해가 되는지도 모른다고요. 내가 걔한테 잘 가르쳐줄게요."

"이런 말씀을 드려 죄송합니다만, 만약 따님이 정말로 고집이 세고 어리석다면 저 같은 위치에 있는 사람에게 과연 바람직한 아내가 될지 의심스럽군요. 전 결혼 생활이 행복해야 한다고 생각하거든요. 그러니 따님이 계속해서 거절한다면 저를 받아들이도록 강요하지 않으시는 편이 좋을 거 같습니다. 그런 결함 있는 성격이라면 제 행복에 아무런 도움이 되지 않을 테니까요."

콜린스가 대꾸했다.

"그건 오해예요. 리지는 이런 일에만 고집 센 애예요. 다른 면에서는 아주 성격 좋은 아이지요. 내가 직접 남편한테 가서 우리 세 사람이 해결해보겠어요."

베넷 부인이 깜짝 놀라면서 말했다. 그리고 콜린스에게 대답할 여유도 주지 않고 서재에 있는 남편에게로 가서 소리쳤다.

"여보! 지금 당신이 필요해요. 큰일이 벌어졌다고요. 당신이 가서 리지가 콜린스하고 결혼하게 만들어야 돼요. 리지는 지금 그 사람하고 결혼하지 않겠다고 그러는 거예요. 당신이 서두르지 않으면 그 사람의 마음이 달라져버릴 거라고요."

베넷은 아내가 서재로 들어섰을 때 자기가 읽던 책에서 고개를 들었지만 아내의 말에는 그저 무관심한 듯 얼굴만 빤히 바라봤다.

"당신 지금 무슨 말을 하는지 모르겠소. 대체 무슨 일이 벌어진 거요?"

아내가 말을 마치자 베넷이 이렇게 말했다.

"콜린스하고 리지 말이에요. 리지는 콜린스하고 결혼하지 않겠다고 하고 콜린스도 리지는 이제 생각지 않겠다고 그러는 거예요."

"그래서 내가 어떻게 해야 하는 거요? 내가 나서도 가망 없는 일처럼 보이는데."

"당신이 리지한테 직접 얘기해요. 그 사람하고 결혼해야 한다고 그러라고요."

"리지를 한번 봐야겠소. 그래서 내 얘기를 해줘야지."

베넷 부인은 벨을 눌러 하인을 부르고 엘리자베스를 서재로 데려오라고 했다.

"얘, 어서 오렴."

엘리자베스가 오자 아버지가 이렇게 말했다.

"중요한 일 때문에 널 불렀다. 콜린스가 너한테 청혼을 했다는구나. 그게 사실이니?"

엘리자베스는 그렇다고 대답했다.

"좋아, 그럼 그 청혼을 네가 거절했니?"

"예, 그랬어요, 아버지."

"좋아. 이제 본론으로 들어가야겠구나. 네 어머니는 리지 네가 그 청혼을 받아들여야 한다고 주장하시는구나. 그렇지 않소, 당신?"

"그래요. 만약 받아들이지 않는다면 난 리지를 다시 보지 않을 거라고요."

"엘리자베스, 너한테 불행한 선택이 놓여 있구나. 지금 이 시간부터 넌 네 부모 중 한쪽과 남남이 돼야겠구나. 네 어머니는 네가 콜린스하고 결혼하지 않으면 널 보지 않겠다고 하신다. 그리고 난 만약 네가 그 사람하고 결혼한다면 널 다시 보지 않겠다."

엘리자베스는 일이 이상하게 돌아가는 것을 보고는 속으로 웃지 않을 수 없었다. 그런데 남편이 자기하고 같은 생각을 하고 있을 거라고 믿었던 베넷 부인은 아주 실망했다.

"당신, 왜 그런 식으로 말하는 거예요? 재가 그 사람하고 결혼해야 한다고 나하고 약속했잖아요?"

"당신한테 두 가지 부탁이 있소. 첫째, 내가 이 일에 대해 나 나름대로 평가를 하는 자유를 줬으면 좋겠소. 둘째, 이 방에 대한 자유요. 즉 여기 서재를 내가 내 마음대로 이용하는 자유를 줬으면 좋겠다는 거요."

그렇지만 남편에 대한 실망에도 베넷 부인은 포기하지 않았다. 엘리자베스를 구슬리기도 하고 위협도 하면서 여러 번 얘기했다. 베넷 부인은 제인을 자기편으로 만들어보려고도 했지만 제인은 개입하는 것을 거절했다. 엘리자베스는 어머니의 공략에 때로는 진지하게 때로는 장난스럽게 대처했다. 엘리자베스의 방식은 다양했지만 결심은 변하지 않았다.

한편 콜린스는 혼자서 그 일을 곰곰 생각해봤다. 그는 자기가 나무랄 데 없는 사람이라고 생각하고 있던 터라 사촌이 자기의 청혼을 왜 거절했는지 이유를 알 수 없었다. 자존심이 상하기는 했지만 상처는 받지 않았다. 엘리자베스에 대한 그의 생각은 단지 자신의 상상일 뿐이었다. 엘리자베스가 어머니에게 질책을 받자 속으로 고소하기까지 했다.

그 집의 온 가족이 그런 혼동에 빠져 있을 때 샬럿 루카스가 방문했다. 그녀는 현관에서 리디아와 마주쳤는데 리디아는 그녀에게 뛰어가서 반쯤 속삭이는 목소리로 말했다.

"언니가 와서 잘됐어. 우리집에 지금 재밌는 일이 벌어졌다고. 오늘 아침에 무슨 일이 벌어진 줄 알아? 콜린스가 리지 언니한테 청혼을 했는데 언니가 거절해버렸다고."

샬럿이 응수하기도 전에 키티가 와서는 같은 소식을 전해주었고, 그녀들이 식당으로 들어갔을 때 베넷 부인이 혼자 거기에 있다가 다시 또 그 얘기를 꺼내면서 샬럿에게 동정을 구했다. 또한 베넷 부인은 샬럿이 친구로서 리지에게 가족의 소망을 관철시켜달라고 부탁했다.

"샬럿, 제발 내 편이 좀 돼줘. 아무도 날 응원해주지 않아. 내 허약한 신경을 제발 좀 건드리지 말았으면 좋겠는데 말야."

베넷 부인이 울적한 목소리로 말했다.

샬럿이 뭐라고 말하려고 하는데 제인과 엘리자베스가 들어왔다. 그러자 베넷 부인이 다시 얘기했다.

"재가 오는군. 우리한테는 아무런 관심도 없다는 듯이 아주 태연하네. 뭐든지 자기 마음대로 할 수 있다 이거지. 그치만 리지, 만약에 그런 식으로 청혼을 죽죽 거절해버린다면 평생 남편감을 만나지 못할 거야. 그러면 아버지가 돌아가신 뒤에 누가 널 돌봐줄지 모르겠구나. 난 널 끼고 있을 능력이 없어. 그래서 경고하는데, 난 오늘부터 너하고 남남이야. 난 서재에서 이미 말했고 너하고 두 번 다시 얘기하지 않기로 했어. 난 한번 한다면 하는 사람이란 걸 보여주지. 난 부모 말도 안 듣는 애한테 얘기하는 데 관심 없어. 나처럼 신경이 약한 사람은 말 안 듣는 애하고 얘기하는 게 하나도 달갑지 않다고. 아무도 내가 어떻게 고통받는지 관심이 없단 말야. 항상 그래."

어머니를 설득하거나 달래봐야 화만 돋울 뿐이라는 점을 알기 때문에 딸들은 조용히 있었다. 그래서 베넷 부인은 다른 사람의 방해를 받지 않고 혼자서 얘기하고 있었는데, 콜린스가 일부러 위풍당당한 모습으로 들어오자 이렇게 말했다.

"이제 모두 입을 다물고서 내가 콜린스 씨하고 잠시 대화를 할 수 있도록 해주렴."

엘리자베스는 조용히 방을 나갔고 제인과 키티가 뒤따라 나갔지만, 리디아는 그 자리에 그대로 남아서 들을 수 있는 말을 모두 듣기로 마음먹었다. 그리고 샬럿은 콜린스가 자기와 자기 가족에 대한 안부를 묻는 바람에 잡혀 있게 되었고, 그 뒤에도 약간의 호기심이 발동하여 창가 쪽으로 다가가 대화에는 관심이 없는 척하고 서 있었다.

베넷 부인은 애처로운 목소리로 소리 질렀다.

"오! 콜린스 씨!"

그런데 콜린스가 이렇게 말했다.

"아주머님, 그 문제는 이제 언급하지 않았으면 좋겠군요."

그러고는 불쾌한 기색의 목소리로 계속 이어나갔다.

"전 따님의 행동에 분개하거나 하지 않습니다. 어쩔 수 없는 악은 피하는 게 우리 모두의 의무죠. 특히 저처럼 운이 좋아서 일찍 성공한 사람은 더욱 그렇습니다. 전 이제 포기했습니다. 엘리자베스가 청혼을 받아들였다고 하더라도 제가 과연 진정으로 행복했을지 의구심이 드는 것도 한 원인이랍니다. 거부당한 축복이 별일 아닌 걸로 보이기 시작하면 그때는 포기라는 것만이 가장 완벽하다는 점을 여러 번 목격했죠. 아주머님이나 어르신께 우리 문제에 개입해주십사 요청하지도 않고서 따님에 대한 청혼을 철회한다고 해서 제가 여기 가족들한테 불손하게 대한다고 생각하지는 말아주십쇼. 다른 분들의 말을 듣지 않고 따님의 말만 듣고서 제가 청혼을 취소한다고 해서 절 나무라지 말아주시길 바랍니다. 그치만 누구든 실수는 하게 마련이죠. 전 처음부터 끝까지 좋은 의도로 그렇게 했답니다. 제 목표는 마음에 드는 반려자를 만나는 것뿐만 아니라 베넷 가족 모두의 이익을 고려하는 것이었죠. 제 행동에 나무랄 점이 있었다면 이 자리에서 용서를 구해야겠습니다."

21

콜린스의 청혼 사건이 가져온 논란은 이제 거의 끝이 났고, 엘리자베스는 그에 따르는 다소 불쾌한 감정이나 어머니가 이따금씩 뱉어내는 말만 참아내면 되었다. 콜린스로 말할 것 같으면 당황해하거나 우울해하거나 엘리자베스를 피하려 하지도 않았고, 다만 뻣뻣한 태도나 조용히 입을 다물고 있을 뿐이었다. 엘리자베스에게 말을 붙이지도 않았고 주도면밀한 관심은 샬럿에게 옮겨갔다. 샬럿은 그의 말을 예의 바르게 들어줌으로써 모든 사람을 구원해주었고 특히 그녀의 친구인 엘리자베스를 안도하게 만들었다.

이튿날에도 베넷 부인의 울적한 기분은 풀리지 않았고 건강도 호전되지 않았다. 콜린스는 자존심이 상해서 기분이 좋지 않은 상태였다. 엘리자베스는 그가 그러한 불쾌감 때문에 방문 일정을 단축하기를 바랐지만 그 부분에서는 전혀 변동이 없었다. 그는 토요일에 떠나겠다고 작정하고 있었기 때문에 그때까지는 어떻든 머물 계

획이었다.

아침 식사를 마친 후에 베넷 집안의 딸들은 위컴이 돌아왔는지 알아보기 위해, 그리고 그가 네더필드의 무도회에 참석하지 못한 것 등에 대해 이야기를 늘어놓기 위해 메리튼으로 나갔다. 그녀들이 메리튼에 도착했을 때 위컴이 나타났고 이모 집까지 동행해주었다. 이모 집에서 위컴은 자기가 무도회에 가지 못해서 얼마나 속이 상했는지 얘기했고, 여자들은 그가 오지 않아서 얼마나 걱정했는지 등을 말했다. 그렇지만 위컴은 엘리자베스에게만은 자기가 가지 않은 이유가 일부러 자리를 피하기 위한 것이었다고 솔직하게 말해주었다.

"시간이 점점 다가왔을 때, 내가 다아시를 만나지 않는 게 낫다고 생각했죠. 그처럼 오랜 시간 동안 한방에서 같이 있게 된다면 내가 참아내기가 아주 힘들었을 테고, 그런 장면을 보이면 다른 사람한테도 내가 부담만 될 것 같았죠."

엘리자베스는 그에게 잘 처신했다고 칭찬해주었다. 롱본으로 돌아가는 길에는 위컴과 다른 장교 한 사람이 동행해주었다. 위컴은 걸어가면서 엘리자베스하고만 대화를 했는데, 두 사람은 그런 문제를 두고서 앞으로 충분히 논의할 시간이 있을 거라면서 이런저런 얘기를 했다. 위컴이 그녀들과 동행하면서 이제 다른 이점도 생겼다. 엘리자베스는 위컴이 자기를 배려해준다는 사실을 확인할 수 있었고, 위컴을 아버지와 어머니께 소개할 기회도 갖게 되었다.

그녀들이 집으로 돌아온 직후에 제인한테로 편지 한 통이 배달되었다. 네더필드에서 온 것이었다. 그 편지를 즉시 개봉해봤는데, 봉투 안의 편지지에는 여성 특유의 아름답고 유려한 필체로 쓴 작은 글씨가 가득 채워져 있었다. 엘리자베스는 제인이 편지를 읽어 내려가면서 얼굴색이 달라지고 어떤 구절은 천천히 읽는 모습을 볼 수 있었다. 이윽고 제인은 평정을 되찾았고, 편지지를 밀쳐놓은 다음에 다른 사람들과의 활기 찬 대화에 끼려고 노력했다. 그렇지만 엘리자베스는 뭔가 불안한 점을 직감했고, 그래서 위컴마저도 그녀의 관심 밖으로 멀어졌다. 위컴과 그의 동료가 돌아가자 제인이 엘리자베스를 위층으로 데리고 올라갔다. 그녀들의 방으로 들어간 후에 제인이 편지를 꺼내면서 말했다.

“캐럴라인한테서 온 거야. 내용을 보고는 상당히 놀랐어. 지금 이 시간에 네더필드에 있는 모든 사람이 런던으로 가고 있다는구나. 그리고 다시 돌아올 기약도 없다는 거야. 한번 들어봐.”

그러고 나서 제인은 첫 번째 구절을 큰 소리로 읽어나갔다. 내용은 그들이 지금 빙리를 따라서 런던으로 곧장 가고 있으며 허스트의 집이 있는 그로스베너 가(街)에서 저녁 식사가 예정되어 있다고 했다. 그 뒤의 내용은 다음과 같았다.

“나의 가장 친한 친구여, 사실 그대와 헤어지는 걸 제외한다면 난 하트포드셔를 떠나는 데 전혀 아쉬움은 없답니다. 그렇지만 나중에라도 우리가 다시 옛날의 즐거웠던 시간을 함께했으면 하는 바람입

니다. 그때까지는 자주 서신을 왕래하면서 이별의 아쉬움을 달랠 수 있기를 기대합니다. 그대가 기꺼이 그렇게 해줄 거라고 믿겠습니다."

엘리자베스는 그러한 표현에 불신감만이 밀려들었다. 그리고 그들이 갑자기 떠나서 놀라기는 했지만 자신은 특별히 아쉬울 게 없다는 생각도 들었다. 그들이 네더필드에 거주하지 않는다고 해서 빙리마저 오지 말라는 법은 없었다. 빙리의 누이들과 자주 만나지 못해 생기는 허전함을 제인이 빙리를 만나는 일로 달랠 수 있을 거라고 생각했다.

"그 사람들이 떠나기 전에 못 봐서 서운하겠지만 캐럴라인이 언니하고 자신이 앞으로 올케와 시누이 사이로 새롭게 바뀌기를 바라고 있다고 간주하면 좋을 거 같아. 그 사람들 때문에 빙리 씨까지 런던에 계속 머무를 일은 없을 거 아냐?"

약간의 시간이 흐른 후에 엘리자베스가 말했다.

"캐럴라인은 이번 겨울에 아무도 하트포드셔로 오지 않을 거라고 확실하게 말하고 있다고. 내가 읽어줄 테니 들어봐. '어제 우리 오빠가 런던으로 떠날 때는 3, 4일 지나면 일이 마무리될 것으로 생각했었답니다. 그렇지만 우리 생각대로 되지 않았고 오빠도 일단 런던에 도착하면 다시 다른 곳으로 급히 가야 할 이유가 없다는 것을 알았기에 오빠가 호텔에서 혼자 쓸쓸히 지내지 않도록 우리가 따라가기로 했지요. 내가 아는 많은 사람들이 겨울을 런던에서 보내기 위해 이미 그리로 가 있답니다. 나의 가장 친한 친구여, 그대도 거기에 동참한다면 얼마나 좋겠어요. 그렇지만 그걸 바라는 건 무리겠죠. 하트포드셔에서 맞이하는 크리스마스가 온갖 즐거움으로 넘쳐

나길 빌고요, 우리가 떠나는 것 때문에 당신의 기분이 상하지 않았으면 하고 진심으로 바라고 있답니다.'"

이어서 제인이 다시 말을 이었다.

"이걸로 그 사람들이 이번 겨울에 돌아오지 않는다는 게 분명해 보이지."

"분명하게 알 수 있는 건, 캐럴라인은 자기 오빠가 이곳으로 와선 안 된다고 생각한다는 점이지."

"왜 그렇게 생각해? 그건 빙리 씨 스스로 한 거지. 네가 편지 내용을 다 몰라서 그래. 내가 특별히 신경 쓰이는 부분을 읽어줄게. 너한테 감출 건 아무것도 없어. '다아시 선생님은 여동생을 아주 보고 싶어 하고요, 사실 우리도 그에 못지않게 보고 싶어 하고 있답니다. 미모나 우아함이나 교양 면에서 다아시 선생님의 여동생인 조지아나에 비할 사람이 없을 거예요. 그리고 그 여동생이 우리에게 특별히 소중한 이유는 그녀가 앞으로 우리의 올케가 될 가능성이 있기 때문이랍니다. 그 문제를 내가 그대에게 얘기해드린 적이 있는지 모르겠지만, 이제 떠나는 마당에 말해야 되겠고, 그대도 그게 얼토당토않은 얘기라고 생각하지는 않을 거라 믿어요. 우리 오빠가 그 아가씨를 아주 흠모하고 있고 그쪽 집안에서도 우리만큼이나 두 사람의 결합을 원하는 상황에서 서로 가까운 곳에서 자주 만나기 위해서죠. 그리고 내가 우리 오빠의 동생이라고 해서 이렇게 생각하는 건 아니지만, 우리 오빠는 어떤 여자라도 반하게 할 만한 능력이 있지요. 이처럼 좋은 점을 갖추고 있고 방해받을 다른 아무 요인도 없는데 두 사람이 미룰 필요가 있을까요?'"

그리고 다시 제인이 말을 이었다.

"리지, 넌 이 부분을 어떻게 생각하니? 분명하지 않아? 캐럴라인은 내가 자기 올케가 되기를 기대하지도 바라지도 않는 게 분명하지 않냐고. 자기 오빠도 나한테 관심이 없다고 확실히 알려주려는 거지, 내가 혹시라도 그 사람한테 관심을 갖고 있다면 일찌감치 포기하라는 거 아니겠어? 아주 친절하게 알려주는 거지. 다른 의미가 있을까?"

"다르게 볼 수 있어. 내 생각은 완전히 달라. 한번 들어보겠어?"

"물론이지."

"길게 설명할 필요도 없어. 캐럴라인은 자기 오빠가 언니를 사랑한다는 걸 알고 있는데, 오빠가 다아시 여동생하고 결혼하기를 바라는 거지. 그래서 오빠를 붙들어두기 위해 런던으로 따라가는 거고, 언니한테는 자기 오빠가 언니한테 관심이 없다고 하는 거야."

제인은 머리를 가로저었다.

"정말이라고. 나를 믿어봐. 두 사람이 함께 있는 걸 본 사람이라면 그 사람이 언니를 사랑하지 않는다고 생각할 수가 없다고. 내가 보기엔 캐럴라인도 그걸 모를 리가 없어. 그 여잔 바보가 아냐. 만약 그 여자가 다아시한테서 그 반만큼의 사랑이라도 발견했더라면 벌써 웨딩드레스를 주문했을걸. 그치만 현실은 이래. 우린 아주 부자도 아니고 신분도 높지가 않아. 그리고 그 여자가 다아시 여동생과 자기 오빠를 결혼시키려는 또 한 가지 이유가 있지. 일단 하나의 결혼이 성사된다면 두 번째는 더 간단히 이루어질 수 있거든. 아주 영리한 생각이지. 성공할 가능성도 있고. 캐서린 드 버그 여사의 딸만 방해되지 않는다면 말이지. 그치만 언니, 캐럴라인이 자기 오빠가 다아시의 동생을 아주 좋아한다고 말한다 해도, 언니를 좋아하는 빙리 씨의 마음이 화요일에 언니 곁을 떠날 때보다 덜하다고 생각할 순 없잖아. 그리고 빙리 씨가 언니 대신 다아시의 동생을 사랑하도록 설득할 능력이 있다고 볼 수도 없고."

"캐럴라인에 대한 우리 두 사람의 생각이 같았다면 이 모든 걸 표현하는 게 훨씬 쉬웠을지도 몰라. 그치만 네가 한 가정은 옳지 않아. 캐럴라인은 고의로 남을 속이는 사람이 아냐. 그러니까 내가 가질 수 있는 희망은 캐럴라인도 속고 있다는 것뿐이야."

"그 말은 맞아. 그보다 더 좋은 생각은 할 수 없을 거야. 내 말로는 언니가 위안을 찾을 수 없을 테니까. 그 여자가 속고 있다고 믿는 게 좋을 거야. 이제 언니도 할 만큼 했으니까 앞으로 더는 이 일로 괴로워하지 말라고."

"근데 리지, 최선을 가정한다고 해도 말야, 그 사람 누이들이나 친구들이 모두 다른 사람과 결혼하기를 바라고 있는데 내가 그 사람하고 결혼한다고 해서 행복해질 수 있을까?"

"그건 언니가 알아서 결정해야겠지. 신중하게 생각해보고, 누이들의 의견에 반해서 겪을 불행이 그 사람하고 결혼해서 얻는 행복보다 더 심하다고 여겨진다면 당연히 그런 결혼은 거부해야겠지?"

"너는 무슨 말을 그렇게 하니? 그 사람들이 반대한다면 아주 슬픈 일이긴 하겠지만, 그렇다고 해서 우리가 결혼을 망설이지는 않으리라는 걸 너도 알고 있잖아."

제인이 미소를 가볍게 지으면서 말했다.

"물론 언니는 망설이지 않을 거야. 그러니 언니의 처지를 내가 동정해줄 수는 없지."

"그치만 그 사람이 이번 겨울에 여기 아예 오지 않는다면 내 선택은 필요하지 않을 거야. 6개월 정도면 수많은 일이 벌어질 수 있으니까."

빙리가 돌아오지 않을 거라는 부분에 대해 엘리자베스는 전혀 그렇게 생각하지 않았다. 단지 캐럴라인이 혼자서 속으로 생각하는 것에 불과하고, 그녀가 어떻게 생각하든 간에 그녀의 오빠가 거기에 말려들지는 않을 것 같았다.

엘리자베스는 자신의 생각을 언니에게 강조해서 말해주었고, 그 말이 효과가 있는 듯하자 마음이 흡족해졌다. 제인은 때때로 낙담하는 모습을 보이기도 했지만 어떤 일에 의기소침해지는 성격이 아니었으므로 앞으로 빙리가 네더필드로 다시 돌아와서 자기의 모든 소망을 채워줄지도 모른다는 희망을 조금씩 품게 되었다.

두 자매는 베넷 부인에게는 그 가족이 떠났다는 소식만 알려주면 되고, 빙리에 대해 말해서 어머니를 놀라게 할 필요는 없을 거라는 점에 합의했다. 그렇지만 어머니는 그 소식만으로도 크게 걱정하기 시작했고, 두 집안이 아주 가까워지려고 하는 시점에 런던으로 떠나서 너무 운이 없다며 애달파했다. 그렇지만 얼마의 시간이 흐른 뒤에, 이제 빙리가 다시 롱본으로 와서 식사를 할 수도 있을 거라며 마음을 달래고 있었다. 그리고 그런 모든 소요 사태는, 비록 베넷 부인이 빙리를 가족끼리의 식사에 초대할 거고 만찬 코스를 두 가지나 준비하겠다고 선언하는 걸로 매듭지어졌다.

22

베넷 집안의 사람들은 루카스 집안 사람들과 저녁 식사를 함께했는데, 그때도 샬럿은 콜린스의 모든 말을 잘 들어주는 호의를 보였다. 그래서 엘리자베스는 기회를 봐서 샬럿에게 "덕분에 저 사람 기분이 좋아진 걸로 보여. 정말 말로 표현할 수 없을 정도로 고마워"라고 고마움을 표했다. 샬럿은 자기가 그런 도움이 되어서 좋다고 말했고, 자기 시간을 조금 희생해서 그런 이로움이 있다면 만족한다고 얘기해주었다. 아주 친근한 대답이었지만 샬럿의 생각은 엘리자베스가 전혀 생각하지 못하는 지경에 이르러 있었다. 샬럿은 콜린스가 이제 엘리자베스 대신 자기한테 청혼하게 하려는 뜻을 갖고 있었다. 그러한 샬럿의 계획은 잘 풀려나갔다. 샬럿은 콜린스가 하트포드셔를 빨리 떠나야만 하지 않는다면 자기 뜻대로 되리라고 생각하고 있었다. 그런데 그녀의 예상과 다르게 콜린스가 밀어붙였다. 다음 날 아침에 그는 놀랄 만한 기지를 발휘하여 롱본의 집을 몰래 빠져나온 뒤에 루카스의 집으로 가서는 샬럿의 발 아래 무릎을 꿇었던 거다. 롱본의 집에서 나오면서 그는 사촌들의 눈길을 끌지 않으려고 노력했는데, 만약에 그녀들이 본다면 틀림없이 자신의 계획을 눈치챌 수도 있다고 생각했기 때문이다. 그로서는 일이 성사되기 전까지는 자신의 의도를 드러내고 싶지 않았다. 물론 성공을 거의 확신했고 그러한 확신은 샬럿이 자기를 대하는 태도로 봐서 근거가 있기는 했지만, 수요일의 그 사건 이후로 전보다 자신감을 잃어버렸기 때문이다. 그런데 그가 받은 대접은 아주 고무적이었다. 샬럿은 콜린스가 자기 집으로 오는 모습을 2층의 창문을 통해 바라보고 있다가 즉시 밖으로 나가서는 우연히 길에서 마주치는 것처럼 보이게 했다. 그렇지만 그 자리에 사랑의 고백이 기다리고 있는 줄은 그녀도 거의 짐작하지 못했다.

콜린스의 긴 얘기가 끝나자 최대한 빨리 모든 일이 양측에 만족스럽게 추진되었다. 그래서 그가 집에 들어가기 무섭게 자기 자신을 세상에서 가장 행복한 남자로 만들어줄 날짜를 언제로 정할지 알려달라고 열렬히 간청하기에 이르렀다. 그런 문제를 결정하기가 너무 이른 게 사실이었지만 그렇다고 이러쿵저러쿵 미룰 생각은 여자 쪽에서도 전혀 없었다. 천성적으로 우둔함을 타고난 콜린스인지라 그의 구애 방식은 매력적인 것과는 거리가 있었고, 그래서 여자 쪽에서도 구애 기간을 끌어볼 생각이 전혀 없었다. 샬럿은 오직 남자의 재산이라든가 그런 형편만을 보고서 청혼을 수락했기 때문에 날짜가 아무리 당겨진다고 해도 상관이 없었다.

두 사람은 곧바로 윌리엄 경과 루카스 부인의 동의를 구했고 부모는 기꺼이 허락해주었다. 콜린스의 현재 조건만으로도 물려받을

재산 같은 게 별로 없는 샬럿에게는 아주 훌륭한 남편감이었으며, 앞으로 부자가 될 가능성도 있으니 정말 좋은 일이 틀림없었다. 이제 루카스 부인은 베넷이 앞으로 얼마나 더 살게 될지를 전보다 훨씬 더 관심을 갖고 점쳐보기 시작했다. 그리고 윌리엄 루카스 경은 콜린스 부부가 롱본의 저택을 소유하게 된다면 이제 세인트 제임스 궁에서 국왕을 알현하는 게 당연하다는 자기 의견을 피력했다. 간단히 말해서 루카스 집안의 온 가족은 각자 나름대로의 이유로 기뻐하고 있었다. 여동생들은 이제 자기들의 예상보다 한두 해 더 일찍 사교계에서 활동할 희망이 생겼고, 남동생들 입장에서는 누나가 언제까지나 노처녀로서 자기들에게 붙어 있을 가능성이 사라졌다.

샬럿 자신은 오히려 담담한 편이었다. 이제 목적을 달성하게 되었으므로 차분히 생각했다. 그런데 곰곰 생각해봐도 대체로 만족스럽다는 결론을 내릴 수밖에 없었다. 콜린스는 현명한 사람도, 호감을 주는 사람도 아니긴 했다. 그와 함께 있으면 따분했고 그녀에 대한 그의 애정은 상상으로만 생각해볼 수 있었다. 그렇지만 어떻든 간에 그는 그녀의 남편이 될 사람이었다. 그녀가 남자나 결혼의 기준을 아주 높이 생각한 건 아니었지만 결혼 자체는 항상 그녀의 목표였다. 교육은 잘 받았지만 재산은 별로 없는 여자에게 결혼이 명예를 유지할 수 있는 유일한 생활 대책이었고, 결혼이 가져다줄 행복감이 아무리 불확실하다고 해도 결혼이 가난에 대한 가장 나은 대비책이 분명했다. 이제 그러한 대책을 확보했으니, 아무도 아름답다고 생각해주지 않는 여자로서는 아주 좋은 기회를 잡은 것이 분명해 보였다.

이번 일 때문에 벌어질 가장 바람직하지 않은 일은 엘리자베스가 충격을 받을까 하는 점이었다. 그녀는 엘리자베스와의 우정을 아주 소중하게 여겼지만 이번 사건으로 엘리자베스가 자기를 비난할 거라고 생각했다. 그렇다고 해서 자기 마음을 바꾸거나 하지는 않을 테지만 어쨌든 마음의 상처는 입게 될 것이다. 그녀는 자기가 직접 엘리자베스에게 말해야겠다고 마음먹었고, 콜린스에게 저녁때 롱본에 돌아가더라도 그날 있었던 일을 아무에게도 알리지 말아달라고 부탁해놓았다. 물론 콜린스는 그렇게 하겠다고 연인으로서 약속했지만 그것을 지키는 일이 쉬운 건 아니었다. 롱본의 식구들은 그가 오랜 시간 보이지 않다가 돌아오자 모두 어디에 있었느냐고 물었고, 그래서 그는 솔직하게 말하는 것을 피하기 위해 기지를 발휘해야만 했다. 그리고 실제로는 자신이 성공한 사실에 대해 얘기하고 싶은 마음이 솟구쳤기 때문에 그런 욕구를 참아내는 데 커다란 인내력이 필요했다.

콜린스는 다음 날 일찍 떠나야 할 몸이어서 아침에 가족 모두에게 작별 인사를 할 수는 없었기 때문에 여자들이 잠들기 전에 작별 인사를 해두어야 했다. 베넷 부인은 아주 예의 바르고 상냥한 태도로, 콜린스가 무슨 일로 아무 때든지 롱본을 방문하더라도 열렬히 환영해줄 거라고 얘기해주었다.

"존경하는 아주머님, 제가 듣고 싶은 말씀만 해주시니 어떻게 감사를 드려야 할지 모르겠군요. 가능한 한 빠른 시일 내에 다시 오겠다고 약속리겠습니다."

사람들은 모두 깜짝 놀랐다. 그리고 그러한 일이 빨리 이루어지기를 바라지 않는 베넷이 이렇게 말해주었다.

"근데 그렇게 하면 캐서린 여사님의 비위를 거스르지 않겠나? 후견인에게 잘못 보이는 것보다 우리하고의 관계를 소홀히 하는 게 더 낫지 않을까 싶은데."

"어르신, 그처럼 저를 염려해주시니 어떻게 감사드려야 할지 모르겠군요. 그치만 제가 여사님의 허락을 받지 않고 일을 저지르는 일은 없을 겁니다."

콜린스가 응수했다.

"최대한으로 주의하는 게 좋을 걸세. 캐서린 여사님에게 잘못 보이는 일은 절대 하지 말게나. 우리 집을 다시 방문한다면 그분이 좋지 않게 생각할 수도 있을 거 같은데, 그냥 자네 집에서 그대로 있는 게 낫지 않을까 싶네."

"절 믿어주십쇼, 어르신. 그처럼 정성 어린 충고를 해주셔서 감사드립니다. 그렇게 염려해주시고 제가 여기 머무르는 동안 여러 가지로 잘해주신 점에 대해 조만간 신속히 편지를 올리겠습니다. 엘리자베스를 비롯해 제 아름다운 사촌들에게는, 아마도 제가 머지않아 다시 돌아올 가능성이 높지만 모두 그동안이라도 건강하고 행복하게 살기를 빌 뿐입니다."

숙녀들도 인사를 하고는 물러갔다. 그가 다시 신속히 방문할 생각이라는 말에 모두가 놀랐다. 베넷 부인은 그가 엘리자베스 밑의 동생들 중 하나에게, 특히 메리에게 관심을 두고 있을지 모른다고 생각했다. 메리는 다른 자매들에 비해 콜린스를 높이 평가하면서 그가 건전한 생각을 갖고 있다고 봤으며, 비록 자신만큼 현명하지는 못하지만 자기를 본받아서 부지런히 책을 읽고 교양을 쌓으면 자신에게 어울리는 훌륭한 동반자가 될 수 있을 거라고 생각했다. 그렇지만 다음 날 아침에 그런 희망은 모두 날아가버리고 말았다.

샬럿이 아침 식사 후에 방문해서 엘리자베스와 단둘이 있을 때 그 전날 있었던 일을 모두 말했기 때문이다.

콜린스가 샬럿과 사랑에 빠졌을 가능성이 있다는 생각이 하루이틀 전에 엘리자베스의 뇌리를 스치고 가기는 했다. 그렇지만 샬럿이 콜린스를 부추길 가능성은 자기가 그렇게 하는 것만큼이나 희박하다고 생각했다. 그래서 엘리자베스는 너무도 놀란 나머지 자신도 모르게 이렇게 소리 질렀다.

"콜린스하고 결혼하기로 했다고! 말도 안 되는 소리 하지 마!"

샬럿은 그 이야기를 해주면서 담담한 표정을 유지하고 있었지만 그 같은 노골적인 비난의 말에 어찌할 바를 몰랐다. 그렇지만 어느 정도는 예상하고 있었기 때문에 곧 마음의 평정을 되찾고 이렇게 말했다.

"왜 그렇게 놀라는 거니? 콜린스 씨가 너한테 성공하지 못했다고 해서 다른 여자한테도 성공하지 말라는 법이 있니?"

그렇지만 엘리자베스는 이내 이성을 되찾고 혼란을 극복해냈으며, 두 사람이 잘되기를 바라고 아주 행복하게 살기를 원한다는 말을 해주었다.

샬럿이 이렇게 말했다.

"나도 네가 어떻게 생각할지 짐작하고 있었어. 아주 놀라는 게 당연하지. 최근까지도 콜린스는 네게 청혼을 했으니깐. 그치만 시간을 두고 생각해보면 내가 잘했다고 여겨질 거야. 난 낭만적인 사람이 아냐. 한 번도 그런 여자라고 생각한 적이 없어. 난 단지 안락한 가정만 있으면 돼. 그리고 콜린스의 성격이나 사회적인 지위 같은 걸 고려해볼 때 난 우리가 결혼해서 행복하게 살 수 있다고 확신해."

엘리자베스가 "물론 그럴 거야"라고 조용한 목소리로 말했다. 그리고 얼마 동안 어색한 시간이 흐른 뒤에 그들은 다른 사람들이 있는 곳으로 돌아갔다. 샬럿은 오래 머무르지 않았고, 엘리자베스는 샬럿이 돌아간 후에 그 사실에 대해 곰곰 생각해봤다. 그녀는 어울리지 않을 것 같은 그러한 만남을 현실로 받아들이는 데 긴 시간을 보냈다. 콜린스가 사흘 동안에 두 번이나 청혼한 사실이 이상한 일이기도 했지만, 샬럿이 그의 청혼을 받아들인 사실에 비하면 대수로운 게 아니었다. 엘리자베스는 샬럿이 결혼에 대해서 자신과 다르게 생각한다는 것을 잘 알고 있었다. 그렇지만 세속적인 이익을 위해서 모든 것을 제쳐놓을 수 있다는 사실을 이해할 수 없었다. 콜린스의 아내가 되는 샬럿이라, 정말 볼품없는 그림이었다. 그리고 어리석은 생각 때문에 친구가 앞으로 받을 고통과 그러한 선택으로는 절대 행복해질 수 없으리란 확신이 엘리자베스에게로 밀려왔다.

23

엘리자베스는 어머니와 동생들과 함께 앉아서 자기가 전해 들은 사실을 얘기해줘야 할지 생각하고 있는데, 딸의 부탁을 받은 윌리엄 경이 그 가족에게 소식을 전해주기 위해 나타났다. 그는 두 집안이 결합하게 된 데 대해 베넷 식구들에게 감사를 표하기도 하고 만족감을 나타내기도 하면서 그 얘기를 들려주었는데, 베넷 집안의 여자들은 놀랄 뿐만 아니라 아예 믿으려고도 하지 않았다. 베넷 부인은 예의를 따질 겨를도 없이 루카스 경이 뭔가 잘못 생각하고 있는 게 틀림없다고 말했고, 항상 제멋대로 굴고 예의도 없는 리디아는 거침없이 이렇게 내뱉었다.

"어이구, 아저씨, 어떻게 그런 말씀을 하실 수 있으세요? 콜린스 씨는 리지 언니하고 결혼하고 싶어 하는 거를 모르시나요?"

궁중의 예의를 알고 있는 사람이 아니라면 그러한 말에 화를 냈을 것이다. 그렇지만 점잖은 루카스인지라 잘 참아냈다. 그래서 자기가 하는 말이 모두 진실이라는 점을 알아달라고 하면서도 인내심을 발휘하여 여자들의 무례함을 견뎌냈다.

엘리자베스는 그러한 상황에서 루카스 경을 편들어주는 게 자기의 의무라고 생각하여, 자기가 이미 샬럿에게 들은 말을 해주면서 그의 말이 사실이라는 점을 확인해주었다. 그런 다음 윌리엄 루카스 경에게 찬사의 말을 하여 어머니와 동생들의 입을 막아버렸고, 제인도 엘리자베스를 따라 했다. 엘리자베스는 그 결혼으로 샬럿이 행복해질 거라고 했고 콜린스의 인격도 칭찬해주었다. 헌스포드가 런던에서 가까워서 여러 가지로 편리할 거라는 점 등도 얘기해주

었다.

베넷 부인은 너무도 큰 충격을 받아서 윌리엄 루카스 경이 머무르는 동안에 제대로 말을 할 수도 없었다. 그런데 그가 떠나자마자 성질이 폭발했다. 우선, 그녀는 그 얘기가 모두 사실이 아니라고 했다. 둘째, 콜린스가 사기당했다고 했다. 셋째, 그 두 사람은 절대 행복해질 수 없다고 했다. 넷째, 그 언약이 깨질 거라고 했다. 그렇지만 그 전체 사건에서 두 가지 결론을 도출해낼 수 있다고 말했다. 하나는 엘리자베스가 그 모든 재앙을 불러왔고, 다른 하나는 모두가 자기 자신을 너무나 푸대접한다는 것이었다. 그 두 가지 점에 대해 그날 종일 푸념을 해댔다. 무엇도 그녀를 달래줄 수 없었고 아무도 그녀를 위로해주지 못했다. 그날 하루 종일 분이 풀리지 않았다. 엘리자베스에게 욕을 하지 않고 대하는 데는 1주일이 걸렸고, 윌리엄 루카스 경이나 그의 부인에게 무례하지 않게 구는 데는 한 달이 걸렸으며, 그들의 딸인 샬럿을 용서하는 데는 여러 달이 걸렸다.

베넷은 이번 일에 대해 아주 차분한 모습을 보였고 일이 잘 풀렸다고 생각하고 있었다. 현명한 여자라고 생각하던 샬럿이 자기 아내만큼이나 어리석게 보였고, 엘리자베스보다 더 어리석다는 것을 확인할 수 있었기 때문이다.

제인은 콜린스와 샬럿의 결합에 다소 놀랐다고 했다. 그렇지만 자기가 놀랐다는 점은 내색하지 않은 채 두 사람의 행복을 빈다는 말을 더 많이 해댔다. 엘리자베스는 두 사람이 행복해질 수 없을 거라고 제인을 설득하려 했지만 마음대로 되지 않았다. 키티와 리디아는 콜린스가 단지 목사에 불과하다면서, 자기들은 그러한 결합을 절대 부러워하지 않는다고 했다. 그녀들에게는 그 사건이 단지 메리튼에서 소문으로 퍼뜨릴 하나의 뉴스에 지나지 않았다.

루카스 부인은 자기 딸이 잘 결혼하게 되었다고 말하며 베넷 부인의 약을 올릴 기회를 놓치지 않았다. 평소보다도 더 자주 롱본을 방문했고, 베넷 부인의 심술궂은 기질 때문에 기가 죽을 수도 있을 테지만 거기에 연연하지 않고서 자기 딸이 잘 결혼하게 되어 자기가 얼마나 행복한지 등을 말해서 베넷 부인을 자극했다.

이제 엘리자베스와 샬럿은 서로 그 사건에 대한 언급을 자제하면서 신중을 기하고 있었다. 엘리자베스는 자신과 샬럿 사이에 앞으로 다시는 예전과 같은 신뢰가 있을 수 없을 거라고 느꼈다. 샬럿에 대한 실망감으로 이제 엘리자베스는 제인에게로 더 기울게 되었다. 자기 언니의 굳건함이나 우아함에 대해서는 의심을 가질 수가 없었다. 이제 언니의 행복에 대해 더 조바심이 일게 되었다. 빙리가 런던으로 간 지 1주일이 지났지만 그가 돌아올 거라는 소식은 전혀 없었기 때문이다.

제인은 캐럴라인에게 일찍 답장을 보냈고 다시 그녀에게서 편지가 오기를 기다리고 있었다. 콜린스가 약속한 편지는 화요일에 도착했다. 베넷에게로 온 것이었는데, 한 열두 달 동안은 묵었다 간 사람에게서 받을 만한 온갖 감사의 말이 담겨 있었다. 그처럼 말을 늘어놓은 뒤에 자기가 베넷 집안의 가까운 이웃인 샬럿의 애정을 얻게 되었다고 써나갔다. 그러고선 자기가 롱본의 초대에 기꺼이 응한 이유는 단지 샬럿을 다시 만나기 위한 기대감 때문이었다고 하면서 2주일 후 월요일에 다시 방문하기를 희망한다는 말을 적었다. 캐서린 여사가 자기의 결혼식을 최대한 빨리 치르기를 바라고 있으며, 샬럿 역시 자기를 세상에서 가장 행복한 남자로 만들어줄 수 있도록 가능한 한 빠른 날짜를 잡게 될 거라고 자기는 확신하고 있다고 덧붙였다.

콜린스가 하트포드셔를 다시 방문한다는 소식은 이제 베넷 부인에게 즐거운 일이 아니었다. 오히려 남편보다도 콜린스에게 더 불만을 드러내 보였다. 콜린스가 윌리엄 루카스의 집으로 가지 않고 롱본으로 오는 건 얼토당토않고 콜린스가 온다면 아주 번거롭고 귀찮을 뿐이라고 했다. 자기 몸이 불편한데 그 사람이 오는 게 아주 싫다고 했다. 그리고 연인들이라는 건 이 세상에서 가장 꼴불견이라고 했다. 그처럼 불평을 해댔는데, 빙리가 계속해서 안 나타나는 데 따른 걱정이 앞설 때만 불평이 잠잠해지곤 했다.

그 일은 제인도, 엘리자베스도 마음이 편치 않았다. 빙리가 겨우내 네더필드에 나타나지 않을 거라는 말만이 메리튼에 퍼져 있었으며, 빙리에 대한 다른 어떤 소식도 들리지 않은 채 하루하루가 지나갔다. 그러한 소식에 베넷 부인은 화난 마음을 감출 수가 없었고 말도 되지 않는 소문이라고 반박하기만 했다.

엘리자베스조차도 이제 걱정이 되기 시작했다. 빙리가 무관심해졌을까 봐 걱정된 게 아니라 그의 누이들이 빙리를 제인에게서 멀어지게 하는 데 성공한 게 아닌가 생각이 들었다. 그러면 제인의 행복은 깨져버리고 빙리의 명예에는 어울리지 않는 일이 되겠지만 그런 생각이 끊임없이 밀려드는 것을 어찌할 도리가 없었다. 매정한 그 두 누이와 빙리의 친구인 다아시의 힘이 합쳐지고 다아시의 여동생의 아름다움이나 런던의 즐거움이 더해진다면 아무리 제인에 대한 빙리의 사랑이 강렬하다고 해도 소용이 없을 것 같았다.

제인으로 말할 것 같으면 그러한 두려움이 엘리자베스보다도 물론 강했다. 그렇지만 그녀는 자신이 느끼는 모든 감정을 감추려고 했고, 따라서 그녀와 엘리자베스 사이에는 그런 얘기가 언급조차 되지 않았다. 하지만 그러한 섬세함이 없는 베넷 부인은 틈만 나면 빙리에 대해 언급했고, 그가 돌아오지 않는다고 신경질을 냈으며, 제인에게는 만약 빙리가 돌아오지 않는다면 그건 그 사람이 제인을 이용해먹은 데 불과하다며 그녀를 핍박했다. 제인처럼 차분한 성격의 사람이 아니라면 그러한 다그침을 견디기가 아주 힘들었을 것이다.

콜린스는 정확히 2주일 후에 다시 롱본을 방문했는데, 첫 번째 방문 때보다는 환영을 받지 못했다. 그렇지만 그는 다른 일로 들떠 있었기 때문에 그 집에서 환대를 받지 못해도 구애받지 않았다. 게다가 연애 사건 때문에 그가 롱본에서 박혀 지내는 시간이 길지 않아서 그 집안 사람들에게는 다행이었다. 그는 대부분의 시간을 루카스의 집에서 보냈고, 롱본으로 돌아왔을 때는 그 식구들에게 자기가 늦게 와서 미안하다는 소리를 할 수 있을 정도의 시간만 남겨놓는 일이 많아졌다.

베넷 부인은 아주 비참한 상태였다. 콜린스가 연애에 빠진 사건이 언급되는 것만으로도 울적해졌는데, 외부 사람들하고 마주칠 적마다 그 사실에 대해 그들이 이러쿵저러쿵 말을 했다. 이제 샬럿을 보기만 해도 역한 마음이 솟아났다. 샬럿이 자신의 집을 나중에 이어받게 된다는 사실 때문에 분한 마음이 들었다. 샬럿이 자기 집에 놀러 오는 것만 봐도 그 애가 자신의 재산을 물려받는 날만 손꼽아 기다리는 것만 같았다. 그리고 샬럿이 콜린스와 작은 목소리로 얘기하는 모습만 봐도 앞으로 베넷이 죽게 되었을 때 자기 집에서 자

기와 자기 딸들을 쫓아내버리는 것을 얘기하는 듯했다. 그녀는 남편에게 그런 점에 대해 불평을 늘어놓았다.

"정말 이런 일이 있을 수가 있어요? 샬럿이 이 집 주인이 되고 난 그 애 때문에 쫓겨나고, 그 애가 나 대신 이 집을 차지하는 사태가 어떻게 일어날 수 있냐고요?"

"당신, 그렇게 나쁘게만 생각지 않는 게 좋겠소. 좀 더 좋은 쪽으로 생각해봅시다. 내가 당신보다 더 오래 살 수도 있잖소?"

이 말은 위안이 되지 않았기 때문에 베넷 부인은 거기에 아무 대답도 하지 않았고 그전에 하던 말만 되풀이했다.

"그 사람들이 우리 걸 모두 가져간다는 건 있을 수 없는 일이에요. 콜린스네가 우리 재산을 차지하지만 않는다면 난 뭐든 참을 수 있어요."

"뭘 참을 수가 있단 말이오?"

"다른 건 모두 견뎌낼 수 있다고요."

"그 통에 당신 머리가 잘 돌아가게 됐으니 그걸로 위안을 삼으면 되지 않소."

"난 콜린스네가 우리 딸들 대신 상속받는 걸 정말 고맙게 여길 수가 없다고요. 우리한테 딸이 있는데도 재산을 빼앗아가도록 만들어진 제도를 내가 어떻게 이해하겠냐고요? 그것도 콜린스 같은 사람한테 뺏기다니. 왜 그 사람이 우리 재산 대부분을 가지냐고요."

"당신 맘대로 생각하구려"라고 베넷이 대꾸했다.

2부

1

캐럴라인의 편지가 도착하여 이제 모든 사실이 밝혀졌다. 그 편지는 그쪽 사람들이 이제 겨울 동안 런던에 머물기로 완전히 정했다는 소식에서 시작해, 빙리가 하트포드셔를 떠날 때 아무 말도 없이 떠나서 미안해하고 있다는 언급으로 끝을 맺고 있었다.

이제 희망은 모두 사라졌다. 제인이 편지의 나머지 부분을 읽어봐도 캐럴라인이 그녀에게 애정을 갖고 있다는 사실을 언급하는 것 외에 다른 어떤 위안도 발견할 수 없었다. 다아시의 여동생에 대한 찬사가 편지의 주류를 이루고 있었다. 그녀의 여러 가지 매력적인 면을 자세히 언급하면서 이제 캐럴라인은 두 사람의 결합을 예상했고, 캐럴라인이 전에 보낸 편지에서 언급했듯이 자기 소망에 대해 쓰고 있었다. 그녀는 이제 오빠가 다아시 집에 머물고 있어서 아주 잘됐다는 말을 했고 다아시가 새로이 가구를 이것저것 들여놓고 있다고 전해주었다.

제인은 그 편지에 대해 엘리자베스에게 곧바로 얘기해주었고, 엘리자베스는 그 말을 듣고는 조용히 분을 삭이고 있었다. 엘리자베스의 마음은 언니에 대한 걱정과 그쪽 사람들에 대한 분노로 나뉘어 있었다. 캐럴라인의 오빠가 다아시의 여동생에게 관심이 많다는 캐럴라인의 주장을 엘리자베스는 전혀 믿지 않았다. 엘리자베스는 항상 빙리가 자기 언니를 좋아한다고 생각하고 있었다. 엘리자베스는 언제나 빙리를 좋게 생각해왔지만, 이제는 그 사람의 생각의 단순함이나 과도하게 우유부단한 성격 때문에 주위 사람들의 계략에 빠져 포로가 되어버렸고 그들에게 넘어가서 자기 행복을 멀리해버리고 있다고 생각했다. 그가 행복을 멀리해버림으로써 자기 자신만이 피해를 본다면 용납할 수 있었다. 그렇지만 그게 언니의 행복과도 연관이 있었고 빙리도 그 사실을 알고 있을 것이다. 그 문제에 대해 엘리자베스가 아무리 생각을 해봐도 뚜렷한 해답이 나오지 않았다. 제인에 대한 빙리의 관심이 식어버렸는지, 아니면 주위 사람들 때문에 애정이 죽어버렸는지 알 수가 없었다. 그가 제인의 사랑을 알기는 알았는지, 이제는 제인을 생각하고 있지 않은지도 알 수 없었다. 어쨌든 간에 이제 빙리에 대한 엘리자베스의 생각은 변하고 있었고, 언니인 제인은 마음의 평화가 깨져버린 상태였다.

제인이 엘리자베스에게 자신의 생각을 털어놓는 데는 하루나 이틀이 더 필요했다. 베넷 부인이 네더필드와 그 집의 주인에 대해 평소보다 더 나쁜 말을 늘어놓고 나서 제인과 엘리자베스 둘만이 남게 되자 제인이 이렇게 말했다.

"어머니가 이제는 좀 그만해주셨으면 좋겠어. 어머니가 빙리에 대해 이러쿵저러쿵 말하면 내 속만 더 뒤집힐 뿐이야. 그치만 어머니가 그런다고 해서 내가 뭐라고 할 입장도 아니고. 결국 시간이 가면 빙리도 잊힐 테고 우린 이전으로 돌아가게 될 거야."

엘리자베스는 근심하는 눈초리로 언니를 바라봤지만 아무 말도 하지 않았다.

제인은 얼굴색이 약간 달라지면서 말했다.

"내 말을 곧이듣지 않는구나. 넌 그렇게 생각할 수밖에 없을 거야. 그는 가장 소중한 사람으로 내 마음에 남을 테고 그것으로 끝이야. 이렇게 됐다고 해서 기가 죽거나 두려울 건 하나도 없어. 그 사람을 욕할 필요도 없고. 모든 게 잘됐어. 마음의 고통 같은 건 나한테 없어. 시간이 좀 흐르면 모두 극복할 수 있을 거야."

그러고는 그녀가 목소리에 더 힘을 주면서 말해주었다.

"내가 잘못 생각한 것뿐이니까 걱정할 게 하나도 없어. 나를 제외하곤 내가 다른 사람한테 손해를 끼친 일도 없고 말야."

엘리자베스가 소리 질렀다.

"언니! 언니는 맘씨가 너무 좋아. 너무 상냥하고 너무 공평무사해. 언니한테 무슨 말을 해줘야 될지 모르겠어. 난 지금까지 언니를 제대로 평가하지 못하고 언니를 격하시키기만 한 것 같아."

제인은 동생이 자기를 높여주는 것을 사양하면서 오히려 동생의 현명한 머리를 칭찬해주었다.

"이건 공평하지 못해. 남들은 언니를 세상 사람들이 모두 존경할 만한 사람이라고 여기는데 그 반대로 얘기하면 안 되지. 난 언니를 완벽한 사람이라고 여기고 있고, 그러니 언니는 세상을 다시 봐야 한다고 생각해. 내가 과격하게 말을 하더라도 두려워할 필요가 없고, 언니가 세상을 모두 좋은 식으로 해석하는 데 내가 반대하더라도 언니는 날 나쁘게 생각할 필요가 없다고. 내가 이 세상에서 진정으로 좋아하는 사람은 아주 적어. 그중에서도 내가 선량하다고 보는 사람은 더 적어. 내가 세상을 보면 볼수록 거기에 만족할 수 없다는 게 내 생각이야. 그리고 내가 세상을 살아갈수록 사람들은 믿을 수가 없고 사람들의 장점이나 이성 같은 것도 전혀 믿을 게 못 된다는 확신만 커져가더라고. 최근에만도 그런 예를 두 가지나 봤어. 한 가지는 말하지 않을 테고, 다른 한 가지는 샬럿 결혼 사건이야. 그건 이루어질 수 없는 일이야. 아무리 다른 쪽으로 생각해보려고 해도 이해할 수 없는 일이라고."

"리지, 그런 식으로 생각하면 안 좋아. 그런 식으로 생각하면 네가 고달파진다고. 넌 사람마다 환경이나 성격이 다르다는 점을 이해해야 돼. 콜린스가 세상 사람들에게 존경받을 만한 사람이고 샬럿은 신중하고 강한 성격이라는 점을 생각해보라고. 샬럿이 대가족 출신이라는 점도 고려해봐. 샬럿이 콜린스의 재산을 보고서 결혼하는 게 아주 바람직할 수도 있다는 생각을 해야 돼. 그리고 샬럿이 우리 사촌인 콜린스한테 존경심을 갖고 있을 거라고 생각하도록 노력해봐."

"난 언니를 위해 다른 건 다 이해해줄 수 있어. 그렇지만 그런 식으로 믿는다면 다른 누구한테도 좋을 게 없어. 샬럿이 콜린스를 존경한다면 샬럿 자신에게 문제가 있는 거지. 콜린스는 거만하고 속좁고 우둔한 사람이야. 언니도 그 점에 대해선 나보다 더 잘 알 거야. 또 그런 사람하고 결혼하는 여자가 제대로 된 여자가 아니란 점을 언니도 알 거야. 그러니 언니가 샬럿을 변호하면 안 되는 거지. 언니가 샬럿 한 사람을 위해 원칙이나 성실 같은 단어의 의미를 바꾸어버릴 순 없는 거고, 이기심은 현명하다는 식으로 해석할 순 없는 거야."

"넌 두 사람에 대해 너무 심한 말을 하는 거 같아. 네가 두 사람이 행복하게 사는 모습을 보게 된다면 그 사실을 확신할 수 있을 거야. 그 두 사람 얘기는 여기서 접어두자. 넌 다른 것도 암시를 줬어. 두 가지 사례를 얘기했지. 나도 네 말의 의미를 짐작해. 그치만 빙리를 비난하거나 네가 그 사람에게 실망했다는 소리를 해서 날 괴롭히지 말아줘. 그가 고의로 그렇게 했다고 생각하지 말자고. 그처럼 생기 넘치는 사람이 항상 신중하고 용의주도할 거라고 생각할 순 없는 거야. 우린 우리 자신의 허영 때문에 속는 경우가 많아. 남자들이 찬사를 해주면 여자들은 과분한 생각을 갖는 거지."

"남자들은 그런 식으로 여자를 유혹하는 거야."

"그게 만약 의도적이라면 온당한 게 아니지. 근데 난 이 세상에 계획해서 되는 일이 사람들의 생각처럼 많진 않다고 봐."

"나도 빙리의 행동이 의도적이었다고는 생각지 않아. 그치만 의도적으로 남한테 해를 입히거나 남을 불행하게 한 건 아니더라도 어떤 잘못이 생기고 불행한 일도 일어난다고. 생각이 둔하거나 다른 사람들의 감정에 관심이 부족하거나 확고한 면이 없다면 그런 일이 발생하는 거야."

엘리자베스가 말했다.

"그럼 리지 넌 그중의 하나가 이번 사건의 원인이라고 생각하는 거니?"

"그렇지. 내가 말한 것들 중에서 마지막 이유가 그 원인이 되는 거지. 그치만 내가 계속 얘기한다면 언니가 좋게 평가하는 사람들을 내가 어떻게 생각하는지 말해버리게 될 테고, 그러면 언니는 기분이 좋지 않을 거야. 그러니 말하지 말라면 안 할게."

"넌 그의 누이들이 아직도 그 사람에게 영향력을 미치고 있다고 생각하는구나?"

"그렇지. 게다가 그 사람의 친구하고 협조해서 말이지."

"난 그렇게 생각할 수가 없어. 왜 그들이 그 사람한테 그렇게 하는데? 그 사람들은 빙리가 행복하기만을 바랄 거야. 그리고 그 남자가 나한테 빠져 있다면 다른 여자가 가로챌 수는 없는 일이지."

"언니의 첫 번째 가설은 맞지 않아. 그 사람들은 빙리의 행복 말고도 다른 여러 가지 것을 바라거나, 빙리가 더 부유해지고 지위도 더 높아지기를 바랄 수도 있어. 돈도 많고 사회적 지위도 높고 자존심도 강한 여자하고 결혼하기를 바랄 수도 있지."

"물론 그 사람들은 다아시의 여동생하고 결혼하기를 바라고 있을 거야. 근데 그건 네가 생각하는 것보다 더 좋은 의도에서 비롯된 일일 수 있잖아. 그들은 다아시의 여동생을 나보다 더 오랫동안 알아왔어. 그러니 그 여자를 더 좋아하는 건 자연스러운 현상이지. 그치만 그 사람들이 무엇을 바라고 있든지 자기 형제자매의 의사에 반하는 일은 벌이지 않을 거야. 반대할 만한 뚜렷한 이유가 없는 한 어떻게 그렇게 할 수 있겠어? 만약 빙리가 날 좋아한다는 걸 그들이 안다면 우리를 떼어놓으려 들지 않을 거야. 그렇게 하려 한다고 해서 성공하지도 못할 테니까. 넌 우리 두 사람 사이에 애정이 있다고 여겨서 사람들이 잘못을 저지른다고 생각하고, 결국 나도 불행하게 만들고 있어. 그런 생각으로 날 속상하게 하지 말아줘. 난 내가 오해했다는 사실을 창피하게 생각하진 않아. 적어도 내가 그 사람이나 그의 누이들을 나쁘게 생각해서 느끼게 될 감정에 비하면 아무것도 아니지. 이 일에 대해 내가 좋은 감정을 갖도록 해줘."

엘리자베스는 그러한 바람에 대해서는 반대할 수 없었기 때문에 그 후로는 둘이 있을 때 빙리의 이름을 꺼내는 일 자체를 꺼리게 되었다. 베넷 부인은 빙리가 돌아오지 않는 점에 대해 계속 의아하게 생각하면서 불평을 해댔다. 엘리자베스는 어머니에게 그 이유를 명백하게 설명해주었지만 안절부절못하는 어머니를 막을 수는 없었다. 빙리가 제인에게 빠진 건 누구에게나 한때 있을 수 있는 일이고 이제 제인을 보지 않게 되니 그런 감정이 사라져버렸을 거라고, 자기도 믿을 수 없는 얘기를 해주었다. 그러면 어머니는 그럴 수도 있겠거니 하고 여겼다가도 조금 지나면 다시 이전으로 돌아가버렸다. 여름이 다가오면 빙리가 다시 돌아올 거라는 희망을 버리지 않고 있었다.

베넷은 다른 각도로 그 일을 바라봤다. 어느 날 그가 이런 식으로 말했다.

"리지, 언니 일이 깨져버렸다지. 그거 아주 좋은 소식이구나. 여자들은 때때로 결혼이 성사되는 거 못지않게 결혼이 깨져버리기를 바라기도 하지. 뭔가 자신에 대해 생각해볼 기회도 생기고, 친구들 사이에서 독특한 점이 드러나기도 해. 너는 언제 차례가 오는 거니? 제인이 혼자서 역할을 도맡도록 하지는 않을 텐데. 이제 네 차례가 다가온 거 같구나. 메리튼에는 시골 아가씨들한테 실연만 안겨줄 장교들이 많이 있을 테고. 위컴이 네 상대가 되게 해보렴. 그 사람은 성격이 유쾌하고 널 기분 좋게 차버릴 수 있을 거 같구나."

"고마워요, 아버지. 그치만 좀 더 호감 가지 않는 남자라도 전 만족해요. 언니 같은 운을 아무나 기대할 순 없거든요."

"물론 그렇지. 근데 리지 네가 어떤 운명을 만나든 간에 네 사랑스러운 어머니가 방방 뜨게 될 테니 재밌는 일이 벌어질 거야."

위컴을 사귀면서 이제 근래에 일어난 좋지 않은 일 때문에 롱본의 식구들이 울적해져 있는 상태를 바꾸는 데 일조를 하게 되었다. 이제 위컴을 더 자주 보게 되었는데, 위컴은 많은 장점이 있는 데다가 솔직함마저 갖추고 있었다. 그가 다아시에게 받은 부당한 대우, 그리고 그것 때문에 그가 받은 고통 등등 엘리자베스가 이미 들었던 이야기가 이제 널리 회자되었고 모두 그 얘기를 인정하게 되었다. 사람들은 그러한 일에 대해 아무것도 몰랐을 때부터도 자기들이 다아시를 얼마나 혐오했는지를 회상하면서 시간을 보냈다.

그 일에서 어떤 다른 사정이 있을 수도 있다고 생각한 유일한 사람은 제인이었다. 그녀는 온건하고 침착한 성격이었기 때문에 모든 일에서 성급한 판단을 하지 말도록 했다. 그렇지만 다아시는 제인을 제외한 다른 모든 사람은 다아시를 아주 나쁜 인간으로 여겼다.

2

콜린스는 샬럿에게 사랑을 고백하고 행복한 설계를 하면서 1주일을 보낸 후 토요일에 떠났다. 그렇지만 그는 신부를 맞이할 준비를 하는 것으로 이별의 고통을 달랠 수 있었다. 다음에 그가 다시 하트포드셔로 오게 되면 자기를 이 세상에서 가장 행복하게 만들어줄 날짜가 정해질 수 있다는 희망이 있었기 때문이다. 그는 롱본의 친척들에게 전처럼 장황한 작별 인사를 했다. 아름다운 사촌들에게는 건강과 행복을 바란다고 했고, 베넷에게는 감사의 편지를 쓰겠다는 말을 했다.

그다음 주 월요일에 베넷 부인은 남동생과 올케를 맞이하는 즐거움을 누렸다. 그들이 크리스마스를 롱본에서 보내기 위해 런던에서 왔기 때문이다. 남동생인 가드너는 교육도 많이 받았지만 천성적으로 그의 누나보다 뛰어나고 신사다운 사람이었다. 네더필드의 여자들이 그를 봤다면 점포에서만 왔다 갔다 하면서 장사로 먹고사는 그가 어떻게 그렇게 교양을 갖추었는지 믿을 수 없었을 것이다. 베넷 부인이나 필립스 부인보다 몇 살 아래인 가드너 부인은 상냥하고 학식도 있으며 우아한 여자였는데, 그래서 롱본의 숙녀들은 모두 그녀를 아주 좋아했다. 특히 가장 나이 많은 제인과 엘리자베스에게는 아주 각별했다. 그래서 두 조카들은 런던으로 자주 가서 그녀와 함께 시간을 보내곤 했다.

가드너 부인이 와서 제일 먼저 한 일은 선물을 나누어주고 런던의 최신 유행에 대해 말해주는 것이었다. 그 일이 마무리된 후에는 이제 특별히 할 게 없었다. 이제 다른 사람들의 이야기를 들어야 했다. 베넷 부인이 올케에게 해줄 안 좋은 얘기가 많았는데, 지난번에 마지막으로 올케를 만난 후로 불공평한 처사만 당했다고 했다. 두 딸이 거의 결혼할 뻔했는데 결국 모든 게 물거품이 돼버렸다고 했다.

베넷 부인이 얘기를 계속했다.

"제인은 잘못이 없지. 할 수만 있었다면 빙리를 놓치지 않았을 테니. 근데 저 리지는 말야, 그놈의 성질만 아니었다면 지금쯤 콜린스하고 결혼해 있을 거라고. 바로 이 자리에서 그 사람이 청혼을 했는데 저 애가 거절해버렸어. 그래가지고 루카스 부인이 나보담 먼저 딸을 시집보내게 됐고, 롱본의 재산은 이제 그쪽으로 넘어가게 생겼어. 루카스 사람들은 정말 교활해. 무엇이든 잡을 수 있는 것은 결코 놓치지를 않아. 이렇게 말해선 안 되겠지만 사실이 그렇지 뭐. 내 가족들은 나를 배신해버리고 이웃 사람들은 자기 몫만 챙기는 데 열심이니 내가 성질이 뻗치지 않을 수가 없지. 올케가 이렇게라도 와주니 내 기분이 풀어지는군. 요즘 유행하는 옷에 대한 얘기도 재

미있고."

가드너 부인은 제인과 엘리자베스에게 편지로 소식을 들어서 대강 알고 있었기 때문에 시누이에게 그럭저럭 응수해준 뒤에 조카들에게로 말문을 돌렸다.

나중에 엘리자베스와 단둘이 있게 되자 가드너 부인은 화제를 제인 얘기로 돌렸다.

"제인한테 좋은 신랑감이 나타난 거 같았는데 일이 그렇게 됐다니 참 좋지 않구나. 하긴 그런 일이 자주 벌어지긴 하지. 그처럼 젊은 남자가 몇 주 동안 예쁜 여자하고 사랑에 빠졌다가 어떤 사건으로 이별하고, 그렇게 되면 쉽게 잊어버리고, 그런 일은 누구한테나 있는 일이야."

"물론 그렇게 생각할 수는 있죠. 그치만 우리에겐 보통 일이 아니라고요. 그냥 우연히 일어난 일 같지가 않아요. 얼마 전까지만 해도 열렬히 사랑하던 여자를 한순간에 차버리도록 주위 사람들이 그렇게 강요하는 일이 어떻게 벌어질 수 있냐고요."

엘리자베스가 말했다.

"그치만 열렬하게 사랑했다는 말은 너무나 추상적이라서 나한테는 감이 잘 오지 않는구나. 단 반 시간 동안 연애를 하고도 그런 말을 쓸 수 있는 거 아니겠니? 빙리가 제인을 얼마나 열렬히 사랑하고 있었다고 보니?"

"그처럼 가능성이 있어 보이는 광경은 내가 여지껏 본 일이 없을 정도예요. 빙리는 다른 사람에게는 전혀 관심이 없고 오로지 언니한테만 빠져 있었어요. 두 사람이 자주 만날수록 더 확고해 보였어요. 그 사람이 자기 집에서 무도회를 열었을 때 다른 여자하고는 춤출 생각도 하지 않았고, 나도 두 번 파트너가 되고자 했는데 아무런 대답도 해주지 않더라고요. 그보다 더 확실한 징후를 찾을 수 있겠어요? 다른 사람은 완전히 무시해버리는 게 언니에 대한 애정 때문이 아니라면 뭐겠어요?"

"하긴 그렇지. 그 남자는 진실로 애정을 느꼈을 거야. 제인이 안됐구나. 걔 성격으로 봐서 쉽사리 극복해내지 못할 텐데 말야. 리지 너한테 그런 일이 생겼으면 좋았을 텐데. 넌 그런 일도 쉽게 웃어넘길 여자지. 근데 제인에게 우리하고 함께 런던으로 가자고 하면 어떻겠니? 환경이 바뀌면 기분이 달라질 테고, 집에서 벗어나 있으면 여러모로 도움이 될 수도 있을 거야."

엘리자베스는 아주 좋은 제안이라고 했고, 제인도 동의할 거라고 생각했다.

가드너 부인이 말을 이었다.

"그 남자 때문에 런던으로 가는 데 지장이 없었으면 좋겠구나. 우린 그 남자 있는 데하고 멀리 떨어진 곳에 살뿐더러 우리가 만나는 사람들도 그가 상대하는 사람들하고는 다르지. 그리고 우리가 밖으로 나돌아다니는 일도 거의 없고 하니 그 남자가 제인을 만나러 오지 않는 한 마주칠 일은 없어."

"그럴 일은 없을 거예요. 그 남자는 지금 친구가 감시하고 있고, 그 친구는 빙리가 언니를 만나러 가는 걸 허락하지 않을 거예요. 그러니 둘이서 만나는 일은 벌어지지 않아요. 다아시는 지저분한 곳으로 가는 걸 끔찍하게 여길 테고 한번 지저분한 곳에 발을 들여놓았다면 한 달은 부지런히 목욕하면서 씻어내야 그 냄새가 없어진다고 생각할 텐데요. 그리고 빙리는 그 사람이 동반하지 않는다면 절대 움직이지 않을 거예요."

"그거 잘됐구나. 두 사람이 만날 일은 없겠어. 근데 제인이 그 사람 누이하고 편지를 주고받지 않니? 그러면 제인이 그 여자를 방문하려고 할 텐데."

"언니는 이제 그 여자하고도 완전히 끊어버릴 거예요."

그런데 두 사람이 교제를 끊을 것이고 빙리가 주위 사람들의 반대로 제인을 만나지 못할 거라는 말을 하기는 했지만, 엘리자베스는 사실 마음속으로 확신이 들지 않았고 그 반대의 일이 벌어질 가능성이 있다는 생각도 들었다. 제인에 대한 빙리의 애정이 다시 솟구쳐오르고 그가 제인의 매력으로 주위 사람들의 반대를 극복해낸다면, 그 반대의 일이 벌어질 수도 있었다.

제인은 외숙모의 초대를 기쁜 마음으로 받아들였다. 빙리가 캐럴라인과 함께 살지 않기 때문에 그와 마주칠 염려 없이 오전에 가끔씩 그녀를 만날 수 있을 거라는 생각 외에 다른 생각은 떠오르지 않았다.

가드너와 그의 부인은 1주일 동안 롱본에 머물렀는데, 그동안에 필립스 집안 사람들이나 루카스 집안 사람들, 장교들이 매일 베넷의 집에 들락거렸다. 베넷 부인이 자기 동생과 올케의 기분을 맞추기 위해 사람들을 많이 불러들였기 때문에 가족들끼리 오붓하게 저녁을 먹는 때가 없었다. 집에서 사람들이 모일 때마다 장교들이 참석했고 위컴은 항상 빠지지 않았다. 가드너 부인은 엘리자베스가 위컴에 대해 찬양하는 말을 했기 때문에 의심쩍어하면서도 두 사람의 관계를 주시하고 있었다. 가드너 부인의 눈에는 두 사람이 깊은 사랑에 빠진 결로는 보이지 않았고, 좋아하는 듯한 그 모습이 오히려 불안해 보였다. 그래서 하트포드셔를 떠나기 전에 그 일에 관해 엘리자베스와 얘기를 나누고 그러한 유형의 애정이 신중한 처사가 아니라는 말을 해줘야겠다고 마음먹고 있었다.

위컴은 자신의 능력과는 별개로 가드너 부인의 기분을 맞춰줄 하나의 수단을 갖고 있었다. 지금부터 10년이나 12년 전, 그러니까 가드너 부인이 결혼하기 전에 위컴이 살던 더비셔 지역에서 거주한 일이 있었다. 그래서 두 사람은 공통으로 아는 사람들이 많았다. 위컴은 5년 전에 다아시의 부친이 사망한 이후 그곳에 간 일이 거의 없었지만, 가드너 부인이 알고 지내던 사람들에 대한 소식을 어느 정도는 전해줄 수 있었다.

가드너 부인은 펨벌리 저택을 본 적이 있고 다아시의 아버지에 대해서도 잘 알고 있었다. 그래서 가드너 부인과 위컴은 그런 이야기를 많이 나누게 되었다. 가드너 부인은 자기가 기억하는 펨벌리 저택과 위컴이 말해주는 그 저택을 비교해보면서, 이제는 사망한 그 저택 주인의 인격을 찬양하면서 즐거운 시간을 보낼 수 있었다. 그리고 다아시가 위컴한테 한 짓을 들어보고는 다아시가 과연 그런 성격의 사람이었는지를 회상해보려고 했는데, 다아시가 소년 시절에 아주 거만하고 불량스러운 아이였다는 소문을 들은 기억이 떠올랐다.

3

가드너 부인은 엘리자베스와 단둘이 있게 되었을 때 조심스럽게 경고를 해주었다. 자기가 무슨 생각을 하는지 얘기해준 다음에 이렇게 말을 이어나갔다.

"리지, 넌 누가 반대한다고 해서 더욱 사랑에 빠질 애가 아니란 걸 알고 있어. 제발 조심했으면 좋겠구나. 재산이 없다고 해서 사랑에 빠져버리거나 상대방을 끌어들이려고 하면 안 돼. 난 그 사람에게 개인적으로 나쁜 감정은 없어. 오히려 아주 흥미진진한 사람이라고 말할 수 있지. 그 사람이 재산만 있다면 그보다 더 나은 상대도 없을 거야. 그치만 현실을 볼 때 공상에 사로잡혀선 안 돼. 넌 분별력이 있는 사람이고 우린 네가 잘 처신하리라 보고 있어. 네 아버지도 너의 올바른 성격이나 양심을 믿고 계셔. 아버지를 실망시키면 안 되는 거야."

"이건 정말 심각한 문제로군요."

“그래, 네가 심각하게 생각하고 바르게 행동해줬으면 좋겠구나.”

“걱정하지 마세요. 제 일은 제가 잘 처리할 테고 위컴도 잘해나가도록 할게요. 가능하다면 그 사람이 나하고 사랑에 빠지지 않도록 하겠어요.”

“엘리자베스, 넌 지금 심각하게 생각하지 않는 거 같구나.”

“죄송해요. 다시 한번 말해볼까요? 지금 현재는 위컴하고 사랑에 빠져 있지 않아요. 절대 그런 게 아니라고요. 그치만 이것저것 따져볼 때 그 사람만큼 마음에 드는 남자를 찾아볼 수가 없어요. 그리고 그 사람이 나한테 정말 빠지게 된다면…… 근데 그런 일이 별로 좋아 보이지는 않네요. 만일 사랑에 빠지게 된다면 신중하지 못한 일이 될 거예요. 아버진 저를 신뢰하고 계세요. 아버지한테 실망감을 안겨드리고 싶진 않아요. 근데 아버지는 위컴을 좋게 보고 계세요. 저는 주위에 있는 사람 누구도 실망시키고 싶지 않아요. 그치만 요새 젊은이들은 재산이 없다고 해도 결혼을 주저하지 않는 경우가 많은데, 제가 만약 유혹을 받는다면 다른 젊은이들보다 더 현명하게 행동할 거라고 어떻게 장담할 수 있겠어요? 그럴 때 거부하는 게 과연 현명한 일인지도 제가 어떻게 알겠어요? 제가 외숙모한테 약속할 수 있는 건, 서두르지는 않겠다는 거예요. 그 사람이 바라는 첫 번째 상대가 저라고 성급하게 판단하지 않을게요. 그 사람하고 함께 있더라도 그런 생각을 안 할게요. 간단히 말해서 제 나름대로 최선을 다할게요."

"그 사람이 너희 집에 너무 자주 못 오게 하는 것도 좋은 방법이야. 어머니한테 그 사람을 초대하자고 보채지는 말아야 해."

엘리자베스가 그 말의 의미를 아는 듯 미소를 지었다.

"저번에 제가 그러긴 했죠. 그렇게 하지 않는 게 물론 현명하기는 할 거예요. 그치만 그 사람이 우리 집에 매번 자주 오진 않아요. 이번 주에 자주 온 이유는 외숙모 때문이라고요. 어머니는 집 안에 손님이 와 있을 땐 다른 사람들도 많이 들끓어야 한다고 생각하시거든요. 그치만 이제 앞으로 제가 가장 현명하다고 생각하는 대로 행동할게요. 이제 이만하면 됐죠?"

엘리자베스의 외숙모는 만족스럽다고 대답해주었다. 엘리자베스는 외숙모에게 현명한 충고를 해주어서 고맙다고 말하면서 두 사람은 그 자리에서 헤어졌다. 두 사람 다 기분 상하지 않은 채 좋은 충고가 이루어졌던 것이다.

가드너 부부가 제인과 함께 떠난 후에 콜린스가 하트포드셔로 왔다. 그렇지만 그는 루카스 집에 머물렀기 때문에 베넷 부인에게 짐이 되지는 않았다. 그의 결혼이 신속하게 진행되었으므로 이제 베넷 부인은 체념하고 두 사람이 행복하게 살았으면 좋겠다고 조소 섞인 투로 말할 수도 있게 되었다. 결혼식은 목요일에 거행될 예정이었고, 샬럿이 수요일에 작별 인사를 하러 방문했다. 그녀가 나가기 위해 자리에서 일어나자, 엘리자베스는 마지못해 잘살기를 바란다는 어머니의 말 때문에 미안한 마음이 들어서 방 밖으로 따라 나가 샬럿을 배웅해주었다. 그들이 2층에서 함께 계단을 내려가면서 샬럿이 말했다.

"앞으로 자주 편지를 주고받자꾸나."

"당연히 그래야지."

"그리고 또 한 가지 부탁할 게 있어. 내가 사는 곳으로 날 보러 와줄 수 있지?"

"네가 이쪽으로 자주 올 텐데."

"당분간 내가 거기서 못 떠날 거 같아. 그러니 네가 그쪽으로 와달라고."

엘리자베스는 거기 가봐야 별로 즐거울 일이 없을 거라고 생각했지만 샬럿의 요청을 거절할 수는 없었다.

"우리 아버지가 내 동생 마리아하고 3월에 그리 오실 거야. 그러니 그때 같이 오겠다고 약속할 수 있지? 네가 온다면 우리 식구들만큼이나 반가울 거야."

결국 결혼식이 거행되었다. 결혼식이 끝난 뒤 신랑과 신부는 교회 문을 나서서 콜린스가 사는 켄트주로 출발했다. 사람들은 그 결혼에 대해 이러쿵저러쿵 말이 많았다.

엘리자베스는 얼마 후에 샬럿에게 편지를 받았다. 전에 두 사람이 친근하게 지냈기 때문에 서신 왕래도 그런대로 자주 이루어졌다. 그치만 이전처럼 솔직하게 모든 걸 알려줄 수는 없었다. 엘리자베스는 샬럿에게 편지를 보낼 때마다 이제 마음 편하게 얘기하기는 불가능하다고 느꼈다. 편지 쓰는 일을 게을리 하지는 않으려고 작정했지만, 옛날에 친하게 지냈기 때문이지 현재 그러고 싶기 때문은 아니었다. 샬럿이 맨 처음으로 편지를 보내왔을 때는 상당한 호기심을 갖고서 읽어봤다. 샬럿이 자기 새로운 집에 대해 뭐라고 하는지, 캐서린 여사에 대해 무슨 말을 하는지, 거기 가서 얼마나 행복해졌는지 등에 대해 알고 싶었다. 그렇지만 편지에는 엘리자베스가 기대하는 것 이상의 내용이 하나도 없었다. 샬럿은 좋은 일에 대해만 썼고 칭찬할 만한 일이 아닌 내용은 쓰지 않았다. 집, 가구, 이웃, 도로 등이 모두 마음에 든다고 했고 캐서린 여사도 아주 친근하게 대해준다고 써놓았다. 헌스포드와 로싱스 저택에 대해 콜린스가 하는 말을 그대로 반복하는 것 이상은 되지 않았다. 엘리자베스는 다른 모든 것에 대해 알려면 자기가 그곳을 방문할 때까지 기다려야 할 거라고 생각했다.

제인은 엘리자베스에게 편지를 보내 무사히 런던에 도착했다고 알려주었다. 엘리자베스는 다음에 제인의 편지를 받을 때는 빙리의 사람들에 대해 들었으면 하고 바랐다.

그렇지만 제인이 두 번째 편지를 보내왔을 때도 실망감은 계속되었다. 제인이 런던에 1주일이나 머물렀는데도 캐럴라인을 직접 보거나 소식을 전해 듣지도 못했다고 했다. 그렇지만 제인은 자기가 롱본에서 캐럴라인에게 보낸 마지막 편지가 어떤 사고로 전달되지 않았다는 식으로 이해하려 했다. 이런 식으로 편지는 이어졌다.

"외숙모가 내일 캐럴라인이 사는 쪽으로 가시니까 내가 집으로 찾아갈 수도 있을 거야."

제인은 그 일이 이루어진 후에 다시 편지를 보내왔는데, 캐럴라인을 만났다고 했다. 편지는 이런 식으로 이어졌다.

"캐럴라인은 활력이 없어 보였어. 그렇지만 나를 보더니 아주 반가워했고, 왜 런던으로 온다고 편지를 하지 않았느냐며 나무라더라고. 그러니 내 추측이 맞았던 거야. 내가 쓴 편지가 전달되지 않은 거지. 난 물론 빙리 씨에 대해 물어봤어. 빙리는 잘 지낸다고는 하는데, 다아시하고 같이 있기 때문에 볼 기회는 많지 않대. 다아시의 여동생이 그날 저녁에 거기서 저녁 식사를 하기로 되어 있다고 해서. 난 그 여자를 한번 봤으면 했는데, 캐럴라인하고 허스트 부인이 외출을 해야 해서 얼마 머물지 못하고 나왔어. 그 여자 둘이 내가 사는 곳으로 아마도 곧 방문할지 모르겠어."

엘리자베스는 편지를 읽고 실망감을 감추지 못했다. 빙리에게 우연한 일이 발생하지 않는 한 그는 제인이 런던에 있다는 사실 자체를 모를 가능성이 많아 보였기 때문이다.

제인이 런던에 간 지 4주가 지났지만 빙리에 대한 소식은 전혀 들을 수 없었다. 제인은 그 점에 대해 실망하지 않으려고 애썼다. 그렇지만 캐럴라인의 무관심을 더는 눈감아줄 수 없었다. 2주 동안 아침마다 캐럴라인이 오기를 기다리고, 저녁때는 무슨 이유가 있어서 안 오겠지 하는 생각을 거듭한 끝에야 결국 캐럴라인이 나타났다. 그렇지만 잠깐 머물다 가버렸고 태도도 달라져 있어서 제인도 더는 자기 자신을 속일 수가 없었다. 이번에 동생 엘리자베스에게 보낸 편지에서는 자신의 느낌이 어떠했는지를 잘 말해주었다.

리지, 넌 그동안 내가 캐럴라인에 대해 잘못 판단한 것 같다는 말을 한다고 해서 네가 옳았다고 우쭐해하지는 않을 테지. 그렇지만 리지, 내가 지금까지 캐럴라인의 행동을 놓고 봤을 땐 네가 의심하는 것만큼 나도 당연히 그 여자를 신뢰할 수밖에 없었던 이유가 있어. 그 여자가 왜 그렇게 나하고 친하게 지내고 싶어 했는지 전혀 이해할 수가 없지만, 동일한 상황이 다시 반복된다고 하더라도 난 또 속아넘어갈 거야. 캐럴라인은 어저께까지 나의 방문에 답방하지 않았어. 편지 한 장도 없었고. 결국 방문을 하긴 했는데 즐거운 마음은 전혀 없어 보였어. 빨리 방문하지 못해서 미안하다는 말을 짤막하게 했을 뿐 날 다시 보고 싶다는 말 같은 건 한마디도 하지 않았고, 이젠 완전히 달라진 사람으로 보여서 그 여자가 가고 나자 두 번 다시 만나지 말아야겠다는 생각만 하게 됐어. 난 그 여자를 비난하지 않을 수가 없어. 나하고 그렇게 친근하게 지낸 게 그 여자 잘못이야. 그 여자가 모든 면에서 적극적으로 나와서 우리가 친해진 거거든. 그렇지만 그 여자가 가엾다는 생각도 들어. 그 여자도 자기가 행동하는 방식이 옳지 않다는 점을 알고 있을 테니까. 자기 오빠 때문에 나한테 그렇게 쌀쌀맞게 구는 걸 테니까. 더 설명이 필요치 않을 거야. 그 여자가 오빠 때문에 그러는 게 우리로서는 이해가 되지 않지만, 만약 그랬다면 그 여자 행동은 설명이 되지. 동기간에 그렇게 염려해주는 건 당연해. 그렇지만 지금까지도 그렇게 걱정한다는 게 이해가 되지 않아. 빙리 씨가 나를 배려했다면 우린 이미 오래전에 만났어야 하거든. 캐럴라인의 말을 들어보면 빙리 씨는 내가 런던에 있다는 걸 알고 있는 게 틀림없어. 캐럴라인이 다아시의 여동생을 진정으로 생각하고 있는 게 확실해 보였어. 난 이해할 수가 없어. 좀 심하게 말하면 이번 일에는 뭔가 속임수가 개입되어 있는 것 같아. 그렇지만 모든 안 좋은 생각을 몰아내고 내가 행복해질 수 있는 것들, 이를테면 너의 애정이라든가 외숙부나 외숙모 같은 사람들만 생각할 거야. 답장을 곧 해주기를 바란다. 캐럴라인은 이제 자기네들이 다시는 네더필드에 돌아가지 않고 그 저택은 포기할 거라고 하는데, 확신을 갖고 말하는 건 아니었어. 그 점에 대해서는 이런 말 저런 말 하지 않는 게 좋을 거야. 헌스포드에 사는 샬럿에게 좋은 소식을 듣고 있다니 기쁘구나. 윌리엄 루카스 경과 마리아하고 그때 방문을 꼭 했으면 좋겠다. 거기서 좋은 시간을 보낼 수 있을 거야.

언니가

이 편지를 받고서 엘리자베스는 조금 마음이 아팠다. 그렇지만 이제 언니가 빙리의 여동생에게 더는 속지 않을 거라는 생각이 들자 곧 평온한 마음을 되찾았다. 이제 빙리에 대한 모든 기대감은 사라지고 없었다. 앞으로 언니에 대한 빙리의 관심이 되살아나기를 바라지도 않았다. 모든 면에서 그 사람의 인격을 의심하지 않을 수 없었다. 그가 벌을 받고 제인에게 부분적으로 이득이 되는 길은 그가 정말로 다아시의 여동생과 결혼해버리는 거라고 여겨졌다. 위컴의 말이 맞는다면 빙리가 그 여자하고 결혼하면 제인을 놓친 일을 아주 후회할 것이기 때문이었다.

이 무렵 가드너 부인은 엘리자베스에게 위컴에 대한 약속이 어떻게 되었는지 소식을 전해달라고 했다. 엘리자베스가 전한 소식은 그녀의 외숙모가 만족할 만한 내용이었다. 엘리자베스에 대한 위컴의 애정은 줄어들었고 관심도 없어져갔으며 이제 다른 여자에게 기대를 품고 있었다. 엘리자베스는 그런 정황을 관심 있게 지켜봤지만 심적인 고통 없이 그 소식을 다른 사람에게 전해줄 수 있었다. 엘리자베스는 약간의 충격만 받았고, 자기한테 재산이 많거나 했으면 위컴이 분명히 자기를 선택했을 거라는 위로를 할 뿐이었다. 위컴이 지금 잘 보이려고 노력하고 있는 여자의 가장 큰 매력이라면 최근에 1만 파운드를 갑자기 얻게 되었다는 점이었다. 그렇지만 샬럿의 일을 겪을 때보다는 판단력이 흐려졌는지, 엘리자베스는 위컴이 돈을 보고서 그런 여자에게 기우는 걸 따지려고 하지도 않았다. 오히려 당연한 일로 여겨지기까지 했다. 그리고 위컴이 자기를 버리고 다른 여자한테 가버리는 데 몇 가지 쉽지는 않은 점이 있을 거라고 생각했지만, 그것이 두 사람을 위해 현명하고 바람직한 처사라고 간주했고 그가 진심으로 행복해지기를 바랐다.

그러한 모든 사실에 대해 엘리자베스는 가드너 부인에게 편지로 알려주었다. 모든 상황을 전한 뒤에 다음과 같이 이어나갔다.

"존경하는 외숙모님, 제가 사랑에 심각하게 빠졌던 건 아니었다고 확신할 수 있어요. 제가 정말 열정적으로 그 남자를 좋아했다면 지금쯤 그 사람 이름을 기억하는 것조차 싫을 테고 그가 안 되기만을 바랄 테니까요. 그렇지만 그 사람에 대한 감정이 별로 나쁘지도 않고 그의 새 애인에게도 아무런 편견이 없어요. 그 여자를 미워할 마음도 생기지 않고 그녀가 좋은 여자일 거라는 생각도 들어요. 제가 그 남자를 진실로 사랑했다면 이런 일이 벌어질 수 없겠지요. 제가 신중하게 처신한 게 효과가 있었던 거 같아요. 그리고 제가 열렬히 사랑에 빠졌다면 지금쯤 모든 사람에게 흥미 있는 얘깃거리가 되었겠지만 별로 주목의 대상이 되는 거 같지도 않고요. 그렇게 되려면 제가 더 많은 대가를 치러야 했을 테지요. 오히려 키티나 리디아가 그 사람의 변심으로 화가 나 있어요. 둘은 아직 세상 물정도 잘 모르고, 잘생긴 남자도 평범한 남자와 마찬가지로 먹고살 만한 재산이 있어야 한다는 점을 확실히 모르는 거 같아요."

4

롱본의 가족에게 그 이상의 큰 사건은 벌어지지도 않았다. 메리튼까지 때로는 더러운 길거리를 오가며 나들이를 하는 것 외에는 특별한 일 없이 1월과 2월이 지나갔다. 3월이 되면 엘리자베스가 헌스포드로 가는데, 처음에는 그곳에 가는 것을 진지하게 생각하지 않았다. 그렇지만 샬럿은 큰 기대를 하면서 일을 추진했고, 그래서 엘리자베스도 점점 더 흥미를 갖고서 고려하게 되었다. 오랫동안 샬럿을 보지 못했기 때문에 더 보고 싶어졌고 이제 콜린스에 대한 역겨움도 다소 누그러져 있었다. 어머니나 동생들하고 말이 잘 통하지도 않아서 집에 있기가 편치만은 않았기 때문에 변화를 주는 것도 괜찮을 듯했다. 그쪽으로 가는 길에 제인을 만날 수도 있었다. 그래서 여행 날짜가 점점 더 가까이 다가올수록 이제 그 여행이 연기된다면 오히려 짜증이 날 것 같기도 했다. 그렇지만 모든 일이 순조로웠고 샬럿이 처음에 계획한 대로 일이 잘 진행되었다. 엘리자베스는 윌리엄 루카스 경, 그리고 그의 둘째 딸과 함께 떠나기로 했다. 런던에서 하룻밤을 머물기로 계획이 변경되었는데 정말로 나무랄 데 없이 좋은 일이다.

단 한 가지 곤란한 점은 그녀가 없으면 아쉬워할 아버지를 놔두고 떠나는 것이었다. 아버지는 엘리자베스가 떠나는 것을 정말 섭섭해했다. 그래서 엘리자베스는 자주 편지를 하겠다고, 아버지도 답장을 꼭 해주겠다는 약속을 했다.

엘리자베스와 위컴 사이의 이별은 아주 우호적으로 이루어졌다. 위컴 편에서는 더더욱 그랬다. 위컴이 지금 다른 여자하고 연애를 하고 있다고 해도, 엘리자베스는 그가 진지하게 생각했던 첫 번째 여자로서 말을 잘 들어주고 동정심을 보여주었으며 그가 흠모하던 첫 번째 여자라는 사실에는 변함이 없었다. 위컴은 헤어지면서 엘리자베스가 잘 지내기를 바랐고 캐서린 드 버그 여사를 만나면 어떻게 대해야 하는지 알려주었다. 그리고 캐서린 여사나 다른 사람들에 대한 두 사람의 평가가 같을 거라면서 깊은 관심을 보여주었다. 그러한 관심 덕분에 엘리자베스는 위컴이 앞으로 결혼을 하든 독신으로 지내든 간에 자기에게 항상 상냥하게 굴고 기쁨을 줄 수 있는 사람이라고 여기면서 헤어졌다.

다음 날에 그녀와 함께 여행을 떠난 사람들은 위컴에 대한 그녀의 호감을 잊게 할 만큼 좋은 사람들이 못 되었다. 윌리엄 루카스 경과 마음씨는 선량하지만 머릿속은 텅 빈 그의 둘째 딸은 들을 만한 가치가 있는 얘기는 하지 않았고 덜커덩거리는 마차 소리 이상의 기쁨을 주지 못했다. 엘리자베스가 터무니없는 얘기를 좋아하기는 했지만 윌리엄 루카스는 그녀가 너무 오래 알아왔다. 윌리엄 경은 자기가

국왕을 알현한 사실이나 기사 작위 수여식 등에 대해 매번 한 말을 또 해댔으며, 그런 얘기를 들어준다는 것은 정말 지루한 일이었다.

그날 움직인 거리는 24마일에 불과했고, 아침 일찍 출발했기 때문에 그레이스처치 가(街)에 도착했을 때는 정오밖에 되지 않았다. 그들이 가드너의 집에 다가갔을 때, 응접실의 유리 창문으로 그들이 도착하기를 기다리던 제인이 마중을 나와주었다. 엘리자베스는 언니의 얼굴을 들여다보고서 예전처럼 건강하고 아름다운 모습에 흡족했다. 집의 계단에는 한 무리의 아이들이 서 있었다. 그들은 사촌이 오기를 고대했기 때문에 집 안에서 기다리지 못하고 밖으로 나와 있었는데, 열두 달 동안 보지 않았기 때문에 수줍어서 더 앞으로 나오지는 못하고 머뭇거렸다. 모두가 기쁨에 겨웠고 반가움이 넘쳐났다. 쇼핑을 하러 다니고 저녁에는 극장에 갔다.

극장에서 엘리자베스는 외숙모 옆에 자리를 잡았다. 대화의 첫 번째 주제는 언니에 관한 것이었다. 엘리자베스는 제인이 울적한 기분을 달래기 위해 애를 많이 썼다는 얘기를 듣고 슬픔이 밀려오기도 했지만 그런 기간이 줄어들었으면 하고 바라는 수밖에 없었다. 가드너 부인은 캐럴라인의 방문에 대해서도 얘기해주었는데, 제인과 캐럴라인 사이에 벌어진 일과 제인이 더는 캐럴라인과 만나지 않겠다고 한 얘기를 들려주었다.

다음에 가드너 부인은 엘리자베스가 위컴에게 차였다고 놀려댔고, 그러면서 그 일을 잘 견디어주었다며 칭찬을 하기도 했다.

"근데 엘리자베스, 킹이라는 여자는 어떤 여자야? 돈만 밝히는 여자는 아니겠지?"

가드너 부인이 물어봤다.

"그런데 돈만 아는 거하고 신중함의 차이는 뭐죠? 신중함은 어디서 끝나고 탐욕은 어디서 시작되는 거예요? 지난 크리스마스 때 외숙모는 내가 그 사람하고 결혼하는 게 경솔한 일이라면서 반대했잖아요? 근데 지금은 겨우 만 파운드를 가진 여자하고 결혼하려 한다고 해서 그를 돈만 아는 사람으로 생각하고 있지 않나요?"

"네가 그 킹이라는 여자에 대해 말해주기만 한다면 내가 알아서 판단하도록 하지."

"아마 아주 좋은 여자일 거예요. 나쁜 여자라는 말은 듣지 못했으니까요."

"그치만 할아버지의 사망으로 그 여자가 재산을 상속받기 전에는 위컴이 관심도 안 보였잖아?"

"왜 그 사람이 관심을 보여야 하죠? 그 사람이 돈 없는 나한테 관심을 보여선 안 되는 거였다면, 좋아하지도 않고 돈도 나처럼 없는 그런 여자한테 관심 보일 필요는 없는 거 아니에요?"

"그치만 재산을 상속받은 직후에 갑자기 그 여자한테 관심을 갖는 건 좀 아닌 것 같아."

"위컴처럼 궁한 사람은 다른 사람들처럼 예의범절을 다 갖출 여력이 없을 거예요. 그 여자만 싫지 않다면 우리가 반대할 필요는 없잖아요?"

"그 여자가 싫어하지 않는다고 해서 그 사람 행동이 정당화되는 건 아니야. 그건 그 여자의 판단력이나 감정에 어떤 결핍이 있다는 증거밖에 안 돼."

"그럼 위컴은 돈만 밝히는 사람이고 그 여자는 바보 같은 사람이라고 생각하면 되죠."

엘리자베스가 말했다.

"나야 그렇게까진 생각지 않지. 더비셔에서 오래 산 사람을 나쁘게 생각하면 안 되겠지."

"저는 더비셔에 살던 사람들에게 좋은 평가를 줄 수가 없더라고요. 그리고 하트포드셔에 살고 있는 그의 친한 친구들 중에도 좋은 사람은 별로 없고요. 모두 역겨운 사람들이에요. 제가 내일 가는 곳에서도 좋은 점이라고는 갖추지 않은, 매너도 별로고 분별력도 없는 남자를 만나게 된다고요. 결국 우리는 우둔한 사람들만 알아야 하는 처지로군요."

"그런 식으로 세상을 자포자기하면 안 되는 거야."

연극이 끝나기 전에 외숙모는 그들 부부가 계획하고 있는 여름 여행에 동행해달라며 엘리자베스가 예기치도 못한 말을 꺼냈다.

"아직 얼마나 멀리 갈지는 정하지 않았어. 그치만 관광지가 많은 호수 지방까지는 갈 거야."

엘리자베스에게는 그보다 더 반가운 일이 있을 수 없었고, 따라서 고마운 마음으로 기꺼이 그 초대를 받아들였다.

"외숙모, 정말 고마워요. 이렇게 기쁜 적은 없어요. 외숙모 덕분에 생기가 넘치게 생겼어요. 이제 짜증 나는 일상에서 완전히 벗어나게 됐어요. 남자들이 좋은 여행지만 하겠어요? 아주 재밌는 시간을 보낼 수 있을 거예요. 여행을 해도 아무것도 기억하지 못하는 별 볼일 없는 사람은 되지 말자고요. 하나도 놓치지 말고 죄다 기억하자고요. 호수, 산, 강, 그런 거 모두 소중히 간직할 거예요. 오래오래 기억하면서 얘기하자고요. 한 가지라도 그럭저럭 지나치지 않을 거예요."

5

다음 날의 여행이 엘리자베스에게는 새롭고 흥미롭게 다가왔다. 즐거운 일이 생겼기 때문이다. 언니의 건강을 확인하여 이제 걱정이 사라졌고, 북부 지방으로 여행한다는 계획이 끊임없이 즐거움을 안겨다주었다.

대로를 벗어나 헌스포드로 가는 좁은 길로 들어서자 모두는 목사관이 어디 붙었는지 발견하기 위해 두리번거렸고 마차가 길을 돌 때마다 목사관이 나타나지 않는지 살펴봤다. 길의 한쪽으로는 로싱스 저택에 딸린 울타리가 이어져나가고 있었다. 엘리자베스는 로싱스 저택에 사는 사람들에 대해 들어본 적이 있었으므로 실제로 어떤 사람들일까 하고 생각해봤다.

이윽고 목사관이 나타났다. 길 쪽으로 난 경사진 정원, 그 안에 있는 집, 녹색의 울타리와 월계수로 뒤덮인 담 등 모든 것이 이제 그들이 목적지에 당도했다는 사실을 알려주었다. 콜린스와 샬럿이 집

문 앞에 서 있었다. 마차는 작은 문 앞에 멈춰섰는데 그 안으로는 자갈길이 이어져 있었다. 모두 마차에서 내렸고 반가운 인사가 이어졌다. 샬럿은 친구가 멀리서 와서 아주 기뻐했고, 엘리자베스는 오랜 친구가 그토록 즐거워하는 모습을 보고는 자기가 정말 잘 왔다고 생각했다. 콜린스가 결혼 이후에도 달라진 모습이 없었다. 콜린스는 정중하게 격식을 차려가면서 엘리자베스를 문 앞에 세워둔 채 몇 분 동안 가족의 안부를 물어댔다. 다음에 그 여행객들은 자기 집의 깨끗함을 설명하는 콜린스의 안내를 받아 집으로 들어갔다. 응접실에 들어서자 콜린스는 누추한 집을 방문해주어서 고맙다는 인사말을 되풀이했고 샬럿은 마실 것을 대접해주었다.

엘리자베스는 콜린스가 의기양양하게 대할 거라고 예상하고 있었다. 그가 방의 조화로운 배치나 가구 등을 자랑해대서 엘리자베스는 마치 자기에게 청혼을 거절한 사실이 적절치 못했다는 점을 알려주려 한다는 느낌을 받았다. 사실 모든 게 깔끔하고 안정되어 보인다는 점은 인정할 수는 있었지만, 그렇다고 한숨을 내쉬면서 콜린스를 의기양양하게 만들어줄 수는 없는 노릇이었다. 그보다는 그런 사람과 살면서도 쾌활한 성격을 유지할 수 있는 샬럿이 대단해 보였다. 콜린스는 아내를 불쾌하게 만들 수 있는 말을 몇 번 했는데, 그럴 때마다 엘리자베스는 샬럿이 어떻게 나오는지 보기 위해 그쪽으로 얼굴을 돌려 바라봤다. 샬럿은 한두 번 얼굴을 살짝 붉히기는 했지만 그냥 못 들은 척하고 넘어갔다. 콜린스는 응접실에서 벽장과 벽난로 등에 대해 한참 동안 설명했고 손님들은 여행에 대해, 런던에서 있었던 일에 대해 얘기했다. 그런 다음에 콜린스가 정원으로 산책을 가자고 요청했다. 정원은 널찍했고 정리 정돈이 잘

되어 있었으며 콜린스가 손수 가꾼 거라고 했다. 콜린스는 정원을 가꾸는 일이 자신의 취미 가운데 하나라는 얘기를 해주었다. 샬럿은 정원 가꾸기가 운동도 되고 건강에도 좋아서 남편에게 그 일을 하도록 자주 권한다고 말했는데, 엘리자베스는 그런 말을 하는 샬럿의 태도에서 안정된 모습을 엿볼 수 있었다. 콜린스는 정원의 이곳저곳으로 안내하면서 여러 가지 설명을 해주었는데, 그런 설명을 듣느라 손님들은 실질적으로 구경할 기회를 가질 수도 없었다. 콜린스는 밭 하나하나에 대해 설명해주었고 멀리 떨어진 숲에 있는 나무가 몇 그루인지까지 말해주었다. 그런데 그는 자기 집이나 영국에서 내로라하는 어떤 곳도 로싱스 저택과는 비교할 수 없다고 말했다. 콜린스의 집에서 거의 정면에 위치한 대정원을 감싸고 있는 나무들 사이로 보이는 로싱스 저택은 언덕배기에 자리 잡은 아주 훌륭한 건축물이었다.

콜린스는 정원을 구경시킨 다음에 두 군데의 목초지까지 손님들을 데려가고자 했지만 여자들은 하얗게 서리가 내린 길을 걸어다닐 신발이 없어 집으로 돌아섰다. 그래서 윌리엄 루카스만 콜린스를 따라나섰고, 두 사람이 목초지를 구경하는 동안에 샬럿은 자기 동생과 엘리자베스를 집 안으로 데리고 들어갔다. 이제 자기 혼자서 집 안을 구경시켜줄 수 있어서 샬럿은 기분이 유쾌해 보였다. 집은 조금 작기는 했지만 튼튼하고 편리하게 지어져 있었다. 하나같이 깨끗하고 조화롭게 배치되어 있었는데, 엘리자베스에게는 그 모든 게 샬럿의 솜씨로 보였다. 콜린스만 마음에 든다면 전체적으로 볼 때 아주 안락한 곳이었다. 그리고 샬럿이 그러한 모든 것을 즐기고 있는 모습을 보니 콜린스를 전혀 개의치 않는 듯했다.

엘리자베스는 캐서린 여사가 아직 그 시골에 있다는 사실을 알게 되었다. 저녁 식사를 하는 도중에 콜린스가 다시 한번 그 사실을 알려주면서 이렇게 말을 이었다.

"엘리자베스, 이번 일요일에 교회에서 캐서린 여사님을 볼 수 있을 거야. 엘리자베스도 물론 그분을 좋아하게 될 거라고. 그분은 정말 자상하신 분이니 예배가 끝나고 엘리자베스도 그분하고 만나는 영예를 가질 수 있을 거야. 이곳에 머무르는 동안에 우리 부부를 초대할 때마다 엘리자베스하고 우리 처제도 함께 초대해주실 거야. 그분께서는 샬럿에게도 정말 잘해주신다고. 우리는 1주일에 두 번 로싱스 저택에서 식사를 하는데 그때마다 여기까지 걸어오게 놔두시지를 않지. 우리를 위해 항상 마차를 내주시는 거야. 마차가 여러 대 있으니까 그중에서 하나를 내주시는 거라고."

"캐서린 여사님은 정말 존경할 만하고 사려가 깊으신 분이야. 그리고 정말 자상하게 이것저것 알려주시지."

샬럿이 추가로 말해주었다.

"그렇지. 그게 내가 매번 하는 말이라고. 우리가 아무리 칭송해도 모자랄 분이지."

콜린스가 거들었다.

그날 저녁은 주로 편지에서 주고받던 하트포드셔 소식을 전하면서 보냈다. 이야기가 끝나자 엘리자베스는 자기에게 배정된 방으로 돌아가 샬럿이 얼마나 행복한지를 혼자 생각해봤다. 집을 안내해주면서 샬럿이 한 말을 생각했고, 남편을 대하는 그녀의 태도를 이해하려고 했으며, 샬럿이 아주 훌륭하게 해나가고 있다는 점을 인정할 수밖에 없었다. 또한 엘리자베스는 그곳에서 머무르는 동안에

어떻게 시간을 보낼지도 생각해봤다. 조용히 지낼 날이 많을 테고 콜린스가 끼어들어 일을 복잡하게 만들 수도 있으며, 로싱스 저택의 사람들과 요란한 시간을 보낼 수도 있다고 생각했다. 짧은 시간에 모든 걸 그려낼 수가 있었다.

다음 날 낮에 엘리자베스가 산책을 나가기 위해 방에서 준비하고 있는데 아래층이 요란해지면서 무슨 소동이 벌어진 듯했다. 잠시 듣고 있으려니 누군가가 급하게 계단을 올라오면서 크게 자기의 이름을 불렀다. 엘리자베스가 문을 열자 층계참에 있는 마리아가 보였는데, 이렇게 소리를 질렀다.

"리지! 빨리 식당으로 가서 무슨 일이 벌어졌는지 한번 봐! 무슨 일인지 내 입으로 말은 하지 않을 거야. 빨리빨리 내려가보라고."

엘리자베스가 무슨 일인지 물어봤지만 아무 소용이 없었다. 마리아는 아무 말도 해주지 않았기 때문에 아래층으로 급하게 내려가서 오솔길이 내다보이는 식당으로 들어가서는 무슨 일인지를 보려고 했다. 두 여자를 태운 마차가 정원의 문 옆에 있었다.

"겨우 이거야? 난 돼지 떼라도 정원으로 들어오는 줄 알았더니 캐서린 여사하고 그 딸이잖아?"

엘리자베스가 응수했다.

"아냐, 캐서린 여사가 아냐. 나이 많은 여자는 그 저택에 살고 있는 젠킨슨 부인이래. 다른 여자는 캐서린 여사 딸이야. 체구는 조그맣네. 저렇게 작고 깡마른 여잔 줄 누가 알았겠어?"

마리아가 말했다.

"이렇게 바람이 심하게 부는데 샬럿을 문 밖에 세워두다니, 거만하기 짝이 없네. 왜 집 안으로 들어오지 않는 거지?"

"그건, 언니가 그러는데 저 여자들은 집 안에 들어오는 일이 거의 없대. 캐서린 여사 딸이 집 안으로 들어오는 건 대단한 호의를 베푸는 거래."

"생긴 게 내 마음에 드네. 어딘가 아파 보이고 신경질도 많을 거 같아. 맞아, 그 남자하고 꽤 잘 어울리겠어. 그 남자하고 결혼하면 아주 제격일 거야."

엘리자베스가 무슨 생각이 나서 이렇게 말했다.

콜린스는 샬럿과 함께 문 옆에 서서 여자들과 말을 주고받고 있었다. 그리고 윌리엄 루카스 경은 현관에 서서 그 귀한 여자들을 열심히 바라다보며 캐서린 여사의 딸이 자기가 있는 쪽을 볼 때마다 허리를 굽신거려서, 엘리자베스는 속으로 웃음이 나오는 것을 막을 수가 없었다.

마침내 할 말이 끝났는지 두 여자는 마차를 타고 떠나갔고 콜린스 부부는 집 안으로 들어왔다. 콜린스는 엘리자베스와 마리아를 보고서는 두 사람이 운이 좋다고 말했다. 샬럿의 말에 따르면 거기에 있는 사람들 모두가 다음 날에 로싱스 저택에 식사 초대를 받았다고 했다.

6

콜린스는 그 초대를 받고서는 기분이 매우 고조되어 있었다. 손님들에게 후견인의 위대함을 보여 감탄사를 유도해내고, 그 귀하신 분이 자기 부부를 얼마나 배려해주는지 보여 자신의 능력을 과시하는 게 그의 바람이었다. 그리고 그런 기회가 빨리 다가왔다는 점은 그가 아무리 칭송해도 모자라는 캐서린 여사의 자기에 대한 배려를 과시하는 셈이 되었다.

콜린스는 이렇게 말해주었다.

"솔직히 말해서 캐서린 여사님이 일요일에 차나 한잔 하면서 저녁을 보내자고 했다면 내가 놀라지 않았을 거야. 그분의 너그러우신 성품을 잘 알기 때문에 그런 초대를 예상하고 있었거든. 그치만 이런 초대를 받게 될 줄 누가 짐작이나 했겠냐고? 손님들이 도착하자마자 모두를 초대해줄 거라고 누가 상상이나 할 수 있겠어?"

윌리엄 루카스 경이 옆에서 듣고 있다가 끼어들었다.

“난 별로 놀라진 않았네. 난 신분이 높은 사람들의 매너를 잘 알기 때문이지. 궁정에서는 그처럼 호의를 베푸는 게 일상적인 일이거든.”

그날 하루 종일, 그리고 다음 날까지 그곳의 사람들은 로싱스 저택을 방문하는 일 외에는 다른 얘깃거리를 찾지 못했다. 콜린스는 그 저택에 있는 방의 규모나 수많은 하인들이나 화려한 저녁 식탁 등에 대해 자세하게 알려주면서, 새로 온 손님들이 그 집에 들어가서 당황하지 않도록 배려했다.

옷을 갈아입기 위해 여자들이 흩어지려고 할 때 콜린스가 엘리자베스에게 이렇게 말했다.

"옷 때문에 너무 신경 쓰지는 마. 캐서린 여사님은 자기 자신이나 따님하고 같은 수준으로 우아하게 옷을 입어야 한다고 생각지는 않으실 거야. 그냥 조금 나은 옷만 입으면 돼. 옷차림이 수수하다고 해서 안 좋게 볼 여사님은 아니니까. 그분은 신분이 드러나도록 옷을 차려입는 걸 좋아하셔."

여자들이 옷을 입는 동안에 콜린스는 이곳저곳 방문을 노크하면서, 캐서린 여사는 손님이 늦게 와서 저녁 식사가 지연되면 아주 싫어한다며 빨리 옷을 입으라고 재촉해댔다. 그 귀부인의 성격을 들은 마리아는 사교계에 나서본 일이 별로 없었기 때문에 크게 겁을 먹었다. 그녀에게 로싱스 저택에 들어서는 것은 자기 아버지가 국왕을 알현하기 위해 세인트 제임스 궁으로 들어갈 때만큼이나 떨리는 일이었다.

날씨가 화창했기 때문에 정원을 거쳐서 대략 반 마일을 이동하는 걸음걸이가 유쾌했다. 정원은 각각 나름대로의 아름다움이 있었다. 엘리자베스는 그 정원의 경치가 상당히 아름답다고 생각했다. 그렇지만 콜린스가 찬양하는 정도로 아름답게 보이지는 않았다. 그리고 콜린스가 저택의 정면에 있는 창문의 숫자를 헤아리면서 그 유리를 끼우는 데만도 그 저택의 옛날 주인이던 루이스 드 버그 경이 얼마나 많은 돈을 썼는지 말해주는 것을 듣고도 크게 감탄하지는 않았다.

그들이 현관을 향해서 걸음을 옮길 때마다 마리아의 감탄은 더해졌고 윌리엄 루카스마저도 감탄하고 있었다. 그렇지만 엘리자베스는 압도되지 않았다. 캐서린 여사가 다른 특별한 재능이나 위대한

덕을 지녔다는 얘기는 들어본 적이 없었는지라 단지 돈과 지위 덕택에 위세를 얻고 있다면 크게 찬양할 만한 인물이 못 된다고 생각했다.

콜린스는 현관에 이르자 그곳의 세련된 구조와 장식을 칭송했고, 거기서 일행은 하인들의 안내를 받아 대기실에 있다가 캐서린 여사와 그녀의 딸, 그리고 젠킨슨 부인이 앉아 있는 방으로 들어갔다. 캐서린 여사가 자리에서 일어나서 그들을 맞아주는 호의를 베풀어주었다. 샬럿이 남편과 의논하여 자기가 소개를 해주는 역할을 맡았기 때문에, 콜린스라면 장황하게 예의를 지켜가면서 했을 말을 생략하고 적당하게 소개해주었다.

윌리엄 루카스 경은 세인트 제임스 궁에서 국왕을 알현한 경험도 있으면서 주위의 위세에 압도되어 깊이 허리를 굽혀 절을 하고는 아무 말도 못하고 자리에 앉을 뿐이었다. 그의 딸은 두려움 때문에 거의 정신이 나간 상태가 되어서 의자 끝에 겨우 걸터앉은 채 눈을 어디로 돌려야 하는지 두리번거리고만 있었다. 엘리자베스는 그런 상황에 기죽지 않았고 침착하게 자기 앞에 있는 세 귀부인을 바라봤다. 캐서린 여사는 키가 크고 체구도 크며 젊었을 때는 아름다웠을 법한 용모를 지니고 있었다. 태도는 온화하지가 못했고 손님들을 대하는 모습은 그 손님들이 자기들의 신분을 망각할 정도가 되지는 못했다. 가만히 침묵을 지킴으로써 위엄이 살아나는 형은 아니었다. 그렇지만 그녀가 말을 할 때마다 일부러 위압적인 태도를 취해서 엘리자베스는 위컴이 이전에 해주었던 말이 떠올랐다. 그날 관찰한 결과 엘리자베스는 캐서린 여사가 위컴의 말과 정확히 들어맞는 사람이라는 점을 느꼈다.

용모나 태도가 다아시와 닮아 보이는 캐서린 여사를 관찰한 후에 엘리자베스는 그녀의 딸을 바라봤다. 그들 모녀는 용모나 자태에 닮은 데가 없었다. 그 딸의 모습은 창백하고 병에 걸린 것처럼 보였다. 얼굴은 범상해 보이지 않았지만 특별히 내세울 데라곤 없었다. 그녀는 젠킨슨 부인에게 낮은 목소리로 중얼거리는 것 외에는 거의 말을 하지 않았다. 젠킨슨 부인은 이렇다 할 특징이 없었는데, 캐서린 여사의 딸이 하는 말을 듣기만 했고 그 딸의 앞에 놓인 차폐막을 적절한 위치에 놓는 데 정신을 집중하고 있었다.

손님들은 잠시 앉아 있다가 경치를 구경하라는 권고를 받고는 창가로 다가갔다. 콜린스는 그곳의 아름다움을 설명해주었고, 캐서린 여사는 여름철에는 전망이 더 좋다고 말해주었다.

저녁 식사는 아주 훌륭했고, 콜린스의 말처럼 여러 명의 하인들이 식사 시중을 드는 가운데 수많은 요리가 나왔다. 콜린스는 캐서린 여사의 요청에 따라서 식탁의 맨 끝자리에 주빈처럼 앉게 되었는데, 자기 생애에 그런 영예로운 순간은 없는 듯하다는 태도를 보였다. 그는 기쁨에 겨워서 능숙하게 음식을 썰기도 하고 먹기도 하고 요리에 대해 칭찬도 해대었다. 요리가 나올 때마다 콜린스가 먼저 칭찬을 하면 윌리엄 루카스 경이 칭찬했다. 윌리엄 루카스 경은 이제 정신을 좀 가다듬고서는 자신의 사위가 하는 방식대로 따라했는데, 엘리자베스는 캐서린 여사가 그런 태도를 어떻게 봐주는지 의아해지기도 했다. 그런데 캐서린 여사는 그 사람들의 찬사에 아주 흡족하게 미소를 지으면서 만족해했고, 특히 요리가 아주 진기한 거라는 말을 듣고서는 기분이 좋아져 있었다. 식사를 하는 도중에는 많은 대화를 하지 않았다. 엘리자베스는 틈을 봐서 어떤 말을 할 준비가 되어 있었지만 샬럿과 캐서린 여사의 딸 사이에 앉아 있었기 때문에 그럴 수가 없었다. 샬럿은 캐서린 여사가 하는 말에 귀를 기울이고만 있었고, 캐서린 여사의 딸은 식사 동안 엘리자베스에게 한마디도 말을 건네지 않았다. 젠킨슨 부인은 캐서린 여사의 딸이 얼마나 식사를 적게 하는지에만 관심을 보였고, 그녀가 한 가지 요리에 손을 대지 않으면 다른 요리를 권하면서 가능한 한 조금이라도 더 먹이려고 했다. 마리아는 분위기에 압도되어 아무 말도 할 수 없었고, 남자 두 사람은 식사를 하면서 칭찬하는 일에만 열중했다.

여자들이 응접실로 들어간 뒤로는 거기서 캐서린 여사의 말을 듣는 것 외에는 특별히 할 일이 없었다. 캐서린 여사는 커피가 나올 때까지 쉴 새 없이 이런저런 얘기를 했는데, 다른 사람들이 하는 얘기를 듣는 데는 소질이 없는 것처럼 위압적인 태도였다. 그녀는 샬럿의 집안일에 대해 꼬치꼬치 물어봤고 집안 살림을 어떻게 해야 하는지 여러 가지 충고를 해주었다. 샬럿처럼 단출한 집 안에서는 어떻게 일을 처리해야 하는지를 말해주었고, 소나 닭 등을 어떻게 관리해야 하는지 등도 알려주었다. 엘리자베스에게는 캐서린 여사가 어떤 일이라도 자기가 간섭할 상태가 된다면 이것저것 지시하지 않고는 못 배겨낼 사람으로 보였다. 캐서린 여사는 샬럿과 얘기를 하는 도중에 마리아와 엘리자베스에게도 이것저것 질문을 해댔는데, 마리아보다도 잘 모르는 엘리자베스를 품위 있고 아름답다고 샬럿에게 얘기했다. 캐서린 여사는 엘리자베스에게 자매들이 모두 몇이나 되며 그 자매들이 엘리자베스보다 나이가 많은지 적은지, 그중에서 누가 결혼할 예정은 없는지, 그 자매들이 아름다운지, 교육은 잘 받았는지, 아버지가 어떤 마차를 소유하고 있는지, 어머니의 원래 성은 무엇인지 등을 물어댔다. 엘리자베스는 그렇게 묻는 태도가 뻔뻔스러워 보였지만 기죽지 않고 대답해주었다. 그러고 나서 캐서린 여사가 이렇게 말했다.

"아버지 재산이 콜린스한테로 가게 되는군."

그리고 그녀는 샬럿을 돌아보며 말했다.

"자네한테는 잘된 일이로군. 그치만 여자들이 재산을 상속받지 못하는 건 이해가 되지 않아. 우리 집안하고는 상관없는 일이지만 말야. 엘리자베스 양, 악기도 다룰 줄 알고 노래도 할 줄 아나?"

"조금은 합니다."

"그래? 그럼 아무 때나 아가씨 노래를 들어보면 되겠군. 우리 피아노는 아주 좋은 거야. 어디서도 쉽게 구경할 수 없을 거라고. 그런데 자매들도 악기를 다루고 노래를 할 줄 아나?"

"하나가 할 수 있죠."

"왜 모두가 배우지 않았지? 다 배워뒀어야 하는데. 여기 웨브 가족은 모두 악기를 다룰 줄 알지. 근데 그 집 재산은 아가씨네만큼도 못할 거야. 그림은 그리나?"

"그림은 못 그립니다."

"뭐라고? 그럼 자매들 다 못 그리나?"

"다 못 그립니다."

"이상한 일이로군. 그런 기회가 없었던 게로군. 어머니가 봄에 한 번씩 런던으로 데리고 가서 선생 밑에서 지도를 받았어야 하는데."

"어머니는 런던에 데리고 가는 데 반대하지 않으셨을 테지만 아버지가 런던을 싫어하십니다."

"가정교사가 나가버렸나?"

"가정교사는 둔 적이 없습니다."

"가정교사가 없었다고! 어떻게 그럴 수 있지? 다섯이나 되는 딸을 가정교사 하나 없이 키웠다? 난 그런 얘길 들어본 적이 없어. 어머니가 자식들을 가르치느라 노예가 됐겠군."

엘리자베스는 웃음이 나오지 않을 수 없었고, 그런 일이 벌어지지 않았노라고 대답해주었다.

"그렇담 누가 자매들을 가르쳤지? 누가 돌봐주었냐고? 가정교사가 없었다면 아무도 돌봐주지 않았을 텐데."

"일부 집안하고 비교해본다면 그렇다고 할 수도 있죠. 그렇지만 우리가 배우고 싶어 할 땐 얼마든지 배울 수 있었답니다. 항상 책을 읽었고 훌륭한 가르침을 주는 사람들을 만날 수 있었어요. 공부를 게을리 하고 싶었다면 얼마든지 그럴 수도 있었죠."

"물론 그랬겠지. 근데 그렇게 게을러지지 않게 하는 게 가정교사의 임무지. 내가 아가씨 어머니를 알았더라면 가정교사를 두라고 열심히 권했을 거야. 꾸준히 가르침을 받아야만 사람의 구실을 할 수 있고, 그런 가르침을 주는 사람이 가정교사지. 내가 가정교사를 소개시켜준 데가 엄청 많다고. 난 젊은 사람들이 그런 좋은 직업을 갖도록 애쓰지. 젠킨슨 부인네 조카 네 명이 내 덕분에 가정교사 자리를 얻었다고. 며칠 전에도 젊은 여자 하나를 누구 집에다가 소개시켜줬는데 그곳에서 아주 만족하고 있더군. 콜린스 부인, 멧칼프 부인이 나한테 감사 인사를 하려고 어제 여기 들렀다는 말을 내가 했던가? 그 가정교사가 보물단지라는 거야. '캐서린 여사님, 저한테 보물을 안겨주셨어요.' 이렇게 그 여자가 말하더군. 엘리자베스 양,

자네 동생들은 사람들을 사귀고 다니나?"

"예, 모두 다 나다니고 있답니다."

"뭐라고! 다섯 명 전부가 나다니고 있다고? 정말 이상한 일이로군. 아가씨가 겨우 둘째인데 말이야. 언니들이 아직 결혼도 하지 않았는데 동생들이 밖으로 나돌아다니면서 남자들을 만나고 있다니. 동생들이 아직 아주 어릴 텐데."

"예, 막내는 열여섯 살밖에 되지 않았어요. 아직 남자들을 사귈 나이는 아니죠. 그치만 여사님, 언니들이 결혼할 의향이나 수단이 없는데 동생들까지 남자들과 사귈 기회를 놓쳐버린다면 너무 가혹하지 않을까요? 늦게 태어난 사람도 일찍 태어난 사람과 마찬가지로 인생을 즐길 권리가 있잖아요? 그런 구속을 받을 필요는 없지요. 그런 구속을 받는다고 해서 형제자매 간의 우애가 더해지는 건 아니니까요."

"아가씨는 그처럼 젊은 나이에 아주 대담하게 자기주장을 하는군. 나이가 몇이지?"

캐서린 여사가 물었다.

"이미 커버린 동생들이 셋이나 있는데 저한테 제 나이를 밝히는 걸 기대하시지는 않겠지요."

엘리자베스가 웃음을 머금고서 말했다.

캐서린 여사는 자기가 즉답을 받지 못하자 다소 당황한 듯 보였다. 엘리자베스는 그런 높은 신분의 사람에게 그처럼 당돌하게 말한 사람이 지금껏 자기밖에 없었을 거라는 생각이 들었다.

"스물이 넘었을 거 같진 않군. 감추지 말고 말해보지."

"스물한 살은 됐죠."

이어서 남자들이 합류했고, 차를 마신 다음에 카드 테이블이 놓였다. 캐서린 여사, 윌리엄 루카스 경, 그리고 콜린스 부부가 하나의 테이블을 차지했다. 캐서린 여사의 딸은 다른 방식의 카드놀이를 선택했기 때문에 엘리자베스와 마리아, 젠킨슨 부인이 캐서린 여사의 딸과 함께 한 팀이 되었다. 그 팀의 카드놀이는 재미가 없었다. 게임과 관련된 말 이외의 다른 말은 한마디도 하지 않았다. 다만 젠킨슨 부인이 캐서린 여사의 딸에게 너무 춥거나 덥지 않은지, 혹은 불빛이 너무 강하거나 약하지 않은지를 물어보는 정도였다. 다른 쪽 카드놀이에서는 훨씬 더 많은 이야기가 오갔다. 주로 캐서린 여사가 말을 많이 했는데, 다른 사람들의 카드놀이 실수를 지적해주거나 자기 자신의 신상에 대한 이야기를 했다. 콜린스는 캐서린 여사가 하는 말에 답하느라 바빴고 자기가 돈을 따면 그녀에게 고맙다는 말을 하기도 했으며 너무 돈을 많이 땄을 때는 미안하다고 말했다. 윌리엄 루카스 경은 말을 많이 하지는 않았다. 단순히 캐서린 여사의 일화를 기억해두는 것으로 시간을 보내고 있었다.

캐서린 여사와 그 딸이 이제 카드놀이를 그만두자고 했고, 캐서린 여사는 손님들에게 마차를 내어주겠다고 제안했다. 사람들이 그 제안을 감사하게 받아들이자 마차를 대기시키라는 요구가 이어졌다. 그리고 사람들은 벽난로 주변에서 내일 날씨에 대한 캐서린 여사의 얘기를 들었다. 그러는 도중에 마차가 도착해서 손님들을 불렀다. 콜린스가 여러 번 감사하다는 인사를 하고 윌리엄 루카스 경도 몇 번이나 고개를 숙여서 절을 한 뒤에야 그들은 출발했다. 그들이 그 집을 떠나자마자 콜린스는 엘리자베스에게 그녀가 본 모든 것에 대해 물어봤고, 엘리자베스는 샬럿의 입장을 생각해서 자기가 실제로 느꼈던 것보다 더 좋게 얘기를 해주었다. 그렇지만 엘리자베스가 상당히 호의적으로 말해주었는데도 콜린스는 만족하지 않았고, 그래서 그는 직접 캐서린 여사에 대한 칭찬을 다시 늘어놓았다.

7

윌리엄 루카스 경은 헌스포드에 1주일밖에 머무르지 않았지만, 딸이 아주 안락하게 자리를 잡았으며 좋은 남편과 훌륭한 이웃들을 두었다는 사실을 충분히 감지할 수 있었다. 윌리엄 경이 머무르는 동안에는 콜린스가 오전에 마차로 함께 다니면서 시골의 이곳저곳을 구경시켜주었는데, 이제 윌리엄 경이 가버리자 일상으로 돌아오게 되었다. 엘리자베스는 그러한 변화 때문에 사촌을 더 봐야 하지 않나 하는 걱정이 되었지만 그런 일은 일어나지 않았다. 콜린스는 아침을 먹고 나서 저녁을 먹기까지 대부분의 시간을 정원을 손질하거나 책을 읽거나 편지를 쓰거나 도로에 면해 있는 서재에서 창밖을 내다보거나 하는 데 보냈다. 여자들이 쓰는 방은 뒤쪽에 있었다. 엘리자베스는 샬럿이 식당에서 많은 시간을 보내지 않는 점이 좀 이상했다. 그 방이 좀 더 크고 전망도 좋았지만 엘리자베스는 이내 그 이유를 알게 되었다. 그럴 경우 콜린스가 자기 방에서 시간을 덜 보낼 게 뻔해 보였기 때문이다. 그러니 샬럿이 머리를 쓴 거라고 볼 수 있었다.

응접실에서는 집 앞에 난 좁은 도로를 잘 볼 수가 없었기 때문에 콜린스가 그 길로 어떤 마차가 지나다녔는지, 특히 캐서린 여사의 딸이 그 길로 몇 번이나 지나갔는지를 알려주었다. 캐서린 여사의 딸은 매일같이 그 길로 지나다녔지만 그때마다 콜린스는 빼놓지 않고서 그 사실을 알려주었다. 캐서린 여사의 딸은 목사관 앞에 마차를 세우고서 샬럿과 얘기를 나누는 일이 흔했지만 마차에서 내려 머물다 가라는 요청에는 좀처럼 응하지 않았다.

콜린스는 로싱스 저택을 방문하지 않는 날이 거의 없었고 샬럿도 마찬가지였다. 엘리자베스는 그쪽에서 어떤 혜택을 줄 거라고 생각을 하기 전까지는 그 부부가 왜 그렇게 그곳을 방문하는 데 많은 시간을 보내는지 이해할 수가 없었다. 캐서린 여사는 이따금 목사관을 방문했는데, 그 방문이 이루어지는 동안에는 방 안에 있는 어떤 것도 캐서린 여사의 관찰력에서 벗어나지를 못했다. 그 부부가 한 일을 조사했고 일을 다른 방식으로 해보라고 권하기도 했다. 가구의 배치나 가정부의 게으름을 지적해주기도 했다. 그리고 어쩌다가 식사라도 하게 되면 고기를 너무 큰 것으로 준비했다든지 하는 지적을 했다.

엘리자베스는 그 귀부인이 그 주(州)의 치안을 담당하고 있지는 않지만 교구 안에서 가장 활동적인 치안판사의 역할을 하고 있으며, 교구의 아무리 사소한 일이라도 콜린스를 통해 캐서린 여사에게 전달된다는 사실을 이내 알게 되었다. 주민들이 다투거나 불만을 갖고 있거나 너무 가난하다거나 할 때는 가서 문제점을 해결해

주거나 불평을 잠재우거나 서로 화해하도록 만들었다.

로싱스 저택에서 식사를 하는 일은 1주일에 두 번 정도 계속 이어졌다. 그리고 윌리엄 루카스 경이 가버려서 이제 카드 테이블이 하나밖에 차려지지 않는다는 점만 빼면 그러한 식사가 가져다주는 즐거움이 맨 처음이나 별반 다르지 않았다. 그 외에 다른 특별한 어울림은 없었다. 캐서린 여사의 생활수준은 콜린스 부부가 따라갈 수 없었기 때문이다. 그렇지만 엘리자베스는 그러한 생활수준의 차이에 별로 개의치 않고 비교적 안락한 시간을 보냈다. 이따금 샬럿과 반 시간 정도 대화를 나누었고 날씨가 아주 화창했기 때문에 가끔씩 산책을 하는 것도 큰 즐거움이었다. 사람들이 캐서린 여사의 집에 가 있을 때면 엘리자베스는 자기가 좋아하는 길을 거닐었다. 그 길은 정원의 한쪽 가장자리를 둘러싸고 있는 키 작은 나무들로 이루어진 넓은 숲을 따라 나 있었는데 그곳에 산책하기 좋은 길이 있었다. 그곳은 그녀 말고 다른 사람은 좋아하지 않는 곳이었고 캐서린 여사의 관심도 거기에는 미치지 않는 듯했다.

그렇게 조용한 가운데 2주일이 지나갔다. 부활절이 다가오면서 부활절 바로 전주에는 로싱스 저택에 사람이 늘어나게 되었는데, 그것은 그 저택의 가족이 너무 단출한 상황에서 중대한 일이었다. 엘리자베스는 다아시가 수주일 내에 거기 방문하리라는 사실을 헌스포드에 도착하고 얼마 있다가 알게 되었다. 엘리자베스에게 다아시만큼 반갑지 않은 사람이 없었지만, 어쨌든 그가 오면 이제 로싱스 저택에 새로운 활력이 생길 테고, 또 캐서린 여사가 조카를 자기 딸과 결혼시키려고 점찍어놓은 상황에서 그네들의 태도를 보고 있노라면 캐럴라인이 속으로 다아시를 자기 배필로 생각하고 있는 게 얼마나 어리석은 일인지를 확인할 기회였다. 캐서린 여사는 다아시가 방문한다는 사실에 아주 만족해하면서 그를 칭찬하는 말을 많이 했는데, 샬럿과 엘리자베스가 이미 다아시를 여러 번 만난 적이 있다는 사실을 알고는 거의 화가 난 듯 보였다.

다아시가 도착했다는 소식은 곧 목사관에서 알게 되었다. 콜린스가 그것을 확인하기 위해 오전 내내 로싱스 저택으로 이르는 길 쪽에서 왔다 갔다 하면서 걸어다니고 있었기 때문이다. 마차가 로싱스 저택 안으로 들어가는 모습을 보고서 절을 한 후에 콜린스는 그 굉장한 소식을 전하려고 집으로 급히 돌아왔다. 다음 날 오전에 콜린스는 인사를 하기 위해 로싱스 저택으로 갔다. 콜린스가 인사를 해야 하는 캐서린 여사의 조카는 두 사람이었다. 다아시가 자기 숙부의 아들인 피츠윌리엄 대령을 대동하고 왔기 때문이다. 콜린스가 목사관으로 돌아올 때 그 두 사람이 따라와서 모두가 놀랐다. 샬럿이 남편의 방에서 내다보고 있다가 그 사람들이 자기 집으로 오는 모습을 보고는 즉시 두 여자에게 가서 어떤 일이 벌어지고 있는지를 알려주었다.

"난 저 사람이 이곳으로 오는 데 대해 엘리자베스 너한테 고마워해야 할 거 같구나. 다아시가 날 보려고 여기로 오진 않을 테니 말야."

샬럿이 얘기했다.

엘리자베스는 자기가 그런 말을 들을 자격이 없다고 했는데, 곧이어 벨이 울리면서 세 남자가 안으로 들어왔다. 피츠윌리엄 대령이 맨 앞에 있었는데, 그는 서른 살쯤 되어 보였고 잘생기지는 않았지만 태도나 말하는 방식이 신사다웠다. 다아시는 하트포드셔에서 보던 모습 그대로였고 옛날처럼 간단하게 샬럿에게 인사말을 했다. 그리고 엘리자베스에게는, 속으로 그녀를 어떻게 생각하든 간에 아주 침착한 태도로 인사를 건넸다. 엘리자베스는 아무 말도 하지 않고서 고개만 숙일 뿐이었다.

피츠윌리엄 대령은 교양 있는 사람답게 자연스럽고 편안하게 대화를 이끌어갔다. 그렇지만 다아시는 샬럿에게 집이나 정원에 대해 몇 마디 한 뒤로 다른 사람에게는 아무 말도 하지 않고 앉아 있었다. 그렇지만 결국 어떤 격식을 차려야겠다고 생각했는지 엘리자베스에게 가족의 안부를 물어봤다. 엘리자베스는 평소의 방식대로 대답

해주었고, 잠시 시간이 흐른 뒤에 이렇게 물어봤다.

“언니가 런던에 3개월 동안 머무르고 있는데, 거기서 만난 적은 없었나요?”

엘리자베스는 다아시가 언니를 만난 일이 없을 거라고 확신하고 있었지만, 그가 빙리 집안 사람들과 제인 사이의 일을 알고 있는지 떠보고 싶었다. 그런데 다아시가 언니를 만날 기회가 없었다고 말할 때 다소 당황하는 모습을 볼 수 있었다. 두 사람은 그 문제에 대해 더는 이야기하지 않았다. 그리고 두 남자는 이내 떠나갔다.

8

목사관의 사람들은 피츠윌리엄 대령의 사람 됨됨이를 모두가 열렬히 칭찬했고, 여자들은 그 사람 덕분에 이제 로싱스 저택의 모임에 활기가 넘쳐 흐를 거라고 느꼈다. 그렇지만 그곳에서 초대가 오기까지는 며칠이 걸렸다. 이제 목사관의 사람들이 그쪽에서 덜 필요했기 때문이다. 두 신사가 도착한 지 1주일이 지난 후 부활절이 되어서야 초대를 받았고, 그것도 교회 예배가 끝난 뒤 저녁을 함께 보내자는 초대를 받았을 뿐이다. 1주일 동안은 캐서린 여사나 그 딸을 좀처럼 볼 수가 없었다. 그동안에 피츠윌리엄은 목사관에 한 번 이상 들렀지만, 다아시는 교회에서만 볼 수 있었다.

목사관의 사람들은 그 초대를 물론 받아들였고, 적절한 시간에 캐서린 여사의 저택으로 가서 응접실에서 그쪽 사람들과 어울리게 되었다. 캐서린 여사는 목사관의 사람들을 반갑게 맞아들이기는 했지만 그전에 손님이 집에 없을 때에 비하면 덜 반가워하는 면이 확

"At Church"

실히 두드러졌다. 실제로 그녀는 조카들하고만 얘기를 나누었고 그 중에서도 특히 다아시와 주로 대화했다.

피츠윌리엄 대령은 목사관의 사람들을 진심으로 반기는 것으로 보였다. 그는 누구든지 환영해주었다. 그리고 특히 샬럿의 아리따운 친구는 그에게 호감이 갔다. 그는 엘리자베스 옆에 앉아서 켄트와 하트포드셔에 대해, 여행이나 집 안에서 시간을 보내는 것에 대해, 그리고 책이나 음악에 대해 얘기했는데, 엘리자베스는 전에는 느낄 수 없던 흐뭇한 시간을 보낼 수 있었다. 그들이 너무 재미있게 대화를 나누자 다아시와 캐서린 여사의 관심까지 끌게 되었다. 다아시는 자주 두 사람에게 호기심 어린 눈길을 보내곤 했다. 캐서린 여사도 호기심이 생겨서 이런 소리를 했다.

"피츠윌리엄, 지금 무슨 얘기를 하고 있는 거야? 뭔데 그래? 지금 엘리자베스 양한테 무슨 말을 하고 있는 거지? 나도 한번 들어보자고."

"음악 얘기를 나누고 있었습니다."

더는 대답을 회피할 수 없던 피츠윌리엄이 말했다.

"아, 음악. 그럼 크게 얘기해봐. 나도 음악을 아주 좋아하지. 음악이라면 나도 좀 끼어들자고. 영국에서 나만큼 음악을 좋아하고 진정으로 감상할 수 있는 사람은 몇 안 될 거야. 내가 잘 배우기만 했더라면 아주 훌륭한 음악가가 되었을 텐데. 내 딸도 건강만 허락했더라면 그렇게 되었을 거고. 위대한 연주자가 되었을 텐데. 조지아나는 요새 실력이 많이 늘었나, 다아시?"

다아시는 자기 동생의 실력이 늘었다면서 애정 어린 칭찬을 해주었다.

"그렇게 늘었다니 기쁘구나. 내가 연습을 부지런히 하지 않으면 뛰어날 수 없다고 하더라고 전해줘."

캐서린 여사가 말해주었다.

"그 아이한테는 그런 말이 필요치 않을 거예요. 끊임없이 연습을 하거든요."

다아시가 말했다.

"연습은 많이 할수록 좋지. 아무리 해도 과하지는 않아. 다음에 내가 그 아이한테 편지 쓸 때는 어떤 이유로든 연습을 게을리하지 말아야 한다고 말해주겠어. 난 젊은 여자들한테 꾸준한 연습이 없으면 음악에서 훌륭한 솜씨를 낼 수 없다고 말해주지. 엘리자베스 양한테도 계속 연습하지 않으면 잘 연주할 수 없을 거라고 몇 차례 말해줬어. 그리고 콜린스 부인한테는 집에 악기가 없기는 하지만 여기 와서 젠킨슨 부인 방에서 매일 피아노 연습하는 걸 환영한다고 항시 말해줬어. 그 방에 있으면 다른 사람들한테 방해가 되지 않거든."

다아시는 자기 이모가 너무 간섭해대서 다소 속이 상했지만 아무 말도 하지 않았다.

커피를 다 마신 뒤에 피츠윌리엄은 엘리자베스에게 그녀가 연주를 해보겠다고 약속한 사실을 말해주었다. 그래서 그녀가 피아노 있는 곳으로 곧장 갔다. 피츠윌리엄은 엘리자베스가 있는 쪽으로 의자를 당겨서 앉아 있었다. 캐서린 여사는 피아노 연주를 조금 듣다가 자기 조카인 다아시와 얘기를 나눴다. 나중에 다아시는 캐서린 여사와 떨어져서 피아노 있는 곳으로 다가가 자리를 잡고 앉은 채 피아노 연주를 하는 사람의 얼굴을 바라봤다. 엘리자베스는 다아시가 무엇을 하고 있는지 알았고, 쉬는 시간이 되었을 때 다아시에게로 고개를 돌려서 짓궂은 미소를 짓고는 이렇게 말했다.

"이렇게 내 옆으로 가까이 와서 연주를 듣는 것은 날 겁주기 위해죠? 그치만 선생님 동생이 피아노를 그처럼 잘 친다고 해서 내가 겁먹지는 않을 거예요. 난 고집이 있어서 다른 사람이 날 겁주려고 하는 걸 참지 못하거든요. 남이 나를 겁주려고 하면 오히려 힘이 솟아올라요."

"엘리자베스 양이 오해했다고는 말하지 않을 겁니다. 내가 진짜로 엘리자베스 양을 겁주려 한다고 생각지는 않을 테니까요. 난 엘리자베스 양을 이제 충분히 오랫동안 알아왔기 때문에 그대가 때론 속으로 생각하는 것과 다르게 말한다는 사실을 알게 됐지요."

다아시가 말했다.

엘리자베스는 그렇게 자기를 평가해주는 말을 듣고는 큰 소리로 웃고 나서 피츠윌리엄을 바라보고 말했다.

"선생님 사촌이 저를 아주 잘 평가해주시면서 제가 하는 말은 절대 믿지 말라는 식으로 말씀을 해주셨군요. 제가 이 고장에 와서 다른 사람에게 괜찮은 사람으로 보이며 지내보려고 했는데, 내 성격을 꿰뚫어보는 사람을 만나게 돼서 영 재수가 없네요. 정말, 다아시 선생님, 하트포드셔에서부터 나에 대해 알고 계셨던 점을 모두 드러내 보이다니 참 매정하시군요. 그러니 나도 복수를 안 할 수가 없네요. 선생님 친척들이 들으면 모두 깜짝 놀라실 만한 얘기를 해야겠어요."

"난 하나도 겁 안 나는군요."

다아시가 말했다.

"다아시가 무슨 잘못을 했는지 들어보고 싶군요. 저 사람이 낯선 사람들 앞에서는 어떻게 행동했는지도 알고 싶고요."

피츠윌리엄 대령이 옆에서 이렇게 말했다.

"아주 충격적인 얘기를 들으실 거예요. 내가 다아시 선생님을 처음으로 뵌 건 하트포드셔에서 열린 무도회였는데 그때 저분이 어떻게 했는지 아세요? 네 번밖에 춤추지 않았다고요! 이런 말을 드리긴 싫지만 그게 사실이에요. 남자들이 많이 부족했는데 겨우 네 번만 췄다고요. 젊은 여자들 여럿이 파트너 없이 앉아 있었죠. 다아시 선생님, 그걸 부인하지 않으시겠죠?"

"난 그때 우리 일행을 제외하곤 다른 여자들을 알지 못했죠."

"그러셨겠죠. 근데 무도회에서 사람을 소개받으면 안 되는 법이라도 있나요? 자, 피츠윌리엄 선생님, 다음엔 어떤 곡을 연주할까요? 제 손가락이 선생님 명령을 기다리고 있군요."

"내가 그 자리에서 다른 사람들을 소개받았더라면 더 현명한 처사였겠죠. 그치만 난 낯선 사람들과 쉽게 어울리는 성격이 아니거든요."

다아시가 말했다.

엘리자베스는 계속해서 피츠윌리엄을 바라다보며 말했다.

"우리, 선생님 사촌한테 그 이유를 물어보기로 할까요? 교양과 학식을 갖추시고 세상 경험이 많으신 분이 왜 낯선 사람들하고 어울리는 데 그렇게 소질이 없는지를요?"

"다아시한테 묻지 않아도 그건 내가 대답해드릴 수 있죠. 다아시는 그런 수고를 하지 않으려고 하기 때문이에요."

피츠윌리엄이 말해주었다.

"다른 사람들은 갖추고 있는 재능이 나한테는 없기도 하죠. 전에 만나본 적이 없는 사람들하고 스스럼없이 대화하는 능력이 없어요. 그런 사람들하고 대화를 맞추어나갈 수가 없고 그런 사람들이 하는 말에 일부러 귀 기울이는 척할 수도 없죠. 다른 사람들은 그렇게 잘 합니다만요."

다아시가 말했다.

"제 손가락은 이 피아노 위에서 다른 몇몇 여자들처럼 날렵하게 움직이지를 못해요. 그런 여자들만 한 힘도 없고 속도감도 없고 그만한 효과음도 낼 수가 없어요. 그럴 때마다 내가 부족해서 그런다고 생각해버려요. 내가 연습을 하지 않아서 그런 거죠. 내 손가락이 다른 여자들처럼 날렵하게 움직일 수 없다고 생각하지는 않아요."

엘리자베스가 응수했다.

다아시가 미소를 짓고서는 말했다.

"아주 바른 말씀을 하셨어요. 엘리자베스 양은 자신의 시간을 훨씬 더 유용하게 사용한 거지요. 아무도 엘리자베스 양의 연주를 함부로 들을 수 없을 거예요. 우린 둘 다 낯선 사람들 앞에서는 함부로 굴지 않아요."

이때 캐서린 여사가 끼어들며 큰 소리로 지금 무슨 이야기하고 있느냐고 물어서 둘 사이에 대화가 중단되었다. 엘리자베스는 즉시 연주를 계속했다. 캐서린 여사가 가까이 다가와서 한참 동안 듣고 있다가 다아시에게 이렇게 말했다.

"엘리자베스 양이 좀 더 연습하고 런던에 있는 선생들한테 가르침만 받는다면 더 잘 칠 수 있을 거야. 손가락 움직임이 좋군. 내 딸 앤만은 못하지만 말야. 앤은 건강만 허락해줬다면 아주 좋은 연주자가 됐을 텐데."

엘리자베스는 다아시가 자기 사촌인 앤에 대한 칭찬에 얼마나 동의하는지 그의 동태를 살펴봤다. 그렇지만 그때나 다른 때도 다아시에게서 캐서린 여사의 딸에 대한 사랑의 징후는 볼 수가 없었다. 그러한 다아시를 보며 만약 캐럴라인 빙리가 다아시의 친척이었다면 다아시가 그녀를 배필로 삼을 수도 있겠다는 생각이 들었다.

캐서린 여사가 엘리자베스의 연주에 대해 끊임없이 이것저것을 지적했지만, 엘리자베스는 꾹 참아냈다. 그리고 집으로 데려다줄 마차가 준비될 때까지 남자들의 요청에 따라서 피아노 앞에 계속 앉아 있었다.

9

다음 날 오전에 샬럿과 마리아는 읍내로 볼일을 보러 나갔고 엘리자베스는 혼자서 제인에게 편지를 쓰고 있었는데, 누가 왔다는 신호로 초인종이 울려서 깜짝 놀랐다. 마차 소리를 듣진 못했지만 캐서린 여사가 오지 말라는 법은 없었기 때문에 쓸데없는 질문을 받는 것을 피하기 위해 쓰던 편지를 치우고 나가보니, 놀랍게도 다아시가 혼자서 방문한 것이었다.

다아시 역시 혼자 있는 엘리자베스를 보고 깜짝 놀랐고, 다른 사람들이 모두 함께 있는 줄 알고 왔다면서 그녀에게 사과했다.

그들은 자리에 앉았고, 로싱스 사람들에 대한 안부를 엘리자베스가 묻고 나자 이제 완전한 침묵에 빠질 위험에 처하게 되었다. 그래서 무슨 말이라도 해야 했는데, 엘리자베스는 그러한 절박한 상황에서 예전에 하트포드셔에서 그를 마지막으로 봤던 때를 기억해내고는, 왜 그렇게 서둘러 떠났는지를 알아보려고 이렇게 말했다.

"작년 11월에 왜 그렇게 빨리 네더필드를 떠나셨나요? 빙리 씨는 다른 분들을 다시 빨리 만나게 돼서 반가웠겠지만 말이에요. 내 기억이 맞는다면 빙리 씨는 그 전날 떠났으니까요. 선생님이 런던을 떠날 때 빙리 씨하고 빙리 씨 누이들은 잘 지내고 있었겠죠?"

"아주 잘 지내고 있더군요. 감사합니다."

다른 말이 이어지지는 않았고, 그래서 약간 시간이 흐른 후에 엘리자베스가 다시 입을 열었다.

"빙리 씨가 다시 네더필드로 돌아갈 마음이 별로 없는 걸로 알고 있는데요?"

"그가 직접 자기 입으로 그런 말을 하는 걸 들은 적은 없죠. 그치만 앞으로 거기서 시간을 보낼 가능성은 희박해 보이는군요. 지금 런던에 많은 친구들이 있고, 빙리 나이에는 친구들이나 다른 볼일들이 많으니까요."

"네더필드에 그렇게 있을 생각이 없다면 그 집을 완전히 포기하는 게 나을지도 모르죠. 그래야 다른 사람들이 그 집에 와서 살 수 있을 테니까요. 그치만 빙리 씨가 다른 사람을 위해 그 집에 들어간 것도 아니고, 그 집을 포기하든 안 하든 그건 그분이 알아서 하겠죠?"

"그 집에 들어갈 사람이 나타나기만 한다면 빙리가 그 집을 포기한다고 해도 우리가 놀랄 일은 아니죠."

다아시가 말했다.

엘리자베스는 그 말에 대답을 하지 않았다. 계속해서 빙리의 얘기를 하는 데 따른 일종의 불안감도 있었다. 자기는 더는 할 말이 특별히 없었기 때문에 이제 대화의 주제를 찾는 일을 다아시에게 넘겨주려고 마음먹고 있었다.

다아시가 그걸 짐작을 하고서는 얘기를 시작했다.

"이 집은 아주 아늑해 보이는군요. 콜린스 씨가 맨 처음 헌스포드에 왔을 때 캐서린 여사님이 아주 많은 배려를 해주셨죠."

"저도 그랬을 거라고 봐요. 그리고 그 친절에 콜린스 씨만큼 고마워하는 사람도 없었을 거예요."

"콜린스 씨는 아내를 아주 잘 만난 거 같더군요."

"정말 그래요. 콜린스 씨 친구들도 콜린스 씨를 행복하게 해줄 수 있는 아내를 얻은 걸 덩달아 기뻐해줄 거예요. 샬럿은 아주 생각이 깊은 사람이에요. 난 그녀가 콜린스 씨를 남편으로 선택한 게 아주 현명한 일은 아니라고 보지만요. 그치만 지금 아주 행복해하고 있고, 사실 꽤 신중한 선택을 한 걸로 보여요."

"그녀로서는 자기 가족들이나 친구들하고 가까운 거리에서 살게 돼서 아주 마음이 흡족할 테죠."

"이게 가까운 거리라고요? 거의 50마일이나 되는데요?"

"길이 좋은데 50마일이 문제가 되나요? 한나절이면 올 수 있는 거린데요. 난 아주 가까운 거리 같은데요."

"설령 가까운 거리라고 하더라도 그게 두 사람 결혼의 한 가지 이점이라고 볼 수는 없죠. 난 샬럿이 자기 가족하고 가까운 곳에 살게 됐다고 생각하지 않아요."

엘리자베스가 말했다.

"그건 엘리자베스 양이 하트포드셔에 애착을 갖고 있기 때문이죠. 롱본하고 조금이라도 떨어져 있다면 멀게 느껴질 거예요."

그 말을 하면서 다아시는 입가에 미소를 머금었는데, 엘리자베스는 그 의미를 알 수 있을 것 같았다. 자신이 제인과 네더필드를 염두에 두고 있다고 다아시가 생각하는 게 틀림없다고 추측했다. 엘리자베스는 얼굴을 붉히면서 이렇게 말해주었다.

"여자가 결혼해서 자기 가족들 옆에 가까이 살아야만 한다는 뜻으로 얘기한 건 아니에요. 멀거나 가까운 거리는 상대적이고 여러 상황에 따라서 감각이 달라질 수 있어요. 재산이 많아서 여행하는 일이 부담되지 않는다면 거리는 전혀 중요하지 않죠. 그치만 여기는 그런 환경이 아니에요. 콜린스 부부의 수입이 안정적이긴 하지만 여행을 자주 해도 좋을 만큼은 되지 않아요. 샬럿은 지금 거리의 절반 되는 곳에 산다고 하더라도 자기 친정하고 가깝게 산다고 여기지 않을 거예요."

다아시가 자기 의자를 엘리자베스 쪽으로 더 가까이 당기고서는 말했다.

"엘리자베스 양은 그처럼 자기 고향에 대해 애착을 갖지 않으면 좋을 거 같은데요. 항상 롱본에서만 살 수는 없는 일 아니겠어요?"

엘리자베스는 그 말에 놀라는 표정을 지었다. 다아시는 엘리자베스의 감정에 생긴 변화를 느끼고는 의자를 뒤로 물리고 테이블에서 신문을 집어들었고, 그것을 보면서 좀 더 침착한 목소리로 물어봤다.

"켄트 지방은 마음에 드시나요?"

다음에 두 사람 다 조용하고 간략한 말투로 지금 그들이 있는 잉글랜드 남동부에 소재하는 주(州)의 명칭인 켄트 지방에 대한 얘기를 했는데, 샬럿과 그녀의 여동생이 돌아오면서 두 사람의 대화는 끝이 났다. 샬럿과 마리아는 단 둘이 있는 것을 보고 놀라는 눈치였다. 다아시는 자기가 실수로 엘리자베스만 혼자 있는데 들어오게 되었다고 말했고, 그런 뒤로 누구한테도 별로 얘기하지 않고 앉아 있다가 그 집에서 나갔다.

"이게 모두 무슨 의미겠니! 리지, 그 사람이 너한테 빠진 게 틀림없어. 그렇지 않다면 그 사람이 친근하게 찾아올 리가 없다고."

샬럿이 말했다. 그렇지만 다아시가 별로 말이 없었다는 사실을 엘리자베스에게 들었고, 샬럿의 바람에도 다아시가 엘리자베스에게 빠져서 그런 거 같지도 않다는 생각도 했다. 여러 가지로 추측

한 끝에 그들은 다아시가 별로 할 일이 없어서 왔다고 간주해버렸다. 지금은 계절상으로 야외 놀이를 하는 때도 지나 있었다. 그 저택에는 캐서린 여사나 책이나 당구대가 있기는 했지만 남자들이 항상 집 안에서만 지낼 수는 없는 일이었다. 그리고 목사관이 가깝기도 하고 그리 가는 산책길이 기분을 좋게 해서 그랬는지, 아니면 목사관에 거주하는 사람들이 마음에 들어서 그랬는지 로싱스 저택에 머무르는 두 사촌은 거의 매일 목사관으로 향하는 산책로를 따라서 거닐고 싶은 기분을 느꼈다. 그들은 오전 중의 아무 시간에라도 혼자서나 둘이서, 또는 이모를 대동하고서 목사관 쪽으로 갔다. 목사관 사람들은 피츠윌리엄 대령이 방문하는 것은 목사관 사람들과 같이 있고 싶어서라는 걸 알기에 그가 오는 것을 반겼다. 엘리자베스는 피츠윌리엄이 자기를 좋아하고 있다는 사실을 알게 되었고, 옛날의 조지 위컴이 생각나서 피츠윌리엄에게 호감을 가졌다. 피츠윌리엄 대령이 부드러운 면에서는 위컴만 못했지만 학식으로는 더 나았다.

그런데 다아시가 왜 그렇게 자주 목사관을 방문하는지 그 점은 이해하기가 힘들었다. 그가 사람들을 좋아해서 그런 건 아니었다. 그는 아무 말도 하지 않고서 10분 동안이나 앉아 있곤 했기 때문이다. 그가 말을 하더라도 좋아서 한다기보다 어쩔 수 없어서 하는 말로 들렸다. 예의를 지키기 위해서지 즐거워서 하는 게 아니었다. 그가 생기 넘쳐 보이는 적도 거의 없었다. 샬럿은 그의 태도를 어떻게 받아들여야 할지 알 수가 없었다. 다아시에 대해 알고 있는 한도에서는 짐작할 수 없었는데, 피츠윌리엄 대령이 가끔씩 다아시에게 왜 그렇게 멍하니 있느냐고 놀리는 것을 보면 다아시가 원래 그런 성격이 아니라는 점은 알 수 있었다. 샬럿은 그러한 변화의 원인이 그가 누군가를 사랑하고 있기 때문이며 그 대상은 엘리자베스일 거라고 생각하고는, 그 증거를 찾아보려고 했다. 샬럿은 자기들이 로싱스 저택에 갔을 때나 다아시가 목사관으로 올 때 항상 그를 주의 깊게 지켜봤지만 별다른 성과는 없었다. 다아시가 엘리자베스를 자주 바라보기는 했지만 그 표정이 뭔지 짐작할 수가 없었다. 표정이 진지하고 꾸준하기는 했지만 그 속에 얼마만 한 애정이 깃들어 있는지를 알 수 없었고, 어떤 때는 단순히 그가 정신이 나간 상태로 보이기도 했다.

샬럿은 엘리자베스한테 다아시가 그녀에게 애정을 품고 있는 것 같다고 한두 번 말해보기도 했지만 엘리자베스는 항상 웃어넘겼다. 그래서 샬럿은 더는 그 문제로 엘리자베스를 귀찮게 하지 않기로 했다. 결국에는 실망으로 끝날지 모르는데 기대감만 높일 수도 있다고 생각했기 때문이다. 그처럼 샬럿이 생각하게 된 이유는, 엘리자베스가 다아시에게 혐오감을 갖고 있는 상황에서 다아시가 그녀를 사랑한다고 하더라도 엘리자베스의 그런 감정이 일시에 사라져버릴 수는 없을 것 같았기 때문이다.

샬럿은 엘리자베스의 일이 잘 풀리기를 기대하면서, 어떤 때는 엘리자베스가 피츠윌리엄과 결혼하는 게 바람직하지 않을까 하는 생각도 했다. 그는 같이 있기에 가장 즐거운 사람이었다. 엘리자베스를 좋아하는 것도 확실해 보였고 사회적 지위 같은 것도 바람직하다고 볼 수 있었다. 그렇지만 다아시에게는 그러한 이점을 상쇄할 만한 것이 있었는데, 바로 그가 교회의 성직자들을 임명할 수 있는 권리를 아주 많이 갖고 있다는 점이었다.

10

엘리자베스는 정원을 거닐다가 다아시와 우연히 마주치는 일이 잦아졌다. 지금껏 그런 길로는 아무도 오지 않았었는데 자꾸 그런 일이 일어나자 자기가 운이 나쁜 게 아닌가 생각하게 되었다. 그리고 그처럼 마주치는 일이 없도록 하기 위해 그 길은 자신이 가장 좋아하는 길이라는 점을 다아시에게 알려주었다. 그런데 어떻게 그런 일이 계속 일어날 수 있는지 알 수가 없었다. 그런 일이 두 번씩이나 일어나는 것도 묘한데 세 번까지도 일어났다. 그것은 다아시가 고의로 부리는 심술이거나, 아니면 고행 의식 같은 걸로도 보였다. 그가 형식적인 인사만 하고 어색하게 침묵을 지키다가 사라져버리는 것도 아니고, 자기가 가던 방향을 돌려서 그녀와 함께 걸어갔기 때문이다. 그가 말을 많이 하는 편도 아니었고 엘리자베스 역시 말을 많이 하거나 귀 기울여 듣지 않으려고 했다. 그런데 그들이 세 번째로 우연히 만나게 되었을 때 다아시는 그녀에게 헌스포드에 머무는

게 즐거운지, 혼자서 산책하는 일이 좋은지, 콜린스 부부의 행복에 대해 어떻게 생각하는지 등등의 묘한 질문을 해댔다. 그리고 그가 로싱스 저택에 대해 이야기하고 엘리자베스가 그 저택에 대해 모르는 점이 많을 거라고 얘기할 때는 다음에 그녀가 다시 그곳에 오면 그 저택에서 머무를 수도 있다는 의미가 함축된 말을 했다. 그가 피츠윌리엄 대령을 염두에 두고 있는 걸까? 그녀와 피츠윌리엄의 관계가 발전하게 될 때를 생각하고 그럴 수도 있었다. 엘리자베스는 그런 생각으로 피곤해져서 그 산책길이 끝나고 목사관 입구에 도달하자 마음이 홀가분해졌다.

어느 날 엘리자베스가 최근에 제인이 보내온 편지를 다시 한번 읽어보면서 불평하는 투로 쓴 구절을 음미하고 있었는데, 고개를 들어보니 다아시가 자기를 놀라게 하는 건 아니고 피츠윌리엄 대령이 인사를 했다. 그래서 그녀는 편지를 접어두고서 이렇게 인사말을 했다.

"전에는 이쪽 길로 산책을 하지 않으시던데요."

"난 해마다 정원 전체를 산책하죠. 마지막으로 목사관을 둘러볼 생각이었어요. 이쪽 길로 계속해서 가실 건가요?"

"아니에요. 돌아가려고 마음먹고 있었어요."

그 말을 하고서 그녀가 발걸음을 돌렸고 두 사람은 함께 목사관 쪽으로 걸어갔다.

"토요일 날 이곳을 떠나는 게 확실한가요?"

엘리자베스가 물어봤다.

"그렇죠. 다아시가 다시 연기하지만 않는다면요. 난 다아시가 하자는 대로 할 거예요. 다아시가 자기 의향대로 계획을 짤 거예요."

"그렇다면 일이 제대로 풀리지 않더라도 그분은 자기가 선택권을 갖고 있다는 데 만족할 수가 있겠군요. 그런 권리를 그분만큼 즐기는 사람도 없을 테니까요."

"그는 자기 의향대로 하는 걸 즐기죠. 그건 다른 사람도 모두 마찬가지예요. 다아시는 다른 사람들보다 가진 권리가 많다는 점이 다르죠. 그는 부자니까 다른 가난한 사람하고는 다르겠죠. 난 내 생각대로 말하는 거예요. 다아시 같은 입장이 아닌 사람은 자기 마음대로 할 수 없는 환경에 익숙해져야 해요."

"내 생각에는 선생님처럼 백작의 차남이라면 그런 점들에 대해 잘 모르실 것 같은데요. 이제 솔직히 말씀해보세요. 자기 마음대로 할 수 없는 환경에 처해보셨나요? 돈이 없어서 가고 싶은 곳을 가지 못했다거나 돈이 없어서 갖고 싶은 걸 갖지 못했다거나 한 경우가 있으세요?"

"날카로운 질문이로군요. 그런 경험은 많이 없었다고 봐야겠죠. 그렇지만 어떤 큰일에서는 나도 돈 때문에 곤란을 겪는 일이 있답니다. 장남이 아니라면 결혼도 자기가 원하는 상대와 못할 수도 있어요."

"여자에게 재산이 많지 않다면 그럴 수도 있겠죠."

"사람은 돈이 있어야 하기 때문에 다른 사람에게 의존하게 되죠. 나 같은 처지에 있는 사람은 돈을 무시하고 결혼을 생각하기가 어렵죠."

'나를 염두에 두고서 하는 말일까?'라고 엘리자베스는 속으로 생각해보고는 얼굴이 달아오르는 게 느껴졌다. 그렇지만 침착하고 쾌활한 어조로 이렇게 물어봤다.

"그럼 백작의 차남이라면 여자한테 값을 얼마나 매기는 건가요? 장남이 아주 병약한 사람이 아니라면 5만 파운드 이상은 요구하지 않겠죠."

남자는 그런 질문에 대수롭지 않게 대답했고 그다음에 그런 내용의 대화는 마무리되었다. 엘리자베스는 자기가 괜한 말을 해서 대화가 중단되었다는 느낌을 상대방이 가질까 봐 이런 말로 관심을 돌렸다.

"선생님의 사촌은 결혼해서 자기가 마음대로 할 수 있는 사람을 구하려고 선생님하고 함께 이곳으로 왔는지 모르겠군요. 자기 혼자만의 생활을 즐기기 위해 결혼을 하지 않을 거라고는 생각되지 않네요. 그치만 지금 당장은 동생만 있어도 충분할지 모르겠어요. 자기가 동생의 유일한 후견인이니까 동생에 대해서는 마음대로 할 수 있겠지요."

"아니, 그렇지 않아요. 그건 나도 가진 권리예요. 나도 그 동생의 후견인이거든요."

피츠윌리엄 대령이 말해주었다.

"그러세요? 어떤 후견인 일을 하고 계신가요? 그녀가 귀찮게 하지는 않나요? 그 또래의 여자들은 다루기가 힘든 데다 그녀가 다아시 같은 성격이라면 자기 멋대로 하는 쪽일 텐데요."

그 말을 하면서 엘리자베스는 남자가 자기를 유심히 보고 있다는 사실을 알게 되었다. 그리고 그가 왜 다아시의 여동생이 자기를 귀찮게 할 거라고 생각하느냐고 물었을 때 엘리자베스는 자기가 앞에서 제대로 짐작했다고 느끼게 되었다. 그녀가 즉시 대답해주었다.

"놀라실 필요는 없어요. 그녀에 대해 나쁜 말은 들어본 적이 없어요. 아마도 이 세상에서 가장 온순한 사람일지도 모르죠. 허스트 부인이나 캐럴라인은 그녀를 아주 좋게 생각하고 있더군요. 선생님도 그 두 사람을 알고 계신다고 했죠?"

"조금 알죠. 그 두 자매의 오빠가 아주 신사다운 사람이고 다아시하고 매우 가까운 사이예요."

"오, 그래요. 다아시 씨는 빙리 씨하고 아주 친하고 서로 잘 위해주죠."

엘리자베스가 무뚝뚝한 목소리로 말했다.

"잘 위해준다고요! 물론 도움이 필요한 면이 있다면 다아시가 아주 잘 위해주겠죠. 우리가 이리로 오는 도중에 다아시한테 들은 얘기에 따르면, 빙리가 다아시에게 신세를 진 일이 있는 것 같아요. 그치만 다아시가 도움을 준 대상이 반드시 빙리라는 사람이 아닐 수도 있어요. 내 추측일 뿐이죠."

"무슨 말씀이세요?"

"다아시는 이런 얘기가 다른 사람들 귀에 들어가지 않기를 바랄 거예요. 만약 여자 쪽 가족의 귀에 들어간다면 기분 좋은 일이 아닐 테니까요."

"난 다른 사람들한테 그런 얘기를 절대 하지 않을 거라고 맹세할 수 있어요."

"근데 그 사람이 반드시 빙리라고 생각할 이유도 없어요. 다아시가 얘기해준 건 단지 이 말뿐이었어요. 얼마 전에 경솔한 결혼을 할 뻔한 사람을 구제해주었고, 그렇게 한 걸 만족하게 생각한다는 거였어요. 그렇지만 그 사람 이름이나 그 외 사실에 대해서는 말해주지 않았죠. 근데 내가 보기에 빙리라면 그런 곤경에 처할 수도 있을 것 같고, 작년 여름에 다아시가 같이 시간을 보낸 사람도 빙리였으니까 난 그 사람을 빙리라고 추측하는 거죠."

"다아시 씨가 왜 그런 개입을 하게 됐는지 그 이유를 말해주던가요?"

"그 여자에 대해 반대할 만한 몇 가지 강력한 이유가 있었다는 걸로 알아들었습니다."

"그럼 그 두 사람을 갈라놓기 위해 어떤 수를 쓴 거죠?"

"무슨 수를 썼는지는 다아시가 나한테 얘기해주지 않았죠. 지금 얘기해준 것 외에 다른 말은 하지 않았어요."

피츠윌리엄이 미소를 지으면서 말해주었다.

엘리자베스는 아무 말도 하지 않았고 다만 분노로 가슴이 쿵쿵거리면서 길을 걸어가고 있었다. 피츠윌리엄은 그녀를 유심히 지켜보고 왜 그렇게 표정이 심각해졌는지 물어봤다.

"선생님이 지금 한 말에 대해 생각해보고 있었어요. 선생님 사촌의 행동이 나한테는 이해되지 않는군요. 왜 그 사람이 판관이 돼야 하는 거죠?"

"그 사람이 간섭하는 게 주제넘다고 생각하는군요?"

"그 사람이 친구의 감정 문제를 놓고 이래라 저래라 할 자격이 있는지 난 모르겠어요. 그리고 그 사람 친구가 자기의 행복 문제로 고민하는데 이런저런 참견을 왜 하는 거예요?"

그리고 엘리자베스는 정신을 좀 가다듬고서 이렇게 말을 이었다.

"그치만 우리가 그 자세한 내막을 잘 모르기 때문에 그 사람을 비난하는 건 올바른 일이 아니겠죠. 두 남녀 사이에 애정이 없었을 수도 있는 거 아녜요?"

"그럴 가능성도 충분하죠. 근데 나도 내 사촌이 아주 잘했다고는 생각되지 않는군요."

피츠윌리엄이 말했다.

피츠윌리엄은 농담으로 해본 말이었지만 엘리자베스는 다아시를 잘 판단한 말이라고 생각했기 때문에 다른 말은 더 하지 않았다. 그녀는 그 주제에 대해서는 더는 말하지 않고 다른 문제에 대해 얘기하면서 목사관까지 갔다. 이윽고 그 방문객이 돌아간 다음에 그녀는 자기가 머무는 방으로 들어가서 다른 사람의 방해를 받지 않고 혼자서 곰곰 생각해봤다. 그것이 다른 사람의 일이 될 수는 없었다. 다아시가 그러한 영향력을 행사할 수 있는 사람은 이 세상에서 오직 한 사람뿐일 것이다. 빙리와 제인을 갈라놓기 위한 모략에 그가 관련되었다는 사실은 이제 의심할 여지가 없었다. 지금까지 그녀는 두 사람을 갈라놓은 주인공이 캐럴라인이라고만 생각하고 있었다. 그런데 제인이 고통을 받았고 지금도 계속해서 고통을 받고 있는 원인이 그 사람의 교만함과 사악함 때문이었던 것이다. 그 사람이 이 세상에서 가장 다정다감하고 자애로운 언니의 행복을 깨뜨리는 역할을 한 것이다. 그리고 그가 이루어놓은 해악이 얼마나 오래갈지 아무도 모를 일이었다.

'반대할 만한 몇 가지 강력한 이유가 있었다는 걸로 알아들었다'는 게 피츠윌리엄 대령의 말이었는데, 그 강력한 이유라는 건 아마도 제인의 두 삼촌 중에서 한 사람은 시골에서 변호사 일을 하고 다른 한 사람은 런던에서 장사를 한다는 점일 것이다. 그녀는 혼자 속으로 이렇게 생각했다.

'언니 하나만 놓고 본다면 반대할 이유가 없을 테지. 매력도 있고 선량하기도 하니까. 머리도 좋고 교양도 있고 매너도 좋고. 그리고 아버지 때문에 반대할 이유가 없지. 좀 괴팍한 데가 있으시긴 하지만 다아시가 경멸할 수 없는 능력도 갖추시고 다아시가 따라갈 수 없는 인품도 있으시니까.'

그녀의 생각이 어머니에게 미치자 약간 기가 사그러들기는 했지만 어머니 때문에 다아시가 반대할 리는 없다고 생각했다. 다아시가 반대를 한다면 엘리자베스의 어머니 같은 사람의 지각력 결핍보다는 지위 결핍 때문일 것이다. 그래서 엘리자베스는 다아시가 자신의 오만함 때문에, 그리고 자기 여동생과 빙리를 결혼시키기 위해 제인과의 결혼을 반대했을 거라고 결론내렸다.

그 일 때문에 흥분해서 눈물이 나왔고 두통으로 이어졌다. 저녁 때는 두통이 더 심해져서 사촌을 따라 로싱스 저택으로 가서 차를 마시는 걸 거부해야만 했다. 샬럿은 엘리자베스가 정말로 몸이 안 좋은 모습을 보고는 강권하지 않았고 자기 남편이 엘리자베스와 함께 가자고 독촉하는 것도 막아주었다. 콜린스는 엘리자베스가 집에 남아 있게 되면 캐서린 여사가 기분 나빠할 거라는 우려를 감추지 않았다.

11

그들이 집을 나간 뒤에 엘리자베스는 마치 다아시에 대해 한껏 분풀이라도 하려는 듯 그녀가 켄트 지방에 머문 뒤로 제인이 보내온 편지를 모두 꺼내어 자세히 훑어봤다. 거기에는 어떤 불평의 언사나 과거를 회상하게 하는 어떤 구절도 없었고 현재의 고통을 전해주는 말도 없었다. 그렇지만 그 모든 편지에서, 그리고 모든 구절에서 언니의 스타일이었던 쾌활함이나, 자신에 대해 아무런 불평도 늘어놓지 않는 소박한 마음에서 나오는, 그리고 여지껏 그늘진 마음이라고는 갖지 않았던 그런 마음에서 나오는 활달함을 찾아볼 수가 없었다. 그러한 편지를 처음 읽었을 때보다 더 자세히 읽자 모든 글귀에서 근심이 배어나오는 점을 느낄 수 있었다. 다아시가 다른 사람에게 고통을 준 데 아무런 자괴감도 느끼지 않으리라는 데 생각이 미치자 더욱더 언니의 고통을 절감할 수 있을 것 같았다. 다아시는 이제 모레가 되면 떠날 테고, 더욱이 2주 후면 엘리자베스 자신이 언니를 만나 기운을 북돋워줄 수 있다는 점이 약간의 위안이 되었다.

다아시가 켄트 지방을 떠날 때 그의 사촌도 함께 떠날 거라는 말을 엘리자베스는 생각하지 않을 수 없었다. 그렇지만 피츠윌리엄은 엘리자베스에게 관심이 없다는 점을 분명히 했고, 엘리자베스도 그가 괜찮은 사람이기는 하지만 쓸데없는 고민을 하지 않기로 마음먹고 있었다.

엘리자베스가 이런저런 생각을 하고 있는데 벨이 울렸다. 그 소리에 갑자기 정신이 든 그녀는 방문한 사람이 피츠윌리엄일지 모른다는 생각에 안절부절못했다. 전에도 한 번 그가 저녁때 찾아온 적이 있고 지금도 그녀가 어떻게 지내는지 알아보기 위해 왔을지 모른다는 생각을 했다. 그렇지만 집 안으로 들어온 사람은 놀랍게도 다아시였고, 그래서 피츠윌리엄을 생각하고 있던 그녀의 기분도 돌변했다. 다아시는 서둘러서 좀 어떠냐고 물어왔고, 그녀의 안부를 묻기 위해 방문했다는 말을 했다. 그녀는 냉랭한 태도로 대답해주었다. 다아시는 잠시 동안 앉아 있다가 일어나서 방 안을 이리저리 돌아다녔다. 엘리자베스는 그런 그의 태도에 당황했지만 아무 말도 하지 않았다. 몇 분 동안 침묵의 시간이 흐른 후에 다아시가 감정이 실린 목소리로 이렇게 말했다.

"애를 써봤지만 소용이 없더군요. 어떻게 해볼 수가 없어요. 감정을 억제할 수가 없답니다. 내가 얼마나 엘리자베스 양을 흠모하고 사랑하는지를 고백하지 않을 수가 없군요."

엘리자베스는 너무 놀라서 아무 대꾸도 할 수가 없었다. 그녀는 그를 멍하니 바라봤고 얼굴이 붉어졌으며 그 말을 의심하지 않을

수 없어 묵묵히 있기만 했다. 다아시는 그런 그녀의 태도를 고무적으로 받아들이고 자기가 지금까지 그녀에게 어떤 감정을 갖고 있었는지 즉시 모두 고백했다. 그는 말을 조리 있게 잘했지만, 가슴으로 느끼는 감정보다는 다른 것들에 대해 이야기를 해야 했고 자신의 자존심에 대해 얘기할 때는 더 조리 있게 하지를 못했다. 그녀의 신분이 낮은 점이나 그녀와의 결혼이 자기 집안에 어울리지 않기 때문에 자신의 이성이 항상 감정을 억눌렀다는 점 등에 대해 설명했는데, 그런 말이 그의 지위에 어울리기는 했을 테지만 청혼 자체에는 별 도움이 되지 않았다.

엘리자베스가 마음속 깊이 그를 증오하기는 했지만 그런 지위의 사람에게 애정을 고백받는 것이 그녀에게는 찬사가 된다는 점을 부인할 수가 없었다. 그래서 그녀의 생각이 변한 것은 아니었지만 그가 받은 고통을 생각해서 처음에는 미안한 마음이 들기도 했다. 그렇지만 다음에 이어지는 말 때문에 그녀는 분노 속에서 그에 대한 동정심을 모두 잊어버리게 되었다. 그녀는 그가 말을 마친 다음에 좀 있다가 차분하게 자기 말을 하려고 작정하고 있었다. 그는 모든 노력에도 자신의 애정을 주체할 수가 없었고 이제 그녀가 자기의 사랑을 받아들여 자기에게 보답해야 한다면서 말을 마쳤다. 엘리자베스에게 그가 이렇게 말하면서 자기의 청혼이 받아들여질 것을 믿어 의심치 않는다고 느꼈다. 그가 걱정이나 불안감 같은 말을 하기는 했지만 그의 태도는 확신에 차 있었다. 그런 모습이 엘리자베스에게는 화를 치밀어오르게 할 뿐이었고, 그가 말을 마치자 얼굴이 붉어지면서 그녀가 이렇게 응수했다.

"이런 경우라면 내 생각이 다르더라도 일단은 상대방의 마음에 대해 감사의 말씀을 드려야 예의라는 걸 알고 있어요. 고마움을 느껴야 당연한 일이겠고, 고마움을 느꼈다면 감사를 표시해야 한다는 걸 알고 있어요. 그치만 그렇게 할 수가 없네요. 난 한 번도 선생님의 호감을 얻으려고 한 적이 없고 선생님도 마지못해서 그런 마음을 갖고 계신 걸로 보이는군요. 내가 선생님께 고통을 주었다면 미안합니다. 그치만 나도 모르는 사이에 그렇게 됐고, 그러니 그 고통이 오래가지 않았으면 해요. 선생님이 말씀하신 대로 저에게 호감을 갖지 못할 이유가 있고 이제 내 설명을 들었으니 고민을 극복하기가 쉬워질 거예요."

눈은 그녀에게 고정시키고 벽난로에 기대어 서 있던 다아시는 그녀의 말을 듣고는 놀랍기도 하고 분하기도 한 듯 보였다. 분노로 안색이 창백해졌고 모든 표정에서 마음의 동요를 느낄 수 있었다. 그는 냉정심을 유지하기 위해 많은 노력을 하는 가운데 냉정함을 되찾았다고 확신할 때까지는 입을 열지 않기로 작정하고 있었다. 그렇게 있는 동안에 엘리자베스도 놀라지 않을 수 없었다. 결국 그가 침착함을 되찾고서 이렇게 말했다.

"이게 내가 바라던 대답인가 보군요! 근데 그렇게 예의도 갖추려고 하지 않고 거절하는 이유가 뭔지 알고 싶군요. 그게 중요하지는 않겠지만요."

그녀가 이렇게 대답해주었다.

"난 왜 선생님이 자신의 의지나 자신의 이성이나 심지어 자신의 인격에 반해서, 그리고 그것이 나한테는 화를 돋우고 모욕감을 준다는 사실을 알면서 나를 좋아한다고 말하는지 그 이유를 알고 싶군요. 내가 무례하게 보였다면 그게 이유가 되지 않을까요? 그리고 내가 선생님을 나쁘게 생각하는 다른 이유도 한 가지 있어요. 선생님도 알고 계시는 거죠. 내가 선생님한테 반감을 품고 있지 않더라도, 그리고 심지어 호감을 품고 있더라도 내가 아끼는 우리 언니의 행복을 어쩌면 영원히 짓밟아버린 사람의 청혼을 내가 받아들일 수 있을 거라고 생각하세요?"

엘리자베스의 말에 다아시는 얼굴이 붉어졌다. 그렇지만 그것은 잠깐이었고, 그녀가 얘기하는 동안에 말을 중단시키지 않고 듣고 있었다.

"난 선생님을 나쁘게 생각할 이유가 충분하다고요. 어떤 동기가 있었다고 할지라도 선생님이 한 행동에 대한 구실은 되지 못할 거예요. 선생님은 두 사람을 갈라놓았어요. 그중에서 한 사람은 변덕스럽고 불안정적이라는 이유로 세상 사람들의 비난을 받게 만들고, 다른 한 여자는 좌절된 희망으로 사람들의 비난을 받게 만들었죠. 그래서 두 사람을 빠져린 불행 속으로 몰아넣는 일을, 비록 선생님이 혼자서 하지는 않았다고 하더라도 그 일을 주도했다는 점을 부인하지는 않으시겠죠?"

엘리자베스가 말을 멈추고서 다아시를 바라봤는데, 그가 후회하는 기색도 없이 태연하게 말을 듣고 있는 모습을 보니 약간 화가 치밀어올랐다. 그는 믿을 수 없다는 표정으로 미소까지 짓고 있었다.

"그런 일을 했다는 점을 부인할 수 있어요?"

그녀가 물어봤다.

그러자 다아시가 침착한 표정으로 이렇게 말했다.

"내 친구를 엘리자베스 양의 언니에게서 떼어내기 위해 내가 할 수 있는 모든 일을 했고, 성공을 거두게 된 점을 다행으로 생각하고 있다는 사실을 부인하지 않겠습니다. 난 내 자신보다도 내 친구를 위해 모든 일을 했어요."

엘리자베스는 그 말을 알아듣는 척하는 모습을 보이기도 싫었지만 그 말의 의미를 놓치지는 않았고 그 말을 들어서 기분이 전혀 누그러지지 않았다.

그녀는 이렇게 말을 했다.

"내가 선생님을 싫어하는 이유가 그것 때문만은 아니에요. 그 일이 있기 훨씬 오래전부터 내 마음은 정해져 있었어요. 위컴한테 말을 듣고 선생님에 대한 모든 사실을 알게 됐거든요. 그 부분에 대해서는 어떤 말을 할 수 있으시죠? 무슨 우정을 들먹여서 변명하실 생각인가요? 아니면 어떤 거짓말로 사람을 기만할 작정이신가요?"

"그 사람이 한 말에 대해 아주 관심이 많은 걸로 보이는군요."

다아시가 얼굴이 다소 붉어진 상태에서 목소리를 높여 말했다.

"그 사람이 겪은 고통에 대해 아는 사람이라면 관심을 갖지 않을 수가 있겠어요?"

"그 사람의 고통! 하긴 그가 고통을 많이 받았을 거예요."

다아시가 응수했다.

엘리자베스가 소리를 높여 말했다.

"선생님이 그를 지금처럼 가난한 사람으로 만들어놓았잖아요. 그 사람이 받게 돼 있는 것을 주지 않아서 그렇게 된 거라고요. 그 사람이 인생의 황금기 때 모든 걸 박탈해버렸어요. 그 사람이 받을 자격이 있다는 사실을 알면서도요. 그런 파렴치한 일을 선생님이 한 거잖아요. 그리고 그가 그렇게 별 볼일 없는 상태가 되니까 경멸하고 조롱할 수 있는 사람도 선생님이고요."

다아시가 빠른 걸음으로 방 안을 왔다 갔다 하면서 큰 소리로 말했다.

"이게 엘리자베스 양이 나한테 내리는 평가로군요! 이게 내가 받아야 하는 대접이에요. 그처럼 자세히 설명해줘서 고맙군요. 엘리자베스 양의 말대로라면 내 잘못은 아주 크군요."

그리고 그가 걸음을 멈추더니 엘리자베스를 보고 다시 말을 이었다.

"내가 이런저런 이유로 진지하게 청혼을 하지 못한 점을 솔직하게 고백하여 엘리자베스 양의 마음에 상처를 주지만 않았더라도 그런 잘못은 눈감아주셨을지도 모르지요. 내가 만약에 내 심리적인 갈등에 대해 얘기하지 않고, 그리고 내가 이성적으로 따져보거나 마음속 깊이 생각해보더라도 아무 하자가 없이 완벽한 애정을 바탕으로 청혼을 하는 거라고 그대가 믿게끔 해드렸다면 그런 비난은 하지 않았을지도 모르죠. 그렇지만 난 어떤 종류의 가식도 혐오한답니다. 그리고 난 내가 말한 내 감정에 대해서도 부끄럽게 생각하지 않고요. 그건 자연스럽고 정당한 거죠. 엘리자베스 양의 집안이 보잘것없다고 해서 내가 기뻐할 줄 알았나요? 내가 나보다 못한 집안과 결혼하게 되면 기뻐할 거라고 생각했나요?"

엘리자베스는 그런 말을 듣는 순간 화가 더 솟아 올랐지만 그런 기분을 최대한 억제하려고 노력하면서 말했다.

"선생님은 오해하고 계십니다. 좀 더 신사적으로 행동했더라면 내가 청혼을 거절할 때 미안한 감정을 느꼈을지도 모르죠. 그치만 선생님이 청혼한 방식 때문에 내 생각이 바뀌지는 않네요."

엘리자베스는 그 말을 듣고 그가 놀라는 모습을 봤지만 그는 아무 말도 하지 않았고 엘리자베스는 얘기를 계속했다.

"선생님이 다른 어떤 방식으로 청혼을 했다고 하더라도 내가 받아들이게 할 수는 없었을 거예요."

그가 다시 그 말에 놀라는 모습이 역력해졌다. 그는 믿을 수 없다는 표정과 울분이 섞인 표정으로 그녀를 바라봤다. 그녀가 얘기를 계속했다.

"선생님을 처음 만난 순간부터 선생님이 거만하고 자만심이 강하고 다른 사람의 감정 따위는 고려하지 않는다는 느낌을 받았고,

다른 감정들이 쌓여가면서 선생님이 별로라는 점을 확신할 수 있었어요. 그래서 선생님을 만난 지 한 달도 되지 않아서 난 선생님 같은 분하고 결혼할 수 없을 거란 생각을 갖고 있었어요."

"이제 충분히 알았습니다. 엘리자베스 양이 무슨 생각을 하고 있는지 이제 완벽하게 이해했고 내가 얼마나 어리석은 일을 했는지 부끄럽기만 하군요. 너무 많은 시간을 뺏은 점 죄송하고요, 엘리자베스 양의 건강과 행복을 빌겠습니다."

그는 그 말을 마치고 황급하게 방을 나갔고, 다음 순간 엘리자베스는 그가 현관문을 열고서 그 집을 나가는 소리를 들었다.

그녀가 느끼는 마음의 동요는 이제 고통스러울 정도로 커졌다. 몸을 가눌 수 없을 정도로 힘이 빠져 자리에 주저앉아 반시간 동안 흐느꼈다. 앞에서 일어난 일들을 이리저리 생각해보면 놀라지 않을 수가 없었다. 그녀가 다아시에게 청혼을 받은 사실! 그가 여러 달 동안 자신을 그토록 사랑해왔다는 사실! 그러한 사랑이 너무 강렬하여 그는 온갖 이유에도, 자기 친구를 제인과 결혼하지 못하게 만들었으면서도, 자기의 친구만큼 부정적으로 여겨질 수 있는 가능성에도, 그녀에게 그처럼 애정을 품고 있었다니 믿어지지 않았다. 자신이 그처럼 다아시에게 애정을 불러일으킨 점은 축복할 만한 일이었다. 그렇지만 그의 자만심, 혐오스러운 태도, 제인에게 한 짓을 뉘우치지 않고 말한 점, 마치 정당하다는 투로 어떤 변명도 하지 않고 자신이 한 일을 밝힌 점, 위컴에게 한 일에 대해 아무 잘못도 없다는 듯이 말하는 태도, 그를 잔인하게 다룬 점을 후회하지 않는 점 등은 엘리자베스에 대한 그 남자의 애정을 생각했을 때 밀려왔던 동정심을 이내 압도해버렸다.

엘리자베스가 그런 혼란스러운 생각에 빠져 있는데 캐서린 여사네 마차 소리가 들려왔고, 샬럿이 그런 처지에 놓인 자신의 모습을 보면 안 될 것 같아 급히 자기 방으로 들어가버렸다.

12

다음 날 아침 엘리자베스는 지난 밤에 잠이 들었을 때와 동일한 생각을 하면서 잠이 깼다. 어제의 충격에서 벗어날 수가 없었다. 다른 생각은 할 수도 없었고 어떤 일도 못할 것 같아서 아침 식사를 한 다음에 바깥공기를 쐬며 산책을 할 생각이었다. 자신이 매일 즐겨 찾던 산책길로 곧장 갔는데 다아시도 그쪽으로 오곤 한다는 사실이 생각나서 발걸음을 멈추었고, 정원 쪽으로 들어가지 않고 나선형의 길에서 떨어져 오솔길을 따라 걸어갔다. 그 길의 한쪽은 아직도 정원의 울타리로 둘러싸여 있었고 그녀는 문 하나를 가로질러서 뜰로 들어갔다.

엘리자베스는 그 오솔길을 두세 번 왔다 갔다 하다가 아침나절의 상쾌한 풍경에 유혹당해 입구에 멈추어 선 채 그 안을 들여다봤다. 켄트에서 5주일을 보내는 동안에 자연 경관이 많이 변해 있었고, 철 이른 나무에는 매일 푸르름이 더해가고 있었다. 막 산책을 다시 계속하려고 할 때 정원의 가장자리를 둘러싼 키 작은 나무 울타리 사이로 어떤 남자의 모습이 언뜻 보였다. 그 남자가 그녀 쪽으로 다가오고 있었다. 엘리자베스는 그 사람이 다아시일지도 모른다는 생각에 곧 돌아서 나왔다. 그렇지만 그녀를 향해 다가오는 남자는 이제 그녀를 알아볼 수 있을 정도로 가까워졌고 빠른 걸음으로 다가오면서 그녀를 불러댔다. 그녀는 벌써 돌아서 있었는데, 자신을 부르는 소리를 듣고는 그 사람이 다아시라는 사실을 알았지만 다시 정원 입구 쪽으로 향했다. 그 남자도 어느덧 정원 입구에 이르렀고 엘리자베스에게 편지 한 통을 내밀어 보였고, 엘리자베스가 얼떨결에 받아들자 담담하고 침착한 표정으로 말했다.

"엘리자베스 양을 만나려고 한동안 숲속을 헤매고 다녔답니다. 이 편지를 읽어주시는 영광을 베풀어주시면 감사하겠습니다."

그리고 그는 가볍게 인사를 하고 숲 쪽으로 향했고, 이어서 그녀의 시야에서 사라져버렸다.

엘리자베스는 즐거움을 기대하지는 않았지만 강한 호기심 때문에 편지를 열어봤는데, 놀랍게도 빽빽한 글씨로 가득 채워진 두 장의 편지가 있었고 봉투에도 마찬가지로 많은 글씨가 쓰여 있었다. 그녀는 좁은 길을 따라 걸어가면서 글을 읽기 시작했다. 그 편지를 쓴 시각은 로싱스 저택에서 8시라고 되어 있었고, 다음과 같은 내용이 적혀 있었다.

이 편지를 읽고서 지난 밤에 엘리자베스 양을 그처럼 혐오스럽게 만들었던 그런 불쾌한 감정이 다시 되살아나게 하거나 그런 청혼을 다시 할 거라는 염려는 하지 않아도 됩니다. 제가 편지를 쓰는 의도는 우리 두 사람이 각자의 행복을 위해 될 수 있는 한 빨리 잊었으면 좋을 점에 대해 길게 얘기하여 엘리자베스 양에게 고통을 주려고 한다거나 나 자신을 초라하게 만들려는 것과는 다릅니다. 제가 이런 편지를 써서 엘리자베스 양에게 읽어달라고 부탁하는 것이 나의 성격상 어쩔 수 없는 게 아니었더라면 내가 이 편지를 쓰고 엘리자베스 양이 읽어야 하는 수고도 없었을 것입니다. 그러니 내가 이 편지에서 나의 마음대로 엘리자베스 양에게 요청하는 점을 이해해주셨으면 합니다. 저는 당신이 이 편지를 읽을 기분이 나지 않을 거라는 점을 알고 있습니다만 당신께서 읽어주셔야 하는 게 정당하다는 점을 알아주셨으면 합니다.

어젯밤에 엘리자베스 양은 본질적으로 아주 다르고 그 중대성에서도 전혀 다른 두 가지 잘못을 범했다고 저를 나무라셨습니다. 첫 번째로 당신이 언급하신 점은 내가 빙리를 당신의 언니에게서 두 사람의 감정은 무시해버린 상태에서 갈라놓았다는 것이고, 두 번째는 제가 위컴이 받아야 하는 직책을 앗아버림으로써 인륜에 어긋나는 짓을 했고 그 사람의 행복을 짓이겨놓았으며 그의 장래까지 빼앗아버렸다는 것이었습니다. 만약에 제가 어린 시절의 친구이자 제 아버님이 그토록 아끼셨고 우리밖에는 의지할 데가 없는 그 젊은이를 고의로, 그리고 내 기분에 따라서 배신했다면 저는 아주 사악한 사람이라고 봐야 할 것입니다. 그런 행동과, 겨우 몇 주 동안 애정을 싹틔운 두 사람을 갈라지게 한 일은 비교가 되지도 않을 테지요. 당신이 저의 행동과 동기에 대해 쓴 이 편지를 읽은 뒤에는 그 두 가지 사실에 대해 어젯밤과 같은 비난을 하지 않았으면 하는 게 저의 바람입니다. 그리고 제가 제 입장에서 얘기하다 보면 당신의 기분이 어쩔 수 없이 나빠질 수도 있을 터인데 거기에 대해서는 양해를 구하는 바입니다. 그런 점은 어쩔 수 없는 것이니 제가 사과를 한다는 것 자체가 우스울 수도 있겠지요. 빙리가 그 지역의 여자들 중에서 엘리자베스 양의 언니를 가장 좋아한다는 점은 저도 다른 사람들처럼 하트포드셔에 간 지 얼마 안 돼 알 수 있었습니다. 하지만 제가 그러한 감정이 진정한 사랑일지도 모른다는 걱정을 하게 된 것은 네더필드에서 열린 무도회 날 저녁이었답니다. 저는 빙리가 누구한테 애정을 갖는 모습을 그전에도 봤기 때문입니다. 그 무도회가 있던 날 당신과 제가 춤을 출 때 저는 우연히 윌리엄 루카스 경이 하는 말을 듣고서 엘리자베스 양의 언니에 대한 빙리의 관심이 사람들에게 그 두 사람의 결혼에 대한 기대를 불러일으켰다는 점을 알게 되었습니다. 윌리엄 루카스 경은 두 사람의 결혼이 정해진 것이나 마찬가지고 이제 결혼 일자를 잡는 일만 남았다는 투로 이야기했었지요. 저는 그때부터 빙리의 태도를 관찰해 보기 시작했답니다. 그리고 내가 전에 생각했던 것보다 빙리가 훨씬 더 제인 양을 좋아하고 있다는 점을 느끼게 되었습니다. 그래서 저는 엘리자베스 양의 언니도 지켜봤답니다. 그런데 그분의 겉모습이나 태도를 보면 다른 때나 마찬가지로 개방적이고 쾌활했으며 매력적이기는 했지만, 빙리를 특별히 좋아하고 있다는 증거는 발견할 수 없었지요. 그래서 그날 저녁에 제가 관찰한 바에 따르면, 엘리자베스 양의 언니는 빙리가 보이는 관심을 즐거운 마음으로 받아들이고는 있지만 그와 동일한 감정을 느끼고 있다고는 볼 수가 없었습니다. 이 점에 대해 엘리자베스 양이 잘못 보지 않았다고 한다면 내가 틀리게 봤을 테지요. 엘리자베스 양이 언니에 대해 잘 알고 있을 터이니, 그렇다면 후자가 맞을 가능성이 높습니다. 만약 그게 사실이고 제 잘못된 판단으로 언니가 고통을 받았다면 엘리자베스 양이 노여워하는 게 잘못은 아닐 것입니다. 그렇지만 제가 확실하게 말씀드릴 수 있는 점은, 엘리자베스 양의 언니가 보이는 태도가 아주 담담했기 때문에 가장 올바르게 판단할 수 있는 사람이라도 그분이 쉽게 마음을 열어주지 않으리라는 점을 확신했을 것입니다. 저는 그분이 제 친구의 감정에 무심하다고 믿고 싶었던 것입니다. 그렇지만 저의 바람이나 저의 근심이 제가 무슨 결정을 할 때 영향을 주지는 않습니다. 제가 그렇게 믿었던 건 객관적인 자료가 있다고 생각했기 때문입니다. 제가 그러한 결혼에 반대했던 건 그러한 이유 때문만은 아니지요. 제 친구의 경우에는 상대방의 집안이 별로라는 점이 저만큼 문제가 되지도 않습니다. 그러한 결혼에 반대할 강력한 이유가 있는데, 그런 이유에 대해 간단하게나마 밝혀드리겠습니다. 엘리자베스 양 어머님의 동기간의 신분이나 지위가 문제가 될 수도 있었는데, 그것은 엘리자베스 양의 어머님이랑 세 여동생이 자주 드러내 보인, 그리고 이따금은 엘리자베스 양의 아버님도 드러내 보였던 그러한 교양 없음에 비하면 별것 아니었습니다. 저를 나무라십시오. 엘리자베스 양의 기분을 언짢게 하는 건 저한테도 고통입니다. 그런데 엘리자베스 양 가족들의 허물 때문에 이런 얘기를 듣는 점이 불쾌하시겠지만, 당신이나 당신의 언니만큼은 교양 있는 행동으로 사람들의 칭송을 받았고 그 때문에 두 분의 품위가 높아졌다는 사실을 아신다면 위로가 되실지도 모르겠군요. 저는 그날 저녁에 본 모습을 기준으로 할 때 엘리자베스 양의 가족들에 대한 제 생각이 옳다고 느꼈고, 따라서 저는 제가 보기에 불행으로 이어질 것 같은 결혼에서 친구를 구하기 위해 가만 앉아 있을 수만은 없었다는 점을 말씀드립니다. 엘리자베스 양도 기억하시겠지만 빙리는 그 이튿날 곧 돌아올 계획을 갖고서 런던으로 떠났습니다. 이제는 제가 한 일에 대해 설명드려야겠군요. 빙리의 누이들도 불안한 마음을 갖기는 저와 마찬가지였고, 우리는 서로의 의견이 일치한다는 사실을 알게 되었답니다. 그래서 하루빨리 두 사람을 갈라놓아야 한다는 데 합의했고, 그래서 빙리를 쫓아 런던으로 갔던 것입니다. 런던에서 나는 두 사람의 결혼에 따르는 좋지 않은 점을 친구에게 설명해주는 역할을 맡았습니다. 그러한 나쁜 점을 열심히 말해주었지요. 그런데 내 설득으로 빙리를 머뭇거리게 하고 그의 결심을 연기하게 만들 수 있었지만, 만약에 엘리자베스 양의 언니가 그 사람을 아주 좋아하지 않는다는 사실을 설명하지 않았더라면 결국 나의 설득이 성공했을 거라고는 생각지 않습니다. 빙리는 그때까지 엘리자베스 양의 언니가 자신과 동일한 애정을 품었거나, 아니면 최소한 진실한 애정을 갖고 있다고 믿었지요. 그런데 빙리는 온화함을 타고났기 때문에 자신의 판단보다는 내가 해주는 판단에 의존하게 됐습니다. 그래서 내가 빙리 자신이 스스로를 속이고 있다고 설득하는 것은 그리 어려운 일이 아니었습니다. 일단 그렇게 확신시키는 데 성공하면서 그를 하트포드셔로 돌아가지 못하게 만드는 일은 쉬워졌습니다. 전 거기까지 잘못한 점이 없다고 생각하고 있습니다. 그 사건에서 제 마음에 걸리는 것이 한 가지 있는데, 엘리자베스 양의 언니가 런던에 있다는 점을 빙리에게 감추는 일이었습니다. 캐럴라인이 그 사실을 알고 있었고 저도 알고 있었지만 빙리는 아직까지도 모르고 있습니다. 그 둘이 서로 만났다면 결과가 달라졌을 수도 있겠지요. 그런데 제가 빙리를 보기에 엘리자베스 양의 언니를 만나도 아무런 이상이 없을 정도로 그의 애정이 식은 것 같지는 않았습니다. 그렇게 빙리를 속이는 일이 저의 본심하고는 맞지 않는 비겁한 행동이었을 것입니다. 어쨌든 간에 저는 그렇게 하기로 마음먹었고 좋은 결과를 이끌어내기 위해 그렇게 일을 만들어놓았습니다. 그 일에 대해서는 더는 드릴 말씀도 없고, 사과드릴 일도 없습니다. 제가 만약에 엘리자베스 양의 언니를 비통하게 만들어놓았다면 그건 고의가 아니었습니다. 그리고 저의 행동이 엘리자베스 양이 보기에는 당연히 이해되지 않을 수 있겠지만 저로서는 비난받을 일이 아니라고 봅니다.

제가 위컴한테 해를 끼쳤다는 비난은 그 사람과 내 가족의 내밀한 관계를 밝혀야만 반박할 수 있습니다. 그 사람이 무엇을 염두에 두고서 저를 비난했는지 저는 알 수가 없습니다. 그런데 제가 하는 이야기가 진실되다는 점은 그 증인으로 한 사람 이상 내세울 수 있습니다. 위컴의 아버님은 아주 훌륭한 분이셨지요. 그분이 펨벌리에 있는 우리의 재산을 오랫동안 관리해왔는데 일을 아주 잘 처리하셨기 때문에 저희 아버님께서는 그분에게 보답하기를 바라고 있었습니다. 그래서 우리 아버님은 조지 위컴을 자식같이 여기며 많이 돌봐주셨던 것입니다. 위컴의 고등교육과 케임브리지대학의 학업까지도 지원해주셨습니다. 그런 교육이 그에게는 아주 소중한 것이었습니다. 항상 가난한 생활을 할 수밖에 없던 그의 부친은 자식한테 고등교육을 시켜줄 형편이 아니었기 때문입니다. 제 아버님은 마음에 드는 위컴과 함께 있는 시간을 즐겼을 뿐만 아니라 그를 아주 소중히 생각했기 때문에 그가 성직에 있기를 기대했고, 그렇게 되면 자리를 제공해줄 생각을 하고 계셨습니다. 그렇지만 저는 오래전부터 그 사람을 다른 시각으로 보기 시작했습니다. 그 사람이 제 부친의 눈에는 띄지 않도록 애썼던 자신의 나쁜 성질이 있었는데, 그와 비슷한 연배로서 저희 아버님이 지켜보지 못하는 시간에 그를 지켜볼 수 있던 나는 그의 모든 것을 관찰할 수 있었습니다. 여기서 다시 한번 엘리자베스 양의 마음을 상하게 만들 수도 있겠습니다. 그것이 어느 정도일지 엘리자베스 양 당신만이 알 수 있겠지만요. 위컴이 엘리자베스 양의 마음에 어떤 감정을 불러일으켰는지 모르겠습니다만 그 사람의 본성에 대해 말씀드리지 않을 수가 없습니다. 그 사람의 나쁜 점이 또 하나 추가될 것입니다. 덕망 높으신 제 부친께서는 5년 전에 돌아가셨습니다. 아버님의 위컴에 대한 애정은 마지막 시간까지 변함이 없었고, 그의 여건이 허락하는 한 최고의 지위에 오르게 해주라고 제게 지시하시면서 만약 위컴이 성직을 택한다면 좋은 자리가 났을 때 바로 임명해주라고 하셨습니다. 그리고 천 파운드의 유산도 남겨놓았지요. 그의 부친도 저희 아버님이 돌아가시고 조금 후에 돌아가셨는데, 그런 일이 있고 반년도 되지 않아서 위컴이 제게 편지를 보내왔습니다. 자기가 성직자가 되지 않기로 결심을 굳혔으며, 그러니 그 성직을 다른 사람에게로 돌리는 대신에 돈으로 받았으면 좋겠다는 것이었습니다. 그런 요구가 부당하다고 생각하지 않기를 바란다는 말도 했습니다. 그리고 추가하기를, 자기가 법률 공부를 하고 싶은데 천 파운드의 유산에 대한 이자로는 그런 학비를 감당할 수 없다는 점을 저도 잘 알 거라고 했습니다. 저는 그때 그 사람 말을 믿었다기보다는 그가 바라는 대로 되기를 한편으로 원했다고 볼 수 있습니다. 어떻든 간에 그 사람의 제안에 동의해줄 용의가 있었습니다. 저는 위컴 같은 사람이 성직자가 되는 게 바람직하지 않다고 판단했습니다. 그래서 그 일이 잘 해결되었습니다. 그 사람한테 성직의 기회가 오더라도 그것을 받지 않는 대가로 제가 그에게 3천 파운드를 주었습니다. 그러면서 저는 더는 그를 상대하지 않아도 된다고 여겼습니다. 그 사람을 좋게 보지 않았기 때문에 저는 펨벌리나 런던에 있는 제 집으로 그 사람이 오지 못하도록 했습니다. 제가 알아본 바로는 그가 런던에서 지내기는 했지만 법학 공부를 한다는 말은 거짓이었습니다. 저는 그가 그저 방탕한 생활을 했다는 것을 알게 되었습니다. 3년가량 저는 그 사람 소식을 전혀 접하지 못하고 있었습니다. 그런데 그가 목사직을 계승하기로 되어 있던 교회의 목사가 사망하자 위컴 그 사람이 다시 편지를 보내어 자기가 그 자리를 맡도록 해달라고 간청해왔습니다. 자신이 아주 곤궁한 처지에 있다는 것이었습니다. 자기한테 법학 공부가 맞지 않다는 점을 깨달았고 이제 성직자가 되기로 확고하게 결심했다는 것이었습니다. 그렇게 되려면 제가 그 사람을 목사직에 임명해야 하는데, 그 사람은 제가 그렇게 해줄 것을 의심하지 않았습니다. 제가 그 자리에 다른 사람을 임명할 생각도 없고 제가 부친의 유언을 잊을 수 없을 거라고 봤습니다. 그런 그의 요청을 들어주지 않았고, 그 사람이 여러 번 간청했지만 들어주지 않았다고 해서 제가 나쁜 사람은 아닐 것입니다. 그 사람은 자기 처지가 궁핍해지면서 점점 더 저를 원망하게 되었고, 저를 비난하면서 다른 사람에게 저를 나쁘게 평가했습니다. 그 이후로 그 사람과 저의 관계는 완전히 끊기게 되었습니다. 그가 어떻게 생활해왔는지 저는 알 수가 없습니다. 그런데 그 사람이 지난 여름에 나를 다시 괴롭히면서 나타난 것입니다. 이제 지금부터 말씀드리는 점은 제가 될 수 있으면 잊고 싶은 일입니다. 다른 상황이라면 이런 얘기를 하지 않을 것입니다. 그러니 엘리자베스 양이 이 일에 대해 비밀을 지켜주실 수 있으리라고 확신합니다. 저한테는 열 살 이상 차이가 나는 여동생이 하나 있는데 제 어머님의 조카인 피츠윌리엄 대령과 제가 그 아이의 후견인 역할을 맡고 있답니다. 1년쯤 전에 동생이 학업을 마치자 우리는 런던에 집을 하나 구해서 동생이 살도록 만들어놓았습니다. 지난여름에 제 동생이 가정교사를 맡고 있던 어떤 여자와 함께 램스게이트로 가게 되었습니다. 그리고 그곳으로 위컴도 갔는데 의심의 여지없이 의도된 행동이었습니다. 가정교사인 욘지라는 여자와 위컴이 아는 사이라는 점이 나중에 드러났기 때문입니다. 욘지라는 여자한테 우리가 속아버린 셈입니다. 그 여자의 협조로 위컴은 제 여동생의 호감을 얻었고, 제 여동생이 애정에 눈이 멀어버려서 위컴과 도피하기에 이른 것입니다. 제 동생 조지아나는 겨우 열다섯 살이었고, 그래서 제대로 판단을 할 수 없었던 거지요. 그처럼 경솔한 행동을 하기도 했지만 다행히 도피 사실을 알려준 것도 제 동생이었답니다. 도피하기 하루 전에 제가 갑자기 동생이 있는 곳을 방문했는데, 제 동생은 아버지나 다름없이 생각하던 제가 분노할 거라는 생각에 괴로워하다가 저한테 모든 사실을 고백해주었습니다. 제가 어떤 기분이었고 어떻게 행동했을지 엘리자베스 양은 짐작하실 수 있을 것입니다. 제 동생의 처지를 생각해서 추가적인 말은 하지 않겠지만, 저는 위컴에게 편지를 써서 즉시 그곳을 떠나도록 만들었고 욘지라는 여자는 제 동생의 가정교사 자리에서 쫓아냈지요. 위컴의 의도가 3만 파운드에 이르는 동생의 재산에 있었다는 점은 의심의 여지가 없습니다. 그런데 저에 대한 복수심이 강한 동기가 되었을 거라는 점도 의심하지 않을 수 없습니다. 완벽하게 복수할 뻔했던 거지요. 이것이 모든 사건에 대한 진솔한 기술입니다. 만약 제 말이 거짓이라고 생각되지 않는다면 앞으로 제가 위컴한테 못되게 행동했다는 비난은 하지 말아주시기를 부탁드립니다. 위컴이 어떤 식으로 엘리자베스 양을 속였는지는 모르겠군요. 그렇지만 그 사람의 의도가 성공했다고 해도 놀랄 일은 아니지요. 엘리자베스 양이 내막을 몰랐기 때문에 그 사람의 거짓을 알 수 없었던 거고 그 사람을 의심할 수도 없었을 겁니다. 이 모든 점을 왜 어젯밤에 말씀드리지 않았는지 의심하실 수도 있습니다. 그렇지만 그 당시에는 제가 너무나 흥분해 있었기 때문에 어디까지 진실을 말해주고 또 밝혀도 되는지 감을 잡을 수가 없었습니다. 제가 말씀드린 모든 점에 대해 피츠윌리엄 대령한테 사실 여부를 확인해보십시오. 그는 저와 가까운 친척이기 때문에 계속 친하게 지내왔고 제 아버님의 유언 집행인의 한 사람이기 때문에 그동안에 벌어진 일을 자세히 알고 있습니다. 저에 대한 나쁜 감정 때문에 제 말을 의심하신다고 하더라도 제 사촌과는 허물없이 대화를 나눌 수 있으리라고 생각하고 있습니다. 그리고 그 사람의 말을 들어보실 수 있도록 이 편지가 오늘 오전 중으로는 엘리자베스 양의 손에 넘겨지기를 바라고 있습니다. 엘리자베스 양에게 신의 은총이 있기를 빕니다.

피츠윌리엄 다아시

13

엘리자베스는 다아시에게 편지를 받을 때 그가 다시 청혼하는 것을 기대하지는 않았지만 편지 내용에 대해서는 아무것도 짐작할 수가 없었다. 그렇지만 편지의 내용이 그러했고 그녀가 얼마나 편지를 유심히 읽어내려갔을지, 얼마나 복잡한 감정을 느꼈을지 짐작할 수 있을 것이다. 편지를 읽어내려가면서 그녀는 말할 수 없이 착잡한 감정을 느꼈다. 처음에는 그가 변명할 무엇이 있다는 사실을 알고는 놀랐다. 그가 수치감을 느낄 줄 아는 사람이라면 어떤 설명도 하지 못할 거라고 느꼈다. 그녀는 그가 무슨 소리를 하려는지 알아보기 위해 네더필드에서 발생한 사건에 대해 그가 하는 이야기를 읽어나갔다. 읽는 데 너무 열중한 나머지 문장의 내용이 이해되지 않았고, 다음 문장에서 나올 말이 너무 기다려져서 앞의 문장에서 하는 말을 제대로 파악할 수도 없었다. 언니가 무신경적으로 보였다는 그의 주장은 즉시 아무런 근거가 없는 것으로 치부해버렸고, 그가 그 결혼에 반대한 진짜 이유라고 하는 것은 그녀를 너무 화나게 만들었기 때문에 그가 옳은 생각을 할 수도 있을 거라는 생각도 사라지게 만들어놓았다. 다아시는 자기가 한 일에 대해 그녀를 만족시킬 정도의 어떤 유감의 말도 하지 않았다. 문투에도 참회하는 구석이 없고 오히려 거만해 보였다. 오만이나 무례함으로 범벅이 되어 있었다.

그리고 위컴에 대한 설명이 이어졌는데, 그녀는 이제 비교적 덜 흥분된 상태에서 일련의 사건에 대한 설명을 읽어나갈 수 있었다. 만약 그것이 진실이라면 자신이 위컴에 대해 가졌던 모든 견해를 뒤집어버릴 만한 내용이었다. 또한 위컴이 직접 한 말과 아주 유사했기 때문에 그녀는 고통스럽고 어떤 표현하기 어려운 감정에 휩싸였다. 놀라움, 두려움, 심지어 공포감이 밀려들었다. 그것을 전적으로 부정하고 싶었고 속으로 이렇게 외치고 있었다. '이건 거짓이야! 그럴 리가 없어! 아주 비겁한 거짓이라고!' 그녀는 편지를 다 읽고 난 다음에도 맨 뒤에 있는 한두 페이지의 내용을 파악할 수 없었고 편지를 황급히 내동댕이치고 다시는 보지 않을 거라고, 편지 내용은 생각도 하지 않을 거라고 다짐했다.

엘리자베스는 이처럼 흥분된 상태에서 생각의 갈피를 잡지 못한 채 이리저리 걸어다녔다. 아무 해결책이 나오지 않았다. 30분도 지나지 않아서 다시 편지를 펼쳐 들었고, 최대한으로 마음을 진정하고서 위컴에 관련된 부분을 다시 꼼꼼히 읽어가면서 문구 하나하나의 의미를 음미해봤다. 위컴과 펨벌리 집안 사람들의 관계에 대한 설명은 위컴이 한 말과 정확히 일치했다. 다아시 아버지의 선량한 면에 대한 다아시의 말은, 그 편지를 읽기 전까지는 그 정도를 알 수 없었지만 위컴이 한 말과 다르지 않았다. 거기까지는 두 사람이 서로 상대방의 말을 확인해주고 있었다. 그런데 유언의 부분에 이르러서는 차이가 아주 컸다. 목사 직책에 대해 위컴이 한 이야기가 아직도 그녀의 기억에 생생하게 남아 있었고 그가 한 말 하나하나를 모두 기억하고 있었기 때문에 둘 중 한 사람은 완전히 거짓말을 하고 있다고밖에 볼 수 없었다. 그녀는 잠시 동안은 자기가 잘못 생각한 게 아니라고 간주했다. 그렇지만 위컴이 목사 직에 대한 권리를 포기하는 대가로 3천 파운드라는 금액을 받았다는 부분을 읽고 또 읽어본 결과 이제는 주저하지 않을 수 없었다. 그녀는 편지를 접어두고서 공정한 입장에서 모든 상황을 판단해보고자 각각의 주장을 따져봤지만 아무 소용이 없었다. 양쪽 모두가 자기주장만 하고 있을 뿐이었다. 그녀는 다시 편지를 읽어내려갔다. 그렇지만 자신이 지금까지 믿고 있던 것에 반해서 하나하나의 문장이 더욱 선명하게 드러내는 것은, 어떤 설명으로도 파렴치하다고 여겨질 수밖에 없다고 생각해오던 다아시의 행동이 오히려 사건 전체에서 그에게 아무 죄가 없다고 해석될 수도 있다는 점이었다.

위컴이 낭비를 일삼고 방탕한 생활을 해왔다고 다아시가 주저 않고 말한 점은 그녀에게 충격으로 다가왔다. 그런 주장이 부당하다고 판단할 만한 근거가 없었기 때문에 더욱 그러했다. 위컴이 메리튼의 부대에 들어가기 전에 어떤 생활을 했는지 한 번도 들어본 적이 없고, 그 부대에 들어간 것도 런던에서 우연히 만난 어떤 사람의 소개로 그렇게 되었다는 얘기 외에는 들은 것이 없었다. 그의 그전 생활은 그가 스스로 이야기한 것 외에는 아무것도 하트포드셔에서 알려진 게 없었다. 그가 어떤 사람인지를 직접 알아볼 수 있는 입장

이었다고 하더라도 사실 그렇게 하지는 않았을 것이다. 그의 용모나 목소리나 매너만 보고서 그가 좋은 사람이 분명하다고 성급하게 단정해버렸기 때문이다. 그가 다아시의 공격에서 자기를 방어할 수 있는 어떤 선량한 행동을 한 적이 있는지, 정직하거나 자비로운 마음씨를 베푼 일이 있는지를 회상해보려고 했다. 만약 그렇다면 다아시가 비난한, 여러 해에 걸친 그 사람의 나태함이나 사악함이 선량한 사람에게도 흔히 나타날 수 있는 일반적인 실수로 간주할 수 있었기 때문이다. 그렇지만 그런 기억이 떠오르지 않았다. 그녀는 그 사람의 매력적인 몸매나 태도를 즉시 그려볼 수 있었다. 그렇지만 주위 사람들이 그를 좋게 생각하고 있다거나 그가 뛰어난 처신술로 많은 사람의 호감을 샀다는 점 외에 실질적인 미덕을 기억해낼 수는 없었다. 이 대목에서 한동안 생각해본 다음에 그녀는 다음 구절을 읽어나갔다. 그런데! 그가 재산을 노리고 다아시의 여동생을 꼬드긴 대목은 바로 어제 아침에 엘리자베스 그녀가 피츠윌리엄 대령과 나눈 대화의 내용과 일치했다. 그리고 다아시는 피츠윌리엄 대령에게 자기가 한 말이 모두 사실인지를 확인해보도록 요청하고 있었다. 피츠윌리엄 대령이 이미 다아시 자신의 일에 깊이 관여하고 있다는 말을 전에 했는데 그의 인격에 그녀는 아무런 의심을 품을 수가 없었다. 그녀는 그 사람에게 물어보려는 생각을 하기도 했지만 그렇게 되면 얼마나 어색해질까 우려되어 주저하게 되었고, 다아시가 만약 사촌이 자기 말을 입증해줄 거라는 자신감이 없었다면 그런 얘기를 썼을 리 만무하다는 생각이 들어 그에게 물어보는 일은 고려 대상에서 제외했다.

엘리자베스는 필립스의 집에서 위컴과 처음으로 만난 날 저녁때 그 사람과 나눈 대화 내용을 모두 기억하고 있었다. 그가 한 많은 표현이 아직도 그녀의 기억 속에 생생하게 남아 있었다. 그것을 돌이켜볼 때, 처음 만난 사람에게 그런 식의 얘기를 하는 게 적절치 않다는 점을 이제야 지각하게 되었고 자기가 이전에는 그런 점을 깨우치지 못한 사실이 의아스러웠다. 그가 자신을 과시하는 것도 적절하지 못한 행동이었고 그가 한 말이 그의 행동과 일치하지도 않았다. 그는 다아시를 만나는 게 두렵지 않고, 다아시가 자신을 피해서 그 고장에서 떠난다고 하더라도 자기는 꼼짝하지 않을 거라고 했다. 그렇지만 그다음 주에 네더필드에서 열린 무도회를 그가 피해버렸다. 그리고 네더필드의 사람들이 떠나기 전에는 자기 이야기를 그녀 말고는 다른 사람들한테 하지 않았지만 그들이 떠나버리자 어디서나 얘기를 해댔으며, 다아시의 부친에 대한 존경심 때문에 그 아들에게 해로운 일은 하지 않을 거라는 다짐에 반하여 다아시를 뭉개버렸다는 점을 기억해냈다.

이제 위컴과 관련되었던 모든 일이 아주 다르게 보였다. 그가 킹이라는 여자에게 관심을 보인 것은 오직 돈 때문이었다는 점이 드러났다. 그녀의 재산이 아주 많지 않다는 사실은 그가 욕심이 별로 없다는 의미가 아니라 그가 어느 누구든 잡고 늘어지려는 사람이라는 점을 보여줬다. 이제는 그 사람이 자기에게 관심을 보였던 점도 의심스러워졌다. 그 사람이 그녀의 재산에 대해 잘못된 정보를 갖고 있었거나, 아니면 이제야 그녀가 깨달은 것이지만, 그녀가 너무 헤프게 호감을 보이도록 유도하여 자신의 허영심을 만족시키고 있지 않았나 하는 생각이 들었다. 이제 그 사람에 대한 호감이 점점 더 약해져갔다. 그리고 다아시의 입장을 변호해주는 일이 계속 생각났는데, 전에 제인의 질문을 받고서 빙리는 위컴과의 일에서 다아시가 잘못한 점이 없다고 말해주었다. 그리고 다아시를 알게 된 이후로, 또한 최근에 그를 가까이에서 지켜보는 동안에 그 사람이 무원칙하고 부정직한 사람이라거나 종교적 또는 도덕적으로 문제가 많은 사람이라고 여길 만한 행동을 한 적이 없다고 말한 점도 생각해냈다. 다아시는 가까이 지내는 사람들 사이에서는 존경을 받고 있고, 위컴조차도 그가 오빠로서는 훌륭한 사람이라고 말한 적이 있다. 그가 자기 동생에게는 아주 다정다감하다는 얘기를 익히 들었다. 그가 위컴이 말한 대로 행동한 게 사실이라면 세상 사람들이 모르고 넘어갈 리 없다. 그리고 그런 행동을 하는 사람이 빙리처럼 상냥한 사람과 친구가 되기란 불가능할 것이다.

이제 엘리자베스는 자기 자신이 너무 창피했다. 다아시나 위컴에 대해 자신이 그토록 눈이 멀었고 편파적이었으며 터무니없는 생각을 갖고 있었다. 그녀는 혼자 이렇게 중얼거렸다.

"내가 정말 어리석었군! 판단력만큼은 자신 있었는데! 내 능력에 아주 자부심이 있었는데! 언니는 너무 솔직해서 탈이라고 놀려댔고, 난 남을 의심해가면서 자만심에 싸여 있었군. 이제야 모든 걸 알게 되다니 얼마나 창피한 노릇이야! 하긴 창피스러운 것도 당연하지! 남자하고 사랑에 빠졌어도 이처럼 눈이 멀지는 않았을 거야. 처음 만났을 때 한 사람은 나한테 호감을 보여줬기 때문에 기분이 좋았고, 다른 한 사람은 나를 무시해버렸기 때문에 기분이 나빠져서, 그 두 사람에에게 선입견과 무지만을 갖게 됐고 이성은 발로 차버린 거지. 지금 이 시간까지 난 나 자신을 모르고 있었던 거라고."

그런데 자신의 문제에서 제인으로, 그리고 제인에서 빙리로 이어지는 생각을 해보다가, 그녀는 최소한 이 부분에서는 다아시의 설명이 불충분하다고 생각했다. 그래서 편지의 그 부분을 다시 읽어봤다. 그러자 결과는 아주 달라졌다. 다아시는 그녀의 언니에게 진정한 애정이 없다고 말했는데, 그 부분과 관련해서는 이전에 샬럿이 한 말을 생각해보지 않을 수가 없었다. 그리고 이제 제인에 대한 다아시의 설명이 공정하다는 사실도 부인할 수 없게 되었다. 제인의 감정은 열렬했지만 사실 겉으로는 적나라하게 드러나지 않았고 제인의 태도나 매너가 누구에게나 싹싹했기 때문에 커다란 느낌을 가져다줄 정도는 아니었다.

자기 가족이 언급된 구절에 이르러서는 그러한 비난 때문에 심각한 수치심을 느꼈다. 비난이 정당했기 때문에 부인할 수가 없었고,

네더필드의 무도회에서 있었던 일들을 다아시로서는 받아들일 수 없었다고 했는데 사실 그녀도 그것이 문제라고 생각했다. 다아시가 그녀와 제인에 대해 칭찬한 말이 조금 위로가 되기는 했지만, 나머지 가족들에 대한 비난으로 뒤틀어진 마음을 달래줄 수는 없었다. 그리고 제인이 지금 이런 상태에 이른 이유가 자신의 가족들 때문이고, 자신과 언니에 대한 평가가 가족들 때문에 얼마나 피해를 입었는지 생각하자 전에 느낄 수 없던 울적함이 밀려들었다.

오솔길을 따라서 두 시간 동안 걸어다니면서 이런저런 생각을 하고 이런저런 가능성을 타진해보며 이리저리 다른 방도를 찾아보다가, 너무나도 갑작스러운 변화로 피로가 몰려왔고 너무 오랫동안 밖을 돌아다녔다는 생각을 하면서 집으로 돌아갔다. 그리고 이제는 평소대로 쾌활한 기분을 유지할 것이고 다른 사람들과도 대화를 재미있게 만들기 위해 울적한 마음은 접어둬야 한다고 생각하며 집 안으로 들어갔다.

엘리자베스는 자신이 없는 동안에 로싱스 저택의 두 남자가 찾아왔다는 소식을 전해들었다. 다아시는 그녀에게 작별 인사를 하기 위해 단 몇 분 동안만 기다리다가 갔지만, 피츠윌리엄 대령은 한 시간 이상 앉아서 기다리다가 정원으로 그녀를 찾아나서려는 생각까지 했다는 것이다. 엘리자베스는 그 사실에 어쩔 수 없이 걱정하는 척했지만, 사실 속으로 잘되었다고 생각했다. 이제 피츠윌리엄 대령은 그녀의 관심 대상이 아니었다. 그녀는 오직 편지 생각만 하고 있었다.

14

두 신사는 다음 날 오전에 로싱스 저택을 떠났다. 그들과 작별 인사를 하기 위해 문지기 집에서 기다리고 있던 콜린스는 그 두 사람이 로싱스 저택에서 아쉬운 작별을 한 뒤 이제 밝고 건강한 모습으로 그곳을 떠났다는 소식을 갖고 집으로 돌아왔다. 다음에 그는 캐서린 여사와 그 딸을 위로해주기 위해 로싱스 저택으로 갔다. 그리고 두 사람이 가버린 후에 너무나 서운한 마음을 달래지 못한 캐서린 여사가 콜린스네 사람들하고 식사나 했으면 좋겠다고 했다는 좋은 뉴스를 갖고 집으로 왔다.

엘리자베스는 자신이 마음만 달리 먹었더라면 지금쯤 장래의 조카며느리의 자격으로서 배알할 수 있었을 거라는 생각을 하면서 캐서린 여사를 보지 않을 수가 없었다. 또한 그녀가 그 소식을 접했다면 얼마나 분개했을까 생각하니 속으로 웃지 않을 수가 없었다. '뭐라고 말했을까? 저 사람이 어떻게 나왔을까?' 등등의 생각을 하지 않을 수가 없었다.

사람들의 첫 번째 얘깃거리는 로싱스의 사람들이 줄어들었다는 점이었다. 캐서린 여사가 이렇게 말했다.

"사람들이 가버리니 집 안이 텅빈 것 같군. 나만큼 사람들이 없는 것을 아쉬워하는 사람도 없지. 내가 두 젊은이한테 특별한 애정이 있기도 하지만, 그들도 날 극진히 생각해주고 있어. 둘 다 가기 싫어하는 눈치더라고. 항상 그렇긴 하지만서도. 대령은 그래도 끝까지 잘 견뎌줬는데 다아시는 작년보다도 더 떠나길 싫어하는 것 같더라고. 우리 집에 갈수록 더 애착이 가나 보더군."

콜린스가 그 말에 동의해주었고 거기에 캐서린 여사와 그 딸은 미소로 응대해주었다.

저녁 식사가 끝난 후에 캐서린 여사는 엘리자베스의 기분이 좋지 않은 것 같은데, 그녀가 롱본으로 돌아가기가 아쉬워서 그러는 것 같다고 자기 나름대로 해석했다.

"만약 그렇다면 아가씨가 어머니한테 편지를 써서 좀 더 있다 가겠다고 하면 되겠군. 콜린스 부인도 아가씨가 더 있다 가기를 바랄 테니까."

"그렇게 말씀해주시니 감사합니다. 그치만 그렇게 할 수 없는 형편이에요. 다음 토요일에는 런던에 가야 한답니다."

엘리자베스가 응수했다.

"겨우 6주간만 있다가 가는군. 두 달은 머물 줄 알았는데. 아가씨가 오기 전에 내가 콜린스 부인한테 그렇게 말했었지. 그렇게 서둘러 가야 할 필욘 없을 거야. 아가씨 어머니도 한 2주간만 더 있다가 와도 된다고 할 텐데."

"그치만 아버지는 그렇지 않으실 거예요. 지난주에 편지할 때도 빨리 돌아오라고 그러셨어요."

"어머니만 허락한다면 아버지도 동의하실 테지. 아버지한테 딸들이 그렇게 소중할 리가 있을라고. 만약 한 달 더 머문다면 내가 두 아가씨 중 하나를 런던까지 태우고 갈 수 있어. 6월 초에 런던으로 가서 한 1주일 있다가 올 예정이니까. 마부는 앞에 앉아서 가도 될 테니 두 사람 중 하나를 태우고 갈 수 있다고. 그리고 만약에 날씨가 서늘하다면 두 사람 몸집이 크지 않으니까 둘 다 태우고 갈 수도 있어."

"친절한 말씀 감사합니다. 그치만 전 원래 계획대로 움직여야 하거든요."

캐서린 여사는 체념하는 듯 보였다.

"콜린스 부인, 하인을 하나 딸려 보내도록 하지. 두 젊은 여자가 대동하는 사람도 없이 이동하는 건 옳지 않다는 게 내 지론이야. 어떻게든 사람을 딸려 보내라고. 절대 그렇게 해야 돼. 젊은 여자는 적절한 보호를 받아야 하는 거라고. 작년 여름에 내 조카 조지아나가 램스게이트로 갈 때도 난 하인 두 사람을 대동해 보내야 한다고 했지. 펨벌리의 작고한 다아시 부부의 고명한 딸이 아무런 격식도 갖추지 않고서 사람들 앞에 나타나면 안 된다고 했지. 난 그런 일엔 항상 신경을 써준다고. 콜린스 부인, 존에게 얘기해서 저 사람들과 함께 가달라고 그러라고. 이런 말을 제때 해줄 수 있어서 다행이야. 여자들끼리만 보낸다면 체면이 안 선다고."

"제 외숙께서 하인 하나를 보낼 예정이랍니다."

"아, 외숙께서? 하인이 있나 보군. 그런 배려를 해줄 만한 친척이 있어서 다행이야. 말은 어디서 바꿔갈 건가? 브롬리에서 바꿔야겠군. 거기 벨이라는 음식점에서 내 얘기를 하면 잘해줄 거야."

캐서린 여사는 두 여자가 떠나는 일에 대해 그 외에도 이런저런 얘기를 했고, 그런 얘기를 주의 깊게 들어줘야만 했다. 그게 엘리자베스로서는 다행이었다. 그렇게 하지 않았더라면 다른 생각으로 머리가 어지러워서 자기가 지금 어디에 있는지도 몰랐을 것이다. 복잡한 생각은 혼자 있을 때 해야 한다. 혼자서 조용히 산책하지 않는 날이 하루도 없었고 엘리자베스는 다시 유쾌하지 않은 생각에 빠져들었다.

다아시의 편지는 이제 거의 외울 정도가 되어 있었다. 그녀는 문구 하나하나를 뜯어봤다. 그럴 때마다 그 편지를 쓴 사람에 대한 감정이 달라졌다. 그가 청혼한 순간을 기억해보면 아직도 화가 밀려왔다. 그렇지만 그녀 자신이 그 사람을 얼마나 부당하게 대우했는지 생각하면 자신에 대한 반감이 밀려왔다. 그의 낙담한 심정을 생각하면 미안한 마음이 들었다. 그가 애정을 보인 점에는 고마운 마음도 들었고 그의 전반적인 인격에는 존경심도 들었다. 그렇지만 그 사람을 애정으로 맞아줄 수는 없는 노릇이었다. 자기가 청혼을 거절한 사실에 대해 한 번도 후회해본 적은 없고 그 사람을 다시 보고 싶은 의향도 없었다. 그치만 자기가 전에 한 행동에 대해서는 여러 가지로 후회감이 밀려왔다. 그리고 자기 가족들의 결함에도 수치감이 밀려왔다. 그것을 어떻게 고쳐나갈 도리도 없었다. 아버지는 가장 어린 딸들의 경솔한 면을 다만 웃어넘기면서 시정하려고 하지 않았다. 그리고 마찬가지로 경박스러운 어머니는 그러한 사실을 인식하지도 못했다. 캐서린과 리디아가 천방지축으로 노는 것에 대해 엘리자베스는 제인과 힘을 합쳐 고쳐보려고 자주 시도하곤 했다. 그렇지만 그와 동일하게 천박한 어머니가 옆에 있는데 어떻게 향상될 수 있겠는가. 의지도 약하고 성미도 급한 캐서린은 항상 리디아가 하자는 대로 했고 다른 사람이 충고라도 하면 화를 냈다. 그리고 자기 멋대로 행동하고 경솔하기만 한 리디아는 남의 말을 듣는 것조차 싫어했다. 두 아이는 무식하고 방탕에 빠졌으며 허영심만 가득했다. 메리튼에 장교만 있으면 그곳에 가서 농땡이 칠 것이고 메리튼이 롱본에서 걸어갈 수 있는 거리에 있는 한 언제까지 그곳을 쏘다닐 것이다.

다른 한 가지 걱정거리는 제인의 일이었다. 다아시의 설명으로 이제 빙리를 다시 좋은 사람으로 보게 되었기 때문에 제인이 그런 사람을 놓친 게 더 아쉬웠다. 빙리가 제인에게 보인 애정은 진지한 것으로 드러났고 그가 자기 친구를 맹목적으로 신뢰한 점을 빼면 그의 행동에 아무 비난할 거리가 없었다. 제인의 입장에서 그처럼 바람직하고 행복이 보장되는 결혼을 자기 가족의 우매함이나 천박함 때문에 날려버린다는 게 얼마나 비통한 일인가.

그런 생각에다가 위컴의 못돼먹은 성격까지 알게 됐으니, 전에 우울해본 적이 별로 없는 엘리자베스였지만 이제 명랑한 기분을 내보일 수도 없게 되었다.

마지막 주 동안에는 여느 때와 다름없이 로싱스 저택으로 빈번한 방문이 이어졌다. 그리고 떠나기 전날 밤도 거기서 보냈다. 캐서린 여사는 여행에 대해 이것저것 캐물었고 짐을 가장 효과적으로 싸는 방법을 알려주었으며 야외용 드레스를 꾸리는 단 한 가지 좋은 방법에 대해서도 일러주었다. 그래서 마리아는 집으로 돌아가면 오전에 쌌던 짐을 풀어서 다시 싸야겠다는 생각을 했다.

헤어질 시간이 되자 캐서린 여사는 잘 가라고 얘기했고 내년에 다시 헌스포드로 오라고 초대해주었으며, 그녀의 딸도 인사하고는 악수를 나누었다.

15

토요일 오전에 엘리자베스와 콜린스는 다른 사람들이 나타나기 몇 분 전에 식당에서 만났다. 콜린스는 그것이 작별 인사를 따로 할 수 있는 기회라고 봤다.

"엘리자베스, 내 아내가 별도로 고맙다는 말을 했는지 모르겠군. 그런 말을 어떻게든 할 거야. 엘리자베스가 와줘서 정말 고마웠어. 이런 누추한 곳에 오고 싶은 사람은 별로 없을 거야. 살림살이도 별로 없고 방도 작고 하인도 몇 안 되고 밖으로 잘 나다니지도 않으니, 엘리자베스 같은 젊은 여자들은 아주 따분하겠지. 그치만 우리 집을 방문해주어 고맙게 생각하고 있고, 우리도 엘리자베스가 즐겁게 지내도록 안간힘을 썼다는 점을 알아줬으면 좋겠군."

콜린스가 말했다.

엘리자베스는 자기가 매우 감사히 생각하고 있으며 행복했다고 말했다. 지난 6주 동안 무척 즐거웠고 샬럿과 함께 지내게 되어서,

그리고 온갖 보살핌을 받아 고마움을 어떻게 표할지 모르겠다고 했다. 콜린스는 그 말에 흡족해했고 좀 더 진지하게 말했다.

"즐겁게 보냈다니 내 기분이 좋군. 사실 우린 최선을 다했어. 그리고 운 좋게도 아주 귀하신 분들께 엘리자베스를 소개시켜주고 로싱스와의 인연으로 별 볼일 없는 우리 집에서 그곳으로 자리를 옮길 수 있었으니, 이곳에 온 게 따분하지만은 않았을 거야. 캐서린 여사님네 가족과 그렇게 가까이 지낼 수 있는 건 아무나 누릴 수 없는 정말 굉장한 축복이지. 이제 우리가 어떤 위치인지 알 수 있을 거야. 우리가 얼마나 지속적으로 그 댁과 왕래를 하고 있는지도 알 수 있을 테고. 목사관이 이렇게 초라한데도 저 저택과 이처럼 친분을 유지하고 있으니 다른 사람들이 우리를 측은하게 생각하는 일은 없을 거야."

그는 자기 감정을 말로 제대로 나타낼 수가 없었다. 그래서 식당 안을 이리저리 걸어다니고 있었는데, 엘리자베스는 짤막한 말로 콜린스의 말에 화답해주었다.

"엘리자베스, 사실 하트포드셔에 우리가 아주 잘 지내고 있다는 얘기를 해도 좋을 거야. 꼭 그렇게 해줄 거라고 생각해. 아내 샬럿한테 캐서린 여사님이 아주 잘해준다는 것도 봐서 잘 알 거야. 엘리자베스의 친구가 불행한 결혼을 했다고 생각지는 않을 거야. 하지만 이 점에 대해선 더는 얘기하지 않겠어. 엘리자베스도 앞으로 좋은 결혼을 하기를 바랄 뿐이야. 나하고 샬럿은 오직 한마음이야. 모든 일에 의견 일치가 되고 있어. 이처럼 어울리는 부부는 없을 거라고."

엘리자베스는 두 사람이 그렇게 잘 어울려서 정말 행복하게 보이며 자신도 그 집안이 행복하기를 진심으로 바란다는 말을 해주었다. 그런 얘기를 늘어놓는 도중에 샬럿이 식당 안으로 들어왔는데, 칭찬의 말을 더 해줄 수 없어서 유감이라는 생각은 들지 않았다. 불쌍한 샬럿! 그런 사람들 틈에 샬럿을 두고 가는 게 슬픈 일이었다. 그렇지만 샬럿은 뻔히 보이는 상황에서 그걸 선택했다. 샬럿도 이제 사람들이 가버리는 점을 애석해하기는 했지만 자기 처지를 동정해달라는 모습으로 보이지는 않았다. 그녀의 집, 집안일, 교구의 일, 닭 키우는 일 그리고 그 외 모든 일이 아직은 그녀에게 매력적이었다.

이윽고 마차가 도착했고 짐을 마차에 싣고 떠날 준비가 되었다. 애정 어린 작별 인사가 이루어진 다음에 콜린스는 엘리자베스를 대동하고 마차가 있는 곳으로 갔다. 그들이 정원을 걸어가는 동안에

콜린스는 엘리자베스의 가족들에게 안부를 전하면서 지난겨울에 롱본에서 받은 친절에 대한 감사의 인사를 가족들에게 전해달라는 말을 했고, 자기가 직접적으로 알지는 못하지만 가드너 부부에게도 안부를 전해달라는 말을 했다. 그러고 나서 엘리자베스와 마리아가 마차에 타는 것을 거들어주었는데, 마차 문이 닫히는 찰나에 그가 황급히, 로싱스의 여자들에게 남길 말을 엘리자베스와 마리아가 해주지 않았다는 점을 상기시켰다.

"그치만 여기 있는 동안에 여러모로 친절을 베풀어주셔서 아주 감사하다는 말을 전해달라는 식이겠지"라고 콜린스가 알아서 말해주었다.

엘리자베스는 그 말에 이의를 보이지 않았고 다음에 문이 닫혔으며 마차는 출발했다.

마차를 타고서 몇 분을 가다가 마리아가 이렇게 말했다.

"우리가 온 지 하루이틀밖에 지나지 않은 거 같아. 근데 그동안에 얼마나 많은 일이 벌어진 거야!"

엘리자베스가 한숨을 쉬면서 이렇게 대꾸했다.

"많은 일이 있긴 있었지. 아홉 번이나 로싱스에서 식사를 같이 하고 두 번 차를 같이 마셨고. 사람들한테 얘기해줄 거리가 많이 생겼군!"

그러고 나서 엘리자베스는 속으로 이렇게 중얼거렸다.

'그리고 난 감출 게 얼마나 많은 거야?'

그들은 많은 얘기는 하지 않은 채 이동했고 특별히 위험한 일도 벌어지지 않았다. 헌스포드를 떠난 지 네 시간 만에 그들은 가드너의 집에 도착했고 거기서 며칠 동안 머물 예정이었다.

제인은 상태가 좋아 보였다. 외숙모가 마련해준 여러 가지 이벤트 때문에 제인의 기분을 자세히 관찰할 기회는 없었다. 그렇지만 제인도 엘리자베스, 마리아와 함께 롱본으로 갈 거라서 그때 자세히 관찰하면 되었다.

엘리자베스는 다아시가 자기에게 청혼한 사실을 말하고 싶은 마음을 억눌러야 했다. 그런 소식을 전하면 제인이 깜짝 놀라면서 엘리자베스 자신의 허영심을 채울 수는 있을 테지만 어디까지 얘기를 전해주어야 할지 판단이 서지 않았고, 그런 얘기를 하다 보면 빙리 얘기도 나올 텐데 제인의 마음만 울적하게 만들 거라는 생각이 들었다. 그래서 엘리자베스는 그 말을 하고 싶어도 할 수가 없었다.

16

세 명의 젊은 여자들이 그레이스처치 가를 출발하여 하트포드셔의 작은 읍에 도착한 것은 5월의 둘째 주였다. 베넷의 마차가 마중나오기로 한 여관으로 다가갔을 때 키티와 리디아가 2층의 음식점에서 내다보고 있는 게 눈에 띄었다. 그녀들이 타고온 마차의 마부가 제때 당도하도록 시간을 잘 지켜주어서였다. 키티와 리디아는 거기서 한 시간 동안 기다리면서 모자 가게에 들르기도 하고, 근무 중인 파수병을 구경하기도 했으며, 오이 샐러드를 만드는 등으로 시간을 보내고 있었다.

두 자매는 언니들을 마중하고 나서는 여관 식당에서 차가운 고기가 올려진 식탁을 자랑스럽게 가리키며 이렇게 소리 질렀다.

"이거 아주 멋지지? 아주 놀라운 선물이 될 거야."

그리고 리디아가 덧붙였다.

"우리가 한턱내기로 했어. 그치만 돈을 빌려줘야 돼. 저 가게에서 우린 돈을 다 써버렸거든."

그러고는 자기가 산 것을 보여주면서 이렇게 말했다.

"이것 보라고. 이 모자, 내가 산 거야. 멋있지 않아? 엄청 멋있지는 않아도 그래도 가질 만한 거야. 집에 가서 다시 고쳐서 더 아름답게 만들어보려고 그래."

언니들이 별로라고 하자 이렇게 말했다.

"그치만 가게 안에는 이것보다 더 보기 싫은 게 두세 개는 있더라고. 근데 예쁜 색깔로 수놓으면 아주 쓸 만할 거야. 그리고 이번 여름엔 아무렇게나 걸치고 다녀도 상관없어. 부대가 메리튼에서 2주일 있으면 떠나버릴 테니까."

"정말 부대가 떠나는 거니?"

엘리자베스가 얼굴이 환해지며 소리 질렀다.

"브라이턴 근처로 옮기려는 모양이야. 이번 여름에 아버지가 우리 모두 거기로 데리고 가면 좋겠어. 아주 좋은 계획인데. 그리고 돈도 별로 들지 않을 거고. 어머니도 물론 가시려고 할 거야. 안 그러면 이번 여름이 얼마나 따분해지겠어."

"정말 좋은 계획이 되겠구나. 우리 모두한테 즐거운 일이지. 어이구, 하느님! 브라이턴이라고? 온통 군인들뿐이라 이거지. 우린 이미 메리튼에서 군인들을 알 만큼 다 알아버렸잖아?"

엘리자베스가 말했다.

"나한테 뉴스가 있어. 뭐일 거 같아? 우리 모두가 좋아하는 어떤 사람에 대한 아주 좋은 뉴스라고."

식탁 앞에 앉으면서 리디아가 말했다. 제인과 엘리자베스는 서로를 바라다봤고, 그러고 나서 웨이터더러 나가도 좋다고 말했다. 그러자 리디아가 이렇게 말했다.

"참, 언니들은 너무 격식 갖추기를 좋아한단 말야. 웨이터가 들으면 안 된다고 생각하는 거지. 저 사람은 지금 내가 하려는 말보다 더 나쁜 말도 숱하게 들을 텐데 뭘. 근데 저 사람 못생겼다. 가버려서 속이 시원하긴 해. 저렇게 턱이 긴 사람은 처음이야. 그나저나 소식을 전해줄게. 위컴 얘긴데, 웨이터가 듣기에도 아까운 소식이지. 이제 위컴이 킹하고 결혼할 가능성이 없어져버렸어. 그 여자가 리버풀에 사는 삼촌한테 가버렸대. 거기서 살려고 간 거지. 그러니 이제 위컴은 안전한 상태야."

"그리고 킹도 안전하겠지! 자기 재산을 날려버릴 그런 경솔한 짓을 안 하게 돼서 말야."

엘리자베스가 대꾸했다.

"그 남자를 그리 좋아하면서 떠나버리다니 바보 같은 짓 아냐?"

"내가 보기엔 양쪽 모두 애정이 별로 없었던 거 같아."

제인이 말했다.

"위컴 편에서는 애정이 없었다고 봐야겠지. 실제로 안중에 그 여자가 없었던 거라고. 주근깨투성이고 작달막한 그런 여자를 누가 좋아하겠어?"

엘리자베스는 자기가 그런 표현을 쓸 수는 없겠지만 자신이 품어온 감정으로 본다면 위컴에 대해 그와 동일한 안 좋은 말을 할 수 있을 거라는 생각을 하고 있었다.

모두가 식사를 끝내고 언니들이 음식값을 지불하고 나자 이제 마차를 불렀다. 모두가 자리를 잡고 박스나 바느질 도구 주머니, 꾸러미, 그리고 키티와 리디아가 산 별 볼일 없는 물건들도 모두 챙겨 실었다.

리디아가 말했다.

"아주 꽉 들어찼네! 난 모자를 산 게 그래도 다행이야. 모자 상자 하나를 더 보태는 것밖엔 재미가 없다고 해도 말이지. 이제 집까지 가는 동안에 아주 편안하게 웃고 얘기하며 가보자고. 우선 언니들이 떠난 뒤로 무슨 일이 벌어졌는지 말해봐. 괜찮은 남자라도 물색해봤어? 시시덕거릴 남자는 없었냐고? 언니들이 남편감이라도 하나 물고 오길 기대하고 있었다고. 큰언니는 이제 곧 노처녀가 될 거

야. 벌써 스물셋이잖아? 내가 스물세 살이 될 때까지 결혼을 못한다면 얼마나 속상할까? 필립스 이모도 언니들이 남편감을 잡기를 고대하고 있다고. 이모는 둘째 언니가 콜린스하고 결혼했다면 좋았을 거래. 하지만 난 그런 결혼을 해도 별로 좋은 일은 없을 거라고 생각하고 있지. 내가 언니들보다 먼저 결혼해버릴까 보다. 그러면 내가 무도회 같은 데 언니들을 데리고 갈 텐데 말야. 저번에 포스터 대령 집에서 재밌는 일이 벌어졌어. 넷째 언니하고 나하고 거기서 시간을 보내고 있는데, 그날 저녁에 작은 무도회를 열기로 돼 있었어. 나는 이제 포스터 대령네 부인하고 아주 가까운 사이가 됐지. 근데 포스터 대령 부인이 해링튼 식구네 두 딸한테 오라고 해놓았는데 해리엇이 병이 나서 못 오고 펜 혼자만 왔어. 그래서 우리는 할 수 없이 챔벌레인한테 여자 옷을 입혀가지고 여자 행세를 하도록 했어. 얼마나 웃겼는지 몰라. 대령하고 그 사람 부인하고 키티하고 나만 빼고는 모두가 그 사실을 몰랐지. 아, 이모도 알고 있었구나. 이모한테서 옷 하나를 빌려 입어야 했거든. 그 남자가 얼마나 멋있게 변장했는지 어떻게 표현할 수가 없어. 데니, 위컴, 프랫 외에 남자들 두세 명이 더 왔는데, 아무도 여자로 변장한 사실을 몰랐지. 난 얼마나 웃었는지 몰라. 포스터 대령 부인도 마찬가지였지. 그 통에 남자들은 무슨 꿍꿍이속이 있구나 하고 의심해버렸고, 그래서 결국 모든 게 밝혀졌지."

리디아는 파티에서 생겨난 일이라든지 거기서 벌어진 재미있는 농담 같은 것으로 롱본으로 가는 길을 즐겁게 해주려고 했고, 키티도 옆에서 리디아의 말을 거들어주었다. 엘리자베스는 듣는 둥 마는 둥 했지만 위컴의 이름이 자주 언급되어 신경이 쓰일 수밖에 없었다.

집에서는 식구들이 반갑게 맞아주었다. 베넷 부인은 여전히 아름다운 제인의 자태를 보고 기뻐했고, 식사 도중에 베넷은 두 번 이상 엘리자베스에게 "네가 돌아와서 매우 기쁘구나" 하는 말을 해주었다.

루카스네 식구들이 마리아를 만나보고 소식을 전해 들으려고 왔기 때문에 식당에는 대부대가 들어차게 되었다. 그리고 사람들은 여러 가지 화젯거리를 놓고서 말을 늘어놓았다. 루카스 부인은 테이블 건너편으로 마리아에게 샬럿의 안부나 닭 키우는 일에 대해 물어댔다. 베넷 부인은 조금 떨어져 앉아 있는 제인에게 요사이 런던에서 유행하는 패션이 뭔지 루카스네 젊은 여자들도 듣도록 알려달라고 했다. 그리고 리디아는 다른 누구보다도 더 큰 목소리로 모든 사람들에게 오전 중에 벌어진 즐거웠던 일들에 대해 떠들어댔다.

"메리 언니! 우리랑 같이 갔으면 좋았을 텐데. 아주 재밌는 일이 벌어졌어. 마차를 타고 거기까지 가는 도중에 우린 차양을 내려버리고선 마차 안에 아무도 안 타고 있는 것처럼 보이게 했지. 키티 언니가 몸만 불편하지 않았더라면 그렇게 끝까지 갔을 거야. 여관에 당도해가지고 난 근사하게 한턱냈지. 이 세상에서 가장 멋진 요리를 대접했어. 메리 언니도 같이 갔더라면 내가 대접했을 거라고. 집에 돌아올 때도 재밌는 일이 벌어졌어. 우리 모두가 마차 안에 다 못 탈 줄 알았어. 여기까지 오는 내내 웃고 왔어. 우리가 웃는 소리가 10마일 밖에서도 들렸을 거야."

그런 말에 메리는 엄숙한 태도를 하고서 대꾸했다.

"나도 그런 즐거움을 격하시킬 의도는 없어. 여자들은 모두가 그런 즐거움을 추구하니까 말야. 그치만 난 그런 것에 대해서는 별로 관심이 없어. 난 책만 있으면 모든 게 해결돼."

그렇지만 그런 말을 리디아는 전혀 귀담아듣지 않았다. 리디아는 누구의 말이라도 30초 이상 들어주는 예가 없었으며, 따라서 메리의 말에 전혀 관심을 갖지 않았다.

오후에 리디아와 나머지 여자들은 메리튼으로 놀러 가서 사람들을 만나보자고 했지만 엘리자베스는 반대했다. 베넷 집안 딸들이 집에 온 지 반나절도 되지 않았는데 벌써 장교들을 쫓아다닌다는 얘기를 듣고 싶지가 않았다. 그리고 반대하는 데는 다른 이유도 있었다. 위컴을 만나는 게 두려웠고 될 수 있는 한 오랫동안 그러한 만남을 피하고 싶었다. 부대가 메리튼에서 떠난다는 소식은 엘리자베스에게 아주 반가운 뉴스였다. 2주일만 있으면 부대는 떠나게 돼 있었고, 일단 떠나버리면 이제 장교들 때문에 성가실 일이 없을 거라고 속으로 좋아하고 있었다.

엘리자베스는 집에 돌아온 지 몇 시간이 지나지 않아서 리디아가 여관에서 얘기한, 브라이턴 여행 계획에 대해 부모가 자주 의논하고 있다는 사실을 알게 되었다. 엘리자베스는 아버지가 승낙할 마음이 전혀 없다는 걸 알고 있었지만, 아버지의 말이 너무나 모호해서 어머니는 낙심을 했다가도 결국 성공할 거라는 희망을 품고 있었다.

17

엘리자베스는 자기에게 벌어진 일을 제인에게 알려주고 싶은 욕구를 더는 누를 수가 없었다. 그래서 제인과 관련된 세세한 사항은 일단 말하지 않기로 하고, 놀라지는 말라고 하면서 자기와 다아시 사이에 벌어졌던 일을 말해주었다.

제인은 놀라기는 했지만, 엘리자베스에 대해 좋게 평가하고 있었기 때문에 그런 일이 벌어진 게 당연하다고 생각하고 이내 놀라운 마음을 가라앉혔다. 그리고 다른 감정 때문에 놀라움이 더 누그러졌다. 제인은 다아시가 자기 감정을 그런 식으로 전하지 않았더라면 하고 생각했고, 동생의 거절로 다아시가 받았을 상처 때문에 더욱더 안타까워했다.

"다아시 그 사람이 자기의 성공을 확신한 게 잘못이었어. 그렇게 생각하지 말았어야 하는데. 근데 그래서 또 얼마나 실망했겠니?"

제인이 말했다.

"사실 그렇지. 나도 그 사람한테 미안한 마음이 들어. 그치만 나를 잊어버릴 다른 일들이 있으니까 곧 잊게 될 거야. 그 사람을 거부했다고 언니가 날 탓하진 않겠지?"

"널 탓한다고? 아냐!"

"근데 내가 위컴을 변호한 건 탓하겠지?"

"아니, 난 네가 무슨 얘기를 했는지 모르겠는데."

"이제 알게 될 거야. 지금부터 그 이튿날 벌어진 일에 대해 말해줄게."

그러고 나서 엘리자베스는 다아시가 전해준 편지 얘기를 했고 특히 위컴과 관련된 부분은 반복해서 말해주었다. 제인은 그 말을 듣고 놀라지 않을 수 없었다. 위컴 같은 사람에게 그러한 사악함이 숨겨져 있으리라고는 전혀 생각해보지 않았기 때문이다. 제인은 다아시가 자기 입장을 해명해서 다행이라고 생각했지만, 그렇다고 해서 위컴의 사악함에 대한 발견과 그 충격이 완화되지는 않았다. 그녀는 뭔가 잘못된 점이 있었을 거라고 생각하면서, 다른 한쪽을 개입시키지 않고 한 사람의 입장을 이해하려는 노력을 해봤다.

"그렇게 해봐야 소용없다고. 두 사람 다 좋은 쪽으로 볼 수는 없는 거야. 언니는 언니대로 선택을 해봐. 그렇지만 한쪽에만 만족을 해야 한다고. 두 사람 사이에는 충분한 미덕이 없어. 한 사람만 좋은 사람이 될 수가 있는 거야. 그런 미덕이 여기저기로 왔다 갔다 하고 있어. 나로서는 다아시 쪽에 미덕이 있다고 보는데, 언니는 언니 좋을 대로 선택해."

제인은 한참 있다가 미소를 지었다.

"그런 충격적인 일이 있을 수 있는 거니? 위컴이 그처럼 나쁜 사람이었다니! 믿을 수가 없어. 불쌍한 다아시! 그 사람이 많은 고통을 받았겠구나. 그렇게 실망감을 느낀 데다 네가 그 사람을 나쁘게 생각했다는 사실도 알게 됐고! 그리고 그 사람 동생한테 벌어진 일까지 감당해야 했으니! 정말 그 사람 속이 많이 상했겠구나. 너도 그렇게 느끼지?"

"아냐! 언니가 그런 동정심이나 유감을 느끼니까 난 그런 마음이 사라져버리는걸. 언니가 그 사람한테 그런 식으로 동정해줄수록 난 무관심하고 흥미가 없어져. 언니 때문에 내 마음이 덜어지는 거지. 언니가 그 사람을 오랫동안 동정해주면 내 마음이 새털처럼 가벼워질 거야."

"위컴도 가엾은 사람이야. 얼굴은 아주 선해 보이잖아. 활달한 성격에 아주 신사고."

"두 사람 중 누가 교육을 잘못 받은 걸로 보이는데. 한 사람은 모든 선함을 갖추고 있고, 한 사람은 단지 외양만 그렇게 보이고."

"난 다아시가 외모에서 그렇게 결함 있는 사람이라고 보이지 않는데."

"난 그 사람을 아무 이유 없이 단호하게 싫다고 표현하는 것으로 날 영리해 보이게 한 거야. 내가 머리 좋다는 것도 과시하고 나한테 재치가 있다는 점도 보일 수 있지. 누구든지 다른 사람을 나쁘게 평가하고 험하게 대할 수 있어. 사람을 나쁘게 대하다 보면 재치도 발휘되는 거지."

"리지, 편지를 처음 읽었을 땐 지금 같은 마음은 아니었겠지?"

"물론 그랬지. 아주 불안했어. 아주 불안하고 울적했어. 내 마음을 토로할 상대도 없고, 언니가 있어서 날 위로해줄 수도 없는 일이고, 내가 약하고 허영심만 가득하고 엉터리가 아니란 걸 알아줄 언니 같은 사람도 없고. 언니가 있었으면 하고 얼마나 바랐는지 몰라."

"다아시한테 위컴에 대해 말하면서 그처럼 강하게 다아시 그 사람을 비난하는 말을 했다니, 그건 잘한 일이 아냐. 이제 위컴이 잘못한 게 모두 드러났잖아."

"물론 그래. 그렇지만 그렇게 고약한 말을 한 건 내가 마음속으로 다아시에 대해 키워왔던 편견 때문이지. 근데 내가 언니한테 조언을 받을 게 하나 있어. 우리가 위컴에 대해 알게 된 사실을 다른 사람들에게 알려야 하는지 말아야 하는지……."

제인은 잠시 생각한 다음에 대답했다.

"그 사람을 그렇게 나쁜 쪽으로 드러낸다고 해서 무슨 이득이 있겠니? 넌 어떻게 생각해?"

"나도 그렇게 하진 말아야 된다고 생각해. 다아시도 사람들한테 그 사실을 말하지 말라고 했어. 자기 동생하고 관련된 일은 나 말고 다른 사람이 알면 안 된다고 말이야. 그리고 내가 위컴의 그 부분을 제외하고 다른 면에 관해 사람들의 잘못을 지적해주려고 한다면 누가 나를 믿어줄까? 다아시에 대한 전반적인 의견이 나쁘기 때문에 다아시를 좋은 쪽으로 이해시키려 하면 메리튼에 사는 선량한 사람들 대부분이 나한테 달려들 거야. 난 그런 걸 감당할 능력이 없어. 위컴은 곧 떠날 테고, 그러면 그가 어떤 사람이든 더는 중요하지 않지. 결국 언젠가는 모든 게 밝혀질 테고 그제야 사람들은 왜 진작 몰랐을까 하고 자신의 어리석음을 탓하겠지. 지금은 난 아무 말도 하지 않을래."

"네 말이 아주 옳구나. 그의 잘못을 폭로하면 그 사람을 영원히 매장시키는 게 될 거야. 지금쯤은 그 사람이 자기가 한 행동을 후회할 수도 있고, 자기 성격을 고치려고 노력할 수도 있어. 우리가 그 사람을 절망 속에 가두어버리면 안 되지."

엘리자베스의 마음의 동요는 이 대화로 누그러졌다. 그녀는 2주일 정도 자신을 억누르던 비밀 중 두 가지를 떨쳐버렸고, 그 점에 대해 다시 말할 때는 언제라도 기꺼이 들어줄 수 있는 제인이 옆에 있었다. 그렇지만 여전히 신중히 비밀을 지켜야 하는 한 가지 일이 남아 있었다. 그녀는 아직 다아시의 편지 일부분에 대해 말하지 않은 상태였고, 다아시의 친구에게 제인이 얼마나 소중한 존재였는지 진지하게 말하지 않았다. 그것은 아무한테도 말하면 안 되는 비밀이었다. 그리고 두 당사자 간에 완전한 이해가 이루어졌을 때만 그 비밀을 발설할 수 있다고 여겼다. '근데 그런 있을 법하지 않은 일이 발생하게 된다면 말야, 난 이미 빙리가 말해버린 것만을 얘기할 수 있겠지? 그러니까 이제 더는 말할 가치도 없어졌을 때만 내가 자유롭게 얘기할 수 있겠지?'라고 속으로 생각했다.

이제 엘리자베스는 집에 머물렀으므로 언니의 실제 정신 상태를 잘 관찰할 수 있었다. 제인은 행복해 보이지가 않았다. 아직도 빙리에 대한 깊은 애정을 간직하고 있었다. 전에는 그런 사랑에 빠져본 일이 없었기 때문에 첫사랑의 모든 열렬함을 안고 있었고, 나이나 성격으로 봐서 첫사랑 이상의 깊은 무엇도 느끼고 있었다. 제인이 빙리에 대한 기억을 너무나 소중히 여기고 다른 사람들보다 빙리를 좋아하는 마음이 너무도 강했기 때문에 모든 지각력은 막심한 후회만을 간직하고 있었다. 그것은 그녀의 건강이나 안정에 좋지 않은 영향을 미칠 정도였다.

어느 날 베넷 부인이 이렇게 말했다.

"리지, 지금 넌 제인 사건에 대해 어떻게 생각하니? 난 이제 그 문제에 대해 누구한테도 말하지 않기로 작정했다. 필립스 이모한테도 그렇게 말해뒀어. 제인이 런던에서 그 사람을 보기나 했는지 모르겠구나. 그 사람, 정말 못돼먹은 사람이야. 이젠 모두 끝났어. 그가 여름에 네더필드로 온다는 말도 전혀 없구나. 내가 알 만한 사람들한테 모두 알아보긴 했지만 말야."

"앞으로 네더필드에서 더는 살 것 같지도 않아요."

"그 사람 마음대로 하라고 그래. 이제 아무도 그 사람이 이쪽으로 오길 바라지 않아. 그 사람이 내 딸을 자기 마음대로 이용해 먹었다고 내가 두고두고 말할 거야. 내가 제인이라면 그냥 참고 있지 않았을 거야. 제인이 상심해가지고 죽어버린다면 오히려 다행일지 모르겠구나. 그러면 그 사람이 자기가 얼마나 못된 짓을 했는지 알 수 있을 테니까."

그렇지만 엘리자베스는 제인이 죽어버린다고 해도 아무런 위안을 받을 수 없다고 생각했기 때문에 거기에 대해서는 아무런 말도 하지 않았다.

베넷 부인이 이렇게 말을 이었다.

"리지, 콜린스네는 잘살고 있던? 하긴 잘살아야겠지. 먹는 건 어떻게 하고 있니? 샬럿은 훌륭한 살림꾼이 돼 있을 거야. 자기 어머니를 조금이라도 닮았다면 살림을 알뜰하게 하고 있겠지. 흥청망청 돈 쓰고 다니진 않겠지?"

"절대 그렇지 않아요."

"잘해나가고 있겠지. 그래, 자기들 수입을 초과해서 낭비를 하진 않을 거야. 앞으로도 돈 때문에 어려운 일은 당하지 않겠지. 하여간 좋은 일이야. 근데 그 사람들이 네 아버지께서 돌아가시면 이 집 인수에 대해 말하겠지? 이 집이 언제든 자기들 소유가 될 거라고 생각하고 있을 거야."

"내가 있는 데서는 그런 말을 안 하죠."

"물론 네가 있는 데서는 않겠지. 그치만 자기들끼리만 있을 땐 자주 그런 말을 할걸. 실제로 자기들 것이 아닌 재산이 굴러들어오니 얼마나 횡재하는 거야. 나라면 그런 식으로 재산 받는 게 창피할 텐데."

18

그녀들이 집으로 돌아온 뒤 1주일이 금방 흘러가버렸다. 그리고 둘째 주가 시작되었다. 그 주는 메리튼의 부대가 머무는 마지막 주였고, 그래서 이제 그 근처의 젊은 여자들은 풀이 죽은 상태가 되었다. 그런 현상이 광범위하게 발생하고 있었다. 베넷 집안의 가장 나이 많은 두 딸만이 평상시대로 먹고 자면서 자신들의 일과를 수행하고 있었다. 키티와 리디아는 그런 언니들이 너무나 무신경하다고 불평해댔다. 나이 어린 두 자매는 너무 낙심한 상태였고 제인이나 엘리자베스가 그처럼 무관심한 것을 이해할 수가 없었다.

"이제 우린 어떻게 되는 거야? 앞으로 어떻게 살아가는 거냐고? 리지 언니는 어쩜 그렇게 히죽히죽 웃고 다닐 수가 있어?"

실의에 빠져 있는 키티와 리디아는 언니를 책망했다. 어머니도 딸들을 동정하여 같이 슬픔을 나누고 있었다. 베넷 부인도 25년 전쯤에 그런 비슷한 상황이 발생하여 낙담에 빠진 적이 있었다.

"그때 밀러 대령네 부대가 떠나버린 뒤로 나는 이틀 동안 울었단다. 가슴이 미어지는 거 같았지."

베넷 부인이 말해주었다.

"나도 가슴이 미어질 정도예요."

리디아가 대꾸했다.

"브라이턴으로 갈 수만 있다면 좋을 텐데. 그래! 브라이턴으로 우리가 가면 해결될 거야. 근데 너희 아버지께서 마다하시니……."

베넷 부인이 말했다.

"거기서 해수욕만 해도 기운이 날 텐데 말야."

"필립스 이모도 해수욕이 나한테 아주 좋을 거라고 하셨어."

키티가 맞장구쳤다.

그런 식으로 롱본의 집에서는 끊임없이 한탄하는 소리가 들려왔다. 엘리자베스는 그런 말을 듣고서 가족들의 기분을 이해해보려고 했다. 그렇지만 창피함만 밀려왔고, 그래서 우울해지기만 했다. 식구들의 그런 처량한 행태를 보고 있노라니 이제 다아시가 그처럼 반대한 것도 당연하다는 생각만 들었다. 이제 그처럼 자기 친구의 일에 개입한 다아시를 용서해주고 싶은 마음이 새롭게 들기도 했다.

그런데 리디아에게서 먹구름을 거두어줄 일이 곧 일어났다. 그 부대에 주둔하던 포스터 대령의 아내가 브라이턴으로 동행하자는 제안을 한 것이다. 포스터 부인은 아주 젊었고 최근에 결혼했다. 재미있고 활달한 성격으로 리디아와 가까워졌고, 만난 지 석 달 만에 절친한 사이가 되었다.

그 일에 따른 리디아의 환희, 포스터 대령의 부인에 대한 리디아의 찬사, 베넷 부인의 기쁨, 반면에 키티의 울적함 등은 어떻게 말로 표현할 수 없었다. 언니인 키티의 기분에도 아랑곳하지 않고 리디아는 집 안을 뛰어다니면서 기뻐했고, 식구들한테 자기를 축하해달라고 졸랐으며, 자기 혼자 웃고 떠들어댔다. 거기에 반해 키티는 응접실에서 자기의 신세를 한탄하면서 역정을 냈다.

"포스터 대령 부인은 왜 리디아만 부르고 난 부르지 않는 거야? 우리가 아주 친하지 않았다고 그렇게 나오면 안 되지. 나도 리디아만큼 초대받을 권리가 있다고. 그리고 내가 리디아보다 두 살 위잖아."

키티가 불평했다.

엘리자베스는 키티가 이성을 찾도록 노력했고 제인도 그렇게 했지만 소용이 없었다. 엘리자베스는 그런 일 때문에 어머니나 리디아처럼 흥분감이 밀려오기보다는, 오히려 그 일이 리디아의 이성을 완전히 죽여버리는 계기라고 생각했다. 그리고 자기가 그렇게 했다는 사실이 나중에 발각되면 좋지는 않겠지만 아버지한테 리디아가 거기 따라가지 못하게 하라고 비밀스럽게 얘기할 수밖에 없었다. 엘리자베스는 아버지에게 리디아의 못된 성질에 대해, 리디아가 포스터 대령의 부인을 따라가면 아무런 이익이 되지 않는 점에 대해, 그래서 브라이턴으로 함께 가면 안 되는 이유에 대해 말했다. 베넷은 얘기를 듣고 나더니 이렇게 말했다.

"리디아는 사람들하고 요란하게 어울려야만 직성이 풀리는 애야. 그리고 이번처럼 별로 돈도 들이지 않고서 그렇게 할 수 있는 기회는 많지 않을 거야."

"사람들이 리디아가 멋대로 노는 걸 보면 우리한테 얼마나 많은 피해가 있을지 한번 생각해보시라고요. 이미 그 피해를 우리가 보고 있다고요. 그러니 이번만은 다르게 생각해보세요."

"이미 피해를 보고 있다고? 그 애 때문에 너한테서 애인이 달아나버리기라도 했니? 불쌍한 리지. 그치만 상심할 거 없다. 그런 사소한 일로 달아날 정도라면 사귈 가치도 없는 사람이야. 리디아 때문에 너한테서 달아나버린 남자들이 몇이나 되는지 내가 알아보자꾸나."

베넷이 말했다.

"제가 그랬다는 건 아니에요. 저한테 그런 피해는 없었어요. 제가 불안해하는 건 어떤 특정한 일 때문이 아니고 일반적인 문제예요. 리디아가 저렇게 못되게 굴고 다니면 우리 가족 위신이 완전히 떨어지는 거라고요. 간단하게 말씀드려야겠어요. 리디아가 막돼가는 걸 고치지 않고 제멋대로 살아가도록 놔둔다면 이제 머지않아 걷잡을 수 없는 일이 벌어질 거예요. 열여섯 나이에 자기 자신과 가족들을 우습게 만들어버릴 거라고요. 아주 천박한 여자가 될 거예요. 나이 어리고 몸매가 약간 있는 것 빼고는 아무 매력도 없는 애가 저렇게 천방지축으로 놀아버리면 사람들이 조롱하고 난리가 날 텐데, 그걸 감당해낼 수가 있겠어요? 키티도 그런 위험이 있다고요. 키티도 리디아가 하는 대로 하는 애예요. 허영심만 있고 아무 교양도 없어요. 제발 아버지, 걔들이 어디서든 욕이나 얻어먹고 멸시당하지 않을 거라고, 그래서 언니들까지 똑같이 취급되지 않을 거라고 확신할 수 있어요?"

베넷은 엘리자베스가 그 문제에 완전히 집착하고 있다고 여겼고, 딸의 손을 잡고 이렇게 말했다.

"얘, 너무 걱정하지 않아도 될 거 같구나. 너하고 제인은 사람들에게 좋은 소리만 들을 수 있을 거야. 어리석은 동생들이 두세 명 있다고 해서 너희 두 사람이 영향을 받지는 않을 거야. 리디아가 브라이턴에 가지 않으면 집 안에 평화가 없어질 거다. 그러니 보내주자꾸나. 포스터 대령은 성실한 사람이니 리디아가 해로운 길로 빠지지 않게 해줄 거야. 그리고 리디아는 돈도 별로 없으니 남들이 거들떠보지 않을 거야. 브라이턴에서는 리디아를 여기서보다 덜 알아줄 거야. 장교들이 좀 더 조건 좋은 여자를 찾겠지. 그러니 리디아가 거기 가서 자신이 별 볼일 없다는 걸 알게 해주자. 여하튼 리디아는 거기 갔다 오면 집 안에 일생 동안 가둬둬야만 정신을 차릴지도 모르지."

엘리자베스는 그러한 아버지의 대답으로 만족할 수밖에 없었다. 생각도 바뀌지 않았고 실망감만 안고서 아버지와 대화를 끝냈다. 그런데 엘리자베스는 어떤 일에 대해 곰곰 생각하면서 괴로움을 증폭시키는 타입이 아니었다. 자기가 할 일은 다했다고 생각했으며 어쩔 수 없는 해악을 계속 걱정하는 건 그녀의 성격이 아니었다.

만약 리디아와 어머니가 엘리자베스와 아버지 사이에서 오간 대화를 들었더라면 두 사람의 분노를 어떤 말로도 표현할 수 없었을 것이다. 리디아에게는 브라이턴으로 가는 게 지상 최고의 행복을 누리는 것이었다. 리디아는 머릿속으로 멋진 장교들이 가득한 해수욕장을 그려봤다. 자기가 전에는 알지 못하던 새로운 수십 명의 장교들에게 관심의 대상이 되어 있었다. 멋진 막사, 일렬로 늘어진 아름다운 텐트, 붉은색 군복을 입은 젊은 군인들이 있고, 거기 한 텐트 아래서 자신이 여러 명의 장교들과 얘기를 나누고 있는 장면을 상

상했다.

만약 엘리자베스가 그러한 즐거움에서 자기를 떼놓으려 했다는 사실을 알게 되었다면 리디아가 어떻게 생각했겠는가. 오직 어머니만이 같은 생각으로 리디아를 이해해주었다. 남편이 브라이턴에 가지 않을 거라는 점을 알고 있었기 때문에 리디아만이라도 가서 베넷 부인은 위안이 되었다.

그런데 엘리자베스와 아버지 사이의 일을 리디아와 어머니는 전혀 모르고 있었고, 그래서 리디아가 집을 떠나는 그날까지 두 사람의 환희는 계속 이어졌다.

이제 엘리자베스는 마지막으로 위컴을 보게 되었다. 그녀가 집으로 돌아온 후에 자주 그를 만나봤기 때문에 그를 다시 본다고 해서 무슨 감격스러움 같은 건 없었다. 옛날에 그를 좋아하던 마음은 이미 사라졌다. 그를 처음 만났을 때 그녀의 마음을 끌던 그의 신사다움은 이제 위선으로 보였고 역겨움만 일으켰다. 지금 그가 그녀를 대하는 태도도 불쾌감을 안겨다주었고, 새롭게 관심을 끌어보려고 하는 시도는 이제 모든 사실을 알고 있는 그녀의 감정을 격하게 만들 뿐이었다. 그가 자기를 그처럼 가지고 놀았다는 사실을 알고서는 그에 대한 모든 호감을 버렸다. 그가 그녀에 대한 관심을 끊어버린 이유가 무엇이든 간에, 자기가 다시 노력하면 옛날로 돌아갈 수 있을 거라고 여긴 데는 엘리자베스 자신의 책임도 있을 거라고 생각했다.

부대가 메리튼에 머무는 마지막 날에 위컴은 롱본의 집에서 그 집안 식구들과 식사를 같이하게 되었다. 위컴과 좋은 기분으로 헤어지고 싶은 마음이 없었던 엘리자베스는 헌스포드에서 어떻게 지냈느냐는 그의 질문에 피츠윌리엄 대령과 다아시가 로싱스 저택에서 3주간을 지냈다고 대답했고, 이어서 위컴에게 피츠윌리엄 대령을 아느냐고 물어봤다.

위컴은 그 질문에 놀랐고 기분이 좋지 않은 듯 보였다. 그렇지만 생각을 가다듬고서는 자기가 옛날에 자주 그를 봤다고 미소지으며 말해주었다. 그리고 그 대령이 신사다운 사람이라고 말해준 다음에, 그가 어땠는지 물어봤다. 엘리자베스는 그 사람을 좋게 봤다고 말해주었다. 위컴은 무관심한 척하는 투로 듣고서는 이렇게 물어봤다.

"그 사람이 로싱스에서 얼마나 머물렀다고 그러셨죠?"

"거의 3주 동안요."

"그 사람을 자주 봤나요?"

"그래요. 거의 매일 봤죠."

"그 사람은 자기 사촌하고 아주 다른 사람이죠."

"예, 아주 다르더군요. 그치만 다아시도 알고 보니 좋은 사람이더군요."

"정말인가요!"라고 위컴이 소리 질렀는데, 엘리자베스는 그의 표정을 놓치지 않고 보고 있었다. 다음에 위컴은 한결 가벼운 표정으로 말을 이었다.

"내가 이렇게 물어봐도 될까요? 태도가 좋아졌던가요? 공손하게 바뀌었던가요?"

다음에 그는 좀 더 무거운 말투로 이어나갔다.

"본질적으로는 그 사람이 나아졌을 거 같지는 않군요."

"아, 아니에요. 본질적으로는 그전과 거의 동일했어요."

엘리자베스가 말했다.

엘리자베스의 말을 들으며 위컴은 그녀의 말에 기뻐해야 하는지, 아니면 그 말의 의미를 불신해야 하는지 혼란스러웠다. 그녀의 표정에는 불안하고 두렵게 만드는 뭔가가 있었다. 엘리자베스가 이렇게 말을 이어나갔다.

"그가 좋은 사람이더라는 말은 그의 태도가 실제로 좋아졌다는 뜻이 아니라, 그 사람에 대해 알고 보니 이제 그의 성격을 더 잘 이해하게 됐다는 의미예요."

위컴은 이제 놀라움이 더해져서 얼굴색이 달라졌고 표정도 바뀌었다. 그는 한동안 침묵을 지켰다. 결국 자신의 당혹감을 떨쳐버리고 그녀를 돌아보면서 부드러운 목소리로 이렇게 말했다.

"내가 다아시를 어떻게 생각하는지 엘리자베스 양이 잘 알 테니, 그가 조금이라도 좋아져서 다행이라는 제 생각을 이해하실 겁니다. 그 사람이 이제 교만함 같은 걸 덜 드러낸다면 나 같은 사람이 고통을 당했던 그런 나쁜 일은 덜 일어날 테니 주위 사람들에게 다행스러운 일일 겁니다. 근데 엘리자베스 양 앞에서 보여준 그런 조심성은 그 사람이 자기 이모를 방문할 때만 나타나는 게 아닌지 모르겠군요. 이모한테 좋은 평판을 들어야만 하죠. 이모하고 함께 있을 때는 이모를 두려워하기 때문에 항상 조심하죠. 다아시가 그 이모의 딸을 마음에 두고 있을 테고, 그 여자와 결혼을 속으로 무지 바라고 있을 거예요."

엘리자베스는 그 말에 속으로는 웃음이 나왔지만 단지 고개를 약간 숙이면서 동의해주는 척했다. 그녀는 위컴이 다아시에 대해 예전에 나쁘게 생각했던 쪽으로 자신을 유도하려는 속셈을 알았지만 그에게 동감하고 싶은 기분이 아니었다. 그날 저녁의 나머지 시간 동안에 위컴은 평소와 같은 명랑함을 유지했지만 엘리자베스에게 가까이 접근하려 시도하지 않았다. 그리고 두 사람은 표면적으로는 서로를 존중하는 마음으로 헤어졌고, 가능한 한 앞으로 더는 만나지 않았으면 하는 마음으로 헤어졌다.

모임이 끝나자 리디아는 포스터 대령의 부인과 함께 메리튼으로 갔다. 거기서 다음 날 아침에 일찍 출발하기로 되어 있었기 때문이다. 리디아와 가족들 사이의 이별은 서글프기보다는 시끄러웠다. 눈물을 보인 사람은 키티뿐이었다. 키티는 화나고 질투가 나서 눈물을 흘렸다. 베넷 부인은 딸의 행복을 빈다는 말을 해대면서 그 기회를 마음껏 즐기고 오라고 당부했으며, 리디아는 그러겠노라고 대답해주었다. 리디아가 요란하게 작별 인사를 해대서 더 작은 소리로 하는 자매들의 인사는 잘 들리지도 않았다.

19

엘리자베스의 사고방식이 단지 그녀의 가족들에게서 비롯되었다면 그녀는 결혼의 행복이라든지 가정의 안락함 같은 것에 좋은 견해를 갖지 않았을 것이다. 아버지는 어머니의 젊음과 아름다움을 보고 결혼했다. 그런 젊고 아름다운 여자가 성격도 좋을 것 같아서 결혼했지만, 이해력이 떨어지고 교양이 없는 여자란 사실을 알고는 사실상 애정이 결혼 초기에 일찌감치 끝나버렸다. 아내에 대한 공경심이나 신뢰감이 사라져버린 것이다. 그리고 그와 함께 가정의 행복도 물 건너가버렸다. 그렇지만 베넷은 자기 경솔함의 결과로 일어난 사태를 두고 다른 어리석은 사람들처럼 즐거움을 찾아 놀러나 다니는 그런 사람이 아니었다. 그는 전원과 책을 좋아했다. 그리고 그런 것에서 즐거움을 얻고 있었다. 아내의 무지와 어리석음 덕분에 심심하지는 않았다는 것 외에는 아내에게 빚진 것이 거의 없었다. 그런 것은 남편이 아내에게 기대하는 유형의 행복감이 아니었지만 다른 재미있는 소재가 없는 이상 그런 데서나마 조금이라도 즐거움을 얻을 수밖에 없었다.

그렇지만 엘리자베스는 남편으로서 보이는 아버지의 적절치 못한 행동에 눈감아줄 수가 없었다. 그녀는 늘 그런 사실에 안타까워했다. 그렇지만 아버지의 능력을 존중했고 아버지가 자신에게만은 애정을 갖고 있는 점에 감사하고 있었기 때문에, 자신이 눈감아줄 수 없는 부분은 망각해버리려고 노력했다. 어머니가 자식들이 경멸할 정도로 좋지 않은 성향이 있기는 했지만 어머니에 대한 나쁜 생각도 떨쳐내버리려고 했다. 그렇지만 어울리지 않는 결혼이 자식들에게 얼마나 나쁜 영향을 줄 수 있는지, 그리고 아버지가 판단을 잘 못하여 얼마나 나쁜 해악을 줄 수 있는지를 지금처럼 심각하게 느끼는 때도 없었다. 아버지만 잘 처신했더라도, 그것이 어머니의 양식을 넓혀주지 못했을망정 딸들은 남들에게서 대접을 잘 받고 있었을 것이다.

엘리자베스는 위컴이 떠나버려 기뻤지만 그것을 제외하면 부대가 사라져버린 데 대해 다른 만족감은 느낄 수가 없었다. 이제 밖에서 만나는 사람들은 그전처럼 다양하지가 못했다. 그리고 집에서는 어머니와 동생이 따분해진 일상생활을 매일같이 한탄해서 집 안에 즐거움이라곤 없었다. 혼을 빼놓을 만한 환경이 없어져서 제정신이 돌아올 거라고 기대해볼 수도 있었지만, 리디아는 해수욕장이나 부대라는 위험한 환경에 있기 때문에 한층 더 어리석어질 가능성이 많았다. 엘리자베스는 전 같으면 조바심을 치며 기대할 일도 이제는 아무런 흥미가 느껴지지 않았다. 이제 실질적인 행복을 가져다줄 다른 어떤 시점을 기대해봐야 했다. 그런 시점에 자신의 소망을 연계시켜두고, 그런 기대감을 즐기는 것이 현재의 그녀에게 위안을 가져다줄 것이며, 다른 불행이 밀려오더라도 그런 기대감이 막아줄 수 있을 것으로 보였다. 그래서 이제 호수 지방으로 여행하는 것이 가장 행복한 상념의 대상이 되었다. 어머니와 키티가 끊임없이 불평을 늘어놓아서 울적한 나날을 보내고 있는 지금 그러한 생각만이 위안을 가져다주었다. 만약 제인이 그 여행에 동행한다면 모든 게 완벽해질 것으로 보였다.

엘리자베스는 이렇게 속으로 생각하고 있었다.

'그래도 내가 기대할 수 있는 게 있어서 다행이야. 그리고 모든 일이 완벽하게만 된다면 실망도 커질 거야. 언니가 안 가서 서운하기 때문에 다른 즐거움을 더 기대하게 될 거야. 어떤 계획이 기쁨으로만 가득 차 있다면 그건 성공적이라고 볼 수도 없지. 어떤 조그만 잘못되는 일도 있어야 전체적으로 일이 잘 돌아가는 것으로 보이겠지.'

리디아는 떠나면서 어머니와 키티에게 자주 편지하고 아주 자세히 모든 일을 알려주겠다고 약속했다. 그렇지만 그러한 편지는 항상 오래 기다려야 도착했고, 그것도 아주 짧았다. 어머니한테 보내는 편지를 보면, 도서관에서 방금 돌아왔는데 장교들과 함께였고, 아주 아름다운 가구를 봤으며, 새로 외투와 파라솔을 샀는데 거기에 대해 더 많은 설명을 하고 싶지만 지금 포스터 대령 부인이 와서 급히 부대로 가야 한다느니 하는 얘기뿐이었다. 그리고 키티한테 보내는 편지는 볼 것이 더 없었다. 내용이 더 길기는 했지만 다른 사람에게 알리지 못하도록 하는 줄을 그어놓은 게 대부분이었기 때문이다.

리디아가 집을 떠난 지 2, 3주가 지나자 이제 집 안에 건강과 재미와 활기가 다시 감돌았다. 모든 것이 색다른 모습을 보이고 있었다. 겨울 동안 런던에 가 있던 가족이 돌아왔고 여름에 입을 옷이나 여름에 벌어질 이벤트에 대한 얘기가 오갔다. 베넷 부인도 예전의 수다 떠는 모습을 되찾았고, 6월 중순이 되자 키티도 이제 눈물을 보이지 않고 메리튼으로 갈 수 있었다. 그래서 엘리자베스는 이제 어떤 재수 없는 일이 생겨서 군대가 다시 메리튼에 주둔하지만 않는다면 키티가 크리스마스 전까지는 하루에 한 번 이상은 장교들 얘기를 꺼내지 않을 정도가 될 거라고 기대했다.

북부 지방으로 여행하려고 하는 시기가 시시각각 다가오고 있었고 이제 2주일밖에 남지 않았는데, 가드너 부인이 편지를 통해 출발 시기가 연기되었고 일정도 단축됐다는 소식을 전해왔다. 남편인 가드너의 일 때문에 7월 중순에야 출발할 수 있고 한 달 내로 런던으로 되돌아가야 한다는 것이었다. 기간이 짧아졌기 때문에 멀리까지 가서 계획한 것을 전부 볼 수도 없을뿐더러 이전의 계획대로 여유롭게 모든 것을 볼 수도 없었으므로 호수 지방은 포기해버리고 일정도 축소할 수밖에 없었다. 현재의 계획에 따르면 더비셔 지방보다 더 북쪽으로 가는 것은 어려워졌다. 더비셔 지방만 해도 볼거리가 충분하며 그곳에서만 최소한 3주는 있어야 했다. 그리고 가드너 부인은 그곳에 특별한 애정을 갖고 있었다. 전에 몇 년 동안 거기에서 지냈고 이번에도 며칠 머물게 되어 있는 그곳이 그녀에게는 매틀록, 채스워스, 도브데일, 피크 같은 저명한 명승지보다도 더 매력적이었다.

호수 지방을 꼭 보고 싶었던 엘리자베스는 그 편지를 받고서 크게 실망했다. 일정이 단축된다고 하더라도 호수 지방에는 갈 수 있을 거라고 생각했지만 모든 걸 체념하고 순리에 따랐다. 그게 그녀의 기질이었고, 그래서 모든 일이 다시 자리를 잡았다.

더비셔라는 말이 언급되자 엘리자베스는 여러 가지 생각이 떠올랐다. 펨벌리의 주인인 다아시를 떠올리지 않고서 그 지방을 생각할 수 없었다.

'그치만 그 사람과 상관없이 그가 사는 주(州)를 구경할 수 있겠지. 그리고 내가 그곳에 있는 돌을 몇 개 주워 온다고 해도 그 사람하고는 아무 상관도 없을 거야.'

엘리자베스는 혼자 속으로 생각했다.

이제 기다리는 시간이 두 배로 늘어났다. 외숙과 외숙모가 오려면 4주를 기다려야 했다. 그렇지만 시간은 지나갔고, 가드너 부부는 네 명의 아이들과 함께 롱본에 나타났다. 여섯 살과 여덟 살 먹은 두 명의 계집애, 그리고 그보다 더 나이 어린 두 사내애는 제인이 돌보기로 했다. 제인은 모두가 좋아하고 성격도 좋기 때문에 아이들을 가르치고 아이들과 함께 놀아주는 일 등 어느 면에서나 제격이었다.

가드너 부부는 롱본에서 하루 저녁만 머물렀으며 다음 날에 엘리자베스와 함께 새로운 즐거움을 찾아서 출발했다. 한 가지 확실한 즐거움이 있었는데, 여행자들이 서로 마음이 맞는 동반자라는 점이었다. 모두가 여행 중 불편한 점을 견딜 만큼 건강했고, 모두가 명랑한 성격이었으며, 실망스러운 일이 발생하더라도 서로가 애정으로 배려해줄 수 있는 마음을 갖고 있었다.

더비셔로 가는 세세한 여정에 대해서는 생략해도 될 것이다. 그

리고 옥스퍼드, 블레넘, 워릭, 케넬워스, 버밍엄 등의 도시에 대한 언급도 피할 것이다. 지금은 더비셔의 작은 일부만이 그 일행의 관심사였다. 더비셔의 중요한 명승지를 구경한 다음에 그들은 가드너 부인이 예전에 살았고 최근까지도 그때 알고 지내던 사람들이 남아 있다는 말을 전해 들은 램턴이라는 작은 읍으로 갔다. 엘리자베스는 그곳에서 5마일도 되지 않는 곳에 펨벌리 저택이 있다는 말을 전해 들었다. 그곳은 그들이 가는 길에 있지는 않았지만 여정에서 1, 2마일 이상 떨어져 있는 것도 아니었다. 그곳을 지나기 전날 밤에 가드너 부인은 펨벌리 저택을 다시 보고 싶다고 말했다. 남편인 가드너도 좋다고 했고 엘리자베스에게 동의하는지 알아봤다.

"엘리자베스, 네가 그토록 많이 들어본 곳에 한번 가보는 게 좋지 않겠니? 네가 아는 많은 사람들이 연관된 곳이잖아. 위컴도 거기서 어릴 때 쭉 자랐지."

외숙모가 엘리자베스에게 말했다.

엘리자베스는 난처해졌다. 자기는 펨벌리에서 볼 일이 없다고 생각하고 있었으므로 내키지 않는 표정을 지을 수밖에 없었다. 그리고 큰 저택 같은 것은 많이 봐왔기 때문에 그런 것을 구경하는 데 흥미가 없으며 훌륭한 카페트나 비단 커튼 등을 보는 것도 달갑지 않다고 얘기해주었다.

가드너 부인이 그녀의 어리석음을 나무랐다.

"훌륭하게 장식된 저택만 보는 거라면 나도 관심이 없어. 그치만 대정원이 아름다운 곳이야. 이 나라에서 가장 아름다운 숲도 있지."

엘리자베스는 더는 말하지 않았지만 마음속으로는 거기에 따르기가 싫었다. 그곳을 구경하는 동안에 다아시를 만날지도 모른다는 생각이 바로 떠올랐다. 그러면 끔찍할 것이다. 그런 생각만 해도 얼굴이 달아올랐다. 그래서 그런 위험을 무릅쓰지 않도록 외숙모에게 모든 걸 말해볼까 생각했다. 그렇지만 그것도 여의치가 않았다. 엘리자베스는 곰곰 생각해보고서, 다아시가 있는지 사람들한테 물어서 만약 그가 있다면 그때 조치를 할 수밖에 없다고 생각했다.

저녁에 자기 방으로 돌아갔을 때 여관의 하녀에게 펨벌리가 좋은 곳인지, 그곳의 주인 이름은 무엇인지, 짐짓 태연한 척하면서 그 가족이 지금 거기에 머무르고 있는지 등을 물어봤다. 그 마지막 질문에 대해서는 반가운 답변이 나왔다. 이제 불안한 마음이 가시면서 그 저택을 보고 싶은 호기심이 발동했다. 그래서 다음 날 아침에 거기에 가고 싶은지 가드너 부부가 다시 물었을 때 무표정한 얼굴로 그런 데 가는 걸 반대하지 않는다고 기꺼이 대답해줄 수 있었다.

3부

1

마차를 타고 가면서 엘리자베스는 정신이 약간 어지러웠고 그 상태에서 펨벌리의 숲이 나타나는 것을 바라봤다. 그 저택이 있는 곳으로 들어섰을 때는 가슴이 조마조마해졌다.

저택의 정원은 아주 넓었으며 여러 가지 형태의 대지로 이루어져 있었다. 그들은 대지 중에서 가장 낮은 곳으로 들어섰고 아주 넓은 면적에 걸쳐서 펼쳐진 아름다운 숲을 통과했다.

엘리자베스는 가슴이 두근거렸기 때문에 어떤 대화도 할 수 없었으며, 단지 아름다운 전경을 보고 감탄만 할 뿐이었다. 그들은 오르막길을 반 마일 정도 올라갔으며 이윽고 높은 언덕배기에 올라섰는데, 거기서는 숲이 더 이어지지 않고 계곡을 사이에 두고 그 반대편에 있는 펨벌리 하우스가 눈에 들어왔다. 길은 그 계곡이 있는 곳으로 꺾여 있었다. 저택은 크고 멋있는 석조 건물이었으며, 뒤로는 울창한 숲의 언덕이 있고 오르막의 대지에 자리 잡고 있었다. 그 저택

앞으로는 개울이 흐르고 있었는데 인공의 느낌은 주지 않았다. 저택의 가장자리로는 언덕이 있었는데 자연미가 넘쳐흘렀다. 엘리자베스는 환희가 넘쳐오르는 것을 느꼈다. 자연의 아름다움이 그처럼 살아 숨쉬는 곳을 본 일도 없고 서투른 인공의 솜씨로 자연미가 그처럼 훼손당하지 않은 곳도 본 적이 없었다. 모두가 경탄해 마지않았다. 그리고 그 순간에 엘리자베스는 펨벌리의 여주인이 된다는 게 대단한 일이라는 생각이 들었다.

마차는 언덕배기를 내려가 다리를 건넜고 그 저택의 대문을 향해 갔다. 집에 더 가까워지면서 엘리자베스는 그 집의 주인을 만나지나 않을까 하는 두려움이 다시 밀려들었다. 여관의 하녀가 잘못 전해주지 않았을까 하는 걱정도 있었다. 그들이 집을 구경하고 싶다는 전갈을 보내자 현관으로 안내를 했다. 그들이 하녀를 기다리는 동안에 엘리자베스는 자기 자신이 그곳에 있다는 사실이 그저 놀라울 뿐이었다.

하녀가 나타났다. 나이는 꽤 많고 세련미는 없어 보였지만 점잖은 모습에 상냥한 태도였다. 일행은 그녀를 따라서 식당으로 쓰기도 하고 응접실로 쓰기도 하는 곳으로 들어갔다. 설비가 잘 갖추어진 거대한 실내였다. 엘리자베스는 대충 훑어본 다음에 창가로 가서 밖의 전경을 구경했다. 그들이 조금 전에 내려온 언덕배기는 숲으로 덮여 있었는데, 좀 더 멀리서 보니 더 가파르고 아름다운 모습이었다. 대지의 배치가 조화로웠다. 그녀는 즐거운 마음으로 강이나 언덕 위에 서 있는 나무들이나 꾸불꾸불 이어진 계곡 등 자기 눈길이 미치는 곳을 바라봤다. 그 일행이 다른 방으로 들어서자 경치가 달라졌지만 어느 창문에서 보더라도 그 나름의 아름다움이 있었다. 방마다 거대하고 아름다웠고 값비싼 가구들로 들어차 있었는데 외양만 번지르르하거나 쓸데없이 멋지기만 한 그런 가구가 아니어서 그녀는 집주인의 심미안에 감탄하지 않을 수 없었다. 로싱스의 가구에 비해서 화려하지는 않았지만 진실로 우아함이 넘쳐났다.

'내가 이런 집의 여주인이 될 수도 있었군. 그러면 지금쯤 이런 방에 익숙해졌을 테지. 이방인으로서 구경하는 게 아니라 집주인으로서 즐기고 외숙과 외숙모를 방문객으로서 접대하고 있었겠지'라고 생각하다가 다시 이런 마음이 들었다. '아냐, 그렇게 될 리가 없어. 그리고 외숙하고 외숙모를 잃었을지도 몰라. 저분들을 초대하도록 놔두지 않았을 거야.'

그런 생각이 든 것은 다행이라고 볼 수 있었다. 후회감에 빠지는 것에서 그녀를 구원해냈기 때문이다.

엘리자베스는 하녀한테 그 집 주인이 정말 그곳에 없는지 물어보고 싶었지만 그렇게 할 용기가 나지 않았다. 그런데 외숙이 결국 그런 질문을 던졌고 엘리자베스는 놀라서 고개를 돌리지 않을 수 없었다. 하녀인 레이놀스 부인이 집주인이 없다고 말하기는 했지만 많은 친구들을 대동하고서 내일 올 예정이라는 말을 해주었기 때문이다. 엘리자베스는 자신들의 여행이 어떤 이유에서건 하루 연기되지 않아서 다행이라고 생각했다.

외숙모가 그림을 하나 보라고 그녀를 불렀다. 가서 보니 벽난로 위에 다른 몇 가지 세밀화 사이로 위컴의 초상화가 걸려 있었다. 외숙모는 엘리자베스에게 그 그림을 어떻게 생각하느냐고 웃으면서 물어봤다. 하녀가 다가와서는 그 그림이 사망한 관리인의 아들인 젊은 신사인데, 작고한 그 집 주인이 그를 키워주었다고 말해주었다. 그러면서 이런 말을 덧붙였다.

"지금은 군대에 가 있는 모양인데, 아주 방탕한 사람이 돼버린 걸로 알고 있어요."

가드너 부인은 미소를 지으면서 조카를 바라봤지만 엘리자베스도 미소를 지어줄 수가 없었다.

하녀가 다른 세밀화 하나를 가리키며 이렇게 말해주었다.

"그리고 저건 현재 이 집 주인님이세요. 정말 비슷하게 그려졌지요. 이것도 다른 것하고 같은 시기에 그린 거예요. 8년 전에 그렸을 거예요."

"주인님이 좋은 분이라는 소리를 많이 들었어요. 잘생겼군요. 리지, 네가 이 그림이 실물하고 닮았는지 안 닮았는지 말해주렴."

가드너 부인이 그 그림을 보며 말했다.

하녀인 레이놀스 부인은 엘리자베스가 자기 주인을 안다는 말을 듣고 그녀에 대한 공경심이 커졌다.

"저 젊은 분이 다아시 선생님을 아시나요?"

이 말에 엘리자베스는 얼굴을 붉히고는 "약간요"라고 대답해주었다.

"그렇다면 그분이 아주 잘생기셨다고 생각하지 않나요?"

"예, 아주 잘생겼어요."

"전 그분만큼 잘생긴 분을 보지 못했어요. 근데 위층에 가보면 이것보다 더 크고 좋은 그림이 있어요. 이 방은 돌아가신 주인님께서 좋아하시던 방이고 이 세밀화는 그때 그대로예요. 작고하신 주인님은 이 그림들을 아주 좋아하셨지요."

그 말에 엘리자베스는 위컴의 그림이 거기에 같이 놓여 있는 점을 이해할 수 있었다.

다음에 레이놀스 부인은 다아시 여동생의 초상화 중 하나로 사람들의 관심을 유도했는데, 그 그림은 그 여동생이 겨우 여덟 살 때 그린 것이었다.

"근데 저 여동생도 오빠처럼 잘생겼나요?"

가드너 부인이 물어봤다.

"아, 그럼요. 그만한 미인도 없을 거예요. 게다가 학식도 넘치고요. 하루 종일 피아노를 치고 노래 부르시죠. 다음 방으로 들어가면 그분 오빠가 선물해주신 피아노가 있어요. 그녀도 내일 주인님하고 함께 이리 오세요."

소탈하고 유쾌한 성격의 가드너는 이런저런 말을 하고 질문을 해대면서 하녀가 설명해주도록 부추겼다. 하녀는 자부심에서도 그렇고 애정으로도 그렇고 자기의 주인과 그 주인의 여동생에 대해 여러 가지 말을 해주는 것을 즐기고 있었다.

"주인님은 1년 중에 여기 머무르는 시간이 많나요?"

가드너가 물어봤다.

"제가 바라는 이상으로 많이 머무르시지는 않아요. 그치만 1년 중 절반은 머무신다고 말씀드릴 수 있어요. 그리고 그분 여동생은 여름철이면 항상 이곳으로 오세요."

"램스게이트에 가 있지 않을 때는 이리 오겠군요. 근데 주인님이 결혼하시면 이곳에서 더 많은 시간을 보내게 되겠네요?"

엘리자베스가 옆에서 말했다.

"그러시겠죠. 근데 그때가 언제가 될지는 모르겠어요. 그분한테 어울리는 훌륭한 숙녀 분이 있을지 모르겠군요."

가드너 부부가 그 말에 미소를 지어 보였고 엘리자베스는 이런 말을 해주었다.

"그 말씀은 그분이 좋은 사람이라는 의미겠지요?"

"전 사실대로 말씀드릴 뿐이고, 그분을 아는 사람들이 하는 말을 그대로 전해드리는 거예요."

하녀가 대답했다. 엘리자베스는 그 말이 너무 지나치다고 생각했는데, 하녀가 다시 이런 말을 하는 소리를 들으니 놀라운 마음이 들 수밖에 없었다.

"저는 그분이 네 살 때부터 모셔왔는데, 그분에게 나쁜 소리를 한 번도 들은 일이 없어요."

이것은 모든 찬사 중에서도 가장 특이했고 엘리자베스가 갖고 있던 생각과 상반된 것이었다. 그는 성격이 좋은 사람이 아니라는 게 그녀의 확고한 생각이었다. 엘리자베스는 관심이 지대해져서 말을 더 듣고 싶었는데 외숙이 이런 말을 했다.

"그 정도로 칭송할 수 있는 분은 아주 드물죠. 그런 분을 주인으로 모시고 있다니 운이 좋으시군요."

"예, 저도 알고 있어요. 제가 온 세상을 돌아다녀도 그분처럼 좋은 사람은 만날 수가 없을 거예요. 저는 어렸을 때 성품이 좋은 사람이 어른이 돼서도 좋은 사람이 된다고 보고 있어요. 그리고 그분은 어렸을 때 항상 선량하고 자비심이 넘치는 분이셨죠."

엘리자베스는 하녀를 바라보면서 '이게 다아시 그 사람 얘기인가?'라고 자신에게 묻지 않을 수가 없었다.

"그분 아버님은 정말 좋은 분이셨죠."

가드너 부인이 말했다.

"예, 정말 그러셨죠. 그리고 다아시 선생님도 그분과 마찬가지로 좋은 분이고 가난한 사람들에게 인정을 베푸는 분이세요."

엘리자베스는 그런 말에 귀를 기울였고 의아해졌으며, 그래서 더 많은 말을 듣고 싶었다. 레이놀스 부인은 엘리자베스에게 다른 화젯거리로는 흥미를 줄 수가 없었다. 그 하녀는 그림이나 방의 크기나 가구의 가격 등에 대해 말했지만 엘리자베스의 귀에 그런 말은 들리지 않았다. 가드너는 자기 주인을 과도하게 칭송하는 하녀의 말이 재미있어서 화제를 다시 그 방면으로 돌렸다. 하녀는 넓은 계단을 올라가면서 자기 주인의 여러 장점에 대해 계속해서 열렬하게 말했다.

"지주로서도 그렇고 집주인으로서도 이 세상에서 가장 좋은 분이세요. 자기 자신밖에 모르는 요즘 젊은 사람들하고는 다르지요. 소작인이나 하인들 중에서 그분을 좋게 얘기하지 않는 사람이 없어요. 어떤 사람들은 그분이 거만하다는 말을 하긴 해요. 그치만 전 그런 면을 전혀 볼 수가 없어요. 제 생각에는 그분이 다른 젊은 사람들처럼 말을 많이 하지 않기 때문에 그렇게 보이는 것 같아요."

'그렇다면 그는 정말 좋은 사람이네.'

엘리자베스는 속으로 생각했다.

"그렇게 좋은 사람이 위컴이라는 그 불쌍한 친구에게 한 일은 어울리지가 않는구나."

외숙모가 엘리자베스에게 작은 소리로 말했다.

"우리가 속고 있는지도 모르지요."

"그렇지는 않을 거야. 우리도 나름대로 판단을 제대로 내릴 테니까."

위층의 넓은 복도에 이르러서 일행은 아주 아름다운 거실로 안내를 받았는데, 아래층 방들보다 더 우아하고 밝은 색으로 최근에 꾸며놓은 곳이었다. 다아시의 여동생이 지난번에 왔을 때 그 거실을 마음에 들어해서 그녀가 즐거운 시간을 보낼 수 있도록 그렇게 꾸민 거라고 했다.

"좋은 오빠가 틀림없는 거 같군요."

엘리자베스가 창가 쪽으로 걸어가면서 말했다.

하녀는 다아시의 여동생이 그곳을 보면 흡족해할 거라고 말했다. 그리고 "그분은 항상 이처럼 마음을 써주시죠. 동생 분이 좋아하는 거라면 무엇이든 즉시 해주세요. 동생 분이 좋아하는데 못해주실 일은 없을 거예요"라고 덧붙였다.

이제 남은 구경거리는 화랑과 두세 개의 중요한 침실뿐이었다. 화랑에는 여러 가지 좋은 그림이 있었지만 엘리자베스는 그런 예술에 대해서는 아는 것이 없었다. 그런 그림은 이미 아래층에서 봤기 때문에 이제 그녀는 크레용으로 다아시의 여동생이 그린 그림을 구경했는데, 그것이 더 흥미롭고 이해하기도 쉬워 보였다.

화랑에는 그 가족에 대한 여러 가지 초상화가 걸려 있었지만 이방인들이 그런 것까지 관심을 가질 수는 없었다. 엘리자베스는 자기가 알고 있는 사람의 얼굴을 찾아서 걸음을 옮겼다. 결국 다아시를 정확히 그려낸 초상화를 보게 되었는데, 그가 그녀를 바라다볼 때 보인, 그녀가 기억하고 있는 미소를 짓는 그 사람의 모습이었다. 그녀는 그림을 열심히 들여다보며 한참 동안 그 앞에 서 있었는데, 사람들이 화랑을 나오기 전에 다시 한번 그 그림을 들여다봤다. 하녀인 레이놀스 부인은 그 그림이 다아시의 아버지가 살아 있을 때 그린 거라고 얘기해주었다.

엘리자베스는 그 그림을 보고서 그녀가 그 사람을 한창 만나던 시절보다 더 좋은 감정으로 그림을 대하고 있었다. 하녀가 그에 대해 한 칭송의 말은 하찮은 것이 아니었다. 현명한 하녀의 칭찬보다 더 가치 있는 것이 있겠는가! 오빠로서, 지주로서, 집주인으로서 그 사람은 얼마나 많은 사람의 행복을 지켜주고 있을 것인가! 그의 권한으로 얼마나 많은 즐거움을 사람들에게 줄 수 있고 얼마나 많은 고통을 줄 수 있을까! 그 사람이 얼마나 많은 선이나 악을 자기 나름대로 베풀 수 있었겠는가! 하녀의 입에서 나온 말은 하나같이 그를 훌륭한 사람으로 보는 내용이었는데, 그 사람이 그려진 그림 앞에서 그의 눈길을 마주하면서 그가 모든 사람에게 고마운 존재라는 생각을 해보지 않을 수가 없었다. 그녀는 그의 따뜻한 마음씨를 그려볼 수 있었고 그 사람이 이전에 부적절하게 말한 점에 대해서는 마음이 누그러졌다.

외부 사람들에게 공개된 저택의 모든 부분을 보고 난 일행은 아래층으로 내려가서 하녀와 작별한 다음에 현관에서 정원사의 안내를 받았다.

일행이 잔디밭을 가로질러서 강 쪽으로 갈 때 엘리자베스는 저택을 다시 보기 위해 뒤를 돌아봤다. 외숙과 외숙모도 걸음을 멈추었다. 외숙이 건물의 건축 시기를 가늠해보고 있었는데, 그때 그 저택의 주인이 마구간 쪽으로 난 길에서 갑자기 나타났다.

엘리자베스와 다아시는 서로 20미터도 안 되는 거리에 있었고, 다아시가 너무나 갑자기 나타나서 그녀가 그의 시선을 피하는 게 불가능했다.

두 사람의 눈이 바로 마주쳤고 둘 다 얼굴이 붉어졌다. 다아시는 깜짝 놀랐는데 너무나 놀라서 잠시 그 자리에 꼼짝 않고 있었다. 그렇지만 곧 제정신을 가다듬고 그 일행에게 가까이 왔으며, 완전히 침착하다고는 할 수 없더라도 예의를 갖추면서 인사를 했다.

그녀는 본능적으로 몸을 돌리기는 했지만, 그가 다가오자 당황하는 기색을 감추지 못하고서 그의 인사를 받았다. 다아시를 처음 본 다른 두 사람은 조금 전에 감상한 그림과 흡사한 점만 가지고는 그가 집주인이라는 사실을 쉽게 알 수 없었지만, 정원사가 그를 보면서 놀라는 표정을 짓는 것을 보고는 집주인이라는 것을 알게 되었다. 그들 두 사람은 다아시가 엘리자베스에게 얘기할 때 조금 떨어져 서 있었는데, 엘리자베스는 너무 놀라고 혼란스러워서 그가 가족들의 안부를 묻는 말에 무슨 대답을 했는지도 알 수 없을 정도였다. 지난번에 마지막으로 만난 뒤로 그의 태도가 달라진 것을 보고는 놀랐고, 그가 말을 할 때마다 놀라움이 더해졌다. 그리고 그녀가 그런 자리에 있다는 것 자체가 적절치 않다는 생각이 들어서 거기서 있는 몇 분이 그녀에게는 일생에서 가장 불안한 시간이었다. 그도 마음이 편안해 보이지는 않았다. 말을 할 때 평상시의 침착함을 볼 수 없었다. 롱본을 언제 떠났는지, 더비셔에는 언제까지 머물 것인지 등을 물어볼 때 서둘러서 여러 번 반복하는 것으로 봐 그가 생각에 갈피를 잡지 못하고 있다는 점이 드러났다.

결국 그는 더는 할 말을 찾지 못했고 잠시 아무 말 없이 서 있다가는 갑자기 정신을 되찾아 작별 인사를 했고, 그들은 헤어졌다.

다른 두 사람이 그녀에게로 다가와서 그 남자의 생김새를 칭찬했지만 엘리자베스에게는 그런 말이 하나도 귀에 들어오지 않았으며 완전히 머리가 어지러운 상태에서 묵묵히 두 사람을 따라가기만 했다. 수치심과 분노가 그녀를 사로잡았다. 그녀가 거기에 온 것은 이 세상에서 가장 재수 없고 가장 사리에 맞지 않는 일이었다. 그 사람에게 얼마나 이상하게 보일 것인가! 그 사람처럼 자만심이 강한 사람에게 자기가 얼마나 주책머리 없는 사람으로 보였을까! 자기가 고의로 그 사람 앞에 나타났다고 여길지도 모른다. 오, 내가 왜 왔단 말인가! 그 사람은 왜 예정보다 하루 앞당겨 나타났단 말인가! 그들이 10분만 빨리 왔더라도 그 사람을 만나지 않았을 것이다. 그 사람은 바로 그때 당도했으며 마차나 말에서 막 내린 게 분명해 보였다. 그녀는 그런 이상한 만남에 얼굴이 붉어지고 또 붉어지지 않을 수가 없었다. 그리고 그의 태도가 완전히 바뀌어 있었는데, 그건 무슨 의미란 말인가! 그가 그녀에게 말을 거는 것 자체가 놀라운 일이었다. 그런데 정중한 말투로 가족의 안부까지 묻다니! 그가 지금처럼 위엄을 부리지 않는 때가 없었고 이번 만남에서처럼 말을 부드럽게 한 적이 없었다. 로싱스 정원에서 그녀에게 편지를 쥐어주면서 보인 태도와 지금이 얼마나 달라져 있는가! 그녀는 지금의 사태를 어떻게 해석해야 할지 알 수가 없었다.

그들은 이제 물가로 난 아름다운 길로 들어섰고, 걸음을 옮길 때마다 대지는 더 아름다워졌으며 숲도 더 아름다워지고 있었다. 그렇지만 엘리자베스는 한동안 그 어느 것도 지각할 수가 없었다. 외숙이나 외숙모가 내뱉는 감탄사에 기계적으로 응답했고, 두 사람이 가리키는 쪽으로 눈을 돌리긴 했지만 그 어떤 것도 실제로 보고 있지는 않았다. 그녀의 생각은 지금 다아시가 있을 것으로 보이는 펨벌리 저택의 어느 한 지점에 집중되어 있었다. 그가 지금 이 순간에 무슨 생각을 하고 있는지를 알고 싶었다. 그녀에 대해 어떻게 생각하는지, 모든 점을 제쳐놓고서 그가 아직도 그녀를 소중하게 생각하고 있는지를 알고 싶었다. 이제 마음이 홀가분해졌기 때문에 그녀에게 그처럼 공손하게 대한 것은 아닐까? 그렇지만 그의 목소리에는 편안함만 깃들어 있는 것 같지는 않았다. 그가 그녀를 보고서 고통이 더해졌는지, 즐거움이 더해졌는지는 알 수가 없었지만 그녀를 편안한 마음으로 대하지는 않았다.

그렇지만 그 두 사람이 왜 그처럼 정신 나간 상태가 되어 있는지를 일깨워주어서 그녀는 정신을 차려야겠다고 느꼈다.

그들은 숲으로 들어갔으며 한동안 강과는 작별을 하고서 더 높은 곳으로 올라갔다. 나무들 사이로 계곡의 여러 가지 멋진 경치가 사람들의 눈을 황홀하게 만들었고 숲이 넓게 펼쳐져 있는 맞은편의 언덕, 그리고 가끔씩 강이 눈에 보였다. 가드너는 정원의 전체를 돌아보고 싶다는 말을 했지만 걸어서 그렇게 하기에는 무리라고 생각했다. 정원사는 자랑스러운 표정으로 그 정원의 둘레가 10마일은 된다고 말해주었다. 그것으로 이제 한 가지 사실은 확실히 알 수 있었고 그들은 순환로를 따라서 갔다. 잠시 후에 늘어진 나무 사이로 내리막길이 나타났고 강의 폭이 가장 좁은 곳에 이르렀다. 이제 전체적인 전경과 잘 어울리는 꾸밈없는 다리를 지났는데, 계곡도 그곳에서는 아주 좁아진 협곡을 이루었으며 강과 그곳을 마주 보고 있는 무성한 숲 사이로 좁은 오솔길이 나 있었다. 엘리자베스는 그 오솔길을 전부 다 답사해보고 싶은 마음이 들었다. 그렇지만 다리를 건너가 집에서 한창 떨어졌다는 생각이 들자 걷는 데는 자신이 없던 가드너 부인이 더는 갈 수가 없다고 했으며 어서 빨리 마차로 돌아가고 싶은 마음만 간절하다고 말했다. 그래서 엘리자베스는 그 말에 따를 수밖에 없었고, 사람들은 가장 빠른 길을 선택하여 강의 맞은편에 있는 저택 쪽으로 발걸음을 옮겼다. 그런데 낚시를 무척 좋아하기는 하지만 즐길 기회는 별로 없는 가드너가 이따금씩 강에서 나타나는 송어를 보고 정원사와 이야기를 나누면서 그들의 발걸음이 더뎌졌다. 그렇게 느릿느릿 가고 있는데 멀지 않은 곳에서 다아시가 다가오는 모습에 사람들은 다시 한번 놀랐고 엘리자베스도 맨 처음과 마찬가지로 놀랐다. 그곳의 오솔길은 건너편에 비하면 시야가 덜 가려져 있었기 때문에 그들은 다아시를 갑자기 마주치기 전에 볼 수가 있었다. 엘리자베스는 놀라기는 했어도 적어도 처음보다는 그를 대면할 준비를 더 잘할 수 있었고, 그가 정말로 그들을 만나러 오는 길이라면 이제 침착하게 말을 하려고 마음먹었다. 사실 그녀는 잠깐 그가 다른 길로 들어섰다고 생각했다. 길이 구부러진 곳에서 그가 잠시 보이지 않아서 계속 그렇게 생각했다. 그렇지만 구부러진 길을 통과하자 바로 앞에 그가 보였다. 엘리자베스는 그가 조금 전의 상냥한 태도를 조금도 잃지 않았다는 점을 알 수 있었다. 그녀 쪽에서 그곳의 아름다움을 칭찬해주었다. 그렇지만 "아주 유쾌한 곳이군요"라거나 "매력적인 곳이에요"라는 말을 하고 나자 어떤 안 좋은 생각이 끼어들었고, 펨벌리를 칭찬하는 말을 그가 나쁜 의미로 해석할 수도 있다는 생각이 들었다. 얼굴빛이 달라지면서 더는 말을 하지 않았다.

가드너 부인은 엘리자베스의 조금 뒤에 서 있었다. 엘리자베스가 말을 멈추자 다아시는 그녀에게 일행을 소개시켜달라고 요청했다. 그것은 그녀가 기대하지도 않은 뜻밖의 제안이었다. 그리고 그가 안다면 자존심이 상할지도 모를 그런 사람들을 소개시켜달라는 말을 듣고서 속으로 웃음이 나왔다. '이분들이 누군지 안다면 저 사람이 얼마나 놀랄까? 아마 속으로는 이분들이 신분이 높은 사람들이라고 간주하고 있을 테지'라고 생각했다.

엘리자베스는 소개를 하면서 그 사람들과 자신의 관계를 말해주었으며, 소개를 마치고 나서 다아시가 어떻게 나오는지 보려고 그의 표정을 슬그머니 살폈다. 그가 그런 별 볼일 없는 사람들에게서 되도록 빨리 빠져나가고 싶어 할 거라고 생각했다. 그런데 그가 그런 사실을 알고서 놀라기는 했지만 그 자리에서 빠져나가기는커녕 가드너와 대화를 나누었다. 엘리자베스는 그 사실이 반가웠고 마음이 흡족해졌다. 다아시의 입장에서 아무 거리낌 없이 대할 수 있는 친척이 엘리자베스에게 있다는 점을 그가 알게 된 것은 그녀에게 고무적인 일이었다. 그녀는 두 사람 사이에 오가는 말을 모두 경청했고 외숙이 지성과 매너를 갖추고서 하는 모든 말에 기분이 좋아졌다.

그들의 대화는 곧 낚시로 이어졌고, 다아시는 최대한의 예의를 갖춰 엘리자베스의 외숙이 근처에 머무르는 동안에 자주 거기서 낚시를 해도 된다고 말했다. 그 말과 함께 외숙에게 낚시 도구를 빌려주겠으며, 강의 어느 부분에서 고기가 가장 많이 잡히는지도 알려주었다. 엘리자베스와 팔짱을 끼고서 걸어가던 가드너 부인은 놀라는 표정으로 엘리자베스를 바라봤다. 엘리자베스는 아무 말도 하지 않았지만 속으로 흡족한 마음이었다. 그처럼 다아시가 친절을 베푸는 일이 그녀 때문인지도 모를 일이었다. 그렇지만 굉장히 놀라지 않을 수 없었으므로 속으로 이렇게 중얼거렸다.

'저 사람이 왜 저렇게 달라졌지? 어디서 저런 태도가 나오는 거야? 날 위해 저럴 리는 없어. 태도가 저렇게 변한 게 나 때문은 아닐 거야. 내가 헌스포드에서 그처럼 비난했다고 해서 저렇게 달라지지는 않을 거야. 저 사람이 나를 지금도 사랑한다는 건 불가능해.'

여자들은 앞에서 걷고 남자들은 뒤에서 걸어가다가 어떤 묘하게 생긴 수중식물을 보기 위해 강의 가장자리로 다녀온 뒤에 그들의 행렬에 변화가 생겼다. 너무 많이 걸어서 매우 지쳐버린 가드너 부인이 이제 엘리자베스의 팔에만 매달려 가기에는 충분치 않아 남편의 팔에 의지했기 때문이다. 그래서 다아시가 엘리자베스의 옆에 붙게 되었고 그런 상태로 그들은 걸어나갔다. 잠시 침묵의 시간이 흐른 뒤에 숙녀 쪽에서 먼저 말을 붙였다. 그녀는 다아시가 그곳에 없다는 점을 확인하고 오게 됐다는 사실을 그가 알기를 바랐고, 그래서 그가 그곳에 나타난 게 아주 뜻밖이라는 말을 하면서 얘기를 시작했다.

"여관에서 일하던 분 말로는 다아시 선생님이 내일까지는 여기 계시지 않을 거라고 했어요. 우리가 떠날 때는 선생님이 여기 분명히 안 계실 거라고 생각하고서 왔어요."

그녀가 말해주었다.

다아시는 그 말이 맞는다고 말해준 뒤에 집사와 무슨 할 일이 있어서 다른 사람들보다 먼저 출발하게 되었다고 알려주었다. 그리고 이렇게 덧붙였다.

"그 사람들은 내일 일찍 여기로 올 거예요. 그들 중에는 엘리자베스 양이 아는 사람도 있어요. 빙리하고 그 누이들 말이죠."

엘리자베스는 고개를 조금 숙이면서 응답했다. 그녀의 생각은 그녀와 다아시 사이에 빙리의 이름이 마지막으로 언급되던 때로 즉시 돌아갔고, 다아시의 얼굴 표정을 살피자 그도 같은 생각을 하고 있는 것 같았다.

잠시 후에 다아시가 이런 말을 했다.

"일행 중에는 엘리자베스 양을 특별히 만나고 싶어 하는 사람이 있어요. 이 근처에 머무르시는 동안에 내 동생을 엘리자베스 양한테 소개해도 되는지, 그러면 너무 번거롭지 않을지 알고 싶군요."

그러한 제안은 놀라운 일이었다. 엘리자베스는 너무 뜻밖의 제안에 어떻게 대처해야 할지 알 수가 없었다. 다아시의 여동생이 엘리자베스를 만나고 싶어 하는 이유는 다아시가 동생을 부추겼기 때문일 거라고 엘리자베스는 즉시 감지할 수 있었다. 다아시가 그녀 때문에 분개했던 일이 그녀를 나쁘게 생각하는 데는 이르지 않았다는 사실을 알게 되자 반가웠다.

이제 그들은 모두가 나름대로의 생각에 빠져서 침묵 속에 걸어가고 있었다. 엘리자베스는 마음이 편치 않았다. 그건 불가능했다. 그렇지만 기분이 나쁘지는 않았다. 동생을 소개시켜주고 싶어 하는 그의 소망은 엘리자베스에게 반가운 일이었다. 그들은 다른 사람들의 앞에서 걸어갔고, 마차에 도착했을 때 가드너 부부는 100미터 정도 뒤처져 있었다.

다아시가 집 안으로 들어가자고 하자 엘리자베스는 피곤하지 않다고 했으며, 그래서 그들은 잔디밭 위에서 함께 서 있었다. 그런 시간에는 무슨 말이라도 해야 했고 침묵만 지킨다는 게 아주 어색해 보일 수 있었다. 엘리자베스는 무슨 말을 하고는 싶었지만 말이 쉽게 나오지 않았다. 결국 그녀는 자기가 지금 여행 중이라는 생각을 했으며, 그래서 매틀록이나 도브데일 같은 고장에 대해 겨우 말을 꺼냈다. 그렇지만 뒤에 따라오는 일행은 아주 느리게 움직였으며 둘이서 하는 얘기가 끝나기도 전에 엘리자베스는 말하는 데 지쳐버렸다. 가드너 부부가 도착하자 다아시는 일행들이 집 안으로 들어가서 기운을 낸 다음에 떠나도록 했지만 그 제안을 사양했고 사람들은 서로 예의를 지키면서 헤어졌다. 다아시는 여자들이 마차에 오르는 것을 도와주었으며 마차가 떠나갈 때 엘리자베스는 다아시가 집 쪽으로 서서히 걸어가는 모습을 바라봤다.

이제 외숙과 외숙모의 평가가 시작되었다. 그들은 다아시가 자기들의 생각보다 훨씬 더 좋은 사람이라고 얘기해주었다.

"선량하고 예의 바르고 겸손한 사람이더구나."

외숙이 논평했다.

"약간 고압적인 자세가 보이기는 해. 그치만 겉모양이 그렇다는 얘기고, 점잖은 사람으로 보이더라고. 나도 이제 아까 그 하녀처럼 말할 수 있을 거 같아. 어떤 사람들은 그가 거만해 보인다고 하지만 난 그런 점을 느낄 수가 없었어."

외숙모가 얘기했다.

"그 사람이 우리한테 보이는 태도가 예상 밖이었어. 그건 공손함 이상이야. 정말 세심하게 생각해주더구나. 그렇게까지는 할 필요가 없는데도 말야. 그 사람이 너하고 안다고 해서 그게 대단한 건 아닐 텐데."

"리지, 그 사람이 위컴만큼 잘생긴 건 아냐. 완벽하게 잘생긴 위컴에는 못 미치겠지. 근데 넌 왜 그 사람이 맘에 들지 않는다고 한 거니?"

외숙모가 엘리자베스에게 물었다.

엘리자베스는 최대한으로 변명을 하지 않으면 안 되었다. 전에 켄트주에서 만났을 때는 그전에 비해 그가 더 낫게 보였는데, 그가 오늘처럼 선량하게 보인 때는 없었다고 말해주었다.

"그 사람이 변덕스러운 사람인지도 모르지. 지위가 높은 사람들은 그런 경우가 많거든. 그러니 낚시에 관해 그 사람이 한 말을 그대로 받아들이지는 말아야 할 거야. 다음에 만날 때는 마음이 변해가지고 날 쫓아버릴지도 모르니까."

외숙이 말했다.

엘리자베스는 외숙이 다아시를 잘못 생각하고 있다고 느꼈지만 아무 말도 하지 않았다.

가드너 부인이 말을 이었다.

"우리가 그 사람을 보고 판단해봤을 때, 난 그 사람이 위컴에게 했다는 그런 잔인한 행동을 어느 누구에게든 했을 리가 없다고 생각해. 얼굴에 악한 구석이 없잖아. 오히려 말할 때는 입가에 웃음기가 있더라. 생김새에 품위가 어려 있어서 누가 악한 사람으로는 보지 않겠어. 그치만 우리를 안내해준 하녀는 그 사람을 너무 과대하게 평가해주고 있었어. 어떤 땐 웃음이 나오더라. 그치만 주인으로선 좋은 사람일 테니 하인이 좋게 말할 수밖에 없지."

엘리자베스는 위컴에게 다아시가 한 일에 대해 어떤 변호를 해주어야겠다고 느꼈다. 그래서 켄트주에서 자기가 다아시의 어떤 친척에게 들은 바에 따르면 그의 행동이 아주 다르게 해석될 수도 있을 거라는 얘기를 조심스럽게 해주었다. 하트포드셔에서 사람들이 생각하는 것처럼 다아시의 성격이 나쁘지 않고 위컴도 좋은 사람은 아니라고 말했다. 그녀는 그 사실을 입증하기 위해 자신이 누구한테 들었는지 직접 밝히지는 않았지만, 어떤 믿을 수 있는 사람에게 들었다면서 둘 사이에 있었던 금전적인 거래도 얘기했다.

가드너 부인은 그 말에 놀라기도 하고 걱정하는 모습도 보였다. 그렇지만 예전에 즐겁게 지내던 장소가 가까워지자 옛날 추억을 떠올리느라 다른 생각을 할 틈이 없었다. 남편에게 이곳저곳 흥미 있는 곳을 알려주느라 다른 데 정신을 팔 수도 없었다. 오전 나절의 산책으로 지쳐 있었지만 식사를 마치고 나서 다시 부인은 옛날에 알던 사람들을 만나러 나섰고, 오랫동안 만나지 못하다가 많은 사람들을 만나서 저녁때는 마음이 흡족했다.

엘리자베스는 오전 중에 벌어진 일로 너무 마음을 빼앗긴 나머지 새로 사람들을 만나는 것에는 흥미가 없었다. 다아시의 상냥한 태도, 그리고 무엇보다도 그의 여동생을 자기에게 소개시켜주고 싶어 하는 그의 속마음을 의아해하면서 이런저런 생각을 했다.

2

엘리자베스는 만약 다아시가 여동생을 데리고 자신을 방문한다면 여동생이 도착한 다음 날쯤이 될 거라고 생각하면서 그날 오전 중에는 여관에서 기다려야겠다고 작정하고 있었다. 그렇지만 그녀의 추측은 빗나갔다. 여동생이 도착한 날 바로 방문했기 때문이다. 엘리자베스 일행이 새로 만난 사람들과 여관 주변을 산책하고서 막 여관으로 돌아온 뒤에 식사를 하기 위해 옷을 갈아입으려고 하는데, 마차 소리가 들려서 창문 쪽으로 가보니 신사와 숙녀 한 사람씩을 태운 마차가 다가오고 있었다. 엘리자베스는 한눈에 그들을 알아보고서 외숙과 외숙모에게 의외의 사람을 소개시켜줄 수 있는 놀라운 일이 일어났다고 말해주었다. 외숙과 외숙모는 정말 의외라고 했다. 그리고 엘리자베스가 말하면서 놀라는 표정, 그러한 새로운 상황이 발생하게 된 점, 그리고 그 전날의 여러 가지 정황으로 미루어 이제 색다른 눈으로 판단하게 되었다. 전에는 그런 점을 느낄 수

가 없었지만 이런 때 다아시가 그런 관심을 보여주는 사실 자체가 자기 조카에 대한 애정으로밖에는 볼 수 없었다. 이처럼 두 사람이 생각하는 동안에 엘리자베스의 감정 동요도 점점 더 늘어만 갔다. 자신이 그처럼 불안해하는 데 놀라지 않을 수 없었지만, 그런 불안감 가운데서도 다아시가 자신에게 애정을 품어서 동생한테 자신에 대해 너무 좋게만 말해주지 않았는가 하는 걱정이 가장 앞섰다. 자기가 그 동생한테 아주 잘 대해줘야겠다는 욕심이 지나쳐서 오히려 역효과만 가져오지 않을지 걱정되기도 했다.

엘리자베스는 다아시 일행에게 들킬지도 모른다는 생각에 창문에서 물러나 있었다. 그녀가 마음을 진정시키기 위해 방 안을 왔다 갔다 하는 동안 외숙과 외숙모는 호기심으로 그녀를 바라보고 있어서 그것이 더 마음을 심란하게 만들어놓았다.

다아시와 그의 여동생이 나타났고 거창한 소개가 이루어졌다. 엘리자베스가 놀라는 만큼이나 다아시의 여동생도 놀라워했다. 엘리자베스는 그 고장에 온 이후로 다아시의 여동생이 거만한 여자라는 말을 들었다. 그렇지만 몇 분 동안 관찰해보니 단지 아주 수줍음을 많이 타는 사람일 뿐이었다. 단어 하나조차도 끝까지 말하지 못하는 성격이었다.

다아시의 여동생은 키가 크고 몸집도 엘리자베스보다 컸다. 나이가 열여섯밖에 되지 않았지만 완전히 성숙한 모습이었고 여자다움과 우아함이 넘쳐흘렀다. 얼굴 자체는 오빠만은 못해 보였지만 생김새에서 총명함과 재치가 엿보이고 태도는 겸손하고 유순해 보였다. 다아시처럼 날카롭고 침착한 면이 있지 않을까 기대했지만 완전히 다른 사람이라는 사실을 알고는 안도감이 밀려왔다.

그들이 함께 있은 지 얼마 되지 않아서 다아시는 빙리도 그녀를 방문하러 온다는 사실을 알려주었다. 그리고 그녀가 그런 사실에 대해 만족감을 표시하고 방문객을 맞을 준비를 채 하기도 전에 빙리의 빠른 발소리가 계단에서 들렸고 곧바로 방 안으로 들어왔다. 그에 대한 엘리자베스의 반감은 이미 오래전에 사라지고 없었다. 그렇지만 설사 그녀가 그런 마음을 갖고 있었다 해도 그녀를 다시 만나 반갑게 대해주는 그의 태도를 보고는 그런 생각이 사라져버렸을 것이다. 그는 다정하게 엘리자베스 가족의 안부를 물었고 그전처럼 상냥한 모습으로 그녀와 대화를 나누었다.

엘리자베스 못지않게 가드너 부부도 빙리에게 많은 관심을 갖고 있었다. 오래전부터 그를 보고 싶어 했다. 사실 그들 앞에 있는 모든 사람이 열렬한 관심을 불러일으켰다. 그리고 다아시와 그들의 조카를 두고서 일으킨 의문은 이제 조심스럽기는 하지만 두 사람을 열심히 관찰하게끔 유도했다. 그리고 그러한 관찰을 한 결과 적어도 엘리자베스와 다아시 중 한 사람은 상대방에게 열렬한 사랑을 느끼고 있다고 완전히 확신했다. 그들은 여자 쪽의 감정에는 약간의 의구심이 들었다. 그렇지만 남자 쪽에서는 경모의 마음이 넘쳐흐른다는 사실을 감지할 수 있었다.

엘리자베스는 해야 할 일이 많았다. 방문객들이 각각 무슨 생각을 하는지 확인하고 싶었고, 자신의 감정은 가라앉히고서 다른 사람들에게 호감을 보이고 싶었다. 후자의 일을 실패할까 봐 두려웠지만 결국 성공을 확신했다. 그녀가 잘 대해주려고 한 사람들이 그녀에게 잘해주고 있었기 때문이다. 빙리는 그녀에게 잘 대해줄 준비가 항시 되어 있었고, 조지아나는 그렇게 하려고 노력하고 있었으며, 다아시도 마찬가지였다.

빙리를 보자 엘리자베스의 생각은 자연히 제인에게로 향했다. 빙리가 언니와 같은 생각을 갖고 있기를 절실히 바랐다. 빙리가 그전보다는 말수가 적어졌으며, 엘리자베스는 그가 자신을 바라보면서 제인을 회상하고 있지 않을까 하는 생각을 했다. 그런데 이런 생각은 그녀의 상상에 불과하다고 하더라도, 제인의 라이벌로 인식했던 다아시의 여동생 조지아나를 빙리가 어떻게 생각하고 있는지는 명백해 보였다. 어느 쪽이든 상대방에게 특별한 호감을 갖고 있다는 징후는 보이지 않았다. 빙리의 여동생이 바라는 어떤 일도 일어나지 않았다. 엘리자베스는 그 점이 곧 만족스러웠다. 사람들이 헤어지기 전에 빙리가 제인에 대해 아쉬워하고 있다는 감정을 내비치기도 했고, 제인에 대한 대화를 계속했으면 하는 심정이 엿보이기도 했다. 다른 사람들이 자기들끼리 대화할 때는 "언니를 만나본 즐거움을 누린 지가 아주 오래됐군요"라고 말했기 때문이다. 그녀가 거기에 대해 무슨 응답을 해주려고 하기 전에 빙리는 다시 이런 말을 덧붙였다.

"8개월이 넘어버렸군요. 네더필드 무도회에서 본 게 11월 26일이었는데 그 이후로 만나지 못했네요."

엘리자베스는 빙리가 그 날짜를 정확히 기억하는 점을 알고는 반가운 마음이 들었다. 그리고 그 후에도 다른 사람들이 관심을 보이

지 않는 틈을 타서, 엘리자베스의 자매들이 모두 지금도 롱본에 살고 있느냐고 물었다. 그러한 질문이나 앞에서 한 말에 무슨 심각한 의미가 있는 것 같지는 않았지만 어떤 암시를 주는 표정이나 태도를 읽을 수는 있었다.

엘리자베스가 다아시에게는 자주 눈길을 돌릴 수가 없었지만, 잠깐씩 그를 봤을 때는 상냥한 표정이었다. 또한 그가 하는 말에도 교만함이라든가 사람들을 경멸하는 투와는 너무나 다른 게 스며들어 있어서, 어제 자신이 목격한 그의 온화한 태도가 결국 일시적이라고 하더라도 적어도 만 하루는 간다는 사실을 확인할 수 있었다. 예전 같으면 안다는 것 자체부터 수치로 여겼을 사람들과 잘 지내보려고 애쓰는 모습을 볼 때, 그리고 헌스포드의 목사관에서 좋지 않았던 마지막 장면을 회상해봤을 때, 이제 그때와의 차이나 변화가 너무 크고 충격이 커서 놀라울 뿐이었다. 네더필드에서 그가 자기 동료들과 함께 있을 때나 로싱스 저택에서 그 귀한 사람들과 같이 있을 때도 지금처럼 사람들과 즐겁게 지내려 하면서 자만심을 떨쳐버리는 모습을 볼 수 없었다. 그가 지금 상대하고 있는 사람들이 네더필드 저택이나 로싱스 저택의 여자들에게는 조롱이나 반감을 살 만한 인물들인데도 말이다.

방문자들은 반 시간 조금 넘게 머물렀다가 이제 떠나가려고 일어섰는데, 그때 다아시는 가드너 부부와 엘리자베스가 그 고장을 떠나기 전에 펨벌리 저택에서 저녁 식사를 함께하자는 자신의 제안에 여동생의 동의를 구했다. 다아시의 여동생은 무슨 초대를 하는 일에는 익숙하지 않은 터라 약간 머뭇거리기는 했지만 결국 흔쾌히 동의해주었다. 가드너 부인은 그 초대에 가장 관련돼 있는 엘리자베스가 어떻게 생각하는지를 알아보기 위해 그녀를 바라봤는데 엘리자베스는 고개를 돌려버렸다. 그렇지만 그 제안이 싫어서가 아니라 잠시 당황해서라고 생각했다. 가드너 부인도 사람들과 사귀는 것을 좋아하는 자기 남편이 기꺼이 받아들일 거라고 여기고 그 제안을 수락했다. 그래서 다음 다음 날로 약속이 정해졌다.

빙리는 엘리자베스에게 아직 할 말이 많이 남아 있고 하트포드셔에서 알고 지내던 모든 사람의 안부가 궁금했기 때문에 다시 엘리자베스를 볼 수 있다는 사실에 크게 만족했다. 엘리자베스는 그가 언니에 대해 듣고 싶은 마음이 있어서 그랬을 거라고 생각하고서 흡족해했다. 그리고 그녀는 다른 이유도 있기는 했지만 바로 그러한 사실 때문에 방문객들이 떠난 후에 생각하니 그들과 함께한 30분이 만족스러웠다. 비록 그 방문이 이루어지는 동안에는 그런 만족감을 가질 수 없었지만 말이다. 그녀는 혼자 있고 싶기도 하고 외숙과 외숙모가 이것저것 물어볼까 두려웠기 때문에, 빙리에 대해 두 사람이 칭찬을 늘어놓는 것을 들은 뒤에는 옷을 갈아입겠다고 하면서 방을 나왔다.

그렇지만 그녀가 가드너 부부의 호기심을 두려워할 이유는 없었다. 가드너 부부는 엘리자베스에게 무슨 말을 해달라고 강요하지는 않았다. 그들이 전에 알던 것보다 엘리자베스가 다아시에 대해 더 잘 알고 있다는 사실이 명백해 보였고 그 사람이 엘리자베스에게 애정을 갖고 있는 점도 분명해 보였다. 흥미를 줄 요소는 많았지만 그렇다고 귀찮게 질문할 생각은 없었다.

이제 가드너 부부도 다아시를 좋게 생각할 수밖에 없었다. 그들이 겪어본 바로는 어떤 허물도 발견할 수 없었다. 그의 상냥함에 감

동반지 않을 수가 없었고, 자신들의 느낌이나 그 사람의 하인이 말하는 바대로 그 사람에 대해 말하면, 아마 하트포드셔의 사람들은 그럴 리 없다고 생각할 것이다. 이제 그 하녀의 말을 믿지 않을 수가 없었다. 다아시를 네 살 때부터 알아왔고 믿을 만한 그 하인이 하는 말을 무시해버릴 수가 없었다. 그리고 그 고장 램튼에 사는 친구들의 말을 들어봐도 마찬가지 결론이 나왔다. 다아시의 결점으로는 자만심밖에 지적할 수 없다고 했다. 자만심은 다아시가 갖고 있는 요소로 누구나 그렇게 여길 만했고, 설령 그렇지 않다고 하더라도 다아시와 교류가 없는 그 고장 사람들은 그가 그런 성질을 갖고 있을 거라고 짐작할 수도 있었다. 그렇지만 그가 인정 많은 사람이고 가난한 사람들에게 많은 자비를 베푼다는 사실은 누구나 수긍하고 있었다.

그 일행은 위컴이 사람들에게 인정을 못 받고 있다는 사실을 알게 되었다. 위컴이 다아시와 어떤 관계인지 정확한 내막은 알 수가 없었지만, 위컴이 더비셔를 떠나면서 많은 빚을 졌고 그것을 나중에 다아시가 갚아줬다는 사실도 어느 정도 알 수 있었다.

엘리자베스는 펨벌리 저택에 대해 지난 밤보다는 오늘 밤에 더 많은 생각을 했다. 밤의 시간이 길기는 했지만 펨벌리의 주인에 대한 그녀의 생각을 정리하는 데 충분하지는 않았다. 그녀는 두 시간 동안 잠을 이루지 못하면서 고민했다. 그녀가 이제 그를 미워하지 않는다는 점은 확실했다. 아니, 미움은 이미 오래전에 사라졌으며 그를 싫어하는 감정을 가졌었다는 사실 자체를 이제는 수치스럽게 생각했다. 그 사람의 좋은 점을 확인하면서 느껴진 그에 대한 공경심은 처음에는 내키지 않은 상태에서 인정했지만, 시간이 지나면서 그 사람에 대한 거부감도 사라져갔고 어제 다른 사람들이 그를 좋게 평가해주고 그의 장점을 지적해주면서 이제는 기꺼이 받아들일 정도가 되었다. 그런데 그에 대한 존경심이나 경외감보다도 엘리자베스가 더 간과할 수 없는 그의 자질은 감사함이었다. 즉 자기를 사랑해주는 데 대한 감사함, 그를 거절할 때 불쾌하고 매섭게 대한 점과 거절하면서 보인 온갖 부당한 비난에도 자기를 아직도 사랑하고 있는 데 대한 감사함이었다. 그는 엘리자베스를 자기의 가장 혐오스러운 적으로 생각하고서 대해야 했는데도 그 우연한 만남에서 좋은 감정을 유지하려 노력했고, 그녀에 대해 다른 어떤 혐오감도 드러내지 않고 오히려 호감을 심어주려고 노력했으며, 자기 누이동생을 소개시켜주려고 했다. 그녀의 입장에서는 자만심이 그처럼 강한 사람이 그토록 달라진 점이 놀라울 뿐만 아니라 감사함이 밀려왔다. 그것은 사랑, 열렬한 사랑 때문이라고 간주할 수 있었다. 그러한 변화에서 그녀가 어떤 단정을 할 수는 없었지만 불쾌한 감정은 아니었고 어떤 격려를 받은 것 같은 느낌이었다. 그를 존경하고 칭송하는 마음이 우러나왔고 고마운 생각이 들었으며 그가 진정으로 행복해지는 데 관심을 갖게 되었다. 그리고 이제 그녀는 그러한 행복이 자기 자신에게 얼마나 달려 있는지, 그가 다시 청혼하게 할 만큼 그녀에게 아직 여지가 남아 있어서 그를 그러한 행복으로 유도할 수 있을지 알고 싶었다.

그날 저녁에 외숙과 외숙모는 엘리자베스와 함께, 다아시의 여동생이 펨벌리 저택에 도착해서 늦은 아침을 먹고서 바로 그들을 방문해준 그러한 놀라운 예의에 대해 자기네들도 거기에 미치지는 못하겠지만 흉내라도 내야 하지 않겠느냐는 결정을 내렸다. 그래서 이튿날 아침에 펨벌리 저택으로 다아시의 여동생을 방문하는 게 바람직하다고 결론이 났다. 엘리자베스는 기분이 좋아졌다. 자기 자신에게 그 이유를 물어봐도 대답할 거리가 없기는 했지만 말이다.

가드너는 아침을 먹고서 바로 떠났다. 그 전날 낚시 계획을 다시 새로 짜게 되었고, 펨벌리 저택에서 정오까지는 몇몇 신사들과 만나기로 약속이 돼 있었다.

3

엘리자베스는 빙리의 여동생이 질투심 때문에 자기를 싫어한다고 확신했고, 그래서 펨벌리 저택에 그녀가 나타나면 얼마나 못마땅하게 여길까 싶었다. 그리고 다시 만났을 때 캐롤라인 쪽에서 어느 정도나 예의를 지킬지도 궁금했다.

저택에 도착하여 그들은 현관을 지나서 응접실로 들어갔는데, 그곳은 북쪽을 면하고 있어서 여름에는 서늘한 느낌이 들었다. 유리창을 통해서 보면 저택 뒤편으로 나무가 우거진 높은 대지가 보였고, 사이사이로 펼쳐진 잔디밭에 서 있는 아름다운 떡갈나무나 밤나무가 신선한 전경을 보여주고 있었다.

그 응접실에서 그들은 다아시의 여동생 조지아나의 영접을 받았는데, 조지아나는 허스트 부인과 캐럴라인, 런던에서 그녀와 함께 생활하고 있는 여자 한 사람과 같이 자리에 앉아 있었다. 그녀가 수줍어하고 무슨 잘못을 저지르지 않을까 하여 당황하고는 있었지만,

신분이 낮은 처지를 감지하고 있는 사람들에게는 그것도 거만함이나 독선으로 오인될 수 있었다. 그렇지만 가드너 부인과 엘리자베스는 이해하고 안쓰러워해주었다.

허스트 부인과 캐럴라인은 단지 형식적으로만 아는 체를 했다. 그리고 사람들이 자리를 잡고서 앉은 다음에 그런 자리에서 으레 그러하듯 잠시 동안 침묵이 이어졌다. 그 침묵을 깬 사람은 앤슬리 부인이었는데, 그녀는 품위 있고 남에게 호감을 주는 인상이었으며, 어떤 대화를 이어나가려고 노력하는 점으로 미루어 다른 여자들보다는 더 교양 있는 사람으로 보였다. 앤슬리 부인과 가드너 부인 사이에 대화가 오가는 중에 엘리자베스가 잠깐씩 말을 거들어주었다. 다아시의 여동생은 용기를 내어 대화에 동참하고 싶은 듯 보였고, 남들이 자기 말에 거의 신경을 쓰지 않을 거라 생각되면 짧게 한마디씩 했다.

엘리자베스는 캐럴라인이 자기를 유심히 관찰하고 있으며, 자신이 다아시의 여동생한테 말을 할 때면 유달리 신경을 집중한다는 사실을 이내 알게 되었다. 엘리자베스가 다아시의 여동생과 대화하는 데 불편할 만큼 떨어져 있지만 않았어도 캐럴라인을 의식해서 엘리자베스가 그 여동생과 대화하는 것을 주저하지는 않았을 것이다. 그렇지만 그녀는 말을 많이 못하는 상황에 있는 점을 유감으로 생각지는 않았다. 그녀는 다른 생각으로 가득 차 있었다. 언제 남자들이 나타날지 모를 일이었다. 그녀는 그 집의 주인이 나타나기를 바라기도 하고 그럴까 봐 두려워지기도 했다. 자기가 실제로 그것을 두려워하는지 바라고 있는지는 알 수가 없었다. 캐럴라인은 한마디도 하지 않은 채 15분 정도 앉아 있었는데, 엘리자베스는 캐럴라인이 냉랭한 목소리로 자기 가족의 안부를 물어오는 소리에 정신이 번쩍 들었다. 엘리자베스 역시 그 질문에 짧고 냉담하게 대답했고, 그러고 나서 대화는 더 이어지지 않았다.

하인들이 냉육과 케이크와 여러 가지 과일을 가지고 오면서 이제 분위기가 달라졌다. 앤슬리 부인이 다아시의 여동생에게 주인으로서의 역할을 하도록 눈짓을 하고 나서야 기분 좋은 분위기로 이어졌다. 이제 모든 사람에게 역할이 생겼다. 모두 이야기를 할 수는 없었지만 먹을 수는 있었기 때문이다. 사람들은 포도나 복숭아가 아름답게 피라미드 모양으로 쌓아올려진 접시가 놓인 테이블로 집합했다.

그렇게 음식을 먹는 동안에 다아시가 나타나서 엘리자베스는 이제 그가 나타나기를 자기가 두려워하는지, 아니면 바라는지를 확인해볼 수 있게 되었다. 그런데 얼마 전까지는 그가 나타났으면 하는 소망이 더 있었지만 막상 나타나니 오히려 안 나타났더라면 좋았을 텐데 하는 생각이 들었다.

그는 가드너와 함께 있다가 집으로 돌아왔는데, 가드너는 그 저택에서 간 두세 명의 사람들과 함께 강가에서 낚시를 하고 있었고 다아시는 가드너 부인과 엘리자베스가 그날 오전에 동생 조지아나를 방문할 예정이라는 사실을 알고는 집으로 왔다. 그가 나타나자 엘리자베스는 아주 편하게 대하면서 태연한 척했다. 방 안의 모든 사람이 두 사람에게 관심을 갖고 있었고 그가 방 안으로 들어왔을 때 그를 주시하지 않는 사람이 없었기 때문에 그렇게 할 필요가 있었지만 쉬운 일은 아니었다. 캐럴라인은 다아시에게 얘기할 때 입가에 미소를 띠기는 했지만 그녀가 두 사람에게 가장 호기심을 가

진 것은 분명해 보였다. 질투심이 심각한 정도는 아니었지만 그녀가 다아시에게 갖는 관심은 아직 끝나지 않은 상태였다. 엘리자베스는 다아시가 그녀와 자기 동생 사이가 친근해질 수 있게 두 사람이 서로 말을 붙이도록 노력하고 있다고 느꼈다. 캐럴라인은 이 사실을 눈치챘고, 그래서 예의는 차리는 척하면서도 두 사람이 될 수 있는 한 말을 못하도록 막아버렸다.

"엘리자베스 양, 부대가 메리튼에서 떠났다면서요? 엘리자베스 양 가족들한테 커다란 손해가 있었겠군요?"

다아시가 있었기 때문에 캐럴라인이 위컴의 이름을 언급할 수는 없었다. 그렇지만 엘리자베스는 캐럴라인이 마음속으로 그를 염두에 두고 있다는 사실을 즉시 알아차렸고, 그 위컴이라는 사람과의 여러 가지 연관된 일 때문에 기분이 좋을 수가 없었다. 그렇지만 그런 나쁜 의도에 대처하기 위해 엘리자베스는 태연자약한 태도로 거기에 대답해주었다. 캐럴라인이 말을 할 때 다아시가 얼굴이 붉어지면서 그녀를 바라보고 있다는 사실을 알 수 있었다. 다아시의 여동생은 혼란스러워하며 고개를 들지도 못했다. 만약 캐럴라인이 자기가 조지아나에게 고통을 주고 있다는 사실을 알았더라면, 마음속으로 소중하게 여기는 조지아나를 생각해 그런 말은 하지 않았을 것이다. 단지 엘리자베스가 좋아했던 한 남자를 들먹여서 엘리자베스를 골탕먹이려는 생각뿐이었다. 그래서 다아시가 엘리자베스를 나쁘게 생각하도록 하고, 엘리자베스의 가족 중 몇몇이 그 부대의 사람들과 벌인 여러 가지 어리석은 행동을 생각하도록 만들 의향이었다. 그녀는 조지아나가 위컴과 함께 도망치려고 한 사건을 모르고 있었다. 그 일은 엘리자베스를 제외하고 어느 누구한테도 다아시가 얘기해주지 않았다. 엘리자베스도 의심하고 있었지만, 다아시는 자기 여동생이 빙리와 결혼했으면 하고 속으로 바랐기 때문에 그런 사실을 염두에 두고서 일절 얘기를 하지 않았었다. 분명히 그는 그런 생각을 했고, 그렇기 때문에 빙리를 제인과 떨어뜨린 것이 그러한 의도가 직접적 원인이 되지는 않았지만 고려 대상이 될 수밖에 없었다.

엘리자베스가 침착하게 대처했기 때문에 다아시도 마음이 편안해졌다. 캐럴라인은 속이 상했지만 그렇다고 위컴을 언급할 순 없었다. 조지아나도 어떤 말을 할 수는 없었지만 이내 마음이 차분해졌다. 그녀는 오빠 다아시의 눈을 바라볼 수 없었지만 다아시는 동생이 생각하는 것에 별로 흥미를 갖고 있지 않았다. 다아시를 엘리자베스에게서 멀어지게 하기 위한 시도는 오히려 다아시가 그녀에게 더 관심을 갖고 더 호감을 갖도록 만들어버렸다.

그러한 말이 오간 다음에 엘리자베스 일행의 방문은 길게 이어지지 않았다. 다아시가 그들을 마차 있는 곳까지 배웅해주기 위해 나간 다음에 캐럴라인은 엘리자베스의 태도나 행동이나 옷차림 등을 깎아내리면서 자기 감정을 달래고 있었다. 그렇지만 조지아나는 그런 데 끼려고 하지 않았다. 오빠 다아시가 엘리자베스를 좋게 보도록 해주었기 때문이다. 그녀는 오빠를 철석같이 믿었고, 그래서 엘리자베스를 좋은 쪽으로만 보고 있었기 때문에 어떤 다른 나쁜 생각은 가질 수가 없었다. 다아시가 집 안으로 돌아왔을 때 캐럴라인은 자기가 조지아나에게 해주었던 이야기 중에서 일부를 다시 반복해댔다.

"다아시 오빠, 오늘 엘리자베스의 안색이 영 좋지 않더라. 지난겨울 뒤로 그처럼 변한 사람은 여태 본 적이 없어. 얼굴이 그렇게 검어지고 거칠어질 수 있을까? 우리 언니하고 난 그 여자를 만나지 않는 게 나았겠다고 얘기했어."

다아시는 그런 말을 듣고서 기분이 좋지는 않았지만, 얼굴이 조금 탄 것 외에는 별다른 변화를 느끼지 못했으며 그런 것쯤이야 여름철에 여행하다 보면 흔히 있는 일이 아니냐고 하면서 태연한 척했다.

"내가 보기에 그 여자는 아름다운 구석이라곤 없는 거 같아. 얼굴은 너무 마른 데다 윤기가 없고 몸매도 좋은 데라곤 없어. 코도 그저 그렇고, 치아는 조금 봐줄 만한데 그렇다고 이가 잘생긴 것도 아니고, 눈은 조금 괜찮다고 사람들이 얘기하는 거 같은데 난 좋게 보이지 않더라고. 날카롭고 심술궂게 보여. 난 그런 눈 싫어하거든. 전체적으로 그 여자 몸에서 좋게 봐줄 데라곤 없는데 자만심만 갖고 있어."

캐럴라인이 얘기했다.

다아시가 엘리자베스를 좋아한다는 사실을 알고는 있었고 그런 식으로 나오는 것이 가장 바람직한 방식은 아니라는 점을 캐럴라인은 알고 있었다. 그런데 다아시의 얼굴이 일그러지는 것을 보고 캐럴라인은 자기가 성공했다고 생각했다. 그렇지만 다아시는 아무 말도 하지 않았고, 캐럴라인은 그가 무슨 얘기를 하도록 하기 위해 이런 말을 계속 늘어놓았다.

"하트포드셔에서 우리가 그 여자를 처음 만났을 때, 그 여자가 미인이라는 소문이 있었는데 실제로 만나보고서 얼마나 놀랐는지 몰라. 그 여자가 네더필드에서 식사를 한 어느 날 저녁에 오빠가 '저 여자가 미인이라고? 자기 어머니보다 훨씬 못하군!' 하고 말하는 걸 들은 적이 있지. 근데 그 이후로 그 여자를 오빠가 어떻게 보게 됐는지, 어떤 땐 그 여자가 쬐끔은 아름답다고 생각하는 거 같아."

"그래! 근데 내가 쬐끔은 아름답다고 생각한 건 내가 그 여자를 맨 처음 봤을 때뿐이지. 그 뒤론 그 여자가 이 세상에서 가장 아름다워 보여."

다아시가 더는 참지 못하고 이렇게 대꾸해주었다.

그러고 나서 다아시는 나가버렸고, 캐럴라인은 혼자서만 그런 비난을 감수해야 했다.

가드너 부인과 엘리자베스는 여관으로 돌아가면서 자기들이 그 저택에서 봤던 모든 것을 얘기했다. 단, 두 여자가 공통으로 관심 있는 한 가지는 제쳐두었다. 자기들이 봤던 모든 사람의 얼굴 표정이나 행동에 대해 얘기했지만 두 사람 다 가장 관심이 있는 사람에 대해서는 언급하지 않았다. 그 사람의 누이동생, 그 사람의 친구들, 그 사람의 집, 과일 등등 모든 것을 얘기했지만 그 사람 자체는 얘기하지 않았다. 그렇지만 엘리자베스는 외숙모가 다아시를 어떻게 생각하는지 알고 싶었고, 가드너 부인은 엘리자베스가 그 사람 얘기를 꺼내기만을 고대하고 있었다.

4

엘리자베스는 맨 처음 램튼의 여관에 돌아갔을 때 언니한테서 편지가 온 것이 없다는 사실을 알고는 무척 실망했는데, 그런 일은 그곳에 머무르는 동안에 두 번 반복되었다. 그렇지만 세 번째로 돌아갔을 때는 그런 실망감을 끝내줄 두 통의 편지가 한꺼번에 와 있었다. 한 통은 다른 곳으로 잘못 갔다가 다시 배달되었다고 했다. 제인이 주소를 잘못 기재했기 때문에 놀랄 일은 아니었다.

편지가 도착했을 때 그 일행은 밖으로 산책 나갈 준비를 하고 있었다. 외숙과 외숙모는 엘리자베스가 혼자서 조용히 편지를 읽어보도록 하기 위해 그들끼리만 외출했다. 엘리자베스는 제인이 먼저 쓴 편지부터 읽어봤다. 닷새 전에 쓴 것이었다. 그 시작 부분은 파티라든가 다른 시시콜콜한 얘기를 전해주고 있었지만, 하루 뒤에 쓴 것으로 날짜가 적혀 있는 동일한 편지의 후반부는 마음이 심란해서 쓴 것으로 보였다. 편지 내용은 이랬다.

리지, 앞 부분의 편지를 쓴 후에 우리가 예상할 수 없던 심각한 사태가 벌어졌단다. 그렇지만 놀라지는 마. 식구들은 모두 잘 있으니까. 그런데 리디아가 문제를 만들었어. 어젯밤에 우리가 모두 잠들어 있던 12시에 포스터 대령한테서 속달 편지가 도착했는데, 리디아가 자기 부하 장교 중 한 사람과 스코틀랜드로 도망가버렸다는 거야. 즉 위컴하고 말이지. 우리가 얼마나 놀랐겠니. 근데 키티는 그런 일을 예상하고 있었나 봐. 그런 경솔한 짓이 세상에 어디 있니. 그렇지만 나는 일이 잘 풀리기를 바라고 있고, 위컴 그 사람에 대해 우리가 잘못 판단하고 있다고 믿고 싶어. 우리는 그를 생각이 없고 신중하지 못한 사람이라고 알고 있지만, 이번 일은 그가 악한 마음으로 저지른 건 아니라고 믿고 싶어(그리고 우리 그럴 거라고 믿고 기뻐하자). 그 남자의 선택에 사욕이 없었다고 볼 수도 있어. 아버지가 리디아한테 남겨줄 재산이 없다는 사실을 그 남자가 알고 있을 테니까. 어머니는 아주 낙심해 계셔. 아버지는 더 잘 견뎌내고 있고. 우리가 아는 그 사람의 나쁜 점을 다른 식구들이 모르고 있다는 게 얼마나 다행인지 모르겠어. 앞으로도 그건 발설하지 말아야 돼. 두 사람은 토요일 밤 자정쯤에 떠나버렸고, 어제 아침 8시경에야 상황을 알게 되었대. 그래서 대령이 우리한테 즉시 속달을 부쳐준 거야. 리지, 두 사람은 우리 집에서 10마일 이내 지점을 거쳐갔을 거야. 포스터 대령이 곧 이리 도착할 예정이래. 리디아가 포스터 대령 부인에게 자기들 계획에 관해 몇 줄 쪽지를 남겨놓았대. 어머니를 혼자 둘 수가 없으니 이제 그만 줄일게. 너도 사태를 이해할 수 없을 테고, 나도 내가 무슨 말을 하고 있는지 모르겠어.

엘리자베스는 무슨 생각을 할 겨를도 없이, 그리고 자기가 어떻게 느꼈는지 확인해볼 틈도 없이 즉시 다음 편지를 집어 들었고, 조급한 마음으로 다음과 같은 내용을 읽어나갔다. 첫 번째 편지를 쓰고 하루가 지나서 쓴 것이었다.

리지, 지금쯤은 내가 허둥지둥 앞에서 쓴 편지를 읽어봤겠구나. 이 편지를 받아보면 좀 더 이해가 갈 거야. 지금 내가 시간이 없는 것도 아닌데 머리가 어지러워서 일관된 생각을 할 수가 없어. 리지, 내가 지금 무슨 말을 쓰고 있는지도 모르겠지만 나쁜 소식을 전해줄 수밖에 없어. 위컴과 우리 불쌍한 리디아의 결혼이 무모하기는 하지만 우리는 이제 결혼이 성사되기를 간절히 바라고 있어. 두 사람이 스코틀랜드에 가지 않았을 수도 있다고 걱정할 만한 이유가 너무 많거든. 포스터 대령은 그제 브라이턴을 떠나서, 우리가 속달 편지를 받은 지 몇 시간이 지나지 않아서 어제 이리로 왔어. 포스터 대령 부인은 리디아가 남긴 짧은 쪽지를 보고서 그 두 사람이 스코틀랜드의 그레트나 그린으로 간다고 생각했는데, 데니는 위컴이 그쪽으로 갈 생각이 없고 리디아하고 결혼할 의사도 전혀 없다고 자기한테 얘기했다고 그러더래. 그 말을 포스터 대령한테 해주었는데, 대령은 그 말을 듣고서 즉시 브라이턴을 떠나서 두 사람을 추적했다는 거야. 클래팜까지는 쉽게 추적할 수 있었는데 그 이후로는 행방을 알 수가 없었대. 그곳에 들어서서 그들은 마차를 갈아타 버렸고 엡슴에서부터 타고 온 마차는 돌려보냈대. 그 뒤로 알려진 사실은 두 사람이 런던 쪽으로 가더라는 거야. 나도 어떻게 된 건지 전혀 짐작을 할 수가 없어. 포스터 대령은 런던으로 가는 쪽에서 온갖 수소문을 해보고 나서 하트포드셔로 왔는데, 바넷이나 햇필드 같은 곳의 통행세 받는 곳이나 여관마다 다 알아봤지만 별 효과가 없었고 아무도 두 사람을 본 적이 없다는 거였어. 그 사람이 수고스럽게도 롱본까지 와주었고 진심으로 걱정하는 말을 해주었어. 그 사람하고 그의 부인이 연관되어 이런 일이 벌어졌지만 그들을 비난할 수는 없는 거지. 가족들이 아주 상심하고 있단다. 아버지와 어머니는 가장 나쁜 상황을 생각하고 계시지만 난 그 사람을 아주 나쁘게만 생각하고 싶지 않아. 여러 가지 사정 때문에 둘이서 계획대로 하지 못한다면 런던에서 아무도 모르게 결혼하는 편이 더 나을지도 모르지. 위컴이 리디아 같은 처지의 여자를 꼬드기는 계획이 성공할 것 같지 않은데 그렇게 할 수 있다는 게 믿어지지도 않고, 리디아도 어떻게 그처럼 함정에 빠져버릴 수 있는 거니? 그렇지만 포스터 대령이 두 사람이 결혼할 가능성이 없다고 말하는 소리를 들으니 난 기분이 울적해지는구나. 내가 바라는 점을 대령한테 얘기했더니 그 사람은 고개를 저으면서 위컴이 믿을 만한 사람이 못 된다는 거야. 어머니는 이제 병이 나서 자리에 누워 계셔. 원기를 회복하시면 좋겠지만 그걸 기대할 수도 없어. 아버지도 이렇게 흔들리시는 모습을 본 적이 없어. 키티는 자기가 왜 두 사람의 관계를 숨겨왔는지 모르겠다고 하면서 화를 내고 있어. 그렇지만 키티도 이런 일이 벌어지리라고는 예상할 수 없었겠지. 리지 넌 이런 비탄스러운 상황과 멀리 떨어져 있으니 다행이야. 이제 충격은 좀 가셨어. 네가 돌아오기를 기대해도 되겠지. 그렇지만 상황이 여의치 않으면 내 말대로 할 필요는 없어. 잘 있어. 그런데 내가 이런 말은 하지 않으려고 했는데, 상황이 그렇게 되어서 이제 너하고 외숙, 외숙모가 함께 최대한 빨리 이곳으로 와줬으면 좋겠구나. 내가 외숙과 외숙모에 대해 잘 아는데, 그분들은 이런 부탁을 들어주실 수 있을 거야. 외숙에게는 더 요구할 사항이 많기는 하지만 말야. 아버지는 포스터 대령과 함께 그들을 찾으러 런던으로 곧 떠나실 거야. 아버지가 어떻게 일을 처리하실지는 알 수가 없어. 그렇지만 마음이 너무 심란하셔서 가장 안전한 최선의 방법으로 일을 처리하실 순 없을 것으로 보이는구나. 포스터 대령은 내일 저녁까지는 브라이턴으로 돌아가야 된대. 이런 상황에서는 외숙이 많은 도움이 될 거야. 외숙은 상황을 잘 이해하실 테고, 그러니 그분한테 의지할 수 있을 거야.

"오! 외숙은 지금 어디 계시는 거야?"

엘리자베스는 편지를 읽고 자리를 박차고 일어나면서 이렇게 소리 질렀다. 지체없이 외숙을 찾아나서려고 했다. 그런데 그녀가 문을 열려고 했을 때 하인이 문을 열더니 다아시가 나타났다. 그는 창백한 그녀의 얼굴과 허둥대는 모습을 보고 깜짝 놀라서 무슨 말을 제대로 할 수가 없었고, 리디아의 일만을 생각하고 있는 엘리자베스는 급히 이렇게 말했다.

"실례지만 지금 나가야겠어요. 지금 급한 일로 외숙을 찾아야 돼요. 조금도 시간을 지체할 수가 없어요."

"잠시만, 무슨 일인데 그래요?"

다아시가 이렇게 소리 질렀다. 그리고 잠시 후 정신을 조금 가다듬고서 이렇게 말했다.

"내가 엘리자베스 양을 못 가게 막지는 않을 거예요. 그런데 나나 하인이 찾아나서는 게 좋을 거 같군요. 지금 상태가 안 좋아 보여요.

그러니 다른 사람이 가야겠어요."

그 말에 엘리자베스가 주저했지만 무릎이 떨려왔고 그녀가 그들과 함께 가봤자 아무런 도움이 될 것 같지가 않았다. 그래서 하인을 불러서 거의 분간하기 어려운 힘없는 목소리로 하인의 주인과 주인아주머니를 즉시 불러오라고 말했다.

하인이 방을 나가자 그녀는 몸을 제대로 가눌 수 없는 상태에서 자리에 앉았고, 다아시는 그녀의 상태가 안 좋아서 그곳을 떠날 수가 없었다. 그래서 그는 조그만 목소리로 이렇게 말했다.

"여관 하녀를 불러보도록 하지요. 뭐라도 드시지 않겠어요? 와인이라도 한 잔 드시면 좋을 거 같은데, 내가 가져다드릴까요? 안색이 아주 안 좋아 보여요."

"아니에요, 별일 없을 거예요. 아무 이상 없어요. 그냥 롱본에서 안 좋은 소식이 와서 마음이 울적해졌을 뿐이에요."

그녀가 대답했다. 그런 말을 하면서 엘리자베스는 눈물을 쏟았고 몇 분 동안 한마디도 할 수가 없었다. 다아시는 안타까운 마음에서 어떤 위로하는 말을 몇 마디 할 뿐이었고, 가만히 지켜보는 수밖에 없었다. 조금 후에 그녀가 이렇게 말했다.

"방금 언니한테서 좋지 않은 소식을 받았어요. 말씀드리지 않을 수가 없네요. 막냇동생이 위컴하고 같이 도망을 갔다는 거예요. 브라이턴에서 함께 사라져버렸대요. 선생님이 위컴을 잘 아시니 다음에 무슨 일이 벌어질지 짐작할 수 있을 거예요. 내 동생은 위컴을 유혹할 만한 돈도 없고 인맥 같은 것도 없어요. 이제 걔는 끝장이에요."

다아시는 깜짝 놀라서 몸이 뻣뻣해지는 것을 느꼈다. 그녀가 다시 감정이 복받치는 목소리로 말했다.

"내가 막을 수도 있었을 텐데. 그가 어떤 사람인지 알고 있었잖아요. 내가 알고 있는 것 중에서 일부만이라도 가족들한테 말해줬으면 됐을 텐데. 그 사람에 대해 알고 있었다면 이런 일이 벌어지지 않았을 거예요. 그치만 이제 너무 늦어버렸어요."

"충격적인 일이로군요. 근데 그게 정말 확실한가요?"

다아시가 말했다.

"그래요! 일요일 밤에 둘이서 브라이턴을 떠났고 런던 쪽으로 가는 거를 추적했는데 그 이상은 확인이 안 된대요. 스코틀랜드로 가지는 않은 게 분명해요."

"근데 동생을 찾으려고 어떻게 하고 계신답니까?"

"아버지께서 런던으로 가셨고 제인은 외숙에게 신속히 도와달라고 요청했어요. 우린 30분 내로 출발하게 될지도 모르겠어요. 그치만 어떻게 해볼 도리가 없어요. 어떤 조치를 할 수 없다는 건 알고 있어요. 위컴 같은 사람을 어떻게 해볼 수 있겠어요? 어떻게 찾아낼 방법이라도 있겠어요? 가망이 없을 거 같아요. 어떻게 이런 일이 벌어질 수 있는 거예요?"

다아시는 그녀의 말에 동의하는 투로 고개를 저었다.

"내가 그 사람 성격을 파악했을 때…… 아! 그때 무슨 조치를 했어야 했는데. 그치만 어떻게 해볼 도리가 없었어요. 너무 심하게 어떻게 할 수도 없었고…… 이제 보니 내가 끔찍한 실수를 한 거 같아요."

다아시는 그 말에 아무런 대답을 하지 않았다. 그녀의 말을 귀담아 듣지 않았고 무슨 생각에 빠져서 방 안을 이리저리 거닐기만 했다. 안면을 찡그리고서 낙심한 표정이었다. 엘리자베스는 그런 모습을 보고서 그가 어떤 상태인지 짐작할 수 있었다. 그녀는 기운이 쑥 빠져나갔다. 자기 가족의 약점 때문에, 그리고 자기 가족의 치욕스러운 일 때문에 모든 것이 무너져가고 있었다. 아무도 비난할 수가 없었다. 다아시가 자제력을 갖고 있다는 점은 위안이 되지 못했고 그녀의 낙심한 마음을 회복시켜줄 수도 없었다. 반면에 이제 그녀는 자기가 무엇을 원하는지를 알게 되었다. 이제 다아시와의 애정이 물 건너갔다고 느낀 상태에서, 자기가 그 사람을 사랑했더라면 얼마나 좋았겠는가 하는 생각만 들었다.

그렇지만 엘리자베스는 자신에 대한 생각에만 빠져 있을 수만은 없었다. 리디아가 가져다준 재앙과 수치심 때문에 자신의 사사로운 일을 생각하고 있을 수가 없었다. 손수건으로 얼굴을 가리고서 울었다. 그렇게 몇 분 동안 있는데 다아시의 목소리가 들려서 자기가 현재 처한 상황을 다시금 확인할 수 있었다. 다아시는 측은한 마음에서 절제된 목소리로 이렇게 말해주었다.

"내가 없었으면 하고 바랄 테고, 나도 내가 필요 없다는 점을 알고 있지만, 내가 진심으로 걱정하고 있다는 사실을 알아줬으면 좋겠군요. 엘리자베스 양한테 위로가 될 만한 어떤 말이라도 해드릴 수 있으면 좋겠네요. 그치만 쓸데없는 말을 해서 엘리자베스 양의 마음만 더 상하게 할 것 같군요. 불행한 일이 터졌으니 내 동생은 오늘 엘리자베스 양을 볼 수가 없겠네요."

"그래요. 부탁인데, 나 대신 동생 분한테 사과의 말씀을 좀 해주세요. 급한 일로 집에 가야 한다고 전해주세요. 그리고 내막은 비밀로 해주세요. 머지않아 밝혀지겠지만요."

다아시는 비밀을 지키겠다고 기꺼이 약속했고, 그녀가 곤경에 처한 상태에 대해 다시 한번 위로의 말을 해주었으며, 모든 일이 잘 해결될 거라는 자기 바람을 말해주었다. 그리고 엘리자베스의 가족들에게 안부를 전해달라는 말을 한 뒤에 아쉬운 표정으로 떠나갔다.

그가 떠나버리자 엘리자베스는 더비셔에서 이루어진 몇 번의 만남에서 있었던 그러한 따뜻한 마음으로 이제 두 사람이 다시 만날 기회는 다시 없을 거라고 생각했다. 그리고 굴곡과 변화로 가득 찬, 두 사람이 지금까지 가졌던 만남을 모두 상기해보고는 그처럼 일이 꼬인 데 한숨을 지었고, 옛날 같으면 그러한 교제가 지속되지 않기를 바랐겠지만 지금은 오히려 계속 이어졌으면 하고 바라는 마음이었다.

감사함과 공경심이 애정의 좋은 바탕을 이루기 때문에, 다아시에 대한 엘리자베스의 감정 변화는 그럴 만했다. 그렇지만 이제 엘리자베스 자신을 보호해줄 게 없어졌다. 이제 다아시가 가버리자 그녀에게 회한이 밀려들었다. 그리고 리디아 때문에 발생한 그러한 끔찍스러운 사태로 이제 그녀는 한층 더 고통을 느꼈다. 그녀는 제인이 보내준 두 번째 편지를 읽은 뒤로 위컴에게 리디아와 결혼할 의도가 있다는 확신이 사라졌다. 그러한 기대를 하는 사람은 제인밖에 없을 것이다. 그처럼 사건이 전개된 점이 놀라울 수밖에 없었다. 첫 번째 편지를 읽은 후 엘리자베스의 마음에는, 위컴이 돈을 바라지 않고서 어떤 여자하고 결혼할 수 있을지, 그리고 리디아가 어떻게 해서 위컴의 마음을 사로잡았는지 그저 놀랍기만 할 뿐이었다. 그런데 이제 모든 게 자연스러워졌다. 그런 유형의 애정 관계라면 리디아는 충분히 매력적이었다. 리디아가 결혼할 의사도 없이 도망쳤다고 생각되지는 않지만, 도덕심이나 이해력의 결핍으로 그런 함정에 쉽게 빠진 거였다.

군부대가 하트포드셔에 주둔할 때 리디아가 위컴과 애정에 빠졌다는 사실을 엘리자베스는 전혀 알지 못했지만, 리디아가 아무 남자하고나 금방 빠져들 수 있다는 점은 알고 있었다. 자기 마음에 들기만 하면 아무 장교한테나 호감을 갖는 성격이었다. 애정의 대상이 끊임없이 바뀌기는 했지만 그러한 대상이 없을 때는 없었다. 그러한 여자를 방치하고 제멋대로 행동하게 만든 해악의 정도란! 엘리자베스는 지금처럼 그것을 심각하게 느낀 적이 없었다.

그녀는 집에 가고 싶어 안달이 날 지경이었다. 지금 혼란에 빠진 가족들의 모든 짐을 걸머쥐고 있을 제인과 걱정을 나누기 위해 한시바삐 현장에 있고 싶었다. 아버지는 집에 없고 어머니는 아무런 힘도 발휘하지 못하고 자리에 누워 있을 뿐이었다. 리디아에 대해 어떻게 해볼 도리가 없을 테지만 외숙이라도 끼어들면 큰 힘이 될 터이고, 그래서 엘리자베스는 외숙이 돌아오기만을 눈이 빠지도록 기다렸다. 가드너 부부는 하인에게 무슨 일이 벌어졌다는 전갈을 받고서 엘리자베스가 갑자기 병에라도 걸린 게 아닌가 하는 생각을 하며 급히 여관으로 돌아왔다. 그렇지만 엘리자베스는 그런 게 아니라고 안심시킨 후, 자기가 두 사람을 부른 이유를 말해주면서 안절부절못하는 상태에서 편지 두 통을 소리내 읽었다. 두 번째 편지의 추신 내용까지 읽어주었다. 가드너 부부는 리디아를 좋아하지는 않았지만 심히 걱정하지 않을 수가 없었다. 리디아 하나만의 일이 아니라 모든 사람의 일이었다. 가드너는 놀라움과 두려움을 나타내면서 자기가 할 수 있는 모든 일을 하겠다고 얘기해주었다. 엘리자베스는 예상하기는 했지만 눈물을 흘리면서 외숙에게 감사를 표했다. 이제 세 사람은 한마음이 되어서 모든 일을 신속히 해결하게 되었다. 그들은 될 수 있는 한 빨리 떠나야 했다.

"근데 펨벌리 일은 어떻게 하지? 하인이 우리한테 말을 전할 때 다아시가 여기 있었다는 말을 하던데, 정말 그랬니?"

가드너 부인이 엘리자베스에게 물어봤다.

"그래요. 내가 일이 생겨서 약속을 지키지 못할 거라고 얘기해줬어요. 그 일은 그렇게 해결됐어요."

"그렇게 해결되었다……."

외숙모가 준비를 하기 위해 자기 방으로 들어가면서 이렇게 중얼거렸다.

"그런 것까지 모두 밝힐 만한 사이라는 의민데…… 둘 사이가 그 정도라……."

그렇지만 그러한 희망도 아무 소용이 없었다. 급하게 준비를 하는 동안에 그런 희망적인 생각을 품어보는 정도일 뿐이었다. 지금이 만약 한가한 때라면 아무 일도 손에 잡히지 않았겠지만, 엘리자베스는 해야 할 일이 많았고 외숙모도 갑자기 떠나는 이유를 친구들에게 거짓말로 둘러대는 등으로 일이 많았다. 그렇지만 한 시간 후에 모든 일이 마무리되었다. 가드너가 여관비를 정산하고 나니 이제 집으로 돌아가는 일만 남았다. 오전에 전해 들은 불행한 사태로 홍역을 치른 엘리자베스는 이제 자기의 예상보다 더 빨리 마차에 몸을 싣고서 롱본으로 돌아가게 되었다.

5

마차가 그 고장을 벗어나고 있을 때 외숙이 이런 말을 했다.

"엘리자베스, 내가 곰곰 생각해봤는데, 이제 난 네 언니의 판단대로 생각해주고 싶구나. 보호자나 친구가 없는 것도 아니고, 또 상관인 대령의 집에 머무르고 있는 여자에게 나쁜 흉계를 꾸밀 것 같지는 않아. 좋은 결과가 있을 거야…… 리디아를 아는 사람들이 찾아나설 거라고 생각하겠지. 대령한테 그런 모욕적인 일을 저질러놓고서 다시 그 부대에서 인정받기를 기대할 수도 없는 노릇이야. 그런 위험을 감수하지는 않을 거야."

"정말 그렇게 생각하세요?"

엘리자베스는 그렇게 물으며 마음이 잠시 동안 가벼워지는 것을 느꼈다.

"나도 그렇게 생각해. 네 외숙하고 같은 생각이야. 품위나 명예나 그런 거를 모두 버리고 일을 저지를 거 같지는 않아. 난 위컴이라는 사람을 그렇게까지 나쁘게 보고 싶지 않아. 넌 그 사람이 그렇게 나쁜 일만 저지를 거라고 생각하는 거니?"

외숙모가 말했다.

"자기 이해타산이 걸린 문제에서는 그렇게 하지 않겠죠. 그치만 그의 성격을 보면 충분히 일을 저지를 만해요. 일이 좋게만 풀린다면 얼마나 좋겠어요. 그치만 전 그렇게 기대할 수가 없어요. 좋은 의도를 갖고 있다면 왜 스코틀랜드로 가서 결혼식을 올리지 않겠어요?"

"우선, 두 사람이 스코틀랜드로 가지 않았다는 증거가 없어."

가드너가 말했다.

"마차를 바꿔 탄 점이 입증하잖아요. 그리고 스코틀랜드로 가는 길에서는 두 사람의 흔적을 발견할 수 없었어요."

"좋아, 그럼 런던에 있다고 가정해보자. 단지 숨으려는 목적으로 거기 있을 수 있어. 두 사람 다 돈이 충분치는 않을 테고, 스코틀랜드에 있는 것보다는 런던에 있는 게, 그게 결혼식을 빨리 할 수는 없지만 돈을 덜 들이고 할 수 있는 일이라고 생각할 수도 있어."

"근데 왜 그처럼 비밀리에 해야 하는 거예요? 발각될 것을 왜 겁내는 거죠? 왜 자기들 둘이만 결혼식을 올리는 거예요? 그건 말이 안 돼요. 언니 편지에 보면 위컴하고 가장 친하게 지내는 사람이 위컴은 결혼할 의사가 없다고 말했다잖아요. 위컴은 돈이 없는 여자하고는 절대 결혼할 사람이 아니에요. 그렇게 할 여지가 없을 거라고요. 리디아가 가진 거라고는 젊다는 것, 건강하다는 것, 재미가 있다는 것뿐인데 위컴이 돈 많은 여자하고 결혼할 기회를 차버리고 리디아를 선택할 리가 있느냐고요. 부대에서 자기의 나쁜 행실이 알려질까 봐 둘이 도망가지 못할 거라는 말을 전 어떻게 판단해야 할지 모르겠어요. 그렇게 되면 어떤 결과가 기다리고 있을지 알 수 없으니까요. 근데 외숙이 그 외 다른 면에서 저하고 의견이 다른데 그 점에서 전 외숙이 옳다고만 보지 않아요. 리디아는 남자 형제도 없어요. 그리고 위컴은 우리 아버지 사고방식으로 봐서, 가족들의 일이 어떻게 되든 별로 상관을 안 하는 아버지 성향으로 봐서, 자기들 문제에 아버지가 관심을 두지 않을 거라고 생각할 수도 있어요."

"그치만 리디아가 다른 모든 문제는 접어버리고 그 사람을 사랑한다는 사실 하나로, 결혼식도 하지 않고 그 사람하고 산다는 게 가능한 생각이야?"

"동생 체면이나 도덕심을 인정할 수 없다는 사실이 정말 마음 아프네요."

이런 말을 하면서 엘리자베스는 눈물을 흘렸다.

"어떻게 말해야 될지 모르겠네요. 내가 리디아를 잘못 판단하고 있는지도 모르죠. 그치만 걔는 아직 너무 어리고, 어떤 문제를 진지하게 생각하는 법을 배운 일이 없어요. 지난 반년간, 아니 1년간은 허영심하고 즐거움만 채우는 일에 몰두했어요. 경박스러운 짓만 하고 다녔고 자기 마음대로 놀아났어요. 군부대가 메리튼에 주둔한 뒤로 오직 장교들 쫓아다니는 일에만 골몰한 거예요. 오직 장교들하고 연애하는 것만 얘기하고 그 외엔 생각하는 게 없었다고요. 위컴은 그런 애를 사로잡을 만한 모든 매력을 지니고 있잖아요."

"그치만 제인은 위컴을 동생하고 무작정 도망치는 짓을 할 만큼 나쁜 사람으로 보지는 않잖아?"

외숙모가 말했다.

"언니가 나쁘게 생각하는 사람이 어디 있기나 한가요? 과거에 아무리 나쁜 짓을 하고 다녔더라도 일이 명백하게 밝혀지기 전까지는 사람을 나쁘게 판단하지 않는다고요. 근데 위컴이 어떤 사람인지는 언니도 나만큼 알고 있어요. 그 사람이 방탕하게만 살아왔다는 점을 우리가 다 알고 있다고요. 명예나 성실 같은 거하곤 거리가 먼 사람이에요. 거짓투성이에 사기나 치고 다니고 남한테 알랑거리기나 하는 사람이라고요."

"근데 넌 그런 점을 어떻게 다 알고 있니?"

전에 엘리자베스와 한 얘기를 모두 기억하고 있는 가드너 부인이 호기심 어린 표정으로 물었다.

엘리자베스는 얼굴색이 달라지면서 이렇게 말했다.

"모든 걸 알고 있어요. 그 사람이 다아시에게 한 좋지 않은 행동은 전에 말씀드렸을 거예요. 그리고 외숙모도 지난번에 위컴이 자기를 관용과 너그러움으로 대해준 다아시에 대해 얼마나 나쁘게 말하는지를 롱본에서 들었잖아요. 그리고 내가 마음대로 말할 수 없는 다른 한 가지 일도 있어요. 말할 가치도 없긴 하지만요. 펨벌리 가문에 대한 그 사람의 거짓은 끝이 없어요. 그 사람이 다아시의 여동생에 대해 하는 말을 듣고서 난 그녀가 거만하고 말도 잘 안 하고 사람들에게 호감을 주지 않는 여자일 거라고만 생각했어요. 근데 실제로는 그 반대라는 걸 위컴도 알고 있었어요. 우리가 이제 알고 있듯이, 그녀가 상냥하고 겸손한 여자라는 걸 그 사람이 모를 리 없었어요."

"근데 리디아는 그것에 대해 아무것도 모르는 거야? 너하고 제인은 그렇게 잘 아는 사실을 어떻게 리디아만 모르고 있지?"

"그래요. 일이 그렇게 재수없게 돼버렸어요. 내가 켄트주에 머물면서 다아시하고 그 사람 친척인 피츠윌리엄 대령한테서 이런저런 얘기를 듣기 전까지는 나도 전혀 몰랐어요. 근데 내가 집에 돌아갔을 때 군부대는 메리튼에서 1, 2주 후에 떠날 예정이었어요. 그래서 나하고 언니는 우리가 아는 모든 사실을 사람들에게 알려야겠다는 생각을 하지 않았어요. 위컴에 대해 사람들이 좋게만 생각하고 있는데 우리가 그 사람을 나쁘게 얘기해서 무슨 소용이 있겠어요? 그리고 리디아가 포스터 대령 부인하고 함께 가기로 했을 때까지도 우리가 리디아에게 위컴에 대해 말해줘야겠다는 생각은 하지 않았어요. 리디아가 위컴에게 넘어갈 가능성은 전혀 생각해보지 않았거든요. 이런 일이 결국 벌어지리라고는 결코 생각해본 일이 없었어요."

"군부대가 브라이턴으로 떠날 때까지 넌 두 사람이 서로 좋아할 거라고 생각하지 않았단 말이지?"

"조금도 생각하지 않았죠. 두 사람 사이에 어떤 애정의 징후도 느낄 수 없었어요. 그런 낌새를 눈치챘더라면 우리가 가만히 있을 리가 없죠. 위컴이 맨 처음에 메리튼으로 왔을 때 리디아도 그 사람을 좋아하는 걸로 보이기는 했어요. 그치만 그건 다른 사람들도 모두 마찬가지였어요. 메리튼의 여자들이나 그 근처에 사는 여자들이 처음 두 달 동안은 그 사람한테 완전히 빠져 있었어요. 그치만 위컴이 리디아를 특별히 좋아한다는 징후를 보이지 않았고, 그래서 리디아도 열렬하게 좋아한 시기가 좀 지난 후에는 그 사람에 대한 열정이 가셔버렸고, 자기를 좋아하는 다른 장교들이 나타나면서부터는 새로운 사람들에게로 관심을 갖게 된 거예요."

*

그들 일행의 걱정이나 희망이나 추측에 도움이 될 새로운 것을 아무것도 추가할 수는 없었지만, 그들이 집으로 돌아가는 내내 그 일에 대해 반복해서 이야기했다. 엘리자베스는 한시도 그 생각에서 멀어질 수가 없었다. 고민이나 자책에 빠져 있었기 때문에 잠시도 편안한 마음으로 사태를 잊어버릴 수가 없었다.

그들은 최대한 빨리 이동했고, 길을 가는 도중에 하룻밤을 자면서 다음 날 저녁 식사 무렵에는 롱본에 도착할 수 있었다. 제인이 오랫동안 기다리다가 녹초가 돼버리지 않았나 하고 엘리자베스는 걱정했지만 그런 일은 벌어지지 않아 다행이었다.

마차가 집 쪽으로 다가오는 것을 보고서 가드너 부부의 아이들이 집의 계단에 서 있었다. 집 문 앞에 다가가자 아이들은 아주 반가워했고 홀딱홀딱 뛰면서 환영해주었다.

엘리자베스는 급히 마차에서 내렸고 아이들의 뺨에 서둘러 키스를 한 다음에 현관으로 들어갔는데, 어머니의 방에서 나와 계단을 달려 내려온 제인과 마주쳤다.

두 사람은 눈물을 흘리면서 포옹했고, 엘리자베스는 도망간 두 사람에 대해 무슨 소식이 없느냐고 바로 물어봤다.

"아직 없어. 근데 외숙이 오셨으니 모두 잘 풀릴 거야."

제인이 대답했다.

"아버진 런던에 계시는 거야?"

"그래, 편지에서 알려줬듯이 화요일에 그리 가셨어."

"소식은 전해주고 계셔?"

"한 번밖에 못 받았어. 수요일에 몇 줄 적어 보내주셨는데, 무사히 도착하셨다는 말과 함께 내가 요청한 대로 머무르시는 곳 주소를 알려주셨어. 그리고 중대한 사항을 전해줄 수 있기 전까지는 편지를 쓰지 않겠다고 하셨어."

"어머닌 어떠신 거야? 나머지 식구들은 어떻고?"

"어머닌 그런대로 괜찮으셔. 충격을 심하게 받기는 하셨지만. 위층에 계시는데 너랑 외숙이랑 외숙모가 왔다는 걸 알면 아주 기뻐하실 거야. 아직 자리에 누워 계셔. 메리하고 키티는 아주 잘 있어."

"근데 언니는 어때? 얼굴색이 안 좋은데? 언니가 얼마나 힘들었겠어?"

엘리자베스가 말했다.

그렇지만 제인은 자기가 전혀 걱정 안 해도 되는 상태라고 말해주었다. 가드너 부부가 아이들과 해후하는 동안 제인과 엘리자베스가 나누던 대화는 다른 사람들이 다가오자 끝났다. 제인은 외숙과 외숙모에게로 달려가 반기면서 웃음과 눈물을 교차해가며 고맙다는 말을 했다.

그들이 응접실로 들어갔을 때, 엘리자베스가 앞에서 물어봤던 질문을 다른 사람들이 다시 반복했지만 제인이 새로운 소식을 전해주지는 못했다. 그런데 제인은 천성적으로 낙천적인 성격인지라 아직 좋은 소식이 있을 거라는 희망을 잃지 않고 있었다. 모든 일이 잘 풀릴 거라고 생각했고, 리디아가 결혼식을 올린다는 소식을 아버지나 리디아에게 조만간 듣게 될 거라는 기대를 버리지 않고 있었다.

그들이 몇 분 정도 그렇게 얘기하다가 베넷 부인이 있는 방으로 갔는데, 예상하던 영접을 받게 되었다. 위컴의 사악한 행동에 대해 눈물을 흘려가며 욕을 해댔고 그가 자신에게 엄청난 고통을 안겨주었다며 투덜거렸다. 자기가 리디아를 버릇없이 키워서 일이 꼬인 사실은 말하지 않고 남만 나무랐다.

"내가 하자는 대로 우리 모두가 브라이턴으로 갔으면 이런 일이 일어나지 않았을 거야. 불쌍한 리디아를 보살펴줄 사람이 아무도 없었던 거라고. 포스터 부부는 어떻게 해서 도망가게 만든 거야? 잘 보살펴주고만 있었다면 리디아는 그럴 애가 아닌데, 그 대령네 부부가 잘못해서 그렇게 된 거라고. 그 부부한테 리디아를 맡기는 게 아니었어. 사람들이 내 뜻을 따라주지 않았다고. 가엾은 리디아! 아버지가 개를 찾아나섰으니 위컴을 보기만 하면 싸움이 벌어질 테고, 그러면 죽을 수도 있어. 그러면 이제 우리는 모두 어떻게 되는 거야? 아버지 몸이 무덤에서 식기도 전에 콜린스네는 우릴 이 집에서 쫓아낼 거야. 그리고 다른 사람들도 외면해버리면 이제 우리가 어디로 가야 되냐고."

모두가 그런 소리는 당치도 않다고 말해주었다. 가드너는 베넷 부인과 그 가족에 대한 자신의 애정을 확인시켜준 뒤에 다음 날 런던으로 가서 베넷이 리디아를 찾는 일을 도와주겠다고 했다.

"최악의 상황에 대비는 해야겠지만 너무 쓸데없는 걱정일랑 하지 마세요. 그런 일이 벌어질 리가 있겠어요? 두 사람이 브라이턴을 떠난 지 아직 1주일도 되지 않았어요. 내가 런던에 도착하는 대로 매부를 만나 우리 집으로 함께 가서 뭘 어떻게 해야 할지 의논해서 처리할게요."

가드너가 누나에게 말해주었다.

"정말 그렇게 좀 해줘, 동생. 런던에 가면 무슨 수를 써서라도 개들을 찾아야 돼. 그리고 아직 결혼을 하지 않았으면 얼른 시키라고. 결혼 예복은 걱정하지 말라고 하고, 리디아한테 돈은 내가 충분히 보내주겠다고 말해줘. 그리고 무엇보다도 매부가 싸움에 나서는 걸 막아야 돼. 매부를 만나면 내가 어떤 상황에 있는지, 내가 완전히 정신을 잃을 정도가 되었다고 말해줘. 몸이 떨리고 심장이 두근거리고 옆구리가 저리고 머리도 아프고 하루 종일 죽을 지경이야. 리디아가 날 보기 전에는 옷가지를 이것저것 사지 말도록 해. 내가 좋은 옷 파는 데가 어딘지 다 알고 있으니까. 동생 아니면 난 못살 거야. 동생만 있다면 내가 안심돼."

가드너는 자기가 최대한으로 힘써보겠지만, 베넷 부인이 너무 희망을 가져도, 그리고 두려움을 가져도 안 된다는 말을 해주었다. 저녁 식사가 준비될 때까지 그런 식으로 얘기를 한 후에, 베넷 부인이 자기를 돌보고 있던 가정부에게 불안한 심정을 토로하게 하고는 베넷 부인의 요청에 따라 그 방에서 나갔다.

가드너 부부는 베넷 부인이 식구들과 더 있었으면 했지만 그 방에서 나가라는 요청에 반대하지 않았다. 저녁 식사를 하는 동안 베넷 부인은 믿을 수 있는 가정부에게 자기가 당하고 있는 사태에 대해 토로했다.

식당에서 그들은 메리와 키티를 만났다. 둘은 자기들 방에서 각자의 일을 보느라 너무 바빠서 그때까지 영접을 하지 못했다. 메리는 책을 보고 키티는 화장을 하고 있었다. 두 사람의 표정은 차분했다. 사랑하는 동생을 잃어버렸다는 점을 제외하고는 달라진 것이 아무것도 없었고, 키티는 리디아가 가족들한테 불행을 가져다주었다고 평소보다 더 신경질을 내기만 했다. 메리는 식당에서 자리에 앉은 다음에 자못 심각한 표정으로 엘리자베스에게 이렇게 말했다.

"이건 불행한 사태고, 여러 사람들이 이런저런 얘기를 할 거야. 그치만 우리는 사악한 물결이 밀려드는 걸 저지해야 하고, 우리의 상처받은 마음에 위로의 기름을 부어주어야 해."

엘리자베스가 그 말에 아무런 대응을 하지 않자 메리가 다시 이런 말을 했다.

"리디아에게 이런 일이 벌어져서 안됐지만, 우린 여기서 교훈을 얻어낼 수 있어. 여자가 정조를 상실하면 회복할 수 없다는 것, 한번 발을 잘못 들이면 끝없는 파멸에 빠진다는 것, 여자의 평판이란 것은 아름다움만큼이나 깨지기 쉽다는 것, 여성은 남성에게 아무리 주의를 해도 부족하다는 것 등이지."

엘리자베스는 메리가 태연하게 그런 말을 늘어놓는 것을 보고는 너무 놀란 나머지 눈을 치켜떴지만 어떤 말도 할 수 없었다. 그렇지만 메리는 가족들 앞에 닥친 사태에서 그러한 도덕적 교훈을 끌어내면서 자기 자신을 위로하고 있었다.

오후에 베넷 집안의 가장 나이 많은 두 딸은 반 시간 동안 자기들끼리만 있는 시간을 갖게 되었다. 엘리자베스는 이제 여러 가지 질문을 해댔고, 제인은 거기에 충실히 답변해주었다. 엘리자베스는 그 사건이 끔찍한 결말로 이어질 거라면서 한탄했고 제인도 그 말이 어느 정도 일리가 있다고 동의했다. 엘리자베스가 이어서 이렇게 말했다.

"아직 내가 듣지 않은 거에 관해 모두 얘기해줘. 좀 더 자세하게 얘기하라고. 포스터 대령은 뭐라고 했어? 도망가기 전에 무슨 눈치를 못 챈 거야? 둘이서 함께 있는 걸 쭉 봐왔을 텐데 말야."

"포스터 대령은 특히 리디아 쪽에서 애정을 느끼고 있다는 예감을 종종 받기는 했지만 그렇다고 걱정까지는 하지 않았대. 그 사람은 자기 나름대로 할 일은 한 거야. 우리 일에 신경 써주고 많은 배려를 해주었어. 두 사람이 스코틀랜드로 가지 않았다는 생각을 하기도 전에 자기 임무를 다하려고 우리한테 온 거야. 걱정이 되어서 부리나케 우리한테 온 거지."

"그리고 데니는 위컴이 결혼할 의사가 없다는 사실을 확신하고 있었대? 두 사람이 도망쳐버릴 거라는 걸 알고 있었던 거야? 포스터 대령이 데니를 직접 만나봤대?"

"그래. 그치만 포스터 대령이 물어봤을 때 데니는 그들의 계획에 대해서는 아무것도 모른다고 했고, 그들에 대한 자기 의견도 실제로 말하지 않으려고 했대. 두 사람이 결혼 안 할 거라는 자기 생각을 말하지 않은 거지. 그런 점으로 미루어 난 그 사람이 전에 뭔가 잘못 알았던 게 아니냐는 생각을 하게 됐지."

"포스터 대령이 오기 전까진 아무도 두 사람이 결혼했을 거라는 의심을 하지 않았어?"

"그런 생각을 우리가 어떻게 할 수 있겠니? 그 사람 행실이 좋지만은 않기 때문에 난 리디아가 그 사람하고 결혼하면 과연 행복해질 수 있을지 불안하고 두려웠어. 아버지하고 어머니는 그 사람 행실에 대해 모르시고, 단지 그런 결혼이 신중하지 않다는 생각만 하고 계셨어. 키티는 다른 식구들보다는 자기가 더 많은 걸 알고 있었다고 자랑 삼아 말하기도 했어. 리디아가 자기한테 마지막으로 쓴 편지를 보고 그렇게 예상했다는 거야. 두 사람이 여러 주 동안 서로 사랑했다는 사실을 알고 있었나 봐."

"그치만 브라이턴으로 가기 전까지는 안 그랬겠지?"

"물론 그때까지는 그러지 않았을 거야."

"그리고 포스터 대령은 위컴을 나쁘게 보고 있어? 위컴의 진짜 성격을 알고 있는 거야?"

"전보다는 위컴에 대해 좋게 얘기하지 않았어. 분별력이 없고 방탕한 사람이라고 생각하는 거지. 그리고 그 사람이 메리튼을 떠날 땐 빚만 잔뜩 지고 있었다는 거야. 그게 난 사실이 아니기를 바라지만."

"오, 언니. 우리가 비밀을 감추지 말고 얘기해버렸다면 이런 일이 일어나지 않았을 수도 있었을 텐데."

"그랬을지도 모르지. 그치만 현재 그 사람이 어떤 생각을 하고 있는지 모르는데 과거의 잘못을 무조건 폭로해버릴 순 없는 거잖아. 우린 좋은 의도로 그렇게 한 거야."

"포스터 대령은 리디아가 자기 부인한테 전해준 걸 얘기해줬어?"

"우리가 볼 수 있게 편지를 가져왔어."

제인은 포켓북에서 편지를 꺼내어 엘리자베스에게 전해주었다. 내용은 이러했다.

해리엇 언니께

내가 어디로 가버렸는지 알면 언니는 웃음이 나올 테고, 내가 없어진 걸 알고 내일 아침에 언니가 놀랄 생각을 하니 나도 지금 웃음이 나오네요. 난 그레트나 그린으로 가고요, 내가 누구하고 있는지 짐작할 수 없다면 언니는 머리가 아주 나쁜 사람일 거예요. 내가 이 세상에서 사랑하는 사람은 오직 하나뿐이고요, 그 사람은 정말 천

사예요. 난 그 사람이 없으면 행복해질 수가 없고, 그래서 그 사람과 함께 떠나는 게 잘못이라고 생각지 않아요. 언니가 그럴 의향이 없다면, 내가 떠난 사실을 롱본에 있는 우리 가족들한테 알려줄 필요는 없어요. 내가 '리디아 위컴'이라는 새로운 이름으로 가족한테 편지를 쓰면 놀라움이 더 커질 테니까요. 아주 재미있는 일이 벌어질 거예요. 웃음이 나와서 편지를 쓸 수가 없네요. 프랫한테 오늘 저녁에 춤추는 약속을 지키지 못하게 돼서 미안하다는 말 좀 전해줘요. 모든 걸 알면 날 용서해줄 거예요. 다음 무도회 때 우리가 만나면 즐겁게 같이 춤출 수 있을 거라고 전해주세요. 롱본에서 내 옷가지를 가지고 오도록 사람을 보낼 예정이에요. 샐리한테 얘기해서 내 외투를 보내기 전에 외투 터진 곳 좀 수선해달라고 전해주세요. 그리고 포스터 대령님한테도 내 안부 전해주시고요. 우리 여정이 행복하게 끝날 수 있도록 빌어주세요.

언니의 영원한 벗, 리디아 베넷

"오, 이런 철없는 계집애!"

편지를 읽은 엘리자베스가 소리쳤다.

"도대체 어떻게 이런 편지를 쓸 수가 있는 거야? 그치만 적어도 걔가 뭘 심각하게 생각하긴 한 거 같네. 위컴이 나중에 어떻게 꼬드기려 했는지 알 수는 없지만 걔가 파렴치한 짓을 하려고 생각한 건 아닐 거야. 가엾은 아버지! 이 편지를 읽고 얼마나 놀라셨을까?"

"그렇게 충격을 받은 사람은 내가 여태껏 본 적이 없어. 한 10분 동안 말도 한마디 하실 수가 없었어. 어머니는 그 즉시 자리에 드러누워버리셨고 우리 집 전체가 말이 아니었지."

"오, 언니! 하인들도 모두 알고 있는 거 아냐?"

엘리자베스가 말했다.

"하인들도 모두 알아버렸을 거야. 비밀을 지키는 게 아주 어려웠다고. 어머니는 완전히 정신 나갈 정도셨고 난 어머니를 위해 내가 할 수 있는 모든 걸 해드리려고 했는데 뭘 제대로 할 수가 있어야지. 나도 정신이 나가서 아무것도 제대로 할 수가 없었어."

"어머니를 보살펴드리는 게 쉬운 일이야? 지금도 안색이 좋지 않은걸. 내가 있었더라면 좋았을 텐데. 언니 혼자서 모든 걱정거리를 다 처리해야 했구나."

"메리하고 키티가 아주 신경을 써주었지만 난 혼자서 최대한으로 처리해보려고 했지. 키티는 몸이 허약하고, 메리는 공부를 열심히 하는 애니까 시간을 뺏지는 말아야지. 아버지가 가신 후에 필립스 이모가 화요일에 오셔서 목요일까지 나하고 함께 어머니를 돌봐주셨어. 우리한테 큰 도움이 됐지. 루카스 아주머니도 아주 잘해주셨어. 수요일에 여기 오셔서 아주머니 자신이나 그 집 딸들이 무슨 일이든 도와주겠다고 하시더라고."

"그 아주머니는 그냥 자기 집에 있는 게 나을 거야. 도와줄 의향이 있긴 했겠지만 이런 일에 이웃들이 무슨 일을 할 수 있겠어? 도움을 주기가 불가능했을 테고, 위안을 준다고 해도 반가운 일이 아냐. 그냥 멀리서 우리 집안 흉보는 게 더 좋았을 거야."

다음에 엘리자베스는 아버지가 런던에서 리디아를 찾아내기 위해 무슨 일을 하려고 작정하고 계신지 물어봤다.

"내가 생각하기로는 아버지가 클래팜에서부터 두 사람이 타고 간 마차 번호를 알아내려고 하실 거야. 신사하고 숙녀 한 명이 마차를 갈아타는 게 눈에 띄었을 가능성이 있으니까 클래팜에서 수소문을 해보려고 하셨을 거야. 마부가 어느 곳에서 내려주었는지 알 수 있다면 그쪽으로 가서 알아볼 수 있을 테고, 마차 차고나 번호를 알아낼 수도 있을 거야. 그 외에 다른 어떤 계획을 갖고 계신지는 알 수가 없어. 너무 서둘러서 떠나셨고 안절부절못하셨기 때문에 그 정도만 알아내는 것도 힘들었다고."

6

다음 날 모든 사람은 베넷의 편지가 오기를 고대했지만 우체부는 어떤 편지 한 통도 전해주지 않았다. 가족들은 베넷이 편지 쓰는 데 게으르다는 사실을 알고 있었지만 지금의 상황이 그러하니 편지 쓰는 수고를 해주기를 바랐다. 그런데 베넷이 전해줄 뉴스가 없어서 그러는 거라고 단정해버렸고, 가드너는 편지를 기다리다가 단념하고 출발했다.

가드너가 떠나자 사람들은 이제 무슨 일이 벌어지는지에 대해 소식을 들을 수 있을 거라는 희망을 갖게 되었고, 가드너는 떠나면서 베넷이 될 수 있는 한 빨리 롱본으로 돌아오도록 해보겠다고 자기 누나에게 약속했다. 베넷 부인은 그렇게 하는 것만이 자기 남편이 위컴과 싸움을 벌여서 살해되지 않는 길이라고 봤다.

가드너 부인은 자기가 롱본에 남아 있는 것이 조카들에게 도움이 되리라 생각하고는 아이들과 함께 며칠 동안 더 머무르기로 작정했다. 가드너 부인은 조카들과 함께 베넷 부인을 간호했고 한가한 시간에는 조카들에게 큰 위로가 되어주었다. 이모 역시 자주 찾아와 주었는데, 조카들의 기운을 북돋워주려고 오는 거라고는 했지만 올 때마다 위컴의 방탕스러움이나 나쁜 행동에 대해 새로이 이것저것 말해주는 통에 그녀가 가버린 뒤에는 오히려 사람들 기분이 더 울적해졌다.

석 달 전에는 천사로 불리던 위컴에 대해 이제 마을 사람들은 온갖 나쁜 얘기만 하고 다녔다. 가게마다 그가 외상을 달지 않은 데가 없었고 그럴듯한 언변으로 사람들을 속여왔던 것이다. 사람들은 그가 세상에서 가장 사악한 인간이라고 떠들어댔고 이제는 그의 선해 보이는 겉모습에 속지 않을 거라고 했다. 엘리자베스는 그런 말을 완전히 곧이곧대로 믿지는 않았지만 이제 그가 자기 동생을 망친 작자라는 사실을 확신하지 않을 수 없었다. 그런 말을 엘리자베스보다도 덜 믿었던 제인은 이제 거의 희망을 잃어버리게 되었다. 만약에 그들이 스코틀랜드로 결혼식을 하기 위해 갔다면 지금쯤은 무슨 소식을 들을 수 있어야 하는데 아무 소식도 없으니 절망감에 빠지지 않을 수 없었다.

가드너는 일요일에 롱본에서 떠났는데 화요일에 그의 부인은 편지를 받았다. 편지에는 그가 런던에 도착하여 즉시 매부를 찾아냈고 그레이스처치 가에 있는 자기 집으로 오도록 했다고 쓰여 있었다. 베넷은 거기에 도착하기 전에 엡슴과 클래팜에 가봤지만 만족할 만한 정보를 얻지 못했다고 했다. 베넷은 두 사람이 런던에서 자리를 잡기 전에 여관에서 묵었을 거라는 생각에 이제 런던의 주요한 여관이나 호텔을 다 수소문해볼 예정이라고 썼다. 가드너는 그러한 방법으로는 별로 소득이 없겠다고 생각했지만 매부가 애쓰는 모습을 보고 자기도 그 일을 도울 작정이라고 써놓았다. 그리고 베넷이 지금은 런던을 떠날 생각이 없는 것 같아 보이니 다시 신속히 편지를 쓰겠다고 했다. 이런 추신도 써놓았다.

> 내가 포스터 대령한테 편지를 써서, 부대에 있는 위컴과 친한 사람들에게 위컴의 친척들이나 다른 알고 있는 사람들이 어디에 살고 있는지, 그리고 위컴이 지금 어디쯤에 숨어 있을지 알아봐달라고 했소. 그런 사람들을 알아낼 수 있다면 단서가 될 정보를 얻을 수 있을 테고 중요한 결과를 가져다줄 거요. 현재 우리는 어떤 지침이 될 만한 게 없소. 포스터 대령은 그런 일이라면 힘닿는 데까지 도와주려고 할 거요. 그리고 곰곰 생각해보니 다른 누구보다도 리지가 그를 알고 있는 사람들에 대해 우리에게 알려줄 수 있다고 생각하고 있소.

엘리자베스는 무슨 이유로 외숙이 그처럼 자기에 대해 판단하는지 알 수가 없었지만 외숙이 생각하는 것처럼 그런 만족할 만한 정보를 제공할 수는 없었다.

오래전에 사망한 부모 말고는 위컴에게 어떤 친척이 있다든가 하는 말을 엘리자베스는 들어본 적이 없었다. 그렇지만 군부대에 있는 그의 동료들은 정보를 제공할 수 있을 것 같았고, 크게 기대하지는 않았지만 그래도 기다려볼 가치는 있다고 생각했다.

롱본에서는 초조한 나날이 이어졌다. 하루 중에서 가장 초조한 시간은 편지가 도착할 무렵이었다. 좋은 소식이든 나쁜 소식이든 편지를 통해서 전달될 것이고, 그래서 매일 자고 나면 무슨 소식을 전해 받지 않을까 고대했다.

그렇지만 가드너에게서 소식을 받기 전에 다른 한 통의 편지가 아버지 앞으로 도착했다. 콜린스가 보낸 편지였다. 제인은 아버지에게 온 편지를 모두 개봉해보라는 지시를 받았기 때문에 편지를 읽어나갔다. 그리고 엘리자베스는 콜린스의 편지에 호기심이 많았기 때문에 제인의 어깨 너머로 함께 편지를 읽어내려갔다.

친애하는 어르신께

어제 하트포드셔에서 온 편지를 받고는, 지금 당하고 계시는 고통에 대해 위안을 드리는 것이 인척 관계로 볼 때나 저의 다른 입장에서 볼 때 당연하다고 생각하고 있습니다. 저와 제 집사람은 그처럼 심각한 고통을 받고 계시고 시간이 지나도 쉽게 해결될 것 같지 않은 그러한 사태로 어르신과 집안 식구 분들이 처해 있는 처지에 대해 심심한 위로의 말씀을 전해드리지 않을 수가 없군요. 무엇보다도 부모님의 가슴을 멍들게 만든 그러한 불행을 조금이라도 덜어드릴 수 있다면 제가 무슨 말씀이든 드리지 못할 이유가 없을 것입니다. 차라리 막내따님이 일찍 사망해버렸다면 더 나았을지도 모를 일이지요. 막내따님의 그런 나쁜 행동이 잘못된 가르침에서 비롯되었다는 제 집사람의 말을 들어보니 더욱 안타깝게 생각되는군요. 막내따님의 성격이 원래 그렇다는 사실에 위안을 받으셨으면 좋겠습니다. 그렇지 않다면 그렇게 어린 나이에 그처럼 못된 행동을 할 수 없을 것입니다. 제 집사람뿐만 아니라 제가 그 소식을 전해드린 캐서린 여사님이나 그분 따님도 저와 마찬가지로 깊은 위로의 말씀을 전하지 않을 수 없다고 하십니다. 캐서린 여사님이 말씀하시는 것처럼 그러한 나쁜 행동이 다른 가족들에게 미치는 해악이 클 것이고, 캐서린 여사님은 그러한 일이 벌어진다면 아무도 그런 집안과 관계를 맺기를 원하지 않을 거라는 말씀까지 하십니다. 이런 일이 벌어지고 보니 제가 작년 11월에 귀댁과 인연을 맺으려던 일이 떠오르지 않을 수 없군요. 제가 만약 귀댁의 따님과 결혼했더라면 저도 지금쯤 슬픔을 더욱더 같이하고 있었겠지요. 이제 어르신은 상대할 가치도 없는 그 따님을 영구히 내쳐버리시고 그처럼 가증스러운 사태에 대해 따님 혼자서 모두 처리하도록 하심이 가장 바람직하다는 저의 생각을 전해드립니다.

콜린스 드림

가드너는 포스터 대령의 답변을 받고서야 편지를 보내왔지만 좋은 소식은 없었다. 위컴이 관계를 유지하고 있는 친척이 아무도 없을 뿐 아니라 현재 살아 있는, 그가 가까이 지내는 사람도 전혀 없다는 것이었다. 그가 전에 알고 지내던 사람들은 많았지만 그가 군에 들어간 후로는 그중의 누구와도 특별한 친분을 유지하고 있지 않다고 썼다. 그러니 그에 대한 소식을 전해줄 만한 사람은 아무도 없었다. 그리고 리디아의 가족들에게 발각되는 두려움 때문만이 아니고 그의 재정 상태가 엉망이라는 점이 몸을 숨긴 이유로 보인다고 했다. 그가 엄청난 노름빚을 남겨놓고 떠났다고 했다. 포스터 대령의 말로는 그가 브라이턴에서 진 빚을 갚기 위해 천 파운드 이상은 있어야 한다고 했다는 것이다. 가게마다 빚진 것도 많고 노름을 하면서 진 빚도 많다고 했다. 가드너는 그러한 모든 사실을 롱본의 사람들에게 숨기지 않았다. 제인은 그 소식을 듣고서 몸을 떨지 않을 수 없었다. "도박꾼이었군! 그런 정도까지 예상하지 못했는데!"라고 소리 질렀다.

가드너는 편지에서 베넷이 그 이튿날, 즉 토요일에 집으로 돌아갈 예정이라는 소식도 전해주었다. 베넷은 모든 노력이 허사로 돌아가자 모든 일을 해결할 테니 우선 집으로 돌아가 있으라는 처남의 권유에 따라서 그렇게 하기로 한 것이다. 그런데 그 소식을 전해 들은 베넷 부인은 전에 자기가 남편에 대해 근심하던 사실은 잊어버리고 딸들이 기대하는 만큼 만족감을 표하지 않았다.

"리디아는 그대로 버려두고 집으로 돌아온단 말이야? 두 사람을 찾을 때까지는 런던에서 떠나면 안 되는데. 그 양반이 돌아와버리면 누가 위컴하고 싸워서 결혼하도록 할 거야?"

가드너 부인은 이제 집으로 돌아가기를 바랐고 그래서 베넷이 돌아오면 바로 아이들과 함께 런던으로 출발하기로 했다. 마차가 첫 번째 역이 있는 곳까지 그들을 태워다주었고 돌아오는 길에는 베넷을 태워 왔다.

가드너 부인은 더비셔에 갔을 때부터 품어온 의구심 때문에 엘리자베스와 다아시 사이에 무슨 일이 진행되기를 바랐지만 아무런 소득 없이 떠났다. 엘리자베스는 한 번도 다아시의 이름을 언급하지 않았다. 그리고 다아시에게 편지 한 장이라도 오기를 조금 기대했는데 아무런 소식도 오지 않았다. 엘리자베스가 더비셔를 떠난 후로 펨벌리의 저택에서 아무런 편지도 받지 못했다.

현재 가족들이 그런 사태를 당하고 있었기 때문에 엘리자베스는 다른 문제로 기분이 울적해질 여유가 없었다. 자기가 지금 다아시

에게 어떤 감정을 갖고 있는지 알고는 있었지만, 만약 다아시가 몰랐더라면 리디아의 좋지 않은 행동에 따른 상황을 좀 더 잘 견뎌낼 수 있었을 거라고 생각했다. 그랬더라면 잠 못 이루는 밤이 절반 정도로 줄어들었을 것이다.

베넷이 집으로 돌아왔을 때 그는 예전의 말 없는 상태를 그대로 유지하고 있었다. 런던에 갔던 일에 대해 한마디도 하지 않았고, 딸들이 무슨 말이든 하게 만들려고 상당한 시간을 들여야 했다.

오후의 차 마시는 시간이 되어서야 엘리자베스가 그 얘기를 꺼냈다. 아버지의 고생이 얼마나 심하셨느냐는 말을 하자 베넷이 이렇게 대답해주었다.

"그런 말 하지 마라. 내가 아니면 누가 그런 고생을 하겠니? 내가 자청한 일이니 고생을 해야겠지."

"너무 자신을 학대하지 마세요."

엘리자베스가 말했다.

"나한테 당연히 그렇게 말하겠지. 근데 자기 자신을 학대하는 건 사람의 본성이야. 이제 내가 비난받아 마땅한 사람이라는 점을 처음으로 깨닫게 됐구나. 그런 생각을 하는 게 두렵진 않아. 조금 있으면 금방 또 잊힐 테니까."

"두 사람이 런던에 있다고 생각하세요?"

"그래, 런던이 아니라면 숨기 좋은 데가 있을 수 있겠니?"

"리디아는 런던에 가고 싶어 하기도 했지."

키티가 덧붙여서 얘기해주었다.

"그러니 지금 행복하겠구나. 거기서 아주 오래 살 모양이지?"

아버지가 무뚝뚝한 목소리로 말했다.

잠시 후에 아버지가 이런 말을 이어서 했다.

"리지, 5월에 네가 나한테 충고해준 얘기가 맞아떨어졌구나. 네가 생각이 깊은 사람이라는 사실이 입증되었어."

제인이 어머니가 마실 차를 가지러 와서 두 사람의 대화는 잠시 중단되었다가 다시 이어졌다.

아버지가 다시 말을 이었다.

"시위 한번 요란하게 하는군. 재앙을 불러들이는 방법도 여러 가지야. 나도 앞으로 한번 그렇게 해봐야겠다. 서재에서 툭하면 시위

할 거야. 키티가 도망쳐버릴 때까진 미뤄야 할지도 모르지만."

"난 도망가지 않을 거예요, 아빠. 내가 만약 브라이턴에 간다고 해도 리디아처럼 처신하진 않을 거라고요."

키티가 투덜거렸다.

"브라이턴에 간다고! 네가 나한테 50파운드를 준다고 해도 그 절반 거리에 있는 곳도 못 가게 할 거야! 안 돼, 키티. 이제 난 조심하는 방법을 배웠어. 이제 그걸 철저히 실천할 거야. 앞으로 어떤 장교도 내 집에 발붙이지 못하게 할 테고 이 마을을 지나가지도 못하게 할 거야. 너희들 자매끼리 춤춘다면 몰라도 어떤 무도회에도 가면 안 돼. 그리고 집 안에서 점잖게 처신한다는 증거가 없는 한 매일매일 밖으로 외출하는 것도 금지야."

키티는 그 모든 말을 심각하게 받아들이고서 울기 시작했다.

"그렇게 나쁘게만 생각할 거 없어. 앞으로 10년간 잘 처신한다면 10년 후에 다시 재고해보도록 하지."

아버지가 말해주었다.

7

베넷이 돌아온 지 이틀이 지났다. 집 뒤편에 있는 숲길을 함께 걷던 제인과 엘리자베스는 가정부가 다가오는 것을 보고는 어머니가 부르러 보낸 거라고 생각하고 그녀가 오는 쪽으로 다가갔다. 그렇지만 가정부는 어머니가 보냈다는 말은 하지 않고 이렇게 말했다.

"방해해서 죄송한데요, 런던에서 좋은 소식이 온 거 같아서 이렇게 왔어요."

"무슨 소리예요, 힐. 런던에서 아무런 소식도 못 들었는데."

"아가씨, 가드너 씨한테서 속달 편지가 도달했다는 소식 못 들으셨어요? 우체부가 30분 전에 와서 아버님한테 전달해주고 갔어요."

제인과 엘리자베스는 집을 향해서 달려갔고, 너무 빨리 달리느라 무슨 말을 할 여유도 없었다. 현관을 거쳐서 식당을 통과한 다음에 서재로 들어갔다. 그렇지만 아버지는 서재에 없었다. 아버지가 위층에서 어머니와 함께 있을 거라고 생각하고는 올라가려고 하는데

하인과 마주쳤고 하인이 이렇게 말해주었다.

"주인님을 찾으시는가 본데요, 저기 숲 쪽으로 가셨답니다."

이 말을 듣자 두 사람은 다시 현관을 통과하고 잔디밭을 가로질러서 아버지를 찾아나섰는데, 아버지가 방목장 한편에 있는 작은 숲 쪽으로 유유히 걸어가는 모습이 보였다.

제인은 엘리자베스만큼 몸이 날렵하지 않고 엘리자베스처럼 달리기를 많이 해본 경험이 없었기 때문에 이내 뒤로 처졌는데, 엘리자베스는 줄곧 달려서 숨을 헐떡거리며 아버지한테 다가가서는 소리 질렀다.

"아버지! 무슨 소식이 왔어요? 무슨 소식 들으셨냐고요? 외숙한 테서 무슨 전갈이 왔어요?"

"그래, 속달로 편지가 한 통 왔구나."

"그래요? 무슨 소식이에요? 좋은 소식이에요, 나쁜 소식이에요?"

"좋은 소식이 있을 리가 있겠니? 하여간 읽어보고는 싶겠지?"

베넷이 이렇게 말하고는 주머니에서 편지를 꺼냈다.

엘리자베스는 허겁지겁 편지를 받았고 이제 제인도 따라붙어 있었다.

"소리 내서 읽어보렴. 난 무슨 일인지 도대체 모르겠구나."

아버지가 요구했다.

그레이스처치 가

8월 2일 월요일

이제 조카에 대한 소식을 접하게 되어 매부께 어떤 만족할 만한 기별을 드릴 수 있을 것 같습니다. 토요일에 매부께서 떠나시고 얼마 후에 저는 두 사람이 런던의 어느 곳에 있는지 운 좋게 알아낼 수 있었습니다. 자세한 내막은 우리가 만났을 때 말씀드리겠습니다. 두 사람이 발견되었다는 소식만으로 충분할 것입니다. 저는 두 사람을 다 만나봤습니다.

"그렇다면 내가 바란 대로 두 사람은 결혼했을 거야!"

제인이 소리 질렀다. 엘리자베스는 계속 읽어나갔다.

제가 두 사람을 만나봤는데 아직 결혼하지 않은 상태였고 결혼할 의향이 있는지도 알 수 없었습니다. 그렇지만 제가 매부를 대신해서 한 약속을 이행할 의향이 있으시다면 두 사람은 곧 결혼할 수도 있습니다. 매부께서 해주실 일은, 매부와 누님이 돌아가신 후에 자식들을 위해 남겨질 각각 천 파운드의 재산을 리디아에게도 할당해주시는 것입니다. 그리고 매부가 살아 계시는 동안에는 매년 백 파운드의 돈을 지급해주시기로 약속하는 것입니다. 이상이 조건인데, 모든 여건을 고려해본 저는 매부를 대신해서 거기에 응해도 된다고 생각하고는 동의해주었습니다. 그래서 매부께서 답장을 속히 보내주실 수 있도록 이렇게 지체없이 편지를 쓰게 되었습니다. 그러한 사실로 미루어볼 때 위컴의 상황이 우리가 일반적으로 생각하는 것처럼 그렇게 절망적이지 않다는 점을 알 수 있을 겁니다. 사람들이 잘못 생각하고 있는 것이지요. 위컴의 빚을 모두 갚고도 돈이 조금 남으니 그 돈으로 조카가 생활해나갈 수 있을 것입니다. 매부께서 모든 일에 대한 권한을 저한테 위임해주신다면 해거스튼에게 적절한 이행 절차를 밟도록 즉시 지시해놓겠습니다. 매부께서 런던으로 오실 필요는 없습니다. 그러니 롱본에 조용히 머무르시면서 저를 믿으시면 됩니다. 최대한 빨리 답장을 주시고, 명백한 의사 표시를 해주실 것을 요청드립니다. 조카가 우리 집에 머무르면서 결혼식을 올리는 게 타당하다고 우리는 보고 있는데, 매부께서도 허락해주실 것으로 생각하고 있습니다. 조카는 오늘 우리 집으로 옵니다. 추가로 진행 사항이 있을 경우 곧 다시 편지 드리겠습니다.

에드워드 가드너 드림

"그 사람이 리디아하고 결혼한다는 걸 믿을 수 있는 거야?"
엘리자베스가 소리 질렀다.
"그럼 위컴이 사람들이 생각하는 것만큼 나쁜 사람은 아니네."
제인이 말했고 다음에 이런 말을 추가했다.
"아버지, 축하드려요."
"근데 답장은 보내셨어요?"
엘리자베스가 물어봤다.
"아니, 그치만 곧 보내야지."
"어이구, 아버지! 빨리 집으로 가서 당장 답장을 쓰세요. 지금 한시가 급하잖아요."
엘리자베스가 말했다.
"아버지가 편지 쓰는 게 싫으시다면 제가 대신 써드릴게요."
제인이 말했다.
"싫기야 싫지. 그치만 쓰긴 써야지."
이렇게 말하고서 아버지는 딸들과 함께 집으로 향했다.
"아버지, 근데 그 조건은 들어주셔야죠?"
엘리자베스가 물어봤다.
"들어주라고? 그 사람이 그렇게 적게 요구하다니 놀랍구나."
"그리고 두 사람은 결혼해야 돼요! 근데 위컴이 그런 사람이니!"
"그래, 그래. 결혼해야지. 결혼 안 하고 다르게 할 수는 없는 일이지. 근데 내가 정말 알고 싶은 게 두 가지 있어. 하나는 너희 외숙이 얼마나 많은 돈을 썼느냐이고, 또 하나는 내가 어떻게 그 돈을 갚아 나갈 것이냐 하는 점이지."
"돈이라고요? 외숙이요? 무슨 말씀이세요, 아버지?"

제인이 소리 질렀다.

"내 말은, 아무리 정신 나간 사람이라도 1년에 백 파운드, 그리고 내가 죽으면 1년에 50파운드를 받는 조건으로는 리디아하고 결혼하지 않을 거란 의미지."

"그렇군요. 아까는 거기까지 생각해보지 못했어요. 그 사람 빚을 갚고도 돈이 남는다니! 오, 외숙이 그렇게 하신 게 틀림없어요! 정말 좋은 분이세요. 외숙이 얼마나 고민을 많이 하셨겠어요. 적은 돈으로는 해결할 수 없었을 텐데."

엘리자베스가 말했다.

"그래, 만 파운드에서 한 푼이라도 부족한 돈으로 리디아하고 결혼한다면 위컴은 바보지. 이제 뭔가 이루어지는 단계에서 이런 말을 위컴에게 하는 게 잘못이지만 말야."

"만 파운드! 어머나! 그 돈의 절반이라도 어떻게 갚아나갈 수가 있겠어요?"

베넷은 대답하지 않았고 그들은 모두가 깊은 생각에 빠져서 집에 도착할 때까지 아무 말도 없이 걸어갔다. 아버지는 편지를 쓰기 위해 서재로 들어갔고 두 사람은 식당으로 갔다.

"둘이서 결혼하게 되다니, 얼마나 희한한 일이야! 이런 일에 우리가 감사해야 하는 거고? 행복할 가망도 없고 위컴 같은 인간과 결혼하게 됐는데 우리가 덩달아서 기뻐해야 한다니! 망할 계집애!"

둘이서 있게 됐을 때 엘리자베스가 이렇게 소리 질렀다.

"만약 리디아를 좋아하지 않는다면 위컴이 절대 결혼하지 않을 거라고 나는 생각하고 싶어. 맘씨 좋은 외숙이 그 사람 빚을 갚아준다고 하는데, 난 만 파운드나 그 근처의 액수라도 대지는 않았을 거라고 봐. 외숙한테 딸린 자식도 있고 앞으로 더 생길지도 모르는데, 5천 파운드라도 쓸 여유가 있겠어?"

제인이 말했다.

"위컴 빚이 얼마고 위컴이 받게 되는 돈이 얼마인지를 안다면 외숙이 얼마나 돈을 썼는지 정확히 알 수 있을 거야. 위컴은 지금 한 푼도 없을 테니까. 외숙하고 외숙모가 해주신 데 대해 우리가 보답해 나갈 수 없을 거야. 두 사람을 집으로 데려가고 모든 일을 처리해주시는 건 정말 두고두고 감사해야 할 일이야. 지금쯤 외숙네 집에 와 있을 거야. 리디아가 지금 참회하지 않는다면 앞으로 행복해질 가치도 없다고. 그 애가 외숙모를 만나서 어떤 기분이 들었을까?"

엘리자베스가 말했다.

"두 사람 사이에 있었던 좋지 않은 일은 우리가 잊어버려야지. 난 두 사람이 행복할 거라고 믿어. 위컴이 리디아하고 결혼한다는 게 그 증거야. 이제 생각을 제대로 하기 시작한 거라고. 세월이 지나면 두 사람이 서로 신뢰하게 될 거야. 조용히 올바르게 살다 보면 과거에 자기들이 저질렀던 나쁜 행실은 잊힐 거야."

제인이 말해주었다.

"두 사람의 행동은 언니나 나나 다른 어떤 사람도 잊어버릴 수 없는 거야. 하긴 이런 말 해봐야 아무 소용이 없겠지만."

엘리자베스가 응수했다.

이제 그녀들은 어머니가 아직 아무것도 모르고 있다는 데 생각이 미쳤다. 그래서 서재로 가서 아버지에게 어머니한테 사실을 말해도 되는지 물어봤다. 아버지는 편지를 쓰고 있었는데 고개도 들지 않은 상태에서 냉랭하게 대답했다.

"너희들이 알아서 하렴."

"외숙 편지를 가서 읽어드려도 돼요?"

"아무거나 가지고 가렴."

엘리자베스는 책상에서 편지를 집어 들고는 둘이서 함께 위층으로 올라갔다. 메리와 키티는 어머니와 함께 있었기 때문에 그 소식을 모두가 알 수 있었다. 먼저 좋은 소식이 있다는 말을 한 다음에 편지를 소리 내어 읽어주었다. 베넷 부인은 가만히 있을 수가 없었다. 리디아가 곧 결혼할 거라고 가드너가 말한 부분을 제인이 읽어주자 어머니의 기쁨은 폭발했고 그다음 한 구절 한 구절을 읽을 때마다 그 정도는 더해갔다. 전에는 괴로움으로 몸부림쳤는데 이제 기쁨으로 어쩔 줄 몰라하고 있었다. 딸이 결혼한다는 사실을 알게 되는 것만으로도 충분했다. 이제 딸을 걱정하지 않아도 되었고 딸의 잘못된 행동 때문에 속이 상하지 않아도 되었다.

"오, 내 딸 리디아! 정말 이런 일이 벌어지다니! 걔가 결혼하다니! 다시 볼 수도 있게 되었고! 열여섯에 결혼하게 되는구나! 아, 착한 내 동생! 동생이 모든 일을 처리해줄 줄 알았지! 보고 싶은 리디아! 그리고 보고 싶은 위컴! 근데 결혼식 예복! 내가 동생한테 결혼식 예복에 대해 직접 편지를 써야겠군! 리지, 아버지한테 가서 의상 비용으로 얼마나 대줄 수 있는지 알아보렴. 아냐, 내가 직접 가봐야겠다. 키티, 벨을 눌러서 힐 아줌마를 오라고 그래. 옷 좀 차려입고 나가봐야겠어. 오, 리디아를 다시 만날 수 있게 되다니!"

베넷 부인은 요란을 떨었다.

제인은 가드너가 한 일을 상기시켜서 어머니가 요란을 떠는 것을 좀 달래려고 했다.

"외숙이 배려를 해주셔서 이렇게 결말이 좋게 났어요. 외숙이 위컴에게 돈을 주겠다고 하고서 성사시켰을 거예요."

제인이 추가로 말해주었다.

"그건 잘한 일이야. 외숙이 아니면 누가 그렇게 해줄 수 있겠니? 만약에 외숙한테 가족이 없었다면 옛날에 내가 동생한테 갈 돈을 전부 물려받았을 거야. 사실 동생이 지금까지 우리한테 선물 몇 번 한 거 빼면 별로 준 것도 없지 뭐. 하여튼 난 기분 좋구나. 조금 있으면 딸이 시집을 가다니. 위컴 부인! 정말 듣기 좋은 말이야. 리디아는 열여섯밖에 되지 않았는데 벌써 결혼을 하고. 제인, 손이 떨려서 편지를 쓸 수가 없으니 내가 말해주는 대로 받아 쓰렴. 돈 문제는 나중에 아버지하고 의논하고, 우선 결혼식 예복부터 즉시 주문해야겠구나."

어머니가 말했다.

다음에 베넷 부인은 사라사와 옥양목 등 온갖 천으로 만들어진 결혼식 예복에 대해 말했고, 제인이 아버지와 그 일을 의논해본 다음에 결정하자는 말을 해서 간신히 어머니를 설득했다. 그래서 어머니는 하루 정도 일을 연기하는 게 좋다고 생각했고, 이제 기분이 좋아졌기 때문에 자기 생각만 주장하지 않았다. 그리고 다른 계획들이 어머니의 머리에 떠올랐다.

"옷을 입고 얼른 메리튼으로 가서 필립스 동생한테 이 좋은 소식을 전해줘야겠구나. 그리고 루카스 아주머니하고 롱 아주머니도 만나봐야겠어. 키티, 내려가서 마차를 준비시키렴. 바람도 좀 쐬야겠어. 얘들아, 메리튼에 가서 뭘 사다 줄까? 힐 아줌마가 오는구나. 힐, 당신 좋은 소식 들었수? 리디아가 결혼하게 됐다우. 결혼식 날 내가 모두에게 한턱낼 거라우."

가정부인 힐 부인은 그런 소식을 듣게 되어 기쁘다고 말해주었다. 엘리자베스는 다른 사람들과 함께 그 소리를 듣고 있다가 그런 달갑지 않은 일로 사람들이 흥분하는 모습에 넌덜머리가 나서 자기 방으로 들어가 혼자 생각에 잠겼다.

리디아의 상황은 좋지 않았다. 그렇지만 이제 더 나빠지지 않는 점에 감사해야 했다. 엘리자베스는 그렇게 생각했다. 그리고 동생의 앞날이 행복하다거나 전도유망하지 않으리라는 점을 알고 있었지만 불과 두 시간 전만 해도 사람들이 리디아 때문에 울적해하던 상황과 비교해보면 지금 얼마나 다르게 변했는지 실감했다.

8

베넷은 오래전부터 자기가 죽은 뒤의 아이들과 아내를 위해 연간 수입을 모두 써버리지 말고 매년 얼마 정도 저축해야겠다는 생각을 하고 있었다. 이제 그는 그 사실을 더 심각하게 느끼게 되었다. 만약 오래전에 대비를 했더라면 지금 처남한테 신세를 지지 않고서 리디아의 일을 명예롭게 해결할 수 있었을 것이다. 그랬더라면 영국에서 가장 무가치한 젊은이를 자기가 알아서 처리하는 만족감을 느꼈을 것이다.

베넷은 아무 가치 없는 일을 처남의 힘만으로 처리한 것에 대해 심각하게 생각했고, 그래서 그 사람이 도와준 돈이 얼마나 되는지를 알아봐서 가능하면 빠른 시일 내로 갚아야겠다고 작정했다. 베넷이 결혼할 당시에는 돈 문제를 걱정하지 않아도 되었다. 곧 아들이 생길 테고, 그 아이가 나중에 성인이 되면 아버지인 자신의 재산을 물려받아서 어머니나 누이들을 보살펴줄 거라고 봤기 때문이다.

그런데 다섯 딸이 연속으로 태어나고 아들은 보지 못하고 있었다. 베넷 부인은 리디아가 태어나고 몇 년 후까지도 아들을 낳을 것을 기대했다. 하지만 그런 일은 벌어지지 않았고, 이제 저축을 한다는 것은 이미 늦어버렸다. 베넷 부인은 경제 관념이 없었고, 다만 남편의 자립심 때문에 지출이 수입을 능가하는 것을 막고 있었다.

결혼할 당시에 베넷 부인과 아이들은 5천 파운드를 분배받도록 약속이 되어 있었다. 그렇지만 어떤 비율로 각자에게 배당할지는 부모들이 결정하게 되어 있었다. 지금 리디아에 관해서는 이 점만 결정해주면 되었기 때문에 베넷은 그의 앞에 놓인 제안을 주저할 필요가 없었다. 처남이 베풀어준 처신에 대해 간결하게 고마움을 표한 뒤에 지금까지 취해준 조치에 모두 동의하며 자기를 대신해서 처남이 한 약속도 모두 이행하겠다고 편지에 적어놓았다. 그는 지금껏 설령 위컴을 설득해서 결혼을 시킨다 해도 지금과 같은 적은 부담으로 해결할 수 있으리라고는 생각지 않았었다. 100파운드를 위컴에게 지불한다고 하더라도 베넷이 실제로 손해 보는 돈은 10파운드도 되지 않을 것이다. 식비, 용돈, 어머니를 통해서 지불되는 돈 등을 합치면 리디아에게 들어가는 비용이 거의 그와 맞먹기 때문이다.

베넷 쪽에서 별로 힘들이지 않고 일이 해결된 점이 또 하나의 아주 반가운 일이었다. 그는 최대한 간단히 일을 처리하기를 바라고 있었기 때문이다. 그가 처음에 분노를 이기지 못하고 이리저리 리디아를 찾아나서기는 했지만 그 분노가 가라앉자 다시 본래의 무관심한 성향으로 돌아섰다. 그는 편지를 써서 즉시 보냈다. 그는 일을 처리하는 것은 꾸물거렸지만 신속히 사태가 해결되기를 바라고 있

었기 때문이다. 그는 처남에게 자기가 빚을 얼마나 지고 있는지 구체적으로 알려달라고 요청해놓았다. 그렇지만 리디아에게는 너무 화가 나 있었기 때문에 말 한마디 전하지 않았다.

그 좋은 소식은 신속하게 집 안의 모든 사람이 알게 되었으며 이웃들에게도 재빨리 퍼져나갔다. 이웃들은 그 소식을 무덤덤하게 받아들였다. 만약에 리디아가 런던에서 아무렇게나 굴러다니거나 어느 외딴 농가에서 숨어 지낸다면 더 많은 화젯거리를 제공했을 것이다. 그렇지만 현재의 상황만으로도 그들의 결혼에 대한 많은 얘기가 오갔다. 메리튼에서 남의 이야기를 늘어놓기 좋아하는 여자들은 지금의 변화된 상황에도 입담을 그칠 줄 몰랐다. 그런 남편을 만난 것은 리디아의 불행이라고 분명하게 간주했기 때문이다.

베넷 부인이 아래층으로 내려오지 않은 지가 2주일이나 지났지만, 이제 이런 행복한 일이 터지자 그녀는 다시 식탁의 상석에 앉아서 기운을 과시했다. 이제 수치스러운 일로 기죽을 필요가 없었다. 제인이 열여섯 살이 되던 때부터 그녀가 항상 바라왔던, 딸을 결혼시키는 일이 마침내 달성되는 시점에 와 있었기에 베넷 부인의 생각이나 말은 이제 우아한 결혼식이나 좋은 결혼 예복이나 새로운 마차나 새로운 하인 등에 집중되었다. 이제 그녀는 딸이 살 집을 자기 집 주위에서 부지런히 알아보기 시작했고, 딸 내외의 수입은 고려하지도 않은 채 어느 집이 크기가 작다는 둥 마음에 들지 않는다는 둥 하면서 거절해버리기 일쑤였다.

"하이에 파크 저택이 괜찮을 거 같은데. 그 사람들이 이사만 간다면 말야. 아니면 스토크 마을에 있는 큰 집이 거실만 좀 더 넓다면 괜찮을 거야. 그치만 애쉬워스 저택은 너무 멀어. 리디아가 나 있는 곳에서 10마일이나 떨어져 살면 안 돼. 퍼비스 로지 저택은 위층이 별로란 말야."

베넷 부인이 중얼댔다. 그녀의 남편은 하인들이 있는 동안에는 그녀가 이런저런 말을 하도록 그냥 놔두었다. 그렇지만 하인들이 나가자 이런 말을 해주었다.

"당신, 딸이나 사위에게 그런 집 하나를 마련해주든 둘을 마련해주든 간에 사태를 제대로 한번 짚고 넘어갑시다. 이 근처 어떤 집으로든 그들을 받아들일 수가 없소. 둘을 롱본에 받아들여서 제멋대로 굴도록 놔두지 않을 거요."

남편이 그런 말을 하자 둘은 옥신각신 다투게 되었다. 베넷의 다짐은 확고했다. 그리고 베넷 부인은 딸이 결혼 예복을 사는 데 자기 남편이 한푼도 내놓지 않을 거라는 사실을 알고는 놀라고 두려워지기까지 했다. 베넷은 리디아가 이제 자기한테 어떤 애정의 표시도 받지 못할 거라고 선언했다. 베넷 부인은 그러한 사실에 대해 도무지 이해할 수가 없었다. 딸이 결혼 예복도 갖추어 입지 않고 결혼식을 거행하면 결혼하는 것 같지도 않을 텐데, 아무리 화가 난다고 해도 아버지로서 그런 것도 해주지 않으리라고는 전혀 예상하지 못했다. 리디아가 결혼식을 올리기 전에 위컴과 눈이 맞아서 2주일 동안이나 동거했다는 사실에 수치감을 느끼기보다는 예복이 없어서 제대로 결혼식을 올리지 못하는 점이 더 수치스러울 거라고 여겼기 때문이다.

엘리자베스는 이제 예전에 자기가 너무나 당황한 나머지 동생의 일을 다아시에게 알려준 것을 몹시 후회했다. 이제 결혼식을 올리면 둘이서 도망 다니는 일은 끝이 날 테고, 그러면 그 현장에 있지 않은 사람들에게는 그러한 불미스러운 사실을 숨길 수 있기 때문이다.

그녀는 다아시가 이번 일을 더 널리 퍼뜨릴 거라는 두려움은 없었다. 다아시만큼 비밀을 지키는 데 믿을 만한 사람은 없을 터이기 때문이다. 그렇지만 다아시가 동생의 잘못된 일에 대해 알아버렸으니 그처럼 속상한 일도 없었다. 그런데 실제로 자기에게 어떤 불이익이 닥쳐올까 우려해 그런 마음이 든 건 아니었다. 여하튼 다아시와 자기 사이에는 거대한 간격이 생겼다고 보았다. 이제 리디아의 결혼이 가장 명예스러운 방식으로 마무리된다고 하더라도, 다아시가 다른 여러 가지 거부감도 있는 데다가 자기가 경멸하던 사람과 아주 가까운 사이가 되는 집안의 여자와 결혼한다는 것은 생각할 수도 없는 일이었다.

일이 이렇게 되었으니 이제 다아시가 엘리자베스를 기피한다고 해도 이상할 게 없었다. 그녀는 더비셔에서 자신의 관심을 얻고자 하는 그의 바람을 확신할 수 있었지만 이제 이런 충격을 받은 상황에서 다시 그런 일이 되풀이된다는 건 기대해볼 수 없을 것이다. 그녀는 허무한 심정이 되었고 울적한 기분이 밀려왔다. 무엇 때문인지는 모르지만 후회감도 밀려왔다. 이제 더 바랄 수는 없게 되었지만 그의 관심이 그리워졌다. 그리고 그런 가능성이 거의 없어 보였지만 그에 대한 어떤 소식이라도 듣고 싶어졌다. 다시 만날 가능성은 이제 없어 보였지만, 그와 함께라면 행복해질 수 있을 거라는 생각도 들었다.

그녀가 불과 넉 달 전에는 의기양양하게 거절해버린 청혼이, 이제 지금은 반갑고 고맙게 받아들여질 수 있을 거라는 점을 그가 안다면 얼마나 승리감에 도취될 것인가! 그가 정말 자비로운 사람이라는 사실을 그녀는 의심하지 않았다. 그렇지만 그도 인간인 이상 그런 도취감에 빠지지 않을 수 없을 것이다.

이제 그녀는 그가 성격이나 능력 등에서 그녀에게 가장 어울리는 사람이었다는 생각을 하기 시작했다. 그의 인식력이나 기질이 그녀와 동일하지는 않았지만 그녀의 모든 바람을 충족시켜줄 수 있을 것 같았다. 두 사람의 결합은 서로에게 이익이 될 것이다. 그녀의 편안함이나 활기로 그의 마음을 부드럽게 해줌으로써 그의 성질이 좋아질 것이며, 그의 판단력이나 학식 덕분에 그녀는 많은 이점을 얻을 수 있을 거라고 생각했다.

하지만 그처럼 행복한 결합을 통해 결혼의 진실한 행복이란 게 무엇인지를 많은 사람들에게 가르쳐줄 수 없게 되었다. 이제 곧 그녀의 가족에게 닥쳐올 다른 색다른 결합 하나가 또 다른 결혼을 막아버릴 것이다.

위컴과 리디아가 얼마나 독립적으로 살아갈지는 그녀도 알 수가 없었다. 그렇지만 서로의 미덕 때문에 결합하는 게 아니고 감정상으로만 하는 그러한 결혼이 영원한 행복을 보장할 수 없을 거라는 것은 쉽게 감지할 수 있었다.

*

가드너는 매부에게 곧 다시 편지를 보내왔다. 베넷이 감사하게 생각한다는 말에 가드너는 베넷 가족의 행복만을 빌 뿐이라는 간단한 인사를 하면서, 자기에게 고맙다는 말은 이제 앞으로 다시 하지 말아달라는 부탁을 했다. 그 편지의 주요 목적은 위컴이 브라이턴의 부대를 떠나기로 했다는 사실을 알리기 위함이었다. 그리고 이런 식의 말을 추가로 해놓았다.

그 사람의 결혼이 결정되는 대로 그 부대를 떠나는 게 저의 바람이었습니다. 그의 입장에서 볼 때나 제 조카의 입장에서 볼 때 그가 그 부대에서 나오는 게 바람직하다는 점에 매부도 동의하리라고 봅니다. 그 사람은 정규군에 들어가기를 바라고 있는 것 같습니다. 그리고 그 사람의 예전 지인들 중에는 그가 그렇게 하는 데 도움을 줄 수 있고 그럴 의향도 가진 사람이 있는 것으로 보입니다. 북부에 있는 어느 부대로 들어가기로 약속을 받아놓고 있는 듯합니다. 그 사람이 멀리 떨어진 곳으로 가게 된 것도 우리에게는 이점이 될 것으로 보입니다. 그 사람은 앞으로 자기 이름을 더럽히지 않도록 신중하게 처신할 거라고 약속했습니다. 저는 포스터 대령에게 편지를 보내서 현재의 진행 상황을 알려주었고, 브라이턴이나 그 주변에서 위컴에게 받을 빚이 있는 사람들에게 제가 신속하게 갚아줄 것이니 안심시키라고 말해놓았습니다. 그리고 매부께서는 메리튼에서 그에게 받을 빚이 있는 사람들에게 그와 동일한 조치를 해주시기를 부탁드립니다. 제가 그 사람에게 물어서 빚 받을 사람들의 명단을 나중에 알려드리겠습니다. 그 사람은 자기가 진 빚에 대해 자백했습니다. 저는 그 사람이 우리를 속이지 않았기를 바라고 있습니다. 해거스튼이 우리 일을 맡아서 해주고 있으니 앞으로 1주일이면 모두 완결될 것입니다. 롱본에서 받아들이지 않을 경우 둘은 북부의 부대로 바로 가게 될 것입니다. 리디아는 자기 외숙모에게 그곳으로 가기 전에 롱본에 꼭 들르고 싶다는 소망을 말했다고 합니다. 리디아는 지금 잘 있고 부모님께 안부를 전해달라는 말을 합니다. 그럼 이만 줄입니다.

에드워드 가드너 드림

베넷과 그의 딸들은 위컴이 브라이턴의 부대에서 나오는 것에 대해 가드너만큼이나 바람직하다고 간주했다. 그렇지만 베넷 부인은 반갑지가 않았다. 브라이턴에서 많은 사람들과 어울려 즐겁게 지내던 리디아가 북부로 떠나버린다면, 그녀가 하트포드셔에서 살기를 기대하던 베넷 부인로서는 실망스러운 뉴스가 아닐 수 없었다. 그리고 리디아가 브라이턴에 아는 사람이 많고 마음에 드는 것도 많은데 다른 곳으로 가버린다는 사실이 속상했다.

"리디아는 포스터 대령 부인을 아주 좋아하는데, 리디아가 떠나버리면 그 여자가 충격받을 거야. 그리고 리디아가 아주 좋아하는 장교들도 몇 명 있다고. 북부에는 재밌는 장교들이 아마 없을 거야."

베넷 부인이 중얼댔다.

북부로 출발하기 전에 가족들을 보고 싶다는 리디아의 요청에 대해 베넷은 처음에 완강히 거절했다. 그렇지만 제인과 엘리자베스는 동생의 감정을 배려하고 그러한 일이 받아들여지지 않을 경우의 파급효과를 고려해본 다음에, 아버지를 여러 가지로 설득하여 그들이 결혼하는 대로 롱본에 오도록 허락하게 했고, 그래서 아버지는 결국 딸들의 뜻에 따르기로 작정했다. 이제 어머니는 리디아가 북부로 떠나기 전에 이웃 사람들에게 결혼한 딸을 보여줄 수 있다는 희망을 갖게 되었다. 베넷은 다시 처남에게 편지를 써서 두 사람이 롱본으로 와도 된다는 말을 해주었다. 두 사람은 이제 결혼식이 끝나자마자 롱본으로 가기로 결정했다. 엘리자베스는 위컴이 그와 같은 계획에 동의한 점이 놀랍기만 했고, 위컴 같은 사람을 다시는 이 세상에서 만나지 않기를 간절히 바랐다.

9

두 사람의 결혼식이 다가왔다. 제인과 엘리자베스는 당사자인 리디아보다도 더 그 결혼에 대해 여러 가지 감회가 겹쳐왔다. 그들을 맞이하기 위해 마차를 역까지 보냈고, 그들은 그 마차를 타고서 저녁 식사 때까지는 당도할 예정이었다. 제인과 엘리자베스는 두 사람의 도착을 두려운 마음으로 기다리고 있었는데, 그중에서도 제인의 마음이 더욱 그러했다. 자기가 리디아의 입장이라면 그런 사태를 어떻게 감당해냈을까 생각하면서 두려운 마음이 밀려왔던 것이다.

리디아와 위컴이 모습을 보였다. 가족들은 거실에서 두 사람을 기다리고 있었다. 마차가 집 앞에 당도하자 베넷 부인은 만면에 웃음을 띠었다. 그렇지만 남편 베넷은 뭔가 알 수 없는 심각한 표정을 지었고, 딸들은 불안하고 걱정스러운 얼굴이었다.

리디아의 목소리가 현관에서 들리더니 문이 확 열리면서 그녀가 거실로 들어왔다. 어머니가 앞으로 나가더니 그녀를 껴안고는 열렬히 환영했다. 그리고 리디아의 뒤를 따라 들어온 위컴에게는 반가운 표정으로 악수를 하면서 환영한다고 했고, 그런 모습을 볼 때 어머니가 그들의 행복을 바란다는 사실에 의심을 품을 수가 없었다.

그러고 나서 두 사람은 베넷에게 몸을 돌렸는데, 그는 그다지 반기지 않았다. 얼굴 표정이 굳어 있었고 한마디 말도 해주지 않았다.

두 젊은 사람의 철없는 행동을 보는 것만으로도 속이 상했다. 엘리자베스는 역겨웠고 제인마저 충격을 받은 모습이었다. 리디아는 여전히 리디아였다. 제멋대로이고 부끄러워할 줄도 모르며 요란스럽고 거리끼는 게 아무것도 없어 보였다. 이 언니 저 언니로 옮겨 다니면서 자기를 축하해달라고 졸랐고, 그들이 자리를 잡고 앉았을 때는 거실 전체를 둘러보더니 거실이 조금 달라진 점을 알겠다고 소리 지르면서 자기가 그곳을 떠난 지가 너무 오래된 것 같다고 큰 소리로 말했다.

위컴도 리디아만큼이나 구애받지 않는 것으로 보였다. 그렇지만 그의 매너는 항상 유쾌했기 때문에, 만약 그가 점잖은 방식으로 결혼식을 하고 그랬더라면 그런 활달한 성격이 사람들의 마음에 들었을 것이다. 엘리자베스는 그의 그런 뻔뻔스러움을 전에는 미처 느낄 수가 없었다. 이제 그녀는 앞으로 그 사람의 뻔뻔스러움을 있는 그대로 인정해야겠다고 작정했다. 엘리자베스가 얼굴을 붉혔고 제인 역시 얼굴을 붉히지 않을 수가 없었다. 그렇지만 남들을 당황시킨 당사자들은 전혀 얼굴색이 변치 않고 있었다.

화제는 끊어지지 않았다. 신부와 어머니는 이런저런 얘기를 쉴 새 없이 해댔다. 그리고 우연히 엘리자베스의 옆에 앉게 된 위컴은 아주 편한 기분으로 자기가 알고 있던 사람들의 근황을 물었는데, 엘리자베스는 그와 동일한 편안한 심정으로 거기에 답해줄 수가 없었다. 신부와 신랑은 이 세상에서 가장 행복한 기억들만 갖고 있는 사람들로 보였다. 고통스러운 과거의 기억은 전혀 없는 듯했다. 그리고 리디아는 언니들이 세상 사람들에게 언급하고 싶지 않은 이야기를 늘어놓았다.

"내가 떠난 지 석 달이나 되었다니! 나한테는 2주 정도밖에 되지 않은 거 같아. 근데 그동안에 많은 일이 벌어지긴 했어. 어이구! 내가 떠날 땐 결혼해서 이렇게 오리라곤 생각지도 못했어. 결혼을 하면 아주 재미있을 거란 생각을 하긴 했지만 말야."

리디아가 떠들어댔다.

그녀의 아버지가 눈을 치켜떴고 제인도 눈을 흘겼으며 엘리자베스도 좋지 않은 표정을 지었다. 그렇지만 자기 멋대로 하는 데 숙달돼 있는 리디아는 전혀 상관하지 않고 다시 이렇게 떠드는 것이었다.

"어머니, 내가 오늘 결혼한 걸 여기 사람들이 알고 있어요? 난 아직 모르고 있을 거라 생각하는데. 우리가 윌리엄 골딩 마차를 따라잡을 때 난 사람들한테 결혼한 사실을 알려야겠다고 생각하고는, 유리문을 내려 장갑 벗은 손을 창문턱에 걸쳐놓고 사람들에게 내가 낀 반지를 보이면서 아는 체를 했지요."

엘리자베스는 더는 들어줄 수가 없었다. 그래서 자리에서 일어나 거실 밖으로 나가버렸다. 그러고는 사람들이 복도를 통과해 식당으로 가는 소리를 듣고서야 다시 나타났다. 리디아는 의기양양하게 어머니 바로 옆자리를 잡고서는 가장 나이 많은 제인에게 말했다.

"언니, 이제 내가 언니 자리를 차지할 테니 언니는 아래쪽으로 가라고. 난 이제 결혼한 몸이니까."

리디아는 처음부터 끝까지 수줍음이라고는 보이지를 않았다. 제멋대로 유쾌하게 구는 태도의 정도가 이제 더 심해져 있었다. 그녀는 필립스 이모, 루카스 식구들, 그리고 그 외 사람들을 만나서 '위컴 부인'이라는 소리를 듣고 싶다는 말을 해댔다. 우선은 저녁 식사를 마치고서 가정부인 힐 부인과 두 명의 하녀들에게 반지를 보여주면서 결혼한 사실을 자랑했다. 그리고 이렇게 말했다.

"어머니, 내 남편을 어떻게 생각하세요? 매력적인 남자 아니에요? 언니들도 모두 날 부러워할 거예요. 언니들도 내 절반이라도 운이 있으면 좋겠어요. 모두 브라이턴으로 가야 돼요. 거기 남편감이 많거든요. 우리가 모두 한꺼번에 갔어야 되는데."

"그럼 그렇고말고. 내 말대로 모두 갔어야 하는 건데. 근데 리디아, 난 네가 그런 식으로 떠나버리는 게 전혀 마음에 안 드는구나. 꼭 그렇게 했어야 했니?"

"그럼요! 그런다고 문제 될 거 없잖아요. 오히려 그렇게 한 게 잘한 거라고요. 어머니랑 아버지, 언니들도 모두 우리를 보러 오세요. 겨울 동안 뉴캐슬에 있을 거예요. 거기서 무도회가 많이 열릴 테니 언니들한테 좋은 파트너들 소개시켜줄 수 있을 거라고요."

"정말 그렇게 되면 얼마나 좋겠니!"

어머니가 맞장구쳤다.

"그리고 집으로 돌아올 때 언니 한둘은 남겨두세요. 그러면 내가 겨울이 가기 전에 남편감을 구해줄 테니까."

"나까지 생각해주는 건 고맙지만 말야, 난 너 같은 방식으로 남편감을 구하는 건 별로야."

엘리자베스가 말해주었다.

그들이 머무는 시간은 열흘 이상 되지 않았다. 위컴이 런던을 떠나기 전에 보직을 받았기 때문에 곧 부대로 들어가야 했다.

베넷 부인을 제외하고는 두 사람이 곧 떠나야 한다는 사실에 아무도 아쉬워하지 않았다. 베넷 부인은 짧은 시간 동안 리디아와 함께 이웃들을 방문하기도 하고 집에서 수시로 파티를 열면서 시간을 최대한으로 이용해보려고 했다. 그러한 파티는 모든 사람에게 달가운 것이었다. 가족들끼리만 있는 것을 바라지 않는 사람들이 많았기 때문이다.

리디아에 대한 위컴의 애정은 엘리자베스가 예상한 대로였다. 그에 대한 리디아의 열렬한 사랑에 비한다면 아무것도 아니었다. 위컴이 리디아를 좋아해서가 아니라 리디아가 그를 열렬히 좋아해서 그러한 도피 행각을 벌였을 거라는 생각을 일부러 확인해볼 필요도 없었다. 위컴이 자신의 열악한 환경 때문에 어쩔 수 없어 도망쳤다는는 사실을 엘리자베스가 몰랐다면, 리디아를 아주 사랑하지도 않으면서 왜 위컴이 그런 짓을 벌였는지 이해할 수가 없었을 것이다. 위컴은 자신의 사정이 그러한 상태에서 반려자와 함께 도망가는 기회를 거절하지 않는 그런 사람이었다.

리디아는 위컴에 대한 열정으로 넋이 나갈 정도였다. 시간이 있을 때마다 그를 칭찬하지 않는 때가 없었고 그를 이 세상의 다른 누구와도 비교할 수 없는 사람이라고 했다. 그는 모든 면에서 이 세상 최고의 남자고, 9월에 수렵이 개시되면 어느 누구보다도 새를 많이 잡을 거라고 자랑했다.

둘이서 돌아온 지 얼마 지나지 않은 어느 날 오전에 리디아가 두 명의 언니와 함께 자리에 앉아 있다가 엘리자베스에게 이렇게 말했다.

"리지 언니, 내가 결혼식 얘기 해주지 않았지? 내가 얘기할 때 언니만 없고 다 있었으니까. 어떻게 결혼식을 치렀는지 알고 싶지 않아?"

"아니, 그 얘긴 별로 듣고 싶지가 않아."

엘리자베스가 응수했다.

"언니는 참 이상하네! 그치만 난 얘기해줘야겠거든. 우린 세인트 클레멘스 교회에서 결혼했는데, 위컴 씨가 그 근처에서 살고 있었거든. 우린 교회에 11시까진 가야 했어. 난 외숙하고 외숙모랑 같이 가기로 돼 있었어. 그리고 다른 사람들은 교회에서 만날 예정이었고. 근데 월요일 오전에 난 정신이 하나도 없었어. 무슨 일이 일어나서 결혼식이 연기되면 어떡하나 가슴이 조마조마했지. 그리고 외숙모는 내가 옷을 입는 동안에 이것저것 얘기하는데 마치 목사님이 설교하는 식이었어. 그치만 난 내 남편 위컴에 대해서만 생각하고 있었기 때문에 어떤 말도 귀에 들어오지 않았지. 위컴 씨가 푸른 옷을 입고 나올지 다른 색 옷을 입고 나올지만 생각하고 있었다고.

하여간 우리는 평소처럼 10시에 아침을 먹었어. 외숙하고 외숙모는 내가 거기 있는 동안에 끔찍하게 대해줬어. 내가 머무는 2주일간 문 밖으로 한 발자국도 나갈 수 없었다니까. 집 안에서 파티도 없고 다른 재밌는 일도 벌어지지 않았지. 런던이 재미없는 곳이긴 하지만 극장은 항상 문을 열잖아? 근데 마차가 집으로 다가왔을 때 외숙은 해거스톤인지 누군지 그 사람한테 불려갔어. 두 사람 일이 좀체로 끝날 거 같지 않았지. 외숙이 내 손을 잡고 신랑 측에 넘겨줘야 하는데 외숙이 오지 않으니까 갈피를 잡을 수가 없더라고. 외숙이 오지 않는다면 종일 결혼식을 못하는 거지. 그치만 운 좋게도 10분 있으니까 오셔가지고 우린 모두 출발했지. 근데 나중에 알고 보니 외숙이 가지 못했더라도 결혼식이 연기될 것까진 없었을 거야. 다아시가 알아서 했을 테니까."

"다아시라고!"

엘리자베스가 깜짝 놀라서 소리 질렀다.

"그래! 그 사람이 위컴하고 함께 거기 오게 돼 있었다고. 어이구, 내 정신! 그 말은 한마디도 하면 안 되는데. 약속을 철저히 지키겠다고 했는데 말야. 위컴 씨가 뭐라고 할까? 비밀을 지키기로 했는데."

"그걸 비밀로 하기로 했다면 한마디도 하지 마. 나도 더는 물어보지 않을 테니까."

제인이 말했다.

"그래, 우린 물어보지 않을 거야."

놀란 마음에 얼굴색이 변한 엘리자베스가 이렇게 말해주었다.

"그렇게 해준다니 고마워. 언니들이 말하라고 하면 난 다 불어버릴 테고, 그러면 위컴 씨가 화낼 거야."

리디아가 말했다.

그처럼 리디아에게 부추김까지 받은 엘리자베스는 물어보고 싶은 욕구가 치밀어 그 자리에서 얼른 빠져나가는 수밖에 없었다.

그런데 그런 일을 모르고 넘어가는 것은 불가능했다. 적어도 알고 싶어 하는 마음을 견디기가 불가능했다. 다아시가 그녀 동생의 결혼식에 왔었다니. 그렇게 할 가능성이 거의 없는 사람이, 그런 마음이 내킬 수가 없는 위컴 같은 사람이 있는데 그가 나타나다니. 엘리자베스는 그가 그곳에 나타난 것은 무슨 의미인지 이런저런 생각을 해봤지만 만족스러운 해답이 도무지 나오지 않았다. 그가 마음이 고상한 사람이라서 그런 생각을 할 수 있다고 간주해봤지만 그런 일은 도무지 있을 법하지 않았다. 그녀는 안절부절못했고 도저히 견딜 수가 없었다. 그래서 급히 편지지를 꺼내서 외숙모에게 편지를 썼고, 리디아와 한 약속을 어기지 않는 범위에서 리디아가 한 말에 대해 설명을 해달라고 요청했다. 그리고 마지막에 이런 말을 덧붙여놓았다.

> 우리 집안 사람들과 연계가 없는 사람이, 그리고 우리 가족에게는 이방인으로 볼 수 있는 사람이 그런 자리에 나타난 일에 대해 제가 알고 싶어 하는 점을 이해하실 거예요. 리디아와 말하지 않기로 약속한 불가분한 이유가 없다면 제가 그 일을 이해할 수 있도록 빨리 답장을 써주세요. 꼭 비밀로 해야겠다면 제가 그냥 넘어갈 수도 있지만요.

'아니, 난 알아내고 말 거야. 외숙모, 외숙모가 비밀을 지키려고 말 안 해줘도 내가 어떤 수단을 쓰든지 알아내고 말 거라고요.'

그녀는 속으로 생각했다.

제인은 신중한 사람이기 때문에 리디아가 내뱉은 말에 대해 엘리자베스와 둘이서 어떤 얘기도 하려고 하지 않았다. 엘리자베스는 그러는 것이 바람직하다고 생각했다. 자기가 품고 있는 어떤 의문점에 대해 만족할 만한 답을 얻을 때까지는 누구와도 왈가왈부하고 싶지가 않았다.

10

엘리자베스는 자기가 보낸 서신에 대해 빠른 답장을 받았다. 그녀는 그것을 손에 넣자마자 남들의 방해를 받을 염려가 없는 숲속으로 들어가서 벤치에 자리를 잡고 앉은 뒤에 한껏 기대하면서 읽을 준비를 했다. 편지의 길이로 봐서 자신의 요청을 거절한 것으로 보이지는 않았기 때문이다.

그레이스처치 가
9월 6일

리지에게

네 편지를 받아보고서 오전 내내 너한테 답장을 써야겠구나 했단다. 단 몇 줄만으로는 모든 사실을 알려줄 수 없기 때문이야. 네가 그런 요청을 해서 나는 놀랐단다. 예상하지 않았던 일이거든. 난 단지 네가 그 일에 대해 알고 있어서 네 편에서 그런 요청을 할 거라고 생각하지 못했거든. 내가 이런 말을 한다고 해서 내 마음대로 생각한다고 여겨도 좋단다. 외숙도 나만큼 놀랐지. 네가 다아시와 관련된 사람이라는 사실을 제외하면 외숙이 자기 뜻대로 일을 처리한 게 잘못이라는 생각은 하지 않았어. 그런데 네가 정말 순진하게 아무것도 모르고 있었다면 내가 이제 명백하게 알려줘야겠구나. 내가 롱본에서 돌아온 바로 그날 네 외숙은 뜻밖의 손님을 맞이했단다. 다아시가 방문해서 두 사람이 몇 시간 동안 얘기를 나눴지. 내가 집에 도착하기 전에 모두 끝나서 난 지금의 너만큼이나 호기심으로 차 있지는 않았지. 다아시는 자기가 네 동생과 위컴을 찾아냈고, 위컴하고는 여러 번, 그리고 네 동생하고는 한 번 얘기해봤다고 알려주려고 네 외숙을 찾아온 거지. 그 사람은 우리가 더비셔를 떠난지 불과 하루 만에 두 사람을 찾기 위해 런던으로 온 거지. 다아시는 위컴의 사람 같지 않은 점을 사람들이 모르고 있었기 때문에 네 동생 같은 사람이 그런 사람을 믿고 사랑하게 됐고 그건 자기 탓이라고 생각했던 거야. 자기가 잘못 판단해서 그런 일이 벌어졌지만, 위컴 같은 사람의 못된 점에 대해 세상 사람들에게 알리고 다니는 것은 자기가 할 일이 아니라고 봤던 거 같아. 위컴에 대해 사람들이 결국은 알게 될 거라고 간주했던 게지. 그래서 이제 그 사람은 자기가 앞으로 나서서, 자신 때문에 발생한 사건을 시정하는 게 자기 의무라고 생각한 거야. 그 사람한테 다른 동기가 있다고 하더라도 난 그게 그의 품위를 떨어뜨리지는 않을 것 같구나. 그 사람은 런던에서 며칠을 지낸 후에 위컴을 발견한 것으로 보여. 그 사람한테는 우리보다 위컴을 쉽게 찾을 수 있는 무슨 정보가 있었을 거야. 그렇기 때문에 그 사람은 우리를 바로 뒤따라 이리로 온 걸 테지. 전에 다아시의 여동생에게 욘지라는 가정교사가 있었는데 어떤 잘못을 저질러서 해고를 당했나 봐(여기에 대해서는 다아시가 아무말도 해준 게 없긴 해). 그 뒤에 그 여자는 에드워드 가에서 큰 집을 얻어가지고는 하숙을 쳤는데, 그 욘지라는 여자가 위컴하고 잘 알고 지낸다는 사실을 다아시는 알고 있었던 거지. 그래서 다아시는 런던으로 와서는 그 여자한테 무슨 소식을 구한 거야. 그렇지만 자기가 원하는 소식을 듣기 위해서는 2, 3일을 기다려야 했어. 그 여자가 위컴이 어디 있는지 알고는 있었지만 위컴을 배신하는 일은 할 수 없었고, 그래서 다아시는 그의 행방을 찾으려고 뇌물이라도 준 것으로 보여. 실제로 위컴은 런던에 도착하자마자 그 여자한테로 갔고 그 여자가 받아들이기만 했다면 거기서 살았을 거야. 결국 그 친절한 다아시는 자기가 원하는 소식을 얻었어. 두 사람이 있는 곳 주소를 알아내서 먼저 위컴을 만나봤고, 다음에 리디아를 만나서 얘기하고 싶다고 했던 거야. 그 사람의 우선 목표는 리디아를 설득해서 지금의 부끄러운 도망 상태에서 벗어나서 가족에게 돌아가게 하는 거였지. 가족이나 친지들이 받아줄 수 있도록 자기 자신이 힘써보려고 마음먹은 거야. 그렇지만 리디아는 거기 그냥 있겠다고 고집을 피웠대. 자기는 가족이나 친지들은 아무 상관없다고 했고 다아시의 도움 같은 건 필요하지도 않다면서 위컴에게서 떠나 있으라는 말을 듣지 않았다는 거야. 리디아는 자기들이 언젠가는 결혼식을 올릴 거라고 확신했고, 그러니 그 시기는 중요치 않다고 생각하고 있었던 거야. 리디아가 그렇게 나오니 다아시는 신속하게 결혼식을 올리게 하는 게 바람직하다고 생각했는데, 위컴을 만나본 결과 그는 결혼식을 올릴 마음이 없다는 사실을 대번에 알 수 있었대. 위컴은 아주 성가신 빚 독촉 때문에 부대를 떠날 수밖에 없었다고 자백했고, 이처럼 나쁜 결과가 초래된 것은 전적으로 리디아의 어리석음 탓이라고 하더래. 그 사람은 군대의 직책을 즉시 사임할 생각이었고 앞으로의 계획도 아무것도 없었대. 가기는 가야 하는데 어디로 갈지 알 수가 없고 먹고살 방도가 아무것도 없었던 거야. 다아시는 그 사람에게 왜 리디아하고 즉시 결혼하지 않느냐고 물어봤대. 베넷 씨가 아주 부자는 아니지만 위컴을 위해 무언가 해줄 수가 있을 테고, 그러니 그 결혼으로 그의 상황이 더 나아지지 않겠느냐고 말했다는 거야. 그런데 위컴의 대답으로 미루어 다른 사람하고 결혼해서 한밑천 얻으려는 생각을 하고 있더래. 그렇지만 현재의 상황으로 볼 때, 자기가 즉시 구제받을 수 있다는 유혹에 넘어가지 않을 수가 없었지. 그 점에 대해 많은 얘기를 해야 했기 때문에 두 사람은 몇 차례 더 만났대. 물론 위컴은 자기가 실제로 얻을 수 있는 것보다 많이 요구했지만 결국 합리적인 선에서 물러설 수밖에 없었어. 그래서 모든 결론이 났고, 다음에 다아시가 할 일은 그 사정을 외숙에게 알리는 것이었기에 내가 집에 도착하기 전날 밤에 우리 집을 방문한 거야. 그렇지만 외숙을 만날 수는 없었고, 다아시가 문의해본 결과 네 아버지가 아직 외숙과 함께 우리 집에 계시고 다음 날 아침에 런던을 떠나시기로 되어 있다는 걸 알게 된 거야. 다아시는 네 아버지가 외숙만큼 적절한 의논 상대가 되지 못한다고 생각했고, 그래서 네 아버지가 런던을 떠날 때까지 기다리기로 작정한 거야. 그 사람은 자기 이름을 남겨두지 않고 떠나갔고, 그래서 우리는 다음 날까지 그냥 어떤 사람이 업무 관계로 방문한 걸로 알고 있었지. 토요일에 그 사람이 다시 왔어. 네 아버지는 집으로 돌아가셨고 외숙은 집에 계셨기 때문에 두 사람은 많은 얘기를 나눈 거야. 두 사람은 일요일에 다시 만났고 나도 그때 그 사람을 봤어. 그렇지만 월요일이 돼서야 모든 게 결정되었고, 그래서 롱본으로 속달 편지를 보낸 거지. 그런데 방문한 그 사람은 아주 고집이 세더구나. 고집이 결국 그 사람의 실질적인 결함이라는 생각이 들어. 그 사람이 다른 때는 이런저런 결함 때문에 비난을 받는데, 나는 그 점이 진짜 결점이라고 생각해. 자기가 해결하지 않으면 아무것도 할 수 없다는 거였어. 그렇지 않았더라면 외숙이 모든 걸 해결하셨을 텐데 말야(너한테서 고맙다는 말을 듣기 위해 하는 말은 아냐). 두 사람은 그 문제로 오랫동안 씨름했지. 리디아나 위컴 당사자에게는 분에 넘치는 일이지만 말야. 그렇지만 결국 외숙이 양보하게 됐지. 자기가 조카에게 뭔가 해주지는 못하고 대신 무엇을 해보려고 노력했다는 명예만 갖게 된 셈인데 그건 외숙의 성미에 맞지 않는 일이지. 그런데 오늘 아침의 네 편지가 외숙에게 큰 기쁨을 주게 되었구나. 이제 자기 자신의 역할을 모두 알게 될 테고 누가 실제로 모든 일을 처리했는지 밝혀질 테니까 말야. 그런데 리지, 이번 일은 너 혼자만 알고 있어야 하고 다른 사람에게 알린다고 하더라도 제인 외에는 안 돼. 두 사람을 위해 무슨 일이 성사됐는지 넌 꽤 잘 짐작할 수 있을 거야. 그 사람 빚이 천 파운드 이상 되는 것으로 나는 알고 있는데 그 빚을 모두 갚아주었고, 리디아가 아버지에게서 할당받는 몫에다가 천 파운드를 추가해주었고, 그리고 위컴의 장교 직책까지 사준 거야. 그 일을 그 사람이 전적으로 혼자서 책임진 이유는 내가 아까 말한 대로야. 위컴의 성격이 아주 좋다고 알려져 있고, 그래서 사람들

이 거기에 넘어갔던 게 다아시 자신이 적절한 조치를 취하지 못했기 때문이라고 생각하는 거지. 그렇지만 나는 다아시가 제대로 조치를 취하지 않았기 때문에 그런 일이 발생했다고 생각하지 않아. 그런데 내가 이런 설명을 했는데도, 만약 우리 입장에서 다아시가 그 문제에 그런 연관 관계가 있다는 점을 인정하지 않았다면 네 외숙이 절대 양보하지 않았을 거라는 점을 알아주어야겠구나. 문제가 모두 해결된 다음에 다아시 그 사람은 펨벌리에 아직 남아 있는 친구들에게 돌아갔지. 결혼식을 거행할 때 그 사람은 다시 와서 모든 금전 문제를 해결해주기로 되어 있었어. 이제 모든 얘기를 다 해준 거 같구나. 네가 놀라운 사실을 알았을지도 모르겠구나. 적어도 무슨 불쾌감만은 주지 않았으면 한다. 리디아는 우리 집으로 왔고 위컴은 우리 집에 자주 오도록 허가했어. 그 사람은 내가 하트포드셔에서 봤을 때하고 달라진 게 하나도 없더구나. 근데 리디아가 우리 집에 있을 때 얼마나 말썽을 피웠는지 모르겠다. 그 후에 자기 집에 도착해서도 그런 식이었다니, 말할 필요도 없지만 말야. 그러니 내가 이런 말을 한다고 해서 너한테 새로이 무슨 걱정을 안겨줄 리는 없다고 생각되는구나. 난 리디아에게 그 애가 얼마나 나쁜 짓을 저질렀는지, 자기 가족한테 얼마나 많은 불행을 안겨다주었는지 수없이 진지하게 설명해주었단다. 근데 걔가 내 말을 듣는 시늉이라도 했으면 다행이야. 때로 화가 치밀기도 했지만 그럴 때마다 성실한 엘리자베스나 제인을 생각하고는 참아낼 수밖에 없었단다. 다아시는 제때 런던으로 돌아왔고, 리디아가 말한 대로 결혼식에 참석했지. 다음 날에는 우리 집으로 와서 식사를 같이했고 수요일이나 목요일에 다시 런던을 떠났단다. 내가 이 기회를 빌려서 내가 그 사람을 아주 좋게 보게 됐다는 점을 알린다면 리지 네가 화를 낼지 모르겠구나(내가 전에는 이런 말을 한 적이 없지). 그 사람이 우리에게 해준 일은 처음부터 끝까지 우리가 그 사람을 더비셔에서 봤던 때처럼 상냥했어. 나는 이제 그 사람의 모든 점이 마음에 드는구나. 그 사람에게 다른 결함은 없고 단지 조금 더 활기찬 면이 있다면 좋겠는데, 그 부분은 그 사람이 결혼을 잘하면 아내가 잘 가르쳐줄 걸로 보이는구나. 난 그 사람이 아주 능글맞다고 생각한단다. 네 이름은 한 번도 언급하지를 않았거든. 그렇지만 요새는 능글맞은 게 유행이라고 보이는구나. 내가 너무 주제넘었다고 나를 나무라지 말아다오. 아니면 적어도 나를 펨벌리 저택에서 쫓아내는 건 하지 말았으면 좋겠구나. 난 그 정원을 전부 다 둘러보기 전에는 진실로 행복해질 수 없을 거야. 두 마리 작은 말이 끄는 쌍두마차면 아주 적격이겠구나. 근데 이제 더 쓸 수가 없구나. 애들이 30분 동안 나를 불러대고 있어.

너의 다정한 외숙모가

편지의 내용은 엘리자베스의 가슴을 쿵쿵거리게 만들었지만 기쁜 마음 때문에 그런 것인지, 아니면 고민으로 그런 것인지는 쉽게 알 수가 없었다. 다아시가 리디아의 결혼을 위해 무언가를 해주지 않았나 하는 데 대한 막연하고 불안한 의심, 그렇게 간주하기에는 너무나 선량한 행동으로 보여서 그런 쪽으로 생각하기가 망설여졌고, 그리고 동시에 그에게 폐를 끼치게 될까 봐 두려웠던 그런 의심이 이제 완전히 사실로 드러나고 말았다! 그는 런던까지 구차스럽게 그들을 쫓아갔고 그들을 추적하기 위해 모든 수고를 아끼지 않았다. 그런 과정에서 자기가 혐오하고 경멸했던 욘지라는 여자에게 아쉬운 소리를 해야 했고, 그가 피하려고 했고 그 이름이 언급되는 것만으로도 역겨운 위컴을 여러 번 만나 설득하고 결국 돈으로 구워삶아야 했다. 그는 아무 가치도 없는 리디아를 위해 그렇게 한 것이다. 엘리자베스는 그가 그녀를 위해 그렇게 했다고 마음속으로 생각해봤다. 그렇지만 그러한 희망은 곧 다른 요인에 제지를 당하고 말았으니, 그가 그녀에 대한 애정으로 그런 일을 했다고 치더라도 자기가 이미 예전에 그를 거부한 적이 있고, 그녀에 대한 애정이 위컴과 같은 사람과 친척이 된다는 혐오감을 능가하지는 못할 거라고 생각했다. 위컴과 동서가 되다니! 다아시의 모든 자존심이 그러한 관계를 허용하지 않을 것이다. 그는 대단한 일을 했다. 그가 한 일을 생각하면 그녀는 수치스러웠다. 그렇지만 그는 자기가 개입하는 이유를 밝혔고, 추가적인 설명이 필요하지 않았다. 다아시가 스스로 잘못했다고 생각한 데는 타당한 근거가 있었다. 또한 그는 사태를 해결할 수단도 있었다. 이제 엘리자베스는 그 사람이 그렇게 행동한 주된 동기가 자기 자신이었다고 생각하지는 않았지만, 자신을 향한 애정이 그녀의 행복을 증진시키는 일에 개입하도록 그를 이끌지 않았을까 하는 생각이 들었다. 보답을 줄 수 없는 사람에게 가족이 은혜를 입었다는 사실은 견딜 수 없는 일이었다. 리디아를 되찾고 인격을 회복시킬 수 있었던 것은 다 그의 덕분이었다. 아, 그녀는 자기가 전에 그에게 나쁜 감정을 갖고 있었고 그에게 보여주었던 여러 가지 잘못된 언사가 얼마나 후회되는지 몰랐다. 자신은 의기소침해졌지만 그에게는 이제 공경심이 솟아올랐다. 동정심과 명예를 위해 그가 해낸 모든 일을 공경하게 되었다. 그녀는 외숙모가 그 사람을 칭찬한 부분을 여러 번 읽어봤다. 여러 번 읽어도 흡족하지 않았지만, 그래도 기쁜 마음이 들었다. 외숙과 외숙모는 다아시와 엘리자베스 사이에 애정과 신뢰가 존재한다고 누차 지적했는데, 후회감이 엄습하면서도 즐거운 마음이 들었다.

누군가가 다가오는 인기척이 나서 엘리자베스는 생각에 잠겨 있다가 자리에서 일어났다. 그리고 다른 산책로로 접어들기 전에 뒤따라온 위컴과 만났다.

"혼자 산책하는 걸 방해하지 않았나 모르겠군요, 처형."

그가 다가와서 말했다.

"방해하긴 했어요. 그치만 그렇다고 제부를 환영하지 않겠다는 의미는 아니에요."

엘리자베스가 미소를 띠면서 응수했다.

"방해했다면 정말 미안하군요. 우린 항시 좋은 친구였죠. 그리고 지금은 더욱 나아졌고요."

"그래요. 그런데 다른 사람들도 이리 오고 있나요?"

"모르겠군요. 장모님하고 리디아는 마차를 타고 메리튼으로 갔어요. 근데 외숙하고 외숙모께서 펨벌리 저택을 봤다는 말을 들었는데요."

그녀는 그랬다고 대답해주었다.

"그러셨다니 부럽군요. 나도 갈 수 있는 처지라면 뉴캐슬로 가는 도중에 거기에 들러보면 좋을 텐데. 나이 많은 하녀를 봤겠죠? 레이놀스 부인 말이죠. 나한테 아주 잘해줬는데. 근데 그 아주머니가 내 이름은 언급하지 않았겠죠?"

"언급했어요."

"뭐라고 하던가요?"

"제부가 군대에 들어갔다는 말을 했어요. 근데 군대에 가고 나서 좋아지지 않았다는 말을 하더군요. 그렇게 멀리 떨어진 곳에서는 소문이 잘못 전달될 수도 있겠죠."

"물론 그렇죠."

그는 이런 말을 하면서 입술을 깨물었다. 엘리자베스는 자기가 그의 입을 막아버렸다고 생각했다. 그렇지만 조금 있다가 그가 이런 말을 했다.

"지난 달에 런던에서 다아시와 마주쳐서 놀랐어요. 몇 번 길거리에서 마주쳤죠. 런던에서 뭘 하고 있었는지 모르겠어요."

"자기 여동생 결혼 준비를 하고 있었는지도 모르죠. 그런 특별한 일이 있다면 런던에 가지 않을 수가 없잖아요."

엘리자베스가 응수했다.

"물론 그렇죠. 근데 램튼에 있을 때 다아시를 봤나요? 가드너 씨 부부 말을 들어보니 그런 거 같은데."

"그래요. 그 사람이 자기 여동생을 소개시켜줬어요."

"마음에 들던가요?"

"아주 마음에 들었죠."

"지난 1, 2년 동안에 사람이 많이 좋아졌다는 말을 들었어요. 내가 마지막으로 볼 때는 별로였어요. 처형이 좋아하게 됐다니 다행이군요. 나도 그 여자가 잘되기를 바라요."

"그렇게 되겠죠. 가장 견디기 어려운 나이를 극복했으니까요."

"킴프튼이라는 마을을 지나갔나요?"

"잘 모르겠군요."

"내가 왜 그곳을 언급하냐 하면, 내가 살았어야 하는 곳이기 때문이에요. 아주 살기 좋은 곳이죠. 목사관도 좋고요. 여러모로 나한테 아주 잘 어울리는 곳이에요."

"설교하는 일에 만족했을까요?"

"당연하죠. 내가 당연히 해야 하는 일로 생각했을 테고, 그러면 그런 수고야 대수롭지 않게 여겼을 거예요. 사람은 불평을 하지 말아야 하는 건데…… 그치만 나한테는 목사 직이 정말 어울렸을 거예요. 조용히 그런 생활을 하는 게 내 행복감을 충족시켜줬을 거예요. 근데 일이 그렇게 되지 않았어요. 켄트에 있을 때 다아시가 그 일에 대해 말해준 게 있나요?"

"난 그 방면에 권한이 있는 다른 사람한테서 들었는데, 그 자리는 조건부로 제부한테 물려준 거고 현재의 후원자 뜻에 따르기로 돼 있었다던데요?"

"그렇게 들었군요. 물론 그런 점도 있죠. 기억할지 모르지만, 그 점에 대해 내가 처음부터 얘기해드렸죠."

"설교하는 직업이 제부에게 어울리지 않아 보였고, 앞으로 목사 자리를 달라고 하지 않을 거라고 해서 그 자리가 다른 사람에게로 넘어갔다는 말도 들었죠."

"그런 말도 들었군요! 그게 전혀 근거가 없는 말은 아니죠. 우리가 그 점에 관해 맨 처음에 얘기할 때 내가 그런 식으로 한 말을 기억할지 모르겠지만요."

엘리자베스가 위컴을 떨쳐버리기 위해 빨리 걸었기 때문에 이제 그들은 거의 집에 다달아 있었다. 그녀는 자기 동생을 위해 위컴의 화를 돋우는 일은 하고 싶지 않았기 때문에, 상냥한 미소를 짓고는 이렇게 말했다.

"자, 위컴 씨. 이제 우리는 처형과 제부 사이가 됐어요. 과거를 놓고 다투는 일은 하지 말자고요. 앞으로는 모두가 한마음이 됐으면 좋겠어요."

엘리자베스가 손을 내밀었고, 위컴은 어떻게 행동해야 할지 알 수가 없었지만 친근한 태도로 손에 입을 맞추었다. 그다음에 그들은 집 안으로 들어갔다.

11

위컴은 그 대화에 불만이 없었기 때문에 그 일로 고민에 빠진다거나 엘리자베스를 자극하지는 않았다. 그리고 엘리자베스는 위컴을 이제 조용히 시킬 수 있다는 데 만족했다.

리디아가 떠날 날이 곧 닥쳐왔고, 베넷 부인은 가족 모두가 뉴캐슬로 한번 가보자는 의견에 남편이 전혀 동의해주지 않았기 때문에 최소한 열두 달은 지속될 것으로 보이는 이별을 해야만 했다.

"오, 리디아, 우리가 언제 다시 만날 수 있는 거니?"

어머니가 울먹였다.

"어머나! 내가 어떻게 알겠어요. 2, 3년 안으론 못 만나겠죠."

"편지는 자주 하렴."

"최대한 자주 할게요. 그치만 결혼한 여자는 자주 편지할 시간이 없다는 걸 어머니는 알고 계시잖아요. 언니들이 나한테 자주 편지하면 될 거예요. 다른 할 일이 많진 않으니까."

위컴의 작별 인사는 그의 아내의 작별 인사보다 더 다정다감하게 이루어졌다. 웃음을 머금고는 당당한 모습으로 여러 가지 좋은 말을 했다.

그들이 집에서 나가자마자 베넷 부인이 이렇게 말했다.

"내가 저렇게 좋은 남자는 아직껏 본 적이 없어. 저렇게 능글맞게 웃어가며 말하는 사람은 없을 거야. 저 사람이 정말 자랑스러워 보이는구나. 윌리엄 루카스 경은 우리 사윗감한테 비하면 새 발의 피야."

딸이 가버리자 베넷 부인은 며칠 동안 아주 따분한 나날을 보내야 했다.

"사람하고 헤어지는 것보다 더 나쁜 일은 없을 거야. 식구 하나가 없어지니 집 안이 얼마나 쓸쓸해 보이니."

베넷 부인이 말했다.

"딸을 시집보내는 결과가 이런 거라고요. 그치만 아직 결혼 안 한 딸이 넷이나 있으니 안심하세요."

엘리자베스가 말했다.

"그렇지 않아. 리디아는 결혼했다고 해서 날 떠날 애가 아냐. 남편 부대가 멀리 떨어져 있기 때문에 이렇게 된 거라고. 부대가 여기서 가깝기만 했다면 그처럼 빨리 떠날 필요가 없었을 텐데."

그렇지만 리디아의 결혼이 가져다준 의기소침한 상태는 오래가지 않았으며, 베넷 부인의 마음은 새로 회자되기 시작한 소식 덕분에 희망으로 넘쳐났다. 네더필드 저택의 하녀가 자기 주인의 도착을 준비하라는 지시를 받았다는 것이다. 그 주인이 몇 주 동안 사냥을 하기 위해 하루이틀 안에 그리로 온다고 했다. 이제 베넷 부인의 마음이 들뜨고 있었다. 그녀는 제인을 바라보고서 웃음을 짓다가는 머리를 흔들기도 했다. 그러고선 필립스 부인이 그 소식을 전해주었기 때문에 이런 말을 해댔다.

"그래, 그래, 동생, 빙리가 내려온단 말이지? 일이 잘 풀려가는군. 그치만 내가 거기에 관심 있는 건 아니지. 이제 그 사람은 우리한테 아무런 존재 가치가 없는 사람이고 그 사람을 다시 만나보고 싶지도 않아. 그치만 그 사람이 네더필드로 온다는데 누가 말릴 사람이 있겠어? 그리고 어떤 일이 벌어질지 누가 알아? 하지만 우리하곤 끝났어. 그 사람에 관해서는 입을 열지 말자고 나랑 동생이 오래전에 약속했지? 근데 그 사람이 정말 오기는 오는 거야?"

"믿어도 돼, 언니. 그 집 가정부 니콜스가 어젯밤에 메리튼에 나타났는데 그 여자가 지나가는 걸 보고는 내가 밖으로 나가서 일부러 물어봤거든. 그 여자가 그 말이 진짜라고 그러더라고. 늦어도 목요일에는 오고 빠르면 수요일에 온다는 거야. 그 여자는 수요일에 쓰려고 정육점에 가서 좋은 오리고기를 여섯 마리 샀다고."

제인은 빙리가 온다는 소식에 얼굴색이 달라지지 않을 수가 없었다. 그녀가 엘리자베스에게 빙리에 대해 언급한 지는 이미 여러 달이 지나 있었다. 이제 두 사람이 단둘이 있게 되자 그녀가 이렇게 말했다.

"이모가 오늘 소식을 전해줄 때 내가 어떻게 나오는지를 보려고 네가 날 바라보는 걸 알았어. 내가 당황한 건 사실이야. 그치만 내가 어리석어서 그랬다고는 생각지 말아줘. 내가 다른 사람들의 관심 대상이 되었다는 생각에 일시적으로 얼굴빛이 달라진 거야. 그 소식을 들었다고 해서 내가 기쁘다거나 기분이 나쁘다거나 하진 않

아. 다만 그 사람이 혼자 온다니 반가운 일이야. 그 사람을 우리가 볼 일이 줄어들 테니까. 난 내 자신에 대해선 두렵지 않지만 사람들이 이런저런 말을 할까 봐 두려워."

엘리자베스는 그 사태를 어떻게 이해해야 할지 몰랐다. 만약 더비셔에서 그녀가 빙리를 보지 않았더라면 그가 본래의 목적인 사냥을 하기 위해 온다고 간주했을 것이다. 그렇지만 그녀는 빙리가 아직도 제인에게 애정을 품고 있다는 사실을 알았고, 그래서 그가 자기 친구의 동의하에 네더필드에 오는지, 아니면 친구의 허락도 없이 오는지 알 수가 없었다.

'근데 그 사람이 그 집을 합법적으로 임대하고 있기는 한데 온갖 억측을 불러일으키는 것도 당연한 일이지. 난 거기 상관하지 않는 게 좋을 거야.'

그녀는 혼자 속으로 생각했다.

빙리가 오는 것에 대한 제인의 언급에도, 그것이 언니의 틀림없는 감정이라고 생각하면서도 엘리자베스는 제인이 흔들린다고 느꼈다. 제인은 평소보다 더 혼란스러워 보였다.

이제 열두 달 전에 부모 사이에서 오갔던 주제가 다시 들먹여지고 있었다.

"빙리가 오는 대로 당신은 거기로 가봐야죠?"

베넷 부인이 말했다.

"아니, 그렇게 하지 않을 거요. 당신은 작년에 거기 방문하라고 날 강요했고, 그렇게 하기만 하면 그 사람이 우리 딸 중 하나하고 결혼할 거라고 말했잖소. 근데 그 일은 이뤄지지 않았소. 이제 난 그런 바보 같은 짓은 다시 하지 않을 거요."

아내는 빙리가 네더필드로 오면 근처의 신사들이 당연히 그를 방문해야지 않겠느냐는 말을 해댔다.

"난 그런 에티켓을 싫어하는 사람이오. 그 사람이 우리하고 가까이 지내기를 바란다면 그 사람보고 알아서 하라고 그래요. 그 사람은 우리가 어디 사는지 알고 있잖소. 난 이웃 사람들이 다른 곳으로 갈 때나 올 때마다 좇아다니면서 내 소중한 시간을 낭비하고 싶진 않소."

"당신이 그 사람을 방문하지 않는 건 잘못이라고요. 그나저나 난 그 사람이 우리하고 함께 식사하는 걸 추진해야겠어요. 롱 부인하고 굴딩스네가 오면 우리 식구까지 해서 열세 명인데 그 사람 자리가 하나 남을 거예요."

이렇게 결심을 하고 나니 자기 남편의 현명치 못한 처사에 더 잘 대처할 수 있게 되었다. 만약 다른 사람들이 자기네들보다 먼저 빙리를 만나버린다면 분한 마음이 들 것이다. 빙리가 도착하는 날이 가까워지자 제인은 엘리자베스에게 이런 말을 했다.

"난 그 사람이 오는 자체가 싫어지기 시작해. 아무 가치도 없는 일이 될 거야. 그 사람을 만나도 아무런 감정이 없을 거라고. 근데 그 사람에 대해 끊임없이 이런 말 저런 말을 하는 게 견딜 수가 없어. 어머니 의도는 나쁜 게 아니지. 그치만 어머니가 그 사람 말을 해대면 내가 얼마나 고통을 받는지 어머니뿐 아니라 다른 누구도 모를 거야. 그 사람이 네더필드에서 완전히 떠나는 날이 내가 행복해지는 날이 될 거야."

"언니를 위해 무슨 말을 해줄 수가 있으면 좋을 텐데, 내 능력으로는 그게 안 돼. 언니도 그걸 알 수 있을 거야. 보통 사람들은 고통받는 사람에게 인내하라고 충고하겠지만, 난 그게 안 돼. 언니는 항상 그런 고통을 당해왔으니까."

엘리자베스가 말해주었다.

빙리가 도착했다. 베넷 부인은 하인에게 알아보게 해서 그 소식을 가장 먼저 듣고자 했지만 그 때문에 걱정과 초조함의 시간만 늘어났다. 그녀는 이제 어느 때 초대장을 보내야 하는지를 계산하고 있었다. 그전에 그를 볼 수 있으리라는 기대는 하지 않았다. 그런데

그가 하트포드셔에 도착한 지 사흘째 되는 날 오전에 베넷 부인은 옷장이 있는 방에서 내다보다가 빙리가 방목장을 거쳐서 자기 집을 향해 오는 모습을 봤다.

베넷 부인은 즉시 딸들을 불러서 즐거움을 함께하려고 했다. 그렇지만 제인은 자기 자리에 그대로 앉아 있었다. 엘리자베스는 어머니가 요청하는 대로 창문 옆으로 가서 밖을 내다봤는데, 다아시가 빙리와 함께 있는 모습을 보고는 자기 자리로 돌아가서 언니 옆에 앉아버렸다.

"어머니, 저 사람 옆에 또 한 사람이 있어요. 누굴까요?"

키티가 말했다.

"빙리가 아는 사람이겠지. 나도 누군지 모르겠구나."

"아! 빙리하고 같이 다니던 사람으로 보여요. 저 사람 이름이 뭐더라? 키 크고 거만한 사람 말이에요."

키티가 말했다.

"오, 이런! 다아시로군! 틀림없어. 빙리 친구라면 누구나 환영인데, 그것만 아니라면 저 사람은 꼴도 보기 싫어."

제인은 놀라움과 근심이 어린 표정으로 엘리자베스를 바라봤다. 제인은 더비셔에서 두 사람의 만남에 대해 거의 알지 못했기 때문에, 다아시가 자기를 변명하는 편지를 전해준 뒤에 처음으로 두 사람이 만났을 때 엘리자베스가 당황스러워질 상황만 생각했다. 두 자매 모두 불안한 상태였다. 두 사람 모두 상대방을 염려해주었고 자기 자신에 대해서도 물론 생각하고 있었다. 베넷 부인은 자기가 다아시를 싫어하지만 그 사람이 빙리의 친구이기 때문에 공손히 대해주겠다는 말을 해댔는데, 제인과 엘리자베스의 귀에는 그런 말이

들어오지 않았다. 그런데 엘리자베스에게는 제인이 알 수 없는 불안함이 있었다. 가드너 부인의 편지 내용을 제인에게 말해줄 용기도 아직 없는 데다 다아시를 향한 자기 마음이 변한 점에 대해서도 말해주지 않았다. 제인에게 다아시는 자기 동생이 청혼을 거부하고 깎아내린 사람으로만 보일 것이다. 그렇지만 광범위한 정보를 갖고 있는 엘리자베스에게 다아시는 가족 모두가 거대한 빚을 지고 있는 사람이었다. 그리고 비록 옛적에 제인이 빙리에게 느끼는 애정만큼은 못해도 엘리자베스가 관심을 가지고 보는 사람이었다. 그가 네더필드에 온 점, 자발적으로 다시 그녀를 보기 위해 롱본에 온 점이 의외의 일이었고, 그녀가 더비셔에서 그의 변화된 태도를 처음으로 목격했던 때만큼이나 놀라운 일이었다.

엘리자베스의 얼굴에서 사라졌던 광채가 강도를 더하며 30초 동안 다시 되돌아왔다. 그 사람의 애정과 소망이 아직도 흔들리고 있지 않다는 생각이 들었기 때문에 기쁨의 빛이 얼굴에 서려 있었다.

'먼저 그 사람이 어떻게 나오는지를 봐야겠어. 그런 다음에 가늠해봐도 충분할 거야.'

그녀는 속으로 생각했다. 그녀는 침착하려고 노력하면서 손에 든 일감에만 열중한 채 언니의 얼굴을 바라볼 생각도 못하고 있었는데, 하인이 문으로 다가갈 때에야 비로소 호기심으로 언니의 얼굴 표정을 보게 되었다. 제인의 얼굴색은 평소보다 더 창백해 보였지만 엘리자베스가 우려한 것보다는 침착한 모습이었다. 두 신사가 나타나자 제인의 얼굴색은 더 창백해졌지만 비교적 편안하게 그들을 맞이했으며, 노여움의 표정도 없이, 그리고 쓸데없는 상냥함도 보이지 않고서 맞이했다.

엘리자베스는 예의에 벗어나지 않는 선에서 최대한 말을 아꼈으며, 자기 자리에 다시 앉아서 예전에 보이지 않던 부지런함으로 바느질을 하고 있었다. 그러면서 그녀는 다아시를 힐끗 한번 바라다봤다. 그는 평소대로 심각한 표정이었다. 그녀가 펨벌리에서 본 표정보다는 하트포드셔에서 본 표정에 가깝다고 생각되었다. 그렇지만 엘리자베스의 어머니가 앞에 있기 때문에 전에 엘리자베스의 외숙이나 외숙모에게 보여줬던 표정을 짓지 않았을 것이다. 엘리자베스로서는 그런 추측을 할 수밖에 없었다.

그녀는 다아시와 마찬가지로 빙리도 잠깐 동안 바라봤는데, 빙리는 아주 즐거우면서도 당황한 표정이었다. 그는 베넷 부인에게 아주 반가운 대접을 받고 있었는데, 그래서 두 딸들은 부끄러워지지 않을 수가 없었다. 특히 베넷 부인이 다아시에게는 냉랭하고 격식만 겨우 차리는 대접을 하는 것과 비교해봤을 때 더욱 그런 마음이 들었다.

엘리자베스는 다아시가 자신의 어머니가 그토록 소중히 여기는 딸을 회복하기 어려운 해악에서 구해주었다는 사실을 알고 있었기 때문에, 그처럼 어머니가 두 사람을 차별하는 점에 극도로 마음이 아프고 속이 상했다.

한참 후에 다아시가 엘리자베스에게 가드너 부부의 안부를 물어보자 엘리자베스는 당황하면서 대답했고, 그 후로는 거의 아무 말도 하지 않았다. 그는 그녀 곁에 앉아 있지 않았다. 그것이 그가 침묵을 지킨 이유일 수 있었다. 그렇지만 더비셔에서는 그렇지 않았었다. 거기서 그 사람은 엘리자베스와 말하지 않을 때는 엘리자베스의 일행에게라도 얘기를 했다. 그렇지만 지금은 몇 분이 지나도 그의 말소리를 들을 수가 없었다. 그리고 그녀가 호기심을 이기지 못해서 어쩌다 한 번씩 바라보면 엘리자베스나 제인을 가끔씩 보다가는 그냥 방바닥만 보고 있는 때가 많았다. 지난번에 만났을 때보다 더 생각에 잠겨 있었고 남하고 즐겁게 어울릴 생각이 덜한 것이 명백해 보였다.

'내가 상황이 변하기를 기대하고 있었다니! 근데 그렇다면 저 사람이 왜 여기 온 거지?'

그녀는 혼자 생각했다.

엘리자베스는 다아시가 아닌 다른 사람하고는 대화를 나눌 기분이 아니었다. 그렇지만 그와 얘기를 나눌 용기가 나지 않았다. 다아시의 여동생에 대한 안부를 묻고 나서는 더는 말을 할 수가 없었다.

"선생님이 가버린 뒤로 정말 시간이 많이 흘렀네요."

베넷 부인이 말했다.

빙리는 그 말에 기꺼이 호응해주었다.

"난 선생님이 다시 돌아오지 않을까 봐 걱정했어요. 성 미카엘 축일 때 네더필드 저택을 영영 떠나버릴 거라는 말을 들었거든요. 난 그 말이 사실이 아니었으면 좋겠어요. 선생님이 떠난 뒤로 여기서는 많은 변화가 일어났어요. 샬럿 루카스가 결혼해서 자리를 잡았어요. 그리고 내 딸 중에서 하나도 결혼했고요. 그 소식을 들었을 거예요. 신문에서 보셨을 테니까요. 타임스와 쿠리어 신문에 나왔거든요. 알아야 할 게 다 나오지 않았지만요. 그냥 이렇게만 써놓았어요. '최근에 조지 위컴이 리디아 베넷과 결혼하다'라고요. 리디아 아버지나 리디아가 어디 사는지 등에 대해선 한 구절도 없었고요. 내 동생 가드너가 작성한 글인데, 어떻게 그처럼 일을 처리했는지 모르겠어요. 선생님은 그 신문을 보셨나요?"

빙리는 자기가 그 신문을 봤다면서 두 사람의 결혼을 축하한다는 말을 해주었다.

엘리자베스는 눈을 들 수도 없었다. 그래서 다아시가 어떤 표정이었는지 알 수가 없었다.

베넷 부인이 말을 이었다.

"딸을 좋은 데로 시집보내는 건 즐거운 일이에요. 그치만 빙리 선생님, 딸을 먼 곳으로 보내니 속이 쓰리네요. 걔들이 북쪽에 있는 뉴캐슬로 가버렸는데, 얼마나 거기서 오래 머물지는 모르겠어요. 사위 부대가 거기 있어요. 그전에 있던 부대에서 나와서 정규군으로 들어간 걸 알고 계실지 모르겠어요. 친구들이 좀 있어서 도와줘서 다행이에요. 그 사람 됨됨이로 봐선 친구가 그보다는 많아야겠죠."

다아시 때문에 그렇게 되었다는 사실을 알고 있는 엘리자베스는 창피스러운 마음이 들어서 자리에 가만 앉아 있을 수도 없을 지경이었다. 어떤 말이라도 해야만 했다. 그래서 빙리에게 시골에서 얼마나 머물 예정인지 물어봤다. 그는 몇 주일이 될 거라고 말해주었다.

"거기서 새 사냥을 다 하신 다음에는 여기로 오셔서 우리 구역에서 얼마든지 사냥하세요. 내 남편도 아주 기꺼이 동의할 테고 선생님을 위해 가장 좋은 사냥감을 남겨줄 거예요."

베넷 부인이 말했다. 어머니가 그러한 불필요한 관심을 보여주는 점이 엘리자베스는 점점 더 속이 상했다. 1년 전과 같은 기대감이 지금 다시 되살아난다고 하더라도 다시금 안 좋은 결말로 치달을 거라고 생각했다. 설령 앞으로 몇 년 동안 행복한 나날이 이어진다고 하더라도 제인과 자신이 지금 견디고 있는 혼란스러움을 보상해 줄 수 있을 것 같지 않았다.

엘리자베스는 이렇게 속으로 생각했다.

'내가 지금 바라는 건 이분들 중 어느 누구와도 같이 있지 않는 거야. 이 사람들하고 함께 있어봐야 좋은 결과가 나오지 않을 거라고. 제발 이 사람들을 다시는 보지 말았으면 좋겠어!'

그렇지만 몇 해의 행복한 세월로도 보상될 것 같지 않던 그녀의 비참한 마음은, 제인의 아름다움에 빙리가 다시 경탄하는 것을 봄으로써 어떤 구원을 받았다. 처음에 집 안으로 들어왔을 때는 빙리가 제인에게 거의 말을 하지 않았지만 조금씩 시간이 흐르면서 관심이 더해지는 것으로 보였다. 빙리는 제인을 작년과 동일하게 느꼈다. 그리고 그녀가 그전보다 말을 많이 하지 않았지만 여전히 성격이 좋고 꾸밈없는 마음이라고 생각했다. 한편 제인은 자신이 그전과 달라진 면이 없어 보이도록 애썼고 될 수 있으면 말을 많이 하려고도 노력했다. 그렇지만 마음속에 여러 가지 생각이 가득 차 있어서 자기가 언제 입을 열지 않고 있는지조차 알 수가 없었다.

신사들이 가려고 자리에서 일어났을 때, 베넷 부인은 공손히 대접해야겠다는 생각을 잊지 않고 두 사람에게 며칠 내로 롱본에서 식사를 같이하자고 초대했다.

"빙리 선생님, 우리한테 방문을 한 번 빚지고 계세요. 지난겨울에 런던으로 떠날 때, 돌아오시는 대로 우리하고 식사를 같이하기로 약속하셨지요? 근데 돌아오시지도 않고 식사 약속도 지키지 않아서 내가 얼마나 실망했는지 몰라요."

베넷 부인이 말했다.

빙리는 그러한 말에 약간 당황한 기색이었지만 어떤 일이 생겨서 그렇게 되었다며 사과했다. 그런 다음에 그들은 떠났다.

베넷 부인은 그날 그들이 거기서 식사를 하고 갔으면 하고 내심 바라긴 했다. 그런데 그 식구들이 매일 좋은 식사를 하고 있기는 하지만 단 두 가지 코스로는 장래 사윗감으로 생각하는 사람의 마음을 채울 수 없는 데다 연 수입이 만 파운드나 되는 다아시에게도 어울리지 않을 거라고 여겼다.

12

그들이 떠나자마자 엘리자베스는 기분 전환을 하려고 밖으로 산책을 나갔다. 사실 자기 마음을 아프게 만드는 문제에 대해 다른 사람의 간섭을 받지 않고서 생각하기 위함이었다. 다아시의 행동은 그녀를 놀라게도 하고 화나게도 했다.

'그처럼 말도 안 하고 무뚝뚝한 표정을 지으면서 무관심하게 보이려면 왜 여기 온 거야?'

그녀는 속으로 생각했다. 그렇지만 어떤 속 시원한 대답도 얻을 수 없었다.

"런던에 있을 땐 외숙하고 외숙모한테 상냥하게 대해줬다는데, 왜 나한테는 그런 거야? 나를 두려워한다면 왜 이리 온 거냐고? 그리고 날 이제 좋아하지 않는다면 왜 입을 다물고 있는 거지? 하여간 이상한 사람이야. 앞으로 그 사람 생각은 하지 말아야겠어."

그녀의 결심은 제인이 다가오는 통에 잠시 동안 중단되었다. 언니의 얼굴빛이 밝은 것으로 봐서 언니가 엘리자베스보다 그 사람들의 방문에 대해 더 만족해하는 것 같았다.

"첫 번째 만남이 끝나고 나니 내 마음이 더 편해졌어. 이제 그 사람이 와도 당황하지 않을 자신감이 생겼어. 화요일 날 그 사람이 여기 와서 식사하기로 했는데, 잘된 일이야. 우린 그때 서로에게 관심이 없는 평범한 사이로 만날 수 있겠지."

제인이 말했다.

"그래, 아주 무관심한 사이로 만나야겠지?"라고 엘리자베스가 웃으면서 말해주었고 얼마 있다가 다시 이런 말을 했다.

"아, 언니, 조심하라고."

"리지, 내가 지금 위험에 빠져 있을 정도로 약해 보인다고 생각진 않겠지?"

"내 생각에는 언니가 전처럼 그 사람을 다시 언니한테 빠지게 만들 위험이 아주 높아 보여."

*

그들은 화요일이 되기까지는 그 신사들을 다시 만나지 않았다. 베넷 부인은 앞서 30분간 이루어진 방문 중에 유쾌한 기분의 빙리를 보고 이제 옛날에 꿈꾸던 그 행복한 설계를 다시 머릿속으로 그려보고 있었다.

화요일에 롱본에는 다시 많은 사람이 모였다. 그리고 베넷 집안의 식구들이 기다리던 두 신사는 사냥꾼으로서의 시간 엄수를 위해 제때에 도착했다. 그리고 그들이 식당으로 들어섰을 때 엘리자베스

는 빙리가 예전처럼 제인의 옆자리에 앉는지를 지켜봤다. 베넷 부인 역시 엘리자베스와 같은 생각을 했으므로 빙리를 자기 옆자리에 앉히려는 실수를 범하지 않기로 작정하고 있었다. 식당에 들어서자 빙리는 잠시 동안 망설였다. 그런데 제인이 우연히 자기 주위를 둘러보면서 미소를 짓는 모습을 보고 빙리는 제인의 옆자리에 앉았다.

엘리자베스는 태연한 표정으로 다아시를 바라봤는데 다아시 역시 무관심한 표정으로 엘리자베스의 눈길을 견뎌내고 있었다. 만약 빙리가 미소는 짓고 있지만 약간은 경계하는 표정으로 다아시를 바라보는 모습을 엘리자베스가 보지 못했다면, 빙리는 다아시가 자기에게 눈치를 주는 것을 알아채지 못했을 거라고 엘리자베스는 생각했다.

오찬 시간 동안에 빙리가 제인에게 보여준 관심은, 전보다는 더 조심스럽기는 했지만, 엘리자베스는 만약 빙리 혼자에게 맡겨둔다면 제인과 빙리의 행복은 신속하게 진행될 거라는 생각이 들었다. 엘리자베스가 그런 결과를 믿지는 않았지만, 빙리의 행동을 지켜보는 것만으로도 어떤 즐거움을 느낄 수 있었다. 엘리자베스 자신은 좋은 기분이 아니었기 때문에 그런 모습을 보는 것이 즐거움이었다. 다아시는 엘리자베스에게서 멀리 떨어진 곳에 앉아 있었다. 그는 베넷 부인의 한쪽 옆에 앉아 있었다. 그러한 상태가 다아시나 베넷 부인에게 별로 즐거움을 주지 못한다는 사실을 엘리자베스는 알고 있었다. 엘리자베스는 그 두 사람이 말하는 것을 들을 수는 없었지만, 두 사람이 서로 거의 말이 없으며 말을 하더라도 형식적인 몇 마디를 냉랭하게 주고받는다는 사실을 감지할 수 있었다. 어머니가 그처럼 불친절하게 보였기 때문에, 엘리자베스는 자기 가족이 다아시에게 신세 진 사실 때문에 안타까워질 수밖에 없었다. 그리고 그녀는 그의 자비로움에 대해 자기 가족들이 알거나 느낄 수만 있다면 무엇이든지 감수할 수 있다는 생각을 했다.

엘리자베스는 이제 오후에는 자신과 다아시가 함께 있을 시간이 있지 않을까 하는 기대를 가져봤다. 그냥 형식적인 인사만 하고서 아무런 의미 있는 대화도 이루어지지 않은 채 방문이 끝나버리리라고 생각하지 않았다. 그처럼 마음이 초조했기 때문에, 신사들이 나타나기 전에 그녀가 거실에서 기다리는 시간이 지루하고 따분하기만 했다. 그녀가 그날의 즐거움을 누릴 수 있는 시간은 그때뿐이라고 생각하고서 그들을 기다리고 있었다.

'만약 이번에도 내 곁으로 오지 않는다면 이제 저 사람을 영영 포기해버릴 거야.'

그녀는 속으로 생각했다.

신사들이 거실로 들어왔고, 이제 그녀는 다아시가 자신의 예상대로 행동하지 않을까 생각했다. 그렇지만! 제인이 차를 따르고 엘리자베스가 커피를 따르는 테이블에 사람들이 몰려 있었기 때문에 엘리자베스의 주변에는 의자 하나 놓을 공간도 없었다. 그리고 신사들이 다가왔을 때 여자들 중의 하나가 엘리자베스에게로 더 가까이 다가와서 낮은 목소리로 이렇게 말했다.

"저 남자들이 우릴 갈라놓지 못하게 하자. 우린 남자들이 필요치 않잖아?"

다아시는 이제 거실의 다른 한쪽으로 가버렸다. 그녀는 그가 가는 쪽을 바라봤고, 그가 말을 거는 사람마다 부러워했으며, 신경질이 났기 때문에 다른 사람에게 커피를 따라주는 것도 싫어졌다. 자기가 그처럼 어리석은 생각을 했다는 사실에 짜증이 났다.

'내가 한 번 거절해버린 사람인데! 저 사람의 사랑을 다시 바란다는 게 얼마나 바보 같은 짓이야! 같은 여자에게 두 번씩이나 청혼하는 그런 어리석은 사람이 어디 있겠냐고. 그처럼 자존심 상하게 만들어버렸는데.'

이렇게 속으로 생각했다.

그런데 다아시가 자기 커피잔을 갖고 다가오는 모습을 보고서 다소 힘을 얻었고 그 기회를 잡아서 이렇게 물어봤다.

"동생 분이 아직 펨벌리에 계세요?"

"예, 거기서 크리스마스 때까지 있을 거예요."

다아시가 대답했다.

"혼자서요? 아는 사람들은 모두 떠났나요?"

"에임슬리 부인이 동생하고 함께 있어요. 다른 사람들은 스카보로로 떠난 지 3주 됐어요."

엘리자베스는 다른 어떤 할 말을 찾을 수가 없었다. 그렇지만 다아시가 그녀에게 무슨 말이라도 해보기를 원했더라면 성공할 수 있었을 것이다. 그런데 다아시는 아무 말도 하지 않고서 몇 분 동안 그녀 옆에 서 있다가는 어떤 여자가 엘리자베스에게 다시 말을 걸자 다른 곳으로 가버렸다.

차 마시는 시간이 끝나고 카드 테이블이 차려지자 숙녀들은 모두 일어섰고 이제 엘리자베스는 다아시와 함께 어울리는 것을 기대하게 되었다. 그렇지만 휘스트놀이에 사람 수가 부족하다는 베넷 부인의 말에 다아시가 그쪽으로 앉아버리자 그런 희망은 물거품이 돼버렸다. 이제 그녀는 즐거움에 대한 기대를 모두 잃어버렸다. 두 사람은 각각 다른 테이블에 앉아 있었고, 엘리자베스는 다만 다아시가 가끔씩 자기가 있는 테이블로 눈길을 주는 통에 그도 엘리자베스 자신만큼이나 재미없는 시간을 보냈으면 하고 바라는 마음 말고는 다른 것을 기대할 수 없었다.

베넷 부인은 네더필드의 신사들을 저녁 식사 때까지 붙잡아둘 생각을 하고 있었다. 그렇지만 그들의 마차가 다른 손님들의 마차보다 먼저 와버렸기 때문에 그들을 묶어둘 방도가 없었다.

자기 가족들끼리만 남게 되었을 때 베넷 부인이 이렇게 말했다.

“얘들아, 오늘 어땠지? 나는 아주 잘 보낸 거 같은데 말야. 식사가 어느 때보다도 성공적이었어. 사슴고기도 요리가 잘됐고. 허릿살이 그처럼 풍부한 건 처음이라고 모두가 말하더라고. 수프도 우리가 지난주에 루카스네 집에서 먹은 것보다 훨씬 맛있었고, 메추라기는 다아시도 요리가 잘됐다고 칭찬을 하더군. 다아시네 집에선 프랑스 요리사가 두세 명은 될 텐데 말야. 그리고 제인, 넌 오늘처럼 예뻐 보인 때가 없었어. 내가 롱 부인한테 물어보니까 그 부인도 그렇게 말하더라. 그리고 또 무슨 말을 했는지 알아? ‘오, 베넷 부인! 이젠 네더필드 저택에서 제인을 볼 수 있겠군요.’ 이러더라고. 롱 부인은 정말 좋은 사람이야. 그리고 그 부인 조카들도 얼굴은 별로지만 성격은 그지없이 좋아.”

간단히 말해서 베넷 부인은 아주 기분이 좋았다. 빙리가 제인에게 어떻게 대하는지를 충분히 봤고, 이제 빙리를 사위로 맞을 수 있다고 확신했다. 기분에 들뜬 나머지 자기 가족에게 유리한 쪽으로 기대하는 것이 지나쳐서, 그 이튿날로 빙리가 다시 와서 청혼하지 않자 실망한 기색이 역력했다.

제인은 엘리자베스에게 이런 말을 했다.

“상당히 보람 있는 날이었어. 초대하는 손님들도 잘 선택했고 모두가 잘 어울렸어. 그런 모임이 자주 있었으면 좋겠는데.”

엘리자베스가 미소 지었다.

“리지, 넌 그러면 못써. 날 의심하면 안 된다고. 네가 그런 식으로 날 바라보면 기분이 나빠져. 난 이제 그 사람을 그냥 센스 있는 좋은 사람으로, 대화를 즐길 수 있는 사람으로 여길 뿐 그 이상의 바람은 없어. 그 사람이 내 애정을 얻을 의도가 없다는 게 난 만족스러워.

그 사람은 단지 다른 사람들보다 말을 상냥하고 유쾌하게 하는 데 소질이 있을 뿐이야."

"언니는 너무 잔인해. 웃지도 못하게 하면서도 시시때때로 날 웃게 만드니 말야."

"남들을 믿게 하기가 이처럼 힘든 경우도 있나?"

"그게 아예 불가능한 경우도 있지."

"넌 왜 내가 인정하는 이상의 감정을 갖게 하려고 날 설득하는

거니?"

"그건 내가 대답하기 어려운 문제야. 우린 우리가 알아야 할 가치가 없는 것만 가르칠 수 있으면서도 모두가 상대방에게 무언가 가르쳐주기를 바란다고. 날 이해해줘. 그리고 언니가 빙리 씨에 대해 무관심만 강조한다면 날 더는 언니 속마음을 털어놓을 수 있는 사람으로 생각하지 말아줘."

13

그 방문이 있고 며칠이 지난 후에 빙리가 다시 혼자서 롱본을 방문했다. 친구 다아시는 그날 오전에 런던으로 갔는데, 10일 후에 돌아온다고 했다. 그는 베넷 가족과 한 시간 동안 앉아 있었는데 아주 기분이 좋아 보였다. 베넷 부인이 같이 식사를 하자고 제안했지만 빙리는 미안하다는 말을 하면서 다른 곳에 약속이 있어서 불가능하다고 했다.

"다음에 방문할 때는 꼭 식사도 하고 가세요."

베넷 부인이 말했다. 그는 언제든지 기꺼이 그렇게 하겠다고 했다. 그리고 베넷 부인이 허락하기만 한다면 될 수 있는 한 빨리 방문하겠다고 말해주었다.

"내일 올 수 있을까요?"

그가 내일은 아무 약속이 없다고 말하자 베넷 부인의 초청은 주저없이 받아들여졌다.

그가 왔는데, 제시간에 일찍 당도했기 때문에 여자들은 아직 옷도 제대로 갖추어 입지 않은 상태였다. 베넷 부인은 화장용 가운을 걸친 채 머리 손질은 반쯤 하다 만 상태로 딸의 방으로 뛰어들어가 소리 질렀다.

"제인, 빨리 내려가봐. 그 사람이 왔어. 빙리가 왔다고. 정말 왔단 말야. 빨리 서둘러. 서두르라고. 사라, 빨리 제인한테로 가서 옷 입는 것 좀 도와줘. 리지 머리 손질은 잊어버리고."

"될 수 있는 한 빨리 내려갈게요. 그치만 키티가 우리보다 더 빨리 내려갈 거예요. 반 시간 전에 이미 위층에 올라왔으니까요."

제인이 말했다.

"아, 키티는 신경 쓰지 마! 키티가 무슨 볼일이 있다고 그래? 빨리 빨리 서둘러. 머리띠는 어디 있는 거니?"

그렇지만 어머니가 가버리자 제인은 동생 중 하나를 대동하지 않고는 내려가지 않으려고 했다.

둘만 같이 있게 하려는 베넷 부인의 생각은 오후에도 그대로 이어졌다. 차 마시는 시간이 끝난 후에 베넷은 평소의 습관대로 자기 서재로 갔고 메리는 위층의 피아노 있는 곳으로 올라갔다. 다섯 장애물 가운데 둘이 제거되자 베넷 부인은 한동안 엘리자베스와 캐서린을 바라보고 눈짓을 하면서 자리를 피하도록 하려고 노력해봤다. 그렇지만 엘리자베스는 어머니를 바라보지도 않았고, 키티는 결국 어머니를 보고는 순진하게 이렇게 말했다.

"왜 그러세요? 어머니, 왜 나한테 계속 눈짓을 하는 거예요? 내가 뭘 해야 하는데요?"

"아니, 아무것도 아니다. 왜 너한테 내가 눈짓을 하겠니?"

그러고 나서 베넷 부인은 5분 정도 아무 말도 하지 않고 앉아 있었다. 그렇지만 귀중한 시간을 낭비할 수 없다고 생각하고는 갑자기 일어나서 키티에게 말했다.

"이리 오렴, 키티. 너한테 할 말이 있어."

그리고 키티를 데리고 나갔다. 제인은 즉시 엘리자베스를 바라보면서 자기의 난처한 상황을 일깨웠고, 그래서 엘리자베스가 나가지 못하게 했다. 그렇지만 몇 분 후에 베넷 부인이 문을 반쯤 열고 엘리자베스를 불렀다.

"리지, 너한테 할 말이 있단다."

엘리자베스도 나가지 않을 수 없었다.

"저 둘만 남겨두는 게 좋다고. 키티하고 난 위층 방에 있을게."

홀로 나오자마자 베넷 부인이 말했다.

엘리자베스는 어머니와 논쟁하려고 하지 않았고, 조용히 홀에 있다가 어머니와 키티가 시야에서 사라지자 거실로 들어갔다.

그런데 베넷 부인의 그날 계획은 성공적이지 못했다. 빙리의 행동은 모든 면에서 마음에 들었지만 자신이 제인의 연인이라는 공언은 하지 않았다. 그가 편안하고 명랑한 상태였기 때문에 나머지 오후 시간을 유쾌하게 보낼 수 있었다. 베넷 부인의 쓸데없는 잔소리나 양식 없는 언사를 참을성 있게 들어준 점이 제인은 매우 고마웠다.

그는 저녁 식사 때까지 머물러달라는 요청을 할 필요도 없을 정도였다. 그리고 그가 떠나기 전에 그와 베넷은 다음 날 오전에 같이 사냥하기로 약속을 했다.

그날 이후로 제인은 빙리에 대한 자신의 무관심에 대해서는 한마디도 하지 않았다. 빙리에 관해 제인과 엘리자베스 사이에 어떤 얘기도 오가지 않았다. 그렇지만 엘리자베스는 만약 다아시가 예정보다 일찍 돌아오지만 않는다면 일이 신속하게 성사될 거라는 희망을 갖고서 그날 잠자리에 들었다. 그런데 마음속 깊이 한편으로 그녀는 그 일이 다아시의 동의하에 진행되는 게 아닌가 하는 생각이 들기도 했다.

빙리는 약속 시간에 와주었고, 그와 베넷은 미리 정한 바대로 사냥을 하면서 그날 오전을 보냈다. 베넷은 빙리의 예상보다 더 호감을 주었다. 그리고 빙리에게는 베넷이 놀려댈 만한 어리석음이나 주제넘은 면도 없었다. 또한 베넷이 보기에 빙리가 예전에 보던 모습과 달리 말도 많이 하고 괴팍하게 굴지도 않았다. 물론 빙리는 베넷과 함께 오찬 때 나타났다. 그리고 오후가 되자 다른 사람을 모두 제외시키고 두 사람만 함께 있게 하려는 베넷 부인의 계획이 다시 시작되었다. 엘리자베스는 차 마시는 시간이 끝난 후에 편지 쓸 일이 있었기 때문에 다른 방으로 들어갔다. 두 사람을 제외한 나머지는 다른 방에서 카드놀이를 하려고 앉았고, 이제 베넷 부인의 구상에 방해가 될 일은 없었다.

그런데 엘리자베스가 편지 쓰기를 끝내고 거실로 돌아갔을 때, 어머니가 그들을 다른 사람들과 떼어놓으려 했던 게 아주 영리했다는 사실을 알고는 놀라지 않을 수 없었다. 문을 열었을 때 제인과 빙리가 무슨 진지한 대화를 나누는 듯 난로 앞에 서 있었다. 그리고 그것만으로 섣불리 짐작할 수는 없다 해도, 두 사람이 엘리자베스를 보자마자 얼굴색이 달라지면서 서로에게서 떨어지려고 하는 모습에서 모든 사실을 알 수 있었다. 그들의 상황이 어색하기 짝이 없었다. 엘리자베스가 더 당황하지 않을 수가 없었다. 세 사람 사이에 어떤 말도 오가지 않았다. 그런데 엘리자베스가 그 방에서 나가려고 하자 함께 자리에 앉았던 빙리가 갑자기 일어나서는 제인에게 몇 마디 하고 방에서 나갔다.

제인은 좋은 일이라면 엘리자베스에게 숨기는 법이 없었다. 그녀는 벅찬 감정으로 엘리자베스를 안으면서, 자기가 이 세상에서 가장 행복한 사람이라고 말했다.

"너무 좋은 일이야! 나한테 너무 과분해. 아, 어떻게 내가 세상에서 가장 행복한 사람이 됐을까?"

제인이 소리 질렀다. 엘리자베스는 진심으로 축하한다는 말을 건넸지만 어떻게 간단하게 말로 표현할 수 없었다. 그녀가 하는 한마디 한마디가 제인에게 행복감을 전해주었다. 그렇지만 제인은 지금 동생하고만 있을 수가 없었고 자기가 하고 싶은 말의 반도 표현할 수 없었다.

"어머니한테 빨리 가야겠어! 어머니가 그렇게 걱정해주셨는데 가만있을 수 없지. 어머니가 나 아닌 다른 사람한테서 이 소식을 들으면 안 되잖아. 빙리 씨는 아버지한테 갔어. 오, 리지, 내가 전하는 말이 우리 가족한테 큰 기쁨을 주겠지? 이런 엄청난 행복을 내가 어떻게 감당할 수 있을까?"

제인이 소리 질렀다. 그리고 어머니에게로 갔는데, 어머니는 일부러 카드놀이를 일찍 마치고는 위층에서 키티와 함께 앉아 있었다.

엘리자베스는 혼자 앉아 있었는데, 그동안 그토록 긴 시간에 걸쳐 가슴을 졸이던 일들이 이제 이렇게 최종적으로 해결되고 나니 미소를 짓지 않을 수 없었다.

'다아시가 그처럼 꾸며논 계획에 종지부를 찍는군. 빙리 누이동생의 책략도 끝장이 나는 거고! 가장 행복하게, 현명하게 결말이 난 거지!'

엘리자베스는 속으로 생각했다.

몇 분 후에 아버지와 얘기를 간단하게 끝내고 빙리가 들어왔다.

"언니는 어디로 갔죠?"

그가 방문을 열면서 급하게 물었다.

"어머니하고 위층에 있어요. 조금 있으면 내려올 거예요."

다음에 빙리는 문을 닫고 엘리자베스가 있는 곳으로 와서는 자신에게 행복한 장래를 기대한다는 말을 해달라고 했다. 엘리자베스는 두 사람의 좋은 결합이 진심으로 기쁘다고 말했다. 그들은 축하하는 의미의 악수를 했다. 그 뒤로 제인이 내려오기 전까지 빙리가 하는 모든 말을 들어주었는데 자신이 얼마나 행복한 사람인지 제인이 얼마나 완벽한 사람인지 등을 얘기했다. 그리고 엘리자베스는 빙리가 지금 사랑에 빠진 상태이기는 하지만, 그의 행복에 대한 설계가 제인의 영리함이나 이해력 등으로 견주어볼 때, 그리고 제인과 빙리 사이의 성격이나 유사한 취향 등으로 볼 때 근거가 확실하다고 믿었다.

그날의 오후는 모든 사람에게 아주 기쁜 시간이었다. 제인은 마음이 들떠서 다른 어느 때보다도 아름답게 보였고 생기가 넘쳐흘렀다. 키티는 활짝 웃으면서 이제 자기 차례도 곧 돌아왔으면 한다는 말을 했다. 베넷 부인은 자기 감정을 주체할 수 없는 상태였고, 일이 너무나 잘 해결되었다고 했으며, 빙리와 반 시간 정도 다른 얘기는 하지 않고 그 일에 대해서만 얘기했다. 그리고 저녁 식사 시간에 함께한 베넷도 그의 목소리나 태도로 미루어볼 때 진심으로 기뻐하는 것 같았다.

베넷은 방문객이 돌아가기 전까지 그 일에 대해 일언반구도 내비치지 않았다. 그렇지만 빙리가 가고 나자 제인을 돌아보면서 말했다.

"제인, 축하한다. 넌 아주 잘해나갈 수 있을 거야."

제인은 아버지한테로 가서 뺨에 키스하고 감사의 말을 전했다.

"넌 좋은 애야. 네가 행복하게 자리를 잡을 걸 생각하니 내 마음이 아주 기쁘구나. 난 너희 두 사람이 아주 잘살 것을 의심치 않는단다. 두 사람 성격이 아주 비슷해. 둘 다 남의 말을 너무 잘 들으니 고민해야 할 일이 없을 거야. 다만 둘 다 너무 관대하니 하인들이 속이기만 할 테고, 너무 마음이 후하니 항상 지출이 수입을 초과할 수 있어."

베넷이 말해주었다.

"안 그럴 거예요. 금전 문제에서 무분별한 건 내가 용인할 수 없어요."

"수입을 초과한다고요? 오, 말도 안돼요. 그 사람 수입이 1년에 4, 5천 파운드는 되고 그보다 많을지도 모르는데."

베넷 부인이 소리 질렀다. 그러고 나서 제인을 보고 이렇게 말해주었다.

"오, 제인! 난 너무너무 행복하구나! 오늘 밤은 한잠도 잘 수가 없겠어. 난 그렇게 될 줄 알고 있었단다. 네가 얼굴값은 할 줄 알았다고! 그 사람이 작년에 하트포드셔에 처음 나타났을 때 두 사람이 결국은 이렇게 맺어질 줄 예상했지. 오, 그 사람보다 잘생긴 사람도 이 세상에 없을 거야."

베넷 부인은 위컴과 리디아는 모두 잊어버렸다. 이제 제인이 가장 호감 가는 딸이 되었다. 지금 이 시간에 베넷 부인은 다른 어떤 것도 생각지 않았다. 제인의 동생들은 앞으로 제인이 해줄 수 있는 것에 대해 이런저런 부탁을 늘어놓았다. 메리는 네더필드 저택의 서재를 이용할 수 있게 해달라고 했고, 키티는 겨울철에 몇 차례 무도회를 열어달라고 했다.

빙리는 이제 매일 롱본에 나타나는 방문객이 되었다. 아침 식사를 하기 전에도 왔고, 오기만 하면 항상 저녁 식사 때까지 머물러 있었다. 귀찮은 이웃이 빙리를 식사에 초대해 어쩔 수 없이 받아들여야 하는 경우를 제외하고는 항상 베넷의 식구와 함께했다.

엘리자베스는 이제 제인과 얘기할 시간이 거의 없었다. 빙리가 있는 동안에는 제인이 다른 사람과 시간을 보낼 수 없었다. 그렇지만 엘리자베스는 두 사람이 떨어져 있을 때는 두 사람 모두에게 자기가 상당히 쓸모 있다는 사실을 알게 되었다. 제인이 없을 때는 빙리가 엘리자베스에게 다가와서 제인에 대한 얘기를 하는 즐거움을 누렸다. 그리고 빙리가 없을 때는 제인이 빙리에 대해 얘기하면서 엘리자베스와 시간을 보냈다.

"지난봄에 내가 런던에 있었다는 걸 그 사람이 몰랐다는데 그 말을 들으니 기분이 좋아지더구나. 난 그럴 거라고 전혀 생각 못했거든."

제인이 엘리자베스에게 얘기했다.

"난 그랬을 거라고 생각했어. 근데 누구 때문에 그렇게 된 거지?"

엘리자베스가 물어봤다.

"동생이 그랬을 거야. 그 사람 누이들은 내가 그 사람하고 교제하는 게 맘에 들지 않았던 거지. 여러 가지 면에서 나보다 훨씬 더 나은 사람을 선택할 수도 있으니 당연해. 그치만 내가 자기 오빠하고 같이 잘사는 걸 보면 만족할 거야. 우린 다시 좋은 관계가 될 수 있을 거야. 옛날에 좋았던 때의 우정은 회복할 수 없을지 모르지만."

"그 말은 언니 입에서 나온 말 중에서 가장 야박한 소리일 거야. 언니는 너무 착해. 언니가 다시 캐럴라인한테 당하는 걸 보면 내가 참지 못할 거야."

"리지, 작년 11월에 그 사람이 런던으로 떠나버렸을 때 그 사람이 사실은 나를 진실로 사랑했는데 내가 무관심해 보여서 다시 돌아오지 않은 거래. 이걸 믿을 수가 있니?"

"그 사람이 실수를 범한 거지. 그치만 그건 그 사람이 겸손하다는 점을 증명하기도 해."

그 말이 나오자 제인은 빙리가 무슨 결정을 쉽게 안 하며 자기의 좋은 자질을 폄하하는 사람이라는 찬사를 늘어놓았다.

엘리자베스는 다아시가 개입된 사실을 빙리가 얘기하지 않은 점을 알고는 다행으로 여겼다. 제인이 아주 마음이 넓고 남을 쉽게 용서하는 성격이기는 하지만 그러한 상황은 다아시에게 편견을 갖게 할 것 같았기 때문이다.

"난 정말 세상에서 가장 운 좋은 여자야. 오, 리지! 왜 가족 중에서 내가 선택되어 이런 행복을 누리는 걸까? 너도 나만큼 행복해져야 할 텐데! 너한테도 빙리 같은 좋은 사람이 나타나야 할 텐데!"

제인이 소리 질렀다.

"언니가 그런 사람을 마흔 명쯤 데려다준다고 해도 난 언니만큼 행복해질 수 없을 거야. 언니 같은 성격이나 언니 같은 선량한 마음씨를 갖기 전까지는 내가 언니처럼 행복해질 수 없을 거라고. 내 일은 내가 알아서 처리할게. 만약에 운이 좋다면 콜린스 같은 사람이 다시 나타나서 청혼을 할지도 모르지."

롱본의 가족에게 일어난 일은 오랫동안 비밀이 될 수가 없었다. 베넷 부인이 필립스 부인에게 슬그머니 알려주었고, 필립스 부인은 누구의 허락도 없이 그 소식을 메리튼 사람들에게 얘기했다.

리디아가 도망쳤던 불과 수주일 전에는 악운이 낀 집구석이라는 말까지 나돌았던 베넷의 집안이 이제 세상에서 가장 운 좋은 집안으로 불렸다.

14

빙리와 제인이 혼인을 약속한 지 1주일이 지난 어느 날 오전에 빙리와 그 집안 사람들이 식당에 앉아 있을 때 마차 소리가 들려왔다. 그 소리에 사람들이 유리 창문으로 내다보자 4두마차 한 대가 정원을 거쳐 다가오는 모습이 보였다. 오전 이른 시각에 누가 방문할 리가 없었고 마차를 보니 그 근처 사람들의 것과는 달랐다. 말도 색다르고 하인들도 보통의 하인들이 아니었다. 그렇지만 누가 방문하는 것은 확실해 보였으므로 그 때문에 방해받고 싶지 않은 빙리는 제인에게 근처의 숲으로 산보나 가자고 했다. 두 사람이 밖으로 나갔고 나머지 세 사람은 방문객이 누군지 추측해보려고 했지만 아무 소용도 없었다. 결국 문이 열리면서 방문객이 나타났다. 캐서린 드 버그 여사였다.

그들은 모두 뭔가 놀라운 일이 벌어질 것을 짐작하기는 했지만 그 놀라움이란 그들의 예상을 넘어섰다. 베넷 부인과 키티는 그 여

자가 누구인지도 몰랐지만 놀라움은 엘리자베스보다도 컸다.

캐서린 여사는 아주 무례한 태도로 집 안으로 들어와서는, 엘리자베스가 하는 인사에 그냥 고개만 끄덕해 보였고 아무 말도 없이 자리에 앉았다. 엘리자베스는 캐서린 여사가 소개를 부탁하지는 않았지만 자기 어머니에게 그 여자가 누군지 말해주었다.

베넷 부인은 그처럼 지체 높은 사람이 찾아왔다는 사실에 놀라움을 금치 못하면서 매우 공손한 태도로 그녀를 맞이했다. 캐서린 여사는 잠시 동안 말없이 앉아 있다가 무뚝뚝한 표정으로 엘리자베스에게 말했다.

"그동안 잘 있었겠지, 엘리자베스. 저분은 어머님이신 거 같군."

엘리자베스는 짤막하게 그렇다고 대답해주었다.

"그리고 저 여자는 여동생인가?"

베넷 부인이 반가운 표정으로 캐서린 여사에게 대답해주었다.

"그렇답니다, 여사님. 밑에서 두 번째 딸이죠. 막내딸은 최근에 결혼했고 맏딸은 이제 곧 우리 가족이 될 젊은이하고 함께 지금 산책을 하고 있답니다."

"여기 정원은 아주 작군요."

잠시 침묵을 지킨 후에 캐서린 여사가 이런 말을 했다.

"로싱스에 비하면 아무것도 아니죠. 그치만 윌리엄 루카스네 정원보다는 훨씬 더 넓어요."

"이 거실은 여름날 오후에 앉아 있기에 아주 좋지 않아 보이는군요. 창문이 모두 서쪽으로 나 있으니 말이에요."

베넷 부인은 자기 가족이 점심 식사 후에는 거의 거기에 앉지 않는다고 말해주고 다음과 같이 추가했다.

"실례지만 여사님이 떠나올 때 콜린스네 식구들은 잘 있었는지 궁금하군요."

"그래요. 그제 밤에 내가 봤었죠."

엘리자베스는 이제 캐서린 여사가 샬럿이 자기에게 보내는 편지를 꺼내줄 것을 기대했다. 그 여자가 거기에 온 목적은 그것밖에 없다고 봤기 때문이다. 그렇지만 편지는 나오지 않았고, 그래서 엘리자베스는 완전히 어리둥절해졌다.

베넷 부인은 아주 공손한 태도로 캐서린 여사에게 먹을 거라도 좀 갖다주겠다고 물어봤는데, 캐서린 여사는 아주 단호하게, 그리고 아주 공손하지 못한 태도로 아무것도 먹지 않겠다고 말했다. 그리고 자리에서 일어나 엘리자베스에게 말했다.

"엘리자베스 양, 잔디밭 한쪽에 개간하지 않은 땅이 있는 듯한데, 나하고 함께 동행해준다면 거기를 한번 둘러보고 싶군."

"어서 가봐. 가서 여사님께 여기저기 산책길을 보여드려. 암자도 한번 보여드리면 좋아하실 거야."

베넷 부인이 이렇게 말했다.

엘리자베스는 자기 방으로 올라가서 양산을 가지고는 다시 아래층으로 내려가서 귀하신 손님을 모시게 되었다. 캐서린 여사는 홀을 지나가면서 식당으로 통하는 문이나 다른 거실로 통하는 문을 열어보고는 그 방들이 괜찮아 보인다는 말을 한 다음에 계속해서 걸어나갔다.

캐서린 여사의 마차는 집 문 앞에 서 있었는데, 엘리자베스는 캐서린 여사의 시녀가 마차 안에 있는 모습을 봤다. 두 사람은 숲으로 이어지는 자갈길을 따라서 말없이 걸어갔다. 엘리자베스는 평소보다 무례하고 불유쾌하게 보이는 여자에게 굳이 자기가 먼저 말을 붙이려는 노력을 하지 않기로 작정하고 있었다.

'이 여자를 어떻게 다아시 같은 조카하고 닮았다고 보겠어?'

그녀는 캐서린 여사의 얼굴을 바라보며 속으로 생각했다.

숲으로 들어서자 캐서린 여사가 이제 말을 붙이기 시작했다.

"엘리자베스, 내가 이곳으로 온 이유를 알겠지? 마음속으로, 그리고 양심상으로 알고 있을 거야."

엘리자베스는 그저 놀란 표정으로 그녀를 바라봤다.

"뭘 잘못 알고 계시는 모양인데요, 여사님이 이곳에 오신 이유를 전혀 모르고 있습니다."

그 말에 캐서린 여사가 성난 목소리로 말했다.

"엘리자베스, 나하고 농담할 생각은 마. 아가씨가 아무리 제멋대로 나가려 해도 난 거기 맞춰주지 않을 거야. 난 무슨 일이든 진지하고 솔직하게 대하지. 그리고 이번 일은 더욱 아무렇게나 처신할 수 없는 거야. 이틀 전에 내가 아주 놀라운 소식을 들었어. 아가씨 언니가 아주 좋은 집안과 결혼하게 됐고, 아가씨도 바로 내 조카 다아시하고 결혼하게 될 거라는 소식을 들었지. 그런 말은 소문에 불과한 허황된 걸 테고, 내가 그런 말을 믿어서 내 조카를 욕되게 할 생각도 없지만, 그 말을 듣는 즉시 이리로 출발했지. 내 생각이 어떤지를 말해주려고 말이야."

"그 소문을 믿지 않으신다면 왜 굳이 이곳까지 오셨는지 알 수가 없군요. 무엇 때문에 오신 거죠?"

놀라움과 모멸감으로 얼굴이 붉어지면서 엘리자베스가 물어봤다.

"말이 되지 않는다는 사실을 밝히기 위해서지."

"여사님이 롱본에 와서 저와 제 가족을 만나는 것은 오히려 그 반대를 입증하는 셈이 될 텐데요? 만약에 그런 말이 돌고 있다면 말이죠."

"만약에? 그럼 그 사실을 모르고 있다는 건가? 아가씨가 고의로 퍼뜨리지 않았단 말이야? 그 소문이 사방으로 널리 퍼져 있다는 사실을 모른다고?"

"그런 소문이 돈다는 말을 들어본 적이 없어요."

"그렇다면 그게 아무 근거가 없는 말이라고 단언할 수 있나?"

"전 여사님만큼 솔직하다고 말씀드리지는 않겠습니다. 저한테 질문하실 수는 있지만 제가 거기에 다 답변해드릴 수는 없을 겁니다."

"참을 수 없는 일이군, 엘리자베스. 난 모든 것을 알아야겠어. 내 조카가 그대한테 청혼을 했나?"

"그건 말이 되지 않는다고 여사님이 말씀하신 거 같군요."

"당연히 그렇지. 다아시가 이성적으로 생각하는 한은 그게 당연하지. 그렇지만 아가씨가 유혹을 해서 다아시가 자신과 가족에 대한 본분을 망각해버렸을 수도 있어. 그렇게 꾀었을 수도 있지."

"만약 제가 그랬다면 그 사실을 스스로 자백할 가능성은 없죠."

"엘리자베스, 내가 어떤 사람인지 알고 있나? 난 그런 말 듣는 데 익숙지 않은 사람이야. 난 다아시하고 가장 가까운 친척이고 다아시의 모든 일을 알 권리가 있는 사람이야."

"그치만 저에 대해서만은 알 권리가 없으실 거예요. 더구나 이런 태도로 나오신다면 제가 뭔가 밝히기를 기대하시지는 말아야 할 겁니다."

"내가 확실하게 말해주지. 아가씨가 바라는 그런 결혼은 절대 이루어질 수 없어. 절대로 안 돼. 다아시는 내 딸하고 결혼하기로 약속돼 있어. 여기에 대해서는 뭐라고 할 텐가?"

"한말씀만 드리죠. 만약 그 말이 사실이라면 다아시가 저한테 어떤 청혼도 할 수 없을 거라는 점을 여사님은 알고 계실 텐데요."

캐서린 여사는 잠시 머뭇거리다가 이렇게 말했다.

"두 사람 사이의 약속은 좀 특이한 경우지. 두 사람이 아기였을 때부터 서로 짝이 되기로 정해져 있었던 거야. 그게 다아시 어머니의 소망이기도 했고 내 소망이기도 했어. 두 사람이 아기 때 우린 이미 약속했다고. 근데 이제 우리 두 자매의 소원이 이루어지려고 하는 순간에, 태생도 열악하고 지위도 없고 우리 가문과는 전혀 관계없는 아가씨가 가로막을 수 있는 거야? 다아시 가문 사람들의 바람은 전혀 안중에도 없나? 내 딸 드 버그 양하고의 묵시적인 약속이 안중에 없냐고? 교양이나 예의 같은 건 전혀 생각하지 않는 거야? 다아시가 오래전부터 사촌과 맺어지기로 돼 있다는 내 말을 들어보지 못했나?"

"예, 전에 들어봤죠. 근데 그게 저하고 무슨 관계가 있죠? 제가 여사님 조카하고 결혼하는 데 다른 문제가 없다면, 다아시 씨 어머니하고 이모님께서 다아시 씨가 드 버그 양과 결혼하기를 바라고 있다는 점을 내가 안다고 해도 거기서 물러서진 않을 거예요. 여사님하고 여사님 동생은 그러한 계획을 세우는 데 자기 할 일을 한 거예요. 그치만 그 계획을 완결하는 건 다른 사람 몫이에요. 만약 다아시 씨가 지위로 보나 성격으로 보나 자기 사촌과 결혼하는 데 얽매여 있지 않다면 그 사람이 다른 결정을 못할 이유가 있나요? 그리고 그 선택이 저라면 제가 그 사람을 받아들여서는 안 될 이유라도 있나요?"

"명예, 가문과의 관계, 부모들의 의향, 아니 이해관계가 그걸 금하고 있지. 맞아, 이해관계야. 만약에 사람들의 뜻에 거슬러서 악의적으로 아가씨가 행동한다면 그 사람 가족이나 친지들에게 인정받을 생각은 버려야 할 거야. 다아시하고 관련된 모든 사람이 아가씨를 비난하고 경멸할 거야. 그러면 그런 결혼은 불명예가 되는 거지. 우리 모두가 아가씨 이름 자체를 언급하지도 않을 거야."

"그렇다면 아주 큰 불행이 되겠군요. 그치만 다아시 부인이 되면 다른 특별한 행복을 보장받을 수 있을 테니 전체적으로는 그런 결혼을 후회할 필요가 없을 거 같군요."

엘리자베스가 응수해주었다.

"아주 고집 센 여자로군! 내가 아가씨를 만난 것 자체가 창피스러워! 이게 지난봄에 내가 베푼 호의에 대한 보답인가? 나한테 빚진 게 없냐고!"

그러고 나서 다시 다음과 같이 말을 이었다.

"자, 앉아서 내 말을 들어보라고. 내가 여기 온 목적은 내 목표를 관철시키기 위해서야. 난 어떤 식으로든 단념하지 않아. 난 누구 변덕 때문에 단념하는 사람이 아니라고. 난 실망하고는 못 견디는 사람이야."

"그렇게 생각하시면 현재로선 상황이 점점 더 나빠질 수밖에 없겠군요. 그렇다고 해도 저한테는 아무 영향도 미치지 않을 겁니다."

"내 말 끊지 말고 조용히 들으라고. 내 딸하고 조카는 꼭 결혼하게 돼 있어. 두 사람 다 어머니 쪽은 귀족 출신이고, 아버지 쪽은 작위는 없더라도 사람들한테 공경받는 명예스럽고 유서 깊은 가문 출신이야. 양쪽 다 재산도 막대하지. 양가의 모든 사람이 둘이서 결혼해야 한다고 생각하고 있다고. 근데 누가 그들을 갈라놓을 수 있단 말이지? 가문도 별로고 재산도 없는 한 여자가 별안간 나타나서 방해할 수 있는 거야? 이런 걸 어떻게 참을 수가 있겠어! 그런 일이 있어선 안 된다고. 아가씨가 양식 있는 여자라면 자기가 자라온 테두리를 벗어나지 말아야 하는 거야."

"여사님 조카하고 결혼한다고 해서 제가 그 테두리를 벗어난다고는 생각지 않습니다. 그 사람은 신사이고 저도 신사의 딸이에요. 그 점에서 우린 동등하죠."

"그래, 아가씬 신사의 딸이야. 그치만 아가씨 어머니는 어떻지? 아가씨 이모, 이모부, 외숙, 외숙모 등은 어떠냐고? 나는 그들이 어떤 사람인지 이미 다 알고 있다고."

"내 친척들이 어떤 사람이든 간에 여사님 조카가 그들에 대해 반대하지 않는다면 여사님하곤 아무 관계가 없는 거죠."

"단정적으로 말하는데, 결혼을 약속했나?"

엘리자베스가 캐서린 여사의 요구대로 따르지 않기로 했다면 그 질문에 답변을 하지 않아야 하지만, 잠시 생각해본 다음에 이렇게 말할 수밖에 없었다.

"아니, 하지 않았죠."

캐서린 여사가 기분이 좋아진 듯했다.

"그렇다면 그런 약속을 앞으로 하지 않을 거라고 약속해줄 수 있나?"

"그런 약속은 드릴 수가 없군요."

"엘리자베스, 정말 다시 봐야겠군. 난 엘리자베스가 상식 있는 여자라고 생각했다고. 그치만 난 절대 물러서지 않을 거야. 내가 바라는 확답을 듣기 전에는 가지 않겠어."

"전 그런 확답을 드릴 수가 없군요. 이치에 맞지도 않는 요구 같은 건 들어줄 수가 없어요. 여사님은 다아시 씨가 여사님 딸하고 결혼하기를 바라고 있어요. 그치만 제가 여사님이 바라는 약속을 한다고 해서 그 결혼이 더 잘 성사될 수 있을까요? 만약 그 사람이 저한테 애정을 갖고 있다면, 제가 그 사람을 거절한다고 해서 그 사람이 자기 사촌한테로 돌아갈까요? 여사님이 생각하고 있는 논거는 이치에 맞지 않아요. 그런 식으로 저를 설득해서 어떻게 해볼 수 있다고 생각했다면 아주 잘못 보신 거예요. 여사님 조카가 자신의 일에 여사님이 간섭하는 걸 얼마나 허용하고 있는지 알 수는 없지만, 여사님이 내 일에 간섭할 권리는 없어요. 그러니 이 일에 대해서는 더 왈가왈부하지 말아주셨으면 좋겠군요."

"그렇게 서두르지 말라고. 난 아직 끝나지 않았어. 지금까지 내가 한 모든 반대 이유에다가 추가될 것이 또 있어. 아가씨 동생이 그처럼 창피스럽게 도피 행각을 벌인 일을 내가 알고 있다고. 아가씨 아버지하고 외숙이 돈으로 일을 수습한 걸 모두 알고 있어. 그런 여자가 내 조카의 처제가 된다고? 그 여자 남편, 다아시 아버지 밑에서 관리인으로 있던 사람의 아들이 다아시 동서가 된다고? 세상에 그런 일이 있을 수 있나? 펨벌리 가문이 그런 식으로 더러워져야 되겠어?"

"이제 더 하실 말씀 없으시죠? 여사님은 온갖 방법으로 저를 모욕했어요. 이제 집으로 돌아가야겠군요."

엘리자베스가 분개한 표정으로 말했다.

엘리자베스는 자리에서 일어났다. 캐서린 여사도 일어났으며 그들은 서로 돌아섰다. 캐서린 여사는 아주 노한 상태였다.

"아가씬 내 조카의 명예나 신용 같은 건 아무 상관이 없단 말이지? 아무 생각도 없고 이기적인 여자로군! 아가씨하고 맺어지면 모든 사람 앞에서 다아시의 얼굴에 먹칠하는 꼴이 될 텐데도?"

"캐서린 여사님, 전 더 할 말이 없네요. 제 생각을 이미 알고 계실 테니까요."

"그럼 내 조카를 기어이 차지하겠다는 건가?"

"그런 말을 한 적은 없어요. 전 단지 여사님하고 상관없이, 나하고 연관되지 않은 어떤 사람하고도 상관없이 제 스스로 제 행복을 추구해나갈 생각입니다."

"좋아. 내 말을 거역한다 이거지? 의무나 명예 따윈 고려하지 않는다 이 말이군. 다아시가 모든 사람에게 배척과 조롱을 당하게 만들겠다 이 말이지?"

"의무나 명예 등은 이런 문제에서 저하고 연관이 없습니다. 제가 다아시 씨하고 결혼한다고 해서 그런 걸 위반하는 일은 아닐 거예요. 그리고 그 사람이 저하고 결혼해서 그의 친척들이나 세상 사람들이 분노한다고 하더라도 전혀 관계치 않을 테고, 세상 사람들이 우리를 조롱할 정도로 어리석지 않을 거라고 생각해요."

엘리자베스가 응수했다.

"이게 아가씨의 진짜 생각이로군! 이게 아가씨의 최종 결심이고! 좋아. 이제 내가 어떻게 나가야 할지를 알겠어. 아가씨 야심이 채워지리라고는 절대 생각지 말라고. 난 단지 아가씨를 떠보기 위해 온 거야. 아가씨가 이성적으로 나오기를 바랐는데, 이제 난 내 생각대로 할 거라고."

이런 식으로 캐서린 여사는 마차가 있는 곳에 도착할 때까지 계속 말을 했다. 거기에 도착하자 갑자기 몸을 돌리면서 이런 말을 추가했다.

"엘리자베스, 내가 작별 인사는 하지 않고 가겠어. 그리고 어머님한테도 말없이 그냥 갈 거야. 작별 인사를 할 가치도 없는 사람들이니까. 정말 불쾌하군."

엘리자베스는 대답하지 않았다. 캐서린 여사가 집 안으로 들어가도록 권하지도 않았고, 그냥 혼자서 아무 말 없이 집으로 들어갔다. 그녀가 계단을 올라가고 있을 때 마차가 떠나가는 소리를 들을 수 있었다. 베넷 부인은 옷 갈아입는 방에서 초조하게 기다리고 있다가 왜 캐서린 여사가 다시 집 안으로 들어오지 않느냐고 물었다.

"그럴 맘이 없었던 거 같아요. 그냥 가버렸어요."

엘리자베스가 대답해주었다.

"아주 멋지게 생긴 분이더구나! 이런 데를 다 방문해주시다니! 콜린스네가 잘 있다는 소식을 전하려고 들른 거겠지? 어디를 가다가 여길 지나치면서 널 보려고 했을 거야. 무슨 특별한 말은 없었니?"

엘리자베스는 그들이 나눈 대화의 내용을 말할 수는 없었기에 약간의 거짓말을 할 수밖에 없었다.

15

그러한 갑작스러운 방문이 이루어진 데 따른 혼란스러운 마음을 엘리자베스는 쉽게 극복할 수 없었다. 그리고 끊임없이 그 문제를 생각하지 않을 수도 없었다. 캐서린 여사는 그녀와 다아시의 결혼 약속을 깨기 위한 목적만으로 로싱스 저택에서 자기 집까지 오는 수고를 감행한 것으로 보였다. 그것은 당연한 처사 같기도 했다. 그렇지만 그들의 결혼 약속에 관한 얘기가 어디서 나왔는지 알 수가 없었다. 결국 그녀는 다아시가 빙리의 친구이고 제인이 자신의 언니이기 때문에, 이제 하나의 결혼이 이루어지려는 시기에 다른 또 하나의 결혼도 성사될 거라고 사람들이 앞서나갔다고 짐작했다. 그녀도 언니가 결혼하면 다아시와 더 자주 만나게 될 거라는 점을 알고 있었다. 그리고 루카스네 사람들은 그녀와 다아시가 장래에 결혼할 거라고 즉시 단정해버리고서 (그녀도 생각해보긴 했지만) 콜린스네한테 전해주었고, 그래서 그 말이 캐서린 여사한테도 들어갔다고 생각했다.

그런데 캐서린 여사가 한 말을 곰곰 생각해보니, 그 여자가 간섭하겠다고 한 그러한 결심이 어떤 결과를 가져다줄지 불안감이 느껴졌다. 두 사람의 결혼을 방해할 거라는 캐서린 여사의 결심으로 볼 때, 조카를 상대로 어떤 음모를 꾸밀 것만 같았다. 그리고 엘리자베스 주변과 관련된 좋지 않은 일들을 늘어놓을 경우 사람들이 그 상황을 어떻게 받아들일지 짐작할 수가 없었다. 엘리자베스는 다아시가 이모에게 얼마만큼 애정을 갖고 있는지, 이모의 판단에 얼마나 의존하고 있는지 알 수 없었지만 자신보다는 이모를 더 높이 생각할 게 당연해 보였다. 그리고 다아시의 이모는 그가 자기 처지에 맞지 않는 사람과 결혼할 경우의 불행에 대해 열거하면서 그의 약한 면을 계속 붙잡고 늘어질 거였다. 품위를 중시하는 다아시의 입장에서는 엘리자베스가 하찮게 여기는 요소들도 탄탄한 논리를 가질 수 있었다.

그가 어떻게 처신해야 할지 갈피를 잡지 못하고 있다면, 종종 그런 사람이라고 생각하기도 했는데, 그렇게 가까운 친척이 충고하고 간청할 때 모든 의심을 불식시키고 가문에 흠 잡힐 일은 하지 않을지도 모른다. 그럴 경우 그 사람은 다시 돌아오지 않을 것이다. 캐서린 여사는 이번에 가는 길에 런던에 들러 다아시를 볼지 모르며, 그렇게 되면 그가 다시 오겠다고 빙리와 한 약속은 물거품이 될 것이다.

'그러니 며칠 내로 자기 친구한테 오겠다는 약속을 지키지 못한다는 변명이 들리면 무슨 일이 벌어졌는지 알 수가 있을 거야. 그때는 모든 기대를 접어야 될 테고 그 사람을 완전히 포기해야겠지. 그

사람이 내 애정을 얻을 수도 있었는데 단지 나를 아쉬워하는 걸로 만족해버린다면 나도 더는 그 사람을 생각지 않겠어.'

그녀는 생각했다.

*

방문한 사람이 누구였다는 말을 듣고서 가족은 모두 크게 놀랐다. 그렇지만 단지 호기심을 불러일으킨 선에서 만족해야 했고, 엘리자베스는 그 일로 가족들의 성화를 받진 않았다.

다음 날 오전에 그녀가 아래층으로 내려가려고 하는데, 손에 편지 한 통을 들고 서재에서 나오는 아버지와 마주쳤다.

"리지, 내가 너를 찾으려고 했단다. 내 방으로 오렴."

아버지가 말했다.

그녀는 아버지를 따라갔다. 그리고 아버지가 하려는 말에 대한 호기심은, 아버지가 들고 있는 편지와 어떤 방식으로든 관련된 일이 아닐까 하는 생각으로 더욱 커져갔다. 그 편지가 캐서린 여사에게 온 것일 수도 있다는 생각이 불현듯 들었다. 그 뒤에는 뭔가 설명을 해야만 한다는 두려움이 들기도 했다.

그녀는 벽난로 있는 곳까지 아버지를 따라갔고, 두 사람은 자리에 앉았다. 다음에 아버지가 이런 말을 했다.

"오늘 오전에 깜짝 놀랄 만한 편지를 한 통 받았단다. 너하고 관련된 일이니까 네가 당연히 내용을 알아야겠지. 결혼할 딸이 둘이나 된다는 사실을 전엔 모르고 있었지. 아주 중대한 성취를 했으니 축하해줘야겠구나."

그 편지가 캐서린 여사가 아니라 다아시에게 왔다는 생각이 들자 엘리자베스의 뺨이 붉어졌다. 다아시가 자기의 뜻을 아버지에게 밝힌 걸 기뻐해야 할지, 아니면 편지를 자신에게 직접 보내지 않은 걸 불쾌해야 할지 결정하지 못하고 있었다. 그런데 아버지가 이런 말을 했다.

"너, 아는 것처럼 보이는구나. 젊은 여자들은 이런 문제에 아주 민감하다니까. 그치만 네가 아무리 영리하다고 해도 널 숭배하는 사람이 누군지는 알 수 없을 거야. 이 편지는 콜린스한테 온 거라고."

"콜린스라고요! 그 사람이 무슨 할 얘기가 있는 거죠?"

"할 말이 많은가 보지. 콜린스는 남의 말 하기 좋아하는 루카스네 식구들한테 들어서 안 모양인데, 곧 있을 네 언니 결혼식을 축하한다는 말로 시작하고 있어. 그 내용을 읽어주면 네가 안절부절못할 테니 거긴 생략하마. 너하고 관련된 부분은 여기야. '그러한 경사에 대해 저와 제 처가 진심 어린 축하를 드리고 나서, 이제 다른 한 가지 안건에 대해 짚고 넘어가고자 합니다. 이것도 처가에서 들은 얘기입니다. 큰따님이 결혼식을 올린 후로 둘째 따님도 결혼식을 올릴 것이고, 둘째 따님이 선택한 반려자는 영국에서 가장 훌륭한 인물 중의 한 분이라는 점입니다.' 리지, 넌 이 말을 듣고 누군지 짐작할 수 있겠니? '그분은 세상 사람들이 가장 바라는 것, 즉 거대한 재산, 귀한 가문, 성직 임명권 등 모든 것을 갖춘 분입니다. 그렇지만 이러한 장점에도 그 신사 분의 제안을 무조건 받아들일 경우에 어떤 해악이 닥쳐올지 제 사촌 엘리자베스와 어르신께 경고의 말씀을 드리고자 합니다.' 그 신사가 누군지 알 수 있겠니? 이제 알게 될 거야. '제가 경고드리는 이유는 다음과 같습니다. 다아시 선생님의 이모인 캐서린 드 버그 여사님이 그 결혼을 좋은 시선으로 보고 있지 않다는 점입니다.' 다아시가 그 사람이야! 리지, 놀랐지? 우리가 아는 사람 중에서 어떤 다른 사람을 콜린스나 루카스네가 찍어낼 수 있겠니? 다아시라…… 여자를 보면 흠이나 잡을 뿐이고 너한테 눈길 한 번 주지 않은 사람인데…… 정말 경탄할 일이로구나."

엘리자베스는 아버지가 하는 농담에 기분을 맞추어주려고 했지만 그냥 내키지 않는 웃음을 지을 뿐이었다. 아버지의 농담이 이처럼 자신에게 달갑지 않은 경우도 없었다.

"왜, 기분이 좋지 않니?"

"아, 아니에요. 계속 읽어주세요."

"'어제 오후에 캐서린 여사님께 그 결혼에 대해 말씀드렸더니 정색을 하시면서 자신이 느끼는 점을 즉시 말씀하셨습니다. 즉 제 사촌 쪽의 몇 가지 가족 문제 때문에 그러한 불명예스러운 결혼은 허락할 수 없다는 것이었습니다. 저는 제 사촌 엘리자베스와 다아시 선생님에게 지금의 상황을 깨닫게 하고, 적절한 절차에 따라서 이뤄지기 힘든 결혼은 서두르지 않는 게 좋다는 점을 신속히 알려드리는 게 제 의무라고 생각하고 있습니다.' 그리고 콜린스는 이런 말도 추가하고 있구나. '저는 제 사촌 리디아의 일이 그처럼 잘 처리되어 다행이라고 생각하지만, 다만 결혼 전에 동거했다는 사실이 널리 알려질까 걱정하고 있습니다. 그런데 어르신께서 두 사람이 결혼하자마자 집으로 받아들이셨다는 말을 듣고서, 제 기준에서는 상당히 놀랐다는 점을 말씀드립니다. 그것은 악을 장려하는 일이고, 그러니 제가 롱본의 목사였다면 그 일에 한사코 반대했을 것입니다. 기독교인으로서 우리는 그들을 용서는 해야겠지만, 우리 눈에 들어오게 해서도 안 되고 그 사람들 이름이 귀에 들어오지도 못하게 해야 합니다.' 그 사람이 생각하는 기독교적인 용서란 이런 거로군! 편지 나머지 부분은 자기 처 샬럿이 지금 어떤 상황에 있는지에 대한 내용인데, 샬럿이 곧 애를 갖게 된다는 거야. 리지, 넌 별로 기분이 유쾌하지 않은가 보구나. 너, 시치미 떼면서 그게 허황된 소문이라고 일축해버리면 안 된다. 때로는 이웃들에게 조롱감이 돼주고 우리도 때가 되면 이웃을 조롱하는 재미가 없다면 무슨 낙으로 살아가니?"

"오, 아버지! 정말 재미있어요. 근데 참 이상하네요!"

엘리자베스가 소리 질렀다.

"그래, 그게 사태를 재미있게 만드는 요인이지. 사람들이 다아시가 아닌 다른 사람을 짚었다면 일이 단순해. 근데 그 사람은 너를 완전히 무관심하게 대했고 너도 그를 아주 혐오하고 있었으니 일이 재미있게 전개되는 거지. 내가 편지 쓰기 싫어하는 사람이지만 콜린스하고는 어떻게든 왕래를 하려고 그런단다. 아니, 내가 그 사람 편지를 읽을 때면 뻔뻔함과 위선이 도를 넘은 우리 사위 위컴보다도 그가 더 좋아지는 거 같아. 근데 리지, 캐서린 여사는 거기에 대해 뭐라고 그러던? 자기가 승낙하지 않을 거라는 말을 하기 위해 방문한 건 아니니?"

그 질문에 베넷의 딸은 단지 웃음으로만 대답해주었다. 전혀 의심 없이 하는 질문이었기 때문에 아버지가 그 질문을 반복한다고 해도 고민할 것은 없었다. 그렇지만 자기 속마음을 감추기 위해 그처럼 당황해보기는 처음이었다. 차라리 울고 싶은데 웃어야만 했다. 아버지는 다아시의 무관심에 대해 말해서 그녀를 잔인하게 괴롭혔다. 아버지의 통찰력 없음이 의아하기도 했지만 아버지가 사태를 잘못 보는 게 아니라 자신이 너무 공상을 많이 하는 게 아닌가 하는 두려운 마음이 들기도 했다.

16

엘리자베스는 다아시가 오지 못한다는 소식을 빙리에게 전할 것으로 절반쯤은 예상하고 있었지만, 캐서린 여사의 방문이 있고 며칠 지나지 않아서 빙리가 다아시를 데리고 롱본에 나타났다. 신사들은 오전 일찍 도착했다. 엘리자베스는 자기 어머니가 다아시의 이모가 다녀갔다는 말을 다아시에게 해주지 않을까 하고 노심초사했는데, 빙리가 제인과 단둘이 있고 싶은 마음에 밖으로 모두가 산책을 나가자는 제안을 했다. 그래서 사람들이 동의했다. 그렇지만 베넷 부인은 산책하는 습관이 없었고 메리는 시간을 낼 수가 없었기 때문에 나머지 다섯 사람만 밖으로 나 갔다. 빙리와 제인은 다른 사람들이 이내 자기들을 앞질러 가게 만들었다. 그 두 사람은 뒤로 처졌고 엘리자베스와 키티와 다아시가 함께 걸어갔다. 어느 누구도 말을 별로 하지 않았다. 키티는 다아시를 의식하여 말이 없었고, 엘리자베스는 마음속으로 어떤 결정을 하고 있었는데 그것은 다아시도 마찬가지로 보였다.

키티가 마리아를 만나고 싶다고 해서 그들은 루카스네 집 쪽으로 향해 가고 있었다. 엘리자베스는 루카스네 집에 가는 게 모두의 관심사가 아니라고 봤기 때문에 키티를 앞세워 보냈고, 이제 단둘이 남겨져 걷게 되었다. 이제 그녀의 결심을 실행해야 할 시점이었다. 그래서 용기를 내어 이렇게 말했다.

"다아시 선생님, 난 아주 이기적인 사람이에요. 내 감정의 부담을 덜어버리려면 선생님의 감정을 해칠 것 같은데 그런 건 고심하지 않으니까요. 내 철없는 동생에게 그처럼 막대한 호의를 베풀어주신 데 대해 감사를 표시하지 않을 수가 없군요. 그 일에 대해 알게 된 이후로 내가 얼마나 감사하는지 선생님께 전해드리고 싶어서 무척이나 마음을 졸였답니다. 우리 가족이 모두 알고 있었더라면 내 감사함만 표시하지는 않았겠지만요."

"엘리자베스 양한테 걱정만 끼칠 일인데, 그걸 알아버렸다니 정말 내가 너무 미안하군요. 가드너 부인이 그렇게 믿을 수 없는 분인 줄 몰랐네요."

"내 외숙모를 비난하면 안 돼요. 리디아가 생각이 없는 애라 선생님이 그 일에 연관돼 있다고 내게 알려줬어요. 물론 그 말을 듣고 상세한 내막을 알아볼 수밖에 없었어요. 선생님이 그토록 애쓰시고 두 사람을 찾기 위해 창피스러운 일까지 감내하는 수고를 해주셨으니 우리 가족 전체를 대신해서 깊은 감사를 표하지 않을 수가 없군요."

"나에 대한 감사는 그대 혼자 하면 충분한 거예요. 그렇게 하게 된 다른 동기도 있기는 했지만 엘리자베스 양한테 좋은 일을 해줘야겠다는 마음이 앞섰기 때문이죠. 그치만 엘리자베스 양 가족은 나한테 아무 빚진 게 없어요. 엘리자베스 양 가족을 공경하지만 내가 생각한 건 오직 엘리자베스 양뿐이니까요."

엘리자베스는 너무도 당황하여 한마디도 할 수가 없었다. 잠시 침묵이 흐른 뒤에 다아시가 이런 말을 이었다.

"엘리자베스 양은 너그러운 사람이니 날 갖고 놀진 않을 거예요. 그대의 마음이 아직도 지난 4월하고 달라진 게 없다면 나한테 즉시 얘기해줘요. 내 애정, 소망은 아직 그대로예요. 그치만 엘리자베스

양이 한마디만 하면 난 더는 입을 열지 않을 거예요."

엘리자베스는 그가 힘들어하고 두려움에 젖어 있다는 점을 깨닫고는 이제 말을 하지 않을 수 없었다. 그가 말한 그 시기 이후로 그녀의 마음이 많은 변화를 겪어서 이제는 감사함과 즐거움으로 그를 받아들일 수 있다는 말을, 아주 유려하지는 않지만 즉각적으로 해서 그를 이해시켰다. 그러한 대답이 불러일으킨 행복감은 다아시가 이전에 한 번도 느껴본 적이 없는 것이었다. 그래서 그는 열렬한 사랑에 빠진 사람만이 할 수 있을 만큼 감정적으로, 그리고 열렬하게 자기의 마음을 표시했다. 엘리자베스가 그의 눈을 바라볼 수 있었더라면 격렬한 기쁨이 그의 얼굴에 얼마나 퍼져 있는지를 알 수 있었을 것이다. 그런데 볼 수는 없었지만 들을 수는 있었다. 그는 자기 감정을 전달하면서 그녀가 그에게 얼마나 중요한 존재인지를 느끼게 해주었고, 그의 애정이 얼마나 값어치 있는 것인지 그녀가 알 수 있도록 해주었다.

그들은 어느 방향으로 가는지 알지도 못한 채 계속 걷기만 했다. 생각하거나 느끼거나 말할 것이 너무 많아서 다른 대상에는 신경 쓸 겨를이 없었다. 엘리자베스는 현재 그들이 서로를 잘 이해하게 된 것은 캐서린 여사의 노력 덕분이라고 생각하게 되었다. 캐서린 여사는 자기 집으로 돌아가는 길에 런던에 있는 다아시를 방문해서 자기가 롱본에 다녀온 사실을 얘기하고 그렇게 한 동기, 그리고 자기가 엘리자베스와 나눈 대화에 대해 말했던 것이다. 엘리자베스의 뻔뻔스러움과 무례함을 들춰내어 그녀가 받아들이지 않은 양보를 다아시에게 받아내려고 해봤지만, 캐서린 여사의 그러한 노력의 효과는 오히려 반대로 나타나고 말았다.

"전에는 희망을 가질 수 없었지만 그 일이 내게 희망을 가져다주더군요. 만약 엘리자베스 양이 나에 대해 단호하게, 회복 불가능하게 거절할 마음을 갖고 있었다면 캐서린 여사님께 그렇게 솔직하고 공개적으로 말할 수 없었을 테니까요."

다아시가 말했다.

엘리자베스는 얼굴을 붉히고 미소 지으면서 이렇게 말했다.

"그래요. 다아시 선생님은 내가 그렇게 할 수 있을 정도로 화끈한 사람이라는 점을 이제 알고 계시는군요. 전에 내가 다아시 선생님을 그렇게 면박주었으니 선생님 친척들에게 그렇게 하는 것도 얼마든지 가능할 거라고 생각하셨을 거예요."

"나한테 한 말 중에 하나라도 근거가 없는 게 있나요? 엘리자베스 양의 비난이 불충분한 증거에서 기인하고 오해에 따른 가설을 바탕으로 한 것이기는 했지만 내가 당시에 엘리자베스 양한테 보여준 행동은 가장 처절한 비난을 받아 마땅했어요. 그건 누구도 허용할 수 없는 거였죠. 지금도 그걸 생각하면 나 자신에 대한 혐오감이 밀려와요."

"그날 오후에 있었던 사태에 관해 우리 중 누구 잘못이 더 큰지는 따지지 않기로 해요. 우리 두 사람 다 엄밀히 따져보면 비난을 면할 수가 없어요. 그치만 그 일 이후로 우리 두 사람 다 예바르게 변한 것 같아요."

엘리자베스가 말했다.

"난 나 자신에 대해 쉽게 용서할 수가 없어요. 그당시에 내가 한 말, 내가 한 행동, 태도, 말투 등을 생각해보면 지금, 아니 여러 달 동안 어떻게 표현할 수 없을 정도로 괴로워지는 거예요. 엘리자베스 양의 비난은 너무나 당연해서 난 절대 잊어버릴 수가 없었어요. '좀 더 신사적으로 행동했더라면' 하고 엘리자베스 양은 말했어요. 그 말이 내 마음을 얼마나 괴롭혔는지 그대는 모를 거예요. 솔직히 말해서 그 말이 정당하다고 느끼는 데는 시간이 걸렸지만요."

"그 말이 그처럼 강렬한 인상을 남길 거라는 생각은 전혀 해보지 않았어요. 선생님이 그런 방식으로 느낄 거라는 점도 전혀 생각해 보지 않았고요."

"당연히 그랬겠죠. 엘리자베스 양은 그때 내게 올바른 상식이 없다고 생각했을 거예요. 내가 어떤 방식으로 청혼을 했더라도 받아들일 수 없었을 거라고 얘기할 때 그대가 지은 얼굴 표정을 난 잊을 수가 없었어요."

"오! 그때 내가 한 말을 반복하지는 말아주세요. 그렇게 회상해 봐야 아무 소용없을 거예요. 난 그렇게 말한 걸 오랫동안 뼈저리게 후회했거든요."

다아시는 자기가 전해준 편지에 대해 언급했다.

"그 편지가 나에 대해 좀 더 좋은 생각을 갖게 해줬나요? 그걸 읽고 그 내용에 관해 신뢰는 하고 있었나요?"

다아시가 물어봤다.

그녀는 그 편지가 자신에게 어떤 영향을 미쳤고, 자신이 가졌던 예전의 편견이 어떻게 해서 점차적으로 없어져갔는지 말해주었다.

"내가 쓴 내용이 엘리자베스 양한테 고통을 줄 거라는 사실은 알고 있었지만 그렇게 쓰지 않을 수가 없었어요. 그 편지를 없애버렸겠죠? 그 편지 서두에 엘리자베스 양이 다시는 읽지 말아야 할 부분이 있어요. 읽으면 엘리자베스 양이 나한테 혐오감을 가질 만한 부분이 있다는 걸 알고 있거든요."

"선생님에 대한 내 호감을 간직하는 데 필요하다고 생각하신다면 그 편지는 확실히 태워버릴 거예요. 근데 내 생각이 언제 바뀔 수도 있다는 사실을 우리가 알고 있기는 하지만, 그렇다고 해서 쉽게 바뀌는 것도 아니라는 점도 알고 있을 거예요."

"그 편지를 내가 쓸 때는 마음이 아주 평온하고 차분한 상태라고 믿었지만 나중에는 내 마음이 아주 비참한 상태에서 썼다는 걸 알게 되었죠."

다아시가 말했다.

"비참한 상태에서 출발은 했겠지만 끝은 그러지 않았어요. 작별의 말은 아주 부드러웠어요. 그치만 이제 편지 얘기는 그만하기로 해요. 편지를 쓴 사람이나 받은 사람의 기분이 지금은 완전히 달라져 있으니 그 당시의 좋지 않은 상황은 잊어버려야 돼요. 내 철학 중의 하나를 알아뒀으면 좋겠네요. 즐거운 기억만 남겨주는 과거만을 생각하라는 거예요."

"난 그런 철학이 없어요. 엘리자베스 양은 과거를 돌이켜봐도 누구한테 비난받을 일을 하지 않았을 테니 그런 데서 나오는 만족감은 대단할 거예요. 그치만 난 사정이 달라요. 고통스러운 기억이 끼어들어서 그걸 어떻게 격퇴할 수가 없는 거예요. 난 일생 동안, 원칙적으로는 아니더라도 실질적으로는 이기적인 사람이었어요. 어렸을 때 난 무엇이 옳은지는 가르침을 받았지만 내 성질을 교정하는 방법은 배우지 못했어요. 좋은 행동 원칙에 대해 알고는 있었지만 교만이나 건방짐으로 그 원칙을 실천했지요. 불행히도 외아들이었고, 그리고 여러 해 동안 하나밖에 없는 자식이었기 때문에 부모님이 나를 망가뜨려놓은 거예요. 부모님은 좋은 분들이셨고 특히 아버님은 자비심 많고 상냥한 분이셨지만 내가 이기적이고 거만하도록 방치했고, 심지어 그런 걸 가르치기까지 했어요. 내 가족 외에는 누구도 생각지 않았고 세상 사람들을 모두 얕봤으며 나와 비교해서 다른 사람들의 능력이나 가치를 얕봤어요. 여덟 살 때부터 스물여덟 살 때까지 그런 인간이었고, 만약 그대 사랑스러운 엘리자베스가 없었다면 지금도 변함없었을 거예요. 내가 그대에게 진 빚이 얼마나 많은지 모르겠어요. 그대는 처음에는 가혹했지만 정말 가치 있는 교훈을 가르쳐줬어요. 그대 덕에 내가 겸손한 인간이 된 거예요. 난 엘리자베스 양한테 그때 받아들여질 걸 의심치 않았어요. 근데 그대는 내가 한 여자를 기쁘게 해주는 데 얼마나 부족한 사람인가를 보여줬어요."

"그때 내가 선생님을 받아들일 거라고 생각했다고요?"

"정말 그랬죠. 내 허영심에 대해 모르나요? 난 엘리자베스 양이 날 원하고 내가 청혼해줄 것을 바라고 있다고 생각한 거죠."

"의도적이지는 않았지만 내가 그때 한 행동은 잘못된 거예요. 선생님을 속일 생각은 없었지만 내 기분 때문에 잘못 행동하는 때가 있어요. 그날 오후 이후로 날 계속 미워했겠죠."

"미워했다고요! 첨에는 아마 화도 났을 거예요. 그치만 화가 나중에는 올바른 방향으로 자리를 잡아가게 됐어요."

"우리가 펨벌리에서 만났을 때 선생님이 나에 대해 어떤 생각을 했는지 묻기가 두려워요. 내가 간 걸 속으로 비난했겠죠?"

"아니에요. 그냥 놀라기만 했을 뿐이에요."

"선생님이 놀랐다고 해도 거기서 선생님 눈에 발각된 나만큼은 놀라지 않았을 거예요. 내가 거기서 특별한 대우를 받는 걸 기대할 수도 없었고 내가 당연히 받아야 할 대우를 받을 거라고 생각했었어요."

"그때 내 생각은 내가 할 수 있는 한 최대한 예의를 다해서 과거와 같은 사람으로 보이지 않는 거였어요. 그리고 엘리자베스 양이 한 비난을 내가 잘 염두에 두고 있다는 점을 알 수 있도록 그대의 용서를 구하고 나에 대한 나쁜 감정을 불식시키는 거였죠. 다른 또 하나의 소망이 생긴 게 언젠지는 확실히 말할 수가 없지만 내가 엘리자베스 양을 본 지 30분 정도 지난 뒤라고 생각돼요."

다음에 그는 동생 조지아나가 엘리자베스를 알게 되어서 얼마나 기뻐했는지, 그리고 그렇게 갑자기 일행이 떠나버려 얼마나 동생이 섭섭해했는지를 얘기해주었다. 화제는 그 일행이 떠날 수밖에 없었던 원인으로 이어졌고, 엘리자베스는 다아시가 리디아를 추적하기 위해 더비셔를 떠날 작정을 한 때가 그 여관을 떠나기 직전이었으며 여관에서 그가 심각하게 생각에 빠졌던 이유는 그러한 일을 추진하려면 어떤 방법을 취해야 하는지를 고민했기 때문이라는 사실을 알게 되었다.

엘리자베스는 다시 한번 감사하는 마음을 표시했지만 그것은 두 사람 모두에게 고통스러운 일이기 때문에 더 길게 얘기할 수는 없었다.

그처럼 한가하게 몇 마일을 걸은 후에, 그리고 얘기에만 정신이 팔려 있었기 때문에, 그들은 시계를 보고 나서야 이제 집에 가야 할 시간이라는 사실을 깨달았다.

"빙리하고 제인은 어떻게 됐을까!"

이렇게 말한 다음에 그들은 두 사람에 대해 얘기했다. 다아시는 두 사람이 결혼을 약속해서 기쁘다고 했다. 그의 친구가 그 소식을 일찌감치 전해주었던 것이다.

"선생님이 놀랐는지 알고 싶군요."

엘리자베스가 말했다.

"전혀요. 내가 여기를 떠날 때 그런 일이 곧 일어날 거라고 생각했죠."

"그건 선생님이 허락했다는 의미군요. 나도 그럴 거라고 예상했어요."

다아시는 '허락'이라는 말에 깜짝 놀랐지만 엘리자베스는 그 말이 적절한 표현이라고 생각했다.

"런던으로 떠나기 전날에 그 친구한테 내가 자백을 했죠. 오래전에 했어야 했지만요. 내가 전에 내 친구 일에 개입하게 된 이유가 근거 없고 부적합했다는 점을 알려줬어요. 그의 놀라움은 대단했죠. 그는 내 판단에 조금도 의심을 하지 않았던 거예요. 난 엘리자베스 양 언니가 빙리한테 무관심한 상태라는 내 판단이 잘못된 거라는 점도 알려줬어요. 그리고 엘리자베스 양 언니에 대한 그의 애정이 약해진 게 아니란 점을 쉽게 알 수 있었기 때문에 둘이 합치면 행복해질 것을 의심치 않게 됐어요."

다아시가 얘기했다. 엘리자베스는 다아시가 자기 친구를 그처럼 쉽게 다루는 것을 알고는 속으로 웃지 않을 수 없었다.

"내 언니가 그 사람을 사랑한다는 점을 알게 된 것은 선생님이 직접 관찰해봤기 때문인가요, 아니면 지난봄에 내가 해준 얘기를 들었기 때문인가요?"

"전자 때문이죠. 최근에 내가 두 번 이곳에 방문하는 동안에 그대의 언니를 유심히 관찰했고 그녀의 애정을 확신할 수 있었어요."

"그리고 선생님이 그런 사실을 말해주니까 빙리 씨도 그 사실을 확신할 수 있었군요."

"그렇게 된 거죠. 빙리는 아주 겸손한 사람이에요. 어떤 때는 너무 주저주저하기 때문에 예민한 사항에 대해서는 자기 판단에 의존하는 대신 나한테 맡겨버리고 내가 하라는 대로 따라주죠. 그 친구한테 한 가지 고백하지 않을 수 없는 일이 있었는데, 그것 때문에 그 친구 기분이 한동안 좋지 않았어요. 지난겨울에 언니가 3개월 동안 런던에 있었는데, 그 사실을 내가 알고서도 고의로 말해주지 않은 점을 자백했어요. 그는 화를 냈죠. 그렇지만 그대 언니의 감정을 이제 의심하지 않게 되면서 화는 풀렸어요. 이제는 흘가분하게 나를 용서할 수 있게 된 거죠."

엘리자베스는 빙리가 아주 선량하고 남의 말을 잘 듣는 사람이기 때문에 그의 가치가 더욱 빛나 보인다는 말을 하고 싶었지만 자제했다. 그녀는 다아시가 아직 사람들의 비판을 많이 받아봐야 한다고 생각했지만 지금에 와서 시작한다는 게 한편으로 너무 늦었다고도 생각되었다. 다아시는, 물론 자신의 행복에야 미치지는 못하지만 빙리가 행복하기를 기대한다는 말을 했고 그런 말을 하는 동안에 어느새 집에 도착하게 되었다. 그들은 현관에서 갈라졌다.

17

"리지, 넌 어디로 돌아다녔니?"

엘리자베스가 방에 들어서자마자 제인이 이런 질문을 했고, 사람들이 모두 식사를 하기 위해 테이블에 앉았을 때도 같은 질문이 나왔다. 그녀는 단지 사방으로 돌아다녔으며 마침내 자기가 어디로 왔는지 모를 정도로 다녔다고 대답했다. 그런 말을 하면서 그녀는 얼굴을 붉혔지만, 그런 사실이나 그 외 다른 사실로도 사람들 어느 누구도 사건의 내막을 짐작할 수는 없었다.

그날 오후는 특별한 일 없이 조용히 지나갔다. 공인을 받은 연인은 이런저런 얘기를 하고 웃어댔지만 공인을 받지 않은 연인은 조용히 있었다. 다아시는 행복에 겨워서 그것을 만끽하는 성격이 아니었다. 그리고 이런저런 생각에 머리가 어지러운 엘리자베스는 자기 마음이 행복한 상태라는 점은 알았지만 단지 가슴속으로만 느끼고 있을 뿐이었다. 지금 머리가 어지러울 뿐만 아니라 다른 근심거리가 그녀의 앞에 놓여 있었기 때문이다. 자신의 상황이 알려질 경우에 가족들이 어떻게 생각할지 예상해봤다. 그녀는 제인을 제외하고는 다아시를 좋아하는 사람이 없다는 사실을 알고 있었다. 그리고 다아시의 재산이나 지위로도 어쩔 수 없는 혐오감을 가진 사람들도 있지 않을까 하고 염려했다.

저녁에 그녀는 자신의 마음을 제인에게 털어놓았다. 제인은 일반적으로 무엇에 대해 의심하는 체질이 아니었지만 이번에는 완전히 의아해했다.

"너 지금 농담하는 거지? 그럴 리가 없어! 다아시하고 결혼을 약속했다니! 아냐, 넌 날 속일 수가 없어. 그건 이루어질 수 없는 일이야."

"이렇게 시작부터 비참해지다니! 난 언니만은 믿었는데. 언니가 믿지 않으면 도대체 누가 믿어준단 말야? 난 정말 진지하다고. 오직 진실만을 얘기하고 있는 거야. 그 사람은 날 아직도 사랑하고 있고, 우린 결혼을 약속했어."

제인은 의심의 눈초리로 그녀를 바라봤다.

"오, 리지! 그렇게 될 수가 없어. 네가 그를 얼마나 싫어하는지 내가 알고 있는데."

"언니는 내막을 몰라. 과거는 모두 잊어버려. 내가 지금처럼 그 사람을 항상 사랑하진 않았지. 그치만 이번 일에서는 옛날의 좋지 않은 기억이 아무 쓸데없는 거야. 좋지 않은 기억은 이제 생각지 않기로 했어."

제인은 아직도 놀란 표정으로 바라보고 있었다. 엘리자베스는 다시 한번, 그리고 더 심각한 표정으로 그게 사실이라는 점을 알려주었다.

"어머나! 정말 그럴 수 있는 거니? 그치만 이제 널 믿어줘야겠구나. 리지, 정말 축하한다. 근데 너 확신하고 있는 거니? 이런 질문이 어리석어 보이지만 말야, 너 그 사람하고 행복해질 수 있다고 확신하는 거야?"

제인이 말했다.

"그건 의심할 수 없는 거라고. 우린 세상에서 가장 행복한 부부가 되자고 이미 작정했어. 근데 언닌 즐거운 거야? 그런 사람을 제부로 맞이하는 게 달가운 거야?"

"그럼, 당연하지. 빙리 씨나 나한테 그것만큼 기쁜 일은 없을 거야. 근데 우리가 거기에 대해 얘기해봤는데, 불가능할 거라고 결론을 내렸어. 너 그 사람을 정말 사랑하는 거야? 오, 리지! 사랑이 없는 결혼은 제발 하지 마. 넌 정말 네가 올바른 행동을 하고 있다고 보는 거야?"

"그럼! 내가 모든 내막을 얘기해주면 언니는 내가 지금 이상으로 느껴야 한다고 생각할 거야."

"그게 무슨 말이지?"

"내가 모든 걸 고백하면 언니가 빙리 씨를 사랑하는 것보다 내가 그 사람을 더 사랑한다는 걸 알게 될 거라고. 언니가 이 말을 들으면 기분이 나빠지겠지만."

"얘, 좀 더 진지하게 얘기해봐. 난 지금 심각하다고. 머뭇거리지 말고 내가 알아야 할 걸 모두 알려줘. 얼마나 오랫동안 그 사람을 사랑하고 있었니?"

"그게 서서히 이루어져서 언제 시작되었는지는 모르겠어. 그치만 펨벌리의 아름다운 대지를 보면서부터 시작됐다고 말할 수 있을 거야."

다시 한번 제인이 진지하게 얘기해달라고 부탁을 하자 그 효과가 나왔다. 엘리자베스는 자신의 애정을 다시 한번 확신시켜주었고, 그래서 제인은 이내 만족하게 되었다. 그 사실을 확인하게 되자 제인은 기쁠 수가 없었다.

"이제 난 정말 기분이 좋아. 너도 나만큼 행복해졌다고 생각하니 말야. 난 항상 그 사람을 높이 보고 있었어. 그 사람이 너를 사랑하지 않은 걸 제외하고는 항상 그 사람을 좋게 평가해왔어. 빙리의 친구인 데다 너의 남편이 될 테니, 너하고 빙리 씨를 빼고 나보다 더 그 사람을 좋게 보는 사람은 없을 거야. 근데 넌 나한테 아주 교묘하게 사실을 숨겨왔어. 펨벌리하고 램튼에서 벌어진 일에 대해 나한테 알려준 게 뭐가 있니? 내가 안 거라고는 네가 아니고 다른 사람한테 들은 것뿐이었어."

제인이 말했다. 엘리자베스는 자기가 비밀을 지킨 이유를 말해주었다. 자신이 빙리에 대해 다른 사람들에게 언급하는 것 자체를 꺼려 했고, 자신의 마음이 확고한 상태가 아니었기 때문에 다아시의 이름을 언급하는 것도 마찬가지로 피하게 됐다고 얘기했다. 그렇지만 이제 리디아의 결혼 사건에서 다아시가 한 역할을 제인에게 숨길 필요는 없다고 생각했다. 그래서 모든 사실을 말해주었으며, 그날 밤의 절반은 그런 이야기로 보내게 되었다.

*

"에구머니!"

다음 날 오전에 창가에서 내다보고 있던 베넷 부인이 소리 질렀다.

"저 꼴 보기 싫은 다아시가 우리 착한 빙리하고 같이 오는 걸 제발 보지 말았으면! 왜 여기로 와서 우릴 귀찮게 하는지 모르겠군. 다른 곳으로 사냥이나 가든지 해서 우리 일을 방해하지 않았으면 좋으련만. 저 사람을 어떻게 처치하지? 리지, 네가 저 사람을 또 한 번 같이 데리고 나가서 빙리한테 방해가 되지 않도록 했으면 좋겠구나."

엘리자베스는 그처럼 부당한 말에 웃음이 나왔지만 다아시에 대해 어머니가 항상 그런 식으로 모멸적인 말을 하는 점에 화가 나기도 했다.

그들이 집 안으로 들어오자마자 빙리가 엘리자베스를 의미심장한 눈빛으로 바라보며 굳은 악수를 했기 때문에, 그녀는 빙리가 이미 모든 사실을 알고 있다고 확신했다. 빙리가 이내 큰 소리로 이렇게 말했다.

"베넷 선생님, 이 근처에 리지 양이 오늘 다시 한번 길을 잃어버릴 만한 곳이 없나요?"

거기에 베넷 부인이 이렇게 응수했다.

"다아시 선생님하고 리지, 키티가 오늘은 오컴산으로 산책을 나갔으면 좋겠군요. 거기 산책로가 길게 나 있고, 다아시 선생님은 그곳 경치를 구경한 적이 없을 테니까요."

"다른 사람들에게는 좋겠지만, 키티 양한테는 별로일 거 같은데.

그렇지 않아요, 키티 양?"

빙리가 응수했다.

키티는 그냥 집에 있겠다고 말했다. 다아시는 그곳에서 경치를 구경하고 싶다는 소망을 피력했고 엘리자베스도 말없이 동의했다. 엘리자베스가 준비하기 위해 위층으로 올라갈 때 베넷 부인이 그녀의 뒤를 따라오면서 이렇게 말해주었다.

"리지, 저 보기 싫은 사람을 너한테만 맡겨두다니 정말 미안하구나. 그치만 너도 이해해줄 수 있겠지? 모든 게 제인을 위해서야. 그러니 저 사람이 하는 말을 그냥 받아주기만 하면서 대충 보내라고. 그러면 금방 시간이 지나갈 거야."

두 사람은 산책을 하는 동안에 베넷의 동의는 오후 중으로 얻어내기로 결정했다. 엘리자베스는 자기가 어머니의 동의는 얻어내겠다고 했다. 그녀는 어머니가 이 일을 어떻게 받아들일지 알 수가 없었다. 다아시를 향한 어머니의 혐오감이 그의 재산이나 지위로 극복될 수 있을지 의심스러웠다. 그런데 어머니가 그들의 결혼을 열렬히 반대하든 혹은 열렬히 기뻐하든 간에 그것은 어머니다운 양식에서 벗어날 것으로 보였다. 그리고 다아시는 어머니가 열렬히 반대하든 찬성하든 그 모습을 역겨워할지도 모른다고 생각했다.

*

오후에 베넷이 자기 서재로 들어갈 때 다아시 역시 자리에서 일어나서 뒤따라가는 모습을 보고서 엘리자베스는 극도로 불안해졌다. 아버지가 반대하리라는 두려움은 없었지만, 자기는 아버지가 가장 좋아하는 딸인데 그런 딸이 이제 결혼하게 된다는 소리를 들으면 아버지가 서운해할까 봐 두려웠고 그래서 불안한 마음으로 앉아 있었다. 그런데 다아시가 미소를 지으며 오는 모습을 보고는 다소 안도가 되었다. 몇 분이 지난 후에 다아시가 그녀와 키티가 있는 곳으로 다가와서는, 그녀가 바느질하는 모습을 보면서 칭찬하는 척하다가 조용한 목소리로 이렇게 말했다.

"아버지한테 가봐요. 지금 서재에서 기다리고 계시거든요."

그래서 그녀는 즉시 그리로 갔다.

아버지는 근심스러운 표정으로 서재에서 이리저리 왔다 갔다 하다가 이렇게 말했다.

"리지, 너 웬일이니? 그 사람을 받아들이다니, 정신 나간 거 아니니? 그 사람을 항상 미워했잖아?"

그때 그녀는 자기가 이전에 좀 더 이성적으로 처신했더라면, 그리고 좀 더 부드러운 방식으로 다아시에 대해 말했더라면 하고 얼마나 바랐는지 모른다. 그랬더라면 지금에 와서 어색하게 자기 변명을 늘어놓을 일은 없었을 것이다. 그렇지만 이제 그 귀찮은 일을 하지 않으면 안 되었고, 약간은 당황해가면서 다아시에 대한 자신의 애정이 진심이라는 점을 아버지에게 확인시켜주어야 했다.

"그렇다면 네가 그 사람하고 결혼하기로 작정했단 말이지? 그 사람은 부자고 넌 제인보다도 더 좋은 옷이나 마차를 갖게 될 거야. 그치만 그런 게 너한테 행복을 보장해줄 수 있을까?"

"제가 그 사람한테 관심이 없었다는 점을 제외하고 다른 거부감은 아버지한테 없으세요?"

엘리자베스가 물어봤다.

"전혀 없지. 우린 모두 그를 거만하고 불쾌한 사람으로 알고 있었어. 그치만 네가 그 사람을 진실로 좋아하기만 한다면 그건 아무 문제가 되지 않지."

"전 그 사람을 진실로 좋아하고 사랑해요. 사실 그 사람은 거만하지도 않아요. 정말 좋은 사람이에요. 아버지는 그가 진짜 어떤 사람인지 모르고 계세요. 그러니 그 사람을 나쁘게 평가해서 제 마음을 아프게 하지 말아주세요."

엘리자베스가 말했다.

"리지, 난 그 사람한테 허락해주었단다. 그 사람이 정중하게 요청하는데 내가 거절할 입장은 못 되지. 네가 그 사람하고 결혼하기로 작정했다면 이제 모든 걸 너한테 맡길 거야. 하지만 내가 충고하는데, 더 잘 생각해보렴. 난 네 성질을 알고 있어. 만약에 네가 남편을 진실로 공경하지 못하고 너보다 더 나은 사람으로서 존경하지 못한다면 네가 행복해질 수 없다는 점을 난 알고 있어. 만약에 남편이 그런 사람이 되지 못한다면 네 활달한 기질로 봐서 위험에 빠질 수도 있다고. 그렇게 되는 경우 남편을 믿지 못하고 불행해질 거야. 네가 일생에서 존경할 수 없는 남편을 만나는 걸 내게 보이지 말아주렴. 넌 네 자신이 무슨 일을 하려는지 잘 모르는 거 같구나."

엘리자베스는 이제 더 심각한 표정으로 진지하게 대답해주었다. 다아시는 자신이 진실로 좋아서 선택한 사람이고, 그 사람에 대한 자신의 평가가 서서히 변해왔으며, 그 사람의 애정이 하루 만에 이루어진 것이 아니고 여러 달에 걸쳐서 확인되었다는 등 그 사람의 자질에 대해 강조해준 다음에 결국 아버지의 불신을 이겨내고 그 결혼을 받아들이도록 만들었다.

그녀가 얘기를 마치자 아버지가 이렇게 말해주었다.

"그렇다면 난 더 할 말이 없구나. 그게 모두 사실이라면 그 사람은 너를 아내로 맞을 자격이 있는 거야. 사실 그보다 못한 사람이라면 너를 보낼 수 없겠지만 말이다."

다아시에 대한 호감을 더 심어주기 위해 그녀는 다아시가 리디아의 문제에 자발적으로 개입한 사실도 알려주었다. 아버지는 그녀의 말을 듣고서 깜짝 놀랐다.

"오늘은 정말 경이로운 날이군! 그래서, 다아시가 모든 걸 했단 말이지? 결혼을 성사시켜주고, 돈을 주고, 위컴의 빚을 갚아주고, 그리고 또 장교 직을 마련해주고! 정말 좋은 일을 했구나. 그걸로 난 돈을 갚아야 하는 고민에서 벗어나게 되었고. 만약 네 외숙이 한 일이라면 내가 돈을 갚아야겠지만, 열렬히 사랑에 빠진 사람들이 한 일이니 갚을 필요는 없겠지. 내일 그 사람한테 돈을 갚겠다고 제안은 해봐야겠구나. 그러면 그 사람은 너에 대한 사랑 때문에 그랬다고 할 테고 그걸로 마무리되겠지."

베넷은 며칠 전에 콜린스한테서 온 편지를 읽을 때 엘리자베스가 당황하던 모습을 기억하고서 잠시 웃은 다음에 엘리자베스더러 이제 방에서 나가도 된다고 했고, 그녀가 나가려고 할 때 이런 말을 해주었다.

"메리나 키티를 찾는 젊은이가 있다면 들여보내. 내가 지금은 시간이 많으니 말야."

엘리자베스는 이제 무거운 짐을 벗어버려서 마음이 홀가분해졌다. 자기 방에서 30분 정도 생각에 잠겼다가 마침내 차분한 마음으로 다른 사람들과 합류할 수 있게 되었다. 모든 일이 신속히 해결되어서 기쁨에 겨울 시간도 없었고, 그래서 그날 오후는 그렇게 넘어갔다. 이제 두려워할 일은 없었고 편안한 세월만 남게 되었다.

저녁때 어머니가 2층의 옷 갈아입는 방으로 올라갈 때 엘리자베스도 따라 올라가서 그 중대한 사실을 말해주었다. 그 효과는 굉장했다. 처음에 그 소리를 들었을 때 베넷 부인은 한마디도 말을 못하고 그냥 자리에 가만히 앉아 있기만 했다. 몇 분 동안은 자기가 무슨 소리를 들었는지 알 수도 없었다. 자기 가족의 이익에 관련된 일이나 딸들이 시집가는 일에 대해 그녀가 절대 둔감하지는 않았지만 말이다. 결국 어머니는 정신을 차렸고, 자기 자리에서 가만히 앉아 있지 못하고 일어났다 앉았다를 반복하면서 흥분을 감추지 못했다.

"세상에, 이런 일이 벌어질 수가! 오, 다아시! 누가 그걸 생각이나 했겠냐고! 근데 그게 사실이니? 오, 내 딸아! 이제 갑부가 되고 신분이 상승하겠구나! 그 많은 돈, 보석, 마차를 갖게 될 테고! 제인은 너한테 비하면 아무것도 아냐. 난 정말 행복하구나. 그처럼 매력적인 사람이 널 데려가다니! 키도 늘씬하고! 오, 내 딸아! 전에 내가 그 사람을 싫어한 게 정말 미안하구나. 그 사람이 그걸 염두에 두지 않았으면 좋겠구나. 런던에 집도 있고! 없는 게 없고! 세 딸이 한꺼번에 결혼하다니! 1년 수입이 만 파운드! 오, 하느님! 내가 이러다 기절이라도 하지 않는지 모르겠구나."

이로써 어머니의 허락도 의심할 필요가 없었다. 엘리자베스는 그러한 소동을 자기 혼자서 겪은 데 만족하고는 이내 자기 방으로 들어갔다. 그렇지만 자기 방에 채 3분도 앉아 있지 못했다. 어머니가 따라 들어와서였다.

"얘야, 난 정말 정신이 없구나! 1년 수입이 만 파운드이고 그 이상

될 가능성도 많다니! 제왕이나 다름없지! 그리고 아주 거창한 결혼식이 이루어질 테고 말야. 얘, 다아시가 특별히 좋아하는 음식이 뭔지 말해다오. 내일 준비해야 하니까."

이것은 어머니가 앞으로 그 신사를 어떻게 대할지를 알려주는 슬픈 징조였다. 엘리자베스가 다아시의 열렬한 애정을 확인하고 부모의 동의를 구하기는 했지만 어머니가 행동을 잘할 거라는 보장은 없었다. 그렇지만 그 이튿날은 엘리자베스의 예상보다 무난히 지나갔다. 베넷 부인이 장래의 사윗감에게 경외심을 갖고 있어서, 다아시가 하는 말에 그냥 동의하는 정도로 끝내고 자기가 이런저런 말을 붙이려고 하지는 않았기 때문이다.

엘리자베스는 아버지가 다아시와 친해지려고 애쓰는 모습을 보고는 마음이 흡족했다. 그리고 베넷은 시간이 갈수록 다아시를 더욱 좋은 사람으로 보게 됐다고 엘리자베스에게 말해주었다.

"난 세 사위를 모두 아주 존중한단다. 그중에서도 위컴이 내가 제일 마음에 들어하는 사람이겠지만 네 남편감도 제인 남편감만큼이나 좋아하게 될 거 같구나."

베넷이 말했다.

18

엘리자베스의 쾌활함은 금세 되살아났다. 그래서 다아시에게 어떻게 해서 자신에게 빠지게 되었는지를 말해달라고 했다.

"어떻게 날 좋아하게 된 거예요? 일단 좋아하는 마음이 시작되고부터는 잘 진행이 될 걸로 보여요. 그치만 맨 처음에 어떻게 시작된 거예요?"

그녀가 물어봤다.

"맨 처음 시작한 시간이라든가 장소라든가 표정이라든가 말이라든가 그런 건 확실히 말할 수 없어요. 너무 오래됐으니까요. 내가 좋아하기 시작했다는 사실을 알았을 때는 상황이 한참 흘러가고 있었죠."

다아시가 대답해주었다.

"내 아름다움 같은 건 일찌감치 제쳐두었을 테고, 내 태도나 행동은 겨우 불경스럽지 않을 정도였고, 당신한테 될 수 있으면 고통만 안겨주려고 했어요. 이제 확실히 얘기해보세요. 내가 그렇게 건방져 보여서 좋아하게 됐나요?"

"엘리자베스 양의 마음이 활달해 보여서 그랬던 거죠."

"내가 건방져 보였기 때문이라고 말해도 돼요. 그랬다고 볼 수밖에 없어요. 사실 당신은 겸손이나 복종이나 호감 같은 것에만 길들어 있어서 신물이 난 거예요. 당신의 관심을 끌기 위해만 말하고 생각하는 여자들한테 싫증이 났겠죠. 난 그들하고 다르기 때문에 관심이 간 거라고요. 당신이 정말 좋은 사람이 아니었다면 그렇게 건방진 나를 미워했을 거예요. 그렇지만 당신 자신을 감추려고 노력하는 가운데서도 당신의 감정은 항상 고상하고 정당했어요. 그리고 당신 마음속으로는 자기한테 잘 보이려고 애쓰는 사람들을 철저히 경멸했던 거예요. 이제 당신이 설명하고 싶은 걸 내가 해버렸으니 수고가 덜어졌죠? 모든 점을 고려해볼 때 가장 완벽한 설명이라고 보이네요. 분명히 당신은 나한테 실질적인 장점이 있는지를 모르고 있었어요. 그치만 사람이 사랑에 빠지면 그런 건 생각하지 않게 되죠."

"그대의 언니가 네더필드에서 병이 났을 때 정성 들여 간호해준 건 장점이 아닌가요?"

"우리 언니한테 그 정도도 못해줄 리 있겠어요? 그치만 그걸 장점이라고 간주하죠. 이제 내 장점은 당신의 관찰하에 있으니 당신이 얼마든지 과장할 수도 있을 거예요. 그러면 난 거기에 대한 답례로 될 수 있으면 자주 싸움을 걸 거예요. 이제 단도직입적으로 묻는 걸로 시작할게요. 왜 그렇게 뜸을 들이고 있었죠? 왜 우리 집에 맨 처음 방문했을 때, 그리고 나중에 식사할 때 나를 피한 거예요? 여기 방문했을 때 왜 나한테 관심없는 것처럼 보였나요?"

"엘리자베스 양이 심각한 표정을 짓고 말도 없는 데다 나한테 기회를 주지 않았기 때문이죠."

"그치만 난 어떻게 해야 할지 몰라 당황하고 있었어요."

"나도 마찬가지죠."

"여기 식사하러 왔을 때는 더 많은 얘기를 할 수 있었을 텐데요?"

"감정적으로 복잡하지 않은 사람이라면 그랬겠죠."

"당신은 합리적인 대답을 하고 있고 나도 그걸 합리적이라고 인정하니 얼마나 불행한 일인가요. 근데 내가 그냥 방치해두었더라면 그런 상태로 당신이 얼마나 오래갔을지 알 수가 없군요. 내가 요청하지 않았더라면 언제 당신이 말을 했을지 모르겠다고요! 리디아한테 베풀어준 친절에 대해 당신한테 감사를 표해야겠다는 결심이 아주 효과가 있었어요. 지나치다고 할 정도로요. 내가 그것을 언급하지 말았어야 했는데, 그런 약속을 깨버려서 우리 행복이 이루어지게 됐어요. 도덕을 어겨서 그렇게 됐다고요. 그런 일은 다시 발생하지 않을 거예요."

"그런 걱정을 할 필요는 없어요. 도덕을 어긴 건 없어요. 우리를 갈라놓으려던 캐서린 여사님의 부당한 처사가 나의 모든 의심을 씻어주는 계기가 됐어요. 지금의 내 행복은 엘리자베스 양이 나한테 고마움을 표시하려고 했던 소망에서 비롯된 게 아녜요. 난 엘리자베스 양이 그러하리라고 바라지도 않았죠. 내 이모가 전해준 말이 나한테 희망을 줬고, 그래서 난 모든 걸 알아봐야겠다고 결심한 거예요."

"캐서린 여사님께서 우리한테 무한한 도움을 주셨는데, 그것 때문에 그분이 행복하시겠어요. 그분은 누구한테 잘해주는 걸 좋아하시니까요. 그런데 왜 네더필드로 내려오신 거죠? 그냥 롱본으로 한 번 와서 황당한 경험을 해보려고요? 아니면 진지한 어떤 결과가 있기를 기대한 건가요?"

"내 진정한 목적은 엘리자베스 양을 만나보고 당신이 나를 사랑하도록 할 수 있을지 알아보는 거였죠. 내가 다른 사람에게 알린 표면적인 목적은, 그리고 나 자신한테 알린 목적은 엘리자베스 양의 언니가 아직도 빙리를 사랑하고 있는지 알아본 다음 만약 그렇다면 모든 내막을 빙리에게 자백하는 거였죠."

"캐서린 여사님께 이제 우리의 입장을 얘기할 용기가 있나요?"

"지금은 용기가 아니라 시간이 필요할 거 같아요. 그치만 어차피 해야 할 일이니 만약 엘리자베스 양이 종이 한 장만 주신다면 지금 당장 실행하죠 뭐."

"지금 나도 다른 사람한테 편지 쓸 일만 없다면 당신 옆에 앉아서 글씨를 고르게 쓰는 걸 칭찬해드리고 싶어요. 전에 어느 여자분이 그렇게 했잖아요? 그치만 우리 일에 대해 알아야 할 외숙모님이 계세요."

엘리자베스는 다아시와의 관계를 과장해 늘어놓는 게 싫어서 아직 가드너 부인의 긴 편지에 답장을 해주지 않고 있었다. 그렇지만 이제 반가운 소식을 전해줄 수 있게 되었고, 3일 전에는 알려줬어야 하는데 아직 미루고 있는 점이 마음에 걸려서 즉시 다음과 같이 편지를 써내려갔다.

외숙모님의 그 상냥하고 긴 편지에 대해 제가 진작 감사를 전했어야 하는데, 사실을 말씀드리자면 난처한 일이 있었어요. 외숙모님은 사실 이상으로 가정을 해버리셨지요. 하지만 지금은 얼마든지 가정을 하셔도 돼요. 얼마든지 공상을 펼치시고 무엇이든 상상해보셔도 돼요. 제가 실제로 결혼하지 않은 점만 제외한다면 크게 잘못된 일은 아닐 테니까요. 다시 한번 신속하게 편지하셔서 지난번에 하신 것보다 더 그 사람을 칭찬해주시면 좋겠어요. 호수 지방까지 가지 않은 점에 대해 두 번 세 번 감사드려요. 그러길 바랐던 제가 얼마나 어리석었는지 모르겠어요. 조그만 말이 끄는 마차를 타고서 정원을 둘러보겠다는 생각은 참 좋으신 거예요. 우리 매일 그 정원을 돌아다니자고요. 전 세상에서 가장 행복한 사람이에요. 다른 사람들도 그런 표현을 해대겠지만 저만큼 진실되지는 않을 거예요. 전 심지어 언니보다도 더 행복하다고 생각해요. 언니는 단지 미소만 짓지만 전 활짝 웃으니까요. 다아시 씨가 정말 감사하다고 외숙모님께 마음을 전해달래요. 크리스마스 때 꼭 모두가 펨벌리로 오셔야 돼요. 그럼 안녕히 계세요.

다아시가 캐서린 여사에게 보낸 편지는 엘리자베스의 편지와는 스타일이 달랐다. 그리고 베넷이 콜린스에게 보낸 편지는 앞의 두 사람의 것과 또 달랐다. 이런 내용이었다.

조카에게

이번에 한 번 더 수고를 해줘야겠네. 엘리자베스가 곧 다아시의 아내가 될 예정이네. 그러니 조카가 할 수 있는 한 최대한으로 캐서린 여사님을 위로해드리게. 그런데 내가 자네라면 자네 사촌 편에

서겠네. 그것이 자네에게 더 이득이 되는 길이라고 생각돼서 하는 말이네. 이만 줄이겠네.

이제 곧 이어질 결혼에 대해 캐럴라인이 오빠에게 전한 축하의 편지는 애정이 깃들어 있었지만 충실해 보이지는 않았다. 그녀는 제인에게도 편지를 썼는데, 결혼이 성사된 데 대해 자신의 반가움을 전했고, 제인에게 호감을 갖고 있다는 전에 하던 말을 반복했다. 이번에는 제인도 속아 넘어가지 않았지만 여전히 애착이 갔고, 캐럴라인에게 신뢰감은 상실했지만 그래도 친근한 답장을 써주었다.

다아시의 여동생이 결혼 소식을 듣고 보인 기쁨은 그 사실을 전한 오빠의 기쁨만큼이나 진실했다. 자신의 모든 반가운 마음을 전하고 자기가 새언니의 마음에 들게 하는 데 편지지 네 면이 모자랄 정도였다.

콜린스가 답장을 해주기도 전에, 그리고 샬럿이 엘리자베스에게 축하의 편지를 하기도 전에 롱본의 가족들은 콜린스네 부부가 윌리엄 루카스네 영지에 와 있다는 소식을 들었다. 그처럼 갑자기 오게 된 이유는 이내 분명해졌다. 캐서린 여사가 조카의 편지에 극도로 화가 나 있어서, 그 결혼을 진실로 기뻐하고 있던 샬럿은 폭풍이 지나갈 때까지 피해 있기를 바라서였다. 엘리자베스는 그러한 시기에 친구인 샬럿을 만나게 되어 진실로 반가웠다. 그런데 만날 때마다 콜린스가 다아시에게 온갖 아첨의 말을 해서 그 반가운 마음이 반감돼버리기도 했다. 하지만 다아시는 무덤덤하게 콜린스를 상대해 주었다. 윌리엄 루카스 경은 다아시가 그 근처에서 최고의 보석을 얻어간다는 찬사의 말을 했고, 나중에 세인트 제임스 궁전에서 모두가 자주 보자는 말을 하기도 했다. 윌리엄 루카스 경이 사라진 뒤에야 다아시는 그 사람이 가버려서 시원하다는 표정을 보였다.

필립스 부인의 저속한 언행은 다아시가 참아내야 하는 또 다른 시련이었다. 비록 필립스 부인이 그녀의 언니인 베넷 부인처럼 다아시에게 경외감을 갖고 있어서 서글서글한 빙리만큼 거리낌 없이 대하지는 않았지만, 일단 말을 하면 저속해져버렸다. 다아시에 대한 공경심이 그녀를 좀 더 조용하게 하기는 했지만 기품 있게 만들어주지는 못했다. 엘리자베스는 다아시가 베넷 부인이나 필립스 부인과 자주 접촉하는 것을 피하게 하느라 애를 썼고, 엘리자베스 자신이나 그 외 엘리자베스의 식구 중에서 마음놓고 대화할 수 있는 사람들에게 다아시를 묶어두려고 노력했다. 그러한 불편함이 열애 기간 중의 기쁨을 빼앗아버리기도 했지만 동시에 미래에 대한 희망을 더 부풀리는 역할도 했다. 그리고 그녀는 두 사람 모두에게 별로 즐거움을 주지 않는 그런 무리에서 벗어나서 펨벌리 사람들과 함께하는 안락하고 우아한 생활을 고대하게 되었다.

19

가장 가치 있는 두 딸을 시집보내는 베넷 부인의 기쁨은 어떻게 말로 표현할 수 없을 정도였다. 나중에 그녀가 빙리 부인(제인)를 방문할 때 얼마나 뿌듯한 자부심을 느꼈는지, 그리고 다아시 부인(엘리자베스)에 대해 사람들에게 얘기할 때도 얼마나 뿌듯해했는지는 일일이 설명할 필요가 없었다. 많은 딸들을 좋은 곳으로 시집보내고 싶은 베넷 부인의 바람이 이루어졌으므로 이제 옛날보다 더 지각 있고 상냥하고 영리한 여자가 되는 것을 기대할 수도 있었다. 하지만 오히려 그것이 남편 베넷에게는 가정의 행복을 가져오지 못할 거라는 생각에, 베넷은 아내가 옛날처럼 신경질이나 부리고 어리석기만을 마음속으로 은근히 바라기도 했다.

베넷은 둘째 딸을 특히 보고 싶어 했다. 그래서 그 딸에 대한 애정으로 자주 집을 떠나서 딸을 방문했다. 특히 펨벌리의 사람들이 전혀 예상하지 않았을 때 그곳을 방문하기를 즐겼다.

빙리와 제인은 네더필드 저택에서 단지 열두 달 동안만 머물렀다. 제인의 어머니나 메리튼의 친척들과 가까이 사는 일은 성격이 좋은 빙리에게도 바람직한 상황은 아니었다. 드디어 빙리의 누이들의 바람이 이루어져서, 빙리가 더비셔 근처에 저택을 구입했다. 이제 제인과 엘리자베스는 다른 행복한 일도 많았지만 서로가 30마일 이내에 살게 되는 행복감까지 맛보게 되었다.

키티는 두 언니들과 많은 시간을 보내면서 득을 봤다. 지금까지 그녀가 알고 지내던 사람들보다 나은 사람들과 지내다 보니 여러모로 나아졌다. 리디아처럼 통제 불능한 기질은 아니었기 때문에, 이제 리디아와 떨어져 적절한 보호를 받으면서 성미도 유순해지고 지식도 늘어갔으며 더 활동적인 사람이 되어갔다. 리디아가 무도회나 젊은 장교들을 들먹이면서 오라고 자주 꼬드기기는 했지만 아버지가 그쪽으로 가는 걸 허락하지 않았다.

메리는 집안에 남은 유일한 딸이 되어버렸다. 베넷 부인이 가만히 앉아 있는 성미가 아니었기 때문에 메리가 추구하는 일이 방해를 받았다. 이제 세상 사람들과 더 많이 어울려야 됐지만, 그래도 다른 사람들에게 여전히 교훈을 전해주는 위치에 있었다. 그리고 이제 자기 자매들하고 미모를 비교당하는 고민에서 벗어났기 때문에, 아버지 베넷의 눈에는 메리가 별 거부감 없이 새로운 상황에 적응하는 것으로 보였다.

위컴과 리디아로 말할 것 같으면, 언니들의 결혼으로 성격에 전혀 영향을 받지 않았다. 위컴은 엘리자베스가 자신의 못된 행동이나 거짓에 대해, 전에는 몰랐다 하더라도 이제는 다 알아버릴 거라고 생각했지만 그냥 아무렇지도 않게 넘어갔다. 그리고 그전에 벌어진 온갖 사건에도, 지금도 자기가 다아시를 요리하면 한밑천 마련할 수도 있다는 희망을 완전히 버리지 않고 있었다. 엘리자베스의 결혼을 맞아 리디아가 보낸 편지에는, 위컴은 아니더라도 적어도 리디아는 그러한 희망을 품고 있다는 사실이 나타나 있었다. 그 편지는 다음과 같이 쓰여 있었다.

리지 언니

언니가 행복해지기를 빌어요. 내 남편에 대한 사랑의 반만큼이라도 언니가 다아시 선생님을 사랑한다면 아주 행복해질 수 있을 거예요. 그렇게 부자인 형부를 만난 언니는 정말 복받은 거예요. 한가로운 시간에는 우리에 대해서도 생각 좀 해줘요. 남편이 궁정에서 자리를 얻고 싶어 해요. 그리고 우리는 누구의 도움이 필요 없을 정도의 돈을 충분히 벌지 못해요. 1년에 3, 4백 파운드 정도 벌 수 있다면 어떤 자리라도 괜찮을 거예요. 그렇지만 언니가 원하지 않는다면 다아시 선생님한테 얘기하지 마세요. 이만 줄여요.

엘리자베스는 그 편지에 대한 답변에서 앞으로 그런 종류의 요구를 하지 말아달라는 말을 해두었다. 그렇지만 자기가 개인적으로 쓸 수 있는 돈에서 절약하여, 자기 힘이 닿는 한 틈틈이 리디아에게 돈을 보내주었다. 낭비벽이 심하고 미래를 생각하지 않는 두 사람의 성향을 볼 때 그들의 수입으로는 생활을 유지해나가기도 벅찰게 항상 뻔해 보였다. 그들은 거처를 옮길 때마다 모자라는 돈을 보충하기 위해 제인이나 엘리자베스에게 도움을 요청했다. 그들의 생활방식은 항상 그래서 위컴이 제대한 뒤로는 재정 상태가 더욱 엉망이었다. 그들은 생활비가 싼 곳을 찾아서 항상 이리저리 옮겨다녔으며 늘 수입을 초과하여 지출했다. 리디아에 대한 위컴의 애정은 이내 무관심으로 바뀌어버렸고 리디아의 애정도 조금 더 길게 지속되었을 뿐이다. 리디아가 아직 젊고 성격이 그러하기는 했지만, 그래도 결혼한 여자로서의 위치는 잊지 않고 있었다.

다아시는 위컴을 펨벌리로 받아들이지 않았지만 엘리자베스의 입장을 생각해서 위컴이 일자리를 찾는 데는 협조해주었다. 리디아는 남편이 런던이나 바스로 떠나버렸을 때 혼자서 펨벌리로 찾아오곤 했다. 그런데 리디아 부부는 둘이 함께 빙리의 집에서 머무는 일이 잦았고 마음씨 좋은 빙리조차도 두 사람이 빨리 떠났으면 하고 바라는 때가 많았다.

캐럴라인은 다아시가 엘리자베스와 결혼해버려서 아주 분노했지만, 그래도 펨벌리 저택을 방문하는 관계를 유지하는 게 낫다고 생각해서 예전에 가졌던 모든 적개심을 버렸다. 그전보다 더 조지아나를 좋아하게 되었고 다아시에게는 전처럼 상냥하게 굴었으며 엘리자베스와는 밀린 부채를 청산하여 다정한 사이가 되었다.

펨벌리 저택은 이제 조지아나의 명의가 되었다. 그리고 다아시가 희망한 대로 올케와 시누이 사이의 애정은 돈독해졌다. 두 사람이 바라던 대로 서로를 위해주었다. 조지아나는 엘리자베스를 매우 공경했다. 처음에는 자기 오빠한테 거침없고 장난스럽게 대하는 엘리자베스를 보고서 깜짝 놀라기도 했지만 이제는 달라졌다. 경외심을 품을 정도로 우러러보던 오빠가 농담의 대상이 되는 것을 봤다. 그전에는 전혀 생각할 수 없는 일이었다. 엘리자베스는 조지아나에게 남자를 다루는 방법을 가르쳐준 것이다. 그런 방식이 열 살 이상이나 아래인 여동생에게 오빠가 항상 허용할 수 없는 것이기는 했지만 말이다.

캐서린 여사는 조카의 결혼에 극도로 분노했다. 그리고 결혼식을 알리는 편지에 대한 답변에서 자신의 기질을 마음껏 발휘하여 온갖 모욕적인 언사를 늘어놓았고, 특히 엘리자베스에게 갖은 모욕을 주었기 때문에 한동안 모든 왕래가 끊겼다. 그렇지만 엘리자베스가 남편을 설득하여 캐서린 여사의 언사를 눈감아주고 화해를 요청했다. 그리고 캐서린 여사 쪽에서는 조금 더 버티기는 했지만 결국 다아시에 대한 애정으로, 또는 엘리자베스가 얼마나 잘해나가는지를 보고 싶은 호기심으로 물러섰다. 그리하여 캐서린 여사는 펨벌리의 숲이 새로운 여주인의 등장과 런던에서 온 그녀의 외숙과 외숙모 때문에 오염되었지만 펨벌리 저택을 방문하기까지 했다.

가드너 부부와 다아시 부부는 아주 친근한 관계를 유지했다. 엘리자베스는 물론이고 다아시 역시 그들을 진심으로 좋아했다. 그리고 엘리자베스를 더비셔로 데려와 두 사람이 맺어지는 중개 역할을 해준 가드너 부부에게 다아시 부부는 항상 지극히 고마운 마음을 갖고 있었다.

작품 해설

제인 오스틴은 영국인이 가장 사랑하는 여성 작가이자 현대 영미 문학에서 최고의 고전 가운데 하나로 꼽히는《오만과 편견》의 저자다. 날카로운 시선과 재치 있는 문체로 18세기 영국 중상류층의 모습을 탁월하게 표현한 그녀의 작품에 200여 년이 지난 오늘날까지도 독자들의 관심이 이어지고 있다. 특히 제인 오스틴의 작품 중《오만과 편견》은 각종 영화와 드라마 등으로 끊임없이 새롭게 각색되어 제인 오스틴의 독자층을 세대를 뛰어넘어 넓혀나가고 있다. 연애에 얽힌 남녀의 차이, 당당한 주인공들의 자아의식 등 제인 오스틴 작품의 주제들이 오늘날 젊은 독자들에게도 공감을 불러일으키는 면이 있기 때문이다.

제인 오스틴은《오만과 편견》이후 작가로서 인정을 받고 작품을 여러 편 발표했지만 지금의 관심과 인기에는 못 미쳤다. 비교적 호응을 얻은 작품들조차도 제인 오스틴 사후 한동안은 찰스 디킨슨과 조지 엘리엇 등 당대 유명 작가들의 작품에 가려지기도 했다. 그러다 19세기 후반부터 조지 헨리 루이스와 헨리 제임스 같은 비평가들의 격찬에 힘입어 제인 오스틴의 작품은 명작의 반열에 들게 되고 대중적으로도 큰 인기를 얻었다. '현대 서양 문학 비평의 살아 있는 전설'로 불리는 영문학자 헤럴드 블룸은 "제인 오스틴이 구사하는 재현의 기술은 셰익스피어에 비견할 만하다"고 평하기도 했다.

제인 오스틴은 1775년 12월 16일 영국 햄프셔주의 작은 시골 마을 스티븐턴에서 교구 목사인 아버지 조지 오스틴과 어머니 카산드라 리 오스틴 사이에서 6남 2녀 중 일곱째이자 둘째 딸로 태어났다. 전형적인 젠트리 계급의 삶을 산 아버지와 역시 젠트리 계급의 목사 딸로 태어난 어머니 밑에서 제인 오스틴은 정규 교육보다는 독서 교육과 가정 학습을 통해 문학을 접했다. 정규 교육을 받은 것은 겨우 11세 때까지로 알려져 있는데, 기간은 짧았지만 다른 소녀들보다 충실한 교육을 받은 것으로 보인다. 이때 많은 문학 작품을 접했고, 영어로 번역된 괴테의《젊은 베르테르의 슬픔》을 읽기도 했다고 한다.

제인 오스틴은 약 35세 때까지 습작을 계속했는데, 이러한 그녀의 습작은 10대 시절부터 이어져온 것이었다. 14세가 된 1789년에 이미 소설을 습작했으며, 친구나 가족에게 자신이 쓴 작품을 들려주는 것을 좋아했다고 한다. 이 기간은 그녀가 이후 쏟아낼 작품들의 감각과 감성을 충분히 키우는 시기였다.

작품의 소재 때문에 제인 오스틴은 개인적인 삶을 둘러싼 작은 우주에 충실할 뿐이라는 비판을 종종 받았다. 또한 일생을 독신으로 살았기 때문에 그녀의 세계가 편협하다는 오해를 불러일으키기도 했다. 그녀는 한평생 형제들과 밀접하게 생활했는데, 그들을 살펴보는 것만으로도 제인 오스틴이 세상 돌아가는 사정에 무지했으리라는 견해는 편견임을 알 수 있다.

아버지 조지 오스틴의 뒤를 이어 교구 목사가 된 큰오빠 제임스는 옥스퍼드에 들어가 시를 발표했고, 이는 제인 오스틴에게 큰 영향을 주었다. 둘째 오빠 조지는 뇌성마비를 앓았다고 하는데, 그 외에는 별로 전해지는 것이 없다. 셋째 오빠 에드워드는 유복한 집 양자로 들어갔고, 넷째 오빠 헨리도 옥스퍼드에 들어갔다. 다섯째 오빠 프랜시스와 남동생 찰스는 모두 해군에 입대하여 제독까지 승진했다. 이 두 형제는 해군 장교로서 서인도와 미 대륙, 인도와 중국에까지 손을 뻗친 당시 영국의 식민지 정책을 수행하고 있었기 때문에 영국뿐 아니라 해외의 정치, 경제 상황에 대한 정보를 충분히 얻을 수 있었다. 또한 친척 중에는 인도로 건너가 동인도 회사의 외과의사와 결혼한 사람도 있었고, 프랑스 왕당파의 군인으로 단두대의 이슬로 사라져간 사람도 있었다. 언니인 카산드라의 약혼자는 서인도제도의 산 도밍고에서 열병으로 사망했다.

이렇듯 1차 산업혁명이 일어나기 직전의 정치, 경제, 사회적 변화의 시기를 제인 오스틴은 직간접적으로 충분히 경험할 수 있는 환경에 놓여 있었다. 따라서 제인 오스틴이 자신의 작품에서 남녀 간의 사랑이나 결혼 등 인간사에서 얻을 수 있는 주제를 다룬 것은 작가 자신의 경험의 폭이 좁아서라기보다 이를 정치, 경제 못지않게 중요하다고 판단한 작가의 인식적 기초 때문이었다는 평이 설득력을 얻는다.

언니 카산드라와는 일평생 가장 친한 관계를 유지했는데, 현존하는 편지의 대부분은 카산드라 앞으로 보낸 것이다. 제인 오스틴은 카산드라에게 보내는 편지에 자신의 생각이나 감상, 생활의 시시콜콜한 부분까지 자세하게 썼다. 제인 오스틴 사후, 사생활을 침해할 수 있다는 염려 때문에 카산드라는 이 편지들을 많이 없앴다고 한다. 제인 오스틴의 초상화 역시 카산드라가 스케치한 것만이 전해지며, 이는 런던의 내셔널 포트레이트 갤러리에 보관되어 있다.

일평생 독신으로 산 제인 오스틴에게는 한때 성녀라는 칭호가 붙기도 했다. 그러나 그녀에게도 사랑의 아픔은 있었다. 청혼 직전까지 갔다가 상대 집안의 반대에 부딪쳐 결혼이 무산된 일이 있었다. 이 첫사랑의 실패에 대한 아픔을 그린 소설이 바로 21세 때에 완성한 첫 장편소설 〈첫사랑〉이었다. 이 소설은 서간체로 쓰였는데, 아버지가 나서서 런던의 출판사에 보냈지만 거절당한다. 이후 이 작품은 1813년《오만과 편견》으로 개작되어 세상 빛을 보게 되었다.

이후에도 친구의 오빠이자 많은 유산의 상속자인 한 남성의 청혼을 받아들였다가 하루 만에 거절하기도 했다.《오만과 편견》의 엘리자베스처럼 사랑 없는 결혼보다는 노처녀의 삶을 택하겠다는 의지가 반영된 결정인지도 모른다. 당시 여성들은 결혼하지 않으면 부모나 형제에게 얹혀살 수밖에 없었는데, 제인이 문학에 몰두할 수 있었던 것도 독신이었기에 가능한 일이었을 것이다.

1805년 아버지 조지 오스틴의 죽음 이후 집안 사정이 어려워지자 그녀는 어머니와 함께 사우스햄튼으로 이사하는데, 그 후 친척

집과 친구 집을 전전하면서 어려운 시절을 보냈다. 그러다 1809년 아내를 잃은 셋째 오빠 에드워드의 권유로 초턴으로 이사했고, 초턴의 이 집은 현재 '오스틴 기념관'이라는 이름으로 일반인에게 개방되어 있다.

1811년에《이성과 감성》을 출판했고 1813년 1월에는 〈첫인상〉이 바탕이 된《오만과 편견》을 출판했다. 이 작품들은 모두 익명으로 발표했으며 친한 사람들에게조차 자신이 이 작품들을 썼다고 밝히지 않았다. 1814년 5월《맨스필드 파크》를 출판했고 1815년 10월《엠마》를 출판했다.《엠마》를 출판하기 직전에 당시 섭정관이던 조지 4세를 만난 제인 오스틴은 그에게《엠마》를 헌정한다. 그리고 이 시기에 출간된 책들은 출간되자마자 엄청난 호응을 얻었고 마침내 작가로서 확고한 명성을 얻는다.

제인 오스틴은 1816년부터 건강이 악화되어 오래 병상에 누워 지냈다. 1817년에는《샌디션》 집필 도중 요양을 위해 윈체스터로 옮겼지만, 7월 18일에 42세의 나이로 사망했다.

그녀의 작품들은 인물에 대한 섬세한 관찰과 뛰어난 성격 묘사가 특징이며, 재치 있는 대화로 읽는 재미가 있다. 특히《오만과 편견》은 제인 오스틴 자신이 "너무 가볍고 반짝거려서 그늘이 필요하다"고 말할 정도로 발랄한 작품으로, 계급과 신분이 최고의 가치였던 18세기 영국을 배경으로 펼쳐지는 남녀의 사랑과 오해에 관한 이야기다.

베넷 집안의 다섯 딸들은 부유하지는 않지만 화기애애한 가정에서 자랐다. 어머니는 미래가 보장된 신랑감에게 딸들을 시집보내는 것을 지상 최대의 과제라고 생각할 정도로 극성스럽지만, 아버지는 과묵하고 비교적 합리적인 성격의 소유자다. 다섯 딸 중 첫째인 제인은 딸 중에서 가장 예쁘고 얌전해서 인근에 소문이 자자하다. 둘째 딸 엘리자베스는 영리하고 생기발랄한 아가씨로 자기만의 삶을 살고 싶어 한다. 사건이라고는 일어날 것 같지 않은 조용한 시골 마을에 명망 있는 가문의 신사 빙리와 그의 친구 다아시가 오면서 베넷 집안에는 일대 소동이 벌어진다.

얼핏 봐 신데렐라의 꿈을 그리고 있는 듯한 이 작품은 여성 인물들의 성격, 그들이 결혼하기까지 겪어야 하는 우여곡절을 섬세하면서도 위트 있게 풀어놓고 있다. 그러면서도 여성은 부모의 재산을 하나도 상속받을 수 없다는 불합리함과 사랑보다는 조건에 맞춰 결혼할 수밖에 없는 근대 여성의 부당한 처지나 전통적인 가치와 새로운 가치의 충돌 등을 담백하게 드러낸다. 또한 사랑과 결혼이라는 전통적인 주제를 현 시대에도 공감할 수 있도록 주인공들의 심리 변화를 섬세하게 묘사했기에 발표된 지 200년을 훌쩍 넘긴 지금까지도 많은 독자의 공감을 얻고 있다.

옮긴이

제인 오스틴 연보

1775년	12월 16일 영국 햄프셔주 스티븐턴 마을의 교구 목사인 아버지 조지 오스틴과 어머니 카산드라 리 오스틴 사이에서 8남매 중 일곱째이자 둘째 딸로 출생.
1783~1786년	언니 카산드라와 함께 기숙학교 생활.
1787~1793년	습작 생활.
1793~1795년	《수잔 마님》 집필.
1795년	《엘리너와 매리앤》 집필.
1795~1796년	톰 르프로이와 청혼 직전까지 갔다가 무산.
1796~1797년	〈첫인상〉 집필. 런던의 한 출판사에 거절당함.
1797~1798년	《엘리너와 매리앤》을 《이성과 감성》으로 개작.
1798~1799년	《레이디 수전》 집필.
1799~1800년	1791~1792년경 시작한 것으로 추정되는 희곡 《찰스 그랜디슨 경》 완성.

1801년	아버지가 은퇴하고 장남인 제임스가 교구를 물려받은 뒤 어머니, 언니와 함께 서머싯주의 도시인 배스로 이사.
1802년	해리스 비그위더의 청혼을 수락했다 거절.
1803년	《레이디 수전》의 판권을 런던의 크로스비 출판사에 판매.
1803~1804년	《왓슨가 사람들》 집필.
1805년	아버지 사망.
1806~1809년	배스를 떠나 약 3년 동안 친척, 친구 집을 전전.
1809년	오빠 에드워드가 마련해준 햄프셔주 초턴의 작은 집으로 이사. 《이성과 감성》 개작.
1811년	《이성과 감성》 출판. 《맨스필드 파크》 집필 시작.
1811~1812년	〈첫인상〉을 《오만과 편견》으로 개작.
1813년	《오만과 편견》 출판. 《맨스필드 파크》 완성.
1814~1815년	《엠마》 집필.
1815년	《엠마》를 당시 섭정관이던 조지 4세에게 헌정. 《설득》 집필 시작.
1816년	《설득》 완성.
1817년	《샌디션》 집필을 시작했으나 병으로 중단. 7월 18일 새벽 4시 30분경 사망. 12월 《노생거 사원》과 《설득》이 사후에 출판됨.

옮긴이 **박용수**

20여 년 동안 번역 활동을 하면서 번역 연구에 노력을 기울이고 있는 번역자다. 기계적인 번역문이 아닌 살아 있는 문장, 번역투의 문장이 아닌 토종적인 문장을 연구하는 데 많은 노력을 하고 있다. 대표적인 번역서로는 《로빈슨 크루소》, 《채털리 부인의 사랑》, 《애거서 크리스티 단편집》, 《셜록 홈즈 스토리》, 《걸리버 여행기》, 《카네기 처세론》 등이 있다.

오만과 편견

1판 1쇄 발행 2010년 12월 30일
2판 1쇄 발행 2024년 10월 15일

지은이 제인 오스틴 | 옮긴이 박용수
펴낸곳 (주)문예출판사 | 펴낸이 전준배
출판등록 2004. 02. 11. 제 2013-000357호 (1966. 12. 2. 제 1-134호)
주소 04001 서울특별시 마포구 월드컵북로 21
전화 02-393-5681 | 팩스 02-393-5685
홈페이지 www.moonye.com | 블로그 blog.naver.com/imoonye
페이스북 www.facebook.com/moonyepublishing | 이메일 info@moonye.com

ISBN 978-89-310-2393-0 04800
ISBN 978-89-310-2365-7 (세트)

• 잘못 만든 책은 구입하신 서점에서 바꿔드립니다.

문예출판사® 상표등록 제 40-0833187호, 제 41-0200044호

■ 문예세계문학선

★ 서울대, 연세대, 고려대 필독 권장 도서 ▲ 미국대학위원회 추천 도서
● 《타임》 선정 현대 100대 영문 소설 ▽ 《뉴스위크》 선정 세계 100대 명저

1 젊은 베르테르의 슬픔 괴테 / 송영택 옮김
▲▽ 2 멋진 신세계 올더스 헉슬리 / 이덕형 옮김
▲●▽ 3 호밀밭의 파수꾼 J. D. 샐린저 / 이덕형 옮김
4 데미안 헤르만 헤세 / 구기성 옮김
5 생의 한가운데 루이제 린저 / 전혜린 옮김
6 대지 펄 S. 벅 / 안정효 옮김
●▽ 7 1984 조지 오웰 / 김승욱 옮김
▲●▽ 8 위대한 개츠비 F. 스콧 피츠제럴드 / 송무 옮김
●▽ 9 파리대왕 윌리엄 골딩 / 이덕형 옮김
10 삼십세 잉게보르크 바흐만 / 차경아 옮김
★▲ 11 오이디푸스왕 · 안티고네 소포클레스 · 아이스킬로스 / 천병희 옮김
★▲ 12 주홍글씨 너새니얼 호손 / 조승국 옮김
●▽ 13 동물농장 조지 오웰 / 김승욱 옮김
★ 14 마음 나쓰메 소세키 / 오유리 옮김
★ 15 아Q정전 · 광인일기 루쉰 / 정석원 옮김
16 개선문 레마르크 / 송영택 옮김
★ 17 구토 장 폴 사르트르 / 방곤 옮김
18 노인과 바다 어니스트 헤밍웨이 / 이경식 옮김
19 좁은 문 앙드레 지드 / 오현우 옮김
★▲ 20 변신 · 시골 의사 프란츠 카프카 / 이덕형 옮김
★▲ 21 이방인 알베르 카뮈 / 이휘영 옮김
22 지하생활자의 수기 도스토옙스키 / 이동현 옮김
★ 23 설국 가와바타 야스나리 / 장경룡 옮김
★▲ 24 이반 데니소비치의 하루 A. 솔제니친 / 이동현 옮김
25 더블린 사람들 제임스 조이스 / 김병철 옮김
★ 26 여자의 일생 기 드 모파상 / 신인영 옮김
27 달과 6펜스 서머싯 몸 / 안흥규 옮김
28 지옥 앙리 바르뷔스 / 오현우 옮김
★▲ 29 젊은 예술가의 초상 제임스 조이스 / 여석기 옮김
▲ 30 검은 고양이 애드거 앨런 포 / 김기철 옮김
★ 31 도련님 나쓰메 소세키 / 오유리 옮김
32 우리 시대의 아이 외된 폰 호르바트 / 조경수 옮김
33 잃어버린 지평선 제임스 힐턴 / 이경식 옮김
34 지상의 양식 앙드레 지드 / 김붕구 옮김
35 체호프 단편선 안톤 체호프 / 김학수 옮김
36 인간 실격 다자이 오사무 / 오유리 옮김
37 위기의 여자 시몬 드 보부아르 / 손장순 옮김
●▽ 38 댈러웨이 부인 버지니아 울프 / 나영균 옮김
39 인간희극 윌리엄 사로얀 / 안정효 옮김
40 오 헨리 단편선 O. 헨리 / 이성호 옮김
★ 41 말테의 수기 R. M. 릴케 / 박환덕 옮김
42 파비안 에리히 케스트너 / 전혜린 옮김
★▲▽ 43 햄릿 윌리엄 셰익스피어 / 여석기 옮김
44 바라바 페르 라게르크비스트 / 한영환 옮김
45 토니오 크뢰거 토마스 만 / 강두식 옮김
46 첫사랑 이반 투르게네프 / 김학수 옮김
47 제3의 사나이 그레이엄 그린 / 안흥규 옮김
★▲▽ 48 어둠의 속 조셉 콘래드 / 이덕형 옮김
49 싯다르타 헤르만 헤세 / 차경아 옮김
50 모파상 단편선 기 드 모파상 / 김동현 · 김사행 옮김
51 찰스 램 수필선 찰스 램 / 김기철 옮김
★▲▽ 52 보바리 부인 귀스타브 플로베르 / 민희식 옮김
53 페터 카멘친트 헤르만 헤세 / 박종서 옮김
★ 54 몽테뉴 수상록 몽테뉴 / 손우성 옮김
55 알퐁스 도데 단편선 알퐁스 도데 / 김사행 옮김
56 베이컨 수필집 프랜시스 베이컨 / 김길중 옮김
★▲ 57 인형의 집 헨리크 입센 / 안동민 옮김
★ 58 소송 프란츠 카프카 / 김현성 옮김
★▲ 59 테스 토마스 하디 / 이종구 옮김
★▽ 60 리어왕 윌리엄 셰익스피어 / 이종구 옮김
61 라쇼몽 아쿠타가와 류노스케 / 김영식 옮김
▲▽ 62 프랑켄슈타인 메리 셸리 / 임종기 옮김
▲●▽ 63 등대로 버지니아 울프 / 이숙자 옮김
64 명상록 마르쿠스 아우렐리우스 / 이덕형 옮김
65 가든 파티 캐서린 맨스필드 / 이덕형 옮김
66 투명인간 H. G. 웰스 / 임종기 옮김
67 게르트루트 헤르만 헤세 / 송영택 옮김
68 피가로의 결혼 보마르셰 / 민희식 옮김

(뒷면 계속)

★ 69 **팡세** 블레즈 파스칼 / 하동훈 옮김
70 **한국 단편 소설선** 김동인 외
71 **지킬 박사와 하이드** 로버트 L. 스티븐슨 / 김세미 옮김
▲ 72 **밤으로의 긴 여로** 유진 오닐 / 박윤정 옮김
★▲▽ 73 **허클베리 핀의 모험** 마크 트웨인 / 이덕형 옮김
74 **이선 프롬** 이디스 워튼 / 손영미 옮김
75 **크리스마스 캐럴** 찰스 디킨스 / 김세미 옮김
★▲ 76 **파우스트** 요한 볼프강 폰 괴테 / 정경석 옮김
▲ 77 **야성의 부름** 잭 런던 / 임종기 옮김
★▲ 78 **고도를 기다리며** 사뮈엘 베케트 / 홍복유 옮김
★▲▽ 79 **걸리버 여행기** 조너선 스위프트 / 박용수 옮김
80 **톰 소여의 모험** 마크 트웨인 / 이덕형 옮김
★▲▽ 81 **오만과 편견** 제인 오스틴 / 박용수 옮김
★▽ 82 **오셀로 · 템페스트** 윌리엄 셰익스피어 / 오화섭 옮김
★ 83 **맥베스** 윌리엄 셰익스피어 / 이종구 옮김
▽ 84 **순수의 시대** 이디스 워튼 / 이미선 옮김
★ 85 **차라투스트라는 이렇게 말했다** 니체 / 황문수 옮김
★ 86 **그리스 로마 신화** 에디스 해밀턴 / 장왕록 옮김
87 **모로 박사의 섬** H. G. 웰스 / 한동훈 옮김
88 **유토피아** 토머스 모어 / 김남우 옮김
★▲ 89 **로빈슨 크루소** 대니얼 디포 / 이덕형 옮김
90 **자기만의 방** 버지니아 울프 / 정윤조 옮김
▲ 91 **월든** 헨리 D. 소로 / 이덕형 옮김
92 **나는 고양이로소이다** 나쓰메 소세키 / 김영식 옮김
★ 93 **폭풍의 언덕** 에밀리 브론테 / 이덕형 옮김
★▲ 94 **스완네 쪽으로** 마르셀 프루스트 / 김인환 옮김
★ 95 **이솝 우화** 이솝 / 이덕형 옮김
★ 96 **페스트** 알베르 카뮈 / 이휘영 옮김
▲ 97 **도리언 그레이의 초상** 오스카 와일드 / 임종기 옮김
98 **기러기** 모리 오가이 / 김영식 옮김
★▲ 99 **제인 에어 1** 샬럿 브론테 / 이덕형 옮김
★▲100 **제인 에어 2** 샬럿 브론테 / 이덕형 옮김
101 **방황** 루쉰 / 정석원 옮김
102 **타임머신** H. G. 웰스 / 임종기 옮김
●103 **보이지 않는 인간 1** 랠프 엘리슨 / 송무 옮김
●104 **보이지 않는 인간 2** 랠프 엘리슨 / 송무 옮김
▲105 **훌륭한 군인** 포드 매덕스 포드 / 손영미 옮김
106 **수레바퀴 아래서** 헤르만 헤세 / 송영택 옮김
▲107 **죄와 벌 1** 표도르 도스토옙스키 / 김학수 옮김
▲108 **죄와 벌 2** 표도르 도스토옙스키 / 김학수 옮김
109 **밤의 노예** 미셸 오스트 / 이재형 옮김
110 **바다여 바다여 1** 아이리스 머독 / 안정효 옮김
111 **바다여 바다여 2** 아이리스 머독 / 안정효 옮김
112 **부활 1** 레프 톨스토이 / 김학수 옮김
113 **부활 2** 레프 톨스토이 / 김학수 옮김
▲●114 **그들의 눈은 신을 보고 있었다** 조라 닐 허스턴 / 이미선 옮김
115 **약속** 프리드리히 뒤렌마트 / 차경아 옮김
116 **제니의 초상** 로버트 네이선 / 이덕희 옮김
117 **트로일러스와 크리세이드** 제프리 초서 / 김영남 옮김
118 **사람은 무엇으로 사는가** 레프 톨스토이 / 이순영 옮김
119 **전락** 알베르 카뮈 / 이휘영 옮김
120 **독일인의 사랑** 막스 뮐러 / 차경아 옮김
121 **릴케 단편선** R. M. 릴케 / 송영택 옮김
122 **이반 일리치의 죽음** 레프 톨스토이 / 이순영 옮
123 **판사와 형리** F. 뒤렌마트 / 차경아 옮김
124 **보트 위의 세 남자** 제롬 K. 제롬 / 김이선 옮김
125 **자전거를 탄 세 남자** 제롬 K. 제롬 / 김이선 옮
126 **사랑하는 하느님 이야기** R. M. 릴케 / 송영택 옮
127 **그리스인 조르바** 니코스 카잔차키스 / 이재형 옮
128 **여자 없는 남자들** 어니스트 헤밍웨이 / 이종인 옮
129 **사양** 다자이 오사무 / 오유리 옮김
130 **슌킨 이야기** 다니자키 준이치로 / 김영식 옮김
131 **실종자** 프란츠 카프카 / 송경은 옮김
132 **시지프 신화** 알베르 카뮈 / 이가림 옮김
133 **장미의 기적** 장 주네 / 박형섭 옮김
134 **진주** 존 스타인벡 / 김승욱 옮김